GOLDMANN

*Buch*

Die Filme *Krieg der Sterne, Das Imperium schlägt zurück* und *Die Rückkehr der Jedi-Ritter* gehören zu den größten Leinwanderfolgen aller Zeiten. Jetzt setzt Hugo-Preisträger Timothy Zahn die epische Saga von Luke Skywalker, Prinzessin Leia, Han Solo und ihren Gefährten und Gegnern fort.

Fünf Jahre nach der *Rückkehr der Jedi-Ritter*: Die Rebellenallianz hat den zweiten Todesstern zerstört; Darth Vader und der Imperator sind tot, die Reste der imperialen Flotte zurückgetrieben. Das Imperium ist auf ein Viertel seiner einstigen Größe geschrumpft – aber nicht besiegt. Ein neuer Oberkommandierender übernimmt den Befehl über die Flotte – Großadmiral Thrawn, ein militärisches Genie aus den Grenzregionen der Galaxis, das entschlossen ist, die Rebellion mit allen Mitteln zu zerschlagen. Sein oberstes Ziel: Luke Skywalker, den letzten der alten und ersten der neuen Jedi-Ritter, und Leia Organa Solo, die am Anfang ihrer Jedi-Ausbildung steht und Zwillinge von Han Solo erwartet, in seine Gewalt zu bringen. Seine Verbündeten sind die Noghri, nichtmenschliche Mordmaschinen, die als die besten Kämpfer der Galaxis gelten, sowie der mysteriöse C'baoth, der letzte Dunkle Jedi-Meister. Aber nicht nur von diesen Seiten droht den Rebellen Gefahr. Denn untrügliche Indizien weisen darauf hin, daß ein Verräter bis in die höchsten Ränge der Allianz vorgedrungen ist.

*Autor*

Hugo-Preisträger Timothy Zahn, Autor von inzwischen zehn hochgelobten Science-fiction-Romanen, lebt in Illinois.

*Bereits erschienen:*

Die Star-Wars-Saga:
Krieg der Sterne / Das Imperium schlägt zurück /
Die Rückkehr der Jedi-Ritter.
Drei Romane in einem Band (23743)
Timothy Zahn: Die dunkle Seite der Nacht (42183)
Timothy Zahn: Das letzte Kommando (42415)

TIMOTHY ZAHN

# STAR WARS

## KRIEG DER STERNE

# ERBEN
# DES IMPERIUMS

Aus dem Amerikanischen
von Thomas Ziegler

**GOLDMANN VERLAG**

Deutsche Erstveröffentlichung

Die Originalausgabe erschien unter dem Titel
»Star Wars. Heir to the Empire«
bei Bantam Books, a division of
Bantam Doubleday Dell Publishing Group, Inc.

*Umwelthinweis:*
Alle bedruckten Materialien dieses Taschenbuches
sind chlorfrei und umweltschonend.
Das Papier enthält bereits Recycling-Anteile.

Der Goldmann Verlag
ist ein Unternehmen der Verlagsgruppe Bertelsmann

Umschlaggestaltung: Design Team München unter
Verwendung einer Illustration von Tom Jung
Satz: IBV Satz- und Datentechnik GmbH, Berlin
Druck: Elsnerdruck, Berlin
Verlagsnummer: 41334
Lektorat: Sky Nonhoff
Redaktion: Hermann Urbanek
Herstellung: Peter Papenbrok/sc
Made in Germany
ISBN 3-442-41334-6

7 9 10 8

# 1

»Captain Pellaeon?« rief eine Stimme vom backbord gelegenen Mannschaftsstand herunter und übertönte das Summen der Hintergrundgespräche. »Eine Meldung von den Patrouillenbooten: Die Scoutschiffe haben soeben den Hyperraum verlassen.«

Pellaeon beugte sich über die Schulter des Mannes am Kontrollmonitor der *Schimäre* und ignorierte den Ruf. »Überprüfen Sie diesen Reflex«, befahl er und tippte mit dem Lichtstift gegen das Diagramm auf dem Bildschirm.

Der Techniker warf ihm einen fragenden Blick zu. »Sir...?«

»Ich habe es gehört«, sagte Pellaeon. »Sie haben Ihren Befehl, Lieutenant.«

»Ja, Sir«, sagte der Mann gehorsam und machte sich an die Überprüfung des Reflexes.

»Captain Pellaeon?« meldete sich die Stimme wieder, näher diesmal. Pellaeon hielt die Augen auf den Kontrollmonitor gerichtet und wartete, bis er näherkommende Schritte hörte. Dann, mit der ganzen majestätischen Würde, die sich ein Mann in fünfzig Jahren Dienst bei der imperialen Flotte aneignete, richtete er sich auf und drehte sich um.

Die energischen Schritte des jungen diensthabenden Offiziers verlangsamten sich; kamen zu einem abrupten Halt. »Uh, Sir...« Er blickte in Pellaeons Augen, und seine Stimme versagte.

Pellaeon ließ die Stille im Raum hängen, wartete eine Handvoll Herzschläge, lange genug, daß die Umstehenden es bemerkten. »Wir befinden uns hier nicht auf dem Viehmarkt von Shaum Hii,

Lieutenant Tschel«, sagte er schließlich mit ruhiger, aber eiskalter Stimme. »Das ist die Brücke eines imperialen Sternzerstörers. Routinemäßige Meldungen werden hier nicht – ich wiederhole *nicht* – einfach in die ungefähre Richtung des Adressaten gebrüllt. Ist das klar?«

Tschel schluckte. »Jawohl, Sir.«

Pellaeon fixierte ihn noch einige Sekunden mit starrem Blick und neigte dann den Kopf zu einem angedeuteten Nicken. »Gut. Berichten Sie.«

»Jawohl, Sir.« Tschel schluckte erneut. »Wir haben soeben eine Nachricht von den Patrouillenbooten erhalten, Sir; die Scouts sind von ihrem Aufklärungsflug ins Obroa-skai-System zurückgekehrt.«

»Sehr gut.« Pellaeon nickte. »Hat es Schwierigkeiten gegeben?«

»So gut wie keine – die Eingeborenen haben es ihnen offenbar übelgenommen, daß sie ihre Zentralbibliothek angezapft haben. Der Geschwadercommander sagte, sie wären eine Weile verfolgt worden, aber die Verfolger hätten ihre Spur bald verloren.«

»Hoffentlich«, meinte Pellaeon grimmig. Obroa-skai hatte für die Grenzregionen eine wichtige strategische Bedeutung, und nach den vorliegenden Geheiminformationen versuchte die Neue Republik mit aller Macht, sie auf ihre Seite zu ziehen. Wenn sich zum Zeitpunkt des Angriffs bewaffnete Rebellenschiffe im System aufgehalten hatten ...

Nun, er würde es noch früh genug erfahren. »Sorgen Sie dafür, daß sich der Geschwadercommander auf der Brücke zum Rapport meldet, sobald die Schiffe an Bord sind«, befahl er Tschel. »Und geben Sie für die Patrouillenboote Alarmstufe Gelb. Sie können gehen.«

»Jawohl, Sir.« Der Lieutenant vollführte eine militärisch-zackige Drehung und kehrte an die Kommunikationskonsole zurück.

Der *junge* Lieutenant ... was, wie Pellaeon mit einem Anflug von alter Bitterkeit dachte, das eigentliche Problem war. In den alten Tagen – als sich das Imperium auf der Höhe seiner Macht befunden hatte – wäre ein so junger Mann wie Tschel niemals als Brückenoffizier auf einem Schiff wie der *Schimäre* eingesetzt worden. Heute aber...

Er sah auf den ebenso jungen Mann am Kontrollmonitor hinunter. Heute aber gab es an Bord der *Schimäre* nur junge Männer und Frauen.

Langsam ließ Pellaeon seine Blicke über die Brücke wandern und spürte, wie der alte Zorn und der alte Haß in ihm aufbrandeten. Er wußte, daß viele Commander der Flotte in dem ersten Todesstern nur einen dreisten Versuch des Imperators gesehen hatten, die militärische Macht des Imperiums völlig unter seine Kontrolle zu bringen, wie er es zuvor schon mit der politischen Macht des Imperiums getan hatte. Die Tatsache, daß er die nachgewiesene Verwundbarkeit der Kampfstation ignoriert und einen zweiten Todesstern erbaut hatte, mußte diesen Verdacht nur verstärken. In den höheren Rängen der Flotte gab es nur wenige, die seinen Tod ehrlich bedauert hätten – hätte er nicht den Supersternzerstörer *Exekutor* mit in den Untergang gerissen.

Selbst jetzt, fünf Jahre danach, zuckte Pellaeon bei der Erinnerung unwillkürlich zusammen: die *Exekutor*, wie sie steuerlos mit dem unfertigen Todesstern kollidierte und dann in der gewaltigen Explosion der Kampfstation verschwand. Der Verlust des Schiffes war schon schlimm genug gewesen; aber die Tatsache, daß es sich dabei um die *Exekutor* gehandelt hatte, machte alles noch viel schlimmer. Der Supersternzerstörer war Darth Vaders Schiff gewesen, und trotz der legendären – und oftmals mörderischen – Launenhaftigkeit des Dunklen Lords war der Dienst auf seinem Schiff identisch mit der Aussicht auf rasche Beförderung gewesen.

Was bedeutete, daß mit der *Exekutor* auch viele der besten jungen Offiziere und Mannschaftsdienstgrade gestorben waren.

Die Flotte hatte sich nie von dieser Katastrophe erholt. Ohne die Führung der *Exekutor* hatte sich die Schlacht schnell in eine wilde Flucht verwandelt, bei der eine Reihe anderer Sternzerstörer vernichtet wurden, ehe endlich der Rückzugsbefehl kam. Pellaeon, der nach dem Tod des Kapitäns das Kommando über die *Schimäre* übernommen hatte, war es trotz aller verzweifelten Bemühungen nicht gelungen, die Reihen zu ordnen und die Initiative gegen die Rebellen zurückzugewinnen. Statt dessen waren sie immer weiter zurückgetrieben worden... bis zu der Stellung, die sie jetzt hielten.

Hier, in der einstmals tiefsten Provinz des Imperiums, das inzwischen kaum noch ein Viertel seiner früheren Systeme unter Kontrolle hatte. Hier, an Bord eines Sternzerstörers, der fast ausschließlich mit sorgfältig ausgebildeten, aber völlig unerfahrenen jungen Leuten bemannt war, von denen man die meisten zwangsweise oder unter Androhung von Gewalt auf ihren Heimatwelten rekrutiert hatte.

Hier, unter dem Kommando des wahrscheinlich größten militärischen Genies, das das Imperium je gesehen hatte.

Pellaeon lächelte – ein schmales, wölfisches Lächeln –, als er sich erneut auf der Brücke umsah. Nein, das Imperium war noch nicht am Ende. Wie die arrogante, selbsternannte Neue Republik bald herausfinden würde.

Er warf einen Blick auf seine Uhr. Fünfzehn Minuten nach zwei. Großadmiral Thrawn würde jetzt in seinem Kommandoraum meditieren... und wenn es schon gegen die imperiale Dienstvorschrift verstieß, quer über die Brücke zu brüllen, so verstieß es erst recht gegen sie, die Meditation eines Großadmirals durch einen Interkomruf zu stören. Entweder man sprach mit ihm von Angesicht zu Angesicht, oder man sprach überhaupt nicht mit ihm. »Halten Sie weiter diese Reflexe im Auge«, wies Pellaeon den Ortungsoffizier an, als er sich zur Tür wandte. »Ich bin bald wieder zurück.«

Der neue Kommandoraum des Großadmirals lag zwei Stockwerke unter der Brücke, dort, wo sich einst die luxuriöse Freizeitsuite des früheren Commanders befunden hatte. Thrawns erste Tat an Bord war es gewesen, die Suite zu übernehmen und aus ihr eine zweite Brücke zu machen.

Eine zweite Brücke, einen Meditationsraum... und vielleicht noch etwas anderes. An Bord der *Schimäre* war es kein Geheimnis, daß seit dem Umbau der Großadmiral den größten Teil seiner Zeit dort verbracht hatte. Geheim allerdings war, *was* er in diesen langen Stunden dort trieb.

Pellaeon trat vor die Tür, strich seine Uniform glatt und wappnete sich. Vielleicht würde er es bald herausfinden. »Captain Pellaeon wünscht Großadmiral Thrawn zu sprechen«, erklärte er. »Ich habe Informa...«

Die Tür glitt zur Seite, ehe er seinen Satz zu Ende führen konnte. Innerlich vorbereitet, trat Pellaeon in den dämmrigen Vorraum. Er blickte sich um, sah nichts von Interesse und steuerte die fünf Schritte entfernte Tür zur eigentlichen Suite an.

Ein Luftzug im Nacken war die einzige Warnung. »Captain Pellaeon«, miaute ihm eine tiefe, rauhe, katzenähnliche Stimme ins Ohr.

Pellaeon fuhr herum und verfluchte sich und die kleine, drahtige Kreatur, die direkt vor ihm stand. »Verdammt, Rukh«, schnappte er. »Was soll der Unsinn?«

Für einen langen Moment sah Rukh ihn wortlos an, und Pellaeon spürte, wie ihm ein Schweißtropfen über den Rücken rann. Mit seinen großen dunklen Augen, dem vorstehenden Kiefer und den glitzernden, nadelspitzen Fängen war Rukh im Halbdunkel ein noch gespenstischerer Anblick als unter normalen Lichtverhältnissen.

Vor allem für jemand wie Pellaeon, der wußte, für welche Aufgaben Thrawn Rukh und die anderen Noghri einsetzte.

»Ich mache nur meine Arbeit«, sagte Rukh schließlich. Er wies fast beiläufig mit seinem dünnen Arm auf die innere Tür, und Pellaeon erhaschte einen kurzen Blick auf den schmalen Dolch, ehe er im Ärmel des Noghris verschwand. Er ballte die Hand zur Faust und öffnete sie wieder; unter der dunkelgrauen Haut spannten sich Muskeln wie Drahtseile. »Sie dürfen eintreten.«

»*Danke*«, grollte Pellaeon. Erneut strich er über seine Uniform und wandte sich dann zur Tür. Sie öffnete sich selbsttätig, und er trat ein...

In ein dezent beleuchtetes Kunstmuseum.

Hinter der Türschwelle blieb er abrupt stehen und sah sich verblüfft um. An den Wänden und der gewölbten Decke hingen Gemälde und Flachplastiken, von denen einige vage menschlich wirkten, aber größtenteils eindeutig nichtmenschlichen Ursprungs waren. Zahlreiche Skulpturen standen im Raum, einige frei, andere auf Podesten. In der Mitte der Suite befand sich ein doppelter Ring aus Wiedergabedisplays, wobei der äußere Ring etwas höher angeordnet was als der innere. Bei beiden Displays schien es sich, soweit Pellaeon dies beurteilen konnte, ebenfalls um Kunstwerke zu handeln.

Und im Zentrum des Doppelrings, in einem Duplikat des Admiralssessels auf der Brücke, saß Großadmiral Thrawn.

Reglos saß er da, schimmernd blauschwarz das Haar, glitzernd im matten Licht, hellblau die Haut, die seiner ansonsten völlig menschlichen Gestalt etwas Kühles, Fernes, Fremdartiges verlieh. Als er sich zurücklehnte, waren seine Augen fast ganz geschlossen, und zwischen den Lidern leuchtete rote Glut hervor.

Pellaeon befeuchtete seine Lippen, und plötzlich hatte er Zweifel, ob es richtig gewesen war, in Thrawns Allerheiligstes einzudringen. Wenn sich der Großadmiral gestört fühlte...

»Kommen Sie, Captain«, schnitt Thrawns sorgfältig modulierte Stimme in Pellaeons Gedanken. Die Augen noch immer zu Schlitzen verengt, gab er ihm einen knappen Wink. »Was halten Sie davon?«

»Es ist… sehr interessant, Sir«, war alles, was Pellaeon herausbrachte, als er an den äußeren Displayring trat.

»Es sind natürlich nur Holografien«, erklärte Thrawn, und Pellaeon glaubte, einen Hauch von Bedauern in seiner Stimme zu hören. »Die Skulpturen und Gemälde. Einige sind verschollen; von den anderen befinden sich viele auf Planeten, die jetzt von der Rebellion kontrolliert werden.«

»Ja, Sir.« Pellaeon nickte. »Ich dachte, es würde Sie interessieren, Admiral, daß die Scouts aus dem Obroa-skai-System zurückgekehrt sind. Der Geschwadercommander wird Ihnen in Kürze Bericht erstatten.«

Thrawn nickte. »Haben sie die Zentralbibliothek anzapfen können?«

»Zumindest sind sie in das System eingedrungen«, antwortete Pellaeon. »Ich weiß nicht, ob es ihnen gelungen ist, den Auftrag auszuführen – offenbar hat man sie entdeckt. Allerdings ist der Commander überzeugt, die Verfolger abgeschüttelt zu haben.«

Thrawn schwieg einen Moment. »Nein«, sagte er. »Nein, das glaube ich nicht. Vor allem dann nicht, wenn es sich bei den Verfolgern um Rebellen gehandelt hat.« Er holte tief Luft, setzte sich aufrecht hin und öffnete zum erstenmal seit Pellaeons Eintreten die rotglühenden Augen.

Pellaeon hielt dem Blick des Admirals stand und war stolz auf diese Leistung. Viele der führenden Commander und Höflinge des Imperators hatten sich vor diesen Augen gefürchtet. Oder besser gesagt: vor Thrawn. Was wahrscheinlich der Grund dafür gewesen war, daß der Großadmiral den größten Teil seines Lebens in den Unbekannten Regionen verbracht hatte, unermüdlich dafür kämpfend, jene barbarischen Gebiete der Galaxis unter imperiale Kontrolle zu bringen. Seine brillanten Erfolge hatten ihm den Titel ei-

nes Kriegsherrn und das Recht auf die weiße Uniform eines Großadmirals eingebracht – der einzige Nichtmensch, dem der Imperator je diese Auszeichnung gewährt hatte.

Ironischerweise hatte ihn dies für die Grenzfeldzüge noch un-
entbehrlicher gemacht. Pellaeon hatte sich oft gefragt, wie die
Schlacht um Endor ausgegangen wäre, wenn Thrawn und nicht
Vader die *Exekutor* kommandiert hätte. »Ja, Sir«, sagte er. »Ich
habe für die Patrouillenboote Alarmstufe Gelb gegeben. Sollen wir
auf Rot gehen?«

»Noch nicht«, wehrte Thrawn ab. »Uns bleibt noch etwas Zeit.
Sagen Sie, Captain, verstehen Sie etwas von Kunst?«

»Ah... nicht sehr viel«, stieß Pellaeon hervor, vom plötzlichen
Themenwechsel leicht verwirrt. »Ich hatte bisher kaum Gelegenheit, mich näher damit zu beschäftigen.«

»Sie sollten sich die Zeit nehmen.« Thrawn deutete auf einen
Teil des inneren Displayrings zu seiner Rechten. »Saffa-Gemälde«,
erklärte er. »Circa 1550 bis 2200 prä-imperialer Zeitrechnung.
Achten Sie darauf, wie sich nach dem ersten Kontakt mit den
Thennquora der Stil ändert – genau da. Dort drüben« – er wies auf
die linke Seite – »das sind paoniddische Werke aus der Extrassa-
Periode. Beachten Sie die Parallelen zu den frühen Saffa-Werken
und den Vaathkree-Flachplastiken aus dem achtzehnten Jahrhundert prä-imperialer Zeitrechnung.«

»Ja, ich verstehe«, sagte Pellaeon nicht ganz wahrheitsgemäß.
»Admiral, sollten wir nicht...?«

Er verstummte, als ein schriller Pfiff ertönte. »Brücke an Großadmiral Thrawn«, drang Lieutenant Tschels nervös klingende
Stimme aus dem Interkom. »Sir, wir werden angegriffen!«

Thrawn preßte den Interkomknopf. »Hier spricht Thrawn«,
sagte er ausdruckslos. »Geben Sie Alarmstufe Rot und berichten
Sie. Aber in Ruhe, wenn es geht.«

»Jawohl, Sir.« Die Alarmlichter flackerten, und Pellaeon hörte das ferne Heulen der Sirenen. »Die Sensoren orten vier Kampffregatten der Neuen Republik«, fuhr Tschel mit gepreßter, aber kontrollierter Stimme fort. »Und drei Geschwader X-Flügler. Sie nähern sich in symmetrischer V-Formation rasch dem Vektor unserer Scoutschiffe.«

Pellaeon fluchte lautlos. Ein einziger Sternzerstörer mit einer unerfahrenen Crew gegen vier Kampffregatten und ihre Begleitjäger... »Maschinen auf volle Kraft!« rief er ins Interkom. »Lichtsprung einleiten.« Er wandte sich zur Tür...

»Befehl zum Lichtsprung aufgehoben«, sagte Thrawn mit eiskalter Stimme. »TIE-Jäger-Crews auf ihre Stationen; Deflektorschilde aktivieren.«

Pellaeon fuhr herum. »Admiral...!«

Thrawn hob abwehrend die Hand. »Kommen Sie, Captain«, befahl der Großadmiral. »Wir sollten uns das einmal ansehen, meinen Sie nicht auch?«

Er legte einen Schalter um; und abrupt verschwanden die Kunstwerke. Die Suite verwandelte sich in eine Kleinausgabe der Brücke, mit Navigations-, Maschinen- und Waffenkontrollen an den Wänden und dem doppelten Displayring. Ein taktisches Holodisplay nahm den freien Raum ein; die pulsierende Kugel in einer Ecke stellte die Angreifer dar. Das ihnen nächstbefindliche Wanddisplay meldete, daß sie in ungefähr zwölf Minuten in Gefechtsweite sein würden.

»Zum Glück sind die Scoutschiffe nicht in unmittelbarer Gefahr«, stellte Thrawn fest. »So. Schauen wir uns nun an, mit was genau wir es zu tun haben. Brücke. Angriffsbefehl für die drei nächsten Patrouillenboote.«

»Jawohl, Sir.«

Drei blaue Punkte lösten sich aus der Abwehrformation und schnitten dem Feind den Weg ab. Aus den Augenwinkeln sah Pellaeon, wie sich Thrawn nach vorn beugte, als die Kampffregatten und die sie begleitenden X-Flügler ebenfalls den Kurs änderten. Einer der blauen Punkte erlosch...

»Hervorragend«, sagte Thrawn und lehnte sich in seinem Sessel zurück. »Das genügt, Lieutenant. Die beiden anderen Patrouillenboote sollen sich zurückziehen, die Einheiten im Sektor Vier den Vektor der Angreifer verlassen.«

»Jawohl, Sir«, bestätigte Tschel mit hörbar irritiert klingender Stimme.

Pellaeon konnte seine Irritation nur zu gut verstehen. »Sollten wir nicht zumindest den Rest der Flotte alarmieren?« fragte er gepreßt. »Die *Totenkopf* könnte in zwanzig Minuten, die meisten anderen in weniger als einer Stunde hier sein.«

»Noch mehr von unseren Schiffen herzuholen, wäre das letzte, was wir jetzt tun sollten, Captain«, sagte Thrawn. Er sah Pellaeon an, und ein leises Lächeln spielte um seine Lippen. »Schließlich *könnte* es Überlebende geben, und wir wollen doch nicht, daß die Rebellen von uns erfahren. Oder?«

Er wandte sich wieder den Displays zu. »Brücke: Drehung um zwanzig Grad nach Backbord. Aufbauten auf den Vektor der Angreifer ausrichten. Sobald sie sich im äußeren Perimeter befinden, sollen sich die Einheiten im Sektor Vier hinter ihnen neu formieren und den Funkverkehr blockieren.«

»J-ja, Sir. Sir...«

»Es ist nicht notwendig, daß Sie meine Befehle verstehen, Lieutenant«, sagte Thrawn mit kalter Stimme. »Gehorchen Sie.«

»Jawohl, Sir.«

Pellaeon atmete zischend aus, als die Displays zeigten, wie sich die *Schimäre* dem Befehl entsprechend drehte. »Ich fürchte, ich verstehe ebenfalls nicht, Admiral«, gestand er. »Ihnen unsere Aufbauten zuzudrehen...«

Erneut hob Thrawn abwehrend die Hand. »Schauen Sie zu und lernen Sie, Captain. In Ordnung, Brücke: Drehung beenden und

Position beibehalten. Schleusendeflektoren desaktivieren, alle anderen Schilde hochfahren. TIE-Jäger: Fertigmachen zum Start. Begeben Sie sich in zwei Kilometer Entfernung von der *Schimäre*, und bilden Sie dann eine offene Formation. Gefechtsgeschwindigkeit, zonale Angriffsstruktur.«

Er erhielt die Bestätigung und sah dann wieder Pellaeon an. »Verstehen Sie jetzt, Captain?«

Pellaeon verzog den Mund. »Ich fürchte, nein«, gab er zu. »Mir ist klar, daß Sie das Schiff beidrehen ließen, um den Jägern beim Start Deckung zu geben, aber alles andere ist nichts weiter als ein klassisches Marg-Sabl-Einkesselungsmanöver. Auf so etwas Einfaches werden sie kaum hereinfallen.«

»Im Gegenteil«, korrigierte ihn Thrawn kühl. »Sie werden nicht nur darauf hereinfallen, sondern auch alle vernichtet werden. Sehen Sie zu, Captain. Und lernen Sie.«

Die TIE-Jäger starteten, entfernten sich mit hoher Beschleunigung von der *Schimäre*, drehten abrupt bei und schossen dann wie die Gischttropfen einer exotischen Quelle in die entgegengesetzte Richtung davon. Die angreifenden Schiffe entdeckten das Geschwader und änderten den Kurs...

Pellaeon blinzelte. »Beim Imperium, was *machen* sie?«

»Sie greifen zu der einzigen Verteidigung gegen ein Marg-Sabl, die sie kennen«, erklärte Thrawn, und die Befriedigung in seiner Stimme war unüberhörbar. »Oder, um genauer zu sein, der einzigen Verteidigung, zu der sie psychologisch in der Lage sind.« Er nickte in Richtung der pulsierenden Kugel. »Sehen Sie, Captain, dieser Verband wird von einem Elom kommandiert... und Elomin können mit dem unstrukturierten Angriffsprofil eines sorgfältig durchgeführten Marg-Sabl nicht zurechtkommen.«

Pellaeon starrte die Angreifer an, die noch immer mit dem Aufbau ihrer nutzlosen Abwehrformation beschäftigt waren... und allmählich dämmerte ihm, was Thrawn getan hatte. »Dieser Angriff der Patrouillenboote vor ein paar Minuten – er hat Ihnen verraten, daß es sich um Schiffe der Elomin handelt?«

»Beschäftigen Sie sich mit der Kunst, Captain«, riet Thrawn mit verträumt klingender Stimme. »Wenn Sie die Kunst einer Spezies verstehen, dann verstehen Sie die Spezies.«

Er richtete sich in seinem Sessel auf. »Brücke: Auf Flankengeschwindigkeit gehen. Angriff unterstützen.«

Eine Stunde später war alles vorbei.


Die Tür des Kommandoraums schloß sich hinter dem Geschwadercommander, und Pellaeon richtete seine Blicke wieder auf die Displaykarte. »Das hört sich an, als wäre Obroa-skai eine Sackgasse«, sagte er bedauernd. »Unsere Streitkräfte reichen nicht aus, um das System zu befrieden.«

»Vielleicht im Moment«, stimmte Thrawn zu. »Aber nur im Moment.«

Pellaeon sah ihn über den Tisch hinweg fragend an. Thrawn spielte mit einer Datenkarte, rieb sie geistesabwesend zwischen Daumen und Zeigefinger, während er durch die Sichtluke die Sterne betrachtete. Ein seltsames Lächeln umspielte seine Lippen. »Admiral?« fragte er vorsichtig.

Thrawn drehte den Kopf, ließ die glühenden Augen auf Pellaeon ruhen. »Das ist das zweite Teil des Puzzles, Captain«, sagte er leise und hielt die Datenkarte hoch. »Das Teil, nach dem ich ein ganzes Jahr gesucht habe.«

Abrupt drehte er sich zum Interkom und aktivierte es. »Brücke, hier spricht Großadmiral Thrawn. Nehmen Sie Verbindung mit der *Totenkopf* auf; informieren Sie Captain Harbid, daß wir uns vorübergehend von der Flotte trennen. Er soll die lokalen Systeme weiter überwachen, soviel Daten wie möglich sammeln und anschließend Kurs auf ein System namens Myrkr nehmen – die Koordinaten sind im Navigationscomputer gespeichert.«

Die Brücke bestätigte, und Thrawn wandte sich wieder Pellaeon zu. »Sie wirken irritiert, Captain«, stellte er fest. »Ich nehme an, Sie haben noch nie von Myrkr gehört.«

Pellaeon schüttelte den Kopf und versuchte erfolglos, im Gesicht des Großadmirals zu lesen. »Sollte ich das?«

»Vermutlich nicht. Die meisten Schmuggler, Aufrührer und der sonstige Abschaum der Galaxis kennen diesen Planeten.«

Er schwieg, trank einen kleinen Schluck aus dem Krug, der neben seinem Ellbogen stand – und der nach dem Geruch zu urteilen starkes forwisches Bier enthielt –, und Pellaeon zwang sich zur Geduld. Was ihm auch immer der Großadmiral mitteilen wollte, er würde es ihm auf seine Art und zu einem ihm genehmen Zeitpunkt sagen. »Ich habe vor etwa sieben Jahren durch Zufall von ihm erfahren«, fuhr Thrawn fort und stellte den Krug ab. »Was meine Aufmerksamkeit erregte, war die Tatsache, daß der Planet zwar schon seit mindestens dreihundert Jahren bewohnt ist, aber sowohl von der Alten Republik als auch von den Jedi strikt gemieden wurde.« Er hob eine blauschwarze Augenbraue. »Was schließen Sie daraus, Captain?«

Pellaeon zuckte mit den Schultern. »Daß es sich dabei um einen Grenzplaneten handelt, zu abgelegen, um für irgend jemand von Interesse zu sein.«

»Sehr gut, Captain. Das war auch mein erster Gedanke… nur daß es nicht stimmt. Myrkr ist in Wirklichkeit nicht mehr als hundertfünfzig Lichtjahre von hier entfernt – dicht an unserer Grenze zu der Rebellion und innerhalb der Grenzen der Alten Republik.« Thrawn sah die Datenkarte in seiner Hand an. »Nein, die richtige Antwort ist viel interessanter. Und weitaus nützlicher.«

Pellaeon richtete die Blicke ebenfalls auf die Datenkarte. »Und bei dieser Antwort handelt es sich um das erste Teil Ihres Puzzles?«

Thrawn lächelte ihn an. »Sehr gut, Captain. Ja. Myrkr – oder genauer gesagt, eine der dort lebenden Tierarten – war das erste Teil. Das zweite ist eine Welt namens Wayland.« Er wedelte mit der Datenkarte. »Eine Welt, deren Koordinaten ich dank der Obroaner inzwischen kenne.«

»Ich gratuliere Ihnen«, sagte Pellaeon, des Spieles plötzlich überdrüssig. »Darf ich fragen, um was für eine Art Puzzle es sich handelt?«

Thrawn lächelte – ein Lächeln, das Pellaeon frösteln ließ. »Nun, das einzige Puzzle, das die Beschäftigung lohnt«, antwortete der Großadmiral sanft. »Die vollständige, totale und endgültige Niederschlagung der Rebellion.«

# 2

»Luke?«

Die Stimme war leise, aber hartnäckig. Luke Skywalker blieb inmitten der vertrauten Landschaft von Tatooine stehen – vertraut, aber dennoch seltsam verzerrt – und drehte sich um.

Eine gleichermaßen vertraute Gestalt stand nicht weit von ihm und sah ihn an. »Hallo, Ben«, sagte Luke mit schwerfällig klingender Stimme. »Es ist lange her.«

»In der Tat«, bestätigte Obi-wan Kenobi ernst. »Und ich fürchte, daß bis zu unserer nächsten Begegnung noch mehr Zeit vergehen wird. Ich bin gekommen, um dir Lebewohl zu sagen, Luke.«

Die Landschaft schien zu erbeben; und abrupt erinnerte sich ein Teil von Lukes Bewußtsein, daß er schlief. Er schlief in seiner Suite im Imperialen Palast und träumte von Ben Kenobi.

»Nein, ich bin kein Traum«, versicherte Ben und beantwortete damit Lukes unausgesprochene Frage. »Aber die Entfernung, die uns trennt, ist zu groß geworden, als daß ich dir auf andere Weise erscheinen könnte. Und selbst dieses letzte Tor wird bald für mich versperrt sein.«

»Nein«, hörte Luke sich selbst sagen. »Du darfst uns nicht verlassen, Ben. Wir brauchen dich.«

Ben hob leicht die Brauen, und die Andeutung seines alten Lächelns umspielte seine Lippen. »Du brauchst mich nicht, Luke. Du bist ein Jedi, und die Macht ist stark in dir.« Das Lächeln verblaßte, und einen Moment lang schienen sich seine Augen auf etwas zu richten, das Luke nicht sehen konnte. »Wie dem auch sei«, fuhr er fort, »es ist nicht meine Entscheidung. Ich habe bereits zu lange gezögert, und ich kann meine Reise in die Regionen jenseits des Lebens nicht länger verschieben.«

Eine Erinnerung regte sich: Yoda auf seinem Totenlager und Luke, wie er ihn anflehte, nicht zu sterben. *Stark bin ich dank der Macht*, hatte der Jedi-Meister leise zu ihm gesagt. *Aber jetzt nicht mehr.*

»Die Vergänglichkeit gehört zum Muster des Lebens«, erinnerte ihn Ben. »Auch du wirst eines Tages diese Reise antreten müssen.« Erneut schweifte seine Aufmerksamkeit ab und kehrte wieder zu ihm zurück. »Die Macht ist stark in dir, Luke, und mit Entschlossenheit und Disziplin wirst du immer stärker werden.« Sein Blick wurde hart. »Aber du darfst nie in deiner Wachsamkeit nachlassen. Der Imperator ist tot, aber die dunkle Seite ist noch immer mächtig. Vergiß das niemals.«

»Ich werde es nicht vergessen«, versprach Luke.

Bens Gesicht wurde weich, und er lächelte wieder. »Dennoch wirst du dich großen Gefahren stellen müssen, Luke«, sagte er. »Aber du wirst auch neue Verbündete finden, an Zeiten und Orten, wo du sie am wenigsten erwartest.«

»Neue Verbündete?« wiederholte Luke. »Wer sind sie?«

Die Vision schien zu flimmern und zu verblassen. »Und jetzt – Lebewohl«, sagte Ben, als hätte er die Frage nicht gehört. »Ich habe dich wie einen Sohn geliebt, wie einen Schüler und wie einen Freund. Bis wir uns wiedersehen, möge die Macht mit dir sein.«

»Ben...!«

Aber Ben wandte sich ab, und seine Gestalt verblaßte... und im Traum wußte Luke, daß er fort war. *Dann bin ich allein*, sagte er sich. *Ich bin der letzte der Jedi.*

Er glaubte Bens Stimme zu hören, matt und fast unhörbar, wie aus weiter Ferne. »Nicht der letzte der alten Jedi, Luke. Der erste der neuen.«

Die Stimme verklang und war fort... und Luke erwachte.

Für einen Moment blieb er liegen, starrte die Decke über seinem Bett an, über die die matten Lichter von Imperial City spielten, und kämpfte gegen die Benommenheit, die der Schlaf hinterlassen hatte. Gegen die Benommenheit und die schier unerträgliche Trauer, die seine ganze Seele erfüllte. Zuerst waren Onkel Owen und Tante Beru ermordet worden; dann hatte Darth Vader, sein richtiger Vater, sein eigenes Leben für das von Luke geopfert; und jetzt hatte ihn selbst Ben Kenobis Geist verlassen.

Zum drittenmal war er zum Waisen geworden.

Mit einem Seufzer glitt er unter der Decke hervor und schlüpfte in sein Gewand und die Hausschuhe. Zu seiner Suite gehörte eine Kochnische, und er brauchte nur ein paar Minuten, um ein Getränk aufzubrühen, ein ausgesprochen exotisches Gebräu, das ihm Lando bei seinem letzten Besuch auf Coruscant mitgebracht hatte. Dann schob er sein Lichtschwert in die Schärpe seiner Robe und stieg hinauf aufs Dach.

Er hatte sich erbittert dagegen gewehrt, die Zentrale der Neuen Republik nach Coruscant zu verlegen; er hatte sich noch entschiedener dagegen gewehrt, daß die vor kurzem erst gebildete Regierung ihren Sitz im alten Imperialen Palast nahm. Der Symbolismus allein war falsch, vor allem für eine Gruppe, die – nach seinem Geschmack – ohnehin zuviel Wert auf Symbole legte.

Aber trotz all seiner Kritik mußte er zugeben, daß die Aussicht vom Dach des Palastes überwältigend war.

Für einige Minuten blieb er am Rand des Daches stehen, lehnte sich an die brusthohe schmiedesteinerne Brüstung und ließ den kühlen Nachtwind sein Haar zerzausen. Selbst mitten in der Nacht pulsierte Imperial City vor Leben; die Scheinwerfer der Fahrzeuge und die Straßenlaternen vermischten sich zu einer Art mobiles Kunstwerk. Über ihm, erhellt von den Lichtern der Stadt und der gelegentlich vorbeihuschenden Gleiter, bildeten die niedrig hängenden Wolken eine grobgehauene Decke, die sich in alle Richtungen erstreckte, so endlos wie die Stadt selbst. Weit im Süden konnte er undeutlich die Manarai-Berge erkennen, schneebedeckte Gipfel, wie die Wolken von den Lichtern der Stadt erhellt.

Er blickte zu den Bergen hinüber, als zwanzig Meter hinter ihm die Tür zum Palast leise geöffnet wurde.

Automatisch griff er nach seinem Lichtschwert, aber sofort hielt er inne. Die Aura des Wesens, das aus der Tür trat... »Ich bin hier, Dreipeo!« rief er.

Er drehte sich zu C-3PO um, der über das Dach auf ihn zuschlurfte und wie stets die dem Droiden eigene Aura aus Erleichterung und Besorgnis verbreitete. »Hallo, Master Luke«, sagte er und neigte ruckartig den Kopf, um die Tasse in Lukes Hand zu begutachten. »Es tut mir schrecklich leid, daß ich Sie gestört habe.«

»Schon in Ordnung«, beruhigte ihn Luke. »Ich wollte nur etwas frische Luft schnappen.«

»Sind Sie sicher?« fragte Dreipeo. »Ich möchte natürlich nicht neugierig sein...«

Trotz seiner düsteren Stimmung mußte Luke lächeln. Dreipeos Versuche, gleichzeitig hilfsbereit, wißbegierig und höflich zu sein, waren nie von Erfolg gekrönt. Meistens wirkten sie einfach komisch. »Ich bin ein wenig deprimiert, fürchte ich«, verriet er dem Droiden und sah wieder zur Stadt hinüber. »Eine richtige, funktionierende Regierung auf die Beine zu stellen, ist weitaus schwieriger, als ich erwartet hatte. Schwieriger, als die meisten Mitglieder des Rates geglaubt haben.« Er zögerte. »Vor allem vermisse ich Ben.«

Dreipeo schwieg für einen Moment. »Er war immer sehr freundlich zu mir«, sagte er schließlich. »Und auch zu Erzwo.«

Luke führte die Tasse zu den Lippen. »Du hast eine einzigartige Sicht des Universums, Dreipeo«, stellte er fest.

Aus den Augenwinkeln sah er, wie Dreipeo sich versteifte. »Ich hoffe, ich habe Sie nicht beleidigt, Sir«, sagte der Droide besorgt. »Das war ganz gewiß nicht meine Absicht.«

»Du hast mich nicht beleidigt«, versicherte Luke. »Um ganz offen zu sein, wahrscheinlich hat Ben mir durch dich die letzte Lektion erteilt.«

»Sie meinen?«

Luke trank einen Schluck. »Regierungen und Planeten sind wichtig, Dreipeo. Aber im Grunde geht es nur um die Menschen.«

Eine kurze Pause folgte. »Oh«, äußerte Dreipeo.

»Mit anderen Worten«, bekräftigte Luke, »ein Jedi kann sich so intensiv mit Angelegenheiten von galaktischer Bedeutung beschäftigen, daß er darüber die Menschen vergißt.« Er sah Dreipeo an und lächelte. »Oder die Droiden.«

»Oh, ich verstehe, Sir.« Dreipeo beugte sich über Lukes Tasse. »Verzeihen Sie, Sir... aber darf ich fragen, was Sie da trinken?«

»Das hier?« Luke blickte in die Tasse. »Das ist etwas, das mir Lando vor einiger Zeit mitgebracht hat.«

»Lando?« wiederholte Dreipeo, und die Mißbilligung in seiner Stimme war nicht zu überhören. Obwohl er auf Höflichkeit programmiert war, hatte Dreipeo aus seiner Abneigung gegen Lando nie ein Hehl gemacht.

Was nicht sehr überraschend war, wenn man die Umstände ihrer ersten Begegnung bedachte. »Ja, doch trotz seiner zweifelhaften Herkunft handelt es sich um ein köstliches Getränk«, erklärte Luke. »Es wird Kakao genannt.«

»Oh, ich verstehe.« Der Droide richtete sich auf. »Nun gut, Sir. Da mit Ihnen alles in Ordnung ist, werde ich mich jetzt besser zurückziehen.«

»Sicher. Nebenbei, warum bist du überhaupt heraufgekommen?«

»Natürlich, weil mich Prinzessin Leia geschickt hat«, antwortete Dreipeo, sichtlich überrascht, daß Luke gefragt hatte. »Sie sagte, Sie wären traurig.«

Luke lächelte und schüttelte den Kopf. Leia fand immer einen Weg, ihn aufzuheitern, wenn er es nötig hatte. »Angeberei«, brummte er.

»Wie bitte, Sir?«

Luke machte eine abwehrende Handbewegung. »Leia will nur mit ihren neuen Jedi-Fähigkeiten angeben. Um zu beweisen, daß sie selbst mitten in der Nacht meine Stimmung spüren kann.«

Dreipeo neigte mißbilligend den Kopf. »Sie schien sich *wirklich* Sorgen zu machen, Sir.«

»Ich weiß«, sagte Luke. »Es war nur ein Scherz.«

»Oh. Dreipeo schien darüber nachzudenken. »Soll ich ihr ausrichten, daß mit Ihnen alles in Ordnung ist?«

»Sicher.« Luke nickte. »Und wenn du unten bist, sage ihr auch, daß Sie sich keine Sorgen mehr um mich machen und zu Bett gehen soll. Ihre morgendliche Übelkeit ist so schon schlimm genug, auch wenn sie *nicht* übermüdet ist.«

»Ich werde es ihr ausrichten, Sir«, versprach Dreipeo.

»Und«, fügte Luke leise hinzu, »sage ihr, daß ich sie liebe.«

»Ja, Sir. Gute Nacht, Master Luke.«

»Gute Nacht, Dreipeo.«

Er sah dem Droiden nach, und erneut drohte ihn die Trauer zu überwältigen. Dreipeo würde es nicht verstehen, natürlich nicht – niemand vom Provisorischen Rat hatte es bis jetzt verstanden. Aber daß Leia, die nun im dritten Monat schwanger war, den Großteil ihrer Zeit *hier* verbringen mußte...

Er fröstelte, und das nicht nur wegen der kühlen Nachtluft. *Stark ist die dunkle Seite an diesem Ort*, hatte ihm Yoda in der Höhle auf Dagobah gesagt – in jener Höhle, wo Luke ein Lichtschwertduell mit einem Darth Vader ausgetragen hatte, der Luke selbst gewesen war. Noch Wochen danach hatte ihn die Erinnerung an die schiere Macht und Gegenwart der dunklen Seite in seinen Träumen verfolgt; erst viel später hatte er endlich erkannt, daß Yoda diesen Zwischenfall nur inszeniert hatte, um ihm zu zeigen, welch weiten Weg er noch zurücklegen mußte.

Trotzdem hatte er sich oft gefragt, wie die Höhle zu dem geworden war, was sie darstellte. Hatte sich gefragt, ob einst jemand dort gelebt hatte, in dem die dunkle Seite stark gewesen war.

Wie der Imperator einst hier gelebt hatte.

Er fröstelte wieder. Das Verwirrendste war, daß er im Palast *keine* vergleichbare Konzentration des Bösen spüren konnte. Der Rat hatte ihn sogar darüber befragt, als es damals um die Entscheidung gegangen war, das Hauptquartier nach Imperial City zu verlegen oder nicht. Er hatte die Zähne zusammenbeißen und zugeben müssen, daß die Anwesenheit des Imperators scheinbar keine bleibenden Spuren hinterlassen hatte.

Aber nur weil er keine spürte, bedeutete dies noch lange nicht, daß es tatsächlich keine gab.

Er schüttelte den Kopf. *Hör auf*, wies er sich energisch zurecht. Phantomen nachzujagen, würde ihn nur in die Paranoia treiben. Sein Alptraum und seine Schlafstörungen waren gewiß nur eine Folge des Stresses, Leia und den anderen bei der Umwandlung einer militärisch orientierten Rebellenbewegung in eine zivile Regierung zu helfen. Zweifellos hätte sich Leia niemals auch nur in die Nähe dieses Ortes begeben, wenn sie irgendwelche Befürchtungen gehabt hätte.

Luke zwang sich zur Ruhe und griff mit seinen Jedi-Sinnen hinaus. Auf der anderen Seite des Palastes, in einem der oberen Stockwerke, spürte er Leias schlafendes Bewußtsein. Ihr Bewußtsein und das der Zwillinge, mit denen sie schwanger war.

Einen Moment lang hielt er den einseitigen Kontakt aufrecht, behutsam darauf bedacht, sie nicht zu wecken, und erneut wunderte er sich über die fremdartige Aura, die von den ungeborenen Kindern in ihrem Leib ausging. Das Skywalker-Erbe war unverkennbar; die Tatsache an sich, daß er sie spüren konnte, war Beweis genug, wie ungeheuer stark die Macht in ihnen war.

Zumindest vermutete er dies. Er hatte immer gehofft, Ben eines Tages danach fragen zu können.

Und jetzt war diese Hoffnung zerstört.

Plötzlich kamen ihm die Tränen, und er unterbrach die Verbindung. Die Tasse in seiner Hand fühlte sich kalt an. Er trank den Rest Kakao und warf einen letzten Blick in die Runde. Zur Stadt hinüber, zu den Wolken hinauf... und vor seinem geistigen Auge sah er die Sterne, die hinter ihnen verborgen waren. Sterne, von Planeten umkreist, auf denen Menschen lebten. Milliarden Menschen. Viele von ihnen warteten noch immer auf die Freiheit und das Licht, das ihnen die Neue Republik versprochen hatte.

Er schloß die Augen und sperrte die hellen Lichter und die gleichermaßen hellen Hoffnungen aus. Es gab keinen Zauberstab, dachte er bitter, der alle Probleme lösen konnte.

Nicht einmal für einen Jedi.


Dreipeo schlurfte aus dem Zimmer, und mit einem müden Seufzer sank Leia Organa Solo in die Kissen zurück. *Ein halber Sieg ist besser als keiner*, kam ihr das alte Sprichwort in den Sinn.

Das alte Sprichwort, an das sie nie geglaubt hatte. Für sie war ein halber Sieg gleichbedeutend mit einer halben Niederlage.

Sie seufzte erneut, als sie die Berührung von Lukes Bewußtsein spürte. Seine Begegnung mit Dreipeo hatte ihn aus seinen düsteren Gedanken gerissen, wie sie es gehofft hatte; aber nun, wo der Droide fort war, drohte ihn seine Niedergeschlagenheit wieder zu überwältigen.

Vielleicht sollte sie persönlich zu ihm gehen. Mit ihm reden und herausfinden, was ihn nun schon seit Wochen quälte.

Sie spürte einen kaum merkbaren Stich in der Magengrube. »Es ist gut«, flüsterte sie beruhigend und strich sanft mit der Hand über ihren Bauch. »Es ist alles gut. Ich habe mir nur Sorgen um euren Onkel Luke gemacht, das ist alles.«

Langsam ließ das Stechen nach. Sie nahm das halbvolle Glas vom Nachttisch und trank es aus, wobei sie Mühe hatte, nicht das Gesicht zu verziehen. Warme Milch gehörte nicht unbedingt zu ihren Lieblingsgetränken, aber sie half, die periodisch auftretenden stechenden Schmerzen in ihrem Verdauungstrakt zu lindern. Die Ärzte hatten gesagt, daß ihre Magenprobleme bald vorbei sein würden. Sie hoffte inbrünstig, daß sie recht hatten.

Aus dem Nebenzimmer drangen Schritte. Leia stellte das Glas hastig mit einer Hand auf den Nachttisch und zog mit der anderen die Decke bis zum Kinn. Die Nachttischlampe war noch immer an, und sie griff mit der Macht nach ihr, um sie auszuschalten.

Die Lampe flackerte nicht einmal. Sie biß die Zähne zusammen und versuchte es erneut; und erneut versagte sie. Offenbar hatte sie noch immer keine volle Kontrolle über die Macht, zumindest nicht, wenn es um Kleinigkeiten wie einen Lichtschalter ging. Sie schlug die Decke zurück und streckte die Hand nach der Lampe aus.

Auf der anderen Seite des Raums öffnete sich die Tür zum Nebenzimmer, und eine hochgewachsene Frau im Morgenrock wurde sichtbar. »Eure Hoheit?« sagte sie leise und strich sich das schimmernd weiße Haar aus den Augen. »Ist alles in Ordnung?«

Leia seufzte resignierend. »Komm herein, Winter. Wie lange hast du schon an der Tür gelauscht?«

»Ich habe nicht gelauscht«, wehrte Winter ab, als sie ins Zimmer trat, und sie klang gekränkt, daß Leia ihr etwas Derartiges überhaupt zutraute. »Ich habe das Licht unter der Tür gesehen und dachte, Sie würden etwas brauchen.«

»Mir geht es gut«, versicherte Leia, und sie fragte sich, ob diese Frau je aufhören würde, sie zu verblüffen. Mitten in der Nacht aus dem Schlaf gerissen, nur mit einem alten Morgenrock bekleidet, das Haar in völliger Unordnung, wirkte Winter trotzdem weitaus königlicher als Leia an ihren besten Tagen. Sie hatten ihre Kindheit gemeinsam auf Alderaan verbracht, und die meisten Besucher am Hof des Vizekönigs – mehr, als Leia sich erinnern konnte – hatten Winter automatisch für die Prinzessin gehalten.

Winter hatte es wahrscheinlich nicht vergessen. Wer wie sie ganze Gespräche Wort für Wort wiedergeben konnte, sollte auch in der Lage sein, genau anzugeben, wie oft sie mit einer Prinzessin verwechselt worden war.

Leia hatte sich oft gefragt, was die übrigen Mitglieder des Provisorischen Rates denken würden, wenn sie wüßten, daß die schweigsame Assistentin, die bei offiziellen Anlässen neben ihr saß oder bei zwanglosen Gesprächen an ihrer Seite stand, jedes einzelne Wort behielt, das sie von sich gaben. Einigen, so vermutete sie, würde es ganz gewiß nicht gefallen.

»Soll ich Ihnen noch etwas Milch bringen, Eure Hoheit?« fragte Winter. »Oder einige Kekse?«

»Nein, danke.« Leia schüttelte den Kopf. »Im Moment macht mein Magen keine Probleme. Es … nun, du weißt es. Es ist Luke.«

Winter nickte. »Immer noch das gleiche Problem, das ihn seit neun Wochen beschäftigt?«

Leia runzelte die Stirn. »Geht es schon so lange?«

Winter zuckte mit den Schultern. »Sie sind sehr beschäftigt gewesen«, meinte sie mit der ihr eigenen Diplomatie.

»Du sagst es«, entgegnete Leia trocken. »Ich weiß es nicht, Winter – ich weiß es wirklich nicht. Er hat Dreipeo erzählt, daß er Ben Kenobi vermißt, aber ich weiß, daß es nicht nur das ist.«

»Vielleicht hat es mit Ihrer Schwangerschaft zu tun«, vermutete Winter. »Das würde auch erklären, warum es vor neun Wochen angefangen hat.«

»Ja, ich weiß«, stimmte Leia zu. »Aber zur selben Zeit haben auch Mon Mothma und Admiral Ackbar den Regierungssitz nach Coruscant verlegt. Und zur selben Zeit erhielten wir die ersten Berichte aus den Grenzregionen über das geheimnisvolle taktische Genie, das das Kommando über die imperiale Flotte übernommen hat.« Sie machte eine hilflose Geste. »Such dir etwas aus.«

»Ich schätze, Sie werden warten müssen, bis er bereit ist, mit Ihnen darüber zu reden.« Winter überlegte. »Vielleicht kann ihn Captain Solo nach seiner Rückkehr aus der Reserve locken.«

Leia preßte Daumen und Zeigefinger zusammen, überwältigt von zorniger Einsamkeit. Daß Han erneut eine dieser dummen Kontaktmissionen übernommen und sie allein zurückgelassen hatte...

Der Zorn wich, verwandelte sich in Schuld. Ja, Han war wieder fort; aber selbst wenn er hier war, schienen sie sich kaum zu sehen. Die meiste Zeit war sie mit der schwierigen, kräftezehrenden Aufgabe beschäftigt, eine neue Regierung zu bilden, und es gab Tage, an denen sie kaum zum Essen kam – wie sollte sie dann Zeit für ihren Mann finden?

*Aber das ist meine Aufgabe*, sagte sie sich grimmig; und es war eine Aufgabe, die unglücklicherweise nur von ihr erledigt werden konnte. Im Gegensatz zu fast allen anderen führenden Köpfen der Allianz war sie in den theoretischen und praktischen Aspekten der Politik gründlich ausgebildet worden. Sie war im Königshaus von Alderaan aufgewachsen und hatte von ihrem Pflegevater gelernt, wie man ganze Sonnensysteme regierte – so gut gelernt, daß sie ihn bereits als Heranwachsende im Imperialen Senat vertreten konnte. Ohne ihren Sachverstand drohte alles zusammenzubrechen, vor allem in diesem kritischen frühen Entwicklungsstadium der Neuen Republik. Noch ein paar Monate – nur noch ein paar Monate –, und sie konnte endlich ein wenig ausspannen. Dann würde sie bei Han alles wiedergutmachen.

Die Schuldgefühle ließen nach. Aber die Einsamkeit blieb.

»Vielleicht«, sagte sie zu Winter. »In der Zwischenzeit sollten wir dafür sorgen, daß wir genug Schlaf bekommen. Wir haben morgen einen anstrengenden Tag vor uns.«

Winter hob leicht die Brauen. »Tatsächlich?« meinte sie trokken.

»Sieh an, sieh an«, sagte Leia spöttisch. »Für eine Zynikerin bist du viel zu jung. Aber ich habe es ernst gemeint – ins Bett mit dir.«

»Sind Sie sicher, daß ich nichts mehr für Sie tun kann?«

»Ich bin mir sicher. Los, verschwinde.«

»In Ordnung. Gute Nacht, Eure Hoheit.«

Sie eilte hinaus und schloß die Tür hinter sich. Leia sank aufs Bett, zog die Decke hoch und schüttelte die Kissen auf. »Gute Nacht, ihr beiden«, sagte sie leise zu ihren Babys und strich sacht über ihren Bauch. Han hatte mehr als einmal festgestellt, daß jemand, der mit seinem eigenen Bauch sprach, leicht verrückt sein mußte. Aber sie vermutete, daß in Hans Augen *jeder* leicht verrückt war.

Sie vermißte ihn schrecklich.

Mit einem Seufzer griff sie nach dem Nachttisch und knipste das Licht aus. Nach kurzer Zeit war sie eingeschlafen.

An einem weit entfernten Ort in der Galaxis nippte Han Solo an seinem Krug und betrachtete das halb organisierte Chaos, das um ihn herum herrschte. *Haben wir nicht soeben diese Party verlassen?* fragte er sich.

Trotzdem tat es gut zu wissen, daß es in einer Galaxis, in der alles drunter und drüber ging, einige Dinge gab, die sich nie veränderten. Es spielte eine andere Band, und die Sitze in der Nische waren wesentlich unbequemer; aber davon abgesehen, sah die Mos-Eisley-Bar genauso aus wie immer. Genauso wie an jenem Tag, an dem er Luke Skywalker und Obi-wan Kenobi zum erstenmal begegnet war.

Er hatte das Gefühl, daß seitdem ein Dutzend Menschenalter vergangen waren.

Chewbacca an seiner Seite knurrte leise. »Keine Sorge, er wird schon kommen«, versicherte ihm Han. »Du weißt doch, wie Dravis ist. In seinem ganzen Leben ist er noch nie pünktlich gewesen.«

Langsam ließ er die Blicke über die Gäste schweifen. Nein, korrigierte er sich, in der Bar hatte sich *doch* etwas verändert; von den Schmugglern, die einst in diesem Lokal verkehrt hatten, gab es keine Spur mehr. Wer auch immer die Überreste der Organisation von Jabba dem Hutten übernommen hatte, er mußte seine Geschäfte von Tatooine verlagert haben. Er drehte sich zur Hintertür der Bar und entschloß sich, Dravis danach zu fragen.

Er sah noch immer zur Seite, als ein Schatten über den Tisch fiel. »Hallo, Solo«, sagte eine kichernde Stimme.

Han zählte bis drei, ehe er sich bedächtig dem Sprecher zuwandte. »Oh, hallo, Dravis«, sagte er. »Wir haben uns lange nicht gesehen. Setz dich.«

»Sicher«, sagte Dravis grinsend. »Sobald du und Chewie die Hände auf den Tisch gelegt habt.«

Han sah ihn gekränkt an. »He, *komm schon*«, knurrte er und legte beide Hände um seinen Krug. »Glaubst du, ich hätte dich herkommen lassen, um dich zu erschießen? Wir sind doch alte Freunde, oder nicht?«

»Sicher sind wir das«, bestätigte Dravis und warf Chewbacca einen prüfenden Blick zu, als er sich setzte. »Oder zumindest waren wir es. Aber ich habe gehört, daß du ehrbar geworden bist.«

Han zuckte vielsagend mit den Schultern. »*Ehrbar* ist ein vager Begriff.«

Dravis wölbte eine Augenbraue. »Oh, dann werde ich genauer sein«, sagte er sardonisch. »Ich hörte, daß du dich der Rebellen-Allianz angeschlossen hast, zum General ernannt worden bist, eine ehemalige alderaanische Prinzessin geheiratet hast und bald Vater von Zwillingen wirst.«

Han winkte ab. »Um ehrlich zu sein, ich habe schon vor ein paar Monaten den Generalsjob wieder an den Nagel gehängt.«

Dravis schnaubte. »Verzeih mir. Aber warum hast du mich herbestellt? Um mich zu warnen?«

Han runzelte die Stirn. »Wie meinst du das?«

»Spiel nicht den Unschuldigen, Solo«, sagte Dravis hart. »Die Neue Republik ersetzt das Imperium – gut und schön, aber du weißt so gut wie ich, daß es für uns Schmuggler keinen Unterschied macht. Wenn dies also eine offizielle Aufforderung ist, unsere geschäftlichen Aktivitäten einzustellen, dann erlaube mir, dir ins Gesicht zu lachen und zu verschwinden.« Er stand auf.

»Darum geht es nicht«, erklärte Han. »Um ehrlich zu sein, ich hatte gehofft, dich anheuern zu können.«

Dravis erstarrte. »Was?« fragte er ungläubig.

»Du hast richtig gehört«, sagte Han. »Wir wollen Schmuggler anheuern.«

Langsam sank Dravis wieder auf seinen Platz. »Hat es irgend etwas mit eurem Kampf gegen das Imperium zu tun?« wollte er wissen. »Denn wenn es darum geht...«

»Keine Sorge«, beruhigte ihn Han. »Natürlich geht es auch

darum, aber der springende Punkt ist, daß es der Neuen Republik zur Zeit an Frachtschiffen mangelt, von erfahrenen Frachterpiloten ganz zu schweigen. Wenn du schnelles, ehrliches Geld verdienen willst, dann ist jetzt der richtige Moment gekommen.«

»Hm, *hm*.« Dravis lehnte sich in seinem Sessel zurück und legte einen Arm auf die Rückenlehne, während er Han argwöhnisch musterte. »Und wo ist der Haken?«

Han schüttelte den Kopf. »Es gibt keinen Haken. Wir brauchen Schiffe und Piloten, um den interstellaren Handel wieder in Gang zu bringen. Ihr habt beides. Das ist alles.«

Dravis schien darüber nachzudenken. »Warum sollten wir für euch und eure Hungerlöhne arbeiten?« fragte er. »Wenn wir das Zeug schmuggeln, verdienen wir bei jeder Reise viel mehr.«

»Das stimmt«, gab Han zu. »Aber nur, wenn eure Kunden Zölle zahlen müssen, die das Schmuggeln lohnenswert machen. In diesem Fall« – er lächelte – »müssen sie es nicht.«

Dravis starrte ihn an. »Oh, *komm schon*, Solo. Eine brandneue Regierung, die Geld dringender braucht als alles andere – und du willst mir erzählen, daß sie auf hohe Zölle verzichten wird?«

»Glaub, was du willst«, entgegnete Han in frostigem Tonfall. »Versuch es einfach. Aber wenn du dich überzeugt hast, sag mir Bescheid.«

Dravis kaute an der Innenseite seiner Wange, ohne die Augen von Han zu wenden. »Weißt du, Solo«, sagte er nachdenklich, »ich wäre nicht gekommen, wenn ich dir nicht vertrauen würde. Nun, vielleicht war ich auch neugierig, was du wieder im Schilde führst. Und vielleicht werde ich dir in diesem Fall auch glauben – zumindest, bis ich deinen Vorschlag überprüft habe. Aber ich sage dir ganz offen, daß viele von meinen Freunden es nicht tun werden.«

»Warum nicht?«

»Weil du ehrbar geworden bist, deshalb. Oh, schau mich nicht so gekränkt an – du bist schon zu lange aus dem Geschäft, um dich überhaupt noch daran erinnern zu können, wie es einmal war. Einem Schmuggler geht es nur um den Profit, Solo. Um den Profit und um den Nervenkitzel.«

»Was willst du statt dessen machen? Etwa in den imperialen Sektoren arbeiten?« konterte Han, sich im letzten Moment an die Lektionen in Diplomatie erinnernd, die Leia ihm erteilt hatte.

Dravis zuckte mit den Schultern. »Es lohnt sich«, sagte er schlicht.

»Im Moment vielleicht«, erinnerte ihn Han. »Aber ihr Territorium schrumpft seit fünf Jahren kontinuierlich, und es wird weiter schrumpfen. Wir sind inzwischen genausogut bewaffnet, und unsere Leute sind motivierter und besser ausgebildet als die ihren.«

»Vielleicht.« Dravis hob eine Braue. »Vielleicht aber auch nicht. Ich habe gerüchtweise gehört, daß sie einen neuen Oberbefehlshaber haben. Jemand, der euch eine Menge Schwierigkeiten macht – wie im Obroa-skai-System, zum Beispiel. Wie ich hörte, habt ihr erst vor kurzem eine Spezialeinheit der Elomin verloren. Eine furchtbare Schlamperei, so mir nichts dir nichts eine ganze Spezialeinheit zu verlieren.«

Han biß die Zähne zusammen. »Dann denk daran, daß jeder, der *uns* Ärger macht, früher oder später auch *euch* Ärger machen wird.« Er hob warnend einen Finger. »Und wenn du glaubst, daß die Neue Republik dringend Geld braucht, dann überlege einmal, wie dringend das Imperium auf neue Geldquellen angewiesen sein muß.«

»Eine äußerst interessante Frage«, meinte Dravis leichthin und stand auf. »Nun, es war schön, dich wiederzusehen, Solo, aber ich muß jetzt gehen. Grüß deine Prinzessin von mir.«

Han seufzte. »Hauptsache, du informierst deine Leute über unser Angebot, okay?«

»Oh, das werde ich. Es könnte sogar sein, daß einige es annehmen. Wer weiß das schon?«

Han nickte. Im Grunde hatte er nicht mehr erwartet.

»Noch etwas, Dravis. Wer ist eigentlich Jabbas Nachfolger?«

Dravis sah ihn nachdenklich an. »Nun... ich schätze, es ist kein Geheimnis«, entschied er. »Natürlich ist es nicht offiziell, aber ich würde jede Wette eingehen, daß Talon Karrde die neue Nummer eins ist.«

Han runzelte die Stirn, Sicher, er hatte schon von Karrde gehört, aber nie auch nur den leisesten Hinweis erhalten, daß er einer der Bosse der Organisation, geschweige denn der alleinige Anführer war. »Wo kann ich ihn finden?«

Dravis lächelte schlau. »Das möchtest du gerne wissen, nicht wahr? Vielleicht werde ich es dir eines Tages verraten.«

»Dravis...«

»Ich muß gehen. Mach's gut, Chewie.«

Er wandte sich ab, zögerte dann. »Oh, nebenbei, Solo – sag deinem Kumpel da hinten, daß er der lausigste Leibwächter ist, den ich je gesehen habe. Ich dachte nur, du solltest es wissen.« Er grinste, wandte sich endgültig ab und verschwand in der Menge.

Han schnitt eine Grimasse. Immerhin hatte Dravis soviel Vertrauen gehabt, ihm den Rücken zuzudrehen. Einige der anderen Schmuggler hatten nicht einmal das gewagt. Ein Fortschritt.

Chewbacca neben ihm knurrte etwas Abfälliges. »Na, was erwartest du, wenn jemand wie Admiral Ackbar im Rat sitzt?« Han zuckte mit den Schultern. »Die Calamarianer waren schon vor dem Krieg die schlimmsten Feinde der Schmuggler, und jeder weiß das. Mach dir keine Sorgen, sie werden schon kommen. Zumindest einige. Dravis soll ruhig von Profit und Nervenkitzel schwafeln; aber wenn man ihnen sichere Häfen bietet, die sie ansteuern können, ohne daß auf sie geschossen wird, und Profite, die sie nicht mit Typen vom Schlage Jabbas teilen müssen, dann werden sie kommen. Laß uns gehen.«

Er verließ die Nische und wandte sich zur Bar und dem daneben liegenden Ausgang. Auf halbem Weg blieb er an einer der anderen Nischen stehen und blickte auf den Mann hinunter, der dort saß. »Ich soll Ihnen sagen, daß Sie der lausigste Leibwächter sind, den Dravis je gesehen hat.«

Wedge Antilles schlüpfte grinsend hinter dem Tisch hervor. »Ich dachte, daß wäre auch der Sinn der Sache gewesen«, meinte er und zupfte an seinem schwarzen Bart.

»Ja, aber das konnte Dravis natürlich nicht wissen.« Im stillen mußte Han allerdings zugeben, daß Dravis nicht ganz Unrecht hatte. Der einzige Ort, wo Wedge *nicht* auffiel, war die Kanzel eines X-Flüglers, der TIE-Jäger in Stücke schoß. »Und wo steckt Page?« fragte er.

»Genau hier, Sir«, sagte eine leise Stimme an seiner Schulter.

Han drehte sich um. Neben ihm stand ein mittelgroßer, mittelschwerer, völlig nichtssagend wirkender Mann, so unauffällig, daß niemand ihn beachtete, daß niemand ihn überhaupt wahrnahm.

Was auch der Sinn der Sache gewesen war. »Ist Ihnen etwas Verdächtiges aufgefallen?« fragte Han.

Page schüttelte den Kopf. »Er war allein und nur mit seinem Blaster bewaffnet. Dieser Bursche muß Ihnen tatsächlich vertraut haben.«

»Tja, ein Fortschritt.« Han warf einen letzten Blick in die Runde. »Gehen wir. Wir kommen ohnehin zu spät nach Coruscant. Und ich möchte noch einen kleinen Abstecher ins Obroa-skai-System machen.«

»Wegen dieser vermißten Spezialeinheit der Elomin?« fragte Wedge.

»Ja«, bestätigte Han grimmig. »Ich will wissen, ob man inzwischen herausgefunden hat, was passiert ist. Und mit etwas Glück erfahren wir auch, wer dahintersteckt.«

# 3

Der Tisch in seinem Privatbüro war gedeckt, das Essen serviert, und Talon Karrde schenkte soeben den Wein ein, als es an der Tür klopfte. Pünktlich wie immer. »Mara?« rief er.

»Ja«, drang die Stimme der jungen Frau durch die Tür. »Du hast mich zum Essen eingeladen.«

»Ja. Komm doch herein.«

Die Tür glitt zur Seite, und Mara Jade trat mit katzenhafter Anmut ins Zimmer. »Du hast nicht gesagt« – ihre grünen Augen wanderten zum festlich gedeckten Tisch – »um was es eigentlich geht«, schloß sie im kaum merklich veränderten Tonfall. Die grünen Augen kehrten wieder zu ihm zurück, kühl und forschend.

»Nein, es ist nicht das, was du denkst«, versicherte Karrde und bedeutete ihr mit einem Wink, auf dem Stuhl gegenüber Platz zu nehmen. »Es ist ein Geschäftsessen – nicht mehr und nicht weniger.«

Hinter seinem Schreibtisch erklang ein seltsamer Laut, eine Mischung aus einem Gackern und einem Schnurren. »Es stimmt, Drang – ein Geschäftsessen«, bekräftigte Karrde und drehte sich zur Quelle des Geräusches um. »Komm schon, raus mit dir.«

Der Vornskr spähte um den Schreibtisch, die Vorderpfoten in den Teppich gekrallt, die Schnauze dicht am Boden, als würde er Witterung aufnehmen. »Ich sagte, raus mit dir«, wiederholte Karrde streng und wies auf die offene Tür hinter Mara. »Komm schon, in der Küche wartet dein Freßchen auf dich. Sturm ist bereits da – wahrscheinlich hat er schon die Hälfte deines Abendessens weggeputzt.«

Widerwillig schlich Drang hinter dem Schreibtisch hervor und gackerte/schnurrte traurig vor sich hin, während er zur Tür trottete. »Hör mit diesem Ich-armes-kleines-Wesen-Theater auf«, wies ihn Karrde zurecht und nahm ein Stück geschmortes Bruallki vom Teller. »Hier – das sollte dich ein wenig trösten.«

Er warf das Fleisch Richtung Tür. Drang schüttelte blitzartig die Lethargie ab, schnellte wie eine Sprungfeder durch die Luft und fing das Fleisch im Fluge auf. »Siehst du!« rief Karrde. »Und jetzt verschwinde und genieße dein Abendessen.«

Der Vornskr trottete hinaus. »Gut«, sagte Karrde und richtete seine Aufmerksamkeit wieder auf Mara. »Wo waren wir stehengeblieben?«

»Du hast gesagt, daß es sich hier um ein Geschäftsessen handelt«, antwortete sie leicht unterkühlt, als sie sich auf dem Stuhl niederließ und ihn über den Tisch hinweg musterte. »Es ist zweifellos das prächtigste Geschäftsessen, das ich je erlebt habe.«

»Nun, warum auch nicht?« gab Karrde zurück, nahm ebenfalls Platz und griff nach dem Tablett. »Ich denke, hin und wieder sollten wir uns daran erinnern, daß man als Schmuggler nicht unbedingt wie ein Barbar leben muß.«

»Ah«, sagte sie und nippte an ihrem Wein. »Und ich bin sicher, daß die meisten deiner Leute dir dafür sehr dankbar sind.«

Karrde lächelte. Soviel zu dem Versuch, dachte er, sie durch die ungewöhnlichen Umstände dieses Essens aus der Fassung zu bringen. Er hätte sich denken können, daß jemand wie Mara nicht so leicht zu irritieren war. »Es macht die Sache interessanter«, stimmte er zu. »Vor allem« – er sah sie scharf an – »wenn es um eine Beförderung geht.«

Überraschung huschte über ihr Gesicht. »Eine Beförderung?« wiederholte sie vorsichtig.

»Ja«, sagte er und löffelte eine Portion Bruallki auf ihren Teller. »Deine, um genau zu sein.«

Der mißtrauische Ausdruck kehrte in ihre Augen zurück. »Du weißt, daß ich erst sechs Wochen dabei bin.«

»Fünfeinhalb«, korrigierte er. »Aber Zeit ist im Universum noch nie so wichtig gewesen wie Talent und Erfolg... und deine Talente und Erfolge sind äußerst beeindruckend.«

Sie zuckte mit den Schultern, und ihr rotblondes Haar schimmerte bei der Bewegung. »Ich hatte Glück«, sagte sie.

»Glück gehört zweifellos dazu.« Er nickte. »Andererseits habe ich feststellen müssen, daß das, was die meisten Leute Glück nennen, oft nicht mehr ist als Talent, kombiniert mit der Fähigkeit, das Beste aus allem zu machen.«

Er wandte sich wieder dem Bruallki zu und füllte seinen eigenen Teller. »Dann sind da noch deine Fähigkeiten als Sternenschiffspilotin, deine Bereitschaft, Befehle zu geben und Befehlen zu gehorchen« – er lächelte schmal, wies auf den Tisch –, »und deine Fähigkeit, dich ungewöhnlichen und überraschenden Situationen anzupassen. Überaus nützliche Eigenschaften für einen Schmuggler.«

Er wartete, doch sie schwieg. Offenbar hatte sie irgendwann in der Vergangenheit auch gelernt, keine Fragen zu stellen. Noch eine nützliche Eigenschaft. »Kern der Sache ist, Mara, daß du einfach zu wertvoll bist, um deine Zeit mit nachgeordneten Tätigkeiten zu verschwenden«, schloß er. »Ich möchte dich gern allmählich zu meiner Stellvertreterin aufbauen.«

Ihre Überraschung war diesmal unübersehbar. Ihre grünen Augen weiteten und verengten sich wieder. »Woraus genau würden meine neuen Pflichten bestehen?« fragte sie.

»Nun, zunächst müßtest du mich auf meinen Reisen begleiten«, sagte er und trank einen Schluck Wein. »Zusehen, wie ich neue Geschäfte anbahne, einige unserer langjährigen Kunden kennenlernen – solche Sachen.«

Sie war noch immer mißtrauisch – er sah es in ihren Augen. Mißtrauisch, daß das Angebot nur ein Vorwand war, hinter dem sich sein persönliches Interesse an ihr verbarg. »Du mußt nicht sofort antworten«, erklärte er. »Denk darüber nach oder rede mit einigen von den anderen, die schon länger bei der Organisation sind.« Er suchte ihren Blick. »Sie werden dir bestätigen, daß ich meine Leute nicht belüge.«

Ihre Lippen bebten. »Das habe ich gehört«, sagte sie mit ausdrucksloser Stimme. »Aber denk daran, wenn du mir diese Macht gibst, *werde* ich sie auch benutzen. Die gesamte Organisationsstruktur müßte von Grund auf...«

Sie verstummte, als das Interkom auf dem Schreibtisch schrillte. »Ja?« sagte Karrde.

»Hier ist Aves«, meldete sich eine Stimme. »Ich dachte, es würde Sie interessieren, daß wir Besuch bekommen haben – ein imperialer Sternzerstörer ist soeben in den Orbit eingeschwenkt.«

Karrde sah Mara an, als er aufsprang. »Ist er schon identifiziert?« fragte er, warf die Serviette auf den Teller und trat vor den Bildschirm.

»Heutzutage ist es nicht gerade üblich, ID-Signale auszustrahlen.« Aves schüttelte den Kopf. »Der Name auf dem Schiffsrumpf läßt sich aus dieser Entfernung auch schwer entziffern, aber Torve glaubt, daß es sich um die *Schimäre* handelt.«

»Interessant«, murmelte Karrde. Großadmiral Thrawn persönlich. »Irgendwelche Funksprüche?«

»Wir haben noch keine empfangen – einen Moment. Sieht aus, als ob... ja, sie schleusen eine Fähre aus. Nein, zwei Fähren. Voraussichtlicher Landeplatz...« Aves runzelte die Stirn und betrachtete etwas außerhalb des Erfassungsbereichs des Bildschirms. »Der voraussichtliche Landeplatz liegt irgendwo hier im Wald.«

Aus den Augenwinkeln sah Karrde, wie sich Mara versteifte. »Ihr Ziel ist also nicht eine der Städte am Rand?« fragte er Aves.

»Nein, es ist mit Sicherheit der Wald. Sie werden in höchstens fünfzehn Kilometern Entfernung niedergehen.«

Karrde rieb sich die Unterlippe, während er über die Konsequenzen nachdachte. »Nach wie vor nur zwei Fähren?«

»Bis jetzt – ja.« Aves begann nervös zu werden. »Soll ich Alarm geben?«

»Im Gegenteil. Sehen wir mal nach, ob sie Hilfe brauchen. Verbinden Sie mich mit dem Schiff.«

Aves öffnete den Mund und schloß ihn wieder. »Okay«, sagte er, holte tief Luft legte einen Schalter um. »Verbindung hergestellt.«

»Danke. Imperialer Sternzerstörer *Schimäre*, hier spricht Talon Karrde. Kann ich Ihnen irgendwie behilflich sein?«

»Keine Antwort«, brummte Aves. »Vielleicht wollen sie unbemerkt bleiben.«

»Wer unbemerkt bleiben will, fliegt nicht mit einem Sternzerstörer herum«, stellte Karrde fest. »Nein, wahrscheinlich überprüfen sie gerade meinen Namen. Ich möchte zu gern wissen, was sie in ihren Datenbanken über mich haben.« Er räusperte sich. »Sternzerstörer *Schimäre*, hier spricht...«

Abrupt machte Aves' Gesicht dem eines Mannes mittleren Alters mit den Rangabzeichen eines Captains Platz. »Hier spricht Captain Pellaeon von der *Schimäre*«, sagte er. »Was wollen Sie?«

»Gutnachbarliche Beziehungen pflegen«, erwiderte Karrde ruhig. »Wir haben zwei Ihrer Fähren geortet und uns gefragt, ob Sie oder Großadmiral Thrawn unsere Hilfe brauchen.«

Pellaeons Augen wurden hart. »Wer?«

»Ah«, Karrde nickte und gestattete sich ein schmales Lächeln. »Natürlich. Ich habe auch noch nie von Großadmiral Thrawn gehört. Ganz gewiß nicht in Verbindung mit der *Schimäre.* Oder mit gewissen Datenraubzügen in der Paonnig/Obroa-skai-Region.«

Die Augen wurden noch härter. »Sie sind sehr gut informiert, Mr. Karrde«, sagte Pellaeon mit seidenweicher, aber unterschwellig drohender Stimme. »Man könnte sich fragen, wie ein dahergelaufener Schmuggler an derartige Informationen kommt.«

Karrde zuckte mit den Schultern. »Meine Leute hören Geschichten und Gerüchte; ich nehme die einzelnen Teile des Puzzles und setze sie zusammen. Ihre eigenen Nachrichtendienste dürften nicht anders arbeiten. Nebenbei, falls Ihre Fähren im Wald landen sollten, wäre es angebracht, die Crews zu warnen. Es gibt hier eine Reihe gefährlicher Raubtiere, und die hohe Metallkonzentration in der einheimischen Vegetation führt selbst im besten Fall zu unzuverlässigen Sensorwerten.«

»Danke für den Hinweis«, sagte Pellaeon mit nach wie vor frostiger Stimme. »Aber sie werden nicht lange bleiben.«

»Ah«, sagte Karrde und überdachte die verschiedenen Möglichkeiten. Zum Glück gab es nicht sehr viele. »Sie wollen ein wenig jagen, stimmt's?«

Pellaeon schenkte ihm ein nachsichtiges Lächeln. »Informationen über imperiale Aktivitäten sind sehr teuer. Ich dachte, in Ihrer Branche wäre das bekannt.«

»Gewiß«, stimmte Karrde zu und sah den anderen forschend an. »Aber manchmal kann man ein Geschäft machen. Sie sind hinter den Ysalamiri her, nicht wahr?«

Das Lächeln des anderen gefror. »Ich sehe keine Möglichkeit für ein Geschäft, Karrde«, sagte er mit sehr leiser Stimme. »Und *teuer* kann auch bedeuten, daß es einem *teuer zu stehen kommt.*«

»Richtig«, sagte Karrde. »Vorausgesetzt, man hat nicht etwas ebenso Wertvolles zu bieten. Ich nehme an, Sie sind mit den einzigartigen Eigenschaften der Ysalamiri vertraut – sonst wären Sie nicht hier. Darf ich davon ausgehen, daß Sie auch wissen, wie man sie gefahrlos von den Ästen herunterholt? Es handelt sich dabei um eine recht esoterisch anmutende Kunst...«

Pellaeon sah ihn argwöhnisch an. »Ich hatte den Eindruck, daß es sich bei den Ysalamiri um kaum fünfzig Zentimeter lange, harmlose Tiere handelt.«

»Die Gefahr droht nicht *Ihnen*, Captain«, erklärte Karrde. »Sondern den Ysalamiri. Sie können sie nicht so einfach von den Bäumen schütteln, zumindest nicht, ohne sie umzubringen. In diesem Stadium sind die Ysalamiri festgewachsen – ihre Krallen haben sich mit dem Ast, auf dem sie leben, untrennbar verbunden.«

»Und Sie wissen, wie man sie löst?«

»Einige von meinen Leuten wissen es, ja«, bestätigte Karrde. »Wenn Sie es wünschen, schicke ich jemand zum Landeplatz Ihrer Fähren. Die Technik ist relativ einfach, aber sie *muß* demonstriert werden.«

»Natürlich«, sagte Pellaeon sardonisch. »Und der Preis für diese esoterische Demonstration…?«

»Kein Preis, Captain. Wie ich am Anfang schon sagte, geht es uns nur um die Pflege gutnachbarlicher Beziehungen.«

Pellaeon legte den Kopf zur Seite. »Ich werde Ihre Großzügigkeit nicht vergessen.« Er fixierte Karrde mit kaltem Blick, und die Doppeldeutigkeit seiner Worte war unüberhörbar. Falls Karrde Verrat plante, würde er es ebenfalls nicht vergessen. »Ich werde meine Fähren über die Ankunft Ihres Experten informieren.«

»Er wird in Kürze dort eintreffen. Auf Wiedersehen, Captain.«

Pellaeon griff nach einem Schalter, der außerhalb des Erfassungsbereichs der Kamera lag, und sein Bild machte Aves' Gesicht Platz. »Sie haben alles mitgehört?« fragte Karrde.

Aves nickte. »Dankin und Chin wärmen bereits einen der Gleiter auf.«

»Gut. Sie sollen ständig mit uns Verbindung halten; und ich will sie sofort nach ihrer Rückkehr sehen.«

»In Ordnung.« Der Bildschirm wurde matt.

Karrde wandte sich vom Schreibtisch ab, sah Mara an und setzte sich wieder an den Tisch. »Entschuldigen Sie die Unterbrechung«, sagte er förmlich und beobachtete sie aus den Augenwinkeln, während er sich Wein einschenkte.

Langsam kehrte der Glanz in ihre grünen Augen zurück; und als sie ihre Blicke auf ihn richtete, glättete sich ihr verspanntes Gesicht. »Sie wollen wirklich keine Gegenleistung von ihnen?« fragte sie und griff mit leicht zitternder Hand nach ihrem Weinglas. »Im umgekehrten Fall hätte man *Sie* bestimmt geschröpft. Das Imperium braucht Geld dringlicher als alles andere.«

Er zuckte mit den Schultern. »Wir haben sie von der Landung bis zum Abflug unter permanenter Kontrolle. Mehr können wir wirklich nicht verlangen.«

Sie musterte ihn. »Sie glauben nicht, daß sie nur hier sind, um ein paar Ysalamiri aufzusammeln, oder?«

»Nein.« Karrde schob einen Bissen Bruallki in den Mund. »Aber vielleicht haben sie einen anderen Verwendungszweck für die Tiere, von dem wir nichts wissen. Den ganzen weiten Weg bis hierher zurückzulegen, um ein paar Ysalamiri zu fangen, und das alles nur wegen einem einzigen Jedi – das kommt mir reichlich übertrieben vor.«

Maras Augen nahmen einen abwesenden Ausdruck an. »Vielleicht sind sie gar nicht hinter Skywalker her«, murmelte sie. »Vielleicht haben sie noch weitere Jedi entdeckt.«

»Klingt unwahrscheinlich«, meinte Karrde, ohne den Blick von ihr zu wenden. Die Erregung in ihrer Stimme, als sie Luke Skywalker erwähnt hatte... »Der Imperator hat sie gleich zu Beginn der Neuen Ordnung eliminiert. Aber«, fügte er hinzu, »sie könnten natürlich Darth Vader gefunden haben.«

»Vader ist auf dem Todesstern gestorben«, sagte Mara. »Zusammen mit dem Imperator.«

»So heißt es jedenfalls...«

»Er ist tot«, fiel ihm Mara scharf ins Wort.

»Natürlich.« Karrde nickte. Es hatte fünf Monate gedauert, aber jetzt kannte er die Handvoll Themen, die bei der Frau eine heftige Reaktion auslösten. Der letzte Imperator gehörte ebenso dazu wie das Imperium vor Endor.

Und am anderen Ende des emotionalen Spektrums rangierte Luke Skywalker. »Trotzdem«, fuhr er nachdenklich fort, »wenn ein Großadmiral einen Sinn darin sieht, Ysalamiri an Bord zu nehmen, dann sollten wir uns darum kümmern.«

Mara starrte ihn an. »Warum?« fragte sie.

»Eine reine Vorsichtsmaßnahme«, erklärte Karrde. »Warum so heftig?«

Sie zögerte. »Es kommt mir wie Zeitverschwendung vor«, sagte sie. »Thrawn sieht wahrscheinlich Gespenster. Außerdem, wie will er die Ysalamiri am Leben halten, wenn er keine Bäume an Bord nimmt?«

»Ich bin sicher, daß Thrawn bereits eine Lösung dafür gefunden hat«, meinte Karrde. »Dankin und Chin werden es schon herausfinden.«

Ihre Augen verdunkelten sich. »Ja«, murmelte sie resignierend. »Davon bin ich überzeugt.«

»Und in der Zwischenzeit«, sagte Karrde, ohne auf ihren Tonfall einzugehen, »kümmern wir uns um das Geschäft. Wenn ich mich recht erinnere, wollten Sie einige organisatorische Verbesserungsvorschläge machen.«

»Ja.« Mara holte tief Luft und schloß die Augen… und als sie sie wieder öffnete, war sie so kühl wie immer. »Ja. Nun…«

Anfänglich zögernd, doch mit zunehmendem Selbstvertrauen, gab sie ihm eine detaillierte und kenntnisreiche Analyse der organisatorischen Mängel. Karrde hörte ihr beim Essen aufmerksam zu und staunte erneut über die verborgenen Fähigkeiten dieser Frau. Eines Tages, versprach er sich im stillen, würde er einen Weg finden, den Schleier des Geheimnisses um ihre Vergangenheit zu lüften. Er würde erfahren, woher sie kam und wer und was sie war.

Und dann würde er wissen, was Luke Skywalker ihr angetan hatte, daß sie ihn mit solchem Haß verfolgte.

# 4

Die *Schimäre* brauchte bei Reisegeschwindigkeit Stufe Vier fünf Tage, um die hundertfünfzig Lichtjahre zwischen Myrkr und Wayland zurückzulegen. Aber dies war nicht unbedingt ein Problem, da die Techniker fast genausolange brauchten, um ein tragbares Gestell zu konstruieren, das die Ysalamiri schützte und nährte.

»Ich bin immer noch nicht überzeugt, daß es wirklich notwendig ist«, brummte Pellaeon und betrachtete voller Abscheu das dicke gebogene Rohr und das pelzige Geschöpf, das darauf saß. Das Tier stank entsetzlich. »Falls Sie recht haben und dieser Wächter tatsächlich vom Imperator nach Wayland geschickt wurde, dürften wir keine Schwierigkeiten mit ihm haben.«

»Betrachten Sie es als reine Vorsichtsmaßnahme, Captain«, riet Thrawn. Er nahm im Kopilotensitz der Fähre Platz und schloß die Sicherheitsgurte. »Möglicherweise werden wir Probleme haben, ihn zu überzeugen, wer wir sind und daß wir tatsächlich für das Imperium arbeiten.« Er musterte die Displays und nickte dem Piloten zu. »Starten Sie.«

Ein dumpfer Laut ertönte, und mit einem leichten Ruck löste sich die Fähre aus dem Hangar der *Schimäre* und fiel der Oberfläche des Planeten entgegen. »Eine Abteilung Sturmtruppen wäre wesentlich überzeugender«, brummte Pellaeon, ohne den Blick von den Wiedergabedisplays neben seinem Sitz zu wenden.

»Aber das könnte ihn verärgern«, meinte Thrawn. »Der Stolz und die Empfindlichkeit eines Dunklen Jedi gehören nicht zu den Dingen, mit denen man Scherze treiben sollte, Captain. Außerdem« – er sah sich um – »haben wir Rukh dabei. Jeder enge Mitarbeiter des Imperators kennt die ruhmreiche Rolle, die die Noghri in den vergangenen Jahren gespielt haben.«

Pellaeon betrachtete die stumme, unheimlich wirkende Gestalt, die auf der anderen Seite des Ganges saß. »Sie scheinen sehr davon überzeugt zu sein, Sir, daß der Wächter ein Dunkler Jedi ist.«

»Wem sonst hätte der Imperator den Schutz seiner privaten Schatzkammer anvertraut?« konterte Thrawn. »Vielleicht noch einer Legion Sturmtruppen, die mit AT-ATs und jener Sorte hochentwickelter Waffen und Technologien ausgerüstet sind, die man selbst mit geschlossenen Augen aus der Umlaufbahn heraus erkennen kann?«

Pellaeon schnitt eine Grimasse. Zumindest darüber mußten sie sich keine Sorgen machen. Die Scanner der *Schimäre* hatten auf der Oberfläche Waylands nichts entdecken können, was über das Pfeil-und-Bogen-Stadium hinausging. »Ich frage mich nur, warum ihn der Imperator nicht gegen die Rebellen eingesetzt hat.«

Thrawn zuckte mit den Schultern. »Das werden wir bald erfahren.«

Das Brausen der aufgewühlten Luftmassen wurde lauter, und auf Pellaeons Wiedergabedisplays erschienen die ersten Einzelheiten der Planetenoberfläche. Das Land unter ihnen war größtenteils von Wald bedeckt, hier und dort unterbrochen von großen, graswachsenen Ebenen. Vor ihnen, halb hinter den Wolkenbänken verborgen, reckte sich ein einsamer Berg in den Himmel. »Ist das der Berg Tantiss?« fragte er den Piloten.

»Ja, Sir«, bestätigte der Mann. »Die Stadt müßte in Kürze sichtbar werden.«

»Danke.« Pellaeon griff verstohlen an seinen rechten Oberschenkel und öffnete das Blasterholster. Thrawn mochte seiner Logik und den Ysalamiri vertrauen, aber Pellaeon für seinen Teil hätte sich mit stärkerer Feuerkraft wesentlich sicherer gefühlt.

Die Stadt am südwestlichen Fuß des Berges Tantiss war größer, als sie aus der Umlaufbahn gewirkt hatte; viele ihrer gedrungenen Gebäude lagen versteckt unter dem Blätterdach des umliegenden

Waldes. Thrawn ließ den Piloten zweimal das Gebiet überfliegen und dann auf dem größten Platz der Stadt landen, gegenüber einem riesigen, prachtvollen Gebäude.

»Interessant«, bemerkte Thrawn nach einem Blick durch die Sichtluken, als er das Gestell mit dem Ysalamir schulterte. »Es gibt mindestens drei verschiedene architektonische Stile – einer menschlichen, die beiden anderen nichtmenschlichen Ursprungs. Man findet nicht oft eine derartige Vielfalt in einer planetaren Region, aber hier sieht man sie Seite an Seite in einer Stadt. Dieser Palast dort weist sogar Elemente aller drei Stile auf.«

»Ja«, sagte Pellaeon geistesabwesend und blickte an ihm vorbei durch die Sichtluke. Im Moment interessierte er sich weit weniger für die Gebäude als für ihre Bewohner, die die Biosensoren in und hinter ihnen geortet hatten. »Wissen Sie, ob diese Fremdrassen Außenweltlern gegenüber feindselig sind?«

»Wahrscheinlich«, meinte Thrawn und trat an die Ausstiegsrampe der Fähre, wo Rukh bereits wartete. »Wie die meisten Fremdrassen. Gehen wir.«

Zischend entwich Gas, und die Rampe senkte sich. Mit zusammengebissenen Zähnen gesellte sich Pellaeon zu den beiden anderen. Rukh übernahm die Führung.

Niemand schoß auf sie, als sie den Boden betraten und sich von der Fähre entfernten. Niemand schrie auf, niemand rief ihnen etwas zu, niemand zeigte sich. »Schüchterne Burschen, was?« knurrte Pellaeon, die Hand am Blaster, sich argwöhnisch umschauend.

»Verständlich«, meinte Thrawn und zog eine Megafondisk aus seinem Gürtel. »Mal sehen, ob wir sie aus der Reserve locken können.«

Er führte die Disk zum Mund. »Ich suche den Wächter des Berges«, dröhnte seine Stimme über den Platz, daß die letzte Silbe von den umstehenden Gebäuden zurückgeworfen wurde. »Wer kann mich zu ihm bringen?«

Das letzte Echo verklang. Thrawn senkte die Disk und wartete; aber die Sekunden verstrichen ohne eine Antwort. »Vielleicht verstehen sie kein Basic«, vermutete Pellaeon.

»Nein, sie verstehen uns«, widersprach Thrawn kalt. »Zumindest die Menschen. Vielleicht brauchen sie eine Ermunterung.« Er hob erneut das Megafon. »Ich suche den Wächter des Berges«, wiederholte er. »Wenn mich niemand zu ihm bringt, wird die ganze Stadt darunter leiden.«

Er hatte die Worte kaum ausgesprochen, als ohne Vorwarnung ein Pfeil durch die Luft sirrte. Er traf Thrawn, verfehlte nur um Haaresbreite die Ysalamirröhre, die auf seinen Schultern ruhte, und prallte von dem Körperpanzer unter seiner weißen Uniform ab. »Warte«, befahl Thrawn, als Rukh mit gezücktem Blaster vorsprang. »Weißt du, von wo der Schuß kam?«

»Ja«, bestätigte der Noghri und deutete mit dem Blaster auf ein gedrungenes, zweistöckiges Haus in einiger Entfernung vom Palast.

»Gut.« Thrawn hob erneut das Megafon. »Einer von euch hat soeben auf uns geschossen. Seht die Konsequenzen.« Er senkte die Disk und nickte Rukh zu. »Jetzt.«

Und mit einem zähnebleckenden Grinsen begann Rukh – schnell, sorgfältig und methodisch – das Gebäude zu zerstören.

Er nahm sich zuerst die Fenster und Türen vor und deckte sie mit rund zwanzig Schüssen ein, um etwaige Angreifer zu vertreiben. Dann feuerte er auf die Grundmauern. Nach dem zwanzigsten Schuß bebte das Gebäude merklich. Noch eine Handvoll Schüsse auf die Wände des ersten Stocks, ein paar weitere auf das Fundament...

Und mit einem donnernden Krachen fiel das Haus in sich zusammen.

Thrawn wartete, bis sich der Lärm des einstürzenden Mauerwerks gelegt hatte, ehe er wieder das Megafon hob. »Das sind die

Folgen eures Ungehorsams!« rief er. »Ich frage noch einmal: Wer ist bereit, mich zum Wächter des Berges zu bringen?«

»Ich bin es«, sagte eine Stimme links von ihnen.

Pellaeon wirbelte herum. Der Mann, der vor dem palastähnlichen Gebäude stand, war groß und dünn, hatte ungekämmtes graues Haar und einen Bart, der ihm fast bis zur Brust reichte. Er trug Schnürsandalen und eine fadenscheinige braune Robe; ein glitzerndes Medaillon war halb hinter seinem Bart verborgen. Sein Gesicht war dunkel und zerfurcht, würdevoll bis zur Arroganz, während er sie mit einer Mischung aus Neugier und Abscheu musterte. »Ihr seid Fremde«, sagte er. »Fremde« – er hob die Blicke zur Fähre – »aus dem Weltall.«

»Ja, so ist es«, bestätigte Thrawn. »Und Sie?«

Die Augen des alten Mannes glitten kurz zu dem rauchenden Schutthaufen, der von dem eingeäscherten Gebäude übriggeblieben war. »Ihr habt eins meiner Häuser zerstört«, sagte er. »Das war nicht nötig.«

»Wir wurden angegriffen«, erinnerte Thrawn kalt. »Hat es Ihnen gehört?«

Die Augen des Fremden schienen zu blitzen; doch Pellaeon war zu weit von ihm entfernt, um es mit letzter Sicherheit sagen zu können. »Ich herrsche«, erklärte er mit drohender Stimme. »All das hier gehört mir.«

Einige Herzschläge lang sahen sich Thrawn und der Fremde schweigend an. Schließlich brach Thrawn die Stille. »Ich bin Großadmiral Thrawn, Kriegsherr des Imperiums, Diener des Imperators. Ich suche den Wächter des Berges.«

Der alte Mann neigte leicht den Kopf. »Ich bringe Sie zu ihm.«

Er drehte sich zum Palast um. »Bleibt dicht in meiner Nähe«, raunte Thrawn den anderen zu, als er sich in Bewegung setzte. »Achtet auf verborgene Fallen.«

Keine Pfeile trafen sie, als sie den Platz überquerten und den

Torbogen des doppelflügeligen Palasttors durchschritten. »Ich hatte angenommen, daß der Wächter auf dem Berg lebt«, sagte Thrawn, als ihr Führer die Tore aufstieß. Sie schwangen spielerisch leicht auf; der alte Mann, entschied Pellaeon, mußte kräftiger sein, als er aussah.

»Einst war es so«, antwortete der andere. »Als ich die Herrschaft übernahm, errichtete ihm das Volk von Wayland diesen Palast.« Er durchmaß die ornamentierte Empfangshalle, steuerte ein anders Doppeltor an und blieb stehen. »Laßt uns allein!« rief er.

Für einen Sekundenbruchteil dachte Pellaeon, der alte Mann hätte ihn gemeint. Er wollte soeben protestierend den Mund öffnen, als sich rechts und links neben dem Tor die Wand öffnete und zwei dürre Männer aus ihren verborgenen Wachtnischen traten. Schweigend starrten sie die Imperialen an, schulterten ihre Armbrüste und verließen das Gebäude. Der alte Mann wartete, bis sie fort waren, und näherte sich dem zweiten Doppeltor. »Kommen Sie«, sagte er mit einem seltsamen Glitzern in den Augen. »Der Wächter des Imperators erwartet Sie.«

Lautlos schwangen die Torflügel auf; dahinter lag ein großer Raum, erhellt vom Licht vieler hundert Kerzen. Pellaeon warf dem alten Mann einen mißtrauischen Blick zu, und plötzlich hatte er eine Vorahnung drohender Gefahr. Er holte tief Luft und folgte Thrawn und Rukh ins Innere.

Ins Innere einer Gruft.

Es gab keinen Zweifel, daß es eine Gruft war. Abgesehen von den flackernden Kerzen, gab es in dem Raum nur einen mächtigen, rechteckigen Block aus dunklem Stein.

»Ich verstehe«, sagte Thrawn leise. »Also ist er tot.«

»Er ist tot«, bestätigte der alte Mann. »Sehen Sie all diese Kerzen, Großadmiral Thrawn?«

»Ich sehe sie«, erwiderte Thrawn. »Ihr Volk muß ihn sehr verehrt haben.«

»Ihn verehrt?« Der alte Mann schnaubte. »Wohl kaum. Diese Kerzen stellen die Gräber der Außenweltler dar, die seit seinem Tod hierhergekommen sind.«

Pellaeon fuhr zu ihm herum und zog instinktiv seinen Blaster. Thrawn wartete einige Herzschläge lang, ehe er sich langsam umdrehte. »Wie sind sie gestorben?« fragte er.

Der alte Mann lächelte dünn. »Natürlich habe ich sie getötet. Genauso wie ich den Wächter getötet habe.« Er hob die leeren Hände und bot ihnen die Handflächen dar. »Genau wie ich euch jetzt töten werde.«

Ohne Vorwarnung zuckten blaue Lichtblitze von seinen Fingerspitzen...

Und verschwanden spurlos einen Meter vor der Gruppe.

Alles geschah so schnell, daß Pellaeon nicht einmal blinzeln, geschweige denn feuern konnte. Jetzt, verspätet, hob er seinen Blaster und spürte, wie die von den Blitzen erhitzte Luft über seine Hand strich...

»Halt«, sagte Thrawn ruhig in die Stille. »Wie Sie sehen, Wächter, sind wir keine gewöhnlichen Außenweltler.«

»Der Wächter ist tot!« schnappte der alte Mann. Das letzte Wort ging fast im Krachen der nächsten Blitze unter. Erneut verschwand die Energie im Nichts, bevor sie sie erreichen konnte.

»Ja, der alte Wächter ist tot«, stimmte Thrawn mit donnernder Stimme zu, um das Krachen zu übertönen. »Sie sind jetzt der Wächter. Sie sind es, der nun den Berg des Imperators bewacht.«

»Ich diene keinem Imperator!« gab der alte Mann zurück und entfesselte ein drittes sinnloses Blitzgewitter. »Meine Macht dient mir allein.«

So plötzlich, wie er begonnen hatte, hörte der Angriff wieder auf. Der alte Mann starrte Thrawn an, die Hände noch immer erhoben, mit einem seltsam trotzigen Gesichtsausdruck. »Sie sind kein Jedi. Wie können Sie mir dann widerstehen?«

»Schließen Sie sich uns an, und Sie werden es erfahren«, schlug Thrawn vor.

Der andere richtete sich zu seiner vollen Größe auf. »Ich bin ein Jedi-Meister«, grollte er. »Ich schließe mich niemandem an.«

»Ich verstehe.« Thrawn nickte. »In diesem Fall erlauben Sie, daß *wir* uns *Ihnen* anschließen.« Seine glühenden roten Augen bohrten sich in das Gesicht des alten Mannes. »Und erlauben Sie uns, Ihnen zu zeigen, wie Sie mehr Macht erringen können, als Sie sich je erträumt haben. All die Macht, nach der es einen Jedi-Meister verlangt.«

Für einen langen Moment starrte der alte Mann Thrawn an, während ein Dutzend unterschiedlicher Gefühle über sein Gesicht huschten. »Nun gut«, sagte er schließlich. »Kommen Sie. Wir werden reden.«

»Vielen Dank«, sagte Thrawn und neigte leicht den Kopf. »Darf ich fragen, mit wem wir die Ehre haben?«

»Natürlich.« Abrupt verwandelte sich das Gesicht des alten Mannes wieder in die würdevolle Maske, und als er sprach, dröhnte seine Stimme in der Stille der Gruft. »Ich bin der Jedi-Meister Joruus C'baoth.«

Pellaeon holte scharf Luft; Gänsehaut lief ihm über den Rücken. »Jorus C'baoth?« keuchte er. »Aber...«

Er verstummte. C'baoth sah ihn an, wie Pellaeon einen untergebenen Offizier angesehen hätte, der ohne Erlaubnis das Wort ergriff. »Kommen Sie«, wiederholte er zu Thrawn gewandt. »Wir werden reden.«

Er führte sie aus der Gruft und zurück ins Sonnenlicht. Zahlreiche Menschen hatten sich während ihrer Abwesenheit auf dem Platz eingefunden, standen nervös flüsternd in Gruppen zusammen und wagten sich weder in die Nähe der Fähre noch der Gruft.

Mit einer Ausnahme. Nur ein paar Meter von ihnen entfernt, versperrte ihnen einer der beiden Wächter, die C'baoth aus der

Gruft verwiesen hatte, den Weg. Sein Gesicht war von kaum beherrschter Wut verzerrt; in seinen Händen, gespannt und schußbereit, lag die Armbrust. »Sie haben sein Haus zerstört«, sagte C'baoth fast gleichmütig. »Zweifellos will er sich rächen.«

Die Worte waren kaum ausgesprochen, als der Wächter die Armbrust hochriß und abdrückte. Pellaeon duckte sich instinktiv und hob den Blaster...

Und drei Meter vor den Imperialen kam der Bolzen in der Luft abrupt zum Stillstand.

Pellaeon starrte das schwebende Holz- und Metallgeschoß an und konnte kaum glauben, was seine Augen sahen. »Sie sind unsere Gäste«, wandte sich C'baoth an den Wächter, laut genug, daß ihn jeder auf dem Platz verstehen konnte. »Wir werden sie entsprechend behandeln.«

Mit dem Krachen splitternden Holzes zerbrach der Armbrustbolzen, die Bruchstücke fielen zu Boden. Langsam, widerwillig, von ohnmächtiger Wut erfüllt, senkte der Wächter die Armbrust. Thrawn ließ sich einen Moment Zeit und gab dann Rukh einen Wink. Der Noghri riß den Blaster hoch und feuerte...

Und so schnell, daß das Auge die Bewegung kaum verfolgen konnte, löste sich ein flacher Stein aus dem Pflaster, flog direkt in die Schußbahn des Energiestrahls und zerbarst in einer spektakulären Explosion.

Thrawn fuhr zu C'baoth herum, Ärger und Überraschung im Gesicht. »C'baoth...!«

»Das ist *mein* Volk, Großadmiral Thrawn«, fiel ihm der andere mit stählerner Stimme ins Wort. »Nicht Ihres; meines. Wenn jemand bestraft werden muß, dann werde *ich* es tun.«

Für einen langen Moment sahen sich die beiden Männer in die Augen. Dann, mit sichtlicher Mühe, gewann Thrawn seine Fassung zurück. »Natürlich, Master C'baoth«, sagte er. »Vergeben Sie mir.«

C'baoth nickte. »Besser. Viel Besser.« Sein Blick ging an Thrawn vorbei zu dem Wächter: mit einem Nicken war der Mann entlassen. »Kommen Sie«, sagte er zum Großadn.iral. »Wir wollen miteinander reden.«

»Sie werden mir jetzt verraten«, sagte C'baoth und bedeutete ihnen, sich auf den Sitzkissen niederzulassen, »wie Sie meinen Angriff abgewehrt haben.«

»Lassen Sie mich Ihnen zunächst unser Angebot unterbreiten«, entgegnete Thrawn. Er sah sich forschend im Zimmer um und setzte sich erst dann bedächtig auf eins der Kissen. Wahrscheinlich, dachte Pellaeon, hatte der Großadmiral die Kunstwerke begutachtet, die den Raum zierten.

»Sie werden mir jetzt verraten, wie Sie meinen Angriff abgewehrt haben«, wiederholte C'baoth.

Thrawn verzog kurz die Lippen. »Im Grunde ist es ganz einfach.« Er sah den Ysalamir auf seiner Schulter an und streichelte sanft seinen langen Hals. »Diese Kreatur, die Sie auf meinem Rükken sehen, ist ein Ysalamir. Die Ysalamiri sind baumbewohnende Wesen von einem fernen, drittklassigen Planeten, und sie haben eine interessante und wahrscheinlich einzigartige Fähigkeit – sie verdrängen die Macht.«

C'baoth runzelte die Stirn. »Was meinen Sie damit, sie verdrängen die Macht?«

»Sie verdrängen ihre Wirkung«, erklärte Thrawn. »Genau wie eine Luftblase Wasser verdrängt. Ein einzelner Ysalamir kann eine Blase mit einem Durchmesser von zehn Metern erzeugen, mehrere Ysalamiri, die ihre Kräfte gegenseitig verstärken, erzeugen noch viel größere Blasen.«

»Von so etwas habe ich noch nie gehört«, gestand C'baoth und starrte Thrawns Ysalamir mit fast kindlich anmutender Neugier an. »Wie konnten solche Geschöpfe entstehen?«

»Ich weiß es nicht«, gab Thrawn zu. »Ich nehme an, daß diese Fähigkeit ihrem Überleben dient, aber in welcher Weise, ist mir rätselhaft.« Er hob eine Braue. »Nicht daß es eine Rolle spielt. Es genügt mir, daß ihre Fähigkeit meinen Zwecken dient.«

C'baoths Gesicht wurde düster. »Der Zweck ist es, mir meine Macht zu nehmen?«

Thrawn zuckte mit den Schultern. »Wir haben erwartet, hier den Wächter des Imperators zu finden. Ich mußte sichergehen, daß er uns Gelegenheit geben würde, uns vorzustellen und unsere Mission zu erläutern. Daß uns die Tiere vor dem Wächter geschützt haben, war im Grunde nur ein Nebeneffekt. Mit unseren Kleinen habe ich etwas viel Interessanteres im Sinn.«

»Und das wäre...?«

Thrawn lächelte. »Alles zu seiner Zeit, Master C'baoth. *Und* erst, nachdem wir Gelegenheit gehabt haben, einen Blick in die Schatzkammer des Imperators im Berg Tantiss zu werfen.«

C'baoths Lippen zuckten. »Also geht es Ihnen nur um den Berg.«

»Ich brauche den Berg, gewiß«, bestätigte Thrawn. »Oder vielmehr das, was ich in ihm zu finden hoffe.«

»Und das ist...?«

Thrawn sah ihn einen Moment lang prüfend an. »Es gab kurz vor der Schlacht um Endor Gerüchte, daß die Wissenschaftler des Imperators ein perfektes Tarnfeld entwickelt haben. Das ist es, was ich will. Außerdem«, fügte er nach einer kurzen Pause hinzu, »noch ein anderes kleines – fast triviales – technisches Gerät.«

»Und Sie glauben, daß sich eins von diesen Tarnfeldern im Berg befindet?«

»Ich rechne entweder mit einem funktionierenden Prototypen oder zumindest mit den entsprechenden Bauplänen«, sagte Thrawn. »Der Imperator hat diese Schatzkammer zum Teil deswegen angelegt, damit interessante und potentiell nützliche Technologien nicht verlorengehen.«

»Und um zahllose Andenken an seine glorreichen Eroberungen zu sammeln«, schnaubte C'baoth. »Es gibt Dutzende von Räumen, die bis zur Decke mit derartigen lächerlichen Trophäen gefüllt sind.«

Pellaeon straffte sich. »Sie sind im Innern des Berges gewesen?« fragte er. Insgeheim hatte er erwartet, daß die Schatzkammer tausendfach gesichert war.

C'baoth warf ihm einen verächtlichen Blick zu. »Natürlich bin ich im Innern gewesen. Ich habe den Wächter getötet, erinnern Sie sich?« Er sah Thrawn wieder an. »Soso. Sie wollen die Spielzeuge des Imperators; und jetzt wissen Sie, daß Sie den Berg mühelos betreten können, ob nun mit oder ohne meine Hilfe. Warum sitzen Sie dann noch hier?«

»Weil ich nicht nur den Berg brauche«, eröffnete ihm Thrawn. »Ich brauche auch die Hilfe eines Jedi-Meisters wie Sie.«

C'baoth lehnte sich in sein Kissen zurück, und ein zynisches Lächeln blitzte durch seinen Bart. »Ah, endlich kommen wir zum Kern der Sache. Ich nehme an, für diesen Dienst bekomme ich all die Macht, nach der es einen Jedi-Meister verlangt?«

Thrawn lächelte zurück. »In der Tat. Sagen Sie mir, Master C'baoth – haben Sie von der vernichtenden Niederlage gehört, die die imperiale Flotte bei der Schlacht um Endor erlitten hat?«

»Ich hörte Gerüchte. Einer der Außenweltler, der hierher kam, sprach davon.« C'baoths Blick wanderte zum Fenster, zum Palast mit der Gruft auf der anderen Seite des Platzes. »Allerdings nur kurz.«

Pellaeon schluckte. Thrawn schien die Anspielung nicht zu bemerken. »Dann müssen Sie sich auch gefragt haben, wie es ein paar Dutzend Rebellenschiffen gelingen konnte, eine imperiale Streitkraft zu besiegen, die ihnen mindestens zehnfach überlegen war.«

»Ich habe nicht viel Zeit mit derartigen Überlegungen verschwendet«, sagte C'baoth trocken. »Ich ging davon aus, daß die Rebellen einfach bessere Kämpfer waren.«

»In gewisser Hinsicht ist dies richtig«, bestätigte Thrawn. »Die Rebellen haben in der Tat besser gekämpft, aber nicht, weil sie über spezielle Fähigkeiten verfügten oder besser ausgebildet waren. Sie haben besser gekämpft als die Flotte, weil der Imperator tot war.«

Er drehte sich zu Pellaeon um. »Sie sind dabeigewesen, Captain – Sie müssen es bemerkt haben. Der plötzliche Zusammenbruch der Koordination zwischen den Besatzungsmitgliedern und den Schiffen; der Mangel an Effizienz und Disziplin. Kurz gesagt, der Mangel an jener schwer faßbaren Eigenschaft, die wir Kampfgeist nennen.«

»Es gab einige Verwirrung, ja«, sagte Pellaeon steif. Er begann zu erkennen, worauf Thrawn hinauswollte, und es gefiel ihm ganz und gar nicht. »Aber das läßt sich mit dem normalen Streß einer Schlacht erklären.«

Thrawn hob leicht eine blauschwarze Augenbraue. »Wirklich?« Der Verlust der *Exekutor* – das plötzliche Versagen der TIE-Jäger im entscheidenden Moment, das zum Untergang des Todessterns führte – der Verlust von sechs anderen Sternzerstörern bei Operationen, die eigentlich kein Problem hätten sein sollen? *All* das wollen Sie mit dem normalen Streß einer Schlacht erklären?«

»Der Imperator hat die Schlacht nicht geleitet«, fauchte Pellaeon. »In keinerlei Hinsicht. Ich war dabei, Admiral – ich *weiß* es!«

»Ja, Captain, Sie waren dabei«, sagte Thrawn mit plötzlich harter Stimme. »Und es wird Zeit, daß Sie die Augen öffnen und der Wahrheit ins Gesicht sehen, gleichgültig, wie bitter sie sein mag. Sie hatten auch keinen Kampfgeist mehr – genau wie alle anderen in der imperialen Flotte. Es war der Wille des Imperators, der Sie angetrieben hat, es war der Geist des Imperators, der Ihnen Kraft und Entschlossenheit und Tüchtigkeit verliehen hat. Sie waren so abhängig von seiner Gegenwart, als wären Sie ein kybernetisches Implantat in einem Schlachtcomputer gewesen.«

»Das ist nicht wahr«, brauste Pellaeon auf. »Es kann nicht sein. Wir haben nach seinem Tod weitergekämpft.«

»Ja«, sagte Thrawn mit leiser und verächtlicher Stimme. »Sie haben weitergekämpft. Wie Kadetten.«

C'baoth schnaubte. »*Das* also ist es, was Sie von mir wollen, Großadmiral Thrawn?« fragte er abschätzig. »Ich soll Ihre Schiffe in Ihre Marionetten verwandeln?«

»Keineswegs, Master C'baoth«, erwiderte Thrawn ruhig. »Meine Analogie mit den kybernetischen Implantaten war sorgfältig gewählt. Der fatale Fehler des Imperators war es, daß er persönlich die gesamte imperiale Flotte kontrollieren wollte, und zwar so vollständig und solange wie möglich. Im Endeffekt hat das in die Katastrophe geführt. Mein Wunsch ist es lediglich, die Zusammenarbeit zwischen den Schiffen und Kampfeinheiten zu verbessern – und das nur in kritischen Momenten und bestimmten Situationen.«

C'baoth warf Pellaeon einen Blick zu. »Mit welchem Ziel?« fragte er.

»Mit dem bereits erwähnten Ziel«, erwiderte Thrawn. »Macht.«

»Was für eine Art Macht?«

Zum erstenmal seit ihrer Landung wirkte Thrawn überrumpelt. »Natürlich Macht über die Welten. Die endgültige Niederschlagung der Rebellion. Die Wiedererrichtung der glorreichen Neuen Ordnung des Imperiums.«

C'baoth schüttelte den Kopf. »Sie verstehen die Macht nicht, Großadmiral Thrawn. Welten zu erobern und zu beherrschen, die Sie nie ein zweites Mal sehen werden, hat mit Macht nichts zu tun. Auch nicht die Vernichtung von Schiffen und Menschen und Rebellionen, die Ihnen persönlich nichts bedeuten.« Er machte eine umfassende Handbewegung, und in seinen Augen loderte ein unheimliches Feuer. »*Das*, Großadmiral Thrawn, ist Macht. Diese Stadt – dieser Planet – dieses Volk. Jeder Mensch, Psadan und Myneyrsh, der hier lebt, ist mein. *Mein*.« Sein Blick wanderte wieder zum Fenster. »Ich lehre sie. Ich beherrsche sie. Ich bestrafe sie. Ihr Leben und ihr Tod liegen in *meiner* Hand.«

»Genau das biete ich Ihnen an«, sagte Thrawn. »Millionen von Leben – Milliarden, wenn Sie es wünschen. Leben, mit denen Sie machen können, was Sie wollen.«

»Es ist nicht dasselbe«, widersprach C'baoth mit gönnerhafter Geduld. »Ich bin an der Macht über gesichtslose Leben nicht interessiert.«

»Sie könnten auch nur über eine einzige Stadt herrschen«, beharrte Thrawn. »So groß oder so klein, wie Sie es wünschen.«

»Ich herrsche bereits über eine Stadt.«

Thrawn verengte die Augen. »Ich brauche Ihre Hilfe, Master C'baoth. Nennen Sie mir Ihren Preis.«

C'baoth lächelte. »Mein Preis? Den Preis für meine Dienste?« Abrupt verschwand sein Lächeln. »Ich bin ein Jedi-Meister, Großadmiral Thrawn«, sagte er mit einer Stimme, die vor Drohung siedete. »Kein Söldner wie Ihr Noghri.«

Er bedachte Rukh, der schweigend abseits von ihnen saß, mit einem verächtlichen Blick. »Oh, ja, Noghri – ich weiß, was du bist, was deine Artgenossen sind. Die privaten Todeskommandos des Imperators; ihr tötet und werdet getötet, wenn Männer wie Darth Vader und der Großadmiral dort es befehlen.«

»Lord Vader diente dem Imperator und dem Imperium«, sagte Rukh, die dunklen Augen starr auf C'baoth gerichtet. »So wie wir.«

»Vielleicht.« C'baoth wandte sich wieder an Thrawn. »Ich habe alles, was ich wünsche oder brauche, Großadmiral Thrawn. Sie werden Wayland jetzt verlassen.«

Thrawn rührte sich nicht. »Ich brauche Ihre Hilfe, Meister C'baoth«, wiederholte er fest. »Und ich werde sie bekommen.«

»Oder Sie werden was tun?« C'baoth lächelte böse. »Mich von Ihrem Noghri töten lassen? Es wird ein amüsantes Schauspiel sein.« Er sah Pellaeon an. »Oder werden Sie meine Stadt aus der Umlaufbahn von Ihrem tapferen Sternzerstörercaptain vernichten lassen? Aber dann riskieren Sie auch die Zerstörung des Berges, nicht wahr?«

»Meine Kanoniere können diese Stadt zerstören, ohne auch nur das Gras auf dem Berg Tantiss zu versengen«, gab Pellaeon zurück. »Wenn Sie eine Demonstration benötigen...«

»Ruhig, Captain«, fiel ihm Thrawn gelassen ins Wort. »Sie ziehen also die persönliche Macht vor, von Angesicht zu Angesicht, Master C'baoth? Ja, das verstehe ich. Auch wenn dies ein Leben ohne jede Herausforderung bedeutet. Natürlich«, fügte er mit einem nachdenklichen Blick aus dem Fenster hinzu, »vielleicht geht es Ihnen genau darum. Ich nehme an, daß selbst ein Jedi-Meister irgendwann so alt ist, daß er nur noch in der Sonne sitzen will.«

C'baoths Gesicht wurde finster. »Hüten Sie Ihre Worte, Großadmiral Thrawn«, warnte er. »Oder ich nehme die Herausforderung an und vernichte Sie.«

»Das wäre kaum eine Herausforderung für einen Mann mit Ihren Fähigkeiten und Ihrer Macht«, entgegnete Thrawn schulterzukkend. »Aber vermutlich herrschen Sie bereits über andere Jedi.«

C'baoth runzelte die Stirn, von dem plötzlichen Themenwechsel offenbar irritiert. »Andere Jedi?« wiederholte er.

»Natürlich. Gewiß ist es nur gerecht, daß ein Jedi-Meister weniger mächtige Jedi in seinen Diensten hat. Jedi, die er ganz nach Belieben lehren und beherrschen und bestrafen kann.«

Ein Schatten fiel über C'baoths Gesicht. »Es gibt keine anderen Jedi mehr«, murmelte er. »Der Imperator und Vader haben sie gejagt und ausgelöscht.«

»Nicht alle«, eröffnete ihm Thrawn freundlich. »In den vergangenen fünf Jahren sind zwei neue Jedi entstanden: Luke Skywalker und seine Schwester Leia Organa Solo.«

»Und was habe ich damit zu tun?«

»Ich kann sie Ihnen ausliefern.«

Lange Zeit starrte C'baoth ihn an, von Zweifeln und Verlangen überwältigt. Das Verlangen siegte. »Beide?«

»Beide«, erwiderte Thrawn. »Bedenken Sie, was ein Mann mit Ihren Fähigkeiten mit frischgebackenen Jedi anstellen könnte. Sie erziehen, sie ändern, sie nach Ihrem Bilde formen.« Er wölbte eine Braue. »Und es gibt noch einen ganz besonderen Nebennutzen... denn Leia Organa Solo ist schwanger. Mit Zwillingen.«

C'baoth atmete scharf ein. »*Jedi*-Zwillinge?« zischte er.

»Nach den Berichten meiner Mittelsmänner zu urteilen, haben sie das Potential.« Thrawn lächelte. »Natürlich würde es ganz allein an Ihnen liegen, was schlußendlich aus ihnen wird.«

C'baoths Augen wanderten zu Pellaeon und wieder zurück zu Thrawn. »Nun gut, Großadmiral Thrawn«, sagte er. »Für die Jedi werde ich Ihnen helfen. Bringen Sie mich zu Ihrem Schiff.«

»Geduld, Master C'baoth«, sagte Thrawn und stand ebenfalls auf. »Zunächst müssen wir in den Berg des Imperators. Unsere Vereinbarung hängt davon ab, ob ich dort finde, was ich suche.«

»Natürlich.« C'baoths Augen blitzten. »Dann wollen wir beide hoffen«, sagte er warm, »daß Sie es finden.«

Sie brauchten sieben Stunden, um die Bergfestung zu durchsuchen, die viel größer war, als Pellaeon erwartet hatte. Aber zum Schluß fanden sie dann doch die Schätze, auf die Thrawn gehofft hatte. Das Tarnfeld... und dieses andere kleine, fast triviale technische Gerät.

Die Tür zum Kommandoraum des Großadmirals glitt zur Seite. Pellaeon straffte sich und trat ein. »Darf ich Sie etwas fragen, Admiral?«

61

»Gewiß, Captain«, sagte Thrawn von seinem Sessel in der Mitte des doppelten Displayrings. »Kommen Sie. Gibt es irgend etwas Neues vom Imperialen Palast?«

»Nein, Sir, seit gestern nicht«, antwortete Pellaeon, während er an den Rand des äußeren Rings trat und ein letztes Mal die Worte durchging, die er sagen wollte. »Ich kann aber nachfragen, wenn Sie wollen.«

»Das ist wahrscheinlich unnötig.« Thrawn schüttelte den Kopf. »Wie es aussieht, stehen die Einzelheiten der Bimmisaari-Reise im großen und ganzen fest. Es genügt, eine der Kommandoeinheiten zu alarmieren – ich denke, Team Acht – und wir haben unsere Jedi.«

»Jawohl, Sir.« Pellaeon gab sich einen Ruck. »Admiral... Ich muß Ihnen sagen, daß ich die Zusammenarbeit mit C'baoth für keine gute Idee halte. Um ganz offen zu sein, ich glaube, er ist verrückt.«

Thrawn hob eine Braue. »Natürlich ist er verrückt. Aber er ist schließlich auch nicht Jorus C'baoth.«

Pellaeon fiel die Kinnlade nach unten. »Was?«

»Jorus C'baoth ist tot«, erklärte Thrawn. »Er war einer der sechs Jedi-Meister an Bord des Fernflugprojekts der Alten Republik. Ich weiß nicht, ob Sie damals schon hoch genug im Rang waren, um darüber informiert zu sein.«

»Ich habe Gerüchte gehört.« Pellaeon runzelte die Stirn. »Es ging damals darum, den Machtbereich der Alten Republik über die Galaxis hinaus auszudehnen, wenn ich mich recht erinnere. Der Start erfolgte kurz vor Ausbruch der Klon-Kriege. Mehr weiß ich nicht darüber.«

»Weil es mehr auch nicht zu wissen gibt«, sagte Thrawn gleichmütig. »Das Schiff wurde von einer Spezialeinheit des Imperiums zerstört, kaum daß es das Gebiet der Alten Republik verlassen hatte.«

Pellaeon starrte ihn fröstelnd an. »Woher wissen Sie das?«

Thrawn wölbte die Brauen. »Weil ich der Commander der Spezialeinheit war. Schon damals war dem Imperator klar, daß die Jedi ausgelöscht werden mußten. Sechs Jedi-Meister an Bord eines einzigen Schiffes – das war eine Gelegenheit, die wir uns nicht entgehen lassen konnten.«

Pellaeon befeuchtete seine Lippen. »Aber wer...?«

»Wer ist der Mann, den wir an Bord genommen haben?« vollendete Thrawn die Frage für ihn. »Ich dachte, das wäre offensichtlich. Joruus C'baoth – achten sie auf die vielsagende falsche Aussprache des Namens *Jorus* – ist ein Klon.«

Pellaeon starrte ihn an. »Ein *Klon?*«

»Natürlich.« Thrawn nickte. »Aus einer Gewebeprobe gezüchtet, die dem echten C'baoth wahrscheinlich kurz vor seinem Tod entnommen wurde.«

»Mit anderen Worten, zu Beginn des Krieges«, sagte Pellaeon und schluckte hart. Die ersten Klons – oder zumindest jene, mit denen es die Flotte zu tun bekommen hatte – waren in mentaler und emotionaler Hinsicht extrem labil gewesen. In manchen Fällen auf nachgerade spektakuläre Weise... »Und Sie haben dieses Ding trotzdem an Bord meines Schiffes gebracht?« fragte er.

»Hätten Sie lieber einen vollentwickelten Dunklen Jedi gehabt?« fragte Thrawn kalt. »Vielleicht einen zweiten Darth Vader, ehrgeizig und mächtig genug, um die Kontrolle über Ihr Schiff zu übernehmen? Kommen Sie, Captain.«

»Zumindest wäre ein Dunkler Jedi berechenbar«, konterte Pellaeon.

»C'baoth ist berechenbar genug«, versicherte Thrawn. »Und wenn er Schwierigkeiten macht...« Er wies auf das halbe Dutzend Gestelle um seinen Kommandoring. »Dafür haben wir die Ysalamiri.«

Pellaeon schnitt eine Grimasse. »Mir gefällt die Sache trotzdem nicht, Admiral. Wir können das Schiff kaum vor ihm schützen, wenn er gleichzeitig den Angriff der Flotte koordinieren soll.«

»Ein gewisses Maß an Risiko müssen wir eingehen«, sagte Thrawn. »Aber Risiko hat schon immer zum Krieg gehört. In diesem Fall ist der potentielle Nutzen weit größer als die potentielle Gefahr.«

Widerstrebend nickte Pellaeon. Die Sache gefiel ihm nicht – und zweifellos würde sie ihm nie gefallen –, aber Thrawn hatte seine Entscheidung getroffen. »Jawohl, Sir«, murmelte er. »Sie wollten Team Acht alarmieren. Soll ich mich darum kümmern?«

»Nein, ich kümmere mich schon selbst darum.« Thrawn lächelte sardonisch. »Ihr glorreicher Führer und der ganze Unsinn – Sie wissen, wie die Noghri sind. Gibt es noch etwas...?«

Es war eine unmißverständliche Aufforderung zum Gehen. »Nein, Sir«, sagte Pellaeon. »Wenn Sie mich brauchen, ich bin auf der Brücke.« Er wandte sich ab.

»Wir werden mit seiner Hilfe siegen, Captain!« rief ihm der Großadmiral nach. »Vergessen Sie Ihre Furcht, und denken Sie an meine Worte.«

*Falls er uns nicht alle tötet.* »Jawohl, Sir«, sagte Pellaeon laut und verließ den Raum.


# 5


Han beendete seinen Bericht, lehnte sich zurück und wartete darauf, daß sich die Kritiker zu Wort meldeten.

Er mußte nicht lange warten. »Also haben Ihre Schmugglerfreunde erneut jede Zusammenarbeit verweigert«, stellte Admiral

Ackbar voller Entrüstung fest. Er wackelte zweimal mit dem hochgewölbten Kopf und bekräftigte diese rätselhafte calamarianische Geste mit einem rhythmischen Blinzeln der riesigen Augen. »Ich muß Sie daran erinnern, daß ich von Anfang an gegen diesen Plan war«, fügte er hinzu und deutete vorwurfsvoll auf Hans Berichtsmappe; zwischen den Fingern seiner Hand spannten sich zarte Schwimmhäute.

Han sah über den Tisch hinweg Leia an. »Es ist keine Frage mangelnden Engagements, Admiral«, widersprach er. »Die meisten Schmuggler sehen lediglich keinen Vorteil darin, ihre illegalen Aktivitäten aufzugeben und ins legale Frachtgeschäft einzusteigen.«

»Vielleicht ist es eine Frage mangelnden Vertrauens«, erklang eine melodische nichtmenschliche Stimme. »Was meinen Sie?«

Han schnitt eine Grimasse. »Gut möglich«, sagte er und zwang sich, Borsk Fey'lya anzusehen.

»Möglich?« Fey'lyas violette Augen wurden groß, und das feine, cremefarbene Fell, das seinen Körper bedeckte, sträubte sich leicht. Bei den Bothan war dies eine Geste höflichen Erstaunens, und Fey'lya schien sie bei jeder sich bietenden Gelegenheit einzusetzen. »Sie sagten *möglich*, Captain Solo?«

Han seufzte leise und resignierend. Fey'lya würde ihn ohnehin dazu bringen, es mit anderen Worten auszudrücken, wenn er nicht nachgab. »Einige der Banden, mit denen ich gesprochen habe, trauen uns nicht«, gestand er. »Sie halten das Angebot für eine Falle.«

»Wegen mir – natürlich«, grollte Ackbar. Seine lachsfarbene Haut verdunkelte sich. »Müssen Sie denn immer wieder auf diesen Punkt zurückkommen, Rat Fey'lya?«

Fey'lyas Augen weiteten sich erneut, und eine Weile starrte er schweigend Ackbar an, bis die Spannung am Tisch unerträglich zu werden drohte. Seit Fey'lya seinen großen bothanischen Volksstamm nach der Schlacht um Yavin in die Allianz eingebracht hatte, gab es Reibungen zwischen den beiden. Fey'lya hatte von Anfang an versucht, Macht und Einfluß zu gewinnen, und dabei auch vor Winkelzügen nicht zurückgeschreckt, um seinen offen verkündeten Anspruch auf eine hohe Position in dem neuen politischen System durchzusetzen, das derzeit unter Mon Mothmas Führung entstand. Ackbar hielt derartige Ambitionen für eine schreckliche Verschwendung von Zeit und Energie, insbesondere angesichts der prekären Lage, in der sich die Allianz befand, und mit der für ihn typischen Unverblümtheit hatte er mit seiner Meinung nicht hinter dem Berg gehalten.

In Anbetracht von Ackbars Ruf und großen Erfolgen bestand für Han kein Zweifel, daß Fey'lya früher oder später auf einen relativ unbedeutenden Posten in der Neuen Republik abgeschoben worden wäre... hätten nicht Fey'lyas Bothan-Spione den neuen imperialen Todesstern aufgespürt.

Han war damals mit wichtigeren Dingen beschäftigt gewesen und hatte so nie erfahren, wie es Fey'lya gelungen war, diesen Erfolg in seine derzeitige Stellung im Rat umzumünzen. Und wenn er ehrlich zu sich selbst war, so wollte er es auch nicht wissen.

»Ich versuche nur, mir über die Situation im klaren zu werden, Admiral«, sagte Fey'lya schließlich in die lastende Stille. »Es nützt uns wenig, einen so wertvollen Mitarbeiter wie Captain Solo ständig auf diese Kontaktmissionen zu schicken, wenn sie von vornherein zum Scheitern verurteilt sind.«

»Sie sind *nicht* zum Scheitern verurteilt«, warf Han ein. Aus den Augenwinkeln sah er, wie Leia ihm einen warnenden Blick zuwarf. Er ignorierte es. »Die Sorte Schmuggler, die wir brauchen, sind konservative Geschäftsleute – sie überlegen zuerst, bevor sie in ein neues Projekt einsteigen. Sie werden kommen.«

Fey'lyas Fell sträubte sich erneut. »Und bis dahin verschwenden wir Zeit und Energie mit sinnlosen Aktionen.«

»Hören Sie, man kann nicht...«

Vom anderen Ende des Tisches drang das gedämpfte, fast zurückhaltende Klopfen eines Hammers. »Die Schmuggler warten auf ein Ereignis«, sagte Mon Mothma ruhig und bedachte die am Tisch Versammelten mit einem strengen Blick, »auf das auch der Rest der Galaxis wartet – auf die formelle Wiederherstellung der Prinzipien und Gesetze der Alten Republik. *Das* ist unsere erste und vordringlichste Aufgabe, meine Herren Räte. Die Neue Republik darf nicht nur ein Name bleiben.«

Han sah Leia an, und diesmal war er es, der ihr einen warnenden Blick zuwarf. Sie verzog das Gesicht, nickte aber andeutungsweise und schwieg.

Nach Mon Mothmas Worten dehnte sich das Schweigen, und erneut ließ sie ihre Blicke um den Tisch wandern. Han musterte sie und bemerkte die tiefen Linien in ihrem Gesicht, die grauen Strähnen in ihrem Haar, die Zerbrechlichkeit ihres dünnen Halses. Seit ihrer ersten Begegnung während der Bedrohung durch den zweiten Todesstern des Imperators war sie sichtlich gealtert. Seit damals hatte sich Mon Mothma der schier übermenschlichen Aufgabe gewidmet, eine funktionierende Verwaltung aufzubauen, und die Anstrengung hatte sie gezeichnet.

Aber trotz der Spuren, die die Jahre in ihrem Gesicht hinterlassen hatten, loderte in ihren Augen noch immer dasselbe Feuer wie damals – jenes Feuer, das seit ihrem historischen Bruch mit der Neuen Ordnung und der Gründung der Rebellen-Allianz in ihr brannte. Sie war zäh und klug und voller Tatkraft. Und alle Anwesenden wußten es.

Ihr Blick verharrte bei Han. »Captain Solo, wir danken Ihnen für Ihren Bericht und auch für Ihre Mühe. Und mit dem Bericht des Captains ist diese Sitzung beendet.«

Sie klopfte wieder mit dem Hammer auf den Tisch und stand auf. Han schloß seine Berichtsmappe und drängte sich zur anderen Seite des Tisches durch. »Das war's«, sagte er leise zu Leia, die ihre eigenen Unterlagen einsammelte. »Verschwinden wir von hier?«

»Je schneller, desto besser«, murmelte sie. »Ich muß Winter nur noch diese Unterlagen bringen.«

Han sah sich um und senkte die Stimme. »Ich schätze, es ging hier recht stürmisch zu, ehe ich hereingerufen wurde, oder?«

»Nicht stürmischer als sonst«, erklärte sie. »Fey'lya und Ackbar sind wieder einmal aneinandergeraten; diesmal ging es um das Fiasko im Obroa-skai-System – um das verschollene Elomin-Geschwader – und Fey'lya mußte natürlich wieder an Ackbars Qualitäten als Oberbefehlshaber herummäkeln. Mon Mothma hat...«

»Haben Sie einen Moment Zeit, Leia?« erklang Mon Mothams Stimme hinter Hans Rücken.

Han drehte sich um und spürte, wie sich Leia verspannte. »Ja?«

»Ich habe vergessen, Sie zu fragen, ob Luke Sie nach Bimmisaari begleiten wird«, sagte Mon Mothma. »Ist er einverstanden?«

»Ja«, erwiderte Leia und warf Han einen entschuldigenden Blick zu. »Tut mir leid, Han; ich hatte keine Gelegenheit, dir davon zu erzählen. Die Bimms haben gestern offiziell darum gebeten, daß Luke an den Gesprächen teilnimmt.«

»Ach ja?« Vor einem Jahr, dachte Han, hätte es ihn wahrscheinlich wütend gemacht, daß ihr sorgfältig ausgearbeiteter Terminplan im letzten Moment über den Haufen geworfen wurde. Leias diplomatische Geduld schien allmählich auf ihn abzufärben.

Oder er wurde allmählich weich. »Haben sie irgendwelche Gründe dafür genannt?«

»Die Bimms sind ein wenig heldenorientiert«, sagte Mon Mothma, ehe Leia antworten konnte, und sah Han prüfend an. Wahrscheinlich war sie neugierig, wie er über die Änderung der Pläne dachte. »Und Lukes Rolle bei der Schlacht um Endor *ist* weithin bekannt.«

»Ja, ich habe davon gehört«, meinte Han mit leichtem Sarkasmus. Er spürte keinen Neid auf Lukes Stellung in der Ruhmeshalle der Neuen Republik – der Junge hatte sie sich zweifellos verdient. Aber wenn es für Mon Mothma so wichtig war, mit einem Jedi zu protzen, dann sollte sie Leia Gelegenheit geben, ihre Ausbildung fortzusetzen, statt sie mit diesen zusätzlichen diplomatischen Pflichten zu belasten. Wie die Dinge lagen, würde er eher ein Jedi sein als sie.

Leia drückte seine Hand. Er erwiderte den Druck, um ihr zu zeigen, daß er nicht böse war. Obwohl sie es wahrscheinlich schon wußte. »Wir müssen jetzt gehen«, wandte sie sich an Mon Mothma und zog Han vom Tisch fort. »Vor dem Abflug müssen wir noch unsere Droiden suchen.«

»Gute Reise«, wünschte Mon Mothma steif. »Und viel Glück.«

»Die Droiden sind bereits an Bord des *Falken*«, sagte Han zu Leia, als sie sich durch die Räte und Stabsmitglieder zum Ausgang drängten. »Chewie hat sich darum gekümmert.«

»Ich weiß«, murmelte Leia.

»Gut«, meinte Han und beließ es dabei.

Sie drückte erneut seine Hand. »Es wird schon gutgehen, Han. Du, ich und Luke – wie in den alten Zeiten.«

»Sicher«, sagte Han. Mit einer Bande pelziger, kaum tischgroßer Nichtmenschen herumzusitzen, ständig Dreipeos entnervende Stimme zu hören, in die Tiefen einer weiteren fremdartigen Psychologie einzutauchen, um herauszufinden, was man den Bimms bieten mußte, damit sie sich der Neuen Republik anschlossen... »Sicher«, wiederholte er mit einem Seufzer. »Genau wie in den alten Zeiten.«

# 6

Die schwankenden fremdartigen Bäume schreckten wie riesige Tentakel vom Landeplatz zurück, und mit einer kaum merklichen Erschütterung setzte Han den *Millennium Falken* auf dem unebenen Boden auf. »Tja, da sind wir«, stellte er fest. »Bimmisaari. Die Spezialitäten: Pelze und laufende Gewächse.«

»Halt dich bloß zurück«, warnte ihn Leia, löste den Sicherheitsgurt und unterzog sich der Jedi-Entspannungstechnik, die Luke ihr beigebracht hatte. Politische Gespräche mit Vertretern bekannter Völker fielen ihr nicht schwer. Diplomatische Missionen bei unbekannten Fremdrassen waren etwas völlig anderes.

»Du wirst es schon schaffen«, sagte Luke neben ihr und drückte ihren Arm.

Han drehte sich halb um. »Ich wünschte, ihr beide würdet das nicht tun«, klagte er. »Es ist, als würde man nur die Hälfte einer Unterhaltung hören.«

»Tut mir leid«, entschuldigte sich Luke. Er kletterte aus seinem Sitz und spähte durch das Bugfenster des *Falken*. »Sieht aus, als würde unser Empfangskomitee kommen. Ich hole Dreipeo.«

»Wir kommen sofort nach!« rief Leia ihm hinterher. »Bist du fertig, Han?«

»Klar«, knurrte Han und schob den Blaster ins Holster. »Noch hast du Zeit, deine Meinung zu ändern, Chewie.«

Leia lauschte angestrengt, als Chewbacca eine knappe Antwort knurrte. Selbst nach all den Jahren konnte sie ihn immer noch nicht so gut wie Han verstehen – einige subtile Harmonien in der Stimme des Wookies blieben ihr nach wie vor verschlossen.

Aber auch wenn ihr einige der Worte unverständlich blieben, war die Bedeutung seiner Antwort kristallklar. »Oh, komm schon«, drängte Han. »Du hast doch früher schon gekatzbuckelt – weißt du noch, wie es auf Yavin war? *Damals* hast du dich nicht beschwert.«

»Es ist schon in Ordnung, Han«, warf Leia ein. »Wenn er mit Erzwo an Bord bleiben und an den Stabilisatoren arbeiten will, soll er es ruhig tun. Die Bimms werden schon nicht beleidigt sein.«

Han sah durch das Bugfenster zu der näher kommenden Delegation hinüber. »Es geht nicht darum, ob die Bimms beleidigt sind oder nicht«, brummte er. »Ich dachte nur, es wäre besser, etwas Verstärkung zu haben. Nur für den Fall des Falles.«

Leia lächelte und tätschelte seinen Arm. »Die Bimms sind sehr freundliche Wesen«, versicherte sie. »Es wird keine Schwierigkeiten geben.«

»*Das* habe ich schon öfter gehört«, meinte Han trocken und nahm einen Kommunikator aus einem kleinen Fach neben seinem Sitz. Er wollte ihn schon in seinen Gürtel schieben, als er sich besann und ihn an seinem Kragen befestigte.

»Sieht gut aus«, sagte Leia. »Willst du statt dessen deine alten Generalsabzeichen an deinem Gürtel anbringen?«

Er schnitt eine Grimasse. »Sehr witzig. Aber so kann ich den Kommunikator aktivieren und mit Chewie sprechen, ohne Aufsehen zu erregen.«

»Ah!« Leia nickte. Es war tatsächlich eine gute Idee. »Klingt, als hättest du dich zu oft mit Lieutenant Page und seinen Kommandos herumgetrieben.«

»Ich habe mich zu oft bei euren Ratssitzungen herumgetrieben«, konterte er, glitt von seinem Sitz und stand auf. »Nach vier Jahren politischer Flügelkämpfe weiß man den Wert der Subtilität zu schätzen. Komm schon, Chewie – du mußt hinter uns die Schleuse verriegeln.«

Luke und Dreipeo warteten bereits am Ausstieg. »Fertig?« fragte Luke.

»Fertig«, bestätigte Leia und atmete tief durch. Mit einem Zischen öffnete sich die Schleuse, und sie gingen die Rampen zu den gelbgekleideten, pelzigen Kreaturen hinunter.

Die Empfangszeremonie war kurz und größtenteils unverständlich, obwohl Dreipeo sein Bestes tat, um den fünfstimmigen Begrüßungschor simultan zu übersetzen. Das Lied – oder der Willkommensgruß – endete, und zwei der Bimms traten vor. Während einer die Melodie hielt, überreichte der andere ein kleines elektronisches Gerät. »Er entbietet der verehrten Besucherin, Rätin Leia Organa Solo, seine Grüße«, sagte Dreipeo, »und hofft, daß Ihre Gespräche mit den Ältesten des Rechts erfolgreich verlaufen werden. Er bittet außerdem Captain Solo, seine Waffe auf dem Schiff zurückzulassen.«

Der Droide sagte es so beiläufig, daß es eine Weile dauerte, bis sie den Sinn der Worte erfaßten. »Was war das letzte?« fragte Leia.

»Captain Solo muß seine Waffe an Bord des Schiffes lassen«, wiederholte Dreipeo. »Waffen sind in der Stadt verboten. Es gibt keine Ausnahmen.«

»Wundervoll«, brummte Han. »Das hättest du mir auch vorher sagen können.«

»Ich habe es nicht gewußt«, gab Leia leise zurück. »Wir scheinen keine andere Wahl zu haben.«

»Diplomatie«, grollte Han, daß es wie ein Fluch klang. Er löste seinen Waffengurt, wickelte ihn sorgfältig um das Blasterholster und legte das Bündel in die Schleusenkammer. »Zufrieden?«

»Bin ich das nicht immer?« Leia nickte Dreipeo zu. »Sage Ihnen, daß wir bereit sind.«

Der Droide übersetzte. Die beiden Bimms traten beiseite und bedeutete den Besuchern, ihnen zu folgen.

Sie waren etwa zwanzig Meter vom *Falken* entfernt, und Chewbacca verriegelte soeben den Ausstieg, als Leia plötzlich etwas auffiel. »Luke?« murmelte sie.

»Ja, ich weiß«, erwiderte er flüsternd. »Vielleicht glauben sie, daß es zur Ausrüstung eines Jedis gehört.«

»Oder ihre Waffendetektoren sprechen auf Lichtschwerter nicht an«, warf Han mit gedämpfter Stimme ein. »Wie dem auch sei, was der Bimm nicht weiß, macht ihn nicht heiß.«

»Das hoffe ich«, sagte Leia und verdrängte ihre aufkeimenden diplomatischen Bedenken. Schließlich hatten die Bimms nichts dagegen einzuwenden gehabt... »Himmel, seht euch die vielen Leute an!«

Sie warteten am Waldrand – Hunderte von Bimms drängten sich in Zwanzigerreihen zu beiden Seiten des Weges, alle in gelbes Tuch gekleidet. Die Mitglieder des offiziellen Empfangskomitees ignorierten die Schaulustigen und gingen weiter; Leia riß sich zusammen und folgte ihnen.

Es war ein wenig seltsam, aber nicht so unangenehm, wie sie befürchtet hatte. Jeder Bimm berührte sie mit federleichter Hand an der Schulter, dem Kopf, dem Arm oder dem Rücken. Alles erfolgte in absoluter Stille und disziplinierter Ordnung, ein Ritual, das von einer hohen Zivilisation zeugte.

Trotzdem war sie froh, daß Chewbacca nicht mitgekommen war. Er haßte es zutiefst, von Fremden angefaßt zu werden.

Sie ließen die Menge hinter sich, und der Bimm, der direkt vor Leia ging, sang etwas. »Er sagt, daß der Turm des Rechts nicht mehr weit ist«, übersetzte Dreipeo. »Er ist der Sitz ihres planetaren Rates.«

Leia spähte über die Köpfe der Bimms hinweg. Das dort vor ihnen mußte der Turm des Rechts sein. Und daneben... »Dreipeo, frage sie, was das Ding daneben ist«, befahl sie dem Droiden. »Dieses Gebäude, das wie eine dreistöckige Kuppel mit abgeschnittenen Seitenwänden und fast völlig fehlendem Dach aussieht.«

Der Droide sang, und der Bimm antwortete. »Es handelt sich dabei um die größte Markthalle der Stadt«, erklärte Dreipeo. »Er sagt, daß sie es bei gutem Wetter vorziehen, die frische Luft zu genießen.«

»Wahrscheinlich läßt sich das Dach bei schlechtem Wetter schließen«, meinte Han. »Ich habe so etwas schon öfter gesehen.«

»Er sagt, daß Sie den Markt vor Ihrer Abreise besichtigen können, falls Sie es wünschen«, erklärte Dreipeo.

»Klingt großartig«, meinte Han. »Eine wundervolle Gelegenheit, ein paar Souvenirs zu kaufen.«

»Still«, warnte Leia. »Oder du kannst mit Chewie im *Falken* auf uns warten.«

Der bimmisaarische Turm des Rechts war, wie viele planetare Ratssitze, eine relativ bescheidene Konstruktion, die die dreistöckige Markthalle nur um wenige Etagen überragte. Man führte sie in einen großen, mit riesigen Wandteppichen geschmückten Raum im Erdgeschoß, wo eine andere Gruppe Bimms sie erwartete. Als Leia eintrat, erhoben sich drei von ihnen und sangen.

»Sie entbieten Ihnen ebenfalls ihre Grüße, Prinzessin Leia«, übersetzte Dreipeo. »Sie bitten zudem um Entschuldigung, daß die Gespräche nicht sofort beginnen können. Offenbar ist ihr Chefunterhändler vor ein paar Minuten überraschend erkrankt.«

»Oh«, äußerte Leia irritiert. »Drücke ihnen bitte unser Mitgefühl aus und frage sie, ob wir ihnen irgendwie helfen können.«

»Sie danken Ihnen«, sagte Dreipeo nach einem kurzen Liedwechsel. »Aber sie versichern Ihnen, daß es nicht nötig ist. Er ist nicht in Gefahr; offenbar handelt es sich mehr um eine Unpäßlichkeit.« Der Droide zögerte. »Ich glaube nicht, daß Sie weiter in sie dringen sollten, Eure Hoheit«, fügte er feinfühlig hinzu. »Die Beschwerden scheinen mehr persönlicher Natur zu sein.«

»Ich verstehe«, sagte Leia ernst. »Nun, in diesem Fall könnten wir zum *Falken* zurückkehren, bis es ihm wieder bessergeht.«

Der Droide übersetzte, und einer ihrer Begleiter trat vor und sang eine Antwort. »Er bietet Ihnen eine Alternative an, Eure Hoheit; er würde Ihnen die Wartezeit gern mit einer Führung durch die Markthalle verkürzen.«

Leia sah Han und Luke an. »Irgendwelche Einwände?«

Der Bimm sang etwas. »Er schlägt ferner vor, daß sich Master Luke und Captain Solo in den oberen Räumen des Turms umsehen«, sagte Dreipeo. »Offenbar befinden sich dort Relikte aus der mittleren Periode der Alten Republik, die sie interessieren dürften.«

Argwohn keimte in Leia auf. Wollten die Bimms sie trennen? »Vielleicht wollen uns Luke und Han zur Markthalle begleiten«, sagte sie vorsichtig.

Erneut wurden Arien gewechselt. »Er sagt, daß sie sich gewiß langweilen werden«, erklärte Dreipeo. »Um ehrlich zu sein, es handelt sich um keinen Markt im üblichen Sinn...«

»Ich mag Märkte«, warf Han brüsk ein, mit vor Mißtrauen heiserer Stimme. »Ich mag sie sogar sehr.«

Leia wandte sich an ihren Bruder. »Was meinst du?«

Luke musterte die Bimms; er überprüfte sie, wie Leia erkannte, mit seinen Jedi-Fähigkeiten. »Ich glaube nicht, daß sie eine Gefahr für uns darstellen«, sagte er bedächtig. »Nichts deutet auf ein Doppelspiel hin. Von den normalen politischen Winkelzügen natürlich abgesehen.«

Leia nickte und entspannte sich ein wenig. Politische Winkelzüge – ja, mehr war es wahrscheinlich nicht. Der Bimm wollte wahrscheinlich inoffiziell ihre Ansichten erkunden, ehe die offiziellen Gespräche begannen. »In diesem Fall«, sagte sie und sah den Bimm an, »sind wir einverstanden.«


»Die Markthalle steht schon seit über zweihundert Jahren«, übersetzte Dreipeo, als Han und Leia ihrem Gastgeber die sanft ansteigende Rampe zwischen dem zweiten und dritten Stock der offenen Kuppelstruktur hinauf folgten. »Im Lauf der Zeit wurde sie mehrfach umgebaut und entwickelte sich zu einem wichtigen Verkehrsknotenpunkt. Deshalb hat man hier auch den Turm des Rechts errichtet.«

»Daran hat sich auch nichts geändert, was?« kommentierte Han und hielt sich dicht an Leia, um zu verhindern, daß sie von den Heerscharen der Kauflustigen umgerannt wurde. Er hatte schon viele Märkte auf den unterschiedlichsten Planeten gesehen, aber auf keinem einen derartigen Betrieb erlebt.

Und nicht nur Einheimische gehörten zu den Besuchern. Zwischen den unzähligen gelbgekleideten Bimms – *trugen sie denn überhaupt keine andere Farbe?* – entdeckte er mehrere Menschen, zwei Baradas, einen Ishi Tib, eine Gruppe Yuzzumi und ein Wesen, das vage an einen Paonniden erinnerte.

»Weißt du jetzt, warum wir diese Welt für die Neue Republik gewinnen wollen?« raunte sie ihm zu.

»Ich glaube schon«, gestand Han. Er trat an einen der Verkaufsstände und betrachtete das Angebot. Der Besitzer sang ihm etwas zu und wies auf einige Schnitzmesser. »Nein, danke«, sagte Han und wandte sich ab. Der Bimm sang weiter auf ihn ein, und seine Gesten wurden aufdringlicher... »Dreipeo, sorg dafür, daß unser Gastgeber diesem Kerl sagt, daß wir an seinem Plunder nicht interessiert sind!« rief er dem Droiden zu.

Er erhielt keine Antwort. »Dreipeo?« wiederholte er.

Dreipeo sah sich suchend um.

»He, Blechkopf«, fauchte er, »ich rede mit dir.«

Dreipeo fuhr herum. »Es tut mir schrecklich leid, Captain Solo, aber unser Gastgeber scheint verschwunden zu sein.«

»Wie meinst du das, verschwunden?« fragte Han. Er blickte sich um. Ihr Begleiter, erinnerte er sich, hatte an seinen Schultern glitzernde Nadeln getragen.

Nadeln, von denen es nirgendwo eine Spur mehr gab. »Wie konnte er verschwinden?«

Leia ergriff seine Hand. »Ich habe kein gutes Gefühl bei der Sache«, sagte sie gepreßt. »Laß uns zum Turm zurückkehren.«

»Okay«, sagte Han. »Komm, Dreipeo. Sonst verlieren wir dich auch noch.« Er drehte sich um...

Und erstarrte. Wenige Meter von ihnen entfernt, Inseln in der wogenden gelben See, standen drei Nichtmenschen und beobachteten sie. Kleingewachsene Fremde mit stahlgrauer Haut, großen dunklen Augen und vorstehendem Kiefer.

Mit Stokhli-Stöckchen in den Händen.

»Wir bekommen Ärger«, zischte er Leia zu, während er langsam den Kopf drehte, in der verzweifelten Hoffnung, daß es nicht mehr als drei waren.

Seine Hoffnung trog. Es gab mindestens noch acht andere, die sie in etwa zehn Metern Entfernung eingekreist hatten.

»Han!« sagte Leia alarmiert.

»Ich sehe sie«, knurrte er. »Wir sind in Schwierigkeiten, Süße.«

Er spürte ihre Blicke in seinem Rücken. »Was sind das für Wesen?« keuchte sie.

»Ich weiß es nicht – ich habe so etwas noch nie gesehen. Aber sie sind nicht zum Scherzen aufgelegt. Diese Dinger da sind Stokhli-Stöcke – mit ihnen kann man einen Sprühnebel über eine Distanz von zweihundert Metern verschießen, mit genug Schockflüssigkeit, um einen ausgewachsenen Gundark zu betäuben.« Plötzlich bemerkte Han, daß er und Leia instinktiv vom Ring der Nichtmenschen zurückgewichen waren. Er warf einen Blick über die Schulter... »Sie treiben uns zur Rampe«, stellte er fest. »Offenbar wollen sie uns erledigen, ohne Aufsehen zu erregen.«

»Wir sind verloren«, jammerte Dreipeo.

Leia umklammerte Hans Hand. »Was sollen wir tun?«

»Mal sehen, wie schlau sie sind.« Han behielt die Fremden im Auge und griff vorsichtig mit der freien Hand nach dem Kommunikator an seinem Kragen.

77

Der Nichtmensch, der ihnen am nächsten war, hob warnend seinen Stokhli-Stock. Han erstarrte, senkte langsam die Hand. »Soviel dazu«, brummte er. »Ich schätze, es wird Zeit, den roten Teppich wieder einzurollen. Sag Luke Bescheid.«

»Er kann uns nicht helfen.«

Han starrte sie an; ihre Augen waren glasig, ihr Gesicht war verzerrt. »Warum nicht?« fragte er, während ein harter Klumpen in seinem Magen entstand.

Sie seufzte kaum hörbar. »Sie haben ihn auch erwischt.«

# 7

Es war mehr ein Gefühl denn ein artikuliertes Wort, aber es hallte in Lukes Bewußtsein wie ein gellender Schrei.

*Hilfe!*

Er wirbelte herum. Vergessen war der uralte Gobelin, den er betrachtet hatte, als seine Jedi-Sinne auf Kampfbereitschaft umschalteten. Der große Raum im obersten Geschoß des Turms hatte sich nicht verändert: leer bis auf eine Handvoll Bimms, die die riesigen Wandteppiche und Ausstellungsvitrinen bestaunten. Hier drohte keine Gefahr, zumindest nicht im Moment. *Ich komme.* Er rannte los, stürzte geduckt durch den Ausgang ins Treppenhaus, griff nach dem Türpfosten...

Und kam abrupt zum Halt. Zwischen ihm und der Treppe, halbkreisförmig verteilt, standen sieben schweigende graue Gestalten.

Luke erstarrte, die Hand noch immer am Türpfosten, eine halbe Galaxis vom Lichtschwert an seinem Gürtel entfernt. Er wußte nicht, was das für Stöcke waren, die die Angreifer auf ihn gerichtet hielten, aber er wollte es auch nicht auf die harte Tour herausfinden. Nicht, wenn es nicht unbedingt nötig war. »Was wollt ihr?« fragte er laut.

Der Fremde in der Mitte des Halbkreises gestikulierte mit seinem Stock. Luke sah über die Schulter in den Raum, den er soeben verlassen hatte. »Ihr wollt, daß ich zurückgehe?« fragte er.

Der Anführer wiederholte die Geste... und diesmal bemerkte Luke ihn – den kleinen, fast unbedeutenden taktischen Fehler. »In Ordnung«, sagte er so beruhigend wie möglich. »Kein Problem.« Er hielt die Nichtmenschen im Auge und seine Hände so weit wie möglich vom Lichtschwert entfernt und wich langsam zurück.

Sie trieben ihn durch den Raum in Richtung eines anderen Ausgangs und eines Raums, den zu besichtigen er vor Leias Notruf keine Gelegenheit gehabt hatte. »Wenn ihr mir sagen würdet, was ihr eigentlich von mir wollt, könnten wir uns bestimmt einigen«, schlug Luke vor. Leise schlurfende Geräusche verrieten ihm, daß noch immer einige Bimms in der Nähe waren – vermutlich hatten ihn die Fremden aus diesem Grund noch nicht angegriffen. »Wir könnten zumindest darüber reden. Ich möchte nicht, daß einer von euch verletzt wird.«

Reflexartig zuckte der Daumen des Anführers. Nicht viel, aber Luke war wachsam, und es genügte. Also ein Daumenauslöser. »Wenn ihr was von mir wollt – gut, reden wir darüber«, fuhr er fort. »Dafür braucht ihr meine Freunde auf dem Markt nicht.«

Er hatte den Torbogen des Ausgangs fast erreicht. Nur noch ein paar Schritte. Wenn er sie bis dahin vom Schießen abhalten konnte...

Und dann war er unter dem Steinbogen. »Wohin jetzt?« fragte er, sich zur Ruhe zwingend. Das war die Gelegenheit.

Erneut gestikulierte der Anführer mit seinem Stock... und für einen winzigen Moment war die Waffe nicht auf Luke, sondern auf zwei seiner eigenen Leute gerichtet.

Luke griff mit der Macht hinaus und legte den Daumenschalter um. Mit einem lauten, scharfen Zischen bockte der Stock in der Hand seines Besitzers, und ein feiner Sprühnebel schoß aus der Spitze.

Luke wartete nicht auf die Wirkung des Sprays. Der Trick hatte ihm eine Atempause von vielleicht einer halben Sekunde verschafft, und die mußte er nutzen. Er wich zurück, glitt gleichzeitig zur Seite und war mit einem Sprung in dem Raum hinter ihm, um sich an die schützende Wand neben dem Eingang zu pressen.

Es gelang ihm nur mit knapper Not. Kaum hatte er sich von der Schwelle entfernt, ertönte eine ganze Salve jener scharfen Zischlaute, und als er sich umdrehte, sah er, wie am Türpfosten seltsame halbfeste Ranken aus einem dünnen, durchscheinenden Material wuchsen. Eine weitere Ranke schoß durch die Türöffnung, als er sich hastig weiter zurückzog, und peitschte spiralförmig durch die Luft, wobei sie ständig ihre Konsistenz veränderte: zunächst war sie ein feiner Sprühnebel, dann flüssig, dann fest.

Das Lichtschwert war jetzt in seiner Hand und zündete mit einem eigenen scharfen Zischen. Er wußte, daß sie in wenigen Sekunden durch die Tür stürmen würden. Und wenn sie kamen…

Er knirschte mit den Zähnen, von der Erinnerung an seinen Zweikampf gegen Boba Fett übermannt. Vom intelligenten Seil des Kopfgeldjägers gefesselt, war er nur entkommen, weil es ihm gelungen war, das Seil mit einem Blasterschuß zu kappen. Aber jetzt hatte er keinen Blaster.

Und er war sich nicht sicher, was sein Lichtschwert gegen das Spray ausrichten konnte. Ebensogut konnte er versuchen, ein Seil zu zerschneiden, das sich ständig neu zusammensetzte.

Oder besser gesagt: sieben solcher Seile.

Er hörte ihre Schritte nahen, hörte, wie sie in Richtung Eingang stürmten, während die sich spiralförmig drehende Ranke ihn in sicherem Abstand hielt und verhinderte, daß sie in einen Hinterhalt gerieten. Eine einfache militärische Taktik, mit einer Präzision ausgeführt, die verriet, daß er es nicht mit Amateuren zu tun hatte.

Er hob sein Lichtschwert und riskierte einen raschen Rundblick. Der Raum war wie alle anderen in diesem Stockwerk mit uralten Wandteppichen und anderen Relikten dekoriert – nirgendwo gab es eine sichere Deckung. Seine Blicke irrten umher, suchten nach dem zweiten Ausgang, den es aller Wahrscheinlichkeit nach irgendwo geben mußte. Ohne Erfolg. Wo auch immer der Ausgang sein mochte, er war zweifellos zu weit entfernt, um ihm von Nutzen zu sein.

Das Zischen der Sprays brach ab; und er fuhr gerade noch rechtzeitig herum, um zu sehen, wie die Fremden in den Raum stürzten. Sie entdeckten ihn, drehten sich, hoben ihre Waffenstöcke...

Und Luke griff mit der Macht hinaus, riß einen der Teppiche von der Wand und warf ihn über die Fremden.

Es war ein Trick, wie er nur einem Jedi möglich war, und es war ein Trick, der eigentlich hätte funktionieren müssen. Alle sieben Nichtmenschen standen unter dem Teppich, als er sich senkte. Aber als er in einem faltigen Haufen auf dem Boden landete, war es allen sieben irgendwie gelungen, sich zurückzuziehen.

Hinter dem Haufen ertönte das scharfe Zischen ihrer Waffen, und Luke duckte sich unwillkürlich, ehe er erkannte, daß die Fesselsprays nicht auf ihn gerichtet waren. Statt dessen zogen die dunstigen Ranken ein Zickzackmuster über die Wände.

Sein erster Gedanke war, daß die Waffen beim Versuch der Fremden, dem fallenden Wandteppich zu entrinnen, versehentlich losgegangen waren. Aber einen Sekundenbruchteil später erkannte er die Wahrheit: daß sie absichtlich die anderen Wandteppiche einsponnen, damit er seinen Trick nicht wiederholen konnte. Zu spät zerrte er an dem Gobelin auf dem Boden, in der Hoffnung, sie damit zurückzutreiben, und mußte feststellen, daß er ebenfalls eingesponnen war und sich nicht bewegen ließ.

Das Sprühen hörte auf, und ein einzelnes dunkles Auge spähte vorsichtig um den Teppichhaufen herum... und mit seltsamer Trauer wurde Luke klar, daß er keine andere Wahl mehr hatte. Es gab nur noch eine Möglichkeit, den Kampf zu beenden und Han und Leia zu retten.

Er justierte sein Lichtschwert und entspannte sich, griff mit seinen Jedi-Sinnen nach den sieben Fremden, sah ihre Gestalten vor seinem inneren Auge. Der Fremde, der ihn beobachtete, schob seine Waffe um den Rand des Teppichhaufens...

Luke holte aus und warf sein Lichtschwert mit aller Kraft.

Die Klinge zuckte wie ein fremdartiges, feuriges Raubtier durch die Luft. Der Nichtmensch sah sie, wich reflexartig zurück...

Und starb, als sich das Lichtschwert durch den Teppich bohrte und ihn in zwei Teile zerschnitt.

Die anderen mußten in diesem Moment erkannt haben, daß auch sie so gut wie tot waren; aber sie gaben nicht auf. Mit durchdringendem Geheul griffen sie an; vier stürmten hinter der Barriere hervor, zwei sprangen hoch in die Luft, um über den Teppichberg auf ihn zu schießen.

Es spielte keine Rolle; von der Macht gelenkt, mähte das Lichtschwert durch ihre Reihen und verschonte keinen.

Einen Herzschlag später war alles vorbei.

Luke atmete tief durch. Es war vorbei. Er hatte es nicht gewollt, aber es war vorbei. Jetzt konnte er nur hoffen, daß es nicht zu lange gedauert hatte. Er fing das Lichtschwert auf, stürzte an den verkrümmten Leichen der Fremden vorbei und griff erneut mit der Macht hinaus. *Leia?*

Die prächtigen Säulen, die die hinunterführende Rampe säumten, waren bereits hinter der letzten Reihe der Verkaufsstände sichtbar, als Han spürte, wie Leia an seiner Seite zusammenzuckte. »Er ist frei«, sagte sie. »Er ist unterwegs.«

»Großartig«, knurrte Han. »Großartig. Hoffen wir, daß es unsere Freunde nicht mitkriegen, bevor er da ist.«

Er hatte die Worte kaum ausgesprochen, als die Nichtmenschen ihre Stokhli-Stöcke hoben und sich durch das Gewimmel der Bimms drängten. »Zu spät«, stieß Han hervor. »Sie kommen.«

Leia drückte seinen Arm. »Soll ich versuchen, ihnen die Waffen abzunehmen?«

»Alle elf schaffst du nie«, wehrte Han ab und sah sich verzweifelt nach einem Ausweg um.

Seine Blicke fielen auf einen Tisch, der mit Juwelenkästchen überladen war... und er hatte die rettende Idee. »Leia – die Juwelen dort drüben! Schnapp dir welche.«

Sie sah ihn verblüfft an. »Was...?«

»Tu, was ich dir sage!« zischte er, ohne die näher kommenden Fremden aus den Augen zu lassen. »Schnapp dir ein Kästchen und wirf es mir zu.«

Aus den Augenwinkeln verfolgte er, wie sich eins der kleineren Kästchen bewegte, als sie mit ihren Geisteskräften danach griff. Dann, mit einem plötzlichen Ruck, flog es durch die Luft, prallte gegen seine Hände und ergoß seinen Inhalt über den Boden, ehe er es auffangen konnte.

Und abrupt drang ein markerschütternder Schrei durch das Stimmengewirr der Markthalle. Han drehte sich um und sah, wie der Besitzer der gestohlenen Schmuckstücke mit zwei Fingern auf ihn zeigte. »Han!« hörte er Leias warnenden Ruf.

»Duck dich!« brüllte er zurück...

Und wurde von der gelben Woge wütender Bimms, die sich auf den vermeintlichen Dieb stürzten, förmlich überrannt.

Und als ihre Körper eine Barriere zwischen ihm und den Stokhli-Stöcken bildeten, ließ er das Juwelenkästchen fallen und griff nach seinem Kommunikator. »Chewie!« schrie er über den Lärm hinweg.

Luke hörte den Schrei, obwohl er noch im obersten Stockwerk des Turms war; und der plötzliche Aufruhr von Leias Gedanken verriet ihm, daß er es niemals rechtzeitig bis in die Halle schaffen würde.

Abrupt blieb er stehen, suchte verzweifelt nach einer Lösung. Auf der anderen Seite des Raums blickte ein großes Fenster auf die dachlose Kuppelstruktur hinaus; aber ein Sprung aus dem fünften Stockwerk war selbst für einen Jedi zuviel. Er sah in den Raum, den er soeben verlassen hatte... und sein Blick fiel auf einen der Waffenstöcke, der dicht hinter dem Eingang lag.

Es war ein Risiko, aber eine bessere Chance würde er nicht bekommen. Er griff mit der Macht hinaus, befahl die Waffe in seine Hand und studierte ihre Kontrollen, während er zum Fenster rannte: Druck, Brennweite und der Daumenauslöser. Er stellte die Waffe auf höchsten Druck und niedrigste Brennweite, preßte sich gegen den Fensterrahmen, zielte auf den Dachansatz der Markthalle und feuerte.

Der Rückstoß des herausschießenden Sprays war härter, als er erwartet hatte, doch das Resultat übertraf seine kühnsten Hoffnungen. Die Spitze des Rankenbogens traf das Dach und blieb kleben, formte einen regelmäßigen Haufen, als mehr von dem halbfesten Sprühnebel niederging. Luke zählte bis fünf, nahm erst dann den Daumen vom Auslöser und sorgte mit seinen Jedi-Kräften dafür, daß das andere Ende am Stock haftenblieb. Er wartete noch ein paar Sekunden, damit der Stoff härten konnte, betastete ihn prüfend mit einem Finger und wartete noch einige Sekunden länger, um sicherzugehen, daß die Verbindung mit dem Dach der Markthalle ebenfalls stabil war. Dann holte er tief Luft, packte das improvisierte Seil mit beiden Händen und sprang.

Sturmwind blies ihm entgegen, zerzauste sein Haar, bauschte seine Kleidung. Er schwang über den Abgrund und sah im obersten Stock die wimmelnden, gelbgekleideten Bimms und die

Handvoll grauer Gestalten, die versuchten, sich zu Han und Leia durchzudrängen. Licht flackerte auf, selbst im hellen Sonnenlicht sichtbar, und einer der Bimms brach zusammen – ob nun gelähmt oder tot, konnte Luke nicht erkennen. Der Boden raste auf ihn zu – er bereitete sich auf den Aufprall vor...

Und mit einem Donnern, das noch fünf Blocks weiter die Fensterscheiben klirren lassen mußte, raste der *Falke* heran.

Die Druckwelle schleuderte Luke in hohem Bogen durch die Luft und gegen zwei Bimms. Aber schon als er auf die Füße kam, wußte er, daß sich Chewbacca keinen besseren Zeitpunkt zum Eingreifen hätte aussuchen können. Knapp zehn Meter von ihm entfernt standen zwei der Fremden und richteten ihre Waffen auf den *Falken*. Luke riß das Lichtschwert aus dem Gürtel, sprang über ein halbes Dutzend Bimms hinweg und schlug die beiden Angreifer nieder, ehe sie begriffen, wie ihnen geschah.

Von oben drang ein neuerliches Donnern; aber diesmal überflog der *Falke* nicht die Markthalle. Statt dessen kam er mit lodernden Bremsdüsen abrupt zum Halt. Drehbare Blasterkanonen schoben sich aus der Unterseite des Schiffes. Chewbacca eröffnete das Feuer.

Die Bimms waren nicht dumm. Han und Leia mochten das Hornissennest aufgescheucht haben, aber die Hornissen hatten nicht die geringste Lust, vom Himmel aus beschossen zu werden. Binnen eines Augenblicks spritzte die gelbgekleidete Menge in alle Richtungen davon. Die Bimms gaben jeden Gedanken an einen Angriff auf und flohen in Todesangst vor dem *Falken*. Luke bahnte sich einen Weg durch das Gewimmel, nutzte, so gut es ging, die Bimms als Deckung und ging auf den Ring der Angreifer los.

Das Lichtschwert und die Blasterkanonen des *Falken* machten dem Spuk ein rasches Ende.

»Du«, sagte Luke kopfschüttelnd, »bist wirklich ein Tolpatsch.«

»Es tut mir leid, Master Luke«, entschuldigte sich Dreipeo. Durch die getrockneten Lagen Spraynetz, die seinen Oberkörper wie eine Art bizarres Geschenkpapier umhüllten, war seine Stimme kaum zu hören. »Ich scheine Ihnen dauernd Schwierigkeiten zu machen.«

»Das stimmt nicht, und du weißt es«, beruhigte ihn Luke und musterte die Kollektion Lösungsmittel, die vor ihm auf dem Salontisch des *Falken* standen. Keines hatte bisher irgendeine Wirkung auf das Gewebe gehabt. »In all den Jahren hast du uns allen sehr geholfen. Du mußt nur lernen, dich rechtzeitig zu ducken.«

Erzwo an Lukes Seite piepste etwas. »Nein. Captain Solo hat mir *nicht* gesagt, daß ich mich ducken soll«, meinte Dreipeo pikiert. »Er sagte lediglich: ›Gleich mußt du dich ducken.‹ Selbst dir sollte der Unterschied klar sein.«

Erzwo piepste wieder. Dreipeo ignorierte ihn. »Nun, versuchen wir es damit«, schlug Luke vor und griff nach dem nächsten Lösungsmittel. Er suchte nach einem sauberen Lappen, als Leia den Salon betrat.

»Wie geht es ihm?« fragte sie, trat an den Tisch und betrachtete Dreipeo.

»Wird schon wieder werden«, versicherte Luke. »Aber möglicherweise kriegen wir ihn erst nach unserer Rückkehr nach Coruscant wieder hin. Han sagte mir, daß diese Stokhli-Stöcke hauptsächlich von Großwildjägern auf abgelegenen Planeten benutzt werden und daß das Spraynetz aus einer ziemlichen exotischen Mixtur besteht.« Er deutete auf die Flaschen mit den wirkungslosen Lösungsmitteln.

»Vielleicht wissen die Bimms einen Rat«, sagte Leia. Sie nahm eine der Flaschen und musterte das Etikett. »Wir werden sie fragen, wenn wir wieder unten sind.«

Luke runzelte die Stirn. »Du willst noch einmal landen?«

Sie runzelte ebenfalls die Stirn. »Wir müssen, Luke – du weißt das. Dies ist eine diplomatische Mission und keine Vergnügungsreise. Es ist nicht gerader höflich, ihre größte Markthalle zusammenzuschießen und dann zu verschwinden.«

»Ich schätze, die Bimms können sich glücklich schätzen, daß keiner von ihnen getötet wurde«, erklärte Luke. »Immerhin war es zum Teil ihre Schuld.«

»Du kannst nicht eine ganze Gesellschaft für die Fehler einzelner verantwortlich machen«, gab Leia kritisch zurück. »Vor allem nicht, wenn ein einzelner politischer Abenteurer eine falsche Entscheidung getroffen hat.«

»Eine falsche *Entscheidung*?« Luke schnaubte. »*So* nennen sie das also?«

»So nennen sie das.« Leia nickte. »Offenbar ist der Bimm, der uns in die Markthalle geführt hat, bestochen worden. Aber er wußte nicht, was passieren würde.«

»Und wahrscheinlich wußte er auch nicht, was das für ein Zeug war, das er dem Chefunterhändler gegeben hat, stimmt's?«

Leia zuckte mit den Schultern. »Es gibt keinen Beweis dafür, daß er oder irgendein anderer den Unterhändler vergiftet hat«, sagte sie. »Allerdings sind sie unter den gegebenen Umständen bereit, diese Möglichkeit in Betracht zu ziehen.«

Luke verzog das Gesicht. »Wie großzügig von ihnen. Was hält Han von deinem Plan?«

»Han hat keine andere Wahl«, sagte Leia hart. »Dies ist *meine* Mission, nicht seine.«

»Das stimmt«, bestätigte Han und betrat den Salon. »Deine Mission. Aber *mein* Schiff.«

Leia starrte ihn ungläubig an. »Sag, daß du es nicht getan hast«, stieß sie hervor.

»Natürlich habe ich es getan«, erwiderte er ruhig und ließ sich in einen der Sessel sinken. »Wir haben vor knapp zwei Minuten den Sprung in die Lichtgeschwindigkeit gemacht. Nächste Station ist Coruscant.«

»Han!« fauchte sie so wütend, wie Luke sie noch nie erlebt hatte. »Ich habe den Bimms gesagt, daß wir sofort wieder landen werden.«

»Und ich habe ihnen gesagt, daß es eine kleine Verzögerung geben wird«, konterte Han. »Lange genug, um ein Geschwader X-Flügel-Jäger oder vielleicht einen Sternzerstörer zu alarmieren.«

»Und was ist, wenn du sie beleidigt hast?« schnappte Leia. »Hast du irgendeine *Vorstellung*, wieviel Arbeit wir in diese Mission gesteckt haben?«

»Zufälligerweise – ja«, sagte Han gereizt. »Ich weiß außerdem sehr genau, was passieren könnte, wenn unsere Freunde mit den Stokhli-Stöcken ein paar Kumpel mitgebracht haben.«

Eine Weile starrte Leia ihn an, und Luke spürte, wie ihr Zorn allmählich verrauchte. »Du hättest mich trotzdem vorher fragen müssen«, sagte sie.

»Du hast recht«, gab Han zu. »Aber ich wollte keine Zeit verlieren. Wenn sie *tatsächlich* ein paar Kumpel mitgebracht haben, dann wahrscheinlich auch ein Schiff.« Er lächelte versöhnlich. »Für eine Ausschußsitzung fehlte leider die Zeit.«

Leia lächelte schief zurück. »Ich gehöre *keinem* Ausschuß an«, meinte sie säuerlich.

Und mit diesen Worten legte sich der Sturm. Eines Tages, versprach sich Luke, würde er einen der beiden fragen, welcher private Scherz sich hinter diesen Bemerkungen verbarg. »Da wir gerade von unseren Freunden reden«, sagte er, »hat einer von euch zufälligerweise die Bimms gefragt, wer oder was sie waren?«

»Die Bimms wußten es nicht«, antwortete Leia kopfschüttelnd. »Ich habe solche Kreaturen noch nie gesehen.«

»Wenn wir wieder auf Coruscant sind, können wir die imperialen Archive überprüfen«, meinte Han und betastete vorsichtig die Schramme an seiner Wange. »Irgendwo muß es Unterlagen über sie geben.«

»Vorausgesetzt«, sagte Leia leise, »das Imperium hat sie nicht in den Unbekannten Regionen gefunden.«

Luke sah sie an. »Du glaubst, daß das Imperium dahintersteckt?«

»Wer sonst?« sagte sie. »Die einzige Frage ist, warum?«

»Nun ja, es war auf jeden Fall ein Fehlschlag«, erklärte Han und stand auf. »Ich muß wieder ins Cockpit, den Kurs überprüfen. Wir sind schon genug Risiken eingegangen.«

Eine Erinnerung blitzte in Luke auf: Han und der *Falke* im rasenden Flug durch den ersten Todesstern, Darth Vaders Jäger abschießend. »Schwer vorstellbar, daß Han Solo kein Risiko mehr eingehen will«, bemerkte er.

Han zeigte mit dem Finger auf ihn. »Bevor du frech wirst, solltest du lieber daran denken, daß ich dich, deine Schwester, deine Nichte und deinen Neffen beschützen muß. Änderst du jetzt deine Meinung?«

Luke grinste. »*Touché*«, sagte er und salutierte mit einem imaginären Lichtschwert.

»Und da wir gerade davon reden«, fügte Han hinzu, »ist es nicht an der Zeit, daß Leia ihr eigenes Lichtschwert bekommt?«

Luke zuckte mit den Schultern. »Sobald sie bereit ist, bekommt sie es«, erwiderte er und sah seine Schwester an. »Leia?«

Leia zögerte. »Ich weiß es nicht«, gestand sie. »Der Gedanke hat mir noch nie gefallen.« Sie warf Han einen Blick zu. »Aber ich schätze, ich sollte es versuchen.«

»Das denke ich auch«, stimmte Luke zu. »Deine Fähigkeiten liegen vielleicht in einer anderen Richtung, aber du solltest die Grundausbildung dennoch absolvieren. Soweit ich weiß, hat fast jeder Jedi der alten Republik ein Lichtschwert getragen, selbst jene, die Heiler oder Lehrer waren.«

Sie nickte. »In Ordnung«, sagte sie. »Sobald mir meine Arbeit etwas mehr Zeit läßt.«

»*Bevor* dir deine Arbeit etwas mehr Zeit läßt«, widersprach Han. »Im Ernst, Leia. Deine wunderbaren diplomatischen Fähigkeiten nutzen weder dir noch irgendeinem anderen etwas, wenn dich das Imperium in eine Verhörzelle sperrt.«

Widerwillig nickte Leia erneut. »Ich nehme an, du hast recht. Wenn wir zurück sind, sage ich Mon Mothma, daß sie mir einen Teil meiner Arbeit abnehmen muß.« Sie schenkte Luke ein Lächeln. »Ich schätze, die Ferien sind vorbei, Lehrer.«

»Das glaube ich auch«, sagte Luke, von einer Ahnung drohenden Unheils erfüllt.

Leia bemerkte es – und mißverstand es seltsamerweise. »He, komm schon«, scherzte sie, »ich bin keine *so* schlechte Schülerin. Außerdem ist es eine gute Übung für dich – schließlich mußt du eines Tages auch die Zwillinge ausbilden.«

»Ich weiß«, sagte Luke leise.

»Gut«, brummte Han. »Das wäre also geklärt. Ich muß los; wir sehen uns später.«

»Bis nachher«, sagte Leia. »Und jetzt...« Sie drehte sich um und bedachte Dreipeo mit einem kritischen Blick. »Mal sehen, was wir gegen diesen Schmutz tun können.«

Luke lehnte sich zurück und sah zu, wie sie an dem harten Gewebe kratzte, und in seiner Magengrube bildete sich ein vertrauter kalter Klumpen. *Ich nahm es auf mich*, hörte er Ben Kenobi über Darth Vader sagen, *ihn persönlich zum Jedi auszubilden. Ich dachte, ich könnte ihn ebensogut unterweisen wie Yoda.*

*Das war ein Irrtum.*

Die Worte verfolgten Luke bis zu ihrer Rückkehr nach Coruscant.

# 8

Lange Zeit saß Großadmiral Thrawn in seinem Sessel, umgeben von seinen holografischen Kunstwerken, und sagte nichts. Pellaeon verharrte in regloser Aufmerksamkeit, betrachtete das ausdruckslose Gesicht und die glühenden roten Augen des anderen und versuchte nicht an das Schicksal zu denken, das die Überbringer schlechter Nachrichten bei Lord Vader ereilt hatte. »Demnach sind alle bis auf den Koordinator tot?« fragte Thrawn schließlich.

»Jawohl, Sir«, bestätigte Pellaeon. Er sah zur anderen Seite des Zimmers hinüber, wo C'baoth stand und eines der Wanddisplays betrachtete, und senkte seine Stimme. »Wir wissen immer noch nicht, was genau schiefgegangen ist.«

»Sorgen Sie dafür, daß die Zentrale den Koordinator einer gründlichen Befragung unterzieht«, befahl Thrawn. »Welche Berichte liegen von Wayland vor?«

Pellaeon hatte angenommen, daß sie zu leise gesprochen hatten, als daß C'baoth sie verstehen konnte. Er irrte sich. »Das war es also«, stellte C'baoth fest, wandte sich von dem Display ab und baute sich vor Thrawns Kommandosessel auf. »Ihre Noghri haben versagt; schlimm genug, aber vielleicht sollten wir uns jetzt wichtigeren Dingen zuwenden. Sie haben mir Jedi versprochen, Großadmiral Thrawn.«

Thrawn sah kühl zu ihm auf. »Ich habe Ihnen Jedi versprochen«, bestätigte er. »Und ich werde sie Ihnen liefern.« Er wandte sich demonstrativ an Pellaeon. »Welche Berichte liegen von Wayland vor?« wiederholte er.

Pellaeon schluckte und bemühte sich daran zu denken, daß die Ysalamiri im Kommandoraum sie vor der Macht C'baoths schützten. Zumindest für den Moment. »Das Technoteam hat seine Analyse abgeschlossen, Sir«, informierte er Thrawn. »Nach dem Bericht scheinen die Tarnfeldpläne vollständig zu sein, aber der Bau eines Prototypen wird einige Zeit erfordern. Außerdem sind die Kosten außerordentlich hoch, zumindest für ein Schiff von der Größe der *Schimäre*.«

»Glücklicherweise brauchen wir kein derart großes Modell«, erklärte Thrawn und reichte Pellaeon eine Datenkarte. »Hier finden Sie alles, was wir von Sluis Van brauchen.«

»Die Werften?« Pellaeon nahm stirnrunzelnd die Datenkarte entgegen. Bis jetzt hatte der Großadmiral das Ziel und die Strategie des Angriffs geheimgehalten.

»Ja. Oh, und wir brauchen einige hochentwickelte Bergwerksmaschinen – Minenmaulwürfe werden sie, glaube ich, inoffiziell genannt. Der Nachrichtendienst soll sich darum kümmern; wir brauchen mindestens vierzig Stück.«

»Jawohl, Sir.« Pellaeon machte eine entsprechende Notiz. »Noch etwas, Sir.« Er warf C'baoth einen kurzen Blick zu. »Die Techniker berichten außerdem, daß fast achtzig Prozent der Spaarti-Zylinder, die wie benötigen, funktionsfähig oder ohne großen Aufwand zu reparieren sind.«

»Spaarti-Zylinder?« C'baoth runzelte die Stirn. »Um was handelt es sich dabei?«

»Jene unbedeutenden technischen Geräte, die ich im Berg zu finden gehofft hatte«, sagte Thrawn und warf Pellaeon verstohlen einen warnenden Blick zu. Eine überflüssige Vorsichtsmaßnahme; Pellaeon hatte bereits entschieden, daß es nicht klug war, mit C'baoth über die Spaarti-Zylinder zu sprechen. »Gut. Achtzig Prozent. Das ist hervorragend, Captain. Hervorragend.« Ein Funkeln trat in seine glühenden Augen. »Wie vorausschauend von dem Imperator, uns eine so hervorragende Ausrüstung zu hinterlassen, mit dem wir sein Imperium neu errichten können. Was ist mit den Energie- und Verteidigungssystemen des Berges?«

»Größtenteils voll funktionsfähig«, erwiderte Pellaeon. »Drei der vier Reaktoren sind bereits wieder in Betrieb. Einige der mehr esoterischen Abwehreinrichtungen scheinen ausgefallen zu sein, aber es sind noch genug übrig, um die Schatzkammer sicher zu verteidigen.«

»Hervorragend«, sagte Thrawn. Das Funkeln in seinen Augen war erloschen, und er gab sich wieder kühl und geschäftsmäßig. »Sorgen Sie dafür, daß das Technoteam die Zylinder voll funktionsfähig macht. Die *Totenkopf* müßte in drei bis vier Tagen mit den zusätzlichen Spezialisten und den zweihundert Ysalamiri eintreffen, die sie benötigen. Dann«, er lächelte schmal, »werden wir mit der eigentlichen Operation beginnen. Und zwar gegen die Werften von Sluis Van.«

»Jawohl, Sir.« Pellaeon sah erneut C'baoth an. »Und was ist mit Skywalker und seiner Schwester?«

»Darum soll sich Team Vier kümmern«, erklärte der Großadmiral. »Sorgen Sie dafür, daß es seine derzeitige Operation einstellt und auf Abruf verfügbar ist.«

»*Ich* soll dafür sorgen, Sir?« sagte Pellaeon. »Nicht daß ich Ihren Befehl in Frage stelle, Sir«, fügte er hastig hinzu. »Aber bisher haben Sie es vorgezogen, den Kontakt persönlich herzustellen.«

Thrawn wölbte leicht die Brauen. »Team Acht hat mich enttäuscht«, sagte er weich. »Indem ich meine Befehle durch Sie übermitteln lasse, gebe ich den anderen zu verstehen, *wie* enttäuscht ich bin.«

»Und wenn Team Vier Sie ebenfalls enttäuscht?« warf C'baoth ein. »Und Sie wissen, daß dies geschehen wird. Werden Sie sich dann ebenfalls darauf beschränken, Ihre *Enttäuschung* auszudrücken? Oder werden Sie dann zugeben, daß Ihre professionellen Mordmaschinen einem Jedi einfach nicht gewachsen sind?«

»Sie sind noch nie auf einen Gegner gestoßen, mit dem sie nicht fertig geworden sind, Master C'baoth«, sagte Thrawn kühl. »Frü-

her oder später wird eine Gruppe Erfolg haben. Und bis dahin...«
Er zuckte mit den Schultern. »Der Verlust von ein paar Noghri wird uns nicht ernstlich schaden.«

Pellaeon blinzelte und blickte unwillkürlich zur Tür. Rukh, vermutete er, würde der Tod seiner Artgenossen nicht so kalt lassen. »Andererseits, Admiral, werden unsere Gegner nach diesem Anschlag auf der Hut sein«, warnte er.

»Er hat recht«, sagte C'baoth und wies mit einem Finger auf Pellaeon. »Sie können einen Jedi nicht zweimal mit demselben Trick täuschen.«

»Vielleicht«, meinte Thrawn höflich, ohne seine wahren Gefühle zu verbergen. »Was schlagen Sie als Alternative vor? Daß wir uns auf seine Schwester konzentrieren und ihn in Ruhe lassen?«

»Daß *Sie* sich auf seine Schwester konzentrieren, ja«, stimmte C'baoth hochmütig zu. »Ich glaube, es ist das beste, wenn ich mich um den jungen Jedi kümmere.«

Erneut hob Thrawn die Brauen. »Und wie wollen Sie das anstellen?«

C'baoth lächelte. »Er ist ein Jedi; ich bin ein Jedi. Wenn ich ihn rufe, wird er kommen.«

Für einen langen Moment sah Thrawn zu ihm auf. »Ich brauche Sie bei meiner Flotte«, sagte er schließlich. »Die Vorbereitungen für den Angriff auf die Sluis-Van-Raumwerften der Rebellion haben bereits begonnen. Einige Maßnahmen verlangen die Koordination durch einen Jedi-Meister.«

C'baoth richtete sich zu seiner vollen Größe auf. »Ich habe Ihnen gesagt, daß ich Ihnen nur dann helfen werde, wenn Sie *Ihr* Versprechen erfüllen und mir meine Jedi liefern. Ich will sie haben, Großadmiral Thrawn.«

Thrawns glühende Augen bohrten sich in C'baoths. »Ist auf das Wort eines Jedi-Meisters kein Verlaß mehr? Sie wissen, daß es einige Zeit kosten wird, Ihnen Skywalker zu liefern.«

»Ein Grund mehr, sofort damit zu beginnen«, konterte C'baoth.

»Warum können wir nicht beides tun?« warf Pellaeon ein.

Sie starrten ihn an. »Erklären Sie das, Captain«, befahl Thrawn mit einem drohenden Unterton in der Stimme.

Pellaeon biß die Zähne zusammen, aber es war zu spät, um jetzt noch einen Rückzieher zu machen. »Wir könnten durchsickern lassen, wo Sie sich aufhalten, Master C'baoth«, sagte er. »Irgendein dünnbesiedelter Planet, wo Sie die letzten Jahre unbemerkt verbracht haben. Derartige Gerüchte würden zweifellos ihren Weg zur Neuen Rep… zur Rebellion finden«, korrigierte er sich rasch mit einem Seitenblick zu Thrawn. »Vor allem, wenn der Name C'baoth fällt.«

C'baoth schnaubte. »Und Sie glauben, daß er aufgrund eines albernen Gerüchts zu mir eilt?«

»Soll er doch so viele Vorsichtsmaßnahmen treffen, wie er will«, sagte Thrawn nachdenklich. Der drohende Unterton war aus seiner Stimme verschwunden. »Soll er doch die halbe Flotte der Rebellion mitbringen. Er wird nichts finden, was auf irgendeinen Zusammenhang zwischen Ihnen und uns hindeutet.«

Pellaeon nickte. »Und während wir einen passenden Planeten suchen und die Gerüchte ausstreuen, können Sie hier bleiben und bei den Vorbereitungen für den Angriff auf Sluis Van helfen. Skywalker wird wahrscheinlich zu sehr damit beschäftigt sein, unsere Gerüchte zu überprüfen, um sich um Sluis Van zu kümmern.«

»Und wenn er uns in die Falle geht«, fügte Thrawn hinzu, »werden wir es rechtzeitig erfahren und genug Zeit haben, Sie vor ihm dort hinzubringen.«

»Hmm«, brummte C'baoth. Er strich über seinen langen Bart und sah ins Leere. Pellaeon hielt den Atem an… und nach einer Weile nickte der andere abrupt. »Nun gut«, sagte er. »Der Plan klingt gut. Ich werde mich jetzt in mein Quartier begeben, Großadmiral Thrawn, und eine Welt für meinen großen Auftritt auswählen.«

Mit einem würdevollen Nicken verabschiedete er sich von den beiden Männern und verließ den Raum.

»Meinen Glückwunsch, Captain«, sagte Thrawn und fixierte Pellaeon mit kühlem Blick. »Ihr Vorschlag scheint Master C'baoth gefallen zu haben.«

Pellaeon zwang sich, dem Blick standzuhalten. »Verzeihen Sie, Admiral, wenn ich etwas Falsches gesagt habe.«

Thrawn lächelte dünn. »Sie haben zu lange unter Lord Vader gedient, Captain«, stellte er fest. »Ich habe keine Probleme, einen nützlichen Vorschlag zu akzeptieren, nur weil er nicht von mir ist. Meine Stellung und mein Ego werden davon nicht bedroht.«

*Vorausgesetzt, derartige Vorschläge kommen nicht von C'baoth...* »Jawohl, Sir«, sagte Pellaeon laut. »Mit Ihrer Erlaubnis, Großadmiral, werde ich mich jetzt um die Befehle für Wayland und die Noghri-Teams kümmern.«

»Wie Sie meinen, Captain. Und überwachen Sie weiter die Vorbereitungen für die Sluis-Van-Operation.« Thrawns glühende Augen schienen sich in seine zu bohren. »Überwachen Sie sie sorgfältig, Captain. Der Berg Tantiss und Sluis Van sind die ersten Schritte auf unserem Weg zum Sieg über die Rebellion. Ob nun mit oder ohne unseren Jedi-Meister.«


In der Theorie sollten die Zusammenkünfte des Inneren Rates friedlicher, ungezwungener verlaufen als die mehr formellen Sitzungen des Provisorischen Rates. In der Praxis, hatte Han schon vor langer Zeit erkannt, war eine Anhörung vor dem Inneren Rat mindestens so unangenehm wie ein scharfes Verhör durch das größere Gremium.

»Ich hoffe, ich habe Sie richtig verstanden, Captain Solo«, sagte Borsk Fey'lya mit seiner üblichen öligen Höflichkeit. »Sie haben allein und ohne Konsultation mit irgendeiner offiziellen Stelle die Entscheidung getroffen, die Bimmisaari-Mission abzubrechen?«

»Das habe ich bereits gesagt«, erwiderte Han. Fast hätte er den Bothan aufgefordert, besser zuzuhören. »Ich habe außerdem die Gründe dafür erläutert.«

»Die, meiner Meinung nach, verständlich und nachvollziehbar waren«, warf Admiral Ackbar mit ernster Stimme ein. »Captain Solo hat pflichtgemäß gehandelt – er mußte die ihm anvertraute Botschafterin schützen und sicher zurückkehren, um uns zu alarmieren.«

»Alarmieren? Wieso?« entgegnete Fey'lya. »Verzeihen Sie, Admiral, aber ich weiß wirklich nicht, mit was für einer Art Bedrohung wir es da zu tun haben sollen. Ganz gleich, wer diese grauhäutigen Wesen waren, sie waren nicht wichtig genug, um vom Alten Senat in den Annalen erwähnt zu werden. Ich bezweifle, daß eine derart unbedeutende Rasse in der Lage ist, eine Offensive gegen uns zu starten.«

»Wir *wissen* nicht, warum es keine Unterlagen über sie gibt«, warf Leia ein. »Möglicherweise hat man sie übersehen, oder die Aufzeichnungen sind verlorengegangen.«

»Oder bewußt vernichtet worden«, sagte Luke.

Fey'lyas Fell sträubte sich, ein Zeichen höflichen Zweifels. »Und warum hätte der Imperiale Senat die Unterlagen über die Existenz einer ganzen Rasse vernichten sollen?«

»Ich habe nicht behauptet, daß es auf Veranlassung des Senats geschah«, erklärte Luke. »Vielleicht haben die Fremden selbst die Daten gelöscht.«

Fey'lya schnaubte. »Weit hergeholt. Selbst wenn es möglich gewesen wäre, warum hätte jemand so etwas tun sollen?«

»Vielleicht kann die Rätin Organa Solo diese Frage beantworten«, sagte Mon Mothma ruhig und sah Leia an. »Sie sind mit der Informationspolitik des Imperialen Senats besser vertraut als ich, Leia. Wäre eine solche Manipulation möglich gewesen?«

»Ich weiß es wirklich nicht«, gestand Leia kopfschüttelnd. »Ich habe mich nie mit den technischen Einzelheiten der Datenspeicherung durch den Senat befaßt. Aber der gesunde Menschenverstand sagt mir, daß es kein Sicherheitssystem gibt, das nicht von einem entschlossenen Gegner überlistet werden kann.«

»Das beantwortet trotzdem nicht die Frage, warum diese Fremden so entschlossen gewesen sein sollten«, schnaubte Fey'lya.

»Vielleicht haben sie den Untergang der Alten Republik vorausgesehen«, schlug Leia mit leicht gereizt klingender Stimme vor. »Sie haben alle Unterlagen über sich und ihre Welt gelöscht, um vom aufstrebenden Imperium verschont zu bleiben.«

Fey'lya war gewitzt; das mußte Han ihm lassen. »In diesem Fall«, sagte der Bothan glatt, »wäre ein *solcher* Angriff das beste Mittel, um entdeckt zu werden.« Er starrte Ackbar an. »Wie dem auch sei, ich sehe keinen Grund für eine militärische Operation. Unsere ruhmreichen Streitkräfte zu einer diplomatischen Entourage zu degradieren, ist eine Beleidigung für ihren Mut und ihren Kampfgeist.«

»Lassen Sie die Volksreden, Rat«, grollte Ackbar. »Von unseren ›ruhmreichen Streitkräften‹ ist niemand hier, den Sie beeindrukken könnten.«

»Ich sage nur, was ich fühle, Admiral«, erklärte Fey'lya in jenem Tonfall verletzten Stolzes, den er so gut beherrschte.

Ackbar funkelte Fey'lya an... »Ich frage mich«, sagte Leia hastig, »ob wir nicht wieder zum eigentlichen Thema zurückkehren sollten. Ich nehme an, alle haben bemerkt, daß die Fremden – aus welchen Gründen auch immer – bereits auf uns gewartet haben, als wir Bimmisaari erreichten.«

»Wir müssen derartige Missionen offenbar besser schützen«, erklärte Ackbar. »Auf beiden Seiten – Ihre Angreifer haben schließlich einen Bimm-Politiker beeinflußt.«

»Aber das wird zeitraubend und teuer«, murmelte Fey'lya mit gesträubtem Fell.

»Das läßt sich nicht ändern«, sagte Mon Mothma hart. »Wenn wir unsere Gesandten nicht schützen, wird die Neue Republik stagnieren und zerfallen.« Sie sah Ackbar an »Sie werden dafür sorgen, daß die Rätin Organa Solo eine Eskorte erhält, wenn sie morgen nach Bimmisaari zurückkehrt.«

*Morgen?* Han warf Leia einen scharfen Blick zu, doch sie war so überrascht wie er. »Verzeihen Sie«, sagte er. »Morgen?«

Mon Mothma sah ihn verdutzt an. »Ja, morgen. Die Bimms warten auf uns, Captain.«

»Ich weiß, aber...«

»Han will damit sagen«, fiel ihm Leia ins Wort, »daß ich dieses Gremium um eine vorübergehende Befreiung von meinen diplomatischen Pflichten bitten wollte.«

»Ich fürchte, das ist unmöglich«, entgegnete Mon Mothma stirnrunzelnd. »Es gibt zuviel zu tun.«

»Wir sprechen hier nicht über einen Urlaub«, erklärte Han und hatte größte Mühe, diplomatisch zu bleiben. »Leia braucht mehr Zeit, um sich auf ihre Jedi-Ausbildung zu konzentrieren.«

Mon Mothma schürzte die Lippen und wechselte Blicke mit Ackbar und Fey'lya. »Es tut mir leid«, sagte sie kopfschüttelnd. »Ich weiß am besten, wie dringend wir einen neuen Jedi brauchen. Aber im Moment gibt es einfach zu viele dringendere Dinge zu erledigen.« Sie sah wieder zu Fey'lya hinüber – als ob, dachte Han säuerlich, sie ihn um seine Erlaubnis bitten müßte. »In einem Jahr – vielleicht schon früher«, fügte sie nach einem Blick auf Leias Bauch hinzu, »werden wir genug ausgebildete Diplomaten haben, so daß Sie sich Ihren Studien widmen können. Aber im Moment, so fürchte ich, brauchen wir Sie hier.«

Für einen langen, peinlichen Moment war es still im Zimmer. Ackbar war der erste, der das Schweigen brach. »Wenn Sie mich entschuldigen würden, ich muß jetzt gehen und mich um diese Eskorte kümmern.«

»Natürlich«, nickte Mon Mothma. »Wenn alle einverstanden sind, vertagen wir die Sitzung.«

Und das war es. Mit zusammengebissenen Zähnen packte Han seine Datenkarten zusammen. »Alles in Ordnung mit dir?« fragte Leia leise.

»Weißt du, damals, als wir nur gegen das Imperium kämpfen mußten, war es verdammt viel einfacher«, knurrte er und warf Fey'lya einen giftigen Blick zu. »Zumindest wußten wir *damals*, wer unsere Feinde waren.«

Leia drückte seinen Arm. »Komm«, sagte sie. »Sehen wir nach, ob sie es inzwischen geschafft haben, Dreipeo sauber zu bekommen.«

# 9

Der Gefechtsoffizier stieg zum Kommandostand der *Schimäre* hinauf und schlug zackig die Hacken zusammen. »Alle Einheiten sind bereit, Admiral«, meldete er.

»Ausgezeichnet«, sagte Thrawn mit eisiger Ruhe. »Lichtsprung einleiten.«

Pellaeon warf dem Großadmiral einen Blick zu und richtete dann seine Aufmerksamkeit wieder auf die Kontrolltafel mit den Gefechts- und Statusdisplays vor ihm. Auf die Displays und auf die Finsternis dort draußen, die den Rest von Pellaeons fünf Schiffen starker Streitmacht verschluckt zu haben schien. Ein dreitausendstel Lichtjahr entfernt, kaum mehr als ein stecknadelkopfgroßer Punkt im funkelnden Meer der Sterne, glühte die Sonne des Bpfassh-Systems. Unter Militärstrategen galt es als großes Risiko, kurz vor dem Zielsystem den Sprung in die Lichtgeschwindigkeit zu wagen – bei einem Hypersprung über eine derart geringe Distanz bestand immer die Gefahr, das eine oder andere Schiff unterwegs zu verlieren. Zwischen Pellaeon und Thrawn war es zu einer langen und erbitterten Auseinandersetzung gekommen, als ihn der Großadmiral zum erstenmal in seine Angriffspläne eingeweiht hatte. Aber nach einem Jahr gründlichen Übens war das Manöver fast zur Routine geworden.

Vielleicht, dachte Pellaeon, war die Besatzung der *Schimäre* doch nicht so unerfahren, wie ihre Mißachtung des militärischen Protokolls manchmal vermuten ließ.

»Captain? Ist mein Flaggschiff bereit?«

Pellaeon konzentrierte sich wieder auf seine Aufgabe. Alle Verteidigungssysteme waren aktiviert, die TIE-Jäger in ihren Hangars bemannt und startklar. »Die *Schimäre* ist gefechtsbereit, Admiral«, meldete er. Das förmliche Frage-und-Antwort-Spiel war eine gespenstische Erinnerung an jene Zeit, als das militärische Protokoll noch das Leben in der gesamten Galaxis bestimmt hatte.

»Ausgezeichnet«, sagte Thrawn. Er drehte sich zu der Gestalt um, die im Hintergrund der Brücke saß. »Master C'baoth«, nickte er. »Sind meine beiden anderen Verbände bereit?«

»Sie sind bereit«, bestätigte C'baoth steif. »Sie erwarten meine Befehle.«

Pellaeon blinzelte und sah wieder zu Thrawn hinüber. Aber der Großadmiral hatte offenbar entschieden, die Bemerkung zu ignorieren. »Dann geben Sie ihnen die Befehle«, wies er C'baoth an, während er den Ysalamir streichelte, der sich auf dem an Thrawns Sitz befestigten Gestell rekelte. »Captain: beginnen Sie mit dem Countdown.«

»Jawohl, Sir.« Pellaeon betätigte einen Schalter an seinem Kontrollpult. Das Signal erreichte die anderen Schiffe und synchronisierte die Sprungvorbereitungen...

Der Countdown endete, und vom Aufblitzen der zu Lichtstreifen verzerrten Sterne begleitet, sprang die *Schimäre* über die Lichtgeschwindigkeit hinaus.

Die Lichtstreifen vor den Bugsichtluken verwandelten sich in das Gesprenkel des Hyperraums. »Geschwindigkeit bei Stufe Drei!« rief der Steuermann aus dem Mannschaftsstand herauf und bestätigte damit die Displayanzeigen.

»Verstanden«, sagte Pellaeon. Er spreizte die Finger und wappnete sich für die Schlacht, während der Countdown in umgekehrter Richtung lief. Siebzig Sekunden; vierundsiebzig; fünfundsiebzig; sechsundsiebzig...

Die Lichtstreifen blitzten erneut über den gesprenkelten Himmel und verwandelten sich wieder in Sterne, und die *Schimäre* hatte ihr Ziel erreicht.

»Startfreigabe für alle Jäger!« rief Pellaeon nach einem raschen Blick zu dem Gefechtshologramm über seiner Kontrollbank. Sie hatten den Hyperraum exakt am berechneten Punkt verlassen; der Doppelplanet Bpfassh und sein kompliziertes Mondsystem lagen in Reichweite der Geschütze. »Irgendeine Reaktion?« fragte er den Gefechtsoffizier.

»Abfangjäger starten vom dritten Mond«, meldete der andere. »Noch keine größeren Einheiten in Sicht.«

»Lokalisieren Sie diese Jägerbasis«, befahl Thrawn. »Die *Gnadenlos* soll sie ansteuern und zerstören.«

»Jawohl, Sir.«

Pellaeon konnte die Jäger jetzt sehen, die sich wie ein Schwarm zorniger Insekten auf sie stürzten. Der Sternzerstörer *Gnadenlos* löste sich von der Steuerbordseite der *Schimäre* und näherte sich der Basis. Die TIE-Jäger schwärmten keilförmig aus und stellten sich den Abfangjägern entgegen. »Kurs auf den entfernteren der Zwillingsplaneten«, befahl er dem Steuermann. »Abschirmung durch die TIE-Jäger. Die *Judikator* übernimmt den anderen

Planeten.« Er sah Thrawn an. »Irgendwelche Anweisungen, Admiral?«

Thrawn war auf das Scannerbild der Zwillingsplaneten konzentriert. »Wir gehen weiter nach Plan vor, Captain«, sagte er. »Unsere Daten scheinen richtig gewesen zu sein; übernehmen Sie die Auswahl der Ziele. Weisen Sie Ihre Kanoniere noch einmal an, daß wir nur hier sind, um den Feind einzuschüchtern, und nicht, um ihn auszulöschen.«

»Weitergeben!« rief Pellaeon dem Kommunikationsoffizier zu. »Auch an die TIE-Jäger.«

Aus den Augenwinkeln sah er, wie Thrawn sich umdrehte. »Master C'baoth?« sagte er. »Was ist mit den Angriffen auf die beiden anderen Systeme?«

»Sie machen Fortschritte.«

Stirnrunzelnd fuhr Pellaeon herum. C'baoths Stimme hatte noch nie so gequält und erschöpft geklungen.

Und so sah er auch aus.

Einen langen Moment starrte Pellaeon ihn an, und in seiner Magengrube entstand ein flaues Gefühl. C'baoth saß unnatürlich steif da, mit geschlossenen Augen, hinter deren Lidern sich seine Pupillen rasch hin und her bewegten. Seine Hände umklammerten die Armlehnen des Sessels, und seine Lippen waren so fest zusammengepreßt, daß die Adern und Venen an seinem Hals hervortraten. »Ist mit Ihnen alles in Ordnung, Master C'baoth?« fragte er.

»Ihre Besorgnis ist überflüssig«, informierte ihn Thrawn kalt. »Er macht das, was ihm am besten gefällt: Menschen kontrollieren.«

C'baoth gab eine Mischung aus einem Schnauben und einem höhnischen Kichern von sich. »Ich habe Ihnen schon einmal erklärt, Großadmiral Thrawn, daß das nicht die wahre Macht ist.«

»So sagten Sie«, gab Thrawn im neutralen Tonfall zurück. »Können Sie mir sagen, auf welche Art von Widerstand sie stoßen?«

C'baoths Gesicht verhärtete sich noch mehr. »Nicht genau. Aber keiner der Flottenverbände ist in Gefahr. Soviel kann ich ihren Gedanken entnehmen.«

»Gut. Dann weisen Sie die *Nemesis* an, abzudrehen und am Rendezvouspunkt auf uns zu warten.«

Pellaeon runzelte die Stirn. »Sir...?«

Thrawn warf ihm einen warnenden Blick zu. »Kümmern Sie sich um Ihre Aufgaben, Captain«, sagte er.

...und plötzlich wurde Pellaeon klar, daß dieser dreifache Angriff auf das Gebiet der Neuen Republik mehr als nur die Vorbereitung für den Überfall auf Sluis Van war. Er war außerdem ein Test. Ein Test von C'baoths Fähigkeiten, ja; aber auch ein Test seiner Bereitschaft, Befehle entgegenzunehmen. »Jawohl, Admiral«, murmelte Pellaeon und wandte sich wieder seinen Displays zu.

Die *Schimäre* war jetzt in Schußweite, und winzige Funken tauchten im Gefechtsholo auf, als die mächtigen Turbolaserbatterien des Schiffes das Feuer eröffneten. Kommunikationsstationen leuchteten auf und erloschen; planetare Industriezentren leuchteten auf, erloschen und leuchteten erneut auf, als die nächste Salve sie traf. Zwei alte Lichtkreuzer der *Carrack*-Klasse näherten sich von steuerbord, und die TIE-Jäger der *Schimäre* bildeten eine Abfangformation. In der Ferne feuerten die Batterien der *Sturmfalke* auf eine orbitale Verteidigungsplattform; und während Pellaeon zusah, verglühte die Station. Die Schlacht lief gut.

Außerordentlich gut, um genau zu sein...

Ein unangenehmes Gefühl machte sich in Pellaeons Magengrube breit, als er die Echtzeitdisplays seines Kontrollpults überprüfte. Bis jetzt hatte die imperiale Flotte nur drei TIE-Jäger verloren; außerdem wiesen einige der Sternzerstörer leichte Beschädigungen auf. Die Verluste des Feindes beliefen sich auf acht Kreuzer und achtzehn Jäger. Sicher, die Imperialen waren den Verteidigern zahlenmäßig überlegen. Aber trotzdem...

Langsam und widerwillig rief Pellaeon den Datenspeicher seines Kontrollpults ab. Vor einigen Wochen hatte er das Schlachtprofil der *Schimäre* für einen Zeitraum von einem Jahr statistisch errechnen lassen. Die Werte wurden jetzt ausgegeben und mit den aktuellen Daten verglichen.

Es gab keine Zweifel. In jeder einzelnen Kategorie und Subkategorie wie Geschwindigkeit, Koordination, Effizienz und Genauigkeit übertrafen die *Schimäre* und ihre Crew die Durchschnittswerte um mehr als 40 Prozent.

Er betrachtete C'baoths verzerrtes Gesicht, und ein eisiger Schauder lief ihm über den Rücken. Er hatte nie viel von Thrawns Theorie über die eigentlichen Gründe für die Niederlage in der Schlacht um Endor gehalten. Er hatte gewiß auch nie daran glauben *wollen*. Aber nun, plötzlich, wußte er, daß Thrawn recht hatte.

Obwohl C'baoth den Großteil seiner Aufmerksamkeit und Kraft auf die mentale Kommunikation mit den beiden anderen Flottenverbänden konzentrierte, die fast vier Lichtjahre entfernt waren, war er immer noch stark genug, ihre Kampfkraft derart zu verstärken.

Pellaeon hatte sich bisher mit leiser Verachtung gefragt, was den alten Mann dazu berechtigte, den Titel eines Jedi-*Meisters* zu führen. Jetzt wußte er es.

»Erneute Funkaktivität«, meldete der Kommunikationsoffizier. »Soeben startet ein Geschwader planetarer Mittelstreckenkreuzer.«

»Die *Sturmfalke* soll sie abfangen«, befahl Thrawn.

»Jawohl, Sir. Wir haben außerdem den Standort ihres Notrufsenders ermittelt, Admiral.«

Pellaeon verdrängte die Gedanken und konzentrierte sich auf das Holo. Der neue Lichtring befand sich auf dem entferntesten der Monde. »Geschwader Vier soll ihn zerstören«, befahl er.

»Abgelehnt«, widersprach Thrawn. »Bevor ihre Verstärkung

eintrifft, sind wir längst wieder fort. Die Rebellion soll ihre Ressourcen ruhig für sinnlose Rettungsaktionen verschwenden. Ich glaube sogar«, der Großadmiral warf einen Blick auf seine Uhr, »daß es an der Zeit ist, das System zu verlassen. Die Jäger sollen zu ihren Schiffen zurückkehren; sobald die Jäger in den Hangars sind, alle Schiffe auf Lichtgeschwindigkeit.«

Pellaeon schaltete an seinem Kontrollpult und traf die Vorbereitungen für den Lichtsprung. Nach der herkömmlichen militärischen Strategie übernahmen die Sternzerstörer in interplanetaren Schlachten die Rolle von mobilen Belagerungsstationen; sie für überfallartige Attacken einzusetzen, war sowohl eine Verschwendung von Material als auch ein potentielles Risiko.

Aber die Verfechter derartiger Theorien hatten offensichtlich noch nie einen Mann vom Kaliber Großadmiral Thrawns kennengelernt.

»Die beiden anderen Flottenverbände sollen ihre Angriffe ebenfalls einstellen«, wandte sich Thrawn an C'baoth. »Ich nehme an, daß Sie in der Lage sind, ihnen diesen Befehl zu übermitteln, oder?«

»Sie fragen mich zuviel, Großadmiral Thrawn«, sagte C'baoth heiser. »Viel zuviel.«

»Ich frage nur das, was ich nicht weiß«, entgegnete Thrawn und drehte sich wieder mit seinem Sessel. »Sie sollen zum Rendezvouspunkt zurückkehren – sagen Sie ihnen das.«

»Wie Sie befehlen«, zischte der andere.

Pellaeon sah wieder zu C'baoth hinüber. Die Fähigkeiten des Jedi-Meisters unter Schlachtbedingungen zu testen, war eine Sache. Aber man konnte auch zu weit gehen.

»Er muß lernen, wer hier den Befehl hat«, sagte Thrawn leise, als hätte er Pellaeons Gedanken gelesen.

»Jawohl, Sir«, sagte Pellaeon mit mühsam kontrollierter Stimme. Thrawn hatte wieder einmal bewiesen, daß er ihn durchschaute. Trotzdem stellte sich Pellaeon die beunruhigende Frage, ob der Großadmiral wirklich wußte, welche Macht er da aus ihrem Schlaf auf Wayland geweckt hatte.

Thrawn nickte. »Gut. Hat man inzwischen weitere dieser Minenmaulwürfe aufgespürt, die ich angefordert habe?«

»Ah – nein, Sir.« Noch vor einem Jahr hätte ihn ein derart plötzlicher Themenwechsel inmitten des Schlachtgeschehens irritiert. »Zumindest nicht in ausreichender Menge. Ich halte immer noch das Athega-System für das lohnendste Ziel. Vorausgesetzt, wir finden eine Möglichkeit, uns vor der extremen Sonnenstrahlung zu schützen.«

»Das ist ein minimales Problem«, sagte Thrawn zuversichtlich. »Falls der Sprung mit entsprechender Präzision erfolgt, wird die *Judikator* dem direkten Sonnenlicht nur für einige Minuten ausgesetzt sein. Wir brauchen nur ein paar Tage, um die Sichtluken abzuschirmen und die externen Sensor- und Kommunikationssysteme abzumontieren.«

Pellaeon nickte und schluckte die nächste Frage hinunter. Jeder normale Sternzerstörer wäre unter diesen Umständen taub und blind, aber mit C'baoth an Bord würden ihnen diese Schwierigkeiten erspart bleiben.

»Großadmiral Thrawn?«

Thrawn drehte sich um. »Ja, Master C'baoth?«

»Wo sind meine Jedi, Großadmiral Thrawn? Sie haben mir versprochen, daß Ihre zahmen Noghri mir meine Jedi bringen.«

Aus den Augenwinkeln sah Pellaeon, wie Rukh zusammenzuckte. »Geduld, Master C'baoth«, erwiderte Thrawn. »Die Vorbereitungen kosteten Zeit, sind aber inzwischen abgeschlossen. Sie warten jetzt nur noch auf den günstigsten Moment zum Zuschlagen.«

»Dieser Moment sollte bald kommen«, sagte C'baoth warnend. »Ich bin des Wartens überdrüssig.«

Thrawn warf Pellaeon einen Blick zu, und seine glühenden roten Augen leuchteten für einen Moment hell auf. »Das sind wir alle«, sagte er ruhig.

Weit vom Frachter *Wilder Karrde* entfernt, flackerte einer der durch die Bugsichtluke erkennbaren imperialen Sternzerstörer und verschwand. »Sie verlassen das System«, stellte Mara fest.

»Wie – jetzt schon?« sagte Karrde hinter ihr verblüfft.

»Jetzt schon«, bestätigte sie und schaltete ihr Helmdisplay um. »Einer der Sternzerstörer hat soeben den Sprung in die Lichtgeschwindigkeit gemacht; die anderen ziehen sich zurück und treffen die Sprungvorbereitungen.«

»Interessant«, brummte Karrde. Er spähte über ihre Schulter durch die Sichtluke. »Ein Blitzangriff – und das mit Sternzerstörern. So etwas sieht man nicht alle Tage.«

»Ich habe gehört, daß es so etwas schon vor ein paar Monaten im Draukyze-System gegeben hat«, erklärte der Kopilot, ein stämmiger Mann namens Lachton. »Allerdings war an diesem Blitzangriff nur ein Sternzerstörer beteiligt.«

»Ich gehe jede Wette ein, daß Großadmiral Thrawn hinter dieser neuen imperialen Strategie steckt«, murmelte Karrde halb nachdenklich, halb besorgt. »Trotzdem ist es merkwürdig. Im Vergleich zu den Vorteilen, die sie ihm bringt, ist das Risiko extrem groß. Ich möchte nur wissen, was er sich wirklich davon verspricht.«

»Was immer es auch sein mag, es ist mit Sicherheit etwas Hochkompliziertes«, meinte Mara mit Bitterkeit in der Stimme. »Thrawn war nie ein Freund einfacher Lösungen. Selbst damals, als das Imperium noch Stil und Raffinesse zeigte, war er allen anderen überlegen.«

»Wenn der Machtbereich schrumpft wie im Fall des Imperiums, kann man nicht zu einfachen Lösungen greifen.« Karrde schwieg einen Moment, und Mara spürte seine Blicke. »Sie scheinen einiges über den Großadmiral zu wissen.«

»Ich weiß eine Menge über viele Dinge«, sagte sie gelassen. »Deshalb haben Sie mich schließlich zu Ihrer Stellvertreterin gemacht, nicht wahr?«

»*Touché*«, sagte er leichthin. »Da verschwindet das nächste Schiff.«

Mara sah gerade noch rechtzeitig durch die Sichtluke, um den dritten Sternzerstörer beim Lichtsprung zu beobachten. »Sollen wir beschleunigen?« fragte sie Karrde. »Es dauert nicht mehr lange, dann sind alle fort.«

»Oh, die Verspätung spielt keine Rolle«, erklärte er. »Ich dachte, wenn wir schon in der Nähe sind, wäre es interessant, die Schlacht zu verfolgen.«

Mara runzelte die Stirn. »Wie meinen Sie das – die Verspätung spielt keine Rolle? Wir werden erwartet.«

»Das stimmt«, sagte er. »Unglücklicherweise wartet man in diesem System auch auf eine Entlastungsflotte der Neuen Republik. Das ist nicht gerade die ideale Situation, wenn man eine Ladung Schmuggelware an Bord hat.«

»Warum sollte die Republik eine Flotte schicken?« fragte Mara. »Sie wird ohnehin zu spät kommen.«

»Schon, aber darum geht es nicht«, erwiderte Karrde. »Es geht darum, durch eine Machtdemonstration bei den Planetenbewohnern den Eindruck zu erwecken, daß sich so etwas niemals wiederholen wird.«

»Außerdem wird man ihnen bei den Aufräumungsarbeiten helfen wollen«, fügte Lachton hinzu.

»Natürlich«, sagte Karrde trocken. »Wie dem auch sei, es wäre ein Fehler, den Planeten jetzt anzufliegen. Wir schicken ihnen von unserer nächsten Station eine Nachricht, daß wir in einer Woche einen neuen Versuch machen werden.«

»Mir gefällt das immer noch nicht«, beharrte Mara. »Wir haben es ihnen *versprochen*.«

Eine kurze Pause trat ein. »Das ist das normale Verfahren«, erklärte Karrde in kaum merklich überraschtem Tonfall. »Ich bin sicher, daß sie eine verspätete Lieferung dem Verlust der ganzen Ladung vorziehen.«

Mühsam verdrängte Mara die düsteren Erinnerungen, die sie zu überwältigen drohten. Versprechen... »Anzunehmen«, gab sie zu und konzentrierte sich wieder auf das Kontrollpult. Während ihres Gesprächs hatte der letzte Sternzerstörer offenbar den Sprung in die Lichtgeschwindigkeit gemacht und nichts als wütende und hilflose Verteidiger und massenhaft Zerstörung hinter sich gelassen. Eine Katastrophe für die politischen und militärischen Führer der Neuen Republik.

Für einen Moment sah sie hinaus zu den fernen Planeten. Sie fragte sich, ob Luke Skywalker die Flotte der Neuen Republik begleiten würde.

»Sind Sie bereit, Mara?«

Sie gab sich einen Ruck und schüttelte die Gedanken ab. »Ja, Sir«, sagte sie und griff nach den Kontrollen. *Noch nicht,* sagte sie sich im stillen. *Noch nicht. Aber bald. Sehr, sehr bald.*

Der Trainingsautomat stieß zu; zögerte; stieß erneut zu; zögerte erneut; stieß wieder zu und feuerte. Leia, die ihr neues Lichtschwert in einem zu großen Bogen schwang, war einen Sekundenbruchteil zu langsam. »Mist«, knurrte sie und wich zurück.

»Du hast die Macht noch nicht unter Kontrolle«, sagte Luke. »Du mußt... Einen Moment.«

Er griff mit der Macht hinaus und desaktivierte den Automaten. Nur zu gut erinnerte er sich an seine erste Trainingsstunde auf dem *Falken*, als er sich auf Ben Kenobis Anweisungen konzentrieren und gleichzeitig den Automaten im Auge behalten mußte. Es war nicht leicht gewesen. Aber vielleicht war genau das der Sinn. Vielleicht lernte man unter Streß besser.

Er wünschte, er wüßte es.

»Ich kontrolliere sie, so gut ich kann«, sagte Leia und rieb ihren Arm an der Stelle, wo der niederenergetische Blasterstrahl des Trainingsautomaten sie getroffen hatte. »Ich beherrsche einfach noch nicht die richtige Technik.« Sie warf ihm einen durchdringenden Blick zu. »Aber vielleicht bin ich für diese Art Kampf nicht geschaffen.«

»Du kannst es lernen«, versicherte Luke. »*Ich* habe es gelernt, und ich hatte nicht wie du den Vorteil, bereits in Selbstverteidigungstechniken ausgebildet zu sein.«

»Vielleicht ist das das Problem«, meinte Leia. »Vielleicht sind mir diese alten Kampfreflexe im Weg.«

»Das ist möglich«, gab Luke zu. »In diesem Fall solltest du sie so schnell wie möglich wieder verlernen. Gut. Bist du bereit?«

Der Türsummer ertönte. »Das ist Han«, sagte Leia. Sie wich vom Trainingsautomaten zurück und desaktivierte ihr Lichtschwert. »Herein«, rief sie.

»Hallo!« sagte Han, als er den Raum betrat und Leia und Luke ansah. Er lächelte nicht. »Wie kommt ihr mit dem Training voran?«

»Leidlich.«

»Frag bloß nicht«, konterte Leia. »Was ist los?«

»Die Imperialen«, sagte Han säuerlich. »Sie haben soeben drei Blitzangriffe auf drei Systeme im Sluis-Sektor durchgeführt. Auf einen Planeten namens Bpfassh und zwei Welten, deren Namen völlig unaussprechlich sind.«

Luke pfiff leise. »Drei auf einmal. Sie werden allmählich frech, was?«

»Seltsam.« Leia schüttelte den Kopf. »Sie haben irgend etwas vor, Han – ich fühle es. Etwas Großes; etwas Gefährliches.« Hilflos hob sie die Hände. »Aber ich kann mir beim besten Willen nicht vorstellen, was es ist.«

»Tja, Ackbar ist der gleichen Meinung«, sagte Han. »Leider hat er keine Beweise dafür. Das Imperium belästigt uns schon seit anderthalb Jahren mit dieser Nadelstichtaktik; nur der Stil hat sich geändert.«

»Ich weiß«, sagte Leia. »Aber unterschätze Ackbar nicht – er hat hervorragende militärische Instinkte. Ganz gleich, was gewisse andere Leute sagen.«

Han hob eine Braue. »He, Süße, ich bin auf *deiner* Seite. Schon vergessen?«

Sie lächelte matt. »Tut mir leid. Wie groß sind die Schäden?«

Han zuckte mit den Schultern. »Nicht so schlimm, wie man befürchten könnte. Vor allem, wenn man bedenkt, daß sie jedes Ziel mit vier Sternzerstörern angegriffen haben. Aber alle drei Systeme sind ziemlich geschockt.«

»Das kann ich mir vorstellen.« Leia seufzte. »Laß mich raten: Mon Mothma will, daß ich hinfliege und ihnen versichere, daß die Neue Republik willens *und* in der Lage ist, für ihren Schutz zu sorgen.«

»Wie hast du das nur erraten?« knurrte Han. »Chewie macht bereits den *Falken* startklar.«

»Ihr werdet doch nicht allein fliegen, oder?« fragte Luke. »Nach Bimmisaari...«

»Oh, keine Sorge«, beruhigte ihn Han mit einem grimmigen Lächeln. »Wir sind diesmal auf alles vorbereitet. Ein aus zwanzig Schiffen bestehender Konvoi und Wedges Sondergeschwader begleiten uns. Wir sind sicher.«

»Das haben wir auch bei unserem Flug nach Bimmisaari gesagt«, erinnerte Luke. »Ich komme besser mit.«

Han sah Leia an. »Nun, um offen zu sein... das ist unmöglich.«

Luke runzelte die Stirn. »Warum?«

»Weil«, antwortete Leia ruhig, »die Bpfasshi keine Jedi mögen.«
Han verzog den Mund. »Einige ihrer Jedi sind während der
Klon-Kriege durchgedreht und haben eine Menge Unheil ange-
richtet, bevor sie ausgeschaltet werden konnten. Zumindest hat
Mon Mothma das erzählt.«

»Es stimmt«, sagte Leia. »Es hat damals im Imperialen Senat einige Aufregung ausgelöst. Das Fiasko war auch nicht auf Bpfassh
beschränkt – einige dieser Dunklen Jedi sind entkommen und haben im ganzen Sluis-Sektor gewütet. Einer ist sogar bis nach Dagobah gelangt, ehe er gefangen wurde.«

Luke zuckte zusammen. *Dagobah?* »Wann war das?« fragte er so
gleichgültig wie möglich.

»Vor dreißig oder fünfunddreißig Jahren«, sagte Leia. Stirnrunzelnd sah sie ihn an. »Warum?«

Luke schüttelte den Kopf. Yoda hatte nie erwähnt, daß ein
Dunkler Jedi bis nach Dagobah gelangt war. »Nur so«, murmelte er.

»Das können wir alles später besprechen«, warf Han ein. »Je früher wir aufbrechen, desto schneller haben wir es hinter uns.«

»Stimmt«, sagte Leia, schob ihr Lichtschwert in den Gürtel und
wandte sich zur Tür. »Ich muß meine Reisetasche holen und Winter einige Anweisungen geben. Wir treffen uns auf dem Schiff.«

Luke sah ihr nach; dann drehte er sich wieder zu Han um. »Mir
gefällt die Sache nicht«, gestand er.

»Mach dir keine Sorgen – ihr wird schon nichts passieren«, beruhigte ihn Han. »Sieh mal, ich weiß, wie besorgt du in der letzten
Zeit um sie bist. Aber es wird Zeit, daß sie aus dem Schatten ihres
großen Bruders tritt.«

»Wer sagt denn, daß ich älter bin als sie?« brummte Luke.

»Ist ja auch egal«, winkte Han ab. »Wenn du ihr helfen willst,
dann mach weiter mit dem, was du angefangen hast. Mach aus ihr
einen Jedi, und sie wird allein mit den Imperialen fertig werden.«

Lukes Magen zog sich zusammen. »Hoffentlich.«

»Das heißt natürlich, solange Chewie und ich bei ihr sind.« Han ging zur Tür. »Wir sehen uns nach unserer Rückkehr.«

»Sei vorsichtig!« rief Luke ihm nach.

Han drehte sich um und warf ihm einen dieser gekränkt-unschuldigen Blicke zu. »He«, sagte er, »du kennst *mich* doch.«

Er ging hinaus, und Luke war allein.

Eine Weile wanderte er im Zimmer auf und ab und kämpfte gegen die schwere Last der Verantwortung, die ihn manchmal zu erdrücken schien. Sein eigenes Leben zu riskieren, war eine Sache, aber Leias Zukunft in den Händen zu halten, war eine ganz andere. »Ich bin kein Lehrer!« rief er laut in die Stille des Raums.

Die einzige Antwort war eine kaum merkliche Bewegung des auf Pause geschalteten Trainers. Aus einem plötzlichen Impuls heraus schaltete Luke den Trainingsautomaten wieder ein, zog sein Lichtschwert aus dem Gürtel und parierte die erste Attacke. Ein Dutzend nadelfeine Blasterstrahlen wurden in schneller Folge auf ihn abgefeuert, während der Automat wie ein verrücktes Insekt hin und her wirbelte; mühelos wehrte Luke jeden Schuß ab, schwang das Lichtschwert in einem blitzenden Bogen und geriet dabei in eine seltsame Hochstimmung. *Dagegen* konnte er ankämpfen – dies war etwas anderes als die Schatten seiner geheimen Ängste. Der Automat feuerte und feuerte, und jeder Schuß prallte harmlos von der Klinge des Lichtschwerts ab...

Mit einem plötzlichen Piepen kam der Trainer zum Stillstand. Luke starrte ihn verdutzt an... und bemerkte unvermittelt, daß er keuchte und schwitzte. Der Trainer schaltete sich nach zwanzig Minuten automatisch ab, und die Frist war soeben abgelaufen.

Er desaktivierte das Lichtschwert und schüttelte seine Verwirrung ab. Es war nicht das erste Mal, daß er jedes Zeitgefühl verloren hatte, aber sonst hatte er vorher stets meditiert. Nur auf Dagobah, unter Yodas Aufsicht, war es ihm im Kampf passiert.

Auf Dagobah...

Er wischte sich mit dem Ärmel den Schweiß aus den Augen, trat ans Kommunikationspult in der Ecke und wählte den Raumhafen an. »Hier ist Skywalker«, identifizierte er sich. »Ich möchte, daß mein X-Flügler in einer Stunde startklar ist.«

»Ja, Sir«, sagte der junge Wartungsoffizier knapp. »Aber wir müssen ihn vorher von unserer Astromech-Einheit durchchecken lassen.«

»In Ordnung«, sagte Luke. Er hatte sich geweigert, den Computer des X-Flüglers alle paar Monate säubern zu lassen, wie es eigentlich Vorschrift war. Mit der unausweichlichen Folge, daß der Computer von Erzwos einzigartiger Persönlichkeit so beeinflußt worden war, daß er ein Droidenbewußtsein entwickelt hatte. Dadurch erhöhten sich zwar seine Effizienz und Geschwindigkeit, doch unglücklicherweise verhinderte es jede Kommunikation zwischen dem X-Flügler und den Wartungscomputern. »Ich gehe davon aus, daß die Einheit in ein paar Minuten bereit ist.«

»Ja, Sir.«

Luke unterbrach die Verbindung und fragte sich vage, was er sich eigentlich davon versprach. Yoda war bestimmt nicht mehr auf Dagobah präsent und konnte seine Fragen nicht beantworten.

Aber vielleicht irrte er sich.

# 10

»Wie Sie sehen«, meinte Wedge im grimmigen Plauderton, während er durch die Plastik- und Porzellanscherben watete, »herrscht hier einige Unordnung.«

»Da haben Sie recht«, bestätigte Leia. Sie fröstelte beim Anblick des flachen, schuttgefüllten Kraters. Eine Handvoll anderer Republiksvertreter aus ihrer Delegation begleiteten sie auf dem Rundgang, unterhielten sich gedämpft mit ihren Bpfasshi-Eskorten und hatten gelegentlich Mühe, einen Weg durch die Trümmer des zerstörten Kraftwerks zu finden. »Wie viele Tote hat der Angriff gefordert?« fragte sie, obwohl sie nicht sicher war, ob sie die Antwort wirklich hören wollte.

»In diesem System – ein paar hundert«, erklärte Wedge nach einem Blick auf seinen Mikrocomputer. »Eigentlich ein Wunder.«

»Ja.« Unwillkürlich blickte Leia zum dunkelblauen Himmel hinauf. Es war wirklich ein Wunder. Vor allem, wenn man bedachte, daß nicht weniger als vier Sternzerstörer von dort oben Tod und Vernichtung hatten regnen lassen. »Aber die Schäden sind groß.«

»Ja.« Wedge nickte. »Aber nicht so groß, wie man es eigentlich erwarten sollte.«

»Ich frage mich, warum«, knurrte Han.

»Das fragen sich alle«, sagte Wedge. »Das ist die zweithäufigste Frage, die in diesen Tagen gestellt wird.«

»Und die häufigste?« wollte Leia wissen.

»Lassen Sie mich raten«, warf Han ein, ehe Wedge antworten konnte. »Warum hat man Bpfassh überhaupt als Ziel ausgesucht?«

»Genauso ist es«, bestätigte Wedge. »Schließlich gibt es eine ganze Reihe besserer Ziele. Die Werften von Sluis Van beispielsweise sind nur etwa dreißig Lichtjahre entfernt – zu jedem beliebigen Zeitpunkt befinden sich dort hundert Schiffe, von den Werftkapazitäten ganz zu schweigen. Dann ist da noch sechzig Lichtjahre weiter die Kommunikationsstation von Praesitlyn, und in einem Umkreis von hundert Lichtjahren liegen vier oder fünf wichtige Handelsknotenpunkte. Ein Sternzerstörer kann sie binnen eines Tages erreichen. Warum also Bpfassh?«

Leia dachte darüber nach. Es *war* eine gute Frage. »Sluis Van ist

116

sehr gut geschützt«, erinnerte sie. »Angesichts unserer Sternzerstörer und der permanenten Kampfstationen der Sluissis wird es sich jeder imperiale Führer mit etwas Verstand zweimal überlegen, ob er einen Angriff riskieren soll. Und diese anderen Systeme liegen alle tiefer im Machtbereich der Neuen Republik als Bpfassh. Vielleicht wollten sie ihr Glück nicht zu sehr strapazieren.«

»Obwohl sie ihr neues Kommunikationssystem unter Kampfbedingungen getestet haben?« fragte Han düster.

»Wir *wissen* nicht, ob sie wirklich ein neues System haben«, sagte Wedge beschwichtigend. »Es hat schon früher koordinierte Simultanangriffe gegeben.«

»Nein.« Han schüttelte den Kopf und blickte sich um. »Nein, sie haben etwas Neues. Irgendeine Art Verstärker, mit dem sie Hyperfunksignale durch Deflektorschilde und Schlachttrümmer übertragen können.«

»Ich glaube nicht, daß es sich um einen Verstärker handelt«, sagte Leia schaudernd. Tief in ihr war eine dunkle Vorahnung. »In keinem der drei Systeme wurden irgendwelche Signale aufgefangen.«

Han sah sie besorgt an. »Bist du okay?« fragte er leise.

»Ja«, murmelte sie und schauderte erneut. »Ich mußte nur daran denken, wie... nun, wie Darth Vader uns auf Bespin gefoltert hat. Luke wußte es sofort, obwohl er weit von uns entfernt war. Und es gab Gerüchte, daß auch der Imperator und Vader über diese Fähigkeit verfügten.«

»Ja, aber sie sind beide tot«, erinnerte Han. »Luke hat es bestätigt.«

»Ich weiß«, sagte sie. Die dunkle Vorahnung wurde stärker... »Aber was ist, wenn die Imperialen einen anderen Dunklen Jedi gefunden haben?«

Wedge war vorausgegangen, doch jetzt drehte er sich um. »Sie sprechen über C'baoth?«

»Über wen?« Leia runzelte die Stirn.

»Joruus C'baoth«, sagte Wedge. »Ich dachte, Sie hätten sich über Jedi unterhalten.«

»Das stimmt«, erwiderte Leia. »Wer ist Joruus C'baoth?«

»Er war in der prä-imperialen Zeit einer der größten Jedi-Meister«, erzählte Wedge. »Angeblich ist er vor Beginn der Klon-Kriege verschwunden. Vor ein paar Tagen habe ich gerüchtweise gehört, daß er wieder aufgetaucht ist und auf einer abgelegenen Welt namens Jomark sein Unwesen treibt.«

»Klar.« Han schnaubte. »Und während der Rebellion hat er einfach dagesessen und Däumchen gedreht, was?«

Wedge zuckte mit den Schultern. »Ich sage nur, was ich gehört habe, General. Ich bin nicht dafür verantwortlich.«

»Wir können Luke fragen«, schlug Leia vor. »Vielleicht weiß er etwas. Sind wir hier fertig?«

»Sicher«, sagte Wedge. »Die Gleiter warten dort drüben...«

Und plötzlich wußte Leia, was ihre dunkle Vorahnung zu bedeuten hatte. »Han, Wedge – *duckt euch!*«

...und am Kraterrand tauchten eine Handvoll jener nur allzu bekannten grauhäutigen Fremden auf.

»In Deckung!« brüllte Han den anderen Republiksvertretern im Krater zu, als die Fremden das Feuer aus ihren Blastern eröffneten. Er ergriff Leias Handgelenk und floh in den Schutz einer dicken, verbogenen Metallplatte, die sich halb in den Boden gebohrt hatte. Wedge war dicht hinter ihnen und prallte hart gegen Leia, als er ebenfalls Schutz suchte.

»Tut mir leid«, keuchte er entschuldigend, riß seinen Blaster heraus und warf einen vorsichtigen Blick um den Rand der Platte. Ein Blasterstrahl bohrte sich direkt neben seinem Gesicht in das Metall und zwang ihn zum hastigen Rückzug. »Ich bin mir nicht sicher«, sagte er, »aber ich fürchte, wir stecken in Schwierigkeiten.«

»Das fürchte ich auch«, stimmte Han grimmig zu. Leia fuhr herum und sah, wie er, den gezückten Blaster in der einen Hand, den Kommunikator wieder an seinem Gürtel befestigte. »Sie haben dazugelernt. Diesmal stören sie unseren Funkverkehr.«

Leia wurde kalt. Allein auf sich gestellt, ohne Kommunikationsmöglichkeiten, waren sie so gut wie hilflos. Von jeder Hilfe abgeschnitten...

Automatisch wollte sie an ihren Bauch greifen, doch ihre Hand umschloß statt dessen ihr neues Lichtschwert. Sie zog es aus dem Gürtel, von neuer Entschlossenheit erfüllt, die ihre Furcht vertrieb. Jedi oder nicht, ausgebildet oder nicht, sie würde nicht kampflos aufgeben.

»Klingt so, als wären Sie diesen Burschen schon einmal über den Weg gelaufen«, sagte Wedge und feuerte blindlings einige Schüsse in die ungefähre Richtung der Angreifer ab.

»Wir kennen sie«, knurrte Han und suchte nach einer Position, die ihm freies Schußfeld garantierte. »Obwohl wir immer noch nicht wissen, mit wem wir es da eigentlich zu tun haben.«

Leia tastete nach dem Kontrollknopf ihres Lichtschwerts und fragte sich, ob sie wirklich in der Lage war, das Blasterfeuer zu blockieren... und erstarrte. Über den Lärm der Blaster und des zischenden Metalls hinweg hörte sie ein neues Geräusch. Ein sehr vertrautes Geräusch... »Han!«

»Ich höre es«, sagte Han. »Chewie!«

»Was?« fragte Wedge.

»Das Heulen, das Sie hören, stammt vom *Falken*«, informierte ihn Han, während er hinauf zum Himmel sah. »Und da kommt er schon.«

Mit einem tosenden Heulen raste der *Millennium Falke* über ihre Köpfe hinweg. Er flog einen Kreis, ignorierte die wirkungslosen Blasterstrahlen, die von der Unterseite seines Rumpfes abprallten, und landete zwischen ihnen und den Angreifern. Leia spähte vorsichtig um die Metallplatte und sah, wie sich die Rampe senkte.

»Hervorragend«, sagte Han nach einem Blick über ihre Schulter. »Okay. Ich gehe zuerst und gebe euch von der Rampe aus Deckung. Leia, du kommst als nächste; Wedge, Sie bilden das Schlußlicht. Beeilt euch – vielleicht versuchen Sie es von der Seite.«

»Verstanden«, sagte Wedge. »Ich bin bereit, wenn Sie es sind.«

»Okay.« Han richtete sich auf...

»Warte«, sagte Leia plötzlich und ergriff seinen Arm. »Irgend etwas stimmt nicht.«

»Richtig – man schießt auf uns«, warf Wedge ein.

»Ich meine es ernst«, fauchte Leia. »Irgend etwas stimmt nicht.«

»Und zwar?« fragte Han irritiert. »Komm schon, Leia, wir können nicht den ganzen Tag hier herumsitzen.«

Leia biß die Zähne zusammen und versuchte herauszufinden, was sie störte. Es war alles zu undeutlich... und plötzlich wußte sie es. »Es ist Chewie«, sagte sie. »Ich kann ihn nicht auf dem Schiff spüren.«

»Wahrscheinlich ist er nur zu weit entfernt«, meinte Wedge ungeduldig. »Kommen Sie – wenn wir jetzt nicht losgehen, schießen sie ihm noch das Schiff unter dem Hintern weg.«

»Einen Moment«, grollte Han. »Ihm droht im Moment keine Gefahr – sie setzen nur Handfeuerwaffen ein. Außerdem, wenn es gefährlich wird, kann er immer noch...«

Er verstummte. Ein seltsamer Ausdruck erschien auf seinem Gesicht. Eine Sekunde später begriff auch Leia. »Die Blasterkanone an der Unterseite«, sagte sie. »Warum setzt er sie nicht ein?«

»Gute Frage«, sagte Han grimmig. Er beugte sich erneut vor und sah diesmal genauer hin... und als er wieder in die Deckung zurückglitt, verzerrte ein sardonisches Grinsen sein Gesicht. »Einfache Antwort: das ist nicht der *Falke*.«

»Was?« stieß Wedge hervor. Seine Kinnlade sackte nach unten.

»Es ist eine Falle«, erklärte Han. »Ich kann es einfach nicht fassen – diese Burschen haben tatsächlich irgendwo einen anderen flugfähigen YT-1300-Frachter aufgetrieben.«

Wedge pfiff leise. »Junge, die müssen wirklich mit vollem Einsatz hinter Ihnen her sein.«

»Ja, den Eindruck habe ich inzwischen auch«, sagte Han. »Irgendwelche Vorschläge?«

Wedge spähte um die Barriere. »Ich schätze, einfach losrennen ist keine gute Idee.«

»Nicht, solange sie am Kraterrand auf uns warten«, pflichtete ihm Leia bei.

»Ja«, stimmte Han zu. »Und sobald sie erkennen, daß wir ihnen nicht in die Falle gehen, wird die Sache wahrscheinlich noch schlimmer.«

»Gibt es denn keine Möglichkeit, dieses Schiff auszuschalten?« fragte Leia. »Wir müssen verhindern, daß es startet und uns von oben angreift.«

»Es gibt viele Möglichkeiten«, knurrte Han. »Das Problem ist, daß wir an Bord sein müssen, um sie zu realisieren. Die Außenpanzerung ist nicht sehr dick, aber mit unseren Handblastern können wir sie nicht durchdringen.«

»Was ist mit meinem Lichtschwert?«

Er warf ihr einen mißtrauischen Blick zu. »Du willst doch nicht etwa...?«

»Ich schätze, wir haben keine andere Wahl«, erklärte sie. »Oder?«

»Vermutlich hast du recht«, seufzte er. »In Ordnung – aber *ich* übernehme das.«

Leia schüttelte den Kopf. »Wir alle gehen«, sagte sie. »Wir wissen, daß sie zumindest einen von uns lebend haben wollen – sonst hätten sie uns längst ausgeräuchert. Wenn wir alle zusammen gehen, werden sie nicht wagen, auf uns zu schießen. Wir nähern uns direkt dem Schiff, als wollten wir an Bord gehen, teilen uns im letzten Moment und ducken uns hinter die Rampe. Wedge und ich können sie mit den Blastern in Schach halten, während du das Schiff mit dem Lichtschwert flugunfähig machst.«

»Ich weiß nicht«, knurrte Han. »Ich denke immer noch, das Wedge und ich allein gehen sollten.«

»Nein, wir alle«, beharrte Leia. »Nur so können wir verhindern, daß sie auf uns schießen.«

Han sah Wedge an. »Was meinen Sie?«

»Ich schätze, das ist unsere einzige Chance«, sagte der andere. »Aber wir sollten uns beeilen.«

»Ja.« Han holte tief Luft und reichte Leia seinen Blaster. »In Ordnung. Gib mir das Lichtschwert. Okay; und jetzt... *los*.«

Er rannte geduckt Richtung Schiff, während über ihm die Blasterstrahlen hin und her zuckten – die anderen Republiksvertreter, bemerkte Leia, als sie und Wedge folgten, taten ihr Bestes, um die Angreifer abzulenken. Im Innern des Schiffes sah sie eine schattenhafte Bewegung, und sie umklammerte Hans Blaster fester. Han erreichte eine Sekunde vor ihnen die Rampe, warf sich unvermittelt zur Seite und duckte sich unter den Rumpf.

Die Fremden mußten sofort erkannt haben, daß ihre Falle durchschaut worden war. Schon als Leia und Wedge an der Rampe anlangten, schlug ihnen aus der offenen Luke Blasterfeuer entgegen. Leia ließ sich fallen, kroch, so weit es ging, unter die Rampe und schoß blindlings in die Luke, um die Angreifer am Ausstieg zu hindern. Auf der anderen Seite der Rampe eröffnete Wedge ebenfalls das Feuer; irgendwo hinter sich hörte sie ein leises Scharren, als Han sich an die Sabotagearbeit machte. Ein Blasterstrahl verfehlte nur um Haaresbreite ihre linke Schulter, und sie zog sich tiefer in die Deckung der Rampe zurück. Hinter ihr drang das deutlich hörbare Zischen des zündenden Lichtschwerts durch das Blasterfeuer. Sie biß die Zähne zusammen, war auf alles vorbereitet...

Und von einer Explosion und einer Druckwelle begleitet, die sie brutal gegen den Boden preßte, sprang das ganze Schiff einen Meter in die Luft und schlug schwer wieder auf.

Durch das Klingeln in ihren Ohren hörte sie jemanden ein Kriegsgeheul ausstoßen. Das Schießen aus der Luke hatte abrupt aufgehört, und in der Stille war ein seltsames Fauchen zu vernehmen. Vorsichtig kroch sie unter der Rampe hervor und sah nach oben.

Sie hatte erwartet, als Ergebnis von Hans Sabotageanschlag ein Leck im Frachter zu sehen. Sie war nicht auf die mächtige weiße Gassäule gefaßt, die wie die Rauchwolke eines Vulkanausbruchs in den Himmel stieg.

»Gefällt's dir?« fragte Han, als er zu ihr kroch und sein Werk bewundernd betrachtete.

»Das hängt davon ab, ob das Schiff in die Luft fliegt oder nicht«, entgegnete Leia. »Was hast du *gemacht*?«

»Die Kühlungsrohre zum Hauptantrieb gekappt«, erklärte er, nahm seinen Handblaster an sich und gab ihr das Lichtschwert zurück. »Und schon schießt das Hochdruckgas hinaus.«

»Ich dachte, Kühlgase wären giftig«, sagte Leia besorgt.

»Das sind sie auch«, bestätigte Han. »Aber sie sind leichter als Luft, so daß wir hier unten keine Probleme bekommen. *Im* Schiff sieht die Sache ganz anders aus. Hoffe ich.«

Unvermittelt wurde sich Leia der Stille bewußt. »Sie haben aufgehört zu schießen«, sagte sie.

Han lauschte. »Du hast recht. Und zwar nicht nur die im Schiff.«

»Ich möchte zu gern wissen, was sie vorhaben«, murmelte Leia und verstärkte ihren Griff um das Lichtschwert.

Eine Sekunde später erhielt sie die Antwort. Ein ohrenbetäubender Donnerschlag zerriß die Stille, und eine Druckwelle preßte sie zu Boden. Einen grausigen Moment lang dachte sie, die Fremden hätten das Schiff gesprengt; aber der Lärm verklang, und die Rampe neben ihr war noch immer intakt. »Was war *das*?«

»Das, meine Süße«, erklärte Han, während er sich aufrichtete, »war eine Rettungskapsel.« Er glitt aus der relativen Sicherheit der Rampe hervor und beobachtete den Himmel. »Wahrscheinlich für den Einsatz in der Atmosphäre modifiziert. Ich habe gar nicht gewußt, wie laut diese Dinger sind.«

»Normalerweise werden sie auch im Vakuum abgeschossen«, erinnerte ihn Leia und stand ebenfalls auf. »Und was jetzt?«

»Jetzt warten wir auf unsere Eskorte und verschwinden.«

»Unsere Eskorte?« wiederholte Leia. »Welche Esk...?«

Ihre Frage ging im Maschinenlärm dreier X-Flügel-Jäger unter, die mit hoher Geschwindigkeit und gefechtsbereit positionierten Flügeln heranrasten. Sie sah zur weißen Kühlgassäule hinauf... und plötzlich verstand sie. »Du hast das absichtlich gemacht, stimmt's?«

»Na klar«, meinte Han mit unschuldigem Gesicht. »Warum sollte ich ein Schiff nur manövrierunfähig machen, wenn ich gleichzeitig auch ein Notsignal senden kann?« Er betrachtete die Wolke. »Weißt du«, sagte er gedankenverloren, »manchmal bin ich über mich selbst überrascht.«


»Ich kann Ihnen versichern, Captain Solo«, drang Admiral Ackbars ernste Stimme aus dem Kommunikator des *Falken*, »daß wir alles in unserer Macht Stehende tun werden, um diese Sache aufzuklären.«

»Das haben Sie vor vier Tagen auch gesagt«, erinnerte ihn Han mit mühsamer Beherrschung. Er hatte sich inzwischen daran gewöhnt, daß auf ihn geschossen wurde, aber bei Leia hörte der Spaß auf. »Kommen Sie – *so viele* Leute können von unserer Reise nach Bpfassh nicht gewußt haben.«

»Es wird Sie vielleicht überraschen«, sagte Ackbar, »aber alle Ratsmitglieder, ihre Mitarbeiter, die Wartungsmannschaften im Hafen und das Sicherheits- und Verwaltungspersonal zusammengerechnet, kommen wir auf rund zweihundert Leute, die über Ihre Mission informiert waren. Sie alle zu überprüfen, kostet Zeit.«

Han schnitt eine Grimasse. »Großartig. Darf ich fragen, was wir in der Zwischenzeit tun sollen?«

»Sie haben Ihre Eskorte.«

»Die hatten wir vor vier Tagen auch«, gab Han zurück. »Es hat uns nicht viel genutzt. Commander Antilles' Geschwader ist in einer Raumschlacht gut zu gebrauchen, aber das hier übersteigt seine Fähigkeiten. Wir brauchen Lieutenant Page und einen seiner Kommandotrupps.«

»Unglücklicherweise sind sie zur Zeit nicht verfügbar«, sagte Ackbar. »Unter den gegebenen Umständen wäre es wahrscheinlich das beste, wenn sie die Rätin Organa Solo hierher zurückbringen würden, wo sie geschützt werden kann.«

»Das würde ich gern tun«, erklärte Han. »Die Frage ist nur, ob sie auf Coruscant wirklich sicherer ist als hier.«

Langes Schweigen folgte, und Han konnte sich vorstellen, wie Ackbar die riesigen Augen verdrehte. »Mir gefällt Ihr Tonfall nicht, Captain.«

»Mir gefällt er auch nicht, Admiral«, gestand Han. »Aber seien wir realistisch – wenn die Imperialen Informationen aus dem Palast bekommen, dann doch nur, weil sie dort ihre Agenten sitzen haben.«

»Ich halte das für äußerst unwahrscheinlich«, sagte Ackbar mit frostig klingender Stimme. »Die Sicherheitsvorkehrungen, die ich auf Coruscant getroffen habe, werden jeden Anschlag der Imperialen im Ansatz unterbinden.«

»Davon bin ich überzeugt, Admiral«, seufzte Han. »Ich meinte nur...«

»Wir werden Sie benachrichtigen, sobald weitere Informationen vorliegen, Captain«, unterbrach Ackbar. »Bis dahin tun Sie das, was Sie für nötig halten. Coruscant Ende.«

Das leise Summen des Kommunikators brach ab. »In Ordnung«, murmelte Han. »Bpfassh Ende.«

Eine Weile blieb er im Cockpit des *Falken* sitzen und gab sich häßlichen Gedanken über Politiker im allgemeinen und Ackbar im besonderen hin. Die Displays vor ihm, die normalerweise den Schiffsstatus überwachten, zeigten das Landefeld und die Umgebung des Ausstiegs. Die drehbaren Blasterkanonen an der Unterseite des Rumpfes waren ausgefahren und feuerbereit und die Deflektorschilde aktiviert, trotz der Tatsache, daß sie in einer Atmosphäre nicht besonders wirkungsvoll waren.

Han schüttelte in einer Mischung aus Frustration und Abscheu den Kopf. *Ich hätte mir auch nicht träumen lassen*, dachte er selbstkritisch, *daß ich eines Tages paranoid werden würde.*

Von hinten näherten sich Schritte. Han drehte sich um und griff automatisch nach seinem Blaster...

»Ich bin es nur«, sagte Leia. Sie trat zu ihm und warf einen Blick auf die Displays. »Hast du schon mit Ackbar gesprochen?«

»Es war kein besonders angenehmes Gespräch«, erwiderte Han säuerlich. »Ich habe ihn gefragt, was er zu tun gedenkt, um herauszufinden, wie uns unsere Freunde mit den Blastern auf die Spur gekommen sind; er versicherte mir, daß sie alles Menschenmögliche unternehmen werden; dann habe ich es geschafft, ihm auf die Zehen zu treten, und er schaltete beleidigt ab. Typisch Ackbar.«

Leia lächelte ironisch. »Du weißt eben, wie man mit Leuten umgeht, nicht wahr?«

»Diesmal war es nicht meine Schuld«, verteidigte sich Han. »Ich habe lediglich angedeutet, daß sein Sicherheitsdienst möglicherweise *nicht* in der Lage ist, diese Burschen im Imperialen Palast fernzuhalten. *Er* hat überreagiert.«

»Ich weiß«, sagte Leia und ließ sich in den Sitz des Kopiloten fallen. »Ackbar ist zwar ein militärisches Genie, aber er hat nicht das Zeug zu einem guten Politiker. Und dann noch Fey'lyas ständige Einmischungsversuche…« Sie zuckte unbehaglich mit den Schultern. »Er wird immer empfindlicher, wenn es um seine Kompetenzen geht.«

»Nun ja, wenn er Fey'lyas Einfluß auf das Militär begrenzen will, dann lädt er den Blaster von der falschen Seite«, knurrte Han. »Die Hälfte des Offizierskorps ist sowieso schon davon überzeugt, daß Fey'lya der bessere Mann ist.«

»Unglücklicherweise stellt er es oft genug unter Beweis«, räumte Leia ein. »Charisma und Ehrgeiz. Eine gefährliche Kombination.«

Han runzelte die Stirn. Da war ein Unterton in ihrer Stimme… »Was meinst du mit gefährlich?«

»Nichts«, sagte sie mit schuldbewußter Miene. »Tut mir leid – es ist noch zu früh…«

»Leia, wenn du etwas weißt…«

»Ich *weiß* überhaupt nichts«, unterbrach sie ihn in einem Tonfall, der es ihm ratsam erscheinen ließ, das Thema zu wechseln. »Es ist nur ein Gefühl. Das Gefühl, daß es Fey'lya um mehr als nur um Ackbars Posten als Oberkommandierender geht. Aber es ist nur ein Gefühl.«

Wie das Gefühl, daß das Imperium etwas Großes vorhatte? »Okay«, sagte er besänftigend. »Ich verstehe. Bist du mit deiner Arbeit hier fertig?«

»Mehr kann ich jedenfalls nicht tun«, erwiderte sie müde. »Der Wiederaufbau wird einige Zeit dauern, aber das muß von Coruscant aus organisiert werden.« Sie lehnte sich zurück und schloß die Augen. »Materiallieferungen, Berater und zusätzliche Arbeitskräfte – das Übliche.«

»Ja«, sagte Han. »Und ich schätze, du kannst es kaum erwarten, zurückzukehren und die Sache in die Hand zu nehmen.«

Sie öffnete die Augen und warf ihm einen neugierigen Blick zu. »Klingt so, als würde dir der Gedanke nicht gefallen.«

Han betrachtete gedankenverloren die Displays. »Nun, es ist genau das, was alle erwarten«, stellte er fest. »Vielleicht sollten wir deshalb etwas anderes tun.«

»Zum Beispiel?«

»Ich weiß es nicht. Uns an irgendeinem Ort verkriechen, wo niemand nach dir suchen wird.«

»Und dann...?« fragte sie in unheilschwangerem Tonfall.

Han mahnte sich zur Vorsicht. »Nun, einfach eine Weile dort bleiben.«

»Du weißt, daß ich das nicht kann«, sagte sie in genau dem Ton, den er erwartet hatte. »Ich werde auf Coruscant gebraucht.«

»Du solltest dir endlich einmal Zeit für dich nehmen«, gab er zurück. »Von den Zwillingen ganz zu schweigen.«

Sie funkelte ihn an. »Das ist nicht fair.«

»Nein?«

Sie wandte sich von ihm ab. »Ich kann es nicht, Han«, sagte sie leise. »Ich kann es einfach nicht. Es passieren zu viele Dinge, über die ich informiert sein muß, als daß ich mich nicht irgendwo verkriechen kann.«

Han biß die Zähne zusammen. In der letzten Zeit schienen sie immer wieder auf dieses Thema zu sprechen zu kommen. »Nun, wenn du auf dem laufenden bleiben mußt, warum fliegen wir dann nicht zu einer Welt mit einer diplomatischen Vertretung, von der aus du mit Coruscant in Verbindung bleiben kannst?«

»Und wie können wir sicher sein, daß uns der Botschafter nicht verrät?« Sie schüttelte den Kopf. »Ich kann einfach nicht glauben, was ich da soeben gesagt habe«, murmelte sie. »Als wären wir wieder die Rebellion und nicht die legale Regierung.«

»Wer sagt denn, daß der Botschafter Bescheid wissen muß?« fragte Han. »Wir haben auf dem *Falken* einen diplomatischen Empfänger – wir können den Funkverkehr abhören.«

»Nur wenn wir den Chiffrierkode der Vertretung kennen«, erinnerte sie ihn. »*Und* ihn in unseren Empfänger eingeben können. Was vielleicht nicht möglich ist.«

»Wir werden schon eine Möglichkeit finden«, beharrte Han. »Zumindest hätte dann Ackbar Gelegenheit, in Ruhe die undichte Stelle zu suchen.«

»Das stimmt.« Leia dachte nach und schüttelte dann langsam den Kopf. »Ich weiß nicht. Die Chiffrierkodes der Neuen Republik sind nicht zu knacken.«

Han schnaubte. »Ich hasse es, dir deine Illusionen zu rauben, Süße, aber es gibt Hacker, die essen die Chiffrierkodes der Regierung zum Frühstück. Wir müssen nur einen davon finden.«

»Und ihm einen Haufen Geld zahlen?« sagte Leia trocken.

»Warum nicht?« meinte Han. Er dachte scharf nach. »Andererseits gibt es Hacker, die gewissen Leuten noch einen Gefallen schuldig sind.«

»Oh?« Leia warf ihm einen Seitenblick zu. »Kennst du vielleicht zufällig einen?«

»In der Tat.« Han schürzte die Lippen. »Das Problem ist, wenn die Imperialen ihre Hausaufgaben gemacht haben, wissen sie wahrscheinlich über alles Bescheid und lassen ihn überwachen.«

»Das bedeutet…?«

»Das bedeutet, daß wir jemand mit eigenen Hackerverbindungen finden müssen.« Er aktivierte den Kommunikator des *Falken*. »Antilles, hier ist Solo. Hören Sie mich?«

»Ja, General«, antwortete Wedge sofort.

»Wir verlassen Bpfassh«, erklärte Han. »Aber das ist noch nicht offiziell – informieren Sie den Rest der Delegation erst nach unserem Abflug.«

»Ich verstehe«, sagte Wedge. »Brauchen Sie eine Eskorte, oder wollen Sie lieber unbemerkt verschwinden? Ich habe ein paar Leute, die für mich bis zum anderen Ende der Galaxis gehen würden.«

Han warf Leia einen schrägen Blick zu. Wedge hatte also begriffen. »Danke, aber wir möchten nicht, daß sich der Rest der Delegation ungeschützt fühlt.«

»Wie Sie meinen. Ich kümmere mich schon um alles. Wir sehen uns auf Coruscant.«

»Okay.« Han unterbrach die Verbindung. »Hoffentlich«, fügte er leise hinzu, während er den Bordkommunikator aktivierte. »Chewie? Sind wir startbereit?«

Der Wookie gab ein zustimmendes Knurren von sich. »Okay. Sorg dafür, daß alles festgezurrt ist, und komm dann herauf. Bring auch Dreipeo mit – wir müssen vielleicht Kontakt mit der bpfasshischen Raumüberwachung aufnehmen.«

»Darf ich erfahren, wohin wir fliegen?« fragte Leia, als er die Startvorbereitungen traf.

»Das habe ich dir bereits gesagt«, erwiderte Han. »Wir müssen jemand mit Hackerverbindungen finden.«

Ein mißtrauisches Funkeln trat in ihre Augen. »Du meinst doch nicht etwa... Lando?«

»Wen sonst?« sagte Han unschuldig. »Ein rechtschaffener Bürger, ehemaliger Kriegsheld und ehrlicher Geschäftsmann wie er *muß* einfach Verbindungen zu kriminellen Hackern haben.«

Leia verdrehte die Augen. »Warum«, murmelte sie, »habe ich plötzlich nur ein so ungutes Gefühl bei der Sache?«

## 11

»Halt dich fest, Erzwo!« rief Luke, als die ersten atmosphärischen Turbulenzen den X-Flügler durchschüttelten. »Wir setzen zur Landung an. Arbeiten die Scanner alle einwandfrei?«

Von hinten drang ein zustimmendes Zwitschern, dessen Übersetzung sofort auf dem Monitor erschien. »Gut«, sagte Luke und richtete seine Aufmerksamkeit wieder auf den wolkenverhüllten Planeten, auf den sie hinunterstürzten. Seltsam, dachte er, daß die Sensoren nur bei seinem ersten Besuch auf Dagobah versagt hatten.

Oder vielleicht war es doch nicht so seltsam. Vielleicht hatte Yoda seine Instrumente absichtlich blockiert, um ihn, ohne Verdacht zu erregen, zu dem gewünschten Landeplatz zu manövrieren.

Und Yoda war jetzt fort...

Luke verdrängte den Gedanken. Es war anständig und ehrenwert, um einen Freund und Lehrer zu trauern, aber sich übermäßig dem Kummer hinzugeben, bedeutete, der Vergangenheit zuviel Macht über die Gegenwart zu verleihen.

Der X-Flügler stieß in die tieferen Atmosphäreschichten vor und war binnen Sekunden vollständig von dichten weißen Wolken umgeben. Luke hielt die Instrumente im Auge und verringerte die Geschwindigkeit. Bei seinem letzten Besuch kurz vor der Schlacht um Endo hatte er ohne Zwischenfälle landen können, aber er wollte sein Glück nicht strapazieren. Die Landesensoren hatten inzwischen Yodas alte Heimstätte geortet. »Erzwo?« rief er. »Such mir einen sicheren Landeplatz, ja?«

Als Reaktion erschien vor ihm auf dem Monitor ein rotes Rechteck, nur einen Steinwurf östlich vom Haus. »Danke«, sagte Luke zu dem Droiden und ging in den Landeanflug über. Einen Moment später hatten sie die Baumwipfel durchstoßen und auf dem Boden aufgesetzt.

Luke nahm den Helm ab und öffnete das Kanzeldach. Der durchdringende Geruch der dagobahschen Sümpfe schlug ihm entgegen, eine seltsame Mischung aus Süße und Fäulnis, die hundert verschiedene Erinnerungen in ihm wachrief. Das Zucken von Yodas Ohren – der merkwürdige, aber wohlschmeckende Eintopf, den er oft gekocht hatte –, das Kitzeln seiner feinen Haare an Lukes Ohren, wenn er während des Trainings auf seinen Schultern gesessen hatte. Das Training selbst: die langen Stunden, die körperliche und geistige Erschöpfung, das zunehmende Selbstvertrauen und der wachsende Glaube an die Macht, die Höhle und ihre düsteren Schemen...

*Die Höhle?*

Abrupt sprang Luke im Cockpit auf und griff unwillkürlich nach seinem Lichtschwert, als er den Nebel mit den Blicken zu durchdringen versuchte. Er hatte seinen X-Flügler doch nicht in der Nähe der Höhle gelandet!

Doch, er hatte es getan. Nicht mehr als fünfzig Meter weiter stand der Baum, der diesen bösen Ort überschattete und mit seinen düsteren Umrissen die übrigen Bäume verdunkelte. Unter seinen knorrigen Wurzeln, durch den Nebel und die Bodenvegetation kaum sichtbar, gähnte der finstere Höhleneingang.

»Wundervoll«, murmelte er. »Einfach wundervoll.«

Hinter ihm ertönten fragende Pieplaute. »Schon gut, Erzwo«, rief er über die Schulter und warf seinen Helm auf den Sitz. »Es ist okay. Am besten bleibst du hier, während ich...«

Eine sachte Erschütterung durchlief den X-Flügler, und als er sich umsah, hatte sich Erzwo bereits aus seiner Verankerung gelöst. »Von mir aus kannst du auch mitkommen«, fügte er trocken hinzu.

Erzwo piepte erneut – es klang zwar nicht fröhlich, aber hörbar erleichtert. Der kleine Droide haßte es, allein gelassen zu werden. »Warte«, sagte Luke. »Ich steige aus und helfe dir.«

Er schwang sich nach draußen. Der Boden gab leicht nach, war aber dennoch fest genug, um das Gewicht des X-Flüglers zu tragen. Zufrieden hob er Erzwo mit der Macht aus dem Jäger und setzte ihn sanft auf dem Boden ab. »Komm«, sagte er.

Aus der Ferne drang das lange, trillernde Heulen eines dagobahschen Vogels. Luke lauschte, während das Trillern die Tonleiter durchlief, musterte den Sumpf und fragte sich, warum er überhaupt hergekommen war. Auf Coruscant war es ihm wichtig – sogar lebenswichtig – erschienen. Aber jetzt, da er sein Ziel erreicht hatte, kam es ihm sinnlos vor. Sinnlos und überaus töricht.

Erzwo piepte fragend. Mühsam schüttelte Luke seine Zweifel ab. »Ich dachte, Yoda hätte vielleicht etwas hinterlassen, das uns nützlich sein könnte«, erklärte er dem Droiden. »Das Haus müßte« – er blickte sich um – »in dieser Richtung liegen. Gehen wir.«

Es war kein weiter Weg, aber Luke brauchte länger, als er angenommen hatte. Zum Teil lag es an den Bodenverhältnissen und der dichten Vegetation – er hatte vergessen, wie schwierig ein Marsch durch die Sümpfe von Dagobah war. Aber da war noch etwas anderes: ein unterschwelliger psychischer Druck, der sein Denkvermögen beeinträchtigte.

Aber als sie endlich ihr Ziel erreichten... war das Haus spurlos verschwunden.

Lange Zeit stand Luke da und starrte das Pflanzendickicht an, das an der Stelle wucherte, wo sich einst das Haus befunden hatte, und enttäuscht mußte er sich eingestehen, daß er ein Narr war. Aufgewachsen in der Wüste von Tatooine, wo ein verlassenes Gebäude mehr als ein halbes Jahrhundert überdauern konnte, war er nie auf den Gedanken gekommen, was aus einem solchen Haus nach fünf Jahren in den Sümpfen werden würde.

Erzwo piepte fragend. »Ich dachte, Yoda hätte irgendwelche Bänder oder Bücher hinterlassen«, erklärte Luke. »Irgend etwas, aus dem ich mehr über die Trainingsmethoden der Jedi erfahren könnte. Scheint nicht mehr viel übrig zu sein, was?«

Erzwo fuhr einen Sensor aus. »Mach dir nichts draus«, meinte Luke und setzte sich in Bewegung. »Wenn wir schon einmal hier sind, können wir auch nachsehen.«

Er brauchte nur einige Minuten, um sich mit seinem Lichtschwert einen Weg durch die Büsche und Ranken zu bahnen und die Überreste des Hauses zu erreichen. Die nur noch hüfthohen Mauern waren eingefallen und von dünnen Ranken überzogen. Der alte Steinofen im Innern war ebenfalls von dichtem Pflanzenwuchs überwuchert, und Yodas alte Eisentöpfe lagen halb im Schlamm begraben und waren von einem seltsam aussehenden Moos bedeckt.

Erzwo stieß einen leisen Pfiff aus. »Nein, ich glaube auch nicht, daß wir hier etwas Nützliches finden werden«, stimmte Luke zu. Er kniete nieder und zog einen der Töpfe aus dem Dreck. Eine kleine Eidechse schoß heraus und verschwand im schilfigen Gras. »Erzwo, sieh dich nach elektronischen Teilen um, ja? Ich habe nie erlebt, daß er technische Geräte benutzt hat, aber...« Er zuckte mit den Schultern.

Der Droide fuhr gehorsam seinen Sensor wieder aus. Luke verfolgte, wie er hin und her schwang... und plötzlich verharrte. »Hast du etwas gefunden?« fragte Luke.

Erzwo zwitscherte aufgeregt und drehte den Rumpf in die Richtung, aus der sie gekommen waren. »Dort drüben?« sagte Luke erstaunt. Er blickte sich um. »Nicht hier?«

Erzwo piepte erneut, drehte sich um und rollte holpernd über den unebenen Boden. Er blieb stehen und gab eine Reihe fragender Laute von sich. »Okay, ich komme«, seufzte Luke und verdrängte die düstere Vorahnung, die ihn plötzlich überfiel. »Geh du voran.«

Das Sonnenlicht, das durch das dichte Blätterdach sickerte, war sichtlich schwächer geworden, als sie vor sich den X-Flügler sahen. »Wohin jetzt?« fragte Luke Erzwo. »Ich hoffe, du willst mir nicht sagen, daß du unser Schiff gemeint hast.«

Erzwo drehte den Rumpf und gab ein beleidigtes Trillern von sich. Sein Sensor fuhr herum...

Und deutete direkt auf die Höhle.

Luke schluckte hart. »Bist du sicher?«

Der Droide trillerte erneut. »Du bist sicher«, sagte Luke.

Eine Weile stand er unschlüssig da und blickte durch den Nebel zur Höhle hinüber. Er hatte eigentlich keinen triftigen Grund, sie zu betreten – soviel war klar. Was auch immer Erzwo entdeckt haben mochte, es hatte bestimmt nicht Yoda gehört.

Aber was war es dann? Leia hatte einen bpfasshischen Dunklen Jedi erwähnt, der bis nach Dagobah gelangt war. Stammte es von ihm?

Luke biß die Zähne zusammen. »Du bleibst hier, Erzwo«, befahl er dem Droiden, als er sich der Höhle näherte. »Ich komme so schnell wie möglich wieder zurück.«

Furcht und Zorn, hatte ihn Yoda oft gewarnt, waren die Sklaven der dunklen Seite. Unwillkürlich fragte er sich, welcher Seite die Neugier diente.

Der Baum vor ihm, der die Höhle überragte, sah so unheimlich aus wie damals: düster und feindselig, als wäre er von der dunklen Seite der Macht beseelt. Vielleicht war es so, aber Luke konnte es nicht genau feststellen, nicht, während die überwältigende Ausstrahlung der Höhle seine Sinne überflutete. Dies war natürlich die Quelle des unterschwelligen psychischen Drucks, den er seit seiner Ankunft auf Dagobah spürte, und flüchtig fragte er sich, warum der Effekt nicht schon damals so stark gewesen war.

Vielleicht, weil Yoda ihn früher vor der wahren Macht der Höhle beschützt hatte.

Aber Yoda war fort... und Luke stand allein der Höhle gegenüber.

Er atmete tief durch. *Ich bin ein Jedi*, rief er sich ins Gedächtnis zurück. Er löste den Kommunikator vom Gürtel und schaltete ihn ein. »Erzwo? Hast du mich in der Ortung?«

Aus dem Kommunikator drang ein zustimmendes Piepen. »Okay. Ich gehe jetzt rein. Gib mir Bescheid, wenn ich in der Nähe dieses Objekts bin – was immer es auch sein mag.«

Erzwo piepte erneut seine Zustimmung. Luke zog sein Lichtschwert. Er holte tief Luft, duckte sich unter den knorrigen Baumwurzeln und betrat die Höhle.

Es war so schlimm, wie er es in Erinnerung hatte. Dunkel, feucht, von krabbelnden Insekten und schleimigen Pflanzen bewohnt, war die Höhle der widerlichste Ort, den Luke je gesehen hatte. Der Boden war tückisch glatt, und schon auf den ersten beiden Dutzend Schritten rutschte er zweimal aus und konnte sich nur mit Mühe vor einem Sturz bewahren. Vor ihm schälte sich ein nur zu bekannter Ort aus dem Dunst, und während er sich ihm näherte, umklammerte er das Lichtschwert immer fester. An diesem Ort hatte er einst einen alptraumhaften Kampf gegen einen schattenhaften, irrealen Darth Vader ausgefochten...

Er erreichte die Stelle, verdrängte die Furcht und die Erinnerungen. Aber diesmal geschah zu seiner Erleichterung nichts. Kein zischendes Atmen drang aus den Schatten; kein Dunkler Lord trat ihm entgegen. Nichts.

Luke befeuchtete seine Lippen und löste den Kommunikator vom Gürtel. Nein; natürlich geschah nichts. Er hatte sich dieser Krise bereits gestellt – er hatte sich ihr gestellt und sie gemeistert. Vader war besiegt und fort, und die Höhle konnte ihn jetzt nur dann mit namenlosen und unwirklichen Ängsten bedrohen, wenn er zuließ, daß sie Macht über ihn gewannen. Das hätte ihm von Anfang an klar sein müssen. »Erzwo?« rief er. »Bist du noch da?«

Der kleine Droide summte eine Antwort. »In Ordnung«, sagte Luke und ging weiter. »Wie weit muß ich noch…?«

Und mitten im Satz – praktisch mitten im ersten Schritt – verwandelte sich der Nebel der Höhle in eine flackernde, surreale Vision…

*Er stand in einem kleinen, offenen Bodenfahrzeug, das über einer Art Grube schwebte. Der Grund der Grube war nicht zu erkennen, aber eine schreckliche Hitze stieg aus ihr auf. Irgend etwas bohrte sich hart in seinen Rücken und drängte ihn auf eine schmale Planke, die über den Seitenrand des Fahrzeugs hinausragte…*

Luke stockte der Atem. Plötzlich erkannte er die Szene. Er war wieder Gefangener von Jabba dem Hutten, kurz vor dem Sturz in die Große Grube von Carkoon…

*Vor sich sah er jetzt Jabbas Segelgleiter, sah die Höflinge, die an der Reling um den besten Platz für das bevorstehende Schauspiel kämpften. Viele Einzelheiten der Barke verschwammen im Traumnebel, aber er konnte an der Bugspitze des Schiffes deutlich die kleine, rundliche Gestalt Erzwos erkennen, der auf Lukes Zeichen wartete…*

»Ich mache dieses Spiel nicht mit!« rief Luke der Vision zu. »Ich nicht. Ich habe mich dieser Krise bereits gestellt und sie gemeistert.«

Aber die Worte klangen hohl in seinen Ohren… und noch während er sie sprach, spürte er wieder den Speer des Wachtpostens im Rücken, und er fühlte, wie er von der Planke stürzte. Im Fall drehte er sich, bekam das Brett zu fassen und sprang hoch über die Köpfe der Wächter hinweg…

*Er landete und fuhr zur Segelbarke herum, die Hand nach dem Lichtschwert ausgestreckt, das Erzwo ihm zuwarf.*

*Es erreichte ihn nie. Während er mit ausgestreckter Hand dort stand, änderte es die Richtung und flog zum anderen Ende der Se-*

*gelbarke. Verzweifelt griff Luke mit der Macht nach ihm; aber ohne Erfolg. Das Lichtschwert setzte seinen Flug fort...*

*Und landete in der Hand einer schlanken Frau, die allein am Heck der Barke stand.*

Luke starrte sie an, von Grauen erfüllt. Durch die Nebelschwaden, mit der Sonne in ihrem Rücken, konnte er ihr Gesicht nicht erkennen... aber das Lichtschwert, das sie jetzt wie eine Trophäe hochhielt, sagte ihm alles, was er wissen mußte. Sie verfügte über die Macht... und hatte soeben ihn und seine Freunde zum Tode verurteilt.

*Und als die Speere ihn wieder auf die Planke drängten, hörte er durch den Traumnebel klar und deutlich ihr höhnisches Gelächter...*

»Nein!« brüllte Luke; und so plötzlich, wie sie gekommen war, verschwand die Vision auch wieder. Er war wieder in der Höhle auf Dagobah, Stirn und Gewand schweißnaß. Aus dem Kommunikator in seiner Hand drang lautes elektronisches Piepen.

Er atmete tief durch und starrte das Lichtschwert in seiner Hand an, wie um sich zu vergewissern, daß es noch da war. »Es ist...« Er schluckte, um seine trockene Kehle zu befeuchten, und versuchte es noch einmal. »Es ist alles in Ordnung, Erzwo«, beruhigte er den Droiden. »Mir geht es gut. Äh...« Er verstummte, kämpfte gegen die Benommenheit an und versuchte sich zu erinnern, was er hier machte. »Empfängst du noch immer das elektronische Signal?«

Erzwo piepte bestätigend. »Okay«, sagte Luke. Er wechselte das Lichtschwert in die andere Hand, wischte den Schweiß von der Stirn und ging vorsichtig weiter, sich dabei ständig nach allen Seiten umschauend.

Aber die Höhle hatte offenbar all ihre Schrecken ausgespielt. Keine weiteren Visionen stellten sich ihm in den Weg, während er tiefer und tiefer in sie vordrang... und schließlich signalisierte ihm Erzwo, daß er sein Ziel erreicht hatte.

Es dauerte eine Weile, bis er im Schlamm und Moos das Objekt entdeckte. Es war eine Enttäuschung: ein kleiner, flacher Zylinder, kaum länger als seine Hand, mit fünf dreieckigen, rostverkrusteten Tasten an einer Seite und einer fremdartigen, schwungvollen Inschrift an der anderen. »Das ist alles?« fragte Luke, dem der Gedanke überhaupt nicht gefiel, den ganzen weiten Weg für etwas derart Unscheinbares zurückgelegt zu haben. »Sonst gibt es nichts?«

Erzwo piepte bestätigend und gab einen Pfiff von sich, bei dem es sich nur um eine Frage handeln konnte. »Ich weiß nicht, was es ist«, antwortete Luke dem Droiden. »Vielleicht kannst du es identifizieren. Ich bin gleich bei dir.«

Der Rückweg verlief ohne Zwischenfälle, und kurze Zeit später tauchte er unter den Baumwurzeln auf, mit einem Seufzer der Erleichterung, wieder die relativ frische Luft des Sumpfes atmen zu können.

Es war inzwischen dunkel geworden, stellte er leicht überrascht fest; jene Vision aus der Vergangenheit mußte länger gedauert haben, als er geglaubt hatte. Erzwo hatte die Landescheinwerfer des X-Flüglers eingeschaltet; die Strahlen waren dunstige Kegel in der zunehmenden Nacht. Luke stapfte durch das Unterholz zum X-Flügler.

Erzwo wartete, leise vor sich hin piepend, auf ihn. Das Piepen verwandelte sich in einen erleichterten Pfiff, als Luke ins Licht trat; der kleine Androide schaukelte wie ein nervöses Kind hin und her. »Entspann dich, Erzwo, es ist alles in Ordnung«, versicherte Luke. Er kniete nieder und zog den flachen Zylinder aus seiner Seitentasche. »Was hältst du davon?«

Der Droide trillerte nachdenklich und drehte den Rumpf, um das Objekt aus verschiedenen Blickwinkeln zu begutachten. Dann steigerte sich das Trillern abrupt zu einem elektronischen Geschnatter. »Was?« fragte Luke verständnislos und ärgerte sich nicht zum erstenmal darüber, daß Dreipeo nie zur Stelle war, wenn man ihn brauchte. »Langsam, Erzwo. Ich kann dich nicht... egal.« Er stand auf und warf einen Blick in die Dunkelheit. »Es hat sowieso keinen Zweck, länger hier zu bleiben.«

Er sah zur Höhle hinüber, die von der Nacht fast verschluckt worden war, und fröstelte. Nein, es gab keinen Grund für ein längeres Verweilen... und mindestens einen guten Grund, den Planeten sofort zu verlassen. Soviel, dachte er düster, zu der Hoffnung auf Erleuchtung. Er hätte es wissen müssen. »Komm«, sagte er zu dem Droiden. »Steig ein. Du kannst mir auf dem Rückflug alles erzählen.«

Erzwos Bericht über den Zylinder fiel äußerst kurz und eindeutig negativ aus. Der kleine Droide konnte weder etwas zu der Herkunft noch zu der Funktion des Gerätes sagen; auch die Sprache und die Bedeutung der Inschrift an der Seite blieb rätselhaft. Luke fragte sich, was den Droiden anfänglich so erregt hatte... als der letzte Satz auf seinem Computermonitor erschien.

»Lando?« sagte Luke erstaunt. »Ich kann mich nicht erinnern, Lando je mit so etwas gesehen zu haben.«

Weitere Worte erschienen auf dem Bildschirm. »Ja, ich weiß, daß ich damals sehr beschäftigt war«, sagte Luke und bewegte unwillkürlich die Finger seiner künstlichen rechten Hand. »Eine neue Hand zu bekommen, ist schließlich keine Sache eines Augenblicks. Hat er es General Madine gegeben oder es ihm nur gezeigt?«

Ein weiterer Satz erschien. »Schon in Ordnung«, meinte Luke beschwichtigend. »Ich kann mir vorstellen, daß du auch sehr beschäftigt warst.«

Er verfolgte auf dem Heckdisplay, wie Dagobah hinter ihnen immer kleiner wurde und zu einer Sichel schrumpfte. Eigentlich hatte er vorgehabt, sofort nach Coruscant zurückzukehren und dort auf Leia und Han zu warten. Aber nach dem, was er gehört hatte, konnte ihre Mission noch mehrere Wochen dauern. Und Lando hatte ihn mehr als einmal zu einem Besuch seines neuen Edelmetallbergwerks auf dem superheißen Planeten Nkllon eingeladen.

»Wir ändern unsere Pläne, Erzwo«, erklärte er und setzte den neuen Kurs. »Wir machen einen Abstecher ins Athega-System und besuchen Lando. Vielleicht kann er uns sagen, was es mit diesem Zylinder auf sich hat.«

Und während sie unterwegs waren, würde er in Ruhe über diese aufwühlende Traumvision in der Höhle nachdenken. Und entscheiden, ob es wirklich nicht mehr als ein Traum gewesen war.

# 12

»Nein, ich habe keine Transitvisum für Nkllon«, sagte Han geduldig ins Funkgerät des *Falken* und sah zu dem modifizierten B-Flügler hinüber, der längsseits gegangen war. »Ich bin auch nicht hier, um Geschäfte zu machen. Ich will zu Lando Calrissian.«

Vom Sitz hinter ihm drang ein unterdrücktes Lachen. »Wolltest du was sagen?« fragte er über die Schulter.

»Nein«, entgegnete Leia unschuldig. »Ich mußte nur an früher denken.«

»Verstehe«, knurrte Han. Er wußte, was sie meinte; der Zwischenfall auf Bespin gehörte nicht zu seinen angenehmen Erinnerungen. »Hören Sie, setzen Sie sich doch einfach mit Lando in Verbindung«, schlug er dem Piloten des B-Flüglers vor. »Sagen Sie ihm, daß ein alter Freund hier ist, der mit ihm eine Runde Sabacc spielen und ihn bis aufs Hemd ausnehmen will. Lando weiß dann Bescheid.«

»Wir wollen *was*?« fragte Leia. Sie beugte sich nach vorn und sah ihn verwirrt an.

Han schirmte das Mikrofon mit der Hand ab. »Vielleicht gibt es hier Spione der Imperialen«, sagte er. »Dann wäre es nicht sehr klug, im ganzen Athega-System zu verbreiten, wer wir sind.«

»Da hast du recht«, gab Leia widerwillig zu. »Aber es klingt trotzdem verdammt merkwürdig.«

»Nicht für Lando«, versicherte Han. »Er wird wissen, daß ich es bin – vorausgesetzt, dieser drittklassige Knopfdrücker dort drüben kommt zur Vernunft und leitet die Nachricht weiter.«

Neben ihm gab Chewbacca ein warnendes Knurren von sich; etwas Großes näherte sich ihnen von achtern. »Was ist es?« fragte Han und verdrehte den Kopf, um einen Blick auf das Objekt zu werfen.

Ehe der Wookiee antworten konnte, knackte es im Funkempfänger. »Unidentifiziertes Schiff, General Calrissian hat Ihnen eine Ausnahmegenehmigung erteilt«, meldete der B-Flügler-Pilot mit leicht enttäuscht klingender Stimme. Wahrscheinlich hatte er sich schon darauf gefreut, den Eindringling aus dem System zu werfen. »Ihre Eskorte ist bereits unterwegs; bleiben Sie auf Ihrer Position, bis sie eintrifft.«

»Verstanden«, sagte Han knapp, ohne ein Wort des Dankes.

»Eskorte?« fragte Leia argwöhnisch. »Wozu eine Eskorte?«

»Das kommt davon, daß du immer verschwindest und Politik betreibst, wenn Lando im Palast vorbeischaut«, stichelte Han. Er verdrehte erneut den Kopf. Da war es. »Nkllon ist ein superheißer Planet – so nah an der Sonne, daß jedes normale Schiff zu schmelzen beginnt, wenn es sich ihm nähert. Deshalb« – er wies nach rechts – »die Eskorte.«

Leia stieß zischend die Luft aus, und selbst für Han, der Holos dieser Schiffe gesehen hatte, war es ein überwältigender Anblick. Mehr als alles andere ähnelte das Schildschiff einem monströsen fliegenden Regenschirm, einer flachen Schüssel, im Durchmesser halb so groß wie ein Sternzerstörer. Die Unterseite der Schüssel war von den Röhren und Rippen des Kühlsystems überzogen, das das Schiff beim Anflug an die Sonne vor dem Schmelzen schützte. Anstelle des Schirmstocks gab es einen dicken zylindrischen Mast, so lang wie der Radius der Schüssel, an dessen Ende riesige Kühlrippen angebracht waren. In der Mitte des Mastes, kaum mehr als ein Anhängsel, befand sich die Schleppereinheit, die das Schiff antrieb.

»Du lieber Himmel«, murmelte Leia erschüttert. »Und es kann tatsächlich *fliegen*?«

»Ja, aber es ist nicht einfach«, meinte Han. Anerkennend verfolgte er, wie sich die Monstrosität langsam dem *Falken* näherte, der viel kleiner war als die riesigen Containerschiffe, die von den Schildschiffen normalerweise eskortiert wurden. »War kein Kinderspiel, die Dinger zu bauen, und sie zu steuern, ist noch schwieriger.«

Leia nickte. »Das kann ich mir vorstellen.«

Im Empfänger knackte es. »Unidentifiziertes Schiff, hier ist Schildschiff Neun. Bereit zum Andocken; senden Sie bitte Ihren Schleppkode.«

»Von wegen«, knurrte Han und ging auf Sendung. »Schildschiff Neun, wir haben keinen Schleppkode. Geben Sie mir einfach Ihren Kurs, und wir folgen Ihnen.«

Für einen Moment blieb es still. »Nun gut, unidentifiziertes Schiff«, sagte die Stimme schließlich – widerwillig, wie Han meinte. »Gehen Sie auf Kurs Zwei-Acht-Vier; Geschwindigkeit Null-Komma-Sechs Sublicht.«

Ohne auf die Bestätigung zu warten, begann der riesige Regenschirm davonzutreiben. »Bleib in seiner Nähe, Chewie«, wies Han seinen Kopiloten an. Nicht, daß es ein Problem sein würde; der *Falke* war schneller und wendiger als jedes Schiff dieser Größe. »Schildschiff Neun, wann werden wir Nkllon erreichen?«

»Sie haben es wohl eilig, unidentifiziertes Schiff?«

»Wie könnten wir's bei diesem wunderschönen Anblick eilig haben?« fragte Han sarkastisch und betrachtete die Unterseite der Schüssel, die inzwischen fast den gesamten Himmel ausfüllte. »Wir haben's wirklich eilig.«

»Tut mir leid«, sagte der andere. »Sehen Sie, mit einem Schleppkode könnten wir einen kurzen Hypersprung zur Sonne machen und Nkllon in etwa einer Stunde erreichen. So brauchen wir rund zehn Stunden.«

Han schnitt eine Grimasse. »Großartig.«

»Wir könnten einen Schleppkode programmieren«, schlug Leia vor. »Dreipeo kennt den Computer des *Falken* gut genug, um es zumindest zu versuchen.«

Chewbacca drehte sich halb zu ihr um und stieß ein ablehnendes Knurren aus, das keinen Widerspruch duldete, aber Han hatte ohnehin nicht vorgehabt, ihm zu widersprechen. »Chewie hat recht«, sagte er zu Leia. »Wir werden die Kontrolle über dieses Schiff unter keinen Umständen abgeben. Niemals. Verstanden, Schildschiff?«

»Von mir aus, unidentifiziertes Schiff«, erwiderte der andere. In diesem System schien man eine perverse Vorliebe für diesen Ausdruck zu haben. »Ich werde sowieso nach Stunden bezahlt.«

»Schön«, brummte Han. »Dann wollen wir mal.«

»Okay.«

Die Verbindung wurde unterbrochen, und Han schaltete an den Kontrollen. Der Regenschirm driftete weiter, ohne seine Geschwindigkeit zu erhöhen. »Chewie, hat er seine Triebwerke inzwischen aktiviert?«

Der Wookie grollte verneinend.

»Was ist los?« fragte Leia und beugte sich wieder nach vorn.

»Ich weiß es nicht«, gestand Han. Er sah nach draußen, doch der Regenschirm versperrte das Blickfeld. »Aber es gefällt mir nicht.« Er ging auf Sendung. »Schildschiff Neun, was hat die Verzögerung zu bedeuten?«

»Kein Grund zur Sorge, unidentifiziertes Schiff«, drang die Stimme beruhigend aus dem Empfänger. »Ein weiteres Schiff ohne Schleppkode ist im Anflug; wir warten, und ich bringe Sie dann beide 'rein. Es hat schließlich keinen Sinn, zwei Schildschlepper einzusetzen, oder?«

Han spürte, wie sich seine Nackenhärchen aufrichteten. War es wirklich ein Zufall, daß zur selben Zeit ein zweites Schiff Nkllon ansteuerte? »Haben Sie das andere Schiff identifiziert?« fragte er.

Der andere schnaubte. »He, Freund, wir haben noch nicht mal *Sie* identifiziert.«

»Sie sind mir eine große Hilfe«, meinte Han und unterbrach die Verbindung. »Chewie, hast du das fremde Schiff in der Ortung?«

Die Antwort des Wookies war kurz und bündig. Und beunruhigend. »Toll«, brummte Han. »Wirklich toll.«

»Was ist?« fragte Leia.

»Er nähert sich von der anderen Seite des Schildschiffs«, erklärte Han grimmig. »Wir können ihn nicht sehen.«

»Macht er das absichtlich?«

»Wahrscheinlich«, erwiderte Han. »Chewie, übernimm du; ich gehe in den Geschützstand.«

Er lief zum Ende des Cockpitgangs und kletterte die Leiter hinauf. »Captain Solo!« rief ihm eine nervöse mechanische Stimme aus dem Salon hinterher. »Ist irgend etwas nicht in Ordnung?«

»Wahrscheinlich, Dreipeo!« rief Han zurück. »Schnall dich besser an.«

Er stieg von der Leiter, passierte die Gravitationsschleuse des

Gefechtsstands und ließ sich in den Sitz fallen. Mit einer Hand aktivierte er das Kontrollpult und griff mit der anderen nach dem Kopfhörer. »Gibt es was Neues, Chewie?« rief er ins Mikro.

Der Wookie knurrte verneinend; das fremde Schiff befand sich noch immer hinter dem Zentralmast des Schildschleppers. Aber immerhin hatten die Scanner inzwischen die ungefähre Größe der fremden Einheit feststellen können. Es war nicht sehr groß. »Immerhin etwas«, meinte Han. In Gedanken ging er die Liste der Sternenschiffstypen des Imperiums durch. Vielleicht ein TIE-Jäger? »Vorsicht – es könnte ein Köder sein.«

Die Scanner sprachen an; das unbekannte Schiff umflog soeben den Mast. Han wappnete sich, legte die Finger auf die Waffenkontrollen…

Und mit einer Plötzlichkeit, die ihn überraschte, kam das Schiff in Sicht, bog in einer engen Spiralkurve um den Mast und bremste ab…

»Ein X-Flügler«, stellte Leia erleichtert fest. »Mit den Hoheitszeichen der Republik…«

»Hallo, Fremde«, drang Lukes Stimme aus Hans Kopfhörer. »Schön, euch zu sehen.«

»Äh… hallo«, sagte Han, ohne Luke beim Namen zu nennen. Theoretisch funkten sie auf einer sicheren Frequenz, aber er wollte kein Risiko eingehen. »Was treibst du denn hier?«

»Ich will Lando besuchen«, informierte ihn Luke. »Tut mir leid, wenn ich euch einen Schrecken eingejagt habe. Als man mir sagte, daß ein unidentifiziertes Schiff im System ist, dachte ich an eine Falle. Erst vor einer knappen Minute habe ich euch erkannt.«

»Aha.« Han verfolgte, wie der Jäger auf Parallelkurs ging. Es war tatsächlich Lukes X-Flügler.

Oder zumindest *sah* er wie Lukes X-Flügler aus. »Nun ja«, sagte er vorsichtig und richtete die Laserkanonen auf den Jäger. In seiner derzeitigen Position mußte er sich um 90 Grad drehen, ehe er auf sie feuern konnte. Vorausgesetzt natürlich, daß er nicht modifiziert worden war. »Handelt es sich um einen Freundschaftsbesuch oder was?«

»Nicht direkt. Ich habe ein altes technisches Gerät gefunden, das... nun, ich dachte, Lando könnte es vielleicht identifizieren.« Er zögerte. »Ich glaube, wir sollten das nicht über Funk besprechen. Was meinst du?«

»Ich bin genau deiner Ansicht«, erklärte Han, während sich seine Gedanken überschlugen. Es war zweifellos Lukes Stimme; aber nach der Falle auf Bpfassh hielt er größte Vorsicht für geboten. Er mußte Gewißheit bekommen, und das schnell.

Er unterbrach die Verbindung. »Leia, kannst du feststellen, ob wirklich Luke in dem Jäger sitzt?«

»Ich denke schon«, sagte sie langsam. »Ich bin mir fast hundertprozentig sicher.«

»›Fast hundertprozentig‹ genügt nicht, Süße«, warnte er.

»Ich weiß«, gestand sie. »Warte einen Moment; ich habe eine Idee.«

Han ging wieder auf Empfang. »Man sagte mir, daß man mich mit einem Schleppkode viel schneller nach Nkllon bringen könnte«, berichtete Luke soeben. »Per Hypersprung so nah an die Sonne, wie es die Schwerkraft erlaubt, und dann in den Planetenschatten.«

»Aber X-Flügler verfügen über keinen Schleppkode, stimmt's?« sagte Han.

»Stimmt«, bestätigte Luke trocken. »Ein Konstruktionsfehler.«

»Zweifellos.« Han begann leicht zu schwitzen. Was auch immer Leia vorhaben mochte, er konnte nur hoffen, daß es schnell ging.

»Aber eigentlich bin ich froh darüber«, fuhr Luke fort. »Im Konvoi fühle ich mich wesentlich sicherer. Oh, ehe ich's vergesse – hier ist noch jemand, der euch Hallo sagen möchte.«

»Erzwo?« mischte sich Dreipeo ungeduldig ein. »Bist du es?«

Aus Hans Kopfhörer drang ein Schwall elektronischer Piep- und Zwitschertöne. »Nun, ich weiß *wirklich* nicht, wo du sonst sein könntest«, sagte Dreipeo steif. »Nach allen bisherigen Erfahrungen hättest du dich allerdings in eine erschreckende Vielzahl von Schwierigkeiten bringen können. Insbesondere, da ich nicht in der Nähe war, um dir mit Rat und Tat zur Seite zu stehen.«

Aus dem Kopfhörer drang das elektronische Äquivalent eines Schnaubens. »Nun ja, das hast du schon *immer* behauptet«, konterte Dreipeo noch steifer. »Ich nehme an, du hast ein Recht auf deine Illusionen.«

Erzwo schnaubte erneut; und mit einem zufriedenen Lächeln schaltete Han das Kontrollpult aus und fuhr die Laserkanonen ein. Während seiner Schmugglerzeit hatte er viele Männer kennengelernt, die der Gedanke entsetzt hätte, eine Frau zu haben, die manchmal schneller dachte als sie.

Aber Han konnte sich schon seit längerer Zeit nichts Besseres vorstellen.

Der Pilot des Schildschiffs hatte nicht übertrieben. Fast zehn Stunden dauerte es, ehe er ihnen endlich mitteilte, daß sie jetzt allein weiterfliegen konnten. Er verabschiedete sich mit einer launigen Bemerkung und flog davon.

Aber auch ohne daß das Schildschiff die Sicht versperrte, gab es wenig zu sehen, wie Han feststellen mußte; die dunkle Seite eines unbewohnten Planeten bot selten einen interessanten Anblick.

Von hinten näherten sich Schritte. »Was ist?« fragte Leia und setzte sich neben ihn auf den Kopilotensitz.

»Wir sind in Nkllons Schatten«, erklärte Han und wies auf die schwarze Masse vor ihnen. »Ich habe bereits Kontakt mit Landos Bergwerk – in zehn oder fünfzehn Minuten müßten wir landen.«

»Okay.« Leia sah zu dem X-Flügler hinüber. »Hast du mit Luke gesprochen?«

»In den letzten Stunden nicht. Er wollte schlafen. Ich schätze, Erzwo steuert im Moment das Schiff.«

»Das stimmt«, sagte Leia mit jener leicht geistesabwesend klingenden Stimme, die sie immer hatte, wenn sie ihre neuerworbenen Jedi-Kräfte einsetzte. »Allerdings hat Luke keinen ruhigen Schlaf. Irgend etwas quält ihn.«

»Irgend etwas quält ihn schon seit Monaten«, erinnerte Han. »Er wird darüber hinwegkommen.«

»Nein, diesmal ist es etwas anderes.« Leia schüttelte den Kopf. »Etwas... ich weiß es nicht; es geht ihm auf jeden Fall sehr nah.« Sie sah ihn wieder an. »Winter meinte, daß er vielleicht mit dir darüber sprechen wird.«

»Bisher hat er's noch nicht getan«, sagte Han. »He, mach dir keine Sorgen. Wenn er reden will, wird er reden.«

»Wahrscheinlich hast du recht.« Sie blickte aus dem Cockpit zu der planetaren Masse hinüber, auf die sie zurasten. »Unglaublich. Man kann sogar die Sonnenkorona sehen!«

»Komm bloß nicht auf den Gedanken, auszusteigen«, meinte Han. »Diese Schildschiffe sind nicht zum Spaß da – da draußen ist die Sonnenstrahlung so stark, daß sie binnen Sekunden jeden Sensor und wenige Minuten später die Hülle des *Falken* wegbrennen würde.«

Nachdenklich schüttelte sie den Kopf. »Erst Bespin und jetzt Nkllon. Hat es je eine Zeit gegeben, wo Lando *nicht* in irgendwelche verrückten Pläne verwickelt war?«

»Nicht sehr oft«, mußte Han zugeben. »Obwohl er auf Bespin zumindest mit einer bewährten Technologie gearbeitet hat – die Wolkenstadt war schon jahrelang in Betrieb, bevor er sie übernahm. Aber hier« – er nickte in Richtung Sichtluke – »mußten sie ganz von vorn anfangen.«

»Ich glaube, ich sehe die Stadt!« rief Leia. »Da – die Lichter.«

Han drehte den Kopf. »Zu wenige«, sagte er. »Wahrscheinlich

sind das nur ein paar Minenmaulwürfe. Lando soll mindestens hundert davon im Einsatz haben.«

»Meinst du damit die Asteroidenschiffe, die wir ihm von Stonehill Industries besorgt haben?«

»Nein, die setzt er als Schlepper auf den äußeren Planeten ein«, antwortete Han. »Die Minenmaulwürfe sind zweisitzige Maschinen, die wie Kegel mit abgeschnittener Spitze aussehen. An der Unterseite ist rund um den Ausstieg ein Kranz von Plasmatriebwerksdüsen angebracht, die gleichzeitig auch als Bohrer dienen — man landet da, wo man graben will, fährt für eine oder zwei Minuten die Triebwerke hoch, um das Erdreich zu zerkleinern, steigt aus und sammelt die Stücke ein.«

»O ja, jetzt erinnere ich mich«, sagte Leia. »Sie wurden aber ursprünglich auf Asteroiden eingesetzt, nicht wahr? Ich möchte nur wissen, wie Lando an sie gekommen ist.«

»Das möchte ich lieber nicht wissen.«

Im Funkempfänger knackte es. »Unidentifizierte Schiffe, hier ist Nomad City Control«, sagte eine barsche Stimme. »Sie haben Landeerlaubnis für die Plattformen Fünf und Sechs. Folgen Sie dem Leitstrahl.«

»Verstanden«, sagte Han. Der *Falke* schoß jetzt dicht über den Boden dahin. Vor ihnen ragte ein niedriger Hügelkamm auf; Han zog das Schiff hoch…

Und direkt vor ihnen lag Nomad City.

»Wie war das noch einmal mit Landos verrückten Plänen?« wandte er sich an Leia.

Ihr hatte es die Sprache verschlagen… und selbst Han, der mehr oder weniger gewußt hatte, was sie erwartete, mußte zugeben, daß es ein überwältigender Anblick war. Riesig, buckelig, von Tausenden von Lichtern aus der Finsternis gerissen, glich der Minenkomplex einem exotischen, monströsen Lebewesen, wie er sich durch die Landschaft wälzte und die niedrigen Hügelketten zu Zwergen degradierte. Suchscheinwerfer sondierten das Terrain; eine Handvoll winziger Schiffe summten wie Insekten um ihn herum.

Han brauchte ein paar Sekunden, um das Monster optisch in seine Einzelteile zu zerlegen: den alten Dreadnoughtkreuzer, der das Oberteil darstellte, die vierzig erbeuteten imperialen AT-ATs, die ihn über den Boden trugen, die Fähren und Gleiter, die ihn umschwirrten.

Doch dies machte den Komplex nicht weniger eindrucksvoll.

Erneut knackte es im Funkempfänger. »Unidentifiziertes Schiff«, erklang eine vertraute Stimme, »willkommen in Nomad City. Wie war das noch mit dieser Runde Sabacc?«

Han grinste. »Hallo, Lando. Wir haben gerade über dich gesprochen.«

»Darauf wette ich«, meinte Lando trocken. »Wahrscheinlich habt ihr über meine Geschäfte gelästert.«

»Etwas in dieser Art«, bestätigte Han. »Braucht man für die Landung auf diesem Ding irgendeinen besonderen Trick?«

»Eigentlich nicht«, versicherte die Stimme. »Wir machen nur ein paar Kilometer pro Stunde. Sitzt Luke in dem X-Flügler?«

»Ja, ich bin's«, warf Luke ein, ehe Han antworten konnte. »Ein erstaunliches Gebilde, Lando.«

»Warte, bis du im Innern bist. Es wurde auch Zeit, daß ihr mich mal besuchen kommt. Sind Leia und Chewie bei euch?«

»Wir sind alle da«, sagte Leia.

»Aber es ist eigentlich kein Freundschaftsbesuch«, warnte ihn Han. »Wir brauchen deine Hilfe.«

»Na klar«, sagte Lando nach kurzem Zögern. »Ich werde alles tun, was ich kann. Hört mal, ich bin im Moment im Zentralprojekt und überwache eine schwierige Grabung. Ich lasse euch von der Landeplattform abholen und zu mir bringen. Denkt daran, Nkllon ist ein atmosphäreloser Planet – öffnet die Luke erst, wenn der Versorgungsschlauch angekoppelt ist.«

»Verstanden«, sagte Han. »Und du sorg dafür, daß unser Empfangskomitee aus vertrauenswürdigen Leuten besteht.«

Für einen Moment herrschte Schweigen. »Oh?« sagte Lando ungerührt. »Heißt das etwa...?«

Plötzlich übertönte ein elektronisches Heulen seine Worte. »Was ist das?« stieß Leia hervor.

»Ein Störsender«, knurrte Han und unterbrach die Verbindung. Das Heulen hörte abrupt auf, hinterließ nur ein unangenehmes Klingeln, als er den Interkom aktivierte. »Chewie, wir sind in Schwierigkeiten«, rief er. »Komm herauf.«

Er wartete auf die Bestätigung und wandte sich wieder dem Funkgerät zu. »Geh an den Scanner«, befahl er Leia. »Vielleicht bekommen wir Besuch.«

»Okay«, sagte Leia, die bereits an den Scannerkontrollen hantierte. »Was hast du vor?«

»Mal sehen, ob ich nicht eine freie Frequenz finde.« Er riß den *Falken* aus dem Landeanflug und schaltete das Funkgerät wieder ein. Einen Störsender konnte man überlisten. Die Frage war nur, ob ihm noch genug Zeit dafür blieb.

Abrupt, schneller, als er erwartet hatte, verwandelte sich das Heulen in eine Stimme: »...hole: Wenn mich irgendein Schiff hören kann, bitte bestätigen.«

»Lando, ich bin es«, rief Han. »Was ist passiert?«

»Ich weiß es nicht«, sagte Lando besorgt. »Es könnte an einer Protuberanz liegen – das kommt manchmal vor. Aber das Muster scheint nicht zu...«

Er verstummte. »Was ist?« fragte Han.

Aus dem Empfänger drang ein Zischen, als würde jemand einatmen. »Ein imperialer Störsender«, sagte Lando ernst. »Er nähert sich mit hoher Geschwindigkeit dem Planetenschatten.«

Han sah Leia an, sah, wie ihr Gesicht versteinerte, als sie seinen Blick erwiderte. »Sie haben uns gefunden«, flüsterte sie.

## 13

»Ich weiß, Erzwo, ich weiß«, sagte Luke beruhigend. »Ich kümmere mich um den Sternzerstörer; kümmere du dich um diese Störung.«

Der kleine Droide pfiff nervös und machte sich wieder an die Arbeit. Der *Millennium Falke* gewann an Höhe. In der Hoffnung, daß Han wußte, was er tat, machte Luke den X-Flügler gefechtsbereit und folgte. *Leia?* rief er stumm.

Ihre Antwort war eine Welle aus Zorn und Frustration und versteckter Furcht. *Halte durch, ich bin bei dir,* tröstete er sie und legte soviel Optimismus und Selbstvertrauen in den Gedanken wie möglich.

Ein Selbstvertrauen, das er, wie er zugeben mußte, gar nicht hatte. Der Sternzerstörer an sich machte ihm keine Sorgen – wenn Landos Bemerkung über die Stärke der Sonnenstrahlung stimmte, war das große Schiff wahrscheinlich hilflos; seine Sensoren und vielleicht sogar ein Teil seiner Panzerung müßten in diesem Moment verdampfen.

Aber die TIE-Jäger in ihren geschützten Hangars waren nicht so gehandikapt... und sobald das Schiff Nkllons Schatten erreichte, konnten diese Jäger starten.

Abrupt hörten die Störgeräusche auf. »Luke?« fragte Han.

»Ja«, sagte Luke. »Wie sieht dein Plan aus?«

»Ich hatte gehofft, daß *du* einen hast«, meinte der andere trokken. »Sieht aus, als wären wir ihnen zahlenmäßig unterlegen.«

»Verfügt Lando über irgendwelche Jäger?«

»Er kratzt alles zusammen, was er hat, aber er braucht sie, um seinen Komplex zu schützen. Und ich fürchte, die Piloten sind nicht besonders erfahren.«

»Dann müssen wir wohl den Angriff übernehmen«, sagte Luke. Eine Erinnerung blitzte in ihm auf: wie er vor fünf Jahren Jabbas Palast auf Tatooine betreten und mit der Macht die gamorreanischen Wachen beeinflußt hatte. »Hör zu, Han. Ich übernehme die Spitze und versuche, sie zu verwirren oder ihre Reflexe zu verlangsamen. Dann kommst du und machst sie fertig.«

»Klingt nach der besten Idee, die wir derzeit kriegen können«, brummte Han. »Bleib dicht am Boden; mit ein wenig Glück gelingt es uns vielleicht, ein paar von ihnen gegen die Hügelketten zu locken.«

»Aber geh nicht *zu* tief«, warnte Leia. »Vergiß nicht, daß du dich nicht voll auf das Fliegen konzentrieren kannst.«

»Ich schaffe es schon«, versicherte Luke und kontrollierte die Instrumente. Seine erste Raumschlacht als voll ausgebildeter Jedi. Unwillkürlich fragte er sich, wie sich die Jedi der Alten Republik in solchen Schlachten verhalten hatten.

»Achtung, sie kommen«, meldete Han mit rauher Stimme. »Verlassen soeben die Hangars und sind schon auf dem Weg. Sieht aus wie... wahrscheinlich nur ein einziges Geschwader. Sie sind sich zu sicher.«

»Vielleicht.« Luke betrachtete das Gefechtssolo. »Was sind das für andere Schiffe?«

»Ich weiß es nicht«, sagte Han langsam. »Aber sie sind ganz schön groß. Könnten Truppentransporter sein.«

»Hoffentlich irrst du dich.« Falls dies eine richtige Invasion war und nicht nur ein Blitzangriff wie auf Bpfassh... »Du solltest Lando warnen.«

»Leia erledigt das. Bist du bereit?«

Luke holte tief Luft. Die TIE-Jäger hatten sich in drei Gruppen zu je vier Maschinen aufgeteilt und rasten direkt auf sie zu. »Ich bin bereit«, sagte er.

»Okay. Es geht los.«

Die erste Gruppe kam rasend schnell näher. Luke schloß die Augen und griff mit der Macht hinaus.

Es war ein seltsames Gefühl. Seltsam und mehr als nur ein wenig unangenehm. Kontakt mit einem anderen Bewußtsein aufzunehmen, war eine Sache; das Wahrnehmungsvermögen dieses Bewußtseins zu stören, war etwas völlig anderes.

Er hatte ein ähnliches Gefühl bei Jabbas Wächtern verspürt, als er versucht hatte, Han zu retten, es aber damals seiner Nervosität zugeschrieben. Vielleicht gehörte dies zu den Dingen, die – selbst wenn es sich um pure Selbstverteidigung handelte – den dunklen Bereichen, die kein Jedi betreten durfte, gefährlich nahe kamen.

Er fragte sich, warum weder Yoda noch Ben ihm je davon erzählt hatten. Fragte sich, was er noch alles allein auf sich gestellt über das Dasein als Jedi herausfinden mußte.

*Luke?*

Die Sicherheitsgurte schnitten ihm ins Fleisch, als er den X-Flügler zur Seite riß. Die Stimme flüsterte in seinen Gedanken...

»Ben?« rief er laut. Es klang nicht wie Ben Kenobi; aber wenn er es nicht war, wer war es dann...?

*Du wirst zu mir kommen, Luke,* sagte die Stimme wieder. *Du mußt zu mir kommen. Ich werde auf dich warten.*

*Wer bist du?* fragte Luke und konzentrierte sich so stark auf den Kontakt, wie er es riskieren konnte, ohne die Kontrolle über den X-Flügler zu verlieren. Aber das andere Bewußtsein entschlüpfte ihm und wirbelte davon wie eine Seifenblase in einem Hurrikan. *Wo bist du?*

*Du wirst mich finden.* Luke spürte, wie die Verbindung schwächer wurde. *Du wirst mich finden... und die Jedi werden sich zur alten Größe erheben. Bis dahin – Lebewohl.*

*Warte!* Aber der Ruf verhallte im Nichts. Luke biß die Zähne zusammen, konzentrierte sich mit aller Kraft... und er bemerkte allmählich, daß eine andere, vertrautere Stimme seinen Namen rief.

»Leia?« krächzte er. Sein Mund war wie ausgedörrt.

»Luke, ist alles in Ordnung?« fragte Leia besorgt.

»Sicher«, sagte er mit festerer Stimme. »Mir geht es gut. Was ist los?«

»Was ist los mit *dir*?« mischte sich Han ein. »Willst du sie bis nach Hause jagen?«

Luke blinzelte und sah sich überrascht um. Die TIE-Jäger waren verschwunden und hatten nur über die Landschaft verstreute Trümmer hinterlassen. Auf seinem Schirm konnte er erkennen, daß der Sternzerstörer aus dem Planetenschatten getaucht war und mit Höchstgeschwindigkeit einen Punkt ansteuerte, der weit genug vom Gravitationsfeld entfernt war, um einen Hypersprung zu wagen. Aus der anderen Richtung näherten sich zwei Miniatursonnen: Landos Schildschiffe, die zu spät kamen, um noch in den Kampf eingreifen zu können. »Ist alles vorbei?« fragte er benommen.

»Es ist alles vorbei«, versicherte Leia. »Wir haben zwei der TIE-Jäger abgeschossen, ehe sich die anderen zurückzogen.«

»Was ist mit den Truppentransportern?«

»Sie sind mit den Jägern geflohen«, sagte Han. »Wir wissen immer noch nicht, was sie hier eigentlich wollten – wir haben während des Kampfes ihre Spur verloren. Sieht aber nicht so aus, als wären sie in die Nähe der Stadt gekommen.«

Luke atmete tief durch und warf einen Blick auf die Zeitanzeige. Ihm fehlte ungefähr eine halbe Stunde. Eine halbe Stunde, an die er nicht die geringste Erinnerung hatte. Der Kontakt mit diesem fremden Jedi konnte unmöglich so lange gedauert haben – oder doch?

Er würde sich darum kümmern müssen. Sehr gründlich sogar.

Auf dem Hauptbildschirm der Brücke zeichnete sich die zum Lichtsprung ansetzende *Judikator* als heller Fleck gegen die dunkle Masse Nkllons ab und verschwand. »Manöver ausgeführt«, meldete Pellaeon und blickte zu Thrawn hinüber.

»Gut.« Der Großadmiral betrachtete forschend die anderen Displays, obwohl es hier in den Außenbereichen des Athega-Systems niemand gab, der sie bedrohen konnte. »Nun, Master C'baoth?« sagte er und drehte sich mit seinem Sessel um.

»Sie haben ihre Mission ausgeführt«, sagte C'baoth mit verkniffener Miene, »und einundfünfzig Minenmaulwürfe erbeutet.«

»Einundfünfzig«, wiederholte Thrawn zufrieden. »Ausgezeichnet. Und Sie hatten keine Probleme, den Einsatz zu steuern?«

C'baoth starrte Thrawn an. »Sie haben ihre Mission ausgeführt«, wiederholte er. »Wie oft wollen Sie mir dieselbe Frage eigentlich stellen?«

»Bis ich sicher bin, die richtige Antwort bekommen zu haben«, entgegnete Thrawn kühl. »Eine Zeitlang schienen Sie Schwierigkeiten gehabt zu haben.«

»Ich hatte keine Schwierigkeiten, Großadmiral Thrawn«, sagte C'baoth hochmütig. »Ich hatte lediglich ein interessantes Gespräch.« Er schwieg einen Moment, lächelte dünn. »Mit Luke Skywalker.«

»Wovon reden Sie überhaupt?« brauste Pellaeon auf. »Nach den Geheimdienstberichten ist Skywalker derzeit...«

Thrawn brachte ihn mit einem knappen Wink zum Schweigen. »Erzählen Sie«, sagte der Großadmiral.

C'baoth wies auf die Displays. »Er ist hier, Großadmiral Thrawn. Er ist kurz vor der *Judikator* auf Nkllon eingetroffen.«

Thrawns glühend rote Augen verengten sich. »Skywalker ist auf Nkllon?« fragte er im gefährlich ruhigen Tonfall.

»Und hat am Kampf teilgenommen«, informierte ihn C'baoth, das Unbehagen des Großadmirals sichtlich genießend.

»Und Sie haben mir nichts davon gesagt?« fragte Thrawn in demselben gefährlichen Tonfall.

C'baoths Lächeln verschwand. »Ich habe Ihnen schon einmal gesagt, Großadmiral Thrawn, daß Skywalker mir gehört. *Ich* werde mich um ihn kümmern – wann und wie ich es für richtig halte. Ich verlange von Ihnen nur, daß Sie Ihr Versprechen einlösen und mich nach Jomark bringen.«

Lange Zeit starrte Thrawn den Jedi-Meister an, die Augen zu rotglühenden Schlitzen verengt, das Gesicht hart und ausdruckslos. Pellaeon hielt den Atem an... »Es ist zu früh«, sagte der Großadmiral schließlich.

C'baoth schnaubte. »Warum? Weil meine Fähigkeiten für Sie zu nützlich sind, um darauf verzichten zu können?«

»Keineswegs«, sagte Thrawn eisig. »Es ist einfach eine Frage der Effizienz. Die Gerüchte sind noch nicht lange genug im Umlauf. Solange wir nicht sicher sind, daß Skywalker wirklich kommt, verschwenden Sie dort nur Ihre Zeit.«

Ein seltsamer verträumter Ausdruck huschte über C'baoths Gesicht. »Oh, er wird kommen«, sagte er weich. »Vertrauen Sie mir, Großadmiral. Er *wird* kommen.«

»Ich habe Ihnen immer vertraut«, sagte Thrawn sardonisch. Er streichelte den Ysalamir, der auf der Rückenlehne seines Kommandosessels lag, als wollte er den Jedi-Meister daran erinnern, wie weit sein Vertrauen tatsächlich reichte. »Wie dem auch sei, schließlich ist es Ihre Zeit, die Sie verschwenden. Captain Pellaeon, wie lange werden die Reparaturarbeiten auf der *Judikator* dauern?«

»Mindestens einige Tage«, antwortete Pellaeon. »Je nach Größe der Schäden aber auch drei oder vier Wochen.«

»Gut. Wir fliegen zum Rendezvouspunkt, bleiben dort, bis wir sicher sind, daß die Reparaturarbeiten Fortschritte machen, und bringen dann Master C'baoth nach Jomark. Ich hoffe, Sie sind

158

damit zufrieden«, fügte er mit einem Seitenblick zu C'baoth hinzu.

»Ja.« C'baoth stand auf. »Ich werde mich jetzt ausruhen, Großadmiral Thrawn. Wecken Sie mich, wenn Sie meine Hilfe brauchen.«

»Gewiß.«

Thrawn sah ihm nach, bis er die Brücke verlassen hatte, und wandte sich wieder an Pellaeon. »Ich brauche eine Kursprojektion, Captain«, sagte er mit kalter, ruhiger Stimme. »Die kürzeste Verbindung zwischen Nkllon und Jomark für einen überlichtschnellen X-Flügler.«

»Jawohl, Admiral.« Pellaeon gab dem Navigator ein Zeichen; der Mann nickte und machte sich sofort an die Arbeit. »Sie glauben, daß es stimmt, was er über Skywalker gesagt hat?«

Thrawn zuckte leicht mit den Schultern. »Die Jedi können selbst über große Entfernungen andere Menschen beeinflussen, Captain. Es ist denkbar, daß er Skywalker einen posthypnotischen Befehl eingepflanzt hat. Aber ob diese Techniken auch bei einem anderen Jedi funktionieren...« Er zuckte erneut mit den Schultern. »Wir werden sehen.«

»Jawohl, Sir.« Die Kursauswertung lief über Pellaeons Display. »Nun, selbst wenn Skywalker Nkllon sofort verläßt, können wir C'baoth immer noch vor ihm auf Jomark absetzen.«

»Das wußte ich bereits, Captain«, sagte Thrawn. »Mir ging es um etwas anderes. Wir setzen C'baoth auf Jomark ab und ziehen uns dann auf eine Position zurück, die genau auf Skywalkers Kurs liegt und mindestens zwanzig Lichtjahre von dem Planeten entfernt ist.«

Pellaeon sah ihn verblüfft an. Thrawns Gesichtsausdruck flößte ihm Unbehagen ein. »Ich verstehe nicht, Sir«, sagte er vorsichtig.

Die glühenden Augen maßen ihn mit prüfenden Blicken. »Es ist ganz einfach, Captain. Ich möchte unserem großen und glorreichen Jedi-Meister die Illusion nehmen, daß er unentbehrlich ist.«

Pellaeon verstand. »Wir warten also, bis Skywalker unseren Kurs kreuzt, und nehmen ihn gefangen, bevor er Jomark erreichen kann?«

»Genau«, erwiderte Thrawn. »Und dann entscheiden wir, ob wir ihn C'baoth ausliefern oder« – seine Augen wurden hart – »oder ihn einfach töten.«

Pellaeon starrte ihn mit offenem Mund an. »Aber Sie haben ihn C'baoth versprochen.«

»Ich habe es mir anders überlegt«, erklärte Thrawn kühl. »Skywalker hat bewiesen, wie gefährlich er ist, und mindestens einmal den Versuch durchkreuzt, ihn umzudrehen. C'baoth dürfte bei Skywalkers Schwester und ihren Zwillingen mehr Erfolg haben.«

Pellaeon sah besorgt zu der Tür hinüber, durch die C'baoth die Brücke verlassen hatte; nein, die Ysalamiri auf der Brücke würden verhindern, daß er ihr Gespräch belauschte. »Vielleicht geht es ihm um die Herausforderung«, meinte er.

»Bis zur Wiedererrichtung des Imperiums werden sich ihm noch genug andere Herausforderungen stellen. Soll er seine Kräfte und Fähigkeiten dafür aufsparen.« Thrawn drehte sich zu seinen Monitoren um. »Wie dem auch sei, wenn er die Schwester hat, wird er Skywalker schon vergessen. Ich schätze, daß die Wünsche und Begierden unseres Jedi-Meisters so unberechenbar sind wie seine Launen.«

Pellaeon dachte darüber nach. Zumindest was Skywalker betraf, hatten sich C'baoths Wünsche als bemerkenswert beständig erwiesen. »Ich möchte mit allem gebotenen Respekt vorschlagen, Admiral, daß wir trotzdem alles tun sollten, um Skywalker lebend zu fangen.« Plötzlich kam ihm eine Idee. »Möglicherweise bringt sein Tod C'baoth dazu, Jomark zu verlassen und nach Wayland zurückzukehren.«

Thrawn sah ihn mit schmalen Augen an. »Ein interessanter Einwand, Captain«, murmelte er sanft. »Ein wirklich interessanter

Einwand. Natürlich haben Sie recht. Wir müssen ihn unter allen Umständen von Wayland fernhalten. Zumindest, bis die Spaarti-Zylinder voll funktionsfähig sind und wir genug Ysalamiri haben.« Er lächelte dünn. »Er wird von unserem kleinen Trick wahrscheinlich nicht begeistert sein.«

»Das denke ich auch, Sir«, sagte Pellaeon.

Thrawns Lippen zuckten. »Nun gut, Captain, ich nehme Ihren Vorschlag an.« Er straffte sich. »Zeit zum Aufbruch. Bereiten Sie die *Schimäre* für den Sprung in die Lichtgeschwindigkeit vor.«

Pellaeon wandte sich seinen Displays zu. »Jawohl, Sir. Direkter Kurs auf den Rendezvouspunkt?«

»Wir machen einen kleinen Umweg. Steuern Sie die Flugschneise nahe dem Schildschiffdepot an und schleusen Sie einige Sonden aus, um Skywalkers Abflug zu überwachen. Im und außerhalb des Systems.« Er sah durch die Sichtluke in Richtung Nkllon. »Und wer weiß? Wo Skywalker ist, da ist auch meist der *Millennium Falke* nicht weit. Und dann haben wir sie alle.«

# 14

»Einundfünfzig«, knurrte Lando Calrissian und warf Han und Leia einen düsteren Blick zu, während er sich an den niedrigen Sesseln im Salon vorbeidrängte. »Einundfünfzig meiner besten generalüberholten Minenmaulwürfe. *Einundfünfzig.* Das ist fast die Hälfte meines Maschinenparks. Versteht ihr? Die *Hälfte* meines Maschinenparks.«

Er ließ sich in einen Sessel fallen, sprang aber sofort wieder auf und lief durch das Zimmer, daß sich sein schwarzer Umhang wie eine zahme Sturmwolke hinter ihm bauschte. Leia öffnete den Mund, um ihn zu trösten, doch Han drückte warnend ihre Hand. Offenbar hatte er Lando schon früher in diesem Zustand erlebt. Sie schluckte die Worte hinunter und sah zu, wie er wie ein gefangenes Raubtier auf und ab rannte.

Ohne Vorankündigung war alles vorbei. »Tut mir leid«, sagte er abrupt. Er blieb vor Leia stehen und nahm ihre Hand. »Ich vergesse meine Pflichten als Gastgeber, nicht wahr? Willkommen auf Nkllon.« Er hob ihre Hand, küßte sie galant und wies auf das Salonfenster. »Nun, was halten Sie von meinem kleinen Unternehmen?«

»Beeindruckend«, sagte Leia ehrlich. »Wie sind Sie überhaupt auf die Idee gekommen?«

»Oh, ich habe mich schon jahrelang mit dem Gedanken getragen«, sagte er schulterzuckend. Er zog sie sanft aus dem Sessel, führte sie zum Fenster und legte den Arm um sie. Selbst nach ihrer Heirat mit Han hatte es Lando nicht aufgegeben, ihr den Hof zu machen – genau wie damals bei ihrer ersten Begegnung in der Wolkenstadt. Anfänglich hatte es sie verwirrt, bis sie erkannt hatte, daß es Lando im Grunde nur darum ging, Han zu ärgern.

Was ihm normalerweise auch gelang. Doch im Moment schien Han es nicht einmal zu bemerken.

»Ich habe die Pläne für den Komplex in den Speichern der Wolkenstadt entdeckt, die von Lord Ecclessis Figg erbaut wurde«, fuhr Lando fort und wies nach draußen. Der Horizont bewegte sich im Rhythmus der wandernden Stadt auf und ab, und die rollende Bewegung erinnerte Leia an das Stampfen eines Segelschiffs. »Das Baumaterial holte er sich vom heißen inneren Planeten Miser, aber es war eine höllische Arbeit, obwohl er in den Bergwerken Ugnaughts einsetzte. Figg kam auf die Idee, ein rollendes Bergwerk für den Einsatz auf der Nachtseite Misers zu konstruieren, doch der Plan wurde nie verwirklicht.«

»Er war nicht praktikabel«, warf Han ein. Er trat hinter Leia. »Misers Oberfläche ist zu zerklüftet.«

Lando sah ihn überrascht an. »Woher weißt du das?«

Han schüttelte besorgt den Kopf, während seine Augen das Gelände und den sternenübersäten Himmel absuchten. »Ich habe damals, als du Mon Mothma überreden wolltest, das Projekt zu finanzieren, in den Archiven des Imperiums gestöbert. Nur für den Fall, daß sich schon einmal jemand an einem ähnlichen Projekt versucht hat und gescheitert ist.«

»Nett von dir, daß du dir die Mühe gemacht hast.« Lando hob eine Braue. »Was ist eigentlich los?«

»Wir sollten auf Luke warten«, sagte Leia, bevor Han antworten konnte.

Lando sah sich um, als würde er erst jetzt Lukes Abwesenheit bemerken. »Wo ist er überhaupt?«

»Er wollte duschen und sich umziehen«, erklärte Han und beobachtete eine kleine Fähre, die zur Landung ansetzte. »Diese X-Flügler sind nicht sehr bequem.«

»Vor allem nicht auf langen Reisen«, meinte Lando und folgte Hans Blick. »Ich habe es schon immer für Unfug gehalten, derart kleine Schiffe mit einem Hyperantrieb auszurüsten.«

»Ich frage mich, was er so lange treibt«, sagte Han plötzlich. »Gibt es hier irgendwo ein Interkom?«

»Dort drüben«, erklärte Lando und deutete auf die hölzerne Bar auf der anderen Seite des Salons. »Frag in der Zentrale nach; sie werden dich mit ihm verbinden.«

»Danke!« rief Han über die Schulter und war schon halb auf dem Weg.

»Ihr habt Schwierigkeiten, nicht wahr?« wandte sich Lando an Leia, ohne Han aus den Augen zu lassen.

»Schwierigkeiten ist untertrieben«, erwiderte sie. »Es besteht die Möglichkeit, daß der Sternzerstörer hinter mir her war.«

Lando schwieg einen Moment. »Ihr braucht meine Hilfe.« Es war keine Frage.

»Ja.«

Er holte tief Luft. »Nun... Natürlich werde ich tun, was ich kann.«

»Danke«, sagte Leia.

»Kein Problem«, murmelte er. Aber seine Blicke wanderten von Han zum Fenster, zu der geschäftigen Betriebsamkeit auf dem Minenkomplex, und sein Gesicht verhärtete sich. Vielleicht dachte er an das letzte Mal, als ihn Han und Leia um seine Hilfe gebeten hatten.

Und was ihn diese Hilfe gekostet hatte.

Lando hörte sich die Geschichte schweigend an und schüttelte dann den Kopf. »Nein«, sagte er überzeugt, »wenn es eine undichte Stelle gibt, dann nicht hier auf Nkllon.«

»Wieso sind Sie so sicher?« fragte Leia.

»Weil kein Kopfgeld auf euch ausgesetzt ist«, erklärte Lando. »Wir haben hier zwar jede Menge zwielichtiger Typen, aber denen geht es nur um Profit. Keiner von ihnen würde euch nur so zum Spaß an das Imperium verraten. Außerdem, warum hätten die Imperialen meine Minenmaulwürfe stehlen sollen, wenn sie hinter euch her gewesen wären?«

»Vielleicht aus Schikane«, schlug Han vor. »Ich meine, warum sollte überhaupt jemand Minenmaulwürfe stehlen?«

»Genau das ist der Punkt«, sagte Lando. »Vielleicht wollen sie auf einen meiner Kunden ökonomischen Druck ausüben oder die Rohstoffversorgung der Neuen Republik unterbrechen. Außerdem ist das nicht so wichtig. Wichtig ist, daß sie die Minenmaulwürfe genommen und euch in Ruhe gelassen haben.«

»Woher weißt du, daß kein Kopfgeld auf uns ausgesetzt ist?« fragte Luke von seinem Platz rechts von ihnen – ein Platz, der zwischen seinen Freunden und der Tür lag, wie Leia bereits bemerkt hatte. Offenbar fühlte er sich genausowenig sicher wie sie.

»Weil ich sonst davon gehört hätte«, sagte Lando leicht verschnupft. »Daß ich seriös geworden bin, bedeutet noch lange nicht, daß ich keine Verbindungen mehr habe.«

»Ich sagte doch, daß er Verbindungen hat«, äußerte Han mit grimmiger Befriedigung. »Sehr gut. Welchen von deinen Kontaktleuten vertraust du, Lando?«

»Nun...« Lando verstummte, als ein Piepen an seinem Handgelenk ertönte. »Entschuldige«, sagte er, löste den Mikrokommunikator von seinem Armband und schaltete ihn ein. »Ja?«

Eine für Leia unhörbare Stimme sagte etwas: »Was für eine Art Sender?« fragte Lando stirnrunzelnd. Die Stimme sagte wieder etwas. »In Ordnung, ich werde mich darum kümmern. Fahren Sie mit der Überwachung fort.«

Er schaltete den Kommunikator ab. »Das war die Funkzentrale«, erklärte er. »Sie haben die Impulse eines auf einer sehr ungewöhnlichen Frequenz arbeitenden Kurzstreckensenders aufgefangen... der sich in diesem Salon zu befinden scheint.«

Leia spürte, wie Han sich versteifte. »Was für eine Art Sender?« fragte er.

»Wahrscheinlich ist es der hier«, sagte Luke. Er stand auf, zog einen flachen Zylinder aus seiner Montur und zeigte ihn Lando. »Ich dachte, du könntest ihn vielleicht für mich identifizieren.«

Lando nahm den Zylinder und wog ihn in der Hand.

»Interessant«, murmelte er und studierte sorgfältig die fremdartige Inschrift. »So etwas habe ich schon seit Jahren nicht mehr gesehen. Zumindest nicht in dieser Form. Wo hast du ihn her?«

»Er lag in einem Sumpf begraben. Erzwo hat ihn geortet, mir aber nicht sagen können, um was es sich handelt.«

»Das ist also unser Sender«, sagte Lando. »Erstaunlich, daß er immer noch funktioniert.«

»Was sind das für Impulse, die er abstrahlt?« fragte Han und starrte das Gerät an, als wäre es eine gefährliche Schlange.

»Nur ein Positionssignal«, beruhigte ihn Lando. »Und die Reichweite ist gering – kleiner als der planetare Radius. Niemand konnte Luke anhand dieses Signals verfolgen, wenn es das ist, was du befürchtest.«

»Weißt du, woher das Gerät stammt?« fragte Luke.

»Sicher«, sagte Lando und gab es ihm zurück. »Aus der Zeit der Klon-Kriege. Es ist eine Art Fernsteuerung, allerdings viel komplizierter. Man braucht dafür ein Schiff mit einem vollautomatischen Navigationssystem. Empfängt ein solches Schiff das Signal, fliegt es automatisch zur Position des Senders und läßt sich dabei selbst von Hindernissen nicht aufhalten. Einige würden sich sogar ihren Weg freikämpfen, wenn sich ihnen feindliche Schiffe entgegenstellen.« Er wiegte nachdenklich den Kopf. »Was in gewissen Situationen außerordentlich nützlich sein könnte.«

Han schnaubte. »Sag das der *Katana*-Flotte.«

»Nun, natürlich müßte man einige Sicherungen einbauen«, gab Lando zurück. »Aber die wichtigen Schiffsfunktionen einfach auf ein paar Dutzend oder Hundert Droiden zu verteilen, führt nur zu neuen Problemen. Die Schleppkode-Sender, die bei uns den Kontakt zwischen den Frachtern und den Schildschiffen aufrechterhalten, sind sehr sicher.«

»Habt ihr diese Schleppkode-Sender auch in der Wolkenstadt benutzt?« fragte Luke. »Erzwo sagte, er hätte bei unserer Flucht eins von diesen Geräten bei dir gesehen.«

»Mein Schiff war vollautomatisiert«, erklärte Lando. »Nur für den Fall des Falles.« Seine Mundwinkel zuckten. »Vaders Truppen haben es allerdings entdeckt und lahmgelegt, denn als ich es rief, ist es nicht gekommen. Du sagst, du hättest den Sender in einem *Sumpf* gefunden?«

»Ja.« Luke warf Leia einen Blick zu. »Auf Dagobah.«

Leia starrte ihn an. »Dagobah?« fragte sie. »Der Planet, zu dem der Dunkle Jedi von Bpfassh geflohen ist?«

Luke nickte. »Genau dieser Planet.« Mit nachdenklicher Miene betrachtete er den Sender. »Er muß ihm gehört haben.«

»Ihn könnte auch jemand anders verloren haben«, warf Lando ein.

»Nein«, widersprach Luke. »Er hat ihm gehört. Die Höhle, in der er lag, ist von der dunklen Seite der Macht erfüllt. Wahrscheinlich ist er dort auch gestorben.«

Lange Zeit saßen sie schweigend da. Leia sah ihren Bruder aufmerksam an und spürte die neue Spannung in ihm. Auf Dagobah mußte noch etwas anderes passiert sein. Etwas, das vielleicht mit den Ereignissen beim Kampf um Nkllon zusammenhing...

Luke bedachte sie mit einem forschenden Blick, als ahnte er, welche Gedanken sie bewegten. »Wir sprachen über Landos Verbindungen zu den Schmugglern«, sagte er und stellte damit klar, daß jetzt nicht der richtige Zeitpunkt war, ihn nach seinen Erlebnissen auf Dagobah zu fragen.

»Richtig«, sagte Han sofort. Offenbar hatte auch er den Wink verstanden. »Ich muß wissen, wem von deinen kriminellen Freunden du vertrauen kannst.«

Der andere zuckte mit den Schultern. »Das hängt davon ab, um was es geht.«

Han sah ihm in die Augen. »Um Leias Leben.«

Chewbacca gab ein erstauntes Knurren von sich. Landos Kinnlade fiel nach unten. »Das meinst du doch nicht im Ernst, oder?«

»Doch«, erwiderte Han. »Du hast doch gesehen, wie dicht uns die Imperialen auf den Fersen sind. Wir brauchen einen Ort, wo wir uns verstecken können, bis Ackbar herausgefunden hat, woher sie ihre Informationen bekommen. Leia muß über die Entwicklung auf Coruscant informiert bleiben, also brauchen wir eine Botschaft, die wir abhören können.«

»Und alle Botschaften arbeiten mit Chiffrierkodes«, sagte Lando bedächtig. »Um chiffrierte Gespräche abzuhören, braucht ihr einen Hacker.«

»Einen Hacker, dem du vertrauen kannst.«

Lando pfiff durch die Zähne und schüttelte langsam den Kopf. »Tut mir leid, Han, aber ich kenne keinen Hacker, dem ich so weit vertrauen kann.«

»Kennst du irgendwelche Schmuggler, die mit Hackern zusammenarbeiten?«

»Und denen ich vertrauen kann?« fragte Lando. »Eigentlich nicht. Der einzige, der vielleicht in Frage käme, ist ein Schmugglerboß namens Talon Karrde – er ist allgemein bekannt, daß er seine Geschäfte immer korrekt abwickelt.«

»Bist du ihm je begegnet?« fragte Luke.

»Einmal«, erwiderte Lando. »Er kam mir ziemlich abgebrüht vor – berechnend und verdammt geschäftstüchtig.«

»Ich habe von Karrde gehört«, warf Han ein. »Um genau zu sein, ich versuche schon seit Monaten, Kontakt mit ihm aufzunehmen. Dravis – du erinnerst dich an Dravis? – sagte mir, daß Karrdes Organisation die derzeit größte Schmugglerbande ist.«

»Könnte sein«, meinte Lando. »Im Gegensatz zu Jabba protzt Karrde nicht mit seiner Macht und seinem Einfluß. Ich weiß nicht einmal genau, wo sich sein Hauptquartier befindet, von seiner politischen Einstellung ganz zu schweigen.«

»Vorausgesetzt, er *hat* überhaupt eine politische Einstellung«, brummte Han; und in seinen Augen sah Leia die Echos all jener fehlgeschlagenen Gespräche mit Schmugglerbanden, die es vorzogen, sich aus der Politik herauszuhalten. »Die meisten haben keine.«

»Es wäre auch ein Berufsrisiko.« Lando rieb nachdenklich sein Kinn. »Ich weiß nicht, Han. Ich würde euch gern anbieten, hier zu bleiben, aber wir haben keine Möglichkeit, einen entschlossenen

Angriff abzuwehren.« Sein Blick glitt in die Ferne. »Anderseits...
wenn uns etwas Kluges einfällt...«

»Das wäre?«

»Wir könnten eine Fähre oder eine Rettungskapsel nehmen und
sie tief in der Erde vergraben«, sagte Lando mit einem Funkeln in
den Augen. »Wir könnten sie am Rand der Dämmerungszone absetzen, und wenige Stunden später wäret ihr im direkten Sonnenlicht. Die Imperialen würden euch dort nie finden.«

Han schüttelte den Kopf. »Zu riskant. Wenn es Probleme gäbe,
könnte uns niemand helfen.« Chewbacca zupfte an seinem Ärmel
und knurrte leise, und Han drehte sich zu dem Wookie um.

»Es wäre nicht so riskant, wie es auf den ersten Blick zu sein
scheint«, sagte Lando zu Leia. »Wir können die Kapsel narrensi-
cher machen – das haben wir auch mit unseren hochempfindli-
chen Sensorpacks gemacht, die wir auf der Oberfläche einsetzen.«

»Wie lange braucht Nkllon für eine Umdrehung?« fragte Leia.
Chewbaccas Knurren klang jetzt drängender, war aber immer noch
zu leise, als daß sie verstehen konnte, um was es bei der Diskus-
sion ging.

»Rund neunzig Standardtage«, antwortete Lando.

»Was bedeutet, daß wir für mindestens fünfundvierzig Tage
keine Verbindung mit Coruscant haben werden. Vorausgesetzt,
Sie haben keinen Sender, der auf der Tagseite funktioniert.«

Lando schüttelte den Kopf. »Selbst unsere besten Geräte würden binnen weniger Minuten versagen.«

»In diesem Fall, fürchte ich...«

Sie brach ab, als sich Han vernehmlich räusperte. »Chewie hat
einen Vorschlag«, sagte er mit sichtlich gemischten Gefühlen.

Alle sahen ihn an. »Nun?« drängte Leia.

Hans Lippen zuckten. »Er sagt, daß er dich nach Kashyyyk bringen kann, wenn du willst.«

Leia starrte Chewbacca an; sie wirkte nicht unbedingt begeistert.

»Ich hatte bisher den Eindruck«, sagte sie vorsichtig, »daß die Wookies keine menschlichen Besucher auf ihrem Planeten mögen.«

Chewbaccas Antwort fiel zwiespältig aus. »Die Wookies haben die Menschen freundlich empfangen, bis das Imperium über sie herfiel und sie versklavte«, übersetzte Han. »Jedenfalls sollte es möglich sein, den Besuch weitgehend geheimzuhalten; es genügt, wenn du, Chewie, der Vertreter der Neuen Republik und ein paar andere Bescheid wissen.«

»Nur daß dann doch ein Vertreter der Republik über meinen Aufenthaltsort informiert wäre«, gab Leia zu bedenken.

»Ja, aber er wird ein Wookie sein«, meinte Lando. »Wenn er bereit ist, Sie unter seinen persönlichen Schutz zu stellen, wird er Sie nicht verraten. Zumindest vorübergehend.«

Leia musterte Hans Gesicht. »Klingt gut. Und jetzt verrate mir, warum dir der Plan nicht gefällt.«

An Hans Wange zuckte ein Muskel. »Kashyyyk ist nicht gerade der sicherste Ort der Galaxis«, sagte er offen. »Vor allem, wenn man kein Wookie ist. Du wirst auf Bäumen leben müssen, Hunderte von Metern über dem Boden...«

»Chewie wird bei mir sein«, erinnerte sie ihn, ein Frösteln unterdrückend. Sie kannte die Geschichten über Kashyyyks tödliche Ökologie. »Du hast ihm oft genug dein eigenes Leben anvertraut.«

Er zuckte unbehaglich mit den Schultern. »Das ist was anderes.«

»Warum begleitest du sie nicht?« schlug Luke vor. »Dann hat sie doppelten Schutz.«

»Stimmt«, sagte Han säuerlich. »Das wollte ich auch; aber Chewie meint, daß wir mehr Zeit gewinnen können, wenn ich mich von Leia trenne. Er bringt sie nach Kashyyyk; ich fliege mit dem *Falken* herum und tue so, als wäre sie noch bei mir. Irgendwie.«

Lando nickte. »Kommt mir vernünftig vor.«

Leia sah Luke an, aber irgend etwas in seinem Gesicht warnte sie, ihn nicht zu bitten, sie zu begleiten. »Chewie und mir wird schon nichts passieren«, sagte sie und drückte Hans Hand. »Mach dir keine Sorgen.«

»Das wäre also geklärt«, stellte Lando fest. »Du kannst natürlich mein Schiff nehmen, Chewie. Und Han« – er sah nachdenklich drein – »wenn du Gesellschaft brauchst, komme ich mit dir.«

Han nickte, obwohl er nicht besonders glücklich wirkte. »Wenn du willst, sicher.«

»Gut«, sagte Lando. »Am besten, wir verlassen Nkllon gleichzeitig – ich plane schon seit Wochen eine Geschäftsreise, also wird es nicht auffallen, wenn ich wegfliege. Sobald die Schildschiffsdepots hinter uns liegen, können Leia und Chewie mein Schiff nehmen, und niemand wird je etwas davon erfahren.«

»Und dann nimmt Han Verbindung mit Coruscant auf und macht ihnen weis, daß sich Leia noch immer an Bord befindet?« fragte Luke.

Lando lächelte verschmitzt. »Ich schätze, es gibt eine bessere Methode. Ist Dreipeo bei euch?«

»Er hilft Erzwo dabei, den *Falken* auf Schäden zu untersuchen«, erklärte Leia. »Warum?«

»Warten Sie ab«, sagte Lando und stand auf. »Es wird ein wenig Zeit kosten, aber ich schätze, das ist es wert. Kommt – sprechen wir mit meinem Chefprogrammierer.«

Der Chefprogrammierer war ein kleiner Mann mit verträumten blauen Augen, schütteren Haaren, die wie ein grauer Regenbogen von seinen Augenbrauen bis zum Genick fielen, und einem glänzenden Kyberimplantat rund um seinen Hinterkopf. Luke hörte zu, während Lando seinen Plan erläuterte, und blieb lange genug, um sicher zu sein, daß alles funktionierte. Dann verließ er leise den Raum und kehrte in das Quartier zurück, das ihm Lando zur Verfügung gestellt hatte.

Als ihn Leia eine Stunde später aufsuchte, saß er brütend vor einem Sternkartendisplay.

»Da bist du ja«, sagte sie beim Eintreten und warf einen Blick auf das Display. »Wir haben uns schon gefragt, wo du steckst.«

»Ich mußte ein paar Dinge überprüfen«, erklärte Luke. »Seid ihr fertig?«

»Ich schon.« Leia zog einen Stuhl heran und setzte sich. »Die anderen arbeiten noch am Programm. Danach hängt alles von Dreipeo ab.«

Luke schüttelte den Kopf. »Kommt mir alles ziemlich kompliziert vor.«

»Im Grunde ist es einfach«, meinte Leia. »Das eigentliche Problem ist es, an Dreipeos Schutzprogramm vorbeizukommen, ohne dabei seine Persönlichkeit zu verändern.« Sie sah wieder auf den Monitor. »Ich wollte dich eigentlich fragen, ob du nicht mit mir nach Kashyyyk kommen willst«, sagte sie. »Aber wie es aussieht, hast du etwas anderes vor.«

Luke seufzte. »Ich will dich nicht im Stich lassen, Leia«, erwiderte er und wünschte, er könnte es selbst glauben. »Wirklich nicht. Aber das hier könnte dir und den Zwillingen auf lange Sicht mehr helfen als alles, was ich auf Kashyyyk für dich tun könnte.«

»In Ordnung«, sagte sie ruhig. »Kannst du mir wenigstens verraten, wohin du willst?«

»Ich weiß es selbst noch nicht«, gestand er. »Irgendwo dort draußen ist jemand, den ich finden muß, aber ich weiß nicht einmal, wo ich mit der Suche beginnen soll.« Er zögerte, als ihm plötzlich klar wurde, wie seltsam und verrückt das klingen mußte. Aber er mußte es ihnen früher oder später ohnehin sagen. »Es geht um einen anderen Jedi.«

Sie starrte ihn an. »Das kann doch nicht dein Ernst sein!«

»Warum nicht?« fragte Luke irritiert. Ihre Reaktion kam ihm merkwürdig vor. »Die Galaxis ist groß.«

»Eine Galaxis, in der du der letzte Jedi bist«, entgegnete sie. »Yoda hat es dir doch vor seinem Tod gesagt.«

»Ja«, sagte er. »Aber inzwischen glaube ich, daß er sich geirrt hat.«

Sie hob leicht die Brauen. »Geirrt? Ein Jedi-Meister?«

Eine Erinnerung blitzte in ihm auf: der Geist von Obiwan in den Sümpfen von Dagobah, die Dinge, die er über Darth Vader gesagt hatte... »Jedi sagen manchmal irreführende Dinge«, erklärte er. »Und selbst Jedi-Meister sind nicht allwissend.«

Er schwieg, musterte seine Schwester und fragte sich, ob er ihr alles erzählen konnte. Das Imperium war noch längst nicht besiegt, und das Leben jenes mysteriösen Jedi hing vielleicht davon ab, daß er das Geheimnis für sich behielt. Leia wartete stumm, mit jenem besorgen Gesichtsausdruck...

»Du mußt es für dich behalten«, sagte Luke schließlich. »Und ich meine wirklich *für dich.* Du darfst nicht einmal Han oder Lando davon erzählen, sofern es nicht unbedingt nötig wird. Sie können einem Verhör nicht so widerstehen wie du.«

Leias Augen blieben klar. »Ich verstehe«, sagte sie ruhig.

»Gut. Hast du dich je gefragt, wie es Master Yoda in all den Jahren gelungen ist, sich vor dem Imperator und Vader zu verstecken?«

Sie zuckte mit den Schultern. »Ich schätze, sie haben gar nicht gewußt, daß er existierte.«

»Ja, aber sie hätten es wissen müssen«, wandte Luke ein. »Sie wußten, daß *ich* existiere, sobald ich die Macht einsetzte. Warum blieb Yoda unentdeckt?«

»Durch eine Art mentaler Schild?«

»Vielleicht. Aber ich halte es für wahrscheinlicher, daß es an seinem Aufenthaltsort lag.«

Ein mattes Lächeln umspielte Leias Lippen. »Erfahre ich endlich, wo sich dein geheimes Ausbildungslager befindet?«

»Ich wollte nicht, daß irgend jemand davon erfährt«, sagte Luke, von dem Drang erfüllt, seine Entscheidung vor ihr zu rechtfertigen. »Yoda hatte sich so perfekt versteckt – und selbst nach seinem Tod hatte ich Angst, daß das Imperium irgend etwas unternehmen würde...«

Er brach ab. »Jedenfalls spielt es jetzt keine Rolle mehr. Yodas Versteck lag auf Dagobah. Praktisch direkt neben der Höhle der dunklen Seite, in der ich diesen Sender gefunden habe.«

Ihre Augen weiteten sich überrascht. »Dagobah«, murmelte sie, nickte langsam, als hätte sie endlich die Antwort auf eine Frage bekommen, die sie schon lange beschäftigt hatte. »Das ist also aus dem abtrünnigen Dunklen Jedi geworden. Yoda muß ihn...« Sie schnitt eine Grimasse.

»...besiegt haben«, schloß Luke fröstelnd. Seine Kämpfe mit Darth Vader waren schon schlimm genug gewesen; aber ein Kampf zwischen Jedi-Meistern, mit der Macht ausgetragen, mußte furchtbar sein. »Und wahrscheinlich hat er ihn quasi erst im letzten Moment besiegt.«

»Was erklärt, warum der Sender funktionsbereit war«, fügte Leia hinzu. »Er wollte sein Schiff rufen.«

Luke nickte. »Und das könnte auch erklären, warum in der Höhle die dunkle Seite so stark ist. Aber es erklärt *nicht,* warum sich Yoda entschlossen hat, dort zu bleiben.«

Er schwieg und betrachtete sie forschend; und einen Moment später verstand sie. »Die Höhle hat ihn abgeschirmt«, keuchte sie. »Ähnlich wie bei dicht beieinanderliegenden positiven und negativen elektrischen Ladungen – für einen entfernten Beobachter sind sie nicht zu erkennen.«

»Ich glaube, das ist es«, sagte Luke. »Und wenn das wirklich der Grund dafür ist, daß Master Yoda unentdeckt blieb, dann gibt es keinen Grund, warum sich ein anderer Jedi nicht desselben Tricks bedient haben könnte.«

174

»Ich bin überzeugt, daß ein Jedi es könnte«, stimmte Leia widerstrebend zu. »Aber ich glaube nicht, daß die Gerüchte über diesen C'baoth genug Substanz haben, um eine großangelegte Suchaktion zu rechtfertigen.«

Luke blinzelte verdutzt. »Was für Gerüchte?«

Jetzt wirkte Leia verdutzt. »Angeblich ist ein Jedi-Meister namens Jorus C'baoth aufgetaucht, nachdem er sich jahrzehntelang versteckt hat.« Sie starrte ihn an. »Du hast nichts davon gehört?«

Er schüttelte den Kopf. »Nein.«

»Aber woher...«

»Jemand hat mich gerufen, Leia, während der Schlacht. Mit seinen Gedanken. Wie es nur ein Jedi kann.«

Lange Zeit sahen sie sich nur an. »Ich glaube es einfach nicht«, sagte Leia. »Wo hätte sich jemand mit C'baoths Macht so lange verstecken können? Und warum?«

»Das *Warum* weiß ich nicht«, gestand Luke. »Was das *Wo* betrifft...« Er nickte zum Display. »Danach suche ich. Einen Ort, wo ein Dunkler Jedi gestorben ist.« Er sah wieder Leia an. »Geht aus den Gerüchten hervor, wo sich C'baoth jetzt aufhält?«

»Es könnte eine Falle der Imperialen sein«, warnte ihn Leia. »Die Person, die dich gerufen hat, könnte ebensogut ein Dunkler Jedi sein, und dieses Gerücht über C'baoth ist nur ein Köder. Vergiß nicht, daß Yoda sie nicht mitgezählt hat – Vader und der Imperator lebten noch, als er sagte, daß du der letzte Jedi bist.«

»Das ist eine Möglichkeit«, gab er zu. »Es könnte außerdem wirklich nur ein Gerücht sein. Aber wenn nicht...«

Er ließ den Satz in der Luft hängen. Leia war tief besorgt, das war ihm klar, und fürchtete um sein Leben. Aber während er sie ansah, spürte er, wie sie wieder die Kontrolle über ihre Gefühle gewann. In dieser Hinsicht machte ihre Ausbildung gute Fortschritte. »Er ist auf Jomark«, sagte sie schließlich mit leiser Stimme. »Zumindest den Gerüchten zufolge, die Wedge gehört hat.«

Luke rief am Display die Daten über Jomark ab. Viel war es nicht. »Nicht besonders dicht besiedelt«, sagte er nach einem Blick auf die Statistiken und die begrenzte Auswahl an Landkarten. »Weniger als drei Millionen Einwohner. Das heißt, nach der letzten Zählung«, fügte er hinzu, während er nach dem Erhebungsdatum suchte. »Sieht so aus, als hätte seit fünfzehn Jahren keine offizielle Stelle mehr von diesem Planeten Notiz genommen.« Er sah Leia an. »Genau der richtige Ort für einen Jedi, um sich vor dem Imperium zu verstecken.«

»Du willst sofort aufbrechen?«

Er schluckte die schnelle und offensichtliche Antwort, die ihm auf der Zunge lag, hinunter. »Nein. Ich warte, bis du und Chewie abflugbereit seid«, sagte er. »Dann kann ich mich an euer Schildschiff hängen und dich zumindest noch etwas länger beschützen.«

»Danke.« Sie holte tief Luft und stand auf. »Ich hoffe, du weißt, was du tust.«

»Das hoffe ich auch«, erwiderte er freimütig. »Aber ich muß es auf jeden Fall versuchen. Das steht fest.«

Leias Mundwinkel zuckten. »Ich nehme an, das gehört zu den Dingen, an die ich mich gewöhnen muß – wenn die Macht etwas von mir fordert, muß ich ihr nachgeben.«

»Mach dir keine Sorgen«, riet Luke, stand ebenfalls auf und schaltete das Display ab. »Es passiert nicht alles auf einmal – du wirst dich daran gewöhnen. Komm; schauen wir nach, wie sie mit Dreipeo vorankommen.«


»Endlich!« rief Dreipeo und riß in verzweifelter Erleichterung die Arme hoch, als Luke und Leia das Zimmer betraten. »Master Luke! Bitte, *bitte* sagen Sie General Calrissian, daß das, was er vorhat, eine ernste Gefahr für meine Primärprogrammierung darstellt.«

»Keine Bange, Dreipeo«, beruhigte ihn Luke. Auf den ersten Blick schien der Droide einfach dazusitzen; aber als Luke nähertrat, sah er das Drahtgewirr, das von seinem Kopf und seinem Rükken zu der Computerkonsole hinter ihm führte. »Lando und seine Leute werden schon dafür sorgen, daß dir nichts zustößt.« Lando nickte zustimmend.

»Aber Master Luke...«

»Um offen zu sein, Dreipeo«, warf Lando ein, »handelt es sich hierbei um die Perfektionierung deiner Primärprogrammierung. Ich meine, es ist doch die Aufgabe eines Übersetzungsdroiden, für die Person zu sprechen, für die er übersetzt.«

»Ich bin in erster Linie ein Protokolldroide«, korrigierte ihn Dreipeo im frostigsten Ton, der ihm wahrscheinlich zur Verfügung stand. »Und ich möchte noch einmal betonen, daß *dies* nicht das geringste mit Protokollfragen zu tun hat.«

Der Kyborg sah von seinem Kontrollpunkt auf und nickte. »Wir sind bereit«, erklärte Lando und griff nach einem Schalter. »Noch einen Moment... in Ordnung. Sag was, Dreipeo.«

»Du liebe Zeit«, sagte der Droide.

In einer perfekten Imitation von Leias Stimme.

Erzwo, der in einer Ecke wartete, gab ein leises Trillern von sich. »Genauso ist es«, sagte Lando tief befriedigt. »Der perfekte Köder« – er neigte seinen Kopf vor Leia – »für die perfekte Dame.«

»Es fühlt sich ausgesprochen seltsam an«, fuhr Dreipeo fort – noch immer mit Leias Stimme, aber in einem nachdenklichen Tonfall.

»Klingt gut«, meinte Han und sah die anderen an. »Sind wir jetzt fertig?«

»Ich brauche noch eine Stunde, um meinen Leuten letzte Anweisungen zu geben«, erklärte Lando und wandte sich zur Tür. »Bis zur Ankunft des Schildschiffs habe ich alles erledigt.«

»Wir treffen uns am Schiff!« rief ihm Han nach. Er trat zu Leia und ergriff ihren Arm. »Komm – wir müssen zum *Falken.*«

Sie nahm seine Hand und lächelte ihn beruhigend an. »Es wird alles gut, Han. Chewie und die anderen Wookies werden sich schon um mich kümmern.«

»Das sollten sie auch«, grollte Han. Er verfolgte, wie der Kyborg das letzte Kabel löste, das Dreipeo mit der Konsole verband. »Gehen wir, Dreipeo. Ich möchte zu gern erfahren, was Chewie von deiner neuen Stimme hält.«

»Du liebe Zeit«, murmelte der Droide wieder. »Du *liebe* Zeit.«

Als sie zur Tür gingen, schüttelte Leia ungläubig den Kopf. »Höre ich mich wirklich so an?« fragte sie.

# 15

Han hatte eigentlich erwartet, daß man sie während ihrer langen Reise mit dem Schildschiff angreifen würde. In dieser Hinsicht hatte er sich zum Glück geirrt. Die drei Schiffe erreichten das Schildschiffdepot ohne Zwischenfälle und machten dann zusammen einen kurzen Hypersprung in die Außenbereiche des Athega-Systems. Dort gingen Chewbacca und Leia an Bord von Landos yachtähnlichem Schiff, der *Glücksdame,* und flogen allein nach Kashyyyk. Luke wartete, bis sie das System verlassen hatte, ehe er die Gefechtsbereitschaft seines X-Flüglers aufhob und zu seiner geheimen Mission aufbrach.

Han blieb mit Lando und Dreipeo auf dem *Falken* zurück.

»Ihr wird schon nichts passieren«, sagte Lando und klopfte auf den Navigationscomputer des Kopilotensitzes. »Sie ist jetzt so sicher, wie es überhaupt möglich ist. Mach dir keine Sorgen.«

Widerstrebend löste Han den Blick von der Sichtluke und drehte sich zu ihm um. Draußen gab es ohnehin nichts zu sehen –

die *Glücksdame* war längst verschwunden. »Weißt du, genau das hast du auch damals auf Boordii gesagt«, erinnerte er Lando säuerlich. »Bei diesem vermurksten Dolfrimia-Rennen – erinnerst du dich? Du sagtest: ›Es wird schon nichts passieren; mach dir keine Sorgen.‹«

Lando kicherte. »Ja, aber diesmal stimmt es.«

»Das ist gut zu wissen. Und was hast du dir zu unserer Unterhaltung ausgedacht?«

»Nun, zunächst sollte Dreipeo Verbindung mit Coruscant aufnehmen«, sagte Lando. »Damit jeder Imperiale, der zufälligerweise mithört, den Eindruck bekommt, daß Leia an Bord ist. Dann könnten wir das System wechseln und eine weitere Botschaft schicken. Und dann« – er warf Han einen Seitenblick zu – »sollten wir auf eine kleine Besichtigungstour gehen.«

»Eine Besichtigungstour?« wiederholte Han argwöhnisch. Lando glühte praktisch vor Unschuld, was stets bedeutete, daß er irgendeine Teufelei vorhatte. »Willst du etwa die ganze Galaxis abfliegen und nach einem Ersatz für deine Minenmaulwürfe suchen?«

»Han!« protestierte Lando. »Willst du etwa damit andeuten, daß ich so tief gesunken bin und versuche, dich mit miesen Tricks dazu zu bringen, mir bei meinen Geschäften zu helfen?«

»Verzeih mir«, sagte Han und bemühte sich, nicht zu sarkastisch zu klingen. »Ich vergaß – du bist ja jetzt ein ehrbarer Mann. Was also sollen wir besichtigen?«

»Nun…« Lando lehnte sich zurück und verschränkte die Hände hinter dem Kopf. »Du hast erst erwähnt, daß es dir nicht gelungen ist, Kontakt mit Talon Karrde aufzunehmen. Ich dachte, wir sollten es noch einmal probieren.«

Han sah ihn zweifelnd an. »Meinst du das ernst?«

»Warum nicht? Du brauchst Frachtschiffe und einen guten Hakker. Karrde kann dir beides besorgen.«

»Ich brauche keinen Hacker mehr«, widersprach Han. »Leia ist jetzt so sicher, wie es überhaupt möglich ist. Erinnerst du dich?«

»Sicher – vorausgesetzt, niemand erfährt, wo sie sich versteckt«, sagte Lando. »Ich glaube nicht, daß die Wookies sie verraten werden, aber Kashyyyk wird ständig von Nichtwookies besucht. Es genügt, wenn irgendein Händler sie zufällig sieht, und schon bist du wieder da, wo du angefangen hast.« Er hob eine Braue. »Und Karrde weiß vielleicht etwas über diesen mysteriösen imperialen Commander, der dich seit einiger Zeit zum Rotieren bringt.«

Der Commander, der zweifellos hinter den Angriffen auf Leia steckte... »Weißt du, wie du Kontakt mit Karrde aufnehmen kannst?«

»Nicht genau, aber ich weiß, wie ich an seine Leute herankomme. Und ich dachte, solange wir Dreipeo mit seinen millionenfachen Sprachkenntnissen an Bord haben, könnten wir versuchen, neue Kontakte herzustellen.«

»Das wird Zeit kosten.«

»Nicht soviel, wie du vielleicht denkst«, versicherte Lando. »Außerdem werden neue Kontakte unsere Spur verwischen – sowohl deine als auch meine.«

Han verzog das Gesicht, aber Lando hatte recht. Und jetzt, da Leia zumindest vorübergehend in Sicherheit war, konnten sie es sich erlauben, langsamer vorzugehen. »In Ordnung«, sagte er. »Hoffentlich kommt uns dabei kein Sternzerstörer in die Quere.«

»Richtig.« Lando nickte düster. »Die Imperialen dürfen auf keinen Fall auf Karrde aufmerksam werden. Wir haben ohnehin schon genug Feinde.« Er aktivierte das Interkom.

»Dreipeo? Hörst du mich?«

»Natürlich«, antwortete Leias Stimme.

»Dann komm rauf«, wies Lando den Droiden an. »Zeit für deine erste Vorstellung.«

Der Kommandoraum war diesmal voller Skulpturen statt Gemälden: über hundert standen in holografischen Wandnischen oder auf ornamentierten Podesten. Die Vielfalt war, wie Pellaeon nicht anders erwartet hatte, erstaunlich: sie reichte von Blöcken aus einfachem Stein und Holz bis hin zu komplizierten Gebilden, die eher gefangenen Lebewesen als Kunstwerken glichen. Jede Skulptur war in helles, scharfumrissenes Licht getaucht, das in Kontrast zu der Dunkelheit des Raumes stand. »Admiral?« rief Pellaeon unsicher und versuchte, das Halbdunkel mit den Blicken zu durchdringen.

»Kommen Sie herein, Captain«, forderte ihn Thrawn kühl auf. Über dem Kommandosessel und dem leuchtenden Weiß der Admiralsuniform erschienen zwei glühende rote Schlitze. »Sie haben etwas für mich?«

»Jawohl, Sir«, bestätigte Pellaeon. Er trat vor den Konsolenring und reichte ihm eine Datenkarte. »Eine unserer Sonden in den Außenbereichen des Athega-Systems hat Skywalker entdeckt. *Und seine Gefährten.*«

»*Und* seine Gefährten«, wiederholte Thrawn nachdenklich. Er nahm die Datenkarte, schob sie in das Lesegerät und betrachtete schweigend die Aufzeichnung. »Interessant«, murmelte er. »Wirklich interessant. Was ist das für ein drittes Schiff – das an die Heckschleuse des *Millennium Falken* anlegt?«

»Wir haben es inzwischen als die *Glücksdame* identifiziert«, sagte Pellaeon. »Administrator Lando Calrissians Privatschiff. Eine andere Sonde hat einen Funkspruch aufgefangen, aus dem hervorgeht, daß sich Calrissian auf Geschäftsreise begeben hat.«

»Gibt es Beweise dafür, daß Calrissian Nkllon wirklich mit diesem Schiff verlassen hat?«

»Ah… nein, Sir, nicht direkt. Aber die Information können wir bekommen.«

»Überflüssig«, sagte Thrawn. »Unsere Feinde sind über das Stadium derart kindischer Tricks längst hinaus.« Thrawn deutete auf das Display, wo die *Glücksdame* inzwischen an den *Millennium Falken* angelegt hatte. »Achten Sie auf ihre Strategie, Captain. Captain Solo und seine Frau und wahrscheinlich der Wookie Chewbacca sind auf Nkllon an Bord ihres Schiffes gegangen, während Calrissian seines bestiegen hat. Sie fliegen in die Außenbereiche des Athega-Systems... und wechseln die Schiffe.«

Pellaeon runzelte die Stirn. »Aber wir haben...«

»Still«, fiel ihm Thrawn scharf ins Wort, die Augen auf das Display gerichtet. Pellaeon folgte seinem Blick, doch nichts geschah. Nach ein paar Minuten trennten sich die beiden Schiffe wieder voneinander und trieben davon.

»Ausgezeichnet«, sagte Thrawn und schaltete auf Standbildmodus um. »Vier Minuten und dreiundfünfzig Sekunden. Sie hatten es natürlich eilig, fühlten sich bei diesem Manöver verwundbar. Was bedeutet...« Er dachte konzentriert nach. »Drei Personen«, sagte er befriedigt. »Drei Personen sind von einem Schiff aufs andere umgestiegen.«

»Ja, Sir«, sagte Pellaeon und fragte sich, wie, beim Imperium, der Großadmiral *darauf* gekommen war. »Zumindest wissen wir, daß Leia Organa Solo auf dem *Millennium Falken* geblieben ist.«

»Wissen wir das?« fragte Thrawn gedehnt. »Wissen wir das wirklich?«

»Ich glaube schon, Sir, ja«, sagte Pellaeon bestimmt. Der Großadmiral hatte schließlich noch nicht die ganze Aufzeichnung gesehen. »Kurz nach dem Abflug der *Glücksdame* und Skywalkers X-Flügler haben wir einen Funkspruch von ihr aufgefangen, der definitiv vom *Millennium Falken* kam.«

Thrawn schüttelte den Kopf. »Eine Aufzeichnung«, erklärte er in einem Ton, der keinen Widerspruch zuließ. »Nein; dafür sind sie zu schlau. Also ein Droide mit derselben Stimmfrequenz – wahrscheinlich Skywalkers 3PO-Protokolldroide. Sehen Sie, Leia

Organa Solo war eine der beiden Personen, die mit der *Glücksdame* das System verlassen haben.«

Pellaeon betrachtete das Display. »Ich verstehe nicht.«

»Denken Sie einmal nach«, sagte Thrawn. »Beim Start waren drei Personen an Bord des *Millennium Falken,* eine an Bord der *Glücksdame.* Dann haben drei Personen die Schiffe gewechselt. Aber weder Solo noch Calrissian würden je ihr Schiff dem zweifelhaften Kommando eines Computers oder Droiden unterstellen. Demnach muß sich auf jedem Schiff mindestens eine Person befinden. Sie können mir folgen?«

»Jawohl, Sir«, sagte Pellaeon. »Aber das verrät uns nicht, welche.«

»Geduld, Captain«, bat Thrawn. »Geduld. Wie Sie sagen, stellt sich jetzt die Frage nach der veränderten Zusammensetzung der Crews. Glücklicherweise wissen wir, daß drei Personen umgestiegen sind, was nur zwei mögliche Kombinationen zuläßt. Entweder sind Solo und Organa Solo oder Organa Solo und der Wookie an Bord der *Glücksdame.*«

»Sofern es sich nicht bei einer der Personen um einen Droiden gehandelt hat«, wandte Pellaeon ein.

»Unwahrscheinlich.« Thrawn schüttelte den Kopf. »Solo hat Droiden noch nie sonderlich gemocht und sie nur unter höchst ungewöhnlichen Umständen auf seinem Schiff geduldet. Skywalkers Droide und sein Gegenstück, der Astromech, scheinen die einzigen Ausnahmen zu sein; und dank der Funküberwachung wissen wir bereits, daß dieser Droide auf dem *Millennium Falken* geblieben ist.«

»Ja, Sir«, sagte Pellaeon. Er war nicht völlig überzeugt, wußte aber, daß es besser war, keine Einwände zu erheben. »Soll ich die *Glücksdame* überwachen lassen?«

»Das wird nicht nötig sein«, erklärte Thrawn mit deutlich hörbarer Zufriedenheit. »Ich kenne Leia Organa Solos Ziel.«

Pellaeon starrte ihn an. »Sie scherzen, Sir.«

»Ich scherze nicht, Captain«, sagte Thrawn gelassen. »Überlegen Sie: Solo und Organa Solo haben durch den Umstieg auf die *Glücksdame* nichts zu gewinnen – der *Millennium Falke* ist schneller und besser bewaffnet. Diese Übung ergibt nur einen Sinn, wenn Organa Solo und der Wookie zusammen sind.« Thrawn lächelte Pellaeon an. »Und wenn wir davon ausgehen, kann es für sie nur ein logisches Ziel geben.«

Pellaeon warf einen irritierten Blick auf das Display. Aber die Logik des Admirals ließ keinen anderen Schluß zu. »Kashyyyk?«

»Kashyyyk«, bestätigte Thrawn. »Sie wissen, daß sie unseren Noghri auf Dauer nicht entkommen können, und sie haben den Entschluß gefaßt, sie in die Obhut der Wookies zu geben. Aber das wird ihnen nichts nutzen.«

Pellaeon spürte, wie seine Lippen bebten. Er war auf einem der Schiffe gewesen, die nach Kashyyyk geschickt worden waren, um Wookies für den Sklavenmarkt des Imperiums zu fangen. »Es wird nicht einfach sein«, warnte er. »Kashyyyks Ökologie ist eine einzige Todesfalle. Und die Wookies sind hervorragende Kämpfer.«

»Das sind die Noghri auch«, entgegnete Thrawn kalt. »Gut. Was ist mit Skywalker?«

»Er hat das Athega-System mit Kurs auf Jomark verlassen«, berichtete Pellaeon. »Natürlich ist es möglich, daß er außerhalb des Erfassungsbereichs unserer Sonden den Kurs geändert hat.«

»Unwahrscheinlich«, sagte Thrawn mit einem dünnen Lächeln. »Unser Jedi-Meister hat gesagt, daß er kommen wird, nicht wahr?« Der Großadmiral warf einen Blick auf die Zeitanzeige an seinem Displaypult. »Wir brechen sofort nach Jomark auf. Wie groß ist unser Zeitvorsprung?«

»Mindestens vier Tage, vorausgesetzt, Skywalkers X-Flügler ist nicht modifiziert worden. Außerdem hängt es von der Zahl seiner Zwischenstationen ab.«

»Er wird keine Zwischenstationen einlegen«, sagte Thrawn. »Bei derart langen Flügen versetzen sich Jedi in Tiefschlaftrance. Doch für unsere Zwecke reichen vier Tage völlig aus.«

Er beugte sich nach vorn und betätigte einen Schalter. Im Kommandoraum wurde es hell, die Skulpturen verschwanden. »Wir brauchen zwei weitere Schiffe«, wandte er sich an Pellaeon. »Einen Abfangkreuzer, um Skywalker an der Stelle aus dem Hyperraum zu holen, wo wir ihn haben wollen, und einen Frachter. Vorzugsweise einen entbehrlichen.«

Pellaeon blinzelte. »Entbehrlich, Sir?«

»Entbehrlich, Captain. Wir müssen den Angriff zufällig erscheinen lassen – als eine Gelegenheit, die sich bei der Durchsuchung eines verdächtigen Frachters nach Waffen für die Rebellion ergibt.« Er hob eine Braue. »Auf diese Weise halten wir uns die Option aufrecht, ihn an C'baoth zu übergeben, ohne daß Skywalker erfährt, daß er in einen Hinterhalt geraten ist.«

»Verstanden, Sir«, sagte Pellaeon. »Mit Ihrer Erlaubnis kehre ich jetzt auf die Brücke zurück.« Er wandte sich ab...

Und erstarrte. Nicht alle Skulpturen waren verschwunden; auf der anderen Seite des Zimmers, in helles Licht getaucht, wogte sie träge auf ihrem Podest wie eine Welle in einem bizarren Ozean.

»Ja«, sagte Thrawn hinter ihm. »Diese ist echt.«

»Sie ist... sehr interessant«, stieß Pellaeon hervor. Die Skulptur hatte etwas Hypnotisches an sich.

»Nicht wahr?« meinte Thrawn im träumerischen Tonfall. »Sie war mein einziger Mißerfolg draußen in den Grenzregionen. Das einzige Mal, wo ich die Kunst einer fremden Rasse studiert habe, ohne ihre Psyche auch nur ansatzweise zu verstehen. Zumindest war es damals so. Ich glaube, allmählich beginne ich zu begreifen.«

»Ich bin überzeugt, daß es irgendwann von Nutzen sein wird«, erklärte Pellaeon diplomatisch.

»Das bezweifle ich«, sagte Thrawn in demselben träumerischen Tonfall. »Ich sah mich gezwungen, ihre Welt zu zerstören.«

Pellaeon schluckte. »Ja, Sir«, brachte er dann hervor und ging zur Tür. Er zuckte nur ganz leicht mit den Wimpern, als er die Skulptur passierte.

# 16

In der Tiefschlaftrance der Jedi gab es keine Träume. Keine Träume, kein Bewußtsein, keine Kenntnis von der Außenwelt. Sie ähnelte einem Koma, wies aber eine interessante Anomalie auf: geheimnisvollerweise funktionierte trotz des Fehlens eines Bewußtseins Lukes Zeitsinn noch immer. Er verstand es nicht genau, aber er hatte dieses Phänomen erkannt und zu nutzen gelernt.

Es war dieser Zeitsinn, zusammen mit Erzwos aufgeregtem, aus weiter Ferne dringendem Gurgeln, der ihm verriet, daß irgend etwas nicht stimmte.

»Schon gut, Erzwo, ich bin wach«, versicherte er dem Droiden, als er langsam wieder zu sich kam. Er blinzelte die Müdigkeit aus den Augen und überprüfte die Instrumente. Die Anzeigen bestätigten nur, was ihm sein Zeitsinn bereits verraten hatte: der X-Flügler hatte fast zwanzig Lichtjahre vor Jomark den Hyperraum verlassen. Der Entfernungsmesser meldete zwei Schiffe direkt vor ihm, während ein drittes in einigem Abstand seitwärts vor ihm trieb. Noch immer blinzelnd, hob er den Kopf und sah hinaus.

Und ein plötzlicher Adrenalinstoß machte ihn hellwach. Direkt vor ihm befand sich ein leichter Frachter, der Rumpf zerbeult und aufgerissen, die Maschinensektion in das Feuer heftiger Explosionen getaucht. Dahinter, düster und drohend, ragte ein imperialer Sternzerstörer auf.

*Zorn, Furcht, Aggression – die dunklen Seiten der Macht sind das.* Mühsam rang Luke seine Furcht nieder. Der Frachter befand sich zwischen ihm und dem Sternzerstörer; auf ihre größere Beute konzentriert, hatten die Imperialen seine Ankunft vielleicht noch nicht einmal bemerkt. »Laß uns von hier verschwinden, Erzwo«, sagte er, schaltete die Kontrollen auf manuelle Betätigung und riß den X-Flügler hart herum. Das Ätherruder wimmerte bei dem Manöver protestierend auf...

»Unidentifizierter Sternjäger«, dröhnte eine barsche Stimme aus dem Funkgerät. »Hier ist der imperiale Sternzerstörer *Schimäre.* Identifizieren Sie sich.«

Soviel zu der Hoffnung, daß man ihn nicht entdeckt hatte. In der Ferne sah Luke, was den X-Flügler aus dem Hyperraum geworfen hatte: das dritte Schiff war ein Abfangkreuzer, das beliebteste Mittel des Imperiums, seine Gegner am Sprung in die Lichtgeschwindigkeit zu hindern. Offensichtlich hatten sie dem Frachter aufgelauert; reines Pech, daß er in den vom Kreuzer projizierten Masseschatten geraten und mit dem Frachter aus dem Hyperraum katapultiert worden war.

Der Frachter. Luke schloß kurz die Augen und griff mit der Macht hinaus, um festzustellen, ob die *Schimäre* ein Schiff der Republik, einen Neutralen oder gar einen Piraten aufgebracht hatte. Aber an Bord gab es kein einziges Lebenszeichen. Entweder war die Crew geflohen oder bereits gefangengenommen worden.

Luke konnte ihnen ohnehin nicht helfen. »Erzwo, wo ist der Rand des Gravitationskegels?« rief er, während er den X-Flügler so hart herumriß, daß der Absorber die zusätzlichen Andruckkräfte nicht voll neutralisieren konnte. Wenn er weiter in der Deckung des Frachters blieb, konnte er vielleicht entkommen, ehe sie ihn mit einem Traktorstrahl an Bord zogen.

»Unidentifizierter Sternjäger.« Die barsche Stimme klang inzwischen wütend. »Ich wiederhole: Identifizieren Sie sich, oder Sie werden aufgebracht.«

»Ich hätte einen von Hans falschen ID-Kodes mitnehmen sollen«, knurrte Luke. »Erzwo? Wie weit ist der Rand entfernt?«

Der Droide piepte, und auf dem Monitor tauchte ein Diagramm auf. »Oje, so weit?« murmelte Luke. »Nun, wir haben keine andere Wahl. Halt dich fest.«

»Unidentifizierter Sternjäger...«

Der Rest des Satzes ging im Brüllen des Antriebs unter, als Luke das Schiff abrupt beschleunigte. Erzwos fragendes Trillern war in dem Lärm kaum zu verstehen. »Nein, fahr die Deflektorschilde nicht hoch!« brüllte Luke. »Wir brauchen die Energie.«

Er erwähnte nicht, daß es bei dieser geringen Distanz keine Rolle spielte, ob die Schilde aktiviert waren oder nicht – wenn der Sternzerstörer sie vernichten wollte, konnte er es auch tun. Was Erzwo wahrscheinlich bereits wußte.

Aber obwohl die Imperialen kein Interesse daran zu haben schienen, ihn sofort zu vernichten, wollten sie ihn auch nicht entkommen lassen. Auf dem Bugmonitor sah er, wie der Sternzerstörer hinter dem beschädigten Frachter hervorglitt.

Luke warf einen kurzen Blick auf den Entfernungsmesser. Er war immer noch in Reichweite der Traktorstrahlen, und bei ihrer derzeitigen Geschwindigkeit würde es noch ein paar Minuten so bleiben. Er mußte sie ablenken, sie blenden...

»Erzwo, ich brauche eine schnelle Umprogrammierung eines Protonentorpedos!« rief er. »Kurs Zero-Delta-V, dann eine Drehung um 180 Grad und Kurs hart achtern. Keine Sensoren oder Zielsucher – ich will ihn kalt 'rausschicken. Schaffst du das?« Ein bestätigendes Piepen erklang. »Gut. Sobald du fertig bist, sag mir Bescheid und schieß ihn 'raus.«

Er richtete seine Aufmerksamkeit wieder auf den Bugmonitor

und korrigierte den Kurs des X-Flüglers. Mit aktivierten Fernlenksensoren wäre der Torpedo eine leichte Beute für die elektronischen Abwehrsysteme des Sternzerstörers; ihn kalt hinauszuschicken, verringerte die Wahrscheinlichkeit, daß ihn die Imperialen mit ihren Laserkanonen ausschalteten. Der Nachteil war natürlich, daß der Kurs *sehr* genau berechnet werden mußte, oder er würde an seinem Ziel vorbeischießen und im Weltraum verschwinden.

Erzwo piepte; eine leichte Erschütterung, und der Torpedo war auf dem Weg. Luke verfolgte seinen Flug, griff mit der Macht hinaus, um seinen Kurs zu korrigieren...

Und eine Sekunde später zerbarst der Frachter in einer Serie spektakulärer Explosionen.

Luke warf einen Blick auf den Entfernungsmesser. Wenn die Trümmer des Frachters den Traktorstrahl noch für ein paar Sekunden ablenkten, mußten sie es schaffen.

Erzwo trällerte eine Warnung. Luke las die Übersetzung und die Anzeigen der Fernortung, und sein Magen zog sich zusammen. Erzwo trällerte erneut, diesmal drängender. »Ich weiß, Erzwo«, knurrte Luke. Jetzt, nach der Vernichtung des Frachters, änderte der Abfangkreuzer die Position und richtete seine mächtigen Gravitationsfeldprojektoren auf den X-Flügler. Luke verfolgte, wie das kegelförmige Feld über den Bildschirm wanderte...

»Halt dich fest, Erzwo!« rief er; und wieder riß er den X-Flügler fast rechtwinklig herum, daß die Absorber den Andruck nicht voll neutralisieren konnten.

Hinter ihm erklang ein entsetztes Quietschen. »Ruhig, Erzwo, ich weiß, was ich tue«, versicherte er dem Droiden. Steuerbord drehte der Sternzerstörer seine gewaltige Masse, und zum erstenmal blitzten Laserstrahlen durch den Weltraum.

Luke mußte sich schnell entscheiden. Geschwindigkeit allein konnte sie jetzt nicht retten, und selbst ein Streifschuß wäre tödlich. »Deflektoren hochfahren, Erzwo«, befahl er dem Droiden und begann gleichzeitig mit einem Ausweichmanöver. »Die Energie zu gleichen Teilen auf die Schilde und den Antrieb legen.«

Erzwo piepte eine Bestätigung, und das Dröhnen des Antriebs wurde etwas leiser, als die Schilde ihren Teil der Energie verschlangen. Sie wurden langsamer, aber der Trick schien zu funktionieren. Von Lukes rechtwinkliger Kursänderung überrascht, drehte sich der Kreuzer in die falsche Richtung. Sein Gravitationsstrahl ging ins Leere. Sein Commander mühte sich offenbar, den Fehler zu korrigieren, doch die schiere Trägheit der mächtigen Gravitationsgeneratoren war auf Lukes Seite. Wenn es ihm gelang, noch für ein paar Sekunden außerhalb der Reichweite des Sternzerstörers zu bleiben, würde er dem Strahl endgültig entrinnen und in den Hyperraum fliehen können. »Fertig für den Sprung in die Lichtgeschwindigkeit!« rief er Erzwo zu. »Egal, in welche Richtung – wir machen nur einen kurzen Hüpfer und berechnen dann den neuen Kurs.«

Erzwo bestätigte...

Und ohne Vorwarnung wurde Luke hart gegen die Sicherheitsgurte geworfen.

Der Traktorstrahl des Sternzerstörers hatte sie in seinem Griff.

Erzwo schrillte entsetzt, aber Luke hatte jetzt keine Zeit, um den Droiden zu trösten. Sein schnurgerader Kurs hatte sich abrupt in einen Bogen verwandelt, in eine Art Pseudoorbit, wobei der Sternzerstörer die Rolle des Planeten spielte. Doch dieser Orbit war nicht stabil, und sobald die Imperialen einen zweiten Strahl auf ihn richteten, würden sie in einer immer enger werdenden Spirale dem offenen Hangartor des Sternzerstörers entgegenstürzen.

Er desaktivierte die Schilde und gab alle Energie wieder auf den Antrieb, obwohl er wußte, daß es wahrscheinlich nur eine sinnlose Geste war. Und er hatte recht – für einen Moment schien der Strahl schwächer zu werden, stabilisierte sich aber sofort wieder.

Der X-Flügler war zu langsam, um den Zielsuchern des Strahls zu entkommen.

Aber wenn es ihm gelang, mehr Schubkraft zu entwickeln...

»Unidentifizierter Sternjäger«, meldete sich die barsche Stimme erneut. »Ihre Fluchtversuche sind sinnlos; Sie schaden damit nur Ihrem Schiff. Drehen Sie bei und bereiten Sie sich auf das Andockmanöver vor.«

Luke biß die Zähne zusammen. Es würde gefährlich werden, aber er hatte keine andere Wahl. Und er *wußte,* daß das, was er plante, früher schon einmal funktioniert hatte. Irgendwo. »Erzwo, wir probieren es mit einem Trick!« rief er dem Droiden zu. »Auf mein Zeichen schaltest du die Andruckabsorber auf Umkehrschub – volle Kraft, und alle Sicherungen 'raus.« Vom Kontrollpunkt drang ein Warnton, und er warf einen raschen Blick auf den Monitor. Sein Orbit hatte ihn an den Rand des Gravitationskegels getragen. »Erzwo: *jetzt!*«

Und vom Kreischen überlasteter Elektroniken begleitet, kam der X-Flügler abrupt zum Halt.

Luke fand nicht einmal genug Zeit, sich Gedanken darüber zu machen, welcher Teil seines Schiffes ein derartiges Kreischen produzieren konnte; noch einmal, und noch härter, wurde er in die Sicherheitsgurte geschleudert. Seine Daumen, die bereits auf den Waffenkontrollen lagen, drückten die Knöpfe tief in die Verschalungen und feuerten zwei Protonentorpedos ab. Gleichzeitig riß er den X-Flügler nach oben. Durch das plötzliche Manöver verlor ihn der Traktorstrahl des Sternzerstörers. Und wenn die elektronische Zielvorrichtung jetzt auf die Protonentorpedos ansprach...

Unvermittelt waren die Torpedos verschwunden, vom Traktorstrahl aus ihrem Kurs gerissen. Der Trick hatte funktioniert: der Sternzerstörer zog die falsche Beute an sich.

»Wir sind frei!« schrie er Erzwo zu und gab volle Energie auf den Antrieb. »Fertig für die Lichtgeschwindigkeit.«

Der Droide trillerte etwas, aber Luke hatte keine Zeit, die Übersetzung vom Monitor abzulesen. Die Imperialen hatten ihren Irrtum erkannt und festgestellt, daß es für einen erneuten Einsatz des Traktorstrahls zu spät war; jetzt wollten sie ihn vernichten. Alle Batterien des Sternzerstörers eröffneten gleichzeitig das Feuer, und Luke fand sich plötzlich im Zentrum eines Lasergewitters wieder. Er entspannte sich, ließ die Macht fließen und seine Hände die Kontrollen führen, so wie sie auch sein Lichtschwert lenkte. Ein schwerer Treffer erschütterte das Schiff; der hintere Steuerbordlaser flammte auf und verging in einer Wolke aus superheißem Plasma. Der nächste Schuß zog eine Brandspur über die durchsichtige Kanzel.

Ein weiterer Warnton verriet ihm, daß sie den Gravitationsschatten des Abfangkreuzers verlassen hatten. »Los!« brüllte er Erzwo zu.

Und eine Sekunde später, von einem noch gellenderen elektronischen Kreischen begleitet, verwandelte sich der Weltraum vor ihm abrupt in Lichtstreifen.

Sie hatten es geschafft.


Für eine kleine Ewigkeit blickte Thrawn durch die Sichtluke zu jenem Punkt hinüber, wo sich Skywalkers X-Flügler befunden hatte, bevor er verschwunden war. Pellaeon sah ihn verstohlen an und fragte sich unbehaglich, wann es zu der unvermeidlichen Explosion kommen würde. Mit halbem Ohr hörte er den Schadensmeldungen vom Traktorstrahlprojektor Nummer Vier zu.

Die Zerstörung eines der zehn Projektoren der *Schimäre* ließ sich verschmerzen. Skywalkers geglückte Flucht nicht.

Thrawn drehte sich um. Pellaeon straffte sich. »Folgen Sie mir, Captain«, sagte der Großadmiral ruhig und steuerte den Kommandogang der Brücke an.

»Jawohl, Sir«, murmelte Pellaeon. Plötzlich kamen ihm wieder die Geschichten über Darth Vaders Umgang mit Untergebenen, die versagt hatten, in den Sinn.

Auf der Brücke war es ungewöhnlich still, als Thrawn die Achterntreppe zum steuerbord gelegenen Mannschaftsstand hinunterkletterte. Er schritt an den Besatzungsmitgliedern vorbei, an den Offizieren, die in peinlich korrekter Haltung hinter ihnen standen, und blieb an der Kontrollstation für die Steuerbordtraktorstrahlen stehen. »Ihr Name«, sagte er mit tödlicher Ruhe.

»Cris Pieterson, Sir«, antwortete der junge Mann an der Konsole, Furcht in den Augen.

»Sie waren für die Bedienung des Traktorstrahls während unserer Auseinandersetzung mit dem Sternjäger verantwortlich.« Es war eine Feststellung, keine Frage.

»Jawohl, Sir – aber was passiert ist, war nicht meine Schuld.« Thrawn wölbte die Brauen. »Erklären Sie.«

Pieterson gestikulierte, erstarrte dann mitten in der Bewegung. »Das Ziel hat irgend etwas mit seinen Andruckabsorbern angestellt und so seinen Geschwindigkeitsvektor veränd...«

»Ich bin mit den Tatsachen vertraut«, fiel ihm Thrawn ins Wort. »Ich will hören, warum seine Flucht nicht Ihre Schuld war.«

»Für einen derartigen Zwischenfall bin ich nie ausgebildet worden, Sir«, sagte Pieterson mit einem trotzigen Funkeln in den Augen. »Der Computer hatte das Ziel verloren, schien es aber im nächsten Moment wieder lokalisiert zu haben. Ich merkte erst, daß es etwas anderes war, als...«

»Als die Protonentorpedos am Projektor detonierten?«

Pieterson hielt seinem Blick stand. »Jawohl, Sir.«

Lange Zeit sah ihn Thrawn prüfend an. »Wer ist Ihr Offizier?« fragte er schließlich.

Pietersons Augen wanderten nach rechts. »Fähnrich Colclazure, Sir.«

Langsam, bedächtig, drehte sich Thrawn zu dem hochgewachsenen Mann um, der mit dem Rücken zum Gang in Habtachtstellung dastand. »Sie sind der Vorgesetzte dieses Mannes?«

Colclazure schluckte. »Jawohl, Sir«, sagte er.

»Für seine Ausbildung waren Sie ebenfalls verantwortlich?«

»Jawohl, Sir«, sagte Colclazure wieder.

»Haben Sie während der Ausbildung auch Zwischenfälle wie diesen hier geübt?«

»Ich... weiß es nicht, Sir«, gestand der Fähnrich. »Die Standardausbildung umfaßt auch derartige Zwischenfälle.«

Thrawn warf Pieterson einen kurzen Blick zu. »Haben Sie ihn rekrutiert, Fähnrich?«

»Nein, Sir. Er wurde eingezogen.«

»Bedeutet das, daß Sie Freiwillige gründlicher ausbilden als Wehrpflichtige?«

»Nein, Sir.« Colclazures Blicke irrten zu Pieterson. »Ich habe mich immer bemüht, meine Untergebenen gleich zu behandeln.«

»Ich verstehe.« Thrawn dachte einen Moment nach, drehte sich dann halb um und sah über Pellaeons Schulter hinweg. »Rukh.«

Pellaeon zuckte zusammen, als Rukh lautlos an ihm vorbeiglitt; er hatte nicht gemerkt, daß ihnen der Noghri gefolgt war. Thrawn wartete, bis Rukh neben ihm stand, und wandte sich wieder an Colclazure. »Kennen Sie den Unterschied zwischen einem Fehler und schuldhaftem Versagen, Fähnrich?«

Auf der Brücke war es jetzt totenstill. Colclazure schluckte erneut und wurde bleich. »Nein, Sir.«

»Jeder kann einen Fehler machen, Fähnrich. Aber der Fehler wird nur dann zu einem schuldhaften Versagen, wenn man sich weigert, ihn zu berichtigen.« Er hob einen Finger...

Und deutete – fast beiläufig – auf das Opfer.

Rukh bewegte sich so schnell, daß Pieterson nicht einmal die Zeit für einen Schrei blieb.

Weiter unten im Mannschaftsstand würgte jemand. Thrawn sah

wieder über Pellaeons Schulter, winkte knapp, und die Schritte zweier Sturmtruppler durchbrachen die Stille. »Schafft das weg«, befahl der Großadmiral, drehte Pieterson den Rücken zu und fixierte Colclazure mit kaltem Blick. »Der Fehler, Fähnrich«, sagte er weich, »ist berichtigt worden. Sie können jetzt mit der Ausbildung eines Ersatzmanns beginnen.«

Er ließ den Blick noch einen Herzschlag länger auf Colclazure ruhen. Dann wandte er sich Pellaeon zu. »Ich brauche eine vollständige taktische und technische Analyse der letzten Sekunden dieses Zwischenfalls, Captain«, sagte er in ruhigem, sachlichem Ton. »Vor allem bin ich an seinem Lichtgeschwindigkeitsvektor interessiert.«

»Ich habe bereits alles hier, Sir«, sagte ein Lieutenant. Er trat vor und übergab dem Großadmiral einen Datenblock.

»Danke.« Thrawn überflog ihn kurz und reichte ihn dann an Pellaeon weiter. »Wir kriegen ihn schon, Captain«, sagte er, verließ den Mannschaftsstand und steuerte die Treppe an. »Es wird nicht mehr lange dauern.«

»Jawohl, Sir«, stimmte Pellaeon vorsichtig zu und beeilte sich, mit dem anderen Schritt zu halten. »Ich bin überzeugt, daß es nur eine Frage der Zeit ist.«

Thrawn hob eine Braue. »Sie mißverstehen mich«, sagte er mild. »Ich meinte es wirklich so. Er ist jetzt dort draußen, nicht weit von uns entfernt. Und« – er lächelte schlau – »er ist hilflos.«

Pellaeon stutzte. »Ich verstehe nicht, Sir.«

»Das von ihm benutzte Manöver hat interessante Nebenwirkungen, von denen er, wie ich vermute, nichts wußte«, erklärte der Großadmiral. »Die Andruckabsorber auf Umkehrschub zu schalten, führt zu ernsten Schäden am Hyperantrieb. Noch ein Lichtjahr, und er wird endgültig ausfallen. Wir müssen nur entlang diesem Vektor suchen – oder andere dazu bringen, ihn für uns zu suchen – und er gehört uns. Können Sie mir folgen?«

»Jawohl, Sir«, sagte Pellaeon. »Soll ich den Rest der Flotte alarmieren?«

Thrawn schüttelte den Kopf. »Die Vorbereitungen für den Angriff auf Sluis Van haben im Moment oberste Priorität. Nein, ich denke, wir überlassen dieses Problem anderen. Schicken Sie Botschaften an alle wichtigen Schmugglerbosse, deren Banden in diesem Gebiet operieren – Brasck, Karrde, Par'tah und wer sonst noch in Frage kommt. Benutzen Sie ihre Privatfrequenzen und Chiffrierkodes – sie daran zu erinnern, wieviel wir über jeden von ihnen wissen, sollte ihre Kooperation gewährleisten. Geben Sie ihnen Skywalkers Hyperraumvektor und bieten Sie ihnen eine Belohnung von Dreißigtausend für seine Ergreifung an.«

»Jawohl, Sir.« Pellaeon sah zum Mannschaftsstand zurück, zu dem aufgeregten Treiben an der Traktorstrahlstation. »Sir, wenn Sie wußten, daß Skywalkers Flucht nur vorübergehend war...?«

»Das Imperium befindet sich im Krieg, Captain«, sagte der Großadmiral mit kalter Stimme. »Wir können uns den Luxus von Männern mit beschränktem Verstand, die unfähig sind, sich veränderten Situationen anzupassen, nicht leisten.«

Er sah bedeutungsvoll zu Rukh hinüber, dann richteten sich diese glühenden Augen wieder auf Pellaeon. »Führen Sie Ihre Befehle aus, Captain. Skywalker gehört *uns*. Lebendig... oder tot.«


# 17


Die Bildschirme und Displays vor Luke leuchteten matt, als die roten Schadensmeldungen einliefen. Hinter den Displays, jenseits der Kanzel, konnte er die Bugspitze des X-Flüglers sehen, schimmernd im Glanz ferner Sterne. Dahinter die Sterne selbst, glitzernd in kalter Pracht.

Und das war alles. Keine Sonne, keine Planeten, keine Asteroiden, keine Kometen. Keine Kriegsschiffe, Frachter, Satelliten oder Sonden. Nichts. Er und Erzwo waren buchstäblich mitten im Nichts gestrandet.

Das Diagnoseprogramm des Computers endete. »Erzwo?« rief er. »Wie sieht's bei dir aus?«

Hinter ihm erklang das elektronische Äquivalent eines traurigen Stöhnens, und die Antwort des Droiden erschien auf dem Monitor. »So schlimm?«

Erzwo stöhnte erneut, und die Computerauswertung machte der Analyse des Droiden Platz.

Es sah nicht gut aus. Die Schubumkehr der Andruckabsorber hatte einen unerwarteten Rückkopplungseffekt auf die beiden Hyperantriebsmotivatoren gehabt – nicht stark genug, um sie sofort durchschmoren zu lassen, aber stark genug, daß sie nach zehn Minuten plötzlich versagt hatten. Zu diesem Zeitpunkt hatte sich das Schiff mit Geschwindigkeit Stufe Vier bewegt, was einer Strecke von einem halben Lichtjahr entsprach. Zu allem Überfluß hatte der Entladungsblitz die Antenne des Subraumsenders kristallisiert.

»Mit anderen Worten«, sagte Luke, »wir können nicht weiterfliegen, niemand weiß, wo wir sind, und wir können auch nicht um Hilfe rufen. Sonst noch etwas?«

Erzwo piepte. »Richtig«, seufzte Luke. »Und wir können hier nicht bleiben. Zumindest nicht auf Dauer.«

Luke rieb sein Kinn und kämpfte gegen die aufsteigende Furcht an. Angst hinderte ihn nur am klaren Denken, und das war das letzte, was er sich in dieser Situation erlauben konnte. »In Ordnung«, sagte er langsam. »Versuchen wir's damit. Wir bauen die Hypermotivatoren aus beiden Triebwerken aus und versuchen, aus den Einzelteilen eine funktionsfähige Maschine zu konstruieren. Wenn es klappt, bauen wir sie achtern ein, wo sie beide Triebwerke versorgen kann. Vielleicht da, wo jetzt der Servo-Treiber ist – den brauchen wir nicht, um nach Hause zu kommen. Hältst du es für möglich?«

Erzwo pfiff nachdenklich. »Ich habe dich nicht gefragt, ob es leicht ist«, sagte Luke geduldig, als die Antwort des Droiden auf dem Monitor erschien. »Ich wollte nur wissen, ob du es für möglich hältst.«

Ein weiterer Pfiff, eine weitere pessimistische Antwort. »Nun, laß es uns auf jeden Fall versuchen«, erklärte Luke, löste die Sicherheitsgurte und arbeitete sich durch das enge Cockpit zum Frachtraum vor, wo die Werkzeuge verstaut waren.

Erzwo trillerte etwas. »Mach dir keine Sorgen, ich bleibe schon nicht stecken«, beruhigte ihn Luke. Dann überlegte er es sich anders und griff statt dessen nach Helm und Handschuhen seines Raumanzugs; es war einfacher, von außen an den Frachtraum heranzukommen. »Wenn du mir helfen willst, dann schau dir die Wartungspläne an und sag mir, wie ich an diese Motivatoren herankomme. Und hör auf, Trübsal zu blasen. Du klingst schon fast wie Dreipeo.«

Erzwo piepte noch immer seine Empörung über diese Bemerkung hinaus, als die Verriegelung von Lukes Helm einrastete und alle Laute aussperrte. Aber es klang *tatsächlich* etwas heiterer.

Luke brauchte fast zwei Stunden, um an den anderen Kabeln und Rohren vorbeizukommen und den Hyperantriebsmotivator im Heck von seinem Sockel zu lösen.

Er brauchte nur noch eine weitere Minute, um festzustellen, daß Erzwos Pessimismus gerechtfertigt war.

»Er ist von Rissen durchzogen«, informierte Luke den Droiden, während er den klobigen Kasten prüfend drehte. »Der ganze

Schutzmantel ist beschädigt. Eigentlich sind es nur Haarrisse – man kann sie kaum sehen. Aber sie sind fast überall.«

Erzwo gab ein leises Glucksen von sich, ein Kommentar, der keiner Übersetzung bedurfte. Luke verstand nicht viel von der Wartung eines X-Flüglers, aber er verstand genug, um zu wissen, daß ohne eine intakte Supraisolierung ein Hyperantriebsmotivator nicht mehr war als ein Kasten voller Schrott. »Aber laß uns noch nicht aufgeben«, sagte er zu Erzwo. »Wenn die Isolierung des anderen Motivators in Ordnung ist, haben wir immer noch eine Chance.«

Er griff nach seinem Werkzeugkasten und arbeitete sich unter dem Rumpf des X-Flüglers zur Steuerbordmaschine durch. Er brauchte nur ein paar Minuten, um die Wartungsklappe zu öffnen und ein paar störende Kabel zu entfernen. Dann schob er die Lampe in die Öffnung und spähte hinein.

Ein prüfender Blick auf den Schutzmantel des Motivators verriet ihm, daß es sinnlos war.

Lange Zeit hing er in der Schwerelosigkeit am Rumpf und fragte sich, was, im Namen der Macht, sie jetzt noch tun konnten. Sein X-Flügler, der sich in der Schlacht als so robust und zuverlässig erwiesen hatte, schien jetzt nicht mehr als ein schrecklich zerbrechlicher Strohhalm zu sein, von dem sein Leben abhing.

Er sah sich um – sah die Leere, die fernen Sterne – und während er dies tat, überwältigte ihn wie jedesmal in der Schwerelosigkeit das Gefühl des Fallens. Eine Erinnerung blitzte in ihm auf: wie er an der Unterseite der Wolkenstadt hing, schwach vor Furcht und dem Schock nach dem Verlust seiner rechten Hand, und sich fragte, wie lange er sich noch festhalten konnte. *Leia,* rief er stumm und legte alle Macht seiner neuerworbenen Jedi-Fähigkeiten in den Ruf. *Leia, hörst du mich? Antworte mir.*

Nur das Echo seines eigenen Rufes antwortete ihm. Aber er hatte auch keine andere Antwort erwartet. Leia war weit entfernt auf

Kashyyyk, stand unter dem Schutz Chewbaccas und eines ganzen Planeten voller Wookies.

Er fragte sich, ob sie je erfahren würde, was ihm zugestoßen war. *Für den Jedi gibt es keine Gefühle; nur Frieden gibt es.* Luke holte tief Luft. Nein, er würde nicht aufgeben. Und wenn es ihnen nicht gelang, den Hyperantrieb zu reparieren ... nun, vielleicht gab es einen anderen Ausweg. »Ich komme 'rein, Erzwo«, erklärte er, schloß die Wartungsklappe und packte sein Werkzeug ein. »Du kannst währenddessen die Subraumantenne überprüfen.«

Als Luke die Cockpithaube wieder über sich schloß, hatte Erzwo die Daten bereits parat. Wie die Daten des Hyperantriebs waren sie nicht besonders ermutigend. Zehn Kilometer ultradünner supraleitender Draht, um einen u-förmigen Kern gewickelt, ließ sich nicht im Schnellverfahren reparieren.

Aber Luke war schließlich auch kein normaler X-Flügler-Pilot. »In Ordnung, ich weiß, was wir tun werden«, sagte er bedächtig zu dem Droiden. »Die Verdrahtung der Antenne ist nutzlos, aber es sieht nicht so aus, als ob der Kern beschädigt wäre. Wenn wir irgendwo auf dem Schiff zehn Kilometer supraleitenden Draht finden, können wir uns eine neue Antenne bauen. Richtig?«

Erzwo dachte darüber nach und gluckste eine Antwort. »Oh, komm schon«, wehrte Luke ab. »Was eine dumme Drahtwickelmaschine den ganzen Tag macht, das kannst du nicht?«

Die gepiepte Antwort des Droiden klang außerordentlich ungehalten. Die Übersetzung auf dem Monitor war es nicht weniger. »Nun, das ist kein Problem«, sagte Luke und unterdrückte ein Lächeln. »Ich schätze, den Draht liefert uns entweder das Repulsortriebwerk oder der Sensortuner. Überprüfst du das?«

Erzwo pfiff eine Weile leise vor sich hin. »Ja, ich weiß, daß die Energie des Lebenserhaltungssystems begrenzt ist«, erklärte Luke. »Deshalb wirst du dich auch um die Verdrahtung kümmern. Ich versetze mich in der Zwischenzeit in Tiefschlaftrance.«

Eine Serie von Pfiffen ertönte. »Mach dir darüber keine Sorgen«, beruhigte ihn Luke. »Solange ich alle paar Tage aufwache und etwas trinke und esse, ist der Tiefschlaf unschädlich. Du hast das doch ein dutzendmal erlebt, oder? Jetzt mach dich endlich an die Arbeit.«

Keine der beiden Maschinen lieferte ihnen soviel Draht, wie sie brauchten, aber nachdem Erzwo eine Weile in seinen technischen Datenspeichern geforscht hatte, kam er zu dem Schluß, daß die acht Kilometer Draht aus dem Sensortuner für den Bau einer Antenne mit geringer Reichweite genügen sollten. Er konnte allerdings keine Garantie geben, daß sie auch funktionierte.

Luke brauchte eine Stunde, um den Tuner und die Antenne nach draußen zu bringen, den beschädigten Draht vom Kern zu wickeln und alles nach achtern zu schaffen, wo Erzwo sie mit seinen Greifarmen erreichen konnte. Von da an blieb nichts mehr für ihn zu tun.

»Aber vergiß nicht«, warnte er den Droiden, als er es sich im Pilotensitz so bequem wie möglich machte, »wenn irgend etwas schiefgeht – oder du auch nur glaubst, daß etwas schiefgehen *könnte* – dann weckst du mich sofort. Verstanden?«

Erzwo pfiff bestätigend. »Gut«, sagte Luke mehr zu sich als zu dem Droiden. »Das wäre es dann.«

Er holte tief Luft und sah noch einmal hinaus in den sternen-übersäten Weltraum. Wenn es nicht funktionierte... Doch es hatte keinen Sinn, sich jetzt darüber Sorgen zu machen. Er hatte alles getan, was er tun konnte. Es wurde Zeit, daß er zur Ruhe kam und sein Schicksal Erzwo anvertraute.

Erzwo... und der Macht.

Er atmete erneut tief durch. *Leia,* rief er ein letztes Mal, obwohl er wußte, daß er keine Antwort bekommen würde. Dann versenkte er sich in die Tiefen seines Geistes und begann seinen Herzschlag zu verlangsamen.

Und kurz bevor ihn die Dunkelheit verschlang, hatte er das merkwürdige Gefühl, daß irgend jemand irgendwo seinen letzten Ruf gehört hatte...

*Leia...*

Leia schrak hoch. »Luke?« rief sie, stützte sich auf einen Ellbogen und spähte ins Halbdunkel. Sie konnte schwören, seine Stimme gehört zu haben. Seine Stimme – oder seine Gedanken.

Aber da waren nur die enge Hauptkabine der *Glücksdame* und das Pochen ihres eigenen Herzens und die vertrauten Hintergrundgeräusche eines Raumschiffes. Und ein Dutzend Meter weiter, im Cockpit, Chewbaccas Präsenz. Und als sie ganz wach wurde, fiel ihr ein, daß Luke Hunderte von Lichtjahren entfernt war.

Sie mußte geträumt haben.

Mit einem Seufzer legte sie sich wieder hin. Aber im selben Moment hörte sie die Veränderung im Brummen und Vibrieren der Maschinen, als das Hauptsublichttriebwerk heruntergefahren wurde und der Repulsorantrieb die Arbeit aufnahm. Als sie genauer hinhörte, vernahm sie das gedämpfte Brausen verdrängter Luftmassen.

Sie hatten – etwas früher als geplant – Kashyyyk erreicht.

Sie stand auf, griff nach ihren Kleidern und spürte, wie ihre heimlichen Bedenken mit neuer Macht zurückkehrten, während sie sich anzog. Han und Chewbacca hatten versucht, sie zu beruhigen, aber sie kannte die diplomatischen Berichte und wußte nur zu gut, wie stark die unterschwellige Abneigung war, die die Wookies noch immer den Menschen entgegenbrachten. Ob ihr Status als Vertreterin der Neuen Republik etwas daran änderte, war äußerst zweifelhaft.

Vor allem, wenn man ihre Sprachschwierigkeiten bedachte.

Der Gedanke deprimierte sie, und nicht zum erstenmal seit

Nkllon wünschte sie, Lando hätte für seinen kleinen Trick eincn anderen Droiden benutzt. Dreipeo mit seinem sieben Millionen Sprachen umfassenden Translator hätte alles für sie viel einfacher gemacht.

Als sie das Cockpit betrat, befand sich die *Glücksdame* bereits tief in der Atmosphäre, glitt niedrig über eine überraschend tief-hängende Wolkendecke hinweg und wich elegant den Baumwip-feln aus, die gelegentlich die Wolken durchbrachen. Sie erinnerte sich an den Tag, als sie zum erstenmal von der Größe der kashyyy-kischen Bäume gehört hatte; sie hatte der Senatsbibliothek heftige Vorwürfe gemacht und verlangt, derart absurde Fehler umgehend aus den Archiven der Regierung zu entfernen. Selbst jetzt, als sie sie mit eigenen Augen sah, konnte sie nicht glauben, daß sie wirk-lich existierten. »Ist diese Größe typisch für *Wroshyr*-Bäume?« fragte sie Chewbacca, als sie sich auf dem Sitz neben ihm nieder-ließ.

Chewbacca knurrte verneinend: jene, die über die Wolken hin-ausragten, waren rund einen halben Kilometer größer als der Durchschnitt. »Dann sind das die, um die ihr eure Hortringe legt«, sagte Leia.

Er sah sie an, und trotz seiner fremden Physiognomie war seine Überraschung deutlich zu erkennen. »Schau nicht so schockiert drein«, sagte sie lächelnd. »Einige von uns Menschen kennen die Kultur der Wookies ein wenig. Wir sind nicht *alle* ungebildete Wilde, weißt du.«

Einen Moment lang starrte er sie nur an. Dann wandte er sich mit einem grollenden Gelächter wieder den Kontrollen zu.

Rechts von ihnen kam eine ganze Gruppe der übergroßen *Wro-shyr*-Bäume in Sicht. Chewbacca steuerte die *Glücksdame* darauf zu, und Minuten später waren sie nah genug, daß Leia das Netz-werk aus Kabeln oder dünnen Ästen erkennen konnte, das sie in Wolkennähe miteinander verband. Als sie die Bäume erreicht hatten, ließ Chewbacca das Schiff steil in die wolkenverhüllte Tiefe stürzen.

Leia schnitt eine Grimasse. Blind zu fliegen, hatte sie nie gemocht, vor allem nicht in einem Gebiet, wo es Hindernisse von der Größe der *Wroshyr*-Bäume gab. Aber kurz bevor die *Glücksdame* vollständig von den dichten weißen Schwaden eingehüllt war, stieß sie wieder ins Freie. Direkt unter ihnen lag eine weitere Wolkendecke, und als sie die durchstoßen hatten…

Leia atmete scharf ein. Den Raum zwischen dem Ring der gigantischen Bäume ausfüllend, scheinbar in der Luft schwebend, lag unter ihnen eine Stadt.

Nicht nur eine Ansammlung primitiver Hütten und Feuerstellen wie die Baumdörfer der Ewoks auf Endor. Dies war eine richtige kleine Stadt, die sich über eine Fläche von mehr als einem Quadratkilometer erstreckte. Selbst aus der Ferne konnte sie erkennen, daß die Gebäude groß und zum Teil mehrstöckig waren, und die Straßen zwischen ihnen waren gerade und sorgfältig gepflastert. Die mächtigen Stämme der Bäume reckten sich am Rand und manchmal auch mitten in der Stadt in die Höhe und vermittelten die Illusion riesiger brauner Säulen, die ein Wolkendach trugen. Ein Ring aus seltsam bunten Scheinwerferstrahlen umgab die Stadt.

Chewbacca brummte eine Frage. »Nein, ich habe vorher noch nie Holos einer Wookie-Siedlung gesehen«, keuchte sie. »Mein Fehler, schätze ich.« Sie kamen jetzt näher; nahe genug, um zu erkennen, daß es kein Fundament nach Art der Wolkenstadt gab.

Es schien überhaupt keine Trägerkonstruktion zu geben. Was hielt die Stadt in der Luft? Repulsoraggregate?

Die *Glücksdame* scherte nach links aus. Direkt vor ihnen, am Rand der Stadt und ein Stück über ihr, befand sich eine runde, mit Positionslampen ausgerüstete Plattform. Die Plattform schien aus einem der Bäume zu wachsen, und es dauerte ein paar Sekunden, bis ihr klar wurde, daß es sich bei ihr um den Stumpf eines gewaltigen Astes handelte, der nahe dem Stamm horizontal durchschnitten worden war.

Eine erstaunliche technische Leistung. Unwillkürlich fragte sie sich, wie man die Überreste des Astes beseitigt hatte.

Die Plattform schien keineswegs groß genug zu sein, um ein Schiff von der Größe der *Glücksdame* zu tragen, aber ein rascher Blick zur Stadt verriet ihr, daß ihre Kleinheit eine Täuschung war, hervorgerufen durch die unvorstellbare Größe der Bäume. Als Chewbacca auf dem feuergeschwärzten Holz aufsetzte, war klar, daß die Plattform nicht nur für die *Glücksdame*, sondern auch für jedes Passagierschiff groß genug war.

Oder, was das betraf, für einen imperialen Schlachtkreuzer. Leia entschied, nicht allzu viele Fragen über die Entstehung der Plattform zu stellen.

Sie hatte halb damit gerechnet, von einem Empfangskomitee der Wookies begrüßt zu werden, und sie hatte halb recht damit. Zwei der riesigen Nichtmenschen warteten neben der *Glücksdame*, als Chewbacca die Rampe herunterließ, ununterscheidbar für ihr ungeübtes Auge, sah man von ihrer leicht unterschiedlichen Größe und dem individuellen Design der weiten Schärpen ab, die sich von der Schulter bis zur Hüfte über das braune Fell spannten. Der größere der beiden, der mit der golddurchwirkten hellbraunen Schärpe, trat einen Schritt vor, als Leia die Rampe hinunterging. Sie setzte alle bekannten Jedi-Entspannungstechniken ein und betete, daß die Begegnung nicht so schwierig werden würde, wie sie befürchtete. Schon Chewbacca war schwer zu verstehen, und er lebte bereits seit Jahrzehnten unter den Menschen. Ein einheimischer Wookie, der einen einheimischen Dialekt sprach, mußte völlig unverständlich sein.

Der große Wookie neigte leicht den Kopf und öffnete den Mund. Leia riß sich zusammen...

[Ich entbiete dirr, Leiaorganasolo, meine Grüße,] grollte er. [Ich heiße dich willkommen in Rwookrrorro.]

Leia fiel vor Verblüffung die Kinnlade nach unten. »Ah... danke«, stieß sie hervor. »Ich – ah – fühle mich geehrt, daß ich hier sein kann.«

[Wie auch wirr geehrt sind durch deinen Besuch,] grollte er höflich. [Ich bin Ralrracheen. Vielleicht ist es fürr dich einfacherr, mich Ralrra zu nennen.]

»Ich fühle mich sehr geehrt«, sagte Leia, noch immer überrumpelt. Abgesehen von dem rollenden *r* am Ende der Worte sprach Ralrra völlig verständlich, ganz anders als Chewie. Sie spürte, wie ihr die Hitze ins Gesicht stieg, und hoffte, daß man ihr die Überraschung nicht zu deutlich ansah.

Offenbar doch. Chewbacca neben ihr lachte knurrend. »Laß mich raten«, sagte sie trocken und sah zu ihm auf. »Du hast die ganzen Jahre einen Sprachfehler gehabt und nie daran gedacht, es zu erwähnen?«

Chewbacca lachte noch lauter. [Chewbacca spricht ausgezeichnet,] erklärte Ralrra. [Ich bin es, derr einen Sprachfehler hat. Seltsamerweise verstehen mich die Menschen deshalb besserr.]

»Aha«, sagte Leia. »Dann bist du früher Botschafter gewesen?«

Abrupt schien die Luft um sie herum zu gefrieren. [Ich warr ein Sklave des Imperiums,] grollte Ralrra leise. [Genau wie Chewbacca, bevorr Hansolo ihn befreite. Meine Sklavenhalterr benutzten mich als Dolmetscherr.]

Leia fröstelte. »Es tut mir leid«, war alles, was ihr einfiel.

[Es muß dirr nicht leid tun,] beharrte er. [Auf diese Weise konnte ich viele Informationen überr die Streitkräfte des Imperiums sammeln. Informationen, die sich als sehrr nützlich erwiesen haben, als deine Allianz uns befreite.]

Plötzlich wurde Leia bewußt, daß Chewbacca nicht mehr neben ihr stand. Zu ihrem Entsetzen sah sie ihn in tödlicher Umklammerung mit dem anderen Wookie. »Chewie!« stieß sie hervor und griff nach ihrem Blaster.

Sie hatte ihn kaum berührt, als Ralrras zottige Hand sich stählern um ihre legte. [Störr sie nicht,] sagte der Wookie ernst. [Chewbacca und Salporin sind Freunde von Kindesbeinen an und haben sich seit vielen Jahren nicht gesehen. Sie dürfen jetzt nicht gestört werden.]

»Tut mir leid«, murmelte Leia. Sie ließ den Blaster los und kam sich wie eine Närrin vor.

[Chewbacca sagte in seinerr Botschaft, daß du Schutz brauchst,] fuhr Ralrra fort. [Komm. Ich zeige dirr, was wirr fürr dich vorbereitet haben.]

Leias Blicke wanderten zu Chewbacca und Salporin, die sich noch immer umklammert hielten. »Vielleicht sollten wir auf die anderen warten«, schlug sie unsicher vor.

[Dirr droht keine Gefahrr.] Ralrra richtete sich zu seiner vollen Größe auf. [Leiaorganasolo, du mußt verstehen – ohne eure Hilfe wären wirr immer noch Sklaven des Imperiums oder bereits tot. Dirr und deinerr Republik haben wirr unserr Leben zu verdanken.]

Leia spürte, wie die Spannung von ihr abfiel. Noch immer waren ihr weite Bereiche der Wookie-Kultur und -Psychologie ein Rätsel; aber sie verstand sehr gut, was Ralrra mit seinen letzten Worten gemeint hatte. Hier war sie in Sicherheit, und die Wookies würden sie mit all ihrer Kraft und Zähigkeit gegen jeden Angriff verteidigen.

[Komm,] grollte Ralrra und deutete auf einen Fahrstuhl am Rand der Plattform. [Wir fahren nach unten in die Stadt.]

»Gut.« Leia nickte. »Das erinnert mich an etwas – wodurch wird die Stadt eigentlich an ihrem Platz gehalten? Durch Repulsoraggregate?«

[Komm,] wiederholte Ralrra. [Ich zeige es dirr.]

Die Stadt wurde nicht von Repulsoraggregaten an ihrem Platz gehalten. Auch nicht von Traktorstrahlankern oder irgendeinem anderen Produkt der modernen Technologie. Die Wookie-Methode war sogar, wie sich Leia widerstrebend eingestehen mußte, auf ihre eigene Art weitaus eleganter als die Technik der Menschen.

Die Stadt ruhte auf Ästen.

[Es war eine gewaltige Leistung, eine Stadt von dieserr Größe zu errichten,] sagte Ralrra und deutete mit seiner Pranke auf das Gitterwerk über ihren Köpfen. [Viele Äste mußten entfernt werden. Die, die übrigblieben, wuchsen schnellerr und wurden stärkerr.]

»Es sieht fast wie ein riesiges Spinnennetz aus«, bemerkte Leia. Sie sah zur Unterseite der Stadt hinauf und versuchte, nicht an den kilometertiefen Abgrund zu denken, der unter dem Fahrstuhl gähnte. »Wie habt ihr die Äste so verwoben?«

[Wirr haben es nicht getan. Durch ihrr eigenes Wachstum sind sie zurr Einheit geworden.]

Leia blinzelte. »Bitte?«

[Sie sind zusammengewachsen,] erklärte Ralrra. [Wenn zwei *Wroshyr*-Äste aufeinanderstoßen, wachsen sie zusammen und lassen gemeinsam neue Äste in alle Richtungen sprießen.]

Er knurrte etwas, ein Wort oder einen Satz, das Leia nicht verstand. [Es ist eine lebende Erinnerung an die Einheit und Kraft des Wookie-Volkes,] fügte er mehr zu sich selbst gewandt hinzu.

Leia nickte schweigend. Es war außerdem, erkannte sie, ein deutlicher Hinweis darauf, daß alle *Wroshyr*-Bäume in dieser Gruppe eine einzige riesige Pflanze darstellten, mit einem gemeinsamen oder zumindest verwobenen Wurzelsystem. Wußten die Wookies dies? Oder verhinderte ihre offensichtliche Verehrung für die Bäume, daß sie sie erforschten?

Nicht daß die Neugierde ihnen viel nützen würde. Sie spähte nach unten in die Dämmerung unter dem Fahrstuhl. Irgendwo dort unten wuchsen die kürzeren *Wroshyrs* und Hunderte von an-

deren Baumarten, die die riesigen Dschungel von Kashyyyk bildeten. Zahlreiche unterschiedliche Ökosysteme sollten im Dschungel existieren, Ebene für Ebene, eine tödlicher als die andere, von
den Baumwipfeln bis hinunter zum Boden. Sie wußte nicht, ob
sich die Wookies je hinunter zum Boden gewagt hatten; aber wenn
doch, dann hatten sie bestimmt keine Zeit für botanische Studien
gehabt.

[Sie heißen *Kroyies,*] sagte Ralrra.

Leia blinzelte verwirrt. Aber als sie den Mund öffnete, um ihn zu
fragen, was er meinte, entdeckte sie den Vogelschwarm, der unter
ihnen seine Bahn zog. »Diese Vögel?« fragte sie.

[Ja. Früherr waren sie eine teure Delikatesse. Heute können sich
selbst die Armen *Kroyie*-Braten leisten.] Er deutete auf den Rand
der Stadt, zum Streulicht der Suchscheinwerfer, die sie bei ihrer
Ankunft bemerkt hatte. [*Kroyies* werden vom Licht angelockt,] erklärte er. [Die Jägerr warten dort auf sie.]

Leia nickte. »Aber stören die Wolken nicht?«

[Die Wolken helfen dabei,] erwiderte Ralrra. [Die Wolken
streuen das Licht. Ein *Kroyie* sieht es aus großerr Entfernung und
kommt.]

Während er sprach, schraubten sich die Vögel spiralförmig in
die Höhe, den Wolken entgegen und dem Licht der tanzenden
Scheinwerfer. [Siehst du? Heute abend werden wirr vielleicht einen von ihnen essen.]

»Das würde mir gefallen«, sagte sie. »Chewie hat mir erzählt,
daß sie köstlich schmecken.«

[Dann müssen wirr in die Stadt zurück,] erklärte Ralrra und han-
tierte an den Kontrollen des Fahrstuhls. Quietschend glitt er am
Kabel in die Höhe. [Wirr wollten dich in einem derr luxuriöseren
Häuserr unterbringen, aberr Chewbacca warr dagegen.]

Er gestikulierte, und Leia bemerkte zum erstenmal die Häuser,
die direkt in die Bäume gebaut waren. Einige von ihnen waren

mehrstöckige, kunstvolle Gebilde; die Türen führten direkt ins Leere. »Chewbacca kennt meine Vorlieben«, sagte sie zu Ralrra und unterdrückte ein Frösteln. »Ich habe mich schon gefragt, warum wir mit dem Lift nach unten gefahren sind.«

[Mit dem Fahrstuhl werden hauptsächlich Fracht und Kranke befördert,] sagte Ralrra. [Die meisten Wookies ziehen es vorr, zu klettern.]

Er streckte eine Hand aus; und als sich die Muskeln unter der Haut und dem Fell spannten, schoben sich gefährlich gekrümmte Klauen aus versteckten Falten an den Fingerspitzen.

Leia schluckte hart. »Ich wußte nicht, daß Wookies derartige Klauen haben«, sagte sie. »Aber ich hätte es mir denken können. Schließlich seid ihr Baumbewohner.«

[Ohne Klauen könnten wirr nicht auf den Bäumen leben,] stimmte Ralrra zu. Er zog die Klauen wieder ein und deutete nach oben. [Ohne sie könnten wirr nicht einmal am Efeu hinaufklettern.]

»Efeu?« wiederholte Leia und spähte durch das transparente Dach des Fahrstuhls. Sie hatte bisher noch kein Efeu an den Bäumen gesehen, und sie konnte auch jetzt keine Spur davon entdekken. Ihre Blicke fielen auf das Fahrstuhlkabel, das über ihnen in den Blättern und Ästen verschwand.

Das *grüne* Kabel.

»Dieses Kabel?« fragte sie verblüfft. »Das ist Efeu?«

[Es ist *Kshyy*-Efeu,] antwortete er. [Keine Angst, es ist stärkerr als Kompositkabel und kann nicht einmal von Blastern durchtrennt werden. Es ist außerdem selbstregenerierend.]

»Ich verstehe«, sagte Leia, starrte die Efeuranke an und kämpfte das plötzliche Panikgefühl nieder. Sie hatte die Galaxis in Hunderten von Gleitern und Raumschiffen durchflogen und nie auch nur einen Hauch von Höhenangst gespürt, doch es war etwas völlig anderes, ohne jede Maschinenkraft am Rand des Nichts zu hängen.

Das warme Gefühl der Sicherheit, das sie seit ihrer Landung auf Kashyyyk empfunden hatte, begann sich aufzulösen. »Sind die Efeuranken je gerissen?« fragte sie betont gleichmütig.

[In derr Vergangenheit ist es manchmal geschehen,] sagte Ralrra. [Verschiedene Parasiten und Pilze können sie zerstören, wen man nicht achtgibt. Heute verfügen wirr über Schutzvorrichtungen, die unsere Vorfahren nicht hatten. Alle Fahrstühle sind fürr den Notfall mit Repulsoraggregaten ausgerüstet.]

»Ah«, sagte Leia und kam sich wie eine blutige und nicht sehr intelligente diplomatische Anfängerin vor. Man konnte leicht vergessen, daß die Wookies trotz ihrer pittoresken Baumstädte und ihres animalischen Äußeren über eine hochentwickelte Technik verfügten.

Der Fahrstuhl erreichte die Bodenebene der Stadt. Chewbacca und Salporin warteten bereits auf sie; Chewie fingerte an seinem Blitzwerfer und machte einen ungeduldigen Eindruck. Ralrra hielt an der breiten Ausstiegsrampe an und öffnete die Tür, und Salporin half Leia beim Verlassen des Liftes.

[Du wirst mit Chewbacca in Salporins Haus wohnen,] sagte Ralrra, als sie wieder relativ festen Boden unter den Füßen hatten. [Es ist nicht weit. Wenn du willst, können wirr dirr eine Transportmöglichkeit besorgen.]

Leia sah zur Stadt hinüber. Sie wäre sehr gern spazierengegangen, um sich die Leute anzusehen und ein Gefühl für ihre neue Umgebung zu bekommen. Aber nach all der Mühe, die sie sich gegeben hatten, um unerkannt nach Kashyyyk zu gelangen, war es wahrscheinlich nicht besonders klug, sich in der Öffentlichkeit zu zeigen. »Eine Transportmöglichkeit wäre am besten«, sagte sie zu Ralrra.

Chewbacca knurrte etwas, als sie zu ihm traten. [Sie wollte sich das Fundament der Stadt ansehen,] erklärte Ralrra. [Wirr sind jetzt fertig.]

Chewbacca gab erneut ein verärgertes Knurren von sich, steckte den Blitzwerfer wieder ein und ging ohne einen weiteren Kommentar zu einem Repulsorschlitten, der zwanzig Meter weiter am Straßenrand parkte. Ralrra und Leia folgten ihm, während Salporin das Schlußlicht bildete. Die Häuser und anderen Gebäude standen direkt am Rand der verfilzten Äste, wie Leia bereits bemerkt hatte, und nur ein paar *Kshyy*-Ranken waren zwischen ihnen und dem Abgrund. Ralrra hatte gemeint, daß die Häuser, die an den Stämmen klebten, die luxuriösesten waren; die hier schienen zur oberen Mittelklasse zu gehören. Neugierig blickte sie im Vorbeigehen in eins der Fenster. Ein Gesicht tauchte aus den Schatten auf, erregte ihre Aufmerksamkeit...

»Chewie!« keuchte sie. Als sie nach ihrem Blaster griff, war das Gesicht bereits verschwunden. Aber sie hatte die hervorquellenden Augen und die hervorstehenden Kiefer und die stahlgraue Haut deutlich erkannt.

Chewbacca war im nächsten Moment an ihrer Seite, den Blitzwerfer in der Hand. »Einer dieser Fremden, die uns auf Bimmisaari überfallen haben, ist in diesem Haus«, sagte sie, während sie mit ihren Jedi-Sinnen hinausgriff. Nichts. »Er war an diesem Fenster«, fügte sie hinzu und machte eine Bewegung mit dem Blaster. »Genau dort.«

Chewbacca grollte einen Befehl, wälzte seinen massiven Körper zwischen Leia und das Haus und drängte sie langsam zurück, den Blitzwerfer auf das Haus gerichtet. Ralrra und Salporin, jeder mit zwei gefährlich aussehenden Messern bewaffnet, die sie plötzlich hervorgezaubert hatten, waren bereits an dem Gebäude. Sie preßten sich rechts und links vom Eingang gegen die Wand; und mit einer grellen Entladung seines Blitzwerfers zerschmetterte Chewbacca die Tür.

Irgendwo in der Stadt ertönte ein Heulen – ein langgezogenes, wimmerndes, wuterfülltes Wookiegeheul, das von den Gebäuden und mächtigen Bäumen widerhallte. Noch bevor Ralrra und Salporin im Haus verschwinden konnten, fielen andere Stimmen in das Geheul ein, bis schließlich die halbe Stadt aufzubrüllen schien. Leia preßte sich gegen Chewbaccas haarigen Rücken, zitterte angesichts der schieren Wildheit des Heulens und erinnerte sich unwillkürlich an den Aufruhr in der Markthalle von Bimmisaari nach dem Juwelendiebstahl.

Nur daß sie es hier nicht mit putzigen kleinen, gelbgekleideten Bimms, sondern mit riesigen, gewalttätigen Wookies zu tun hatte.

Als Ralrra und Salporin das Haus verließen, hatte sich eine große Menge eingefunden – eine Menge, der Chewbacca ebensowenig Aufmerksamkeit schenkte wie dem Heulen, während er seine Augen und den Blitzwerfer weiter auf das Haus gerichtet hielt. Die beiden anderen Wookies ignorierten die Menge ebenfalls und bogen um das Gebäude. Sekunden später tauchten sie wieder auf, in der Haltung von Jägern, deren Beute entkommen war.

»Er war da«, beharrte Leia, als die beiden zu ihr und Chewbacca kamen. »Ich habe ihn genau gesehen.«

[Vielleicht stimmt das,] sagte Ralrra und schob seine Messer in die Scheiden unter seiner Schärpe. Salporin beobachtete weiter das Haus und behielt die Messer in den Händen. [Aberr wirr haben keine Spurr von ihm gefunden.]

Leia biß auf ihre Lippe und sah sich nervös um. Die anderen Häuser waren zu weit entfernt, als daß der Fremde sie unbeobachtet hätte erreichen können. Die Vorderfront des Hauses bot nirgendwo eine Deckung. Und auf der Rückseite gähnte der Abgrund.

»Er ist über den Rand gesprungen«, erkannte sie plötzlich. »Es muß so gewesen sein. Entweder hat er eine Kletterausrüstung gehabt, oder ein Gleiter hat unten auf ihn gewartet.«

[Das ist unwahrscheinlich,] meinte Ralrra und setzte sich in Bewegung. [Aber möglich. Ich werde mit dem Fahrstuhl nach unten fahren und ihn suchen.]

Chewbacca hielt ihn fest und knurrte ablehnend. [Du hast recht,] gestand Ralrra ein wenig widerwillig. [Deine Sicherheit, Leiaorganasolo, ist im Moment das Wichtigste. Wirr bringen dich in Sicherheit und kümmern uns dann um diesen Fremden.]

*In Sicherheit.* Leia sah zu dem Haus hinüber, und ein Frösteln überlief sie. Und sie fragte sich, ob es für sie je wieder so etwas wie Sicherheit geben würde.

# 18

Das Trillern kam von irgendwo weit hinten und riß Luke aus seinem traumlosen Schlaf. »Okay, Erzwo, ich bin wach«, sagte er benommen und wollte sich die Augen reiben. Seine Knöchel stießen gegen das Visier des Pilotenhelms, und der Nebel in seinem Kopf lichtete sich ein wenig. Er konnte sich nicht genau an die Umstände erinnern, die ihn dazu gebracht hatten, sich in Tiefschlaf zu versetzen, aber er hatte das deutliche Gefühl, daß Erzwo ihn viel zu früh geweckt hatte. »Stimmt irgend etwas nicht?« fragte er und versuchte sich darüber klarzuwerden, was der Droide von ihm wollte.

Das Trillern verwandelte sich in ein entsetzt klingendes Wimmern. Noch immer gegen den Schlaf ankämpfend, sah Luke auf den Computermonitor, wo gewöhnlich die Übersetzung erschien. Zu seiner milden Überraschung war der Bildschirm dunkel. Wie die Kontrollen aller anderen Instrumente; und dann fiel es ihm wieder ein. Er war im interstellaren Raum gefangen, in seinem X-Flügler, dessen Maschinen abgeschaltet waren und nur noch Erzwo und das Lebenserhaltungssystem mit Energie versorgten.

Und Erzwo sollte eigentlich an der neuen Antenne für den Subraumsender arbeiten. Mit steifem Nacken drehte er halb den Kopf, um einen Blick auf den Droiden zu werfen...

Und seine Muskeln verspannten sich vor Überraschung. Ein anderes Schiff stürzte sich von oben auf sie.

Er drehte sich wieder um, griff nach den Kontrollen und fuhr den Bordreaktor hoch. Aber es war nur ein sinnloser Reflex. Selbst im Notfall dauerte es fast fünfzehn Minuten, um den X-Flügler flugbereit zu machen, von der Gefechtsbereitschaft ganz zu schweigen. Wenn das andere Schiff feindselige Absichten hatte...

Er aktivierte die Notsteuerdüsen und drehte den X-Flügler, bis er das näherkommende Schiff vor sich hatte. Die Bildschirme und Kontrollen leuchteten auf und bestätigten, was ihm seine Augen bereits verraten hatten: Bei dem Besucher handelte es sich um einen mittelgroßen, schäbigen corellianischen Frachter. Nicht die Art Schiff, die die Imperialen benutzten, und an der Hülle waren eindeutig keine imperialen Hoheitsabzeichen zu erkennen.

Aber unter den gegebenen Umständen war es ebenso unwahrscheinlich, daß es ein harmloser freier Händler war. Vielleicht ein Pirat? Luke griff mit der Macht hinaus, forschte nach der Besatzung...

Erzwo trällerte, und Luke sah auf den Computermonitor. »Ja, das habe ich auch schon bemerkt«, erklärte Luke. »Aber ein normaler Frachter könnte auch so schnell abbremsen, wenn er leer ist. Warum machst du nicht schnell eine Sensoranalyse? Ich muß wissen, ob sie bewaffnet sind.«

Der Droide piepte zustimmend, und Luke überflog die anderen Instrumente. Die Kapazität der Hauptlaserkanone lag bei fünfzig Prozent, der Hauptsublichtantrieb würde in knapp sieben Minuten startklar sein.

Und die flackernde Diode am Funkgerät verriet, daß man versuchte, mit ihm Kontakt aufzunehmen.

Luke gab sich einen Ruck und ging auf Empfang. »...Sie Hilfe?« fragte eine kühle Frauenstimme. »Wiederhole: Unidentifizierter Sternjäger, hier ist der Frachter *Wilder Karrde.* Brauchen Sie Hilfe?«

»*Wilder Karrde,* hier ist der X-Flügler AA-589 der Neuen Republik«, identifizierte sich Luke. »Um ganz offen zu sein, ich brauche tatsächlich Hilfe.«

»Verstanden, X-Flügler«, bestätigte die Frau. »Was ist das Problem?«

»Der Hyperantrieb«, erklärte Luke und verfolgte, wie das Schiff immer näher kam. Er hatte vor einer Minute beigedreht, doch der andere Pilot hatte die Drehung mitgemacht und damit die *Wilder Karrde* aus dem Schußbereich der X-Flügler-Laser gebracht. Vielleicht nur eine reine Vorsichtsmaßnahme... aber es gab auch andere Möglichkeiten. »Ich habe beide Motivatoren verloren«, fuhr er fort. »Schutzmantel gerissen, vermutlich auch noch andere Schäden. Ich schätze, Sie haben keine Ersatzteile dabei?«

»Nicht für ein Schiff dieser Größe.« Eine kurze Pause folgte. »Ich soll Ihnen sagen, daß wir Ihnen eine Passage zu Ihrem Zielsystem anbieten, wenn Sie an Bord kommen wollen.«

Luke griff mit der Macht hinaus, aber wenn es ein Täuschungsmanöver war, dann ein gut getarntes – er spürte nichts, was seinen Argwohn rechtfertigen konnte. Außerdem hatte er ohnehin keine andere Wahl. »Klingt gut«, meinte er. »Was ist mit meinem Schiff?«

»Ich bezweifle, daß Sie sich unsere Frachttarife leisten können«, sagte die Frau trocken. »Ich werde den Captain fragen, aber machen Sie sich keine großen Hoffnungen. Wir müßten es außerdem in Schlepptau nehmen – unsere Frachträume sind im Moment voll.«

Luke kniff die Lippen zusammen. Ein vollbeladener Frachter hätte unmöglich so schnell abbremsen können. Entweder war es eine Lüge, oder das normal aussehende Triebwerk war massiv modifiziert worden.

Was bedeutete, daß die *Wilder Karrde* entweder ein Schmuggler, ein Pirat oder ein getarntes Kriegsschiff war. Und die Neue Republik verfügte über keine getarnten Kriegsschiffe.

Die Frau ergriff wieder das Wort. »Wenn Sie Ihre derzeitige Position beibehalten, X-Flügler, docken wir jetzt an«, sagte sie. »Oder möchten Sie lieber Ihren Raumanzug anziehen und einen kleinen Weltraumspaziergang machen?«

»Andocken geht schneller«, erklärte Luke. »Ich schätze, von uns möchte keiner länger als nötig hier bleiben. Wie hat es Sie überhaupt hierher verschlagen?«

»Sie können eine begrenzte Menge Gepäck mitnehmen«, sagte sie, die Frage ignorierend. »Ihren Astromech-Droiden wollen Sie vermutlich auch nicht zurücklassen, oder?«

»Er kommt mit«, versicherte Luke.

»In Ordnung, halten Sie sich bereit. Nebenbei, der Captain sagt, daß der Spaß Fünftausend kostet.«

»Verstanden«, sagte Luke und löste die Sicherheitsgurte. Er griff nach den Handschuhen, steckte sie in die Brusttasche seines Raumanzugs und klemmte den Helm unter den Arm. Dann richtete er seine Jedi-Sinne auf das sich langsam nähernde Schiff. Irgend etwas stimmte nicht; er spürte es, ohne genau sagen zu können, was es war.

Erzwo trällerte besorgt. »Nein, sie hat die Frage nicht beantwortet«, bestätigte Luke. »Aber ich kann mir keinen legalen Grund für ihren Aufenthalt hier vorstellen. Und du?«

Der Droide gab ein leises elektronisches Stöhnen von sich. »Genau«, sagte Luke. »Aber ihr Angebot abzulehnen, bringt uns auch nicht weiter. Wir werden einfach aufpassen müssen.«

Er zog aus dem Seitenfach des Sitzes seinen Blaster, überprüfte die Ladekapazität und schob ihn in das Holster seines Raumanzugs. Den Kommunikator steckte er in die andere Tasche, obwohl er nicht wußte, was er ihm an Bord der *Wilder Karrde* nutzen konnte. Er wickelte das Überlebenspack um seine Hüfte und befestigte zuletzt das Lichtschwert am Gürtel.

»Okay, X-Flügler, der Kraftfeldtunnel steht«, drang es aus dem Funkempfänger. »Sie können kommen.«

Die kleine Mannschleuse der *Wilder Karrde* war jetzt direkt über ihm; das Außenschott öffnete sich. Luke überprüfte seine Instrumente, stellte fest, daß sich zwischen den beiden Schiffen tatsächlich ein Luftkorridor befand, und atmete tief durch. »Los, Erzwo«, sagte er und klappte die Kanzel hoch.

Ein Luftzug strich über sein Gesicht, dann war der Druckausgleich beendet. Er stieß sich vorsichtig ab und glitt langsam aus dem Cockpit. Erzwo hatte sich von seinem Sockel gelöst, hing schwerelos dicht über dem X-Flügler und gab elektronische Geräusche von sich, die verrieten, wie wenig ihm die Situation behagte. »Ich kümmere mich schon um dich, Erzwo«, sagte er beruhigend und zog den Droiden mit der Macht zu sich heran. Er beugte die Knie und stieß sich kräftig ab.

Er erreichte das innere Schott der Schleuse eine halbe Sekunde vor Erzwo, hielt sich an den Griffen an der Wand fest und fing Erzwo sanft auf. Man beobachtete sie offenbar; sie waren noch immer in Bewegung, als sich das Außenschott schloß. Langsam normalisierte sich die Schwerkraft, und einen Moment später glitt das Innenschott zur Seite.

Ein junger Mann in einem lässigen Coverall erwartete sie. »Willkommen an Bord der *Wilder Karrde*«, sagte er mit einer höflichen Neigung des Kopfes. »Bitte folgen Sie mir zum Captain.«

Ehe Luke antworten konnte, drehte er sich um und steuerte die nächste Biegung des Ganges an. »Komm, Erzwo«, brummte Luke. Während er ihm folgte, griff er mit der Macht hinaus und überprüfte das Schiff. Abgesehen von ihrem Führer, gab es nur vier Personen an Bord, und alle hielten sich in der Bugsektion auf. Hinter ihm, in der Achtersektion...

Er schüttelte den Kopf. Ohne Erfolg: die achtern gelegenen Sektionen schienen hinter einer Art Nebel zu liegen. Wahrscheinlich eine Nachwirkung der Tiefschlaftrance. Aber zumindest war er sicher, daß sich dort weder Besatzungsmitglieder noch Droiden aufhielten, und mehr brauchte er im Moment auch nicht zu wissen.

Der junge Mann führte ihn zu einer Tür, die sich automatisch vor ihm öffnete. »Captain Karrde erwartet Sie«, erklärte er und wies auf die offene Tür.

»Danke«, sagte Luke. Gefolgt von Erzwo, betrat er den Raum.

Es war eine Art Büro; klein, von hochentwickelten Kommunikations- und Chiffriergeräten überladen. In der Mitte stand ein großer Schreibtisch mit integrierten Konsolen... und dahinter saß ein schlanker Mann mit schmalem Gesicht, kurzgeschnittenen schwarzen Haaren und blaßblauen Augen.

»Guten Abend«, sagte er mit kühler, sorgfältig modulierter Stimme. »Ich bin Talon Karrde.« Er sah Luke prüfend von oben bis unten an. »Und Sie sind, wie ich annehme, Commander Luke Skywalker.«

Luke starrte ihn an. Bei allen Planeten, woher...? »Bürger Skywalker«, erwiderte er. »Ich habe schon vor vier Jahren den Dienst bei der Allianz quittiert.«

Ein angedeutetes Lächeln spielte um Karrdes Mundwinkel. »Wie Sie meinen. Ich muß gestehen, Sie haben sich ja einen hervorragenden Ort für Ihr Exil ausgesucht.«

»Ich hatte Hilfe«, gab Luke zurück. »Es gab ein halbes Lichtjahr von hier entfernt einen kleinen Zusammenstoß mit einem imperialen Sternzerstörer.«

»Ah«, äußerte Karrde ohne jede Überraschung. »Ja, das Imperium ist in diesem Teil der Galaxis sehr aktiv. Vor allem in der letzten Zeit.« Er legte den Kopf zur Seite, ohne die Blicke von Lukes

Gesicht zu wenden. »Aber das wissen Sie vermutlich. Nebenbei, wir werden Ihr Schiff in Schlepptau nehmen. Die Kabel sind bereits angebracht.«

»Danke«, sagte Luke und spürte, wie sich seine Nackenhärchen aufrichteten. Wäre Karrde ein Pirat oder ein Schmuggler, hätte er anders auf die Neuigkeit reagieren müssen, daß sich ein Sternzerstörer in diesem Gebiet herumtrieb. Vorausgesetzt, er arbeitete nicht mit den Imperialen zusammen... »Ich möchte Ihnen auch noch für die Rettung danken«, fügte er hinzu. »Erzwo und ich sind sehr froh, daß Sie aufgetaucht sind.«

»Und Erzwo ist...? Oh, natürlich – Ihr Astromech-Droide.« Die blauen Augen wanderten kurz zu Erzwo. »Sie müssen ein hervorragender Kämpfer sein, Skywalker – einem imperialen Sternzerstörer zu entkommen, ist keine Kleinigkeit. Obwohl ich mir vorstellen kann, daß ein Mann wie Sie daran gewöhnt ist, den Imperialen Schwierigkeiten zu machen.«

»Ich bin schon längst nicht mehr aktiv an den Kämpfen beteiligt«, sagte Luke. »Sie haben mir noch nicht verraten, was Sie in diese Gegend verschlagen hat, Captain. Oder woher Sie wußten, wer ich bin.«

Er lächelte dünn. »Sie mit Ihrem Lichtschwert am Gürtel?« fragte er trocken. »Kommen Sie. Sie mußten entweder Luke Skywalker sein, ein Jedi, oder jemand mit einer Vorliebe für antike Waffen und einer erstaunlich hohen Meinung über seine eigenen Fechtkünste.« Erneut maßen die blauen Augen Luke von Kopf bis Fuß. »Allerdings habe ich Sie mir ganz anders vorgestellt. Aber das ist vermutlich nicht weiter überraschend – es gibt so viele Mythen und Gerüchte um die Jedi, daß es unmöglich ist, sich ein klares Bild zu machen.«

Die Warnglocke in Lukes Hinterkopf schrillte lauter. »Es klingt fast so, als hätten Sie erwartet, mich hier zu finden«, sagte er, während er seinen Körper in Kampfbereitschaft versetzte und mit sei-

220

nen Jedi-Sinnen hinausgriff. Alle fünf Besatzungsmitglieder waren mehr oder weniger noch immer da, wo sie sich vor ein paar Minuten befunden hatten, im Bugteil des Schiffes. Nur Karrde war nah genug, um eine Gefahr darzustellen.

»Um ganz offen zu sein, so war es auch«, bestätigte Karrde gelassen. »Obwohl es eigentlich nicht mein Verdienst war. Eine von meinen Mitarbeiterinnen, Mara Jade, hat uns hierhergeführt.« Er neigte den Kopf ein wenig nach rechts. »Sie ist im Moment auf der Brücke.«

Er schwieg, schien zu warten. Vielleicht war es ein Trick, aber die Möglichkeit, daß jemand tatsächlich in der Lage sein sollte, ihn aus Lichtjahren Entfernung aufzuspüren, war zu faszinierend, als daß er einfach darüber hinweggehen konnte. Ohne in seiner Wachsamkeit nachzulassen, griff Luke mit seinen Jedi-Sinnen nach der Brücke der *Wilder Karrde.* Am Steuerpult saß die junge Frau, mit der er erst vom X-Flügler aus gesprochen hatte. Neben ihr gab ein älterer Mann Berechnungen in den Navigationscomputer ein. Und hinter ihnen...

Die Ausstrahlung dieses Bewußtseins versetzte ihm einen Schock. »Ja, das ist sie«, bestätigte Karrde leichthin. »Sie versteckt es sehr gut – aber nicht gut genug für einen Jedi, schätze ich. Ich habe sie viele Monate sorgfältig beobachten müssen, um herauszufinden, daß Sie es sind, Sie persönlich, dem diese Gefühle gelten.«

Es dauerte einen Moment, bis Luke die Sprache wiederfand. Noch niemals zuvor, nicht einmal beim Imperator, hatte er einen derart verzehrenden, bitteren Haß gespürt. »Ich bin ihr noch nie begegnet«, stieß er hervor.

»Nein?« Karrde zuckte mit den Schultern. »Bedauerlich. Ich hatte gehofft, Sie würden mir sagen können, warum sie so empfindet. Nun gut.« Er stand auf. »Ich denke, das wäre alles für den Moment... aber seien Sie versichert, daß es mir leid tut.«

Instinktiv griff Luke nach seinem Lichtschwert. Aber kaum

hatte er die Hand bewegt, traf ihn von hinten die Schockwelle eines Paralysators.

Es gab Jedi-Methoden zur Abwehr des Schocks. Aber alle erforderten zumindest einen Sekundenbruchteil der Vorbereitung – einen Sekundenbruchteil, den Luke nicht hatte. Benommen spürte er, wie er fiel; hörte wie aus weiter Ferne Erzwos alarmierendes Pfeifen; und fragte sich mit seinem letzten bewußten Gedanken, warum Karrde ihm das angetan hatte.

# 19

Er erwachte langsam, stufenweise, sich nur zweier Tatsachen bewußt: daß er auf dem Rücken lag und sich schrecklich fühlte.

Langsam, allmählich, verwandelte sich die Betäubung in Wahrnehmung. Die Luft war warm, aber feucht, und eine leichte, veränderliche Brise brachte eine Vielzahl fremder Gerüche mit. Der Boden unter ihm hatte die weich-feste Konsistenz eines Bettes, und das Gefühl an seiner Haut und in seinem Mund deutete darauf hin, daß er wahrscheinlich mehrere Tage lang geschlafen hatte.

Es dauerte eine weitere Minute, bis sich die Folgerungen ihren Weg durch den mentalen Nebel in seinem Gehirn gebahnt hatten. Die Wirkung eines Paralysatorschusses hielt nicht länger als ein oder zwei Stunden an. Zweifellos hatte man ihn anschließend unter Drogen gesetzt.

Innerlich lächelte er. Karrde wähnte ihn vermutlich für länger ausgeschaltet; und Karrde würde eine Überraschung erleben. Er konzentrierte sich mühsam, setzte die Jedi-Entgiftungstechnik ein und wartete darauf, daß sich der Nebel in seinem Kopf lichtete.

Er brauchte eine Weile, um zu erkennen, daß nichts geschah.

Irgendwann schlief er dann wieder ein; und als er das nächste Mal erwachte, war die Benommenheit gewichen. Er öffnete die Augen, blinzelte gegen das Sonnenlicht an, das ihm ins Gesicht schien, und hob den Kopf.

Er lag in seinem Raumanzug auf einem Bett in einem kleinen, aber gemütlich eingerichteten Zimmer. Gegenüber von ihm befand sich ein offenes Fenster, die Quelle der duftgesättigten Brisen, die er bereits bemerkt hatte. Durch das Fenster blickte er direkt auf den etwa fünfzig Meter entfernten Rand eines Waldes, über dem eine gelblich-orangerote Sonne hing – ob sie nun aufging oder unterging, wußte er nicht. Die Möblierung des Zimmers war nicht unbedingt die einer Zelle...

»Endlich wach?« fragte eine Frauenstimme an seiner Seite.

Luke drehte überrascht den Kopf. Sein erster spontaner Gedanke war, daß er sie trotz seiner Jedi-Sinne irgendwie übersehen hatte; aber dann wurde ihm klar, daß es absolut lächerlich war und die Stimme aus einem Interkom dringen mußte.

Er vollendete die Kopfdrehung, nur um festzustellen, daß sein erster Gedanke doch richtig gewesen war.

Sie saß in einem hochlehnigen Sessel, eine schlanke Frau ungefähr in Lukes Alter, mit leuchtend rotgoldenen Haaren und gleichermaßen leuchtend grünen Augen. Sie hatte die Beine züchtig übereinandergeschlagen, und in ihrem Schoß lag ein kompakter, aber gefährlich aussehender Blaster.

Ein richtiger, lebender Mensch... und so unmöglich es auch schien, er konnte sie mit seinen Jedi-Sinnen nicht spüren.

Die Überraschung mußte sich auf seinem Gesicht abzeichnen. »Das stimmt«, sagte sie mit einem Lächeln. Es war kein freundliches, nicht einmal ein höfliches Lächeln, sondern es bestand zu gleichen Teilen aus Bitterkeit und bösem Vergnügen. »Willkommen in der Welt der Sterblichen.«

...und mit einem plötzlichen Adrenalinstoß wurde Luke bewußt, daß der seltsame mentale Schleier nicht nur sie seinen Sinnen entzog. Er spürte *nichts*. Keine Menschen, keine Droiden, nicht einmal den Wald jenseits des Fensters.

Es war, als wäre er plötzlich erblindet.

»Es gefällt Ihnen nicht, stimmt's?« höhnte die Frau. »Es ist keine einfache Sache, plötzlich alles zu verlieren, was einen zu etwas Besonderem macht, nicht wahr?«

Langsam schwang Luke die Beine über die Bettkante und setzte sich aufrecht hin. Die Frau beobachtete ihn, die rechte Hand am Blaster. »Falls es der Zweck dieses Manövers ist, mich mit Ihrer bemerkenswerten Zähigkeit zu beeindrucken«, sagte sie, »können Sie sich die Mühe sparen.«

»Keine Bange«, erwiderte Luke. Er atmete schwer und unterdrückte ein Stöhnen. »Ich will nur aufstehen; das ist der ganze Zweck dieses Manövers.« Er sah ihr grimmig in die Augen, aber sie blinzelte nicht einmal. »Sagen Sie nichts; lassen Sie mich raten. Sie sind Mara Jade.«

»Das beeindruckt mich auch nicht«, sagte sie kalt. »Karrde hat mir erzählt, daß er meinen Namen erwähnt hat.«

Luke nickte. »Er hat mir auch erzählt, daß Sie meinen X-Flügler gefunden haben. Danke.«

Ihre Augen blitzten. »Ich kann auf Ihren Dank verzichten«, fauchte sie. »Soweit es mich betrifft, stellt sich nur die Frage, ob wir Sie den Imperialen ausliefern oder Sie eigenhändig töten.«

Sie stand abrupt auf, den Blaster schußbereit in der Hand. »Hoch mit Ihnen. Karrde will Sie sehen.«

Vorsichtig stand Luke auf und bemerkte erst jetzt, daß sein Lichtschwert an Maras Gürtel hing. War sie etwa auch eine Jedi? Mächtig genug vielleicht, um Lukes Kräfte zu neutralisieren? »Ich kann nicht behaupten, daß mir diese Alternativen gefallen«, erklärte er.

»Es gibt noch eine andere.« Sie trat einen halben Schritt vor und richtete den Blaster auf sein Gesicht. »Sie könnten einen Fluchtversuch machen... und ich Sie auf der Stelle erschießen.«

Lange Zeit standen sie reglos da. Wieder blitzte in ihren Augen jener bittere Haß... aber während Luke ihren Blick erwiderte, sah er etwas anderes hinter dem Zorn. Etwas, das wie tiefer, quälender Schmerz aussah.

Er rührte sich nicht; und fast widerwillig senkte sie die Waffe. »Vorwärts. Karrde wartet.«

Lukes Zimmer lag am Ende eines langen Ganges, der in regelmäßigen Abständen von absolut identischen Türen gesäumt wurde. Eine Art Baracke, entschied er, als sie ins Freie traten und über eine grasbewachsene Lichtung zu einem hohen, spitzgiebeligen Gebäude gingen. Weitere Baracken, mehrere Lagerhäuser und ein Wartungshangar gruppierten sich um das Haus. Zu beiden Seiten des Hangars standen über ein Dutzend Raumschiffe, darunter mindestens zwei Frachter vom Typ der *Wilder Karrde* und einige kleinere Einheiten, die halb im Wald versteckt waren, der das Gebäude von allen Seiten umschloß. Hinter einem der Frachter entdeckte er seinen X-Flügler. Er wollte Mara fragen, was aus Erzwo geworden war, sparte sich die Frage dann aber für Karrde auf.

Sie erreichten das Hauptgebäude, und Mara griff an Luke vorbei nach der Sensorplatte neben der Tür. »Er ist im Großen Saal«, sagte Mara, als die Tür zur Seite glitt. »Geradeaus.«

Sie durchschritten einen langen Flur und passierten einige mittelgroße Kantinen und Freizeiträume. Die breite Tür am Ende des Flurs öffnete sich automatisch, als sie sich ihr näherten. Mara schob ihn hinein...

Und in eine Szenerie, die direkt aus einer uralten Legende zu stammen schien.

Für einen Moment stand Luke einfach da und staunte. Der Saal war groß und geräumig, die hohe Decke durchsichtig und von geschnitzten Balken gestützt. Die Wände waren mit dunkelbraunen Holzplatten getäfelt, zwischen deren Ritzen dunkelblaues Licht hervorsickerte. Einige wenige Kunstgegenstände dienten als spärlicher Schmuck; hier eine kleine Skulptur, dort ein rätselhaftes nichtmenschliches Artefakt. Sessel, Couches und große Kissen waren zu lockeren Sitzgruppen arrangiert, die dem Raum eine entspannte, fast legere Atmosphäre gaben.

Aber all das war unwichtig, kaum der Rede wert oder erst auf den zweiten Blick von Bedeutung. In jenem ersten Moment des Staunens war Lukes ganze Aufmerksamkeit allein auf den Baum gerichtet, der in der Mitte des Raumes wuchs.

Kein kleiner Baum wie die Setzlinge in den Korridoren des imperialen Palastes. Der hier war groß, hatte einen Durchmesser von einem Meter, und reichte bis zur durchsichtigen Decke und darüber hinaus. In etwa zwei Metern Höhe erstreckten sich dicke Äste in alle Richtungen; einige berührten fast die Wände, andere waren wie Arme, die alles umfassen wollten.

»Ah, Skywalker«, erklang eine Stimme. Luke senkte mühsam den Blick und sah Karrde bequem in einem Sessel am Fuß des Baumes sitzen. Rechts und links von ihm kauerten zwei langbeinige Vierfüßler und wandten Luke die leicht hundeähnlichen Schnauzen zu. »Kommen Sie.«

Luke schluckte und ging weiter. Kindheitsmärchen kamen ihm plötzlich in den Sinn. Beängstigende Geschichten voller Gefahren, Hilflosigkeit und Furcht.

Und in jedem dieser Märchen waren solche Schlösser eine Brutstätte des Bösen.

»Willkommen im Reich der Lebenden«, sagte Karrde, als Luke zu ihm trat. Er nahm einen silbernen Krug vom niedrigen Tisch an seiner Seite und füllte zwei Tassen mit einer rötlichen Flüssigkeit. »Ich muß mich dafür entschuldigen, daß wir Sie so lange haben

schlafen lassen. Aber ich bin sicher, daß Sie verstehen, wie
schwierig für uns der Umgang mit einem Jedi ist.«

»Natürlich«, sagte Luke, ohne die beiden Tiere neben Karrdes
Sessel aus den Augen zu lassen. Sie starrten ihn mit unangeneh-
mer Intensität an. »Andererseits«, fügte er hinzu, »hätten Sie mich
höflich gefragt, wäre ich unter Umständen auch freiwillig bei Ihnen geblieben.«

Ein Lächeln umspielte Karrdes Lippen. »Vielleicht. Vielleicht
auch nicht.« Er deutete auf den Sessel gegenüber. »Nehmen Sie
doch Platz.«

Luke machte einen Schritt nach vorn, und sofort richtete sich
eins der Tiere auf und gab ein leises Knurren von sich. »Ruhig,
Sturm«, sagte Karrde zu dem Tier. »Dieser Mann ist unser Gast.«

Der Vierfüßler ignorierte ihn, war ganz auf Luke konzentriert.
»Ich schätze, er glaubt Ihnen nicht«, bemerkte Luke. Kaum hatte er
gesprochen, begann auch das zweite Tier zu knurren.

»Vielleicht nicht.« Karrde hielt die beiden Tiere jetzt am Halsband fest und sah sich um. »Chin!« rief er zu den drei Männern
hinüber, die eine der Sitzgruppen belegt hatten. »Komm her und
bring sie nach draußen, ja?«

»Sicher.« Ein Mann mittleren Alters, das Haar zu einer Froffli-
Frisur geschnitten, stand auf und kam herüber. »Los, Freunde«,
brummte er, packte die Tiere am Halsband und führte sie hinaus.
»Gassi-Gassi gehen, hm?«

»Entschuldigen Sie, Skywalker«, sagte Karrde und sah ihnen
stirnrunzelnd nach. »Normalerweise benehmen sie sich meinen
Gästen gegenüber wesentlich besser. Aber setzen Sie sich doch.«

Luke nahm Platz und griff nach der Tasse, die ihm Karrde
reichte. Mara glitt an ihm vorbei und stellte sich neben ihren Chef.
Luke bemerkte, daß ihr Blaster jetzt in einem Holster an ihrem linken Unterarm steckte; ebensogut hätte sie ihn in der Hand halten
können.

»Es ist nur ein mildes Stimulans«, sagte Karrde mit einem Wink zu Lukes Tasse hin. »Etwas, das Ihnen helfen wird, wach zu werden.« Er trank einen Schluck von seiner eigenen Tasse und stellte sie wieder auf den niedrigen Tisch.

Luke nippte. Es schmeckte normal; und wenn Karrde ihn wirklich unter Drogen setzen wollte, dann konnte er es auch ohne diesen kindischen Trunk tun. »Können Sie mir sagen, wo mein Droide ist?«

»Oh, ihm geht es gut«, versicherte Karrde. »Er befindet sich zur Zeit in einem meiner Ersatzteillager.«

»Ich würde ihn trotzdem gerne sehen.«

»Das wird sich bestimmt einrichten lassen. Aber später.« Karrde lehnte sich in seinem Sessel zurück und legte die Stirn in Falten. »Vielleicht, nachdem wir uns geeinigt haben, was mit Ihnen geschehen soll.«

Luke blickte zu Mara auf. »Ihre Assistentin erwähnte zwei Möglichkeiten. Ich hoffe, Sie können der Liste noch eine andere Alternative hinzufügen.«

»Daß wir Sie nach Hause schicken?« schlug Karrde vor.

»Natürlich gegen eine entsprechende Belohnung«, versicherte Luke. »Sagen wir – das Doppelte von dem, was das Imperium bieten würde.«

»Sie gehen sehr großzügig mit dem Geld anderer Leute um«, sagte Karrde trocken. »Unglücklicherweise ist das Problem nicht das Geld, sondern die Politik. Sehen Sie, wir gehen unseren Geschäften sowohl im Machtbereich des Imperiums als auch der Republik nach. Wenn das Imperium herausfindet, daß wir Sie an die Republik zurückgegeben haben, würden wir große Unannehmlichkeiten bekommen.«

»Umgekehrt auch, wenn Sie mich dem Imperium ausliefern«, wandte Luke ein.

»Das stimmt.« Karrde nickte. »Aber da das Subraumfunkgerät

Ihres X-Flüglers beschädigt war, weiß die Republik nicht, was Ihnen zugestoßen ist. Im Gegensatz zum Imperium.«

»Und es geht nicht darum, was sie bieten *würden*«, mischte sich Mara ein. »Sondern was sie geboten *haben*. Dreißigtausend.«

Luke spitzte die Lippen. »Ich wußte nicht, daß ich so wertvoll bin.«

»Im Moment sind mindestens ein Dutzend Schiffe auf der Suche nach Ihnen«, sagte Karrde offen. Er lächelte grimmig. »Leute, die wahrscheinlich keine Sekunde darüber nachgedacht haben, wie sie einen Jedi festhalten können, wenn sie ihn gefunden haben.«

»Ihre Methode scheint ausgezeichnet zu funktionieren«, stellte Luke fest. »Ich nehme an, Sie werden mir nicht verraten, wie Sie es geschafft haben, oder?«

Karrde lächelte erneut. »Geheimnisse dieser Größenordnung sind viel Geld wert. Können Sie mir im Gegenzug ein Geheimnis von ähnlichem Wert anbieten?«

»Wahrscheinlich nicht«, sagte Luke ruhig. »Aber ich bin sicher, daß die Neue Republik bereit sein wird, den Marktpreis zu bezahlen.«

Karrde nippte an seiner Tasse und sah Luke nachdenklich über den Rand hinweg an. »Ich schlage Ihnen einen Handel vor«, erklärte er und stellte die Tasse wieder auf den Tisch. »Sie sagen mir, warum das Imperium plötzlich an Ihnen so interessiert ist, und ich sage Ihnen, warum Ihre Jedi-Kräfte nicht funktionieren.«

»Warum fragen Sie nicht einfach die Imperialen?«

Karrde lächelte. »Vielen Dank, aber nein. Ich möchte nicht, daß sich das Imperium über mein plötzliches Interesse wundert. Vor allem, nachdem wir wichtige Geschäfte vorgeschoben haben, als wir aufgefordert wurden, nach Ihnen zu suchen.«

Luke starrte ihn an. »Sie haben nicht nach mir gesucht?«

»Nein.« Karrde verzog die Lippen. »Eine dieser kleinen Ironien, die das Leben so interessant machen. Wir hatten gerade neue

Fracht übernommen, als Mara den Hyperraum verließ, um den Kurs zu überprüfen.«

Luke musterte Maras steinernes Gesicht. »Welch glücklicher Zufall«, sagte er.

»Vielleicht«, meinte Karrde. »Das Ergebnis ist auf jeden Fall, daß wir genau in der Situation sind, die ich vermeiden wollte.«

Luke breitete die Arme aus. »Dann lassen Sie mich gehen und uns so tun, als wäre nichts geschehen. Ich gebe Ihnen mein Wort, daß ich alles für mich behalten werde.«

»Das Imperium würde es trotzdem herausfinden.« Karrde schüttelte den Kopf. »Ihr neuer Commander ist außerordentlich gerissen. Nein, ich denke, unsere einzige Chance ist ein Kompromiß, der es uns ermöglicht, Sie gehen zu lassen und gleichzeitig den Imperialen das zu geben, was sie verlangen.« Er legte den Kopf zur Seite. »Was uns wieder zu meiner ursprünglichen Frage bringt.«

»Und zu meiner ursprünglichen Antwort«, sagte Luke. »Ich weiß *wirklich* nicht, was das Imperium von mir will.« Er zögerte, aber Leia sollte inzwischen in Sicherheit sein. »Aber ich kann Ihnen verraten, daß es nicht nur um mich geht. Es hat bereits zwei Anschläge auf meine Schwester Leia gegeben.«

»Mordanschläge?«

Luke dachte nach. »Ich glaube nicht. Man wollte sie wahrscheinlich entführen.«

»Interessant«, murmelte Karrde nachdenklich. »Leia Organa Solo. Die auf dem besten Weg ist, eine Jedi wie ihr Bruder zu werden. Das könnte... gewisse imperiale Operationen der letzten Zeit erklären.«

Luke wartete, aber nach einem Moment wurde ihm klar, daß Karrde dieses Thema nicht weiterverfolgen wollte. »Sie sprachen von einem Kompromiß«, erinnerte er den anderen.

Karrde schrak aus seinen Gedanken hoch. »Ja«, sagte er. »Vielleicht ist das Imperium an Ihrer privilegierten Stellung in der Neuen Republik interessiert – vielleicht wollen sie Informationen über den Provisorischen Rat. In diesem Fall könnten wir Sie freilassen und den Imperialen Ihren R2-Droiden übergeben.«

Luke spürte, wie sich sein Magen zusammenzog. »Das würde ihnen nichts nutzen«, sagte er so ruhig wie möglich. Die Vorstellung, Erzwo der imperialen Sklaverei auszuliefern... »Erzwo hat nie an den Sitzungen des Rates teilgenommen.«

»Aber er weiß sehr viel über Sie«, stellte Karrde fest. »Und über Ihre Schwester, deren Mann und viele andere hochrangige Vertreter der Neuen Republik.« Er zuckte mit den Schultern. »Aber das sind natürlich müßige Überlegungen. Die Tatsache, daß es ihnen exklusiv um den Jedi beziehungsweise die zukünftigen Jedi der Neuen Republik geht, bedeutet, daß sie nicht an Informationen interessiert sind. Wo haben diese beiden Anschläge stattgefunden?«

»Der erste auf Bimmisaari, der zweite auf Bpfassh.«

Karrde nickte. »Wir haben einen Verbindungsmann auf Bpfassh; vielleicht gelingt es ihm, mehr über die Pläne der Imperialen herauszufinden. Bis dahin werden Sie, fürchte ich, unser Gast bleiben müssen.«

Es klang wie eine Entlassung. »Lassen Sie mich noch eines erwähnen, bevor ich gehe«, sagte Luke. »Ganz gleich, was aus mir wird – oder aus Leia, was das betrifft –, das Imperium ist trotzdem zum Untergang verdammt. Es gehören jetzt mehr Planeten zur Neuen Republik als zum Imperium, und die Zahl wächst täglich. Früher oder später werden wir siegen, und wenn allein durch unsere zahlenmäßige Übermacht.«

»Das hat das Imperium auch damals über die Rebellion gesagt«, konterte Karrde trocken. »Aber das ist das Dilemma. Während mir rasche Vergeltung durch das Imperium droht, wenn ich Sie nicht ausliefere, scheint mir die Neue Republik auf längere Sicht der eigentliche Sieger zu sein.«

»Nur wenn er und seine Schwester Mon Mothmas Hand halten«, warf Mara verächtlich ein. »Wenn nicht...«

»Wenn nicht, ist der Ausgang ungewiß«, stimmte Karrde zu. »Wie dem auch sei, ich danke Ihnen, daß Sie mir Ihre Zeit gewidmet haben, Skywalker. Ich hoffe, daß wir rasch zu einer Entscheidung kommen.«

»Wegen mir müssen Sie sich nicht beeilen«, erwiderte Luke. »Dies scheint ein angenehmer Planet für einen kurzen Urlaub zu sein.«

»Da täuschen Sie sich«, warnte Karrde. »Meine beiden Vornskrs haben viele Verwandte im Wald. Verwandte, die nicht so zahm sind.«

»Ich verstehe«, sagte Luke. Andererseits – wenn er fliehen und dem Einfluß der rätselhaften Störung entkommen konnte...

»Und erwarten Sie nicht, daß Ihre Jedi-Fähigkeiten Sie beschützen werden«, fügte Karrde fast verträumt hinzu. »Im Wald wären Sie genauso hilflos wie hier. Wahrscheinlich noch hilfloser.« Er sah zu dem Baum auf. »Schließlich gibt es dort draußen wesentlich mehr Ysalamiri als hier drinnen.«

»Ysalamiri?« Luke folgte seinem Blick... und bemerkte zum erstenmal das schlanke, graubraune Tier, das auf dem Ast direkt über Karrdes Kopf lag. »Was ist das?«

»Der Grund dafür, daß Sie bei uns bleiben müssen«, erklärte Karrde. »Sie scheinen über die ungewöhnliche Fähigkeit zu verfügen, die Macht zu verdrängen – sozusagen Blasen zu bilden, in denen die Macht nicht existiert.«

»Davon habe ich noch nie gehört«, gestand Luke und fragte sich, ob die Geschichte überhaupt stimmte. Weder Yoda noch Ben hatten je etwas Derartiges erwähnt.

»Nur die wenigsten wissen davon«, sagte Karrde. »Und in der Vergangenheit hatten jene, die informiert waren, ein großes Interesse, die Sache geheimzuhalten. Die Jedi der Alten Republik haben aus offensichtlichen Gründen den Planeten gemieden, was eine Reihe von Schmugglergruppen dazu veranlaßte, ihr Hauptquartier hier aufzuschlagen. Als der Imperator die Jedi auslöschte, sind die meisten Gruppen wieder fortgezogen, um ihren potentiellen Märkten näher zu sein. Jetzt, wo die Jedi wiederauferstehen« – er nickte Luke zu – »werden einige vielleicht zurückkehren. Obwohl ich mit Sicherheit sagen kann, daß die Einheimischen darüber nicht sehr erfreut sein werden.«

Luke betrachtete den Baum. Jetzt, da er wußte, worauf er achten mußte, sah er auch die anderen Ysalamiri auf den Zweigen und Ästen. »Was macht Sie so sicher, daß die Ysalamiri und nicht irgend etwas anderes die Macht neutralisieren?«

»Zum Teil die hiesigen Legenden«, antwortete Karrde. »Hauptsächlich die Tatsache, daß Sie hier stehen und mit mir reden. Wie sonst hätte es einem überaus nervösen Mann mit einem Paralysator in der Hand gelingen können, sich unbemerkt an einen Jedi heranzuschleichen?«

Luke sah ihn scharf an. »An Bord der *Wilder Karrde* waren Ysalamiri?«

»Richtig«, bestätigte Karrde. »Rein zufällig. Oder…« Er sah Mara an. »Vielleicht doch nicht *ganz* zufällig.«

Luke blickte wieder zu dem Ysalamiri über Karrdes Kopf auf. »Wie weit reicht der Einfluß dieser Blase?«

»Offen gestanden bin ich mir nicht sicher, ob das überhaupt jemand weiß«, erwiderte Karrde. »Nach den Legenden erzeugen einzelne Ysalamiri Blasen mit einem Radius von zehn Metern, während die Blasen ganzer Gruppen wesentlich größer sind. Ich schätze, es liegt an einer Art Verstärkungseffekt. Vielleicht sind Sie so freundlich, an einigen Experimenten teilzunehmen, bevor Sie uns verlassen.«

»Vielleicht«, sagte Luke. »Obwohl es wahrscheinlich davon abhängen wird, in welche Richtung ich Sie verlasse.«

»Wahrscheinlich«, meinte Karrde. »Nun gut. Ich nehme an, daß Sie sich frisch machen wollen – Sie stecken schon seit Tagen in diesem Raumanzug. Haben Sie Wäsche zum Wechseln dabei?«

»Im Frachtraum meines X-Flüglers steht ein kleiner Koffer«, erwiderte Luke. »Danke, daß Sie ihn mitgenommen haben.«

»Ich versuche immer, nichts zu verschwenden, was sich eines Tages als nützlich erweisen könnte«, sagte Karrde. »Sie bekommen Ihre Sachen, sobald meine Leute festgestellt haben, daß sich darunter keine verborgenen Waffen befinden.« Er lächelte dünn. »Ich glaube zwar nicht, daß sich ein Jedi mit solchen Dingen abgeben würde, aber ich bin ein gründlicher Mensch. Guten Abend, Skywalker.«

Mara hielt ihren kleinen Blaster wieder in der Hand. »Los«, befahl sie.

Luke stand auf. »Lassen Sie mich Ihnen noch einen anderen Vorschlag machen«, sagte er zu Karrde. »Wenn Sie sich entschließen sollten, den ganzen Zwischenfall zu vergessen, bringen Sie mich und Erzwo dorthin zurück, wo Sie uns gefunden haben. Ich wäre bereit, mein Glück bei den anderen zu versuchen, die hinter mir her sind.«

»Auch bei den Imperialen?« fragte Karrde.

»Auch bei den Imperialen«, bestätigte Luke.

Ein Lächeln huschte über Karrdes Gesicht. »Sie wären vielleicht überrascht. Aber ich werde über den Vorschlag nachdenken.«

Die Sonne war hinter den Bäumen verschwunden, und der Himmel verdüsterte sich, als ihn Mara über das Gelände führte. »Habe ich das Abendessen verpaßt?« fragte er, während sie durch den Korridor zu seinem Zimmer gingen.

»Man wird Ihnen etwas bringen«, sagte sie barsch.

»Danke.« Luke holte Luft. »Ich weiß nicht, warum Sie mich so hassen...«

»Seien Sie still«, fiel sie ihm ins Wort. »Seien Sie bloß still.«
Luke gehorchte. Sie erreichten sein Zimmer, und sie schob ihn
hinein. »Das Fenster hat kein Schloß«, sagte sie, »aber es gibt eine
Alarmanlage. Wenn Sie einen Fluchtversuch machen, werden entweder die Vornskrs oder ich Sie erwischen.« Sie lächelte höhnisch. »Probieren Sie's einfach.«

Luke sah zum Fenster und wieder zu Mara. »Ich verzichte.«

Ohne ein weiteres Wort verließ sie den Raum und schloß die
Tür. Er hörte das Klicken der elektronischen Türverriegelung,
dann war alles still.

Er trat ans Fenster und blickte nach draußen. Einige Fenster der
anderen Baracken waren erleuchtet, während in seinem Gebäude
alles dunkel war. Was einen Sinn ergab. Gleichgültig, ob ihn
Karrde nun an das Imperium ausliefern oder an die Neue Republik
zurückgeben würde – je weniger Mitwisser es gab, desto besser.

Vor allem, wenn Karrde Maras Rat folgte und ihn tötete.

Er wandte sich vom Fenster ab, legte sich auf das Bett und
kämpfte gegen die aufsteigende Furcht an. Seit seiner Begegnung
mit dem Imperator hatte er sich nicht mehr so hilflos gefühlt.

Oder, um genau zu sein, war er nicht mehr so hilflos *gewesen*.

Er holte tief Luft. *Für den Jedi gibt es keine Gefühle; Frieden gibt
es.* Tief im Innern wußte er, daß es einen Weg aus diesem Gefäng-
nis geben mußte.

Er mußte nur so lange überleben, bis er ihn gefunden hatte.

## 20

»Nein, ich versichere dir, mir geht es gut«, sagte Dreipeo mit Leias Stimme und sah dabei so unglücklich aus, wie es einem Droiden überhaupt möglich war. »Han und ich wollen nur einen kleinen Abstecher zum Abregado-System machen, wenn wir schon einmal in der Gegend sind.«

»Ich verstehe, Eure Hoheit«, drang Winters Stimme aus dem Funkempfänger des *Falken*. Han fand, daß sie müde klang. Müde und gleichzeitig erregt. »Darf ich trotzdem empfehlen, nicht zu lange fortzubleiben?«

Dreipeo sah hilfesuchend zu Han hinüber. »Wir sind bald wieder zurück«, murmelte Han in seinen Kommunikator.

»Wir sind bald wieder zurück«, wiederholte Dreipeo in das Mikro des *Falken*.

»Ich will nur…«

»Ich will nur…«

»…die industrielle Infrastruktur…«

»…die industrielle Infrastruktur…«

»…von Gado überprüfen.«

»…von Gado überprüfen.«

»Ja, Eure Hoheit«, sagte Winter. »Ich werde die Information an den Rat weiterleiten. Ich bin sicher, man wird froh darüber sein. Dürfte ich vielleicht kurz mit Captain Solo sprechen?«

Auf der anderen Seite des Cockpits schnitt Lando eine Grimasse. *Sie weiß Bescheid,* formte er stumm mit den Lippen.

*Du hast recht,* gab Han lautlos zurück. Er nickte Dreipeo zu. »Natürlich«, sagte der Droide mit sichtlicher Erleichterung. »Han…?«

Han schaltete seinen Kommunikator um. »Hier bin ich, Winter. Was gibt's?«

»Ich wollte nur wissen, ob Sie mir in etwa sagen können, wann Sie und Prinzessin Leia zurückkehren«, erklärte sie. »Admiral Ackbar hat nach Ihnen gefragt.«

Han runzelte die Stirn. Seit er vor ein paar Monaten von seinem Posten als General zurückgetreten war, hatte Ackbar kaum mehr als zwei private Worte mit ihm gewechselt. »Danken Sie bitte dem Admiral für sein Interesse«, antwortete er vorsichtig. »Ich nehme an, ihm geht es gut?«

»Eigentlich ja«, sagte Winter. »Allerdings hat er jetzt, seit die Schule begonnen hat, ein paar Probleme mit seiner Familie.«

»Streit zwischen den Kindern?« fragte Han.

»Probleme beim Zubettbringen«, sagte sie. »Der Kleine will dauernd aufstehen und lesen – solche Sachen. Sie wissen schon.«

»Ja«, sagte Han. »Ich kenne die lieben Kleinen. Was machen die Nachbarn? Hat er immer noch Schwierigkeiten mit ihnen?«

Eine kurze Pause. »Ich... weiß es nicht genau«, erwiderte sie. »Er hat mir gegenüber nichts davon erwähnt. Aber ich kann ihn fragen, wenn Sie wollen.«

»Es ist eigentlich nicht so wichtig«, sagte Han. »Hauptsache, der Familie geht es gut.«

»Das denke ich auch. Wahrscheinlich wollte er sich nur bei Ihnen in Erinnerung bringen.«

»Danke für die Information.« Er warf Lando einen Blick zu. »Sagen Sie ihm, daß es nicht mehr allzu lange dauern wird. Wir fliegen nach Abregado, statten vielleicht noch dem einen oder anderen Planeten einen kurzen Besuch ab und kommen dann zurück.«

»In Ordnung«, sagte Winter. »Sonst noch etwas?«

»Nein – ja«, korrigierte sich Han sofort. »Wie geht das Bpfasshi-Wiederaufbau-Programm voran?«

»In den drei Systemen, die von den Imperialen angegriffen worden sind?«

»Richtig.« Und wo er und Leia ihren zweiten Zusammenstoß

mit jenen grauhäutigen nichtmenschlichen Kidnappern gehabt hatten; aber es hatte keinen Sinn, das Thema anzusprechen.

»Ich sehe mal eben nach«, sagte Winter. »...Es macht gute Fortschritte. Es gab einige Probleme mit den Schiffen, aber die Versorgung scheint jetzt zu funktionieren.«

Han runzelte die Stirn. »Was hat Ackbar gemacht, irgendwo ein paar eingemottete Containerschiffe ausgegraben?«

»Viel raffinierter«, sagte Winter trocken. »Er hat ein paar Sternkreuzer und Angriffsfregatten genommen, die Besatzung zum größten Teil durch Androiden ersetzt, und schon standen genug Frachter zur Verfügung.«

Han schnitt eine Grimasse. »Ich hoffe nur, er läßt sie nicht ohne Begleitschutz fliegen. Leere Sternkreuzer wären für die Imperialen die ideale Zielübung.«

»Ich bin sicher, daß er daran gedacht hat«, beruhigte ihn Winter. »Und die orbitalen Docks und Werften von Sluis Van sind sehr gut geschützt.«

»Ich habe meine Zweifel, ob heutzutage überhaupt etwas geschützt werden kann«, gab Han säuerlich zurück. »Vor allem nicht vor diesen wildgewordenen Imperialen. Nun ja, ich muß jetzt Schluß machen; wir melden uns später wieder.«

»Gute Reise. Eure Hoheit? Auf Wiedersehen.«

Lando gab Dreipeo einen Wink. »Auf Wiedersehen, Winter«, sagte der Droide.

Han stand auf und überprüfte seinen Blaster. »Kommt – wir müssen zurück. Auf Coruscant stimmt etwas nicht.«

»Meinst du damit dieses Gerede über Ackbars Familie?« fragte Lando und stand ebenfalls auf.

»Genau«, bestätigte Han und wandte sich zur Luke des *Falken*. »Wenn ich Winter richtig verstanden habe, greift Fey'lya nach Ackbars Posten. Komm schon, Dreipeo – du mußt das Schott hinter uns verriegeln.«

»Captain Solo, ich muß erneut gegen dieses ganze Arrangement protestieren«, sagte der Droide weinerlich. »Ich habe wirklich das Gefühl, daß meine Rolle als Prinzessin Leia...«

»Schon gut, schon gut«, fiel ihm Han ins Wort. »Sobald wir zurück sind, wird Lando dich wieder umprogrammieren.«

»Das war schon alles?« fragte Lando. Er schob sich an Dreipeo vorbei und trat zu Han vor die Luke. »Ich denke, du hast Winter gesagt...«

»Das war für eventuelle Lauscher bestimmt«, unterbrach Han. »Sobald wir hier den Kontakt geknüpft haben, kehren wir zurück. Vielleicht holen wir auch Leia von Kashyyyk ab.«

Lando pfiff leise. »So schlimm?«

»Schwer zu sagen«, gestand Han und öffnete die Luke. Die Rampe senkte sich langsam auf den staubigen Permabetonboden unter ihnen. »Ich habe nicht ganz verstanden, was sie mit ›der Kleine will dauernd aufstehen und lesen‹ gemeint hat. Ich vermute, daß es mit dem Geheimdienst zu tun hat, den Ackbar als Oberkommandierender leitet. Oder schlimmer noch – vielleicht will Fey'lya den ganzen Kuchen haben.«

»Du hättest dir mit Winter einen besseren Kode einfallen lassen sollen«, meinte Lando, als er die Rampe hinunterging.

»Wir hätten uns überhaupt einen Kode einfallen lassen sollen«, knurrte Han. »Seit drei Jahren will ich mich deswegen mit Leia und ihr zusammensetzen. Bin leider nie dazu gekommen.«

»Nun, wenn es dir hilft, für mich ergibt die Analyse einen Sinn.« Lando sah sich in der Landegrube um. »Es paßt jedenfalls zu den Gerüchten, die ich gehört habe. Ich nehme an, mit den Nachbarn ist das Imperium gemeint?«

»Richtig. Winter hätte eigentlich davon hören müssen, wenn Ackbar die undichten Stellen gefunden hätte.«

»Aber dann ist es doch sehr gefährlich, jetzt zurückzukehren, oder?« fragte Lando, als sie den Ausgang ansteuerten.

»Ja«, sagte Han und preßte die Lippen zusammen. »Aber wir müssen das Risiko eingehen. Ohne Leia als Friedenstifterin wird Fey'lya dem Rat alle Vollmachten abpressen können, die er verlangt.«

»Mmm.« Lando blieb an der Rampe zum Ausgang stehen. »Hoffen wir, daß wir hier finden, was wir suchen.«

»Hoffen wir, daß der Kerl überhaupt auftaucht«, sagte Han und marschierte die Rampe hinauf.

Der Abregado-rae-Raumhafen hatte unter den Piloten einen schlechten Ruf. Han hatte ihn in seiner Schmugglerzeit mehrfach angeflogen und ihn damals schon so schlimm gefunden wie den Mos-Eisley-Hafen auf Tatooine. Es war für ihn deshalb ein Schock, hinter dem Ausgang der Landegrube eine hübsche, saubere Stadt zu sehen. »Nun, nun«, murmelte Lando. »Ist die Zivilisation doch noch nach Abregado gekommen?«

»Es sind schon seltsamere Dinge geschehen«, erwiderte Han und sah sich um. Sauber und fast übertrieben ordentlich und dennoch von jener eigentümlichen Atmosphäre, wie sie jeder große Frachthafen zu haben schien. Die Atmosphäre der Freiheit...

»Oh, oh«, sagte Lando leise und blickte an Hans Schulter vorbei. »Sieht aus, als hätte jemand verdammte Schwierigkeiten.«

Han drehte sich um. Fünfzig Meter weiter auf der Umgehungsstraße des Raumhafens hatte sich eine kleine Gruppe uniformierter Männer mit leichten Panzerwesten und Blastergewehren vor einer der Landegruben versammelt. Während Han zusah, verschwand die Hälfte durch den Eingang; die anderen bewachten weiter die Straße. »Du hast recht«, sagte Han und reckte den Kopf, um die Nummer über der Tür zu lesen. Dreiundsechzig. »Hoffen wir, daß sie nicht hinter unserem Kontaktmann her sind. Wo sollen wir uns überhaupt mit ihm treffen?«

»Dort drüben«, sagte Lando und deutete auf ein niedriges, fensterloses Gebäude zwischen zwei wesentlich älteren Häusern. Ein geschnitztes Holzbrett mit der Aufschrift »LoBue« hing über der Tür. »Wir sollen uns an einen der Tische zwischen der Bar und dem Kasino setzen und warten. Er wird dann Verbindung mit uns aufnehmen.«

Das LoBue war überraschend groß, wenn man die bescheidene Straßenfassade bedachte, und umfaßte auch das ältere Haus zu seiner Linken. Direkt hinter dem Eingang standen einige Tische mit Blick auf eine kleine, aber feine Tanzfläche, die zur Zeit leer war, obwohl im Hintergrund schrille Musik spielte. Auf der anderen Seite der Tanzfläche gab es eine Reihe Séparées, die sich nicht einsehen ließen. Links davon, über eine kurze Treppe zu erreichen und durch eine durchsichtige Plastikwand von der Tanzfläche getrennt, lag das Kasino. »Ich glaube, da oben ist auch die Bar«, murmelte Lando. »Hinter den Sabacctischen. Wahrscheinlich sollen wir dort auf ihn warten.«

»Bist du schon einmal hier gewesen?« fragte Han über die Schulter, als sie zur Treppe gingen.

»Hier noch nicht, nein. Es ist schon Jahre her, daß ich auf Abregado-rae war. Es war schlimmer als auf Mos Eisley, und ich bin nicht lange geblieben.« Lando schüttelte den Kopf. »Vielleicht habt ihr ja eure Probleme mit der neuen Regierung, aber sie hat auf diesem Planeten gründlich aufgeräumt.«

»Tja, und solltest du Probleme mit der neuen Regierung haben, dann behalte sie für dich, okay?« warnte Han. »Ich möchte lieber nicht auffallen.«

Lando kicherte. »Wie du willst.«

Die Beleuchtung der Bar war gedämpfter als die im Kasino, aber man konnte trotzdem noch genug sehen. Sie setzten sich an einen Tisch in der Nähe der Spieltische. Das Holo einer attraktiven jungen Frau wuchs aus der Mitte des Tisches. »Guten Tag, meine Herren«, sagte sie in wohlklingendem Basic. »Was kann ich für Sie tun?«

»Haben Sie einen Necr'ygor-Omic-Wein?« fragte Lando.

»Haben wir: 47er, 49er, 50er und 52er.«

»Dann nehmen wir eine halbe Karaffe von dem 49er«, sagte Lando.

»Vielen Dank, meine Herren«, erklärte sie, und das Holo verschwand.

»Gehörte das zum Erkennungszeichen?« fragte Han, während er sich im Kasino umsah. Es war erst früher Nachmittag Ortszeit, aber über die Hälfte der Tische waren bereits besetzt. Im Gegensatz dazu war die Bar fast leer; nur eine Handvoll Menschen und Nichtmenschen schlürften ihre Drinks. Auf der Liste der beliebtesten Gado-Tugenden rangierte Spielen offenbar vor Trinken.

»Er hat eigentlich nicht gesagt, daß ich etwas Bestimmtes bestellen soll«, erwiderte Lando. »Aber da ich einen guten Necr'ygor-Omic-Wein zu schätzen weiß...«

»Und da Coruscant für alles bezahlen wird...?«

»Genau.«

In der Mitte des Tisches öffnete sich eine Klappe, und der Wein wurde serviert. »Darf es noch etwas sein, meine Herren?« fragte das Holo-Mädchen.

Lando schüttelte den Kopf und griff nach der Karaffe und den beiden Gläsern. »Im Moment nicht, danke.«

»Danke.« Sie und das Tablett verschwanden.

»Nun ja«, sagte Lando und schenkte den Wein ein. »Warten wir.«

»Gut, während du wartest, wirf doch mal einen unauffälligen Blick zu dem Sabacctisch in der Ecke«, sagte Han. »Fünf Männer und eine Frau. Ist der zweite Bursche von rechts vielleicht unser Mann?«

Lando hob sein Weinglas und hielt es ins Licht, wie um die Farbe zu begutachten. Dabei drehte er sich halb um... »Meinst du Fynn Torve?«

»Er sieht ihm zumindest sehr ähnlich«, bestätigte Han. »Du bist doch häufiger mit ihm zusammen gewesen.«

»Du meinst *vor* diesem verhängnisvollen Sabaccspiel mit dir?« Han blickte gekränkt drein. »Du trauerst doch nicht etwa noch immer dem *Falken* hinterher, oder?«

»Nun...« Lando dachte nach. »Nein, wahrscheinlich nicht. Viel trauriger ist, daß ich gegen einen Amateur verloren habe.«

»*Amateur?*«

»...aber ich gebe zu, daß ich hinterher manche Nächte wach gelegen und über Rachepläne gebrütet habe. Ein Glück, daß ich nicht dazu gekommen bin, sie in die Tat umzusetzen.«

Han sah wieder zum Sabacctisch hinüber. »Vielleicht fühlst du dich besser, wenn ich dir sage, daß wir vermutlich jetzt nicht hier sitzen würden, wenn du den *Falken* nicht an mich verloren hättest. Der erste Todesstern des Imperiums hätte Yavin vernichtet und dann die Allianz Planeten für Planeten auseinandergenommen. Und das wäre dann das Ende gewesen.«

Lando zuckte mit den Schultern. »Vielleicht; vielleicht auch nicht. Mit Leuten wie Ackbar und Leia...«

»Leia wäre längst tot«, unterbrach Han. »Sie war schon auf dem Weg zur Hinrichtung, als Luke, Chewie und ich sie aus dem Todesstern befreiten.« Ein Frösteln überlief ihn. Fast hätte er sie für immer verloren. Und hätte nie erfahren, was ihm genommen worden war.

Und jetzt, da er es wußte... würde er sie vielleicht trotzdem verlieren.

»Ihr geht es gut, Han«, sagte Lando leise. »Mach dir keine Sorgen.« Er schüttelte den Kopf. »Ich wünschte nur, wir wüßten, was die Imperialen von ihr wollen.«

»Ich weiß, was sie wollen«, knurrte Han. »Sie wollen die Zwillinge.«

Lando starrte ihn verblüfft an. »Bist du sicher?«

»So sicher, wie man nur sein kann«, sagte Han. »Warum haben sie bei dem Hinterhalt auf Bpfassh nur Schockwaffen eingesetzt? Weil die Chance, nach einem Treffer eine Fehlgeburt zu erleiden, größer als fünfzig Prozent ist.«

»Klingt einleuchtend«, stimmte Lando grimmig zu. »Weiß Leia Bescheid?«

»Ich weiß es nicht. Wahrscheinlich.«

Er sah ungeduldig zu den Sabacctischen hinüber. Wenn Torve tatsächlich Karrdes Kontaktmann war – warum hörte er nicht mit diesem Unsinn auf und sprach mit ihnen? Seine Blicke wanderten zur Bar... und verharrten dort. An einem Tisch in der Ecke, im Halbdunkel nur undeutlich zu erkennen, saßen drei Männer.

Jeder große Frachthafen hatte seine eigene Atmosphäre, eine Mischung aus Klängen und Gerüchen und Schwingungen, die jeder erfahrene Pilot sofort erkannte. Das gleiche traf auf planetare Sicherheitsbeamte zu. »Oh, oh«, sagte er.

»Was ist?« fragte Lando und sah sich verstohlen um. Sein Blick traf den Tisch in der Ecke... »Oh, oh«, äußerte er ebenfalls. »Das erklärt natürlich, warum sich Torve an seinem Sabacctisch versteckt.«

»Und sich alle Mühe gibt, uns zu ignorieren«, fügte Han hinzu, ohne die Sicherheitsbeamten aus den Augen zu lassen. Wenn sie nur zufällig hier waren, blieb ihm wahrscheinlich nichts anderes übrig, als seine ID-Karte der Neuen Republik zu zücken und die ranghöhere Amtsperson zu spielen. Was funktionieren konnte oder auch nicht; und er konnte jetzt schon das höfliche Geschrei hören, das Fey'lya deswegen anstimmen würde.

Aber wenn sie nur hinter Torve her waren, wenn es mit der Razzia in der Landegrube zu tun hatte...

Es war das Risiko wert. Er klopfte auf die Mitte des Tisches. »Bedienung?«

Das Holo erschien wieder. »Ja, mein Herr?«

»Geben Sie mir zwanzig Sabaccchips, ja?«

»Natürlich«, sagte sie und verschwand.

»Einen Moment«, sagte Lando argwöhnisch, als Han sein Glas leerte. »Du willst doch nicht etwa 'rübergehen, oder?«

»Hast du einen besseren Vorschlag?« fragte Han und öffnete das Blasterholster. »Wenn er unser Kontaktmann ist, werde ich ihn bestimmt nicht einfach laufenlassen.«

Lando seufzte resignierend. »Soviel zur Unauffälligkeit. Was soll ich machen?«

»Halt dich bereit.« Die Klappe in der Tischmitte öffnete sich, und ein Stapel Sabaccchips tauchte auf. »Bis jetzt scheinen sie ihn nur zu beobachten – vielleicht können wir mit ihm verschwinden, ehe ihre Kollegen eintreffen.«

»Wenn nicht?«

Han griff nach den Chips und stand auf. »Dann versuche ich's mit einem Ablenkungsmanöver, und wir treffen uns am *Falken*.«

»Einverstanden. Viel Glück.«

Torve gegenüber am Sabacctisch waren zwei Stühle frei. Han setzte sich und ließ seine Chips auf den Tisch fallen. »Die Karten«, sagte er.

Die anderen sahen ihn teils überrascht, teils feindselig an. Torve blickte auf, senkte den Kopf, blickte wieder auf. »Sie sind der Kartengeber, Meister? Dann her damit.«

»Ah – tut mir leid, ich bin's nicht«, sagte Torve mit einem Blick zu dem dicken Mann an seiner Seite.

»Und wir haben schon angefangen«, sagte der Dicke abwehrend. »Sie müssen bis zur nächsten Runde warten.«

»Wieso, Sie haben doch noch nicht mal gesetzt«, protestierte Han. Der Sabaccpot war gut gefüllt – sie mußten schon seit ein paar Stunden spielen. Wahrscheinlich war das der Grund dafür, warum der Kartengeber kein frisches Blut im Spiel haben wollte, das womöglich den ganzen Pot gewann. »Kommen Sie, geben Sie mir schon meine Karten«, sagte er und warf einen Chip auf den Tisch.

Langsam, ihn dabei düster anstarrend, nahm der Dicke die beiden obersten Karten vom Stapel und schob sie zu ihm hinüber. »So gefällt's mir«, meinte Han zufrieden. »Läßt einen richtig in Erinnerungen schwelgen. Zuhause hab ich die Jungs mit den langen Nasen, die sie dauernd in anderer Leute Angelegenheiten stecken, jedesmal ausgenommen.«

Torve sah ihn scharf an, und sein Gesicht wurde hart. »Haben Sie, ja?« sagte er ruhig. »Nun, Sie spielen hier mit Männern, nicht mit kleinen Jungs. Vielleicht läuft's heute ganz anders.«

»Ich bin nicht gerade ein Amateur«, meinte Han leichthin. Die Sicherheitsbeamten hatten die Landegrube Dreiundsechzig durchsucht... »Ich habe... na, allein im letzten Monat dreiundsechzig Spiele gewonnen.«

In Torves Gesicht zuckte es. Also *war* es seine Landegrube. »Klingt nach einer lohnenden Zahl«, brummte er und griff unter den Tisch. Han straffte sich, aber die Hand tauchte leer wieder auf. Torves Blicke huschten durch den Raum, verharrten kurz bei Lando und kehrten dann zu Han zurück. »Sind Sie zum höchsten Einsatz bereit?«

Han hielt seinem Blick stand. »Ich biete bis zum Ende mit.«

Torve nickte bedächtig. »Vielleicht nehme ich Sie beim Wort.«

»Das ist bestimmt alles sehr interessant«, warf einer der anderen Spieler ein. »Aber einige von uns würden trotzdem gerne Karten spielen.«

Torve sah Han einladend an. »Der Einsatz beträgt vier«, sagte er.

Han betrachtete seine Karten: die Versdame und Münz Vier. »Sicher«, meinte er, nahm sechs Chips von seinem Stapel und warf sie in den Pot. »Vier zum Sehen, und ich erhöhe um Zwei.« Hinter ihm raschelte es...

»Betrüger!« dröhnte ihm eine tiefe Stimme ins Ohr.

Han sprang auf und wirbelte herum, griff reflexartig nach seinem Blaster, doch im selben Moment entriß ihm eine große Hand die beiden Karten. »Sie *sind* ein Betrüger, Sir«, dröhnte die Stimme.

»Ich weiß nicht, wovon Sie reden«, sagte Han und legte den Kopf in den Nacken, um seinem Gegenüber ins Gesicht zu sehen.

Er wünschte, er hätte es nicht getan. Der Mann, der wie eine zottelbärtige Sturmwolke von seiner doppelten Größe vor ihm aufragte, starrte mit einem Gesichtsausdruck auf ihn hinunter, der sich nur als religiöser Fanatismus beschreiben ließ. »Sie wissen genau, wovon ich rede«, preßte der Mann hervor. »Diese Karte« – er wedelte mit einer von Hans Karten – »ist *gezinkt*.«

Han blinzelte. »Das stimmt nicht«, protestierte er. Die Menge um den Tisch wurde immer größer: Sicherheitsbeamte und andere Angestellte des Kasinos, Spieler und ein paar Schaulustige, die hofften, Blut fließen zu sehen. »Das ist die Karte, die ich bekommen habe.«

»Oh, tatsächlich?« Der Mann umschloß die Karte mit seiner riesigen Hand, hielt sie Han vors Gesicht und tippte mit der Fingerspitze gegen eine Ecke.

Die Versdame verwandelte sich abrupt in die Säbel Sechs. Der Mann tippte wieder gegen die Ecke, und sie wurde zum Gesicht des Gemäßigten. Und zur Flakon Acht... und zum Gesicht des Idioten... und zum Münzkönig...

»Das ist die Karte, die ich bekommen habe«, wiederholte Han. Er spürte, wie ihm der Schweiß ausbrach. Soviel zur Unauffälligkeit. »Wenn sie gezinkt ist, dann ist es nicht meine Schuld.«

Ein kleiner Mann mit einem harten Gesicht drängte sich an dem Bärtigen vorbei. »Halten Sie Ihre Hände auf dem Tisch«, befahl er Han mit einer Stimme, die zu seinem Gesicht paßte. »Zur Seite, Reverend – wir kümmern uns schon darum.«

*Reverend?* Han sah wieder zu der finsteren Sturmwolke auf, und diesmal sah er das schwarze, kristalldurchwirkte Band, das durch seinen Bart geflochten war. »Reverend, was?« sagte er resignierend. In der ganzen Galaxis gab es fanatische religiöse Gruppen, deren Hauptbeschäftigung im Leben der Kreuzzug gegen alle Formen der Spielleidenschaft zu sein schien. Und gegen alle Spieler.

»Ich sagte, Hände auf den Tisch«, fauchte der Sicherheitsbeamte und griff nach der verdächtigen Karte. Er musterte sie, probierte es selbst und nickte. »Gut gezinkt, Bürschchen«, sagte er und funkelte Han drohend an.

»Bestimmt hat er die Karte, die er bekommen hat, irgendwo versteckt«, warf der Reverend ein. Er war nicht von Hans Seite gewichen. »Wo ist sie, Betrüger?«

»Die Karte, die ich bekommen habe, hat jetzt Ihr Freund«, knurrte Han. »Ich brauche keine gezinkten Karten, um beim Sabacc zu gewinnen. Wenn ich eine hatte, dann deshalb, weil sie mir gegeben wurde.«

»Oh, tatsächlich?« Ohne Vorwarnung fuhr der Reverend zu dem dicken Kartengeber herum, der noch immer am Tisch saß. »Ihre Karten, Sir, wenn es Ihnen nichts ausmacht«, forderte er und streckte die Hand aus.

Dem anderen fiel die Kinnlade nach unten. »Wovon reden Sie überhaupt? Warum sollte ich jemand gezinkte Karten geben? Außerdem gehören sie dem Haus – sehen Sie?«

»Nun, wir können das überprüfen«, meinte der Reverend und griff nach den Karten. »Und dann werden wir Sie – *und* Sie« – er deutete auf den Dicken und auf Han – »durchsuchen und feststellen, wer eine Karte versteckt hat. Ich schätze, damit wäre das Problem gelöst, nicht wahr, Kampl?« fügte er mit einem Seitenblick zu dem finsteren Sicherheitsbeamten hinzu.

»Sagen Sie uns nicht, wie wir unseren Job zu erledigen haben, Reverend«, grollte Kampl. »Cyru – hol den Scanner, okay?«

Der Scanner war ein knapp handtellergroßes Gerät, offenbar für den heimlichen Einsatz konstruiert. »Der da zuerst«, befahl Kampl und deutete auf Han.

»Gut.« Fachmännisch tastete der andere Han mit dem Gerät ab. »Nichts.«

Kampl begann unsicher zu wirken. »Versuch's noch mal.«

Der andere gehorchte. »Noch immer nichts. Er hat einen Blaster, einen Kommunikator und eine ID-Karte, mehr nicht.«

Für einen langen Moment starrte Kampl Han an. Dann, widerwillig, wandte er sich an den Kartengeber. »Ich protestiere!« keuchte der Dicke und sprang auf. »Ich bin ein Bürger der Klasse Doppel-A – Sie haben kein Recht, mich mit diesen *völlig* aus der Luft gegriffenen Anschuldigungen zu belästigen.«

»Entweder machen wir das hier oder auf der Wache«, schnarrte Kampl. »Entscheiden Sie sich.«

Der Dicke warf Han einen haßerfüllten Blick zu, aber er blieb gehorsam stehen, als ihn der Sicherheitsbeamte scannte. »Er ist ebenfalls sauber«, meldete er mit einem leicht verwirrten Gesichtsausdruck.

»Untersuche den Boden«, befahl Kampl. »Vielleicht hat einer von ihnen sie weggeworfen.«

»Und zählen Sie die restlichen Karten«, riet der Reverend.

Kampl fuhr herum. »Zum letzten Mal...«

»Vielleicht ist das ganze Kasino ein einziges Betrügernest«, unterbrach der Reverend. »Vielleicht sitzen manchmal bestimmte Leute am Spieltisch, Leute, die eine spezielle Karte erkennen, wenn sie sie bekommen.«

»Das ist lächerlich«, fauchte Kampl und trat einen Schritt auf ihn zu. »Das LoBue ist ein respektables und absolut legales Unternehmen. Keiner von diesen Spielern hat irgendwelche Verbindungen zu...«

»He!« rief der dicke Kartengeber plötzlich. »Der Kerl, der neben mir gesessen hat – wo ist er?«

Der Reverend schnaubte. »Aha. Keiner von Ihnen hat irgendwelche Verbindungen zu Ihnen, was?«

Jemand fluchte laut und bahnte sich einen Weg durch die Menge – einer der drei planetaren Sicherheitsbeamten, die den Tisch beobachtet hatten. Kampl sah ihm nach, holte tief Luft und funkelte Han an. »Wie heißt Ihr Partner?«

»Er ist nicht mein Partner«, sagte Han. »Und ich habe nicht falschgespielt. Wenn Sie mich anzeigen wollen, dann bringen Sie mich zur Wache. Wenn nicht…« – er stand auf und nahm seine restlichen Chips an sich – »gehe ich jetzt.«

Für einen langen Moment glaubte er, daß Kampl seinen Bluff durchschaute. Aber der andere hatte keine Beweise, und er wußte es; und offenbar hatte er Besseres zu tun als sich mit einem Fall zu beschäftigen, der ihn nur in Verlegenheit bringen konnte. »Sicher – verschwinden Sie«, schnappte der andere. »Und lassen Sie sich nie wieder hier blicken.«

»Keine Sorge«, versicherte Han.

Die Menge begann sich aufzulösen, und er hatte keine Schwierigkeiten, an seinen Tisch zurückzukehren. Lando war bereits fort, was ihn nicht überraschte. *Was* ihn überraschte, war die Tatsache, daß er die Rechnung bezahlt hatte.


»Das ging schnell«, begrüßte ihn Lando in der Einstiegsluke des *Falken*. »Ich hatte nicht damit gerechnet, daß sie dich so schnell laufenlassen.«

»Sie hatten nichts gegen mich in der Hand«, erklärte Han, trat von der Rampe und schloß die Luke. »Ich hoffe, Torve ist dir nicht entwischt.«

Lando schüttelte den Kopf. »Er sitzt im Salon.« Er wölbte die Brauen. »Und glaubt, daß er in unserer Schuld steht.«

»Das könnte sich als nützlich erweisen«, stimmte Han zu und ging durch den gebogenen Korridor.

Torve saß mit drei kleinen Datenblöcken vor dem Holopult des Salons. »Schön, Sie wiederzusehen, Torve«, sagte Han beim Eintreten.

»Gleichfalls, Solo«, erwiderte der andere ernst, stand auf und gab Han die Hand. »Ich habe mich bereits bei Calrissian bedankt, möchte Ihnen aber auch noch danken. Für die Warnung und für die tatkräftige Hilfe. Ich stehe in Ihrer Schuld.«

»Kein Problem«, wehrte Han ab. »Ich schätze, das Schiff in Grube Dreiundsechzig ist tatsächlich Ihr Schiff?«

»Es gehört meinem Chef, ja.« Torve schnitt eine Grimasse. »Glücklicherweise befindet sich im Moment keine Schmuggelware an Bord – die Ladung ist bereits gelöscht. Aber sie müssen einen Tip bekommen haben.«

»Was für Schmugglerware haben Sie denn transportiert?« fragte Lando und trat hinter Han. »Oder ist es ein Geheimnis?«

Torve zuckte mit den Schultern. »Kein Geheimnis, aber Sie werden es nicht glauben. Lebensmittel.«

»Sie haben recht«, sagte Lando. »Ich glaube es nicht.«

»Ich habe es zuerst auch nicht geglaubt. In den südlichen Bergen scheinen Leute zu leben, die nicht viel von der neuen Regierung halten.«

»Rebellen?«

»Nein, und das ist ja das Merkwürdige daran«, sagte Torve. »Sie rebellieren nicht, machen keinen Ärger und blockieren auch nicht irgendwelche wertvollen Rohstoffquellen. Es sind einfache Leute, und sie wollen nur, daß man sie in Ruhe ihr Leben führen läßt. Die Regierung hat offenbar beschlossen, an ihnen ein Exempel zu statuieren, und unter anderem gehört dazu eine totale Blockade aller Lebensmittel- und Medikamentenlieferungen, bis sie nachgeben und sich der Regierung unterwerfen.«

»Klingt tatsächlich nach der neuen Regierung«, meinte Lando düster. »Für regionale Autonomie hat sie nichts übrig.«

»Deshalb schmuggeln wir Lebensmittel«, schloß Torve. »Verrücktes Geschäft. Jedenfalls ist es schön, zu sehen, daß ihr immer noch zusammenarbeitet. Verdammt viele Teams haben sich in den letzten Jahren aufgelöst, vor allem, seit Jabba tot ist.«

Han und Lando wechselten einen Blick. »Nun, eigentlich arbeiten wir *wieder* zusammen«, stellte Han richtig. »Während des Krieges hat es uns auf dieselbe Seite verschlagen. Vorher...«

»Vorher wollte ich ihn umbringen«, erklärte Lando hilfsbereit. »War aber nicht so ernst gemeint.«

»Sicher«, sagte Torve und sah sie forschend an. »Lassen Sie mich raten – es ging um den *Falken,* stimmt's. Wie ich hörte, haben Sie ihn gestohlen, Solo.«

Han warf Lando einen Seitenblick zu. »*Gestohlen?*«

»Ich sagte doch schon, daß ich wütend war.« Lando zuckte mit den Schultern. »Es war ja nicht gerade ein richtiger Diebstahl, kam dem aber sehr nahe. Ich hatte damals eine kleine halblegale Clearingstelle für gebrauchte Schiffe, und bei einem Sabaccspiel mit Han ging mir das Geld aus. Ich bot ihm im Fall des Sieges ein Schiff seiner Wahl an.« Er lächelte ironisch. »Eigentlich hatte ich erwartet, daß er eine der spritzigen, chromverzierten Yachten nehmen würde, die bei mir verstaubten, und nicht den Frachter, den ich für mich getunt hatte.«

»Du hast wirklich gute Arbeit geleistet«, sagte Han. »Obwohl Chewie und ich eine Menge von dem Zeug 'rauswerfen und neu einbauen mußten.«

»Nett«, knurrte Lando. »Noch so eine Bemerkung, und ich hole mir den *Falken* zurück.«

»Chewie würde das wahrscheinlich gar nicht gefallen«, sagte Han. Er fixierte Torve mit einem durchdringenden Blick. »Natürlich haben Sie das alles längst gewußt, stimmt's?«

Torve grinste. »War nicht so gemeint, Solo. Aber ich muß meine Kunden kennen, ehe ich mit ihnen Geschäfte mache – ich muß wissen, ob sie ehrlich sind oder nicht. Leute, die bei ihrer Vergangenheit lügen, die lügen auch beim Geschäft.«

»Ich schätze, wir haben die Prüfung bestanden?«

»Mit Auszeichnung«, sagte Torve grinsend. »Also. Was kann Talon Karrde für euch tun?«

Han holte tief Luft. Endlich. Jetzt mußte er nur aufpassen, daß er nicht alles verdarb. »Ich möchte Karrde einen Handel vorschlagen: die Chance, direkt mit der Neuen Republik zusammenzuarbeiten.«

Torve nickte. »Ich habe gehört, daß Sie es schon bei einigen anderen Schmugglergruppen versucht haben. Die meisten glauben an einen Trick – sie fürchten, daß Sie sie herauslocken und dann Ackbar ausliefern wollen.«

»Das stimmt nicht«, versicherte Han. »Ackbar ist von der Idee nicht gerade begeistert, aber er hat sie akzeptiert. Wir brauchen mehr Schiffe, und Schmuggler haben Schiffe.«

Torve schürzte die Lippen. »Klingt interessant. Natürlich kann ich nicht allein die Entscheidung treffen.«

»Dann bringen Sie uns zu Karrde«, schlug Lando vor. »Lassen Sie uns direkt mit ihm reden.«

»Tut mir leid, aber er ist im Moment im Hauptquartier«, sagte Torve kopfschüttelnd. »Ich kann Sie nicht hinbringen.«

»Warum nicht?«

»Weil Fremde dort keinen Zutritt haben«, erklärte Torve geduldig. »Wir haben zum Beispiel nicht solche perfekten Verteidigungssysteme wie Jabba auf Tatooine.«

»Wir sind nicht gerade...«, begann Lando.

Han schnitt ihm das Wort ab. »Also gut«, sagte er zu Torve. »Und wie wollen Sie zurückkommen?«

Torve öffnete den Mund und schloß ihn wieder. »Ich schätze, ich werde irgendwie mein beschlagnahmtes Schiff loseisen müssen, nicht wahr?«

»Das kann dauern«, stellte Han fest. »Außerdem kennt man Sie hier. Aber wenn jemand mit den richtigen Papieren auftaucht, könnte er es freibekommen, ehe jemand überhaupt merkt, was passiert ist.«

Torve hob eine Braue. »Zum Beispiel Sie?«

Han zuckte mit den Schultern. »Warum nicht? Allerdings sollte ich nach dem Zwischenfall im LoBue vorsichtig sein. Aber ich bin sicher, daß ich es schaffe.«

»Das bin ich auch«, meinte Torve. »Und der Haken...?«

»Kein Haken«, versicherte Han. »Ich möchte nur, daß Sie uns zu Ihrem Hauptquartier bringen und wir fünfzehn Minuten mit Karrde reden können.«

Torve starrte ihn mit zusammengekniffenen Lippen an. »Wenn ich das mache, werde ich Ärger bekommen. Sie wissen das.«

»Wir sind keine Fremden«, erinnerte Lando. »Ich habe Karrde einmal getroffen, und Han und ich haben schon seit Jahren militärische Geheimnisse der Allianz für uns behalten. Man kann uns vertrauen.«

Torve sah Lando an. Sah wieder Han an. »Ich werde Ärger bekommen«, wiederholte er seufzend. »Aber ich schätze, ich bin es Ihnen schuldig. Aber unter einer Bedingung: Die Navigation übernehme ich, und die Kursdaten werden später von mir gelöscht. Was weiter wird, liegt allein bei Karrde.«

»Einverstanden«, sagte Han. Paranoia war eine Berufskrankheit unter Schmugglern. Außerdem interessierte ihn nicht, von wo aus Karrde seine Geschäfte betrieb. »Wann brechen wir auf?«

»Sobald Sie bereit sind.« Torve wies auf die Sabaccchips in Hans Hand. »Vorausgesetzt, Sie wollen die Dinger nicht vorher im LoBue verspielen«, fügte er hinzu.

Han hatte die Chips völlig vergessen. »Besser nicht«, knurrte er und warf sie auf das Holopult. »Ich spiele kein Sabacc, wenn mir religiöse Fanatiker im Nacken sitzen.«

»Ja, der Reverend hat eine gute Show geliefert, nicht wahr?«
sagte Torve. »Ich wüßte nicht, was wir ohne ihn gemacht hätten.«

»Einen Moment«, mischte sich Lando ein. »Sie *kannten* ihn?«

»Sicher.« Torve grinste. »Er ist mein Verbindungsmann zu dem
Bergclan. Aber ohne eure unfreiwillige Hilfe hätte er nicht so einen Wirbel machen können.«

»Der verdammte...« Han knirschte mit den Zähnen. »Dann
stammte die gezinkte Karte also von ihm?«

»Na klar.« Torve sah Han unschuldig an. »Worüber beschweren
Sie sich? Sie haben bekommen, was Sie wollten – ich bringe Sie zu
Karrde. Richtig?«

Han dachte darüber nach. Torve hatte natürlich recht. Aber
trotzdem... »Richtig«, sagte er. »Soviel zu den Heldentaten.«

Torve schnaubte amüsiert. »Wem sagen Sie das. Also los, lassen
Sie uns an den Computer gehen und ein Navigationsmodul kodie-
ren.«

# 21

Mara trat vor die Tür des Kommraums und fragte sich unbehaglich, was die plötzliche Aufregung zu bedeuten hatte. Karrde hatte
nichts gesagt, aber der Unterton in seiner Stimme hatte ihre alten
Überlebensinstinkte geweckt. Sie überprüfte den kleinen Blaster,
der schußbereit in ihrem Ärmelholster steckte, und drückte auf
den Türöffner.

Sie hatte eigentlich erwartet, mindestens zwei Personen im
Zimmer anzutreffen: Karrde und den diensthabenden Kommuni-
kationsspezialisten. Zu ihrer milden Überraschung war Karrde al-

lein. »Kommen Sie herein, Mara«, sagte er, als er von seinem Datenblock aufblickte. »Schließen Sie bitte die Tür hinter sich.«

Sie gehorchte. »Schwierigkeiten?« fragte sie.

»Nur ein kleines Problem«, beruhigte er sie. »Wenn auch ein peinliches. Fynn Torve hat sich soeben gemeldet. Er befindet sich im Anflug... mit zwei Gästen. Den ehemaligen Generalen der Neuen Republik Lando Calrissian und Han Solo.«

Maras Magen zog sich zusammen. »Was wollen sie?«

Karrde zuckte andeutungsweise mit der Schulter. »Offenbar nur mit mir reden.«

Für einen Moment dachte Mara an Skywalker, der noch immer in seiner Barackenzelle auf der anderen Seite des Geländes eingesperrt war. Aber nein – niemand in der Neuen Republik konnte wissen, daß er hier war. Selbst von Karrdes Leuten hier auf Myrkr waren nur die wenigsten informiert. »Sind sie mit ihrem eigenen Schiff unterwegs?« fragte sie.

»Ihres ist das einzige, das sich im Anflug befindet«, sagte Karrde. »Torve ist bei ihnen an Bord.«

Maras Augen glitten zu der Kommunikationskonsole hinter ihm. »Als Geisel?«

Karrde schüttelte den Kopf. »Ich glaube nicht. Er hat die richtigen Losungsworte genannt. Die *Ätherstraße* liegt immer noch auf Abregado – von den lokalen Behörden beschlagnahmt. Offenbar haben Calrissian und Solo Torve vor einem ähnlichen Schicksal bewahrt.«

»Dann danken Sie ihnen, lassen Sie Torve von Bord gehen und schicken Sie die beiden wieder fort«, schlug Mara vor. »Sie haben sie schließlich nicht eingeladen.«

»Stimmt«, sagte Karrde und sah sie aufmerksam an. »Andererseits scheint Torve zu denken, daß er in ihrer Schuld steht.«

»Dann soll er sie selbst abtragen.«

Karrdes Augen wurden hart. »Torve ist einer meiner Partner«, sagte er mit kalter Stimme. »Seine Schuld ist auch die der Organisation. Das sollten Sie inzwischen wissen.«

Maras Kehle zog sich zusammen, als ihr plötzlich ein schrecklicher Gedanke kam. »Sie werden ihnen doch nicht Skywalker übergeben, oder?« fragte sie.

»Lebend, meinen Sie?« fragte Karrde.

Für einen langen Moment starrte Mara ihn nur an; sie sah dieses dünne Lächeln und die zusammengekniffenen Augen und diesen völlig desinteressierten Gesichtsausdruck, aber sie wußte, daß es nur eine Maske war. Er wollte wissen, warum sie Skywalker haßte – mit einer Intensität, die fast an Leidenschaft grenzte.

Und soweit es sie betraf, konnte er sich ruhig weiter den Kopf zerbrechen. »Ihnen ist offenbar noch nicht der Gedanke gekommen«, stieß sie hervor, »daß Solo und Calrissian diese ganze Sache, die Beschlagnahme der *Ätherstraße* eingeschlossen, nur eingefädelt haben, um unsere Basis zu finden.«

»Doch, der Gedanke ist mir gekommen«, erwiderte Karrde. »Ich habe ihn als zu weit hergeholt wieder verworfen.«

»Natürlich«, sagte Mara ironisch. »Der große und ehrenwerte Han Solo würde so etwas Niederträchtiges niemals tun, nicht wahr? Außerdem haben Sie meine Frage nicht beantwortet.«

»Über Skywalker? Ich dachte, ich hätte klargemacht, Mara, daß er hier bleibt, bis ich weiß, warum Admiral Thrawn so sehr an ihm interessiert ist. Zumindest müssen wir wissen, was er wert ist und wer am meisten für ihn zahlen wird, ehe wir einen fairen Preis für ihn festlegen können. Ich habe meine Fühler bereits ausgestreckt; mit ein wenig Glück sollten wir es in ein paar Tagen erfahren.«

»Aber seine Freunde werden in ein paar Minuten hier sein.«

»Ja«, bestätigte Karrde. »Skywalker muß an einen sicheren Ort gebracht werden – wir können schließlich nicht riskieren, daß Solo und Calrissian über ihn stolpern. Schaffen Sie ihn in den Lagerschuppen Nummer Vier.«

»Dort befindet sich auch sein Droide«, erinnerte Mara.

»Der Schuppen hat zwei Räume; sperren Sie ihn in den anderen.« Karrde wies auf ihre Hüfte. »Und lassen Sie das Ding verschwinden, bevor unsere Gäste eintreffen. Sie wissen sonst sofort Bescheid.«

Mara sah Skywalkers Lichtschwert an, das an ihrem Gürtel hing. »Keine Sorge. Wenn Sie nichts dagegen haben, möchte ich sie lieber nicht sehen.«

»Ich habe nichts dagegen«, versicherte Karrde. »Ich möchte nur, daß Sie bei der Begrüßung und dem anschließenden Essen dabei sind. Danach können Sie tun und lassen, was Sie wollen.«

»Sie bleiben also den ganzen Tag?«

»Und möglicherweise auch die ganze Nacht.« Er musterte sie. »Von der Gastfreundschaft ganz abgesehen – können Sie sich eine bessere Methode vorstellen, der Republik zu beweisen, sollte es denn nötig werden, daß Skywalker niemals hier war?«

Es ergab einen Sinn. Aber das bedeutete nicht, daß es ihr auch gefiel. »Wollen Sie nicht der übrigen Crew der *Wilder Karrde* einschärfen, den Mund zu halten?«

»Ich hatte eine bessere Idee«, sagte Karrde. »Ich habe alle, die über Skywalker Bescheid wissen, zu Wartungsarbeiten auf der *Sterneneis* abkommandiert. Was mich an etwas erinnert – wenn Sie Skywalker fortgeschafft haben, verstecken Sie seinen X-Flügler unter den Bäumen. Nicht weiter als einen halben Kilometer entfernt – ich möchte nicht, daß Sie sich allein tiefer in den Wald wagen als unbedingt nötig. Können Sie einen X-Flügler fliegen?«

»Ich kann alles fliegen.«

»Gut«, sagte er mit einem leichten Lächeln. »Dann machen Sie sich an die Arbeit. Der *Millennium Falke* wird in weniger als zwanzig Minuten landen.«

Mara atmete tief durch. »In Ordnung«, sagte sie, wandte sich ab und verließ den Raum.

Das Gelände war verlassen, als sie zu der Baracke ging. Zweifellos auf Karrdes Anweisung hin; er mußte die Leute zu Arbeiten in den Gebäuden befohlen haben, damit sie Skywalker unbemerkt in den Lagerschuppen bringen konnte. Sie erreichte seine Zelle, löste die Verriegelung und öffnete die Tür.

Er stand am Fenster, in der schwarzen Montur, der Hose und den hohen Stiefeln, die er auch an jenem Tag in Jabbas Palast getragen hatte.

An jenem Tag, als sie stumm dagestanden und zugesehen hatte... wie er ihr Leben zerstörte.

»Nehmen Sie Ihre Sachen«, knurrte Mara und gab ihm einen Wink mit dem Blaster. »Zeit für einen kleinen Umzug.«

Er wandte die Augen nicht von ihr, als er an sein Bett trat. Seine Aufmerksamkeit galt aber ihrem Gesicht, nicht ihrem Blaster. »Hat Karrde sich entschieden?« fragte er ruhig, während er nach seinem Koffer griff.

Für einen langen Moment war sie versucht, ihm zu sagen, daß es ihr Entschluß war, ihn fortzuschaffen, um ihm jene furchtbare Jedi-Gelassenheit auszutreiben. Aber selbst ein Jedi würde wahrscheinlich kämpfen, wenn er annahm, daß man ihn töten wollte, und die Zeit war ohnehin knapp. »Sie ziehen in einen der Lagerschuppen um«, erklärte sie. »Wir bekommen Besuch, und wir haben keine anständige Kleidung in Ihrer Größe. Kommen Sie, los.«

Sie führte ihn am Hauptgebäude vorbei zum Schuppen Nummer Vier, einer etwas abseits gelegenen zweiräumigen Baracke. Der linke Raum, in dem normalerweise empfindliche oder gefährliche Ausrüstung gelagert wurde, war der einzige mit einem Schloß, was zweifellos der Grund dafür war, daß Karrde ihn als improvisierte Zelle gewählt hatte. Sie behielt Skywalker im Auge, während sie die Tür aufschloß und sich fragte, ob Karrde Zeit gefunden hatte, das Schloß auf der Innenseite zu blockieren. Ein rascher Blick verriet ihr, daß er nicht dazu gekommen war.

Nun, das war kein Problem. »Hinein«, befahl Mara. Sie schaltete das Licht ein und gab ihm einen Stoß mit dem Blaster.

Er gehorchte. »Sieht gemütlich aus«, sagte er beim Anblick des fensterlosen Raums und der gestapelten Kisten, die fast die Hälfte des Bodens bedeckten. »Wahrscheinlich auch sehr ruhig.«

»Ideal zum Meditieren«, entgegnete sie, trat an eine offene Kiste mit der Aufschrift *Explosiv* und spähte hinein. Kein Problem; in ihr befanden sich nur Coveralls. Sie überprüfte rasch die Aufschrift der anderen Kisten und überzeugte sich, daß sie nichts enthielten, was ihm zur Flucht verhelfen konnte. »Wir bringen Ihnen später eine Liege«, sagte sie und zog sich zur Tür zurück. »Und etwas zu essen.«

»Im Moment bin ich zufrieden.«

»Glauben Sie, das interessiert mich?« Der Mechanismus des inneren Schlosses lag hinter einer dünnen Metallplatte. Zwei Schüsse aus ihrem Blaster löste sie, ein dritter verdampfte einige Drähte. »Genießen Sie die Ruhe«, sagte sie und ging hinaus. Die Tür schloß sich hinter ihr, wurde verriegelt... und Luke war wieder allein.

Er sah sich um. Kistenstapel, kein Fenster, eine einzige verschlossene Tür. »Ich habe schon schlimmere Orte erlebt«, murmelte er. »Zumindest ist kein Rancor hier.«

Für einen Moment irritierte ihn der seltsame Gedanke; er fragte sich, warum er sich plötzlich an die Rancorgrube in Jabbas Palast erinnert hatte. Aber dann wandte er sich anderen Überlegungen zu. Der Zustand des Raumes deutete darauf hin, daß man ihn überstürzt hierher gebracht hatte, wahrscheinlich wegen der Besucher, die Mara zufolge erwartet wurden.

Und wenn dem so war, dann hatte er eine gute Chance, irgendwo in dem Gerümpel etwas zu finden, was ihm helfen konnte.

Er trat an die Tür, bog die noch immer warme Metallplatte etwas zurück und kniete nieder, um einen Blick auf den Schloßmechanismus zu werfen. Es sah nicht sehr vielversprechend aus. Ob nun durch Zufall oder durch Absicht, Mara hatte es geschafft, die Stromleitung mit ihrem Blasterschuß vollständig zu verdampfen.

Aber wenn er eine andere Stromquelle fand...

Er stand wieder auf, wischte sich die Knie ab und ging zu den fein säuberlich gestapelten Kisten hinüber. Mara hatte die Aufschrift kontrolliert, aber nicht hineingesehen. Vielleicht würde eine gründliche Suche etwas Nützliches zutage fördern.

Unglücklicherweise war er mit der Suche noch schneller fertig als mit der Untersuchung des zerstörten Schlosses. Die meisten Kisten waren versiegelt und ohne Werkzeuge nicht zu öffnen, und die Handvoll, die es nicht waren, enthielten so nutzlose Dinge wie Kleidung oder Ersatzmodule.

*Also gut,* sagte er sich, setzte sich auf eine der Kisten und schaute sich um. *Ich kann die Tür nicht öffnen. Es gibt keine Fenster.* Doch es *gab* einen zweiten Raum in diesem Schuppen – er hatte die andere Tür gesehen, als Mara diese hier geöffnet hatte. Vielleicht gab es eine Klappe oder einen Durchgang, versteckt hinter den Kistenstapeln.

Natürlich war es nicht wahrscheinlich, daß Mara etwas derart Offensichtliches übersehen hatte. Aber er hatte Zeit und sonst nichts zu tun. Er stand auf und begann die Kisten zur Seite zu schleppen und die Wand freizulegen.

Er hatte kaum angefangen, als er es fand. Keinen Durchgang, aber etwas fast genauso Gutes: eine Multisteckdose dicht über der Fußleiste.

Karrde und Mara hatten einen Fehler gemacht.

Die metallene Türplatte ließ sich relativ leicht biegen. Luke bearbeitete sie so lange, bis ein dreieckiges Stück abbrach. Es war zu weich, als daß er die versiegelten Kisten aufstemmen konnte, aber mit ihm ließ sich wahrscheinlich die Multisteckdose aufschrauben.

Er ging zur Steckdose und legte sich in den schmalen Spalt zwischen der Wand und den Kisten. Er wollte gerade seinen selbstgebastelten Schraubenzieher ansetzen, als er ein leises Piepen hörte.

Er erstarrte, horchte. Das Piepen wiederholte sich, gefolgt von einer Reihe leiser Trillertöne. Das Trillern klang sehr vertraut... »Erzwo?« rief er gedämpft. »Bist du das?«

Für einige Herzschläge blieb es still im anderen Raum. Dann, abrupt, drang eine kleine Explosion elektronischer Geräusche durch die Wand. »Ruhig, Erzwo!« rief Luke zurück. »Ich werde versuchen, diese Steckdose aufzuschrauben. Wahrscheinlich ist auch eine auf deiner Seite – kannst du sie öffnen?«

Ein deutlich negatives Trällern erklang. »Nein? Nun, dann warte einfach ab.«

Das Metalldreieck war kein perfektes Werkzeug. Trotzdem brauchte Luke nur ein paar Minuten, um die Dose zu entfernen und die Drähte herauszuziehen. Durch das Loch sah er die Rückseite der Dose in Erzwos Raum. »Ich glaube nicht, daß ich von hier aus an deine Steckdose herankomme«, rief er dem Droiden zu. »Ist deine Tür abgeschlossen?«

Ein negatives Piepen erklang, gefolgt von einem seltsamen Quietschen, als würden sich Erzwos Räder drehen. »Ein Riegel?« fragte Luke. Das Quietschen wiederholte sich. »Oder ein Haken?«

Ein negatives Piepen. Wäre die Tür nur durch einen Haken gesichert, hätte Erzwo sie aufbrechen können, aber für einen Riegel waren seine Kräfte zu schwach. »Mach dir nichts draus«, beruhigte ihn Luke. »Wenn der Draht hier bis zur Tür reicht, kann ich das Schloß knacken. Dann können wir beide verschwinden.«

Vorsichtig, um nicht die Starkstromkabel zu berühren, griff er nach den Schwachstromdrähten und zog sie langsam aus der Wand. Sie waren länger als erwartet; erst nach eineinhalb Metern spürte er Widerstand.

Mehr als erwartet, aber weniger als nötig. Die Tür war gut vier

Meter entfernt, und er brauchte noch ein paar Zentimeter zusätzlich, um die Drähte an den Schloßmechanismus anzuschließen.

»Es dauert noch ein paar Minuten!« rief er Erzwo zu. Wenn die Schwachstromdrähte eineinhalb Meter Spiel hatten, dann die anderen vermutlich auch. Wenn er zwei von ihnen abtrennen konnte, sollte er mehr als genug haben, um das Schloß zu erreichen.

Was bedeutete, daß er etwas finden mußte, mit dem er sie kappen konnte. Und das natürlich, ohne einen tödlichen Stromschlag zu bekommen.

»Was gäbe ich nicht alles für mein Lichtschwert«, brummte er, während er die Kante seines selbstgebastelten Schraubenziehers betrachtete. Sie war nicht besonders scharf; aber die Drähte waren auch nicht besonders dick.

Er war mit dem ersten Draht halb fertig, als seine Hand von dem isolierenden Ärmel rutschte und für eine Sekunde das nackte Metall berührte. Sofort sprang er zurück und prallte mit dem Kopf gegen die Wand.

Und dann begriff er. »Oh, oh«, sagte er und starrte den halb durchtrennten Draht an.

Aus dem anderen Raum drang ein fragender Pfiff. »Ich habe gerade einen der Drähte berührt«, informierte er den Droiden, »und ich habe keinen Schlag bekommen.«

Erzwo pfiff. »Ja«, bestätigte Luke. Er berührte kurz den Draht... berührte ihn wieder... hielt ihn fest.

Also hatten Karrde und Mara doch keinen Fehler gemacht. Sie hatten vorher die Stromversorgung unterbrochen.

Für einen Moment blieb er knien, den Draht in der Hand, und fragte sich, was er jetzt tun sollte. Er hatte genug Draht, doch keine Stromquelle. Wahrscheinlich gab es in den Kisten mit den Modulen Batterien, aber die Kisten waren versiegelt.

Er nahm den Draht in die rechte Hand, und plötzlich spürte er ein prickelndes Gefühl im Nacken. Seine rechte Hand. Seine künstliche rechte Hand. Seine künstliche, batteriebetriebene rechte Hand... »Erzwo, kennst du dich mit kybernetischen Gliedmaßen aus?« rief er, während er die am Handgelenk angebrachte Wartungsklappe mit dem Metalldreieck aufhebelte.

Eine kurze Pause, dann ein zurückhaltendes, unsicheres Trällern. »Ich brauche keine Enzyklopädie«, beruhigte er den Droiden und spähte in das Gewirr aus Drähten und Servos in seiner Hand. Er hatte ganz vergessen, wie kompliziert die ganze Konstruktion war. »Ich muß nur an eine der Batterien herankommen. Glaubst du, daß du mich entsprechend anleiten kannst?«

Diesmal war die Pause etwas kürzer und die Antwort zuversichtlicher.

»Gut«, sagte Luke. »Dann versuchen wir's.«

# 22

Han beendete seinen Vortrag, lehnte sich in seinem Sessel zurück und wartete.

»Interessant«, sagte Karrde mit jener leicht amüsierten, ansonsten aber völlig ausdruckslosen Miene, die seine wahren Gedanken verbarg. »Wirklich interessant. Ich nehme an, der Provisorische Rat ist bereit, dafür vertragliche Garantien zu geben.«

»Wir werden garantieren, was wir können«, erklärte Han. »Ihre Sicherheit, die Legalität der Operationen und so weiter. Natürlich können wir für keine bestimmten Profitmargen oder ähnliche Dinge garantieren.«

»Natürlich«, nickte Karrde. Seine Blicke wanderten zu Lando.

»Sie sind die ganze Zeit sehr still gewesen, General Calrissian. Welche Rolle spielen Sie in dieser Angelegenheit?«

»Nur die eines Freundes«, sagte Lando. »Ich habe den Kontakt zu Ihnen hergestellt. Und ich kann für Hans Integrität und Ehrlichkeit bürgen.«

Ein dünnes Lächeln umspielte Karrdes Lippen. »Integrität und Ehrlichkeit«, wiederholte er. »Interessante Begriffe in Hinblick auf einen Mann von Captain Solos zweifelhaftem Ruf.«

Han verzog das Gesicht und fragte sich, auf welchen Vorfall Karrde wohl anspielte. »Alle zweifelhaften Dinge gehören der Vergangenheit an«, sagte er.

»Natürlich«, stimmte Karrde zu. »Ihr Angebot ist, wie bereits gesagt, sehr interessant. Aber ich fürchte, nicht für meine Organisation.«

»Darf ich fragen, warum?« erkundigte sich Han.

»Ganz einfach – weil bestimmte Gruppen den Eindruck bekommen könnten, daß wir Partei ergriffen haben«, erklärte Karrde und trank einen Schluck aus der Tasse, die neben ihm stand. »Wenn man den Umfang der Operationen und die Regionen bedenkt, in denen diese Operationen stattfinden sollen, wäre es keine besonders kluge Entscheidung.«

»Ich verstehe«, nickte Han. »Ich würde Sie gern davon überzeugen, daß es Möglichkeiten gibt, unsere Vereinbarung vor Ihren anderen Klienten geheimzuhalten.«

Karrde lächelte erneut. »Ich fürchte, Sie unterschätzen den Geheimdienst des Imperiums, Captain Solo«, sagte er. »Er weiß wesentlich mehr über die Aktionen der Republik, als Sie vielleicht glauben.«

»Erzählen Sie mir davon«, bat Han mit einem Seitenblick zu Lando. »Das erinnert mich an etwas, was ich Sie ohnehin fragen wollte. Lando sagte, daß Sie vielleicht einen Hacker kennen, der gut genug ist, um diplomatische Kodes zu knacken.«

Karrde legte den Kopf zur Seite. »Interessante Bitte«, kommentierte er. »Vor allem, wenn sie von jemandem kommt, der eigentlich Zugang zu derartigen Kodes haben sollte. Wird in den oberen Rängen der Neuen Republik bereits intrigiert?«

Das Gespräch mit Winter und ihre versteckten Warnungen gingen Han durch den Kopf. »Es ist eine rein persönliche Angelegenheit«, versicherte er Karrde. »Jedenfalls größtenteils persönlich.«

»Ah«, äußerte der andere. »Wie es der Zufall will, erwarte ich heute nachmittag einen der besten Hacker der Branche zum Essen. Sie kommen doch auch, oder?«

Han sah überrascht auf seine Uhr. Das fünfzehnminütige Gespräch, das ihnen Torve mit Karrde versprochen hatte, dauerte jetzt schon über zwei Stunden. »Wir möchten Ihnen nicht zur Last fallen...«

»Sie fallen mir nicht zur Last«, versicherte Karrde. Er stellte seine Tasse ab und erhob sich. »Meistens haben wir so viel zu tun, daß wir das Mittagessen ausfallen lassen müssen und zum Ausgleich das Abendessen auf den Nachmittag vorverlegen.«

»Ich kann mich noch gut an meine wundervolle Schmugglerzeit erinnern«, meinte Han trocken. »Man konnte froh sein, überhaupt zwei Mahlzeiten am Tag zu bekommen.«

»So ist es«, bestätigte Karrde. »Wenn Sie mir bitte folgen wollen...?«

Das Hauptgebäude schien, wie Han bereits beim Betreten bemerkt hatte, aus drei oder vier kreisförmigen Zonen zu bestehen, die sich um den Großen Saal mit dem seltsamen Baum gruppierten. Der Raum, in den Karrde sie jetzt führte, nahm etwa ein Viertel des innersten Rings ein. Es gab eine Anzahl runder Tische, von denen einige besetzt waren. »Die Mahlzeiten werden hier ganz zwanglos eingenommen«, sagte Karrde, während er zu einem Tisch in der Mitte des Raums ging, an dem vier Personen saßen: drei Männer und eine Frau.

266

Karrde wies auf die drei freien Stühle. »Guten Abend«, grüßte er die am Tisch Sitzenden. »Darf ich Ihnen Calrissian und Solo vorstellen, die heute abend mit uns essen werden?« Er deutete nacheinander auf die Männer. »Drei meiner Mitarbeiter: Wadewarn, Chin und Ghent. Ghent ist der Hacker, den ich erwähnt habe; wahrscheinlich der beste, den es gibt.« Er wies auf die Frau. »Und Mara Jade kennen Sie natürlich schon.«

»Ja«, sagte Han, nickte ihr zu und setzte sich. Ein Frösteln überlief ihn. Mara hatte sie zusammen mit Karrde in jenem improvisierten Thronsaal empfangen und sich kurz darauf zurückgezogen; aber während der ganzen Zeit hatte sie sie ihn und Lando mit ihren unglaublich grünen Augen düster angestarrt.

Genau wie sie sie jetzt anstarrte.

»Sie also sind Han Solo«, sagte Ghent, der Hacker, glücklich. »Ich habe schon viel von Ihnen gehört. Ich freue mich, Sie endlich kennenzulernen.«

Han wandte seine Aufmerksamkeit Ghent zu. Er war noch ein halbes Kind, kaum älter als zwölf oder dreizehn. »Es ist ja schön, berühmt zu sein«, meinte Han. »Aber vergiß nicht, daß du die meisten Geschichten nur vom Hörensagen kennst. Und jedesmal, wenn sie weitererzählt werden, werden sie weiter aufgebauscht.«

»Sie sind zu bescheiden«, sagte Karrde und winkte. Ein gedrungener Droide kam mit einem Tablett voller zusammengerollter Blätter herangerollt. »Zum Beispiel wäre es schwierig, jenen Zwischenfall mit den zygerrianischen Sklavenhändlern aufzubauschen.«

Lando blickte vom Tablett des Droiden auf. »Zygerrianische Sklavenhändler?« wiederholte er. »Davon hast du mir nie etwas erzählt.«

»Es war nicht so wichtig«, sagte Han und warf Lando einen warnenden Blick zu.

Unglücklicherweise bemerkte Ghent den Blick nicht, oder er

war zu jung, um seine Bedeutung zu erfassen. »Er hat mit Chewbacca ein zygerrianisches Sklavenhändlerschiff angegriffen«, erzählte der Junge eifrig. »Die beiden ganz allein. Die Zygerrianer hatten solche Angst, daß sie das Schiff aufgaben.«

»Es waren eher Piraten als Sklavenhändler«, sagte Han. »Und sie hatten keine Angst vor mir – sie gaben ihr Schiff auf, weil ich ihnen einredete, daß ich zwanzig Sturmtruppler bei mir hätte und an Bord kommen würde, um ihre Lizenz zu überprüfen.«

Lando hob die Brauen. »Und das haben sie dir *abgekauft*?«

Han zuckte mit den Schultern. »Ich habe damals eine geklaute imperiale ID benutzt.«

»Aber wissen Sie, was er dann getan hat?« warf Ghent ein. »Er hat das Schiff den Sklaven übergeben, die sie im Laderaum entdeckt haben. Es ihnen einfach *übergeben* – einfach so! Zusammen mit der Fracht.«

»Tja, du hast eben ein großes Herz.« Lando grinste und probierte die gerollten Blätter. »Kein Wunder, daß du mir nie davon erzählt hast.«

Han bewahrte mühsam die Beherrschung. »Die Fracht bestand aus Piratenplunder«, knurrte er. »Manches davon war extrem heiß. Außerdem waren wir in der Nähe von Janodral Mizar – es gab dort damals ein seltsames Gesetz, nach dem die Opfer von Piraten oder Sklavenhändlern nach der Gefangennahme oder dem Tod der Piraten deren gesamten Besitz bekommen.«

»Dieses Gesetz ist immer noch in Kraft, soweit ich weiß«, brummte Karrde.

»Wahrscheinlich. Außerdem war Chewie bei mir... und du weißt, was Chewie von Sklavenhändlern hält.«

»Ja«, sagte Lando trocken. »Wahrscheinlich wären sie mit den zwanzig Sturmtrupplern besser zurechtgekommen.«

»Und wenn ich ihnen das Schiff nicht gegeben hätte...« Han brach ab, als ein leises Piepen ertönte.

»Entschuldigen Sie mich«, sagte Karrde und löste den Kommunikator vom Gürtel. »Hier Karrde.«

Han konnte nicht hören, was gesagt wurde… aber abrupt verhärtete sich Karrdes Miene. »Ich komme sofort.«

Er stand auf und befestigte den Kommunikator wieder an seinem Gürtel. »Tut mir leid«, sagte er. »Eine unbedeutende Angelegenheit erfordert meine Aufmerksamkeit.«

»Probleme?« fragte Han.

»Ich hoffe nicht.« Karrde sah über den Tisch, und als Han sich umdrehte, stand Mara ebenfalls auf. »Es dauert bestimmt nur ein paar Minuten. Genießen Sie ruhig weiter Ihr Essen.«

Sie verließen den Tisch, und Han sah Lando an. »Ich habe kein gutes Gefühl dabei«, murmelte er.

Lando nickte, die Augen weiter auf Mara und Karrde gerichtet, einen seltsamen Ausdruck im Gesicht. »Ich habe sie schon einmal gesehen«, flüsterte er. »Ich weiß nicht wo, aber ich weiß, daß ich sie schon einmal gesehen habe… und ich glaube nicht, daß sie damals eine Schmugglerin war.«

Han musterte die anderen am Tisch, bemerkte die Wachsamkeit in ihren Augen, das Getuschel zwischen ihnen. Selbst Ghent machte sich ostentativ über seine Vorspeise her. »Nun, hoffentlich fällt's dir bald wieder ein, Alter«, sagte er leise zu Lando. »Vielleicht müssen wir schnell von hier verschwinden.«

»Ich arbeite daran. Was machen wir in der Zwischenzeit?«

Ein weiterer Droide tauchte mit einem Tablett voller Suppenteller auf. »In der Zwischenzeit«, erklärte Han, »genießen wir am besten das Essen.«

»Er hat vor rund zehn Minuten den Hyperraum verlassen«, sagte Aves gepreßt und deutete auf den Reflex am Sensordisplay. »Zwei Minuten später meldete sich Captain Pellaeon und verlangte Sie persönlich zu sprechen.«

Karrde rieb nachdenklich seine Unterlippe. »Irgendwelche Anzeichen von Landungsbooten oder Jägern?«

»Bis jetzt noch nicht«, schüttelte Aves den Kopf. »Aber nach dem Anflugwinkel zu urteilen, wird er bald welche ausschleusen – vermutlich werden sie in diesem Teil des Waldes landen.«

Karrde nickte. Wie geschickt der Zeitpunkt doch gewählt worden war... »Wo steht der *Millennium Falke*?«

»Drüben auf Landebahn Acht«, sagte Aves.

Also am Waldrand, im Schutz der Bäume. Das war gut – der hohe Metallgehalt der Bäume von Myrkr würde das Schiff vor den Sensoren der *Schimäre* abschirmen. »Nehmen Sie zwei Männer und bedecken Sie ihn mit einem Tarnnetz«, befahl er dem anderen. »Wir wollen kein Risiko eingehen. Und seien Sie vorsichtig – ich möchte unsere Gäste nicht beunruhigen.«

»Verstanden.« Aves nahm den Kopfhörer ab und verließ den Raum.

Karrde sah Mara an. »Der Besuch erfolgt zu einem interessanten Zeitpunkt.«

Sie erwiderte offen seinen Blick. »Wenn Sie damit auf subtile Weise fragen wollen, ob ich sie hergerufen habe, können Sie ganz beruhigt sein. Ich habe es nicht getan.«

Er neigte den Kopf. »Wirklich. Ich bin etwas überrascht.«

»Ich auch«, sagte sie. Sie nickte in Richtung Kopfhörer. »Werden Sie mit ihm sprechen oder nicht?«

»Ich schätze, ich habe keine Wahl.« Karrde straffte sich, setzte sich auf Aves' Platz und legte einen Schalter um. »Captain Pellaeon, hier spricht Talon Karrde«, sagte er. »Tut mir leid, daß es etwas länger gedauert hat. Was kann ich für Sie tun?«

Das Ortungsbild der *Schimäre* verschwand vom Monitor, aber es war nicht Pellaeons Gesicht, das auftauchte. Dieses Gesicht war ein Alptraum: lang und schmal, mit blaßblauer Haut und Augen, die wie rotglühende Metallstücke leuchteten. »Guten Tag, Captain

Karrde«, sagte der andere mit klarer, weicher, wohlklingender Stimme. »Ich bin Großadmiral Thrawn.«

»Guten Tag, Admiral«, sagte Karrde. »Welch unverhoffte Ehre. Darf ich fragen, was Sie wünschen?«

»Sicherlich können Sie sich das zum Teil schon denken«, erwiderte Thrawn. »Wir benötigen noch mehr Ysalamiri, und ich möchte Sie um Ihre Erlaubnis bitten, sie an Bord zu nehmen.«

»Gewiß«, sagte Karrde irritiert. Von Thrawn ging etwas Merkwürdiges aus... und die Imperialen brauchten wohl kaum seine Erlaubnis, um ein paar Ysalamiri von den Bäumen zu schütteln. »Sie scheinen ja einen großen Verschleiß zu haben, wenn Sie die Bemerkung gestatten. Haben Sie Probleme, sie am Leben zu erhalten?«

Thrawn wölbte in höflichem Erstaunen eine Braue. »Sie leben alle noch. Wir brauchen einfach mehr.«

»Ah«, äußerte Karrde. »Ich verstehe.«

»Das bezweifle ich. Aber das spielt keine Rolle. Mir kam der Gedanke, Captain, daß wir meinen Besuch zu einem kleinen Plausch nutzen sollten.«

»Worüber wollen Sie mit mir reden?«

»Ich bin sicher, daß wir Themen von gegenseitigem Interesse finden werden«, erwiderte Thrawn. »Zum Beispiel bin ich an neuen Kriegsschiffen interessiert.«

Lange Übung verhinderte, daß Karrdes Gesicht oder Stimme Schuldbewußtsein verriet. »Kriegsschiffe?« fragte er vorsichtig.

»Ja.« Thrawn schenkte ihm ein schmales Lächeln. »Keine Sorge – ich erwarte nicht, daß Sie große Sternenschiffe auf Lager haben. Aber ein Mann mit Ihren Verbindungen sollte in der Lage sein, welche aufzutreiben.«

»Ich bezweifle, daß meine Kontakte so weitreichend sind, Admiral«, antwortete Karrde, während er versuchte, in dem nichtmenschlichen Gesicht zu lesen. Wußte er Bescheid? Oder war die

Frage nur ein besonders gefährlicher Zufall? »Ich glaube nicht, daß wir Ihnen helfen können.«

Thrawns Gesichtsausdruck veränderte sich nicht… aber abrupt lag etwas Drohendes in seinem Lächeln. »Sie werden es auf jeden Fall versuchen. Und dann ist da noch Ihre Weigerung, sich an der Suche nach Luke Skywalker zu beteiligen.«

Karrde entspannte sich ein wenig. Dies war sicherer Grund. »Es tut mir leid, daß wir nicht in der Lage waren, Ihnen zu helfen, Admiral. Wie ich schon Ihrem Abgesandten erklärte, waren wir sehr beschäftigt. Wir konnten zu diesem Zeitpunkt einfach keine Schiffe entbehren.«

Thrawn hob leicht die Brauen. »Zu diesem Zeitpunkt, sagen Sie? Aber die Suche ist noch immer im Gang, Captain.«

Karrde verfluchte sich stumm für den Ausrutscher. »Noch immer im Gang?« wiederholte er stirnrunzelnd. »Aber Ihr Abgesandter sagte, daß Skywalker einen X-Flügel-Sternjäger flog. Wenn Sie ihn bis jetzt noch nicht gefunden haben, hat sein Lebenserhaltungssystem bestimmt versagt.«

»Ah.« Thrawn nickte. »Ein Mißverständnis. Normalerweise hätten Sie recht. Aber Skywalker ist ein Jedi; und die Jedi haben die Fähigkeit, sich in eine Art komatösen Zustand zu versetzen.« Er schwieg, und das Bild flackerte für einen Moment. »Sie haben immer noch Zeit, sich an der Jagd zu beteiligen.«

»Ich verstehe«, sagte Karrde. »Interessant. Ich nehme an, das gehört zu den Dingen, die normale Menschen nicht wissen.«

»Vielleicht können wir diese Angelegenheit nach meiner Ankunft auf Myrkr besprechen«, erklärte Thrawn.

Karrde erstarrte, und eine schreckliche Erkenntnis traf ihn wie ein Stromschlag. Dieses kurze Flackern des Bildschirms…

Ein Blick auf den Entfernungsmesser bestätigte seine Befürchtung; drei Fähren der *Lambda*-Klasse und ein ganzes Geschwader TIE-Jäger hatten die *Schimäre* verlassen und näherten sich der Planetenoberfläche. »Ich fürchte, wir sind auf einen derart hohen Besuch nicht vorbereitet«, sagte er heiser.

»Das ist auch nicht nötig«, versicherte Thrawn. »Wie ich bereits sagte, will ich nur mit Ihnen reden. Natürlich nur kurz; ich weiß, wie beschäftigt Sie sind.«

»Ich danke für Ihr Verständnis«, sagte Karrde. »Wenn Sie mich jetzt entschuldigen wollen, Admiral – ich muß alles für Ihren Empfang vorbereiten.«

»Ich freue mich auf unsere persönliche Begegnung«, erwiderte Thrawn. Sein Gesicht verschwand und machte dem Ortungsbild der *Schimäre* Platz.

Für einen langen Moment blieb Karrde sitzen und ging im Kopf die Konsequenzen und möglichen Gefahren durch. »Rufen Sie Chin an«, befahl er Mara. »Sagen Sie ihm, daß wir imperiale Gäste erwarten und er die entsprechenden Vorbereitungen zu ihrem Empfang treffen soll. Dann gehen Sie hinüber zu Landebahn Acht und sorgen dafür, daß Aves den *Millennium Falken* fortschafft. Gehen Sie persönlich hin – vielleicht hören die *Schimäre* und ihre Fähren unsere Kommverbindungen ab.«

»Was ist mit Solo und Calrissian?«

Karrde schürzte die Lippen. »Wir müssen sie natürlich ebenfalls fortschaffen. Bringen Sie sie mit ihrem Schiff in den Wald. Am besten kümmere ich mich selbst darum.«

»Warum übergeben wir sie nicht einfach an Thrawn?«

Er blickte zu ihr auf. Zu diesen brennenden Augen und diesem harten, verkniffenen Gesicht... »Ohne eine Belohnung in Aussicht zu haben?« fragte er. »Sollen wir uns etwa einfach auf die Großzügigkeit des Admirals verlassen?«

»Ich halte das nicht für einen zwingenden Grund«, sagte Mara offen.

»Ich auch nicht«, entgegnete er kalt. »Aber sie sind unsere Gäste. Sie haben an unserem Tisch gesessen und mit uns gegessen...

273

und ob es Ihnen nun gefällt oder nicht, das bedeutet, daß sie unter unserem Schutz stehen.«

Maras Lippen zuckten. »Und gilt diese Gastfreundschaft auch für Skywalker?« fragte sie hämisch.

»Nein, und das wissen Sie«, sagte er. »Aber dies ist weder die richtige Zeit noch der richtige Ort, um ihn dem Imperium zu übergeben, selbst wenn wir uns dazu entscheiden sollten. Verstehen Sie?«

»Nein«, knurrte sie. »Das verstehe ich nicht.«

Karrde musterte sie, versucht, ihr zu sagen, daß sie nicht verstehen, sondern nur gehorchen mußte. »Es ist eine Frage der Stärke«, erklärte er statt dessen. »Mit einem imperialen Sternzerstörer im Orbit sind wir in einer ausgesprochen schwachen Verhandlungsposition. Unter diesen Umständen würde ich nicht einmal dann Geschäfte machen, wenn Thrawn der vertrauenswürdigste Klient der Galaxis wäre. Was er nicht ist. Verstehen Sie *jetzt*?«

Sie atmete tief ein und stieß die Luft zischend aus. »Ich bin damit nicht einverstanden«, sagte sie gepreßt. »Aber ich werde Ihre Entscheidung akzeptieren.«

»Danke. Vielleicht können Sie nach dem Abflug der Imperialen General Calrissian aufklären, daß es gefährlich ist, Geschäfte zu machen, während Sturmtruppen auf unserer Basis herumschnüffeln.« Karrde warf einen Blick auf die Displays. »So. Der *Falke* muß fort; Solo und Calrissian müssen fort. Skywalker und der Droide dürften im Schuppen Vier in Sicherheit sein.«

»Und wenn Thrawn die Basis durchsuchen läßt?«

»Dann sind wir in Schwierigkeiten«, bestätigte Karrde ruhig. »Andererseits bezweifle ich, daß Thrawn persönlich kommen würde, wenn er eine Schießerei befürchten müßte. Die hohen Militärs riskieren nicht ihr eigenes Leben.« Er nickte in Richtung Tür. »Genug geredet. Sie wissen, was Sie zu tun haben; ich habe ebenfalls einiges zu erledigen. Machen wir uns an die Arbeit.«

Sie nickte und wandte sich zur Tür. Plötzlich kam ihm ein Gedanke. »Wo ist Skywalkers Lichtschwert?« fragte er.

»In meinem Zimmer«, antwortete sie. »Warum?«

»Verstecken Sie es irgendwo. Lichtschwerter sind zwar nicht leicht zu orten, aber wir wollen kein Risiko eingehen. Bringen Sie es in Schuppen Drei in die Resonatornischen; sie sind sensorgesichert.«

»In Ordnung.« Sie sah ihn nachdenklich an. »Wie war das noch mit diesen großen Sternenschiffen?«

»Sie haben alles mitgehört.«

»Ich weiß. Mir ging es um Ihre Reaktion.«

Er schnitt eine Grimasse. »Ich dachte, man hätte es mir nicht angesehen.«

»Hat man auch nicht.« Sie wartete.

Er schürzte die Lippen. »Fragen Sie mich später noch einmal. Wir haben jetzt keine Zeit dafür.«

Einen Moment lang musterte sie ihn prüfend, nickte dann und verließ ohne ein weiteres Wort den Raum.

Karrde holte tief Luft und stand auf. Zunächst mußte er seine Gäste über die neue Entwicklung informieren. Und dann mußte er sich auf die direkte Konfrontation mit dem gefährlichsten Mann des Imperiums vorbereiten. Und auf ein Gespräch, bei dem Skywalker und die Kriegsschiffe die Hauptthemen sein würden.

Es versprach ein überaus interessanter Nachmittag zu werden.


»Okay, Erzwo!« rief Luke, als er den letzten Anschluß anbrachte. »Ich schätze, wir können es jetzt versuchen. Drück mir die Daumen.«

Aus dem Nachbarraum drang eine komplizierte Serie elektronischer Geräusche. Wahrscheinlich, dachte Luke, wollte ihn der Droide daran erinnern, daß er keine Daumen hatte, die er drücken konnte.

Daumen. Für einen Moment sah Luke seine rechte Hand an, krümmte die Finger und spürte die leichte Taubheit in ihnen. Seit fünf Jahren hatte er nicht mehr daran gedacht, daß seine Hand künstlich war. Jetzt, plötzlich, konnte er an nichts anderes mehr denken.

Erzwo piepte ungeduldig. »In Ordnung«, bestätigte Luke und konzentrierte sich, um das Ende des Drahtes am, wie er hoffte, richtigen Kontakt anzubringen. Es hätte auch schlimmer kommen können, sagte er sich; hätte die Hand nur über eine Batterie verfügt, wäre sie für ihn nutzlos gewesen. »Also los«, sagte er und stellte den Kontakt her.

Und wie von Zauberhand bewegt glitt die Tür zur Seite.

»Geschafft«, zischte Luke. Vorsichtig, um den Kontakt nicht zu lösen, beugte er sich nach vorn und spähte nach draußen.

Die Sonne begann hinter den Bäumen zu versinken und warf lange Schatten über das Gelände. Von seiner Position aus konnte Luke nur einen Teil des Anwesens überblicken, aber was er sah, war menschenleer. Er ließ den Draht los und stürzte zur Tür.

Jetzt, als der Kontakt unterbrochen war, glitt die Tür sofort wieder zu, aber mit einem gewaltigen Sprung war er draußen und prallte schwer auf dem Boden auf. Er erstarrte, wartete auf irgendeine Reaktion. Aber es blieb still; und nach ein paar Sekunden stand er auf und lief zur anderen Tür des Schuppens.

Erzwo hatte recht gehabt; seine Tür hatte kein Schloß. Luke löste den Riegel, sah sich noch einmal um und schlüpfte hinein.

Der Droide begrüßte ihn mit begeistertem Piepen. »Still, Erzwo«, sagte Luke warnend. »Komm jetzt.«

Er spähte wieder nach draußen. Das Gelände war noch immer verlassen. »Zum Schiff geht's in diese Richtung«, flüsterte er und deutete auf das Hauptgebäude. »Am besten, wir wenden uns zuerst nach rechts und halten uns im Schatten der Bäume. Kommst du mit dem Terrain zurecht?«

276

Erzwo fuhr einen Scanner aus und piepte bestätigend. »Okay. Halt die Gebäude im Auge.«

Sie hatten gerade den Wald erreicht und ein Viertel des Weges zurückgelegt, als Erzwo ein warnendes Pfeifen von sich gab. »Bleib stehen«, flüsterte Luke und erstarrte im Schatten eines mächtigen Baumes. Seine schwarze Kleidung sollte vor dem Hintergrund des dunklen Waldes nicht auffallen, aber Erzwos blauweißer Rumpf war eine andere Sache.

Glücklicherweise blickten die drei Männer, die das Hauptgebäude verließen, nicht in ihre Richtung, sondern näherten sich dem Waldrand.

Sie gingen schnell, zielstrebig... und kurz bevor sie unter den Bäumen verschwanden, zogen alle drei ihre Blaster.

Erzwo stöhnte leise. »Mir gefällt's auch nicht«, sagte Luke. »Hoffen wir, daß es nichts mit uns zu tun hat. Alles klar?«

Der Droide piepte bestätigend, und sie schlichen weiter. Luke behielt den Wald hinter ihnen im Auge und dachte an Maras Bemerkung über die großen Raubtiere. Natürlich konnte es eine Lüge gewesen sein, um ihn an einem Fluchtversuch zu hindern. Schließlich hatte er auch keinen Hinweis darauf gefunden, daß das Fenster des Barackenraums mit einer Alarmanlage gesichert war.

Erzwo piepte erneut. Luke richtete seine Blicke wieder auf das Gelände... und erstarrte.

Mara hatte das Hauptgebäude verlassen.

Für eine kleine Ewigkeit blieb sie vor der Tür stehen und sah forschend zum Himmel hinauf. Luke beobachtete sie, wagte nicht einmal, den Kopf zu drehen, um sich zu überzeugen, ob Erzwo gut versteckt war. Wenn sie in ihre Richtung blickte – oder in den Schuppen ging, um nach ihm zu schauen...

Abrupt senkte sie den Blick und machte ein entschlossenes Gesicht. Sie wandte sich zur zweiten Baracke und ging rasch davon.

Luke stieß zischend die Luft aus. Sie waren immer noch nicht außer Gefahr – es genügte, wenn sich Mara um neunzig Grad drehte, und sie würde sie sofort entdecken. Aber etwas in ihrer Haltung verriet ihm, daß ihre Gedanken mit wichtigeren Dingen beschäftigt waren.

Als ob sie plötzlich eine Entscheidung getroffen hätte...

Sie verschwand in der Baracke, und Luke traf ebenfalls eine Entscheidung. »Komm, Erzwo«, murmelte er. »Hier draußen wird's mir zu lebendig. Wir schlagen uns tiefer in den Wald und nähern uns den Schiffen von hinten.«

Glücklicherweise war es nicht weit bis zum Wartungshangar und den dort abgestellten Schiffen. Sie brauchten nur ein paar Minuten – und entdeckten, daß der X-Flügler fort war.

»Nein, ich weiß auch nicht, wo sie ihn hingeschafft haben«, sagte Luke gepreßt. »Kannst du ihn mit den Sensoren orten?«

Erzwo piepte verneinend und fügte eine trillernde Erklärung hinzu, die Luke nicht einmal ansatzweise verstand. »Nun ja, es spielt keine Rolle«, beruhigte er den Droiden. »Wir hätten sowieso irgendwo auf dem Planeten landen und ein Schiff mit funktionierendem Hyperantrieb suchen müssen. Nehmen wir einfach eins von diesen hier.«

Er sah sich nach einem Z-95 oder Y-Flügler oder einem anderen vertrauten Typ um. Aber die einzigen Schiffe, die er erkannte, waren eine corellianische Korvette und ein kleiner Frachter. »Irgendwelche Vorschläge?« fragte er Erzwo.

Der Droide piepte prompt und deutete mit seinem Sensor auf zwei schlanke Schiffe, die etwa doppelt so lang waren wie Lukes X-Flügler. Offenbar handelte es sich dabei um Jäger, aber keine, die die Allianz je eingesetzt hatte. »Eins von denen?« fragte er zweifelnd.

Erzwo piepte wieder, ungeduldiger diesmal. »Richtig; die Zeit wird knapp«, stimmte Luke zu.

Sie erreichten die Jäger ohne Zwischenfälle. Im Gegensatz zum

X-Flügler war die Einstiegsluke an der Seite angebracht – wahrscheinlich einer der Gründe, warum Erzwo sich für diesen Typ entschieden hatte, sagte sich Luke, als er den Droiden hineinhievte. Das Cockpit war nicht geräumiger als das eines X-Flüglers, lag aber direkt hinter dem dreisitzigen Gefechtsstand. Die Sitze waren natürlich nicht für Astromech-Droiden konstruiert, aber mit etwas Mühe gelang es Luke, Erzwo zwischen zwei der Sitze zu klemmen und ihn dort festzubinden. »Das Schiff scheint startbereit zu sein«, meinte er nach einem Blick auf die flackernden Droiden des Kontrollpults. »Da vorn ist ein Anschluß – check alles durch, während ich mich anschnalle. Mit etwas Glück sind wir von hier verschwunden, ehe jemand etwas merkt.«

Sie hatte Chin informiert und Aves und den anderen am *Millennium Falken* Karrdes Befehle überbracht; und als sie auf dem Rückweg finster zum Schuppen Nummer Drei hinübersah, entschied Mara erneut, daß sie das Universum haßte.

Sie hatte Skywalker gefunden. Sie ganz allein. Das stand völlig außer Zweifel; es war ihr Verdienst. Sie und nicht Karrde sollte eigentlich über sein Schicksal entscheiden.

*Ich hätte ihn dort draußen lassen sollen,* sagte sie sich erbittert. *Ich hätte ihn einfach in der Kälte des Weltraums sterben lassen sollen.* Sie hatte damals auch daran gedacht. Aber wenn er dort draußen gestorben wäre, allein, hätte sie vielleicht nie mit Sicherheit erfahren, ob er wirklich tot war.

Und sie hätte sich damit um die Befriedigung gebracht, ihn eigenhändig zu töten.

Sie sah das Lichtschwert in ihrer Hand an, sah, wie das Licht des verdämmernden Nachmittags auf dem silbernen Metall glitzerte. Sie konnte es jetzt tun. Konnte in den Schuppen gehen und hinterher behaupten, daß er sie angegriffen hatte. Ohne die Hilfe der Macht war er ein leichtes Opfer, selbst für jemand wie sie, die nur ein paar Mal in ihrem Leben ein Lichtschwert in der Hand gehabt hatte. Es würde ein leichter, sauberer und sehr schneller Tod sein.

Und sie schuldete Karrde nichts, ganz gleich, wie gut seine Organisation sie behandelt hatte.

Und trotzdem...

Sie passierte den Schuppen Vier, noch immer unschlüssig, als sie das leise Heulen eines Repulsoraggregats hörte.

Sie blickte hinauf zum Himmel, schirmte ihre Augen mit der freien Hand ab, als sie nach dem landenden Schiff suchte. Aber es war nichts zu sehen... und als das Heulen lauter wurde, erkannte sie plötzlich, daß der Lärm von einem ihrer eigenen Schiffe stammte. Sie wirbelte herum und spähte zum Wartungshangar hinüber...

Gerade noch rechtzeitig, um zu sehen, wie sich einer ihrer beiden Blitzjäger über die Baumwipfel schraubte.

Einige Herzschläge lang starrte sie das Schiff an und fragte sich, was, beim Imperium, Karrde vorhatte. Wollte er vielleicht den Imperialen ein Empfangskomitee entgegenschicken?

Und dann, abrupt, begriff sie.

Sie fuhr herum, rannte zum Schuppen Vier und zog im Laufen ihren Blaster aus dem Ärmelholster. Das Schloß an der Tür reagierte nicht; sie versuchte es noch einmal und zerstörte es dann mit einem Blasterschuß.

Skywalker war fort.

Sie fluchte wild und stürmte wieder nach draußen. Der Blitzjäger hatte beigedreht und verschwand soeben hinter den Bäumen im Westen. Sie schob ihren Blaster zurück ins Holster, griff nach dem Kommunikator an ihrem Gürtel...

Und fluchte erneut. Die Imperialen konnten jede Minute eintreffen, und wenn sie Skywalker auch nur erwähnte, würden sie alle in große Schwierigkeiten geraten.

Was ihr nur eine Möglichkeit ließ.

Sie rannte, so schnell sie konnte, zum zweiten Blitzjäger und war zwei Minuten später in der Luft. Skywalker würde ihr nicht – würde ihr *auf keinen Fall* – entkommen.

Sie schaltete den Antrieb auf Höchstgeschwindigkeit und nahm die Verfolgung auf.


# 23


Sie tauchten fast gleichzeitig auf den Monitoren auf: der andere von Karrdes Jägern, der die Verfolgung aufgenommen hatte, und der imperiale Sternzerstörer in der Umlaufbahn. »Ich fürchte«, rief Luke Erzwo zu, »wir sind in Schwierigkeiten!«

Die Antwort des Droiden ging im Brüllen des Triebwerks unter, als Luke die Maschinen hochfuhr. Er riskierte einen Blick auf das Heckdisplay. Der andere Jäger kam schnell näher; nur noch ein oder zwei Minuten trennten die beiden Schiffe. Offensichtlich beherrschte der Pilot seine Maschine viel besser als Luke. Oder er war so wild entschlossen, Luke wieder gefangenzunehmen, daß er jede Vorsicht vergaß.

Was bedeutete, daß es sich nur um Mara Jade handeln konnte.

Der Jäger neigte sich ein wenig, schabte mit der Bauchseite über die Baumwipfel und löste damit bei Erzwo ein protestierendes Schrillen aus. »Tut mir leid!« rief Luke und spürte, wie ihm der Schweiß ausbrach, während er die Geschwindigkeit leicht verringerte. Vorsicht war eine Sache... aber im Moment war es seine einzige Chance, dicht über den Baumwipfeln zu bleiben. Aus ungeklärten Gründen schien der Wald unter ihm die Ortungs- und Navigationssensoren zu stören. Wenn er im Tiefflug blieb, zwang er

auch seine Verfolgerin zum Tiefflug, oder sie würde vor dem ge-
scheckten Hintergrund des Waldes den Sichtkontakt zu ihm verlieren; außerdem schützte es ihn zumindest halbwegs vor der Entdeckung durch den Sternzerstörer in der Umlaufbahn.

Der Sternzerstörer. Luke sah auf den Monitor über seinem Kopf,
und sein Magen zog sich zusammen. Zumindest wußte er jetzt,
welchen Besuch Mara gemeint hatte. Offenbar war er im letzten
Moment geflohen.

Andererseits konnte der Umzug in den Schuppen auch bedeuten, daß Karrde ihn doch nicht an die Imperialen verkaufen wollte.
Vielleicht sollte er Karrde später danach fragen. Am besten aus
großer Entfernung.

Erzwo hinter ihm trillerte plötzlich eine Warnung. Luke fuhr zusammen, suchte auf den Bildschirmen nach dem Grund für das
aufgeregte Trillern…

Und fuhr erneut zusammen. Direkt über seinem Steuerruder
und weniger als eine Schiffslänge entfernt, war der andere Jäger.

»Festhalten!« brüllte er Erzwo zu und biß die Zähne zusammen.
Seine einzige Chance war es, den Jäger herumzurollen und scharf
zur Seite zu reißen. Er umklammerte den Steuerknüppel, stellte
das Schiff auf den Kopf…

Und abrupt zerbarst die Cockpithaube unter dem Aufprall
mächtiger Äste, und er wurde hart gegen den Sicherheitsgurt geschleudert, als der Jäger abtrudelte und außer Kontrolle geriet.

Das letzte, was er hörte, bevor die Dunkelheit über ihm zusammenschlug, war Erzwos schriller elektronischer Schrei.


Die drei Fähren landeten gleichzeitig, während das Geschwader
TIE-Jäger in einer perfekten Formation über sie hinwegrasten.
»Das Imperium hat es offenbar immer noch nicht aufgegeben, Ein-
druck zu schinden«, brummte Aves.

»Still«, befahl Karrde. Er verfolgte, wie sich die Rampen der

282

Fähren senkten. Eine Abteilung Sturmtruppler, die Blastergewehre geschultert, marschierte die Rampen hinunter. Hinter ihnen verließen eine Handvoll hochrangiger Offiziere die rechte Fähre. Es folgte ein kleines, drahtiges Wesen unbekannter Rasse mit dunkelgrauer Haut, hervorquellenden Augen und hervorstehenden Kiefern, das ein Leibwächter zu sein schien. Erst dann erschien Großadmiral Thrawn.

Karrde näherte sich mit seinem kleinen Empfangskomitee den Imperialen und versuchte, die feindseligen Blicke der Sturmtruppler zu ignorieren. »Willkommen in unserem kleinen Winkel von Myrkr. Ich bin Talon Karrde.«

»Ich freue mich, Sie kennenzulernen«, sagte Thrawn und neigte leicht den Kopf. Diese glühenden Augen, entschied Karrde, waren aus der Nähe noch eindrucksvoller als am Bildschirm. Und wesentlich bedrohlicher.

»Ich muß mich für den improvisierten Empfang entschuldigen«, fuhr Karrde mit einem Wink zu seinen Leuten fort. »Wir haben nicht oft Besucher von Ihrem Rang zu Gast.«

Thrawn wölbte eine blauschwarze Braue. »Tatsächlich? Ich dachte, ein Mann in Ihrer Position wäre an den Umgang mit der Elite gewöhnt. Vor allem mit hochrangigen planetaren Vertretern, deren Kooperation Sie sich, wie soll ich sagen, versichert haben?«

Karrde lächelte freundlich. »Von Zeit zu Zeit haben wir Umgang mit der Elite. Aber nicht hier. Dies ist – war, muß ich sagen«, fügte er mit einem bedeutungsvollen Blick zu den Sturmtrupplern hinzu, »unsere private Operationsbasis.«

»Natürlich«, meinte Thrawn. »Interessantes Drama, das sich vor ein paar Minuten weiter westlich abgespielt hat. Erzählen Sie mir davon.«

Mühsam verbarg Karrde seine Besorgnis. Er hatte gehofft, daß der sensorstörende Einfluß der Myrkrbäume die beiden Jäger vor der Entdeckung durch Thrawn bewahrt hatte. Offenbar hatte ihn seine Hoffnung getrogen. »Nur ein kleines internes Problem«, versicherte er dem Großadmiral. »Ein ehemaliger und bedauerlicherweise unzufriedener Mitarbeiter ist in einen unserer Lagerschuppen eingebrochen und hat sich mit seinem Diebesgut davongemacht. Einer meiner Mitarbeiter verfolgt ihn.«

»*Hat* ihn verfolgt«, berichtigte Thrawn gelassen, die brennenden Augen unverwandt auf Karrdes Gesicht gerichtet. »Oder wissen Sie nicht, daß beide abgestürzt sind?«

Karrde starrte ihn fröstelnd an. »Ich wußte es nicht, nein«, sagte er. »Unsere Sensoren – der Metallgehalt der Bäume stört sie.«

»Wir waren in einer besseren Position«, erklärte Thrawn. »Zunächst hat das erste Schiff die Bäume berührt, dann den Verfolger in seinem Sog mitgerissen.« Er sah Karrde nachdenklich an. »Ich nehme an, der Verfolger war etwas Besonderes?«

Karrdes Gesicht wurde hart. »Alle meine Mitarbeiter sind etwas Besonderes«, sagte er, während er nach seinem Kommunikator griff. »Entschuldigen Sie mich bitte für einen Moment; ich muß ein Rettungsteam alarmieren.«

Thrawn trat einen Schritt vor und legte zwei blaßblaue Finger auf den Kommunikator. »Gestatten Sie?« sagte er weich. »Commander?«

Einer der Sturmtruppler trat vor. »Sir?«

»Nehmen Sie sich ein paar Männer und fliegen Sie zur Absturzstelle«, befahl Thrawn, ohne die Augen von Karrde zu wenden. »Untersuchen Sie die Wracks und bringen Sie die Überlebenden zurück. Und alles, was normalerweise nicht an Bord eines Blitzjägers gehört.«

»Jawohl, Sir.« Der andere gestikulierte, und eine Abteilung Sturmtruppler machte kehrt und marschierte die Rampe der linken Fähre hinauf.

»Ich weiß Ihre Hilfe wirklich zu schätzen, Admiral«, sagte

Karrde mit leicht trockenem Mund. »Aber es ist wirklich nicht notwendig.«

»Im Gegenteil, Captain«, sagte Thrawn milde. »Durch Ihre Hilfe beim Einfangen der Ysalamiri stehen wir in Ihrer Schuld. Wie könnten wir sie besser abtragen?«

»Ja, wie?« murmelte Karrde. Die Rampe wurde eingezogen, und vom Heulen der Repulsoraggregate begleitet, stieg die Fähre in die Luft. Die Würfel waren gefallen, und es gab nichts, was er tun konnte, um etwas daran zu ändern. Er konnte nur hoffen, daß Mara die Lage unter Kontrolle hatte.

Bei jedem anderen wäre er keine Wette darauf eingegangen. Bei Mara... gab es eine Chance.

»Und jetzt«, sagte Thrawn, »werden Sie mich gewiß herumführen wollen?«

»Ja.« Karrde nickte. »Wenn Sie mir bitte folgen würden?«


»Sieht aus, als würden die Sturmtruppler abziehen«, sagte Han leise und drückte das Fernglas gegen seine Stirn. »Zumindest einige. Sie kehren in eine der Fähren zurück.«

»Laß mich mal«, brummte Lando.

Han reichte ihm das Fernglas. Sie wußten nicht, über welche Ausrüstung die Fähren und TIE-Jäger verfügten, und er traute dem Gerede über die abschirmende Wirkung der Bäume nicht.

»Ja, nur eine Fähre scheint abzufliegen«, bestätigte Lando.

Han drehte sich halb um, und die gezackten grasähnlichen Pflanzen, auf denen sie lagen, schnitten dabei in sein Hemd. »Habt ihr hier oft imperiale Besucher?« fragte er.

»Hier nicht.« Ghent schüttelte nervös den Kopf und klapperte vernehmlich mit den Zähnen. »Sie sind ein- oder zweimal im Wald gewesen, um ein paar Ysalamiri zu fangen, aber nie zur Basis gekommen. Zumindest nicht, während ich da war.«

»Ysalamiri?« Lando runzelte die Stirn. »Was ist das?«

»Kleine, pelzige Schlangen mit Beinen«, erklärte Ghent. »Ich weiß nicht, was sie mit ihnen vorhatten. Hört mal, können wir jetzt nicht zurück zum Schiff gehen? Karrde hat mir gesagt, ihr sollt dort warten, weil ihr da sicherer seid.«

Han ignorierte ihn. »Was meinst du?« fragte er Lando.

Der andere zuckte mit den Schultern. »Vielleicht hat es etwas mit dem Jäger zu tun, der brennend abgestürzt ist, als Karrde uns fortbringen ließ.«

»Oder mit dem Gefangenen«, warf Ghent ein. »Karrde und Mara haben ihn in einem der Schuppen eingesperrt – vielleicht ist er entkommen. Können wir jetzt *bitte* zurück...«

»Ein Gefangener?« wiederholte Lando und sah fragend den Jungen an. »Seit wann hat Karrde Gefangene?«

»Vielleicht, seitdem er mit Entführern zusammenarbeitet«, knurrte Han, ehe Ghent antworten konnte.

»Wir arbeiten nicht mit Entführern zusammen«, protestierte Ghent.

»Nun, zumindest mit einem«, informierte ihn Han und nickte in Richtung Imperiale. »Dieser kleine graue Kerl dort hinten – das ist einer der Fremden, die versucht haben, mich und Leia zu entführen.«

»Was?« Lando sah ihn an. »Bist du sicher?«

»Er gehört auf jeden Fall zu dieser Rasse. Wir hatten damals keine Zeit, sie nach ihren Namen zu fragen.« Han sah wieder Ghent an. »Dieser Gefangene – wer war er?«

»Ich weiß es nicht.« Ghent schüttelte den Kopf. »Sie haben ihn vor ein paar Tagen mit der *Wilder Karrde* hergebracht und ihn in die Baracken gesperrt. Als die Imperialen ihren Besuch ankündigten, wurde er in einen der Schuppen geschafft.«

»Wie sah er aus?«

»Ich *weiß* es nicht!« zischte Ghent, mit den Nerven sichtlich am Ende. Im Wald herumzuschleichen und bewaffnete Sturmtruppler zu beobachten, war offensichtlich nicht die Art Beschäftigung, an die er gewöhnt war. »Keiner von uns durfte in seine Nähe oder Fragen über ihn stellen.«

Lando suchte Hans Blick. »Es könnte jemand sein, den sie nicht in die Hände der Imperialen fallen lassen wollen. Vielleicht ein Überläufer, der in die Neue Republik will?

Hans Lippen zuckten. »Ich mache mir im Moment mehr Sorgen darüber, daß sie ihn aus der Baracke geschafft haben. Das könnte bedeuten, daß die Sturmtruppler länger bleiben werden.«

»Karrde hat nichts davon erwähnt«, wandte Ghent ein.

»Karrde weiß es vielleicht noch nicht«, sagte Lando trocken. »Glaub mir – ich weiß, wie Geschäfte mit den Sturmtrupplern enden können.« Er gab Han das Fernglas. »Sieht aus, als würden Sie 'reingehen.«

Es stimmte. Han beobachtete, wie sich die Prozession in Bewegung setzte: Karrde und der blauhäutige imperiale Offizier an der Spitze, dahinter ihr jeweiliges Gefolge, flankiert von den beiden Abteilungen Sturmtruppler. »Irgendeine Vorstellung, wer der Bursche mit den roten Augen ist?« fragte er Ghent.

»Ich glaube, er ist ein Großadmiral«, sagte der Junge. »Er hat vor einer Weile das Kommando über die Imperialen übernommen. Ich weiß nicht, wie er heißt.«

Han sah Lando an. »Ein Großadmiral?« wiederholte Lando.

»Ja. Da, sie sind fort – es gibt nichts mehr zu sehen. Können wir *bitte*…?«

»Gehen wir zum *Falken* zurück«, brummte Han, steckte das Fernglas in seine Gürteltasche und kroch auf allen vieren davon. Ein Großadmiral. Kein Wunder, daß ihnen die Imperialen in der letzten Zeit derart zugesetzt hatten.

»Ich schätze, du hast keine Unterlagen über die imperialen Großadmirale auf dem *Falken,* oder?« murmelte Lando, als er sich an seine Seite schob.

»Nein«, erwiderte Han. »Aber es gibt welche auf Coruscant.«

»Großartig«, meinte Lando. Seine Bemerkung ging fast im Zischen des scharfkantigen Grases unter, durch das sie sich ihren Weg bahnten. »Hoffen wir, daß wir lange genug leben, um dorthin zurückzukommen.«

»Das werden wir«, versicherte Han grimmig. »Wir werden solange hierbleiben, bis wir herausgefunden haben, welche Art Spiel Karrde treibt, aber dann verschwinden wir. Selbst wenn wir mit dem Tarnnetz starten müssen, das über dem Schiff hängt.«


Das Seltsame beim Erwachen war diesmal, dachte Luke benommen, daß er nicht die geringsten Schmerzen spürte.

Und er sollte Schmerzen haben. Wenn er bedachte, was in jenen letzten Sekunden geschehen war – und wenn er sich die geknickten Bäume jenseits der geborstenen Kanzel ansah – mußte er sich eigentlich glücklich schätzen, überhaupt am Leben zu sein, geschweige denn unverletzt. Offenbar waren die Sicherheitsgurte und Prallsäcke durch ein effektiveres Rettungssystem verstärkt worden – vielleicht durch einen Notandruckabsorber.

Von hinten drang ein gedämpftes Glucksen. »Bist du in Ordnung, Erzwo?« rief Luke. Er rutschte vom Sitz und kletterte unbeholfen über den schiefstehenden Boden. »Halte durch, ich komme.«

Der Rumpf des Droiden war verbeult und zerschrammt, wies aber keine ernsten Schäden auf. »Am besten verschwinden wir von hier«, sagte Luke, während er ihn losband. »Das andere Schiff kann jederzeit mit einem Suchtrupp zurückkehren.«

Mühsam trug er Erzwo nach achtern. Die Ausstiegsluke schwang problemlos auf; er sprang zu Boden und sah sich um.

Der zweite Jäger würde nicht mit irgendeinem Suchtrupp zurückkehren. Dort lag er. In einem schlimmeren Zustand, wenn dies überhaupt möglich war, als Lukes Schiff.

Vom Ausstieg drang Erzwos entsetztes Pfeifen. Luke blickte zu ihm hinauf und sah dann wieder zu dem Wrack hinüber. Angesichts des Rettungssystems des Jägers schien es unwahrscheinlich, daß Mara ernsthaft verletzt war. In Kürze mußte Hilfe eintreffen – bis dahin würde sie schon durchhalten.

Aber vielleicht auch nicht.

»Warte hier, Erzwo«, befahl er dem Droiden. »Ich schaue kurz nach.«

Obwohl sich der Jäger äußerlich in einem schlimmeren Zustand befand als Lukes, sah es im Inneren etwas besser aus. Er bahnte sich seinen Weg durch die Trümmer im Gefechtsstand und betrat das Cockpit.

Nur der Kopf des Piloten sah über die Rücklehne hinaus, aber das schimmernde rotblonde Haar verriet ihm, daß seine Vermutung richtig gewesen war: Mara Jade.

Einige Herzschläge lang blieb er stehen, wo er war, hin und her gerissen zwischen dem Drang zur Eile und dem Wunsch, ihr zu helfen. Er mußte mit Erzwo so schnell wie möglich von hier verschwinden; soviel war klar. Aber wenn er Mara jetzt den Rücken zudrehte, ohne sich von ihrem Zustand zu überzeugen...

Er dachte an Coruscant, an die Nacht, in der ihm Ben Kenobi Lebewohl gesagt hatte. *Mit anderen Worten,* hatte er später zu Dreipeo auf dem Dach gesagt, *ein Jedi kann sich so intensiv mit Angelegenheiten von galaktischer Bedeutung beschäftigen, daß er darüber die Menschen vergißt.* Und es würde schließlich nur einen Moment dauern. Er trat näher, beugte sich über die Rücklehne...

...und blickte direkt in zwei weit geöffnete klare, grüne Augen. Grüne Augen, die ihn über den Lauf eines winzigen Blasters hinweg anstarrten.

»Ich dachte mir schon, daß Sie kommen würden«, sagte sie mit grimmiger Befriedigung in der Stimme. »Zurück. Sofort.«

Er gehorchte. »Sind Sie verletzt?« fragte er.

»Das geht Sie nichts an«, entgegnete Mara. Sie stand auf und zog mit der rechten Hand eine kleine, flache Schachtel unter dem Sitz hervor. Sein Blick glitt zu ihrem Gürtel, an dem sein Lichtschwert hing. »Im Fach über der Ausstiegsluke liegt ein Koffer«, erklärte sie. »Holen Sie ihn.«

Er fand das Fach und öffnete es. In ihm lag ein Metallkoffer, der ein Überlebenspack zu enthalten schien. »Ich hoffe, wir müssen nicht den ganzen Weg zurück zu Fuß gehen«, sagte er, während er den Koffer herauszog und aus der Luke warf.

»*Ich*«, entgegnete Mara. Sie zögerte leicht, bevor sie ihm nach draußen folgte. »Ob Sie es bis zur Basis schaffen, ist eine andere Frage.«

Er sah sie an. »Wollen Sie zu Ende führen, was Sie begonnen haben?« fragte er mit einem Wink zu seinem zerstörten Schiff.

Sie schnaubte. »Jetzt hören Sie mir mal zu – *Sie* haben uns in diese Lage gebracht, nicht ich. Mein einziger Fehler war es, daß ich dumm genug war, Ihnen zu nahe zu kommen, als Sie die Bäume rammten. Stellen Sie den Koffer hin, und holen Sie diesen Droiden heraus.«

Luke kam dem Befehl nach. Als Erzwo neben ihm stand, hatte sie den Deckel des Überlebenspacks geöffnet und wühlte mit einer Hand in seinem Inneren. »Bleiben Sie, wo Sie sind«, wies sie ihn an. »Und halten Sie Ihre Hände so, daß ich sie sehen kann.«

Sie verharrte und legte den Kopf horchend zur Seite. Einen Moment später hörte auch Luke das ferne Dröhnen eines näherkommenden Schiffes. »Klingt, als würde man uns abholen«, sagte Mara. »Ich will, daß Sie und Ihr Droide...«

Sie brach ab. Ihre Augen weiteten sich entsetzt. Luke runzelte irritiert die Stirn...

Abrupt warf sie den Deckel des Überlebenspacks zu und riß ihn hoch. »Rennen Sie!« stieß sie hervor. Mit der Hand, in der sie den Blaster hielt, griff sie nach der flachen Schachtel, die sie getragen hatte, und klemmte sie sich unter den Arm. »Unter die Bäume – alle beide. Ich sagte – *rennt!*«

Da war etwas in ihrer Stimme – etwas Herrisches, Drängendes –, das ihn sofort handeln ließ. Binnen Sekunden waren Luke und Erzwo unter den Bäumen verschwunden. »Weiter«, befahl sie. »Los, los.«

Zu spät kam Luke der Gedanke, daß es sich dabei vielleicht nur um einen makaberen Scherz handelte – daß Mara ihn in Wirklichkeit von hinten erschießen und hinterher behaupten würde, er hätte einen Fluchtversuch gemacht. Aber sie war direkt hinter ihm, nah genug, daß er ihre Atemzüge hören und hin und wieder spüren konnte, wie die Mündung des Blasters über seinen Rücken schabte. Sie waren etwa zehn Meter weiter gekommen, als sich Luke bückte, um Erzwo über eine besonders große Wurzel zu heben…

»Weit genug«, zischte ihm Mara ins Ohr. »Verstecken Sie den Droiden, und legen Sie sich hin.«

Luke trug Erzwo über die Wurzel und hinter einen Baum…und als er sich neben Mara fallen ließ, begriff er.

Hoch über den Jägerwracks, sich langsam drehend wie ein Raubvogel, der nach Beute sucht, schwebte eine imperiale Fähre.

Aus den Augenwinkeln bemerkte er eine Bewegung, und als er den Kopf drehte, blickte er direkt in die Mündung von Maras Blaster. »Nicht rühren«, flüsterte sie, daß er ihren Atem an seiner Wange spürte. »Keinen Laut.«

Er nickte und sah wieder zur Fähre hinüber. Mara legte ihm ihren Arm um die Schulter, drückte ihm den Blaster gegen den Kiefer und folgte seinem Blick.

Die Fähre landete auf dem aufgewühlten Boden zwischen den beiden Jägerwracks. Schon bevor sie den Boden berührte, wurde die Rampe ausgefahren, und die ersten Sturmtruppler tauchten auf.

Luke beobachtete, wie sie sich teilten und mit der Durchsuchung der beiden Schiffe begannen, und die Situation erschien ihm so merkwürdig, daß sie fast irreal wirkte. Dort, kaum zwanzig Meter von ihnen entfernt, war Maras Gelegenheit, ihn an die Imperialen auszuliefern ... und trotzdem lagen sie beide hier, versteckt hinter einer Baumwurzel, und versuchten, so leise wie möglich zu atmen. Hatte sie plötzlich ihre Meinung geändert?

Oder wollte sie einfach keine Zeugen haben, wenn sie ihn tötete?

In diesem Falle, erkannte Luke unvermittelt, wäre es vielleicht das beste, wenn er sich den Sturmtrupplern ergab. Sobald er den Planeten verlassen hatte und wieder über die Macht verfügte, würde er zumindest die Chance haben, zu kämpfen. Wenn er nur eine Möglichkeit fand, Mara lange genug abzulenken, um ihr den Blaster abzunehmen....

Sie mußte die plötzliche Anspannung seiner Muskulatur gespürt haben. »Ganz gleich, was Sie vorhaben – tun Sie es nicht«, zischte sie ihm ins Ohr und drückte ihm den Blaster härter gegen den Kiefer. »Ich kann einfach behaupten, daß ich Ihre Gefangene war und Ihnen den Blaster abgenommen habe.«

Luke schluckte und wartete weiter.

Es dauerte nicht lange. Zwei Abteilungen Sturmtruppler verschwanden in den Jägern, während die anderen die Absturzstelle mit den Augen und transportablen Sensoren absuchten. Nach ein paar Minuten tauchten die Sturmtruppler aus den Jägern wieder auf, und am Fuß der Fährenrampe kam es zu einer kurzen Debatte. Auf ein unhörbares Kommando hin kamen auch die anderen zurück, und alle bestiegen wieder das Schiff. Die Rampe wurde eingezogen, und die Fähre flog davon. Eine Minute später war sie fort.

Luke wollte aufstehen. »Nun ...«

Sie versetzte ihm einen Stoß mit dem Blaster. »Still«, knurrte Mara. »Wahrscheinlich haben sie einen Sensor zurückgelassen.«

292

Luke runzelte die Stirn. »Woher wissen Sie das?«

»Weil die Sturmtruppen in derartigen Fällen immer so vorgehen«, sagte sie. »Still jetzt; wir stehen auf und machen uns davon. Und sorgen Sie dafür, daß Ihr Droide keinen Laut von sich gibt.«

Sie waren längst außer Sichtweite der Jägerwracks, als sie ihm befahl, stehenzubleiben. »Was jetzt?« fragte Luke.

»Wir setzen uns«, erwiderte sie.

Luke nickte und ließ sich auf dem Boden nieder. »Danke, daß Sie mich nicht an die Sturmtruppen ausgeliefert haben.«

»Hören Sie auf«, sagte sie barsch. Sie setzte sich ebenfalls und legte den Blaster neben sich auf den Boden. »Keine Sorge, ich habe es nicht aus Menschenfreundlichkeit getan. Die Fähren müssen uns beim Landeanflug entdeckt haben. Karrde wird irgendeine plausible Erklärung für den Vorfall finden müssen, und ich kann nicht einfach zu ihnen gehen, ehe ich nicht weiß, was für eine Geschichte er ihnen erzählt.« Sie legte die flache Schachtel in ihren Schoß und öffnete sie.

»Warum funken Sie ihn nicht einfach an?« fragte Luke.

»Dann könnte ich mich auch direkt mit den Imperialen in Verbindung setzen und Zeit sparen«, gab sie zurück. »Wahrscheinlich überwachen sie ohnehin den Funkverkehr. Halten Sie jetzt den Mund; ich muß arbeiten.«

Eine Weile arbeitete sie schweigend mit der Schachtel, ließ ihre Finger über eine winzige Tastatur huschen und betrachtete etwas, das Luke von seinem Blickwinkel aus nicht sehen konnte. In unregelmäßigen Abständen blickte sie auf, offenbar um sich zu überzeugen, daß er keine Tricks versuchte. Luke wartete; und abrupt gab sie ein zufriedenes Knurren von sich. »Drei Tage«, sagte sie und schloß die Schachtel.

»Drei Tage bis wohin?«

»Bis zum Waldrand«, erklärte sie und sah ihn starr an. »Bis zur Zivilisation. Nun, zumindest bis Hyllyard City.«

»Und wer von uns wird dort ankommen?« fragte Luke ruhig.

»Das ist eine gute Frage, nicht wahr?« meinte sie im eisigen Tonfall. »Können Sie mir irgendeinen Grund dafür nennen, daß ich mir die Mühe machen und Sie mitschleppen soll?«

»Sicher.« Luke drehte den Kopf zur Seite. »Erzwo.«

»Machen Sie sich nicht lächerlich.« Ihre Blicke wanderten zu dem Droiden und kehrten wieder zu Luke zurück. »Der Droide bleibt sowieso hier. Und zwar in seine Einzelteile zerlegt.«

Luke starrte sie an. »*Zerlegt?*«

»Soll ich es für Sie buchstabieren?« fauchte sie. »Der Droide weiß zuviel. Wir können nicht das Risiko eingehen, daß die Sturmtruppen ihn finden.«

»Er weiß zuviel über was?«

»Über Sie natürlich. Sie, Karrde, mich – über diesen ganzen Mist.«

Erzwo stöhnte leise. »Er wird ihnen nichts verraten«, beharrte Luke.

»Nicht, wenn er in Einzelteile zerlegt ist«, stimmte Mara zu.

Mühsam zwang sich Luke zur Ruhe. Logik, nicht Leidenschaft, war die einzige Möglichkeit, sie zu überzeugen. »Wir brauchen ihn«, erklärte er. »Sie haben selbst gesagt, daß der Wald gefährlich ist. Erzwo verfügt über Sensoren, mit denen er die Raubtiere aus der Ferne orten kann.«

»Vielleicht; vielleicht auch nicht«, entgegnete sie. »Die hiesige Vegetation reduziert die Reichweite der Sensoren praktisch auf Null.«

»Es ist immer noch besser als nichts«, sagte Luke. »Und er kann uns bewachen, während wir schlafen.«

Sie hob leicht die Brauen. »*Wir?*«

»Wir«, bekräftigte Luke. »Ich glaube nicht, daß er Sie beschützen wird, wenn ich nicht dabei bin.«

Mara schüttelte den Kopf. »Nicht gut«, sagte sie und griff nach ihrem Blaster. »Ich komme auch ohne ihn zurecht. Und Sie brauche ich bestimmt nicht.«

Lukes Kehle zog sich zusammen. »Sind Sie sicher, daß Ihr Urteilsvermögen nicht von Ihren Gefühlen getrübt wird?«

Er hätte nicht geglaubt, daß ihre Augen noch härter werden konnten, als sie ohnehin schon waren. »Hören Sie gut zu, Skywalker«, sagte sie mit fast tonloser Stimme. »Ich will Sie schon seit langem töten. In jenem ersten Jahr habe ich jede Nacht davon geträumt, Sie umzubringen. Davon geträumt, es geplant – ich muß tausend verschiedene Pläne geschmiedet und wieder verworfen haben. Von mir aus nennen Sie es eine Trübung meines Urteilsvermögens; ich habe mich inzwischen daran gewöhnt. Der Wunsch, Sie zu töten, ist der einzige Gefährte, den ich habe.«

Luke blickte wieder in jene Augen, erschüttert bis zum Grund seiner Seele. »Was habe ich Ihnen getan?« flüsterte er.

»Sie haben mein Leben zerstört«, antwortete sie verbittert. »Es ist nur gerecht, daß ich Ihres zerstöre.«

»Bekommen Sie Ihr altes Leben zurück, wenn Sie mich töten?«

»Sie wissen, daß es nicht so ist«, sagte sie mit leicht zitternder Stimme. »Aber ich muß es trotzdem tun. Für mich, für...« Sie brach ab.

»Was ist mit Karrde?« fragte Luke.

»Was soll mit ihm sein?«

»Ich dachte, er wollte mich lebend.«

Sie schnaubte. »Wir wollen alle Dinge, die wir nicht haben können.«

Aber für eine Sekunde glomm etwas in ihren Augen auf. Etwas, das durch den Haß leuchtete...

Aber was immer es auch sein mochte, es war nicht genug. »Ich wünschte fast, ich könnte es noch eine Weile hinauszögern«, sagte sie mit gletscherhafter Ruhe, als sie den Blaster hob. »Aber ich habe keine Zeit zu verschwenden.«

Luke suchte verzweifelt nach einer Idee... »Warten Sie einen Moment«, stieß er plötzlich hervor. »Sie sagten, Sie müßten herausfinden, was Karrde den Imperialen erzählt hat. Was wäre, wenn ich eine sichere Kommverbindung zu ihm herstellen könnte?«

Die Blastermündung senkte sich ein wenig. »Wie?« fragte sie argwöhnisch.

Luke wies auf das Überlebenspack. »Ist die Reichweite des Kommunikators groß genug, um bis zur Basis durchzudringen? Ich meine, ohne Satellitenverstärkung?«

Sie sah ihn noch immer argwöhnisch an. »Im Koffer ist eine Ballonsonde, die die Antenne hoch genug tragen kann, daß sie nicht mehr vom Wald gestört wird. Aber es ist keine Richtfunkantenne, was bedeutet, daß die Imperialen und jeder andere in dieser Hemisphäre alles mithören werden.«

»Das macht nichts«, versicherte Luke. »Ich kann die Nachricht so verschlüsseln, daß niemand sie entziffern wird. Oder besser gesagt, Erzwo kann es.«

Mara lächelte dünn. »Wundervoll. Bis auf eine Kleinigkeit: wenn der Kode so gut ist, wie soll ihn dann Karrde entschlüsseln?«

»Das muß er nicht«, erklärte Luke. »Das erledigt der Computer meines X-Flüglers.«

Das dünne Lächeln verschwand von Maras Gesicht. »Sie wollen mich nur hinhalten«, fauchte sie. »Das schafft Ihr Computer nie.«

»Warum nicht? Erzwo ist der einzige Droide, der seit fünf Jahren und fast dreitausend Flugstunden mit diesem Computer zusammenarbeitet. Er hat inzwischen seine Persönlichkeit angenommen. Ich weiß es – unsere Wartungstechniker müssen immer ein Diagnoseprogramm durchlaufen lassen, um sie überhaupt verstehen zu können.«

»Normalerweise werden die Speicherbänke von Droiden alle sechs Monate gelöscht und neu programmiert, um so etwas zu verhindern.«

»Ich mag Erzwo so, wie er ist«, sagte Luke. »Und er arbeitet auf diese Weise besser mit dem X-Flügler zusammen.«

»Wieviel besser?«

Luke überlegte. Die Wartungstechniker hatten diesen Test erst vor ein paar Monaten durchgeführt. »Die genaue Zahl kenne ich nicht. Etwa dreißig Prozent schneller als ein normales Astromech/ X-Flügler-Interface. Vielleicht fünfunddreißig.«

Mara starrte Erzwo an. »In Ordnung, das reicht nahe an die Geschwindigkeit eines Computers heran«, gestand sie widerwillig ein. »Die Imperialen könnten den Kode trotzdem knacken.«

»Möglich. Aber dafür brauchen Sie eine Spezialausrüstung. Und Sie sagten selbst, daß wir in drei Tagen hier herauskommen.«

Lange Zeit sah sie ihn an, ihr Gesicht ein Spiegel ihrer widersprüchlichen Gefühle. Bitterkeit, Haß, Überlebenswillen... und noch etwas anderes. Etwas, das Luke fast für einen Anflug von Loyalität hielt. »Ihr Schiff steht weit draußen im Wald«, knurrte sie schließlich. »Wie soll die Botschaft Karrde erreichen?«

»Jemand wird früher oder später das Schiff überprüfen«, erklärte er. »Wir müssen nur die Botschaft abspeichern lassen und dafür sorgen, daß sich der Computer bemerkbar macht. Sie haben doch Leute, die einen Rechner anzapfen können, oder?«

»Jeder Idiot kann einen Rechner anzapfen.« Mara funkelte ihn an. »Komisch, nicht wahr, daß dieser Plan *nur* funktioniert, wenn ich Sie beide am Leben lasse?«

Luke schwieg und hielt diesem bitteren Blick stand... und dann, abrupt, endete Maras innerer Kampf. »Was ist mit dem Droiden?« fragte sie. »Er wird uns nur behindern.«

»Erzwo hat schon öfter Wälder durchquert. Jedenfalls...« Luke sah sich um und entdeckte einen Baum mit zwei niedrigen Ästen, die genau die richtige Größe hatten. »Ich werde ihm eine Art Schlitten bauen.« Er wollte aufstehen. »Wenn Sie mir kurz mein Lichtschwert geben, schneide ich diese beiden Äste ab.«

»Setzen Sie sich«, befahl sie. »Ich erledige das.«

Nun, er hatte es zumindest versuchen müssen. »Diese beiden«, sagte er. »Seien Sie vorsichtig – Lichtschwerter sind schwer zu handhaben.«

»Ihre Sorge um mein Wohlergehen ist wirklich rührend«, sagte sie sarkastisch. Sie zog das Lichtschwert und ging zu dem Baum hinüber, ohne Luke auch nur eine Sekunde aus den Augen zu lassen. Sie hob die Waffe, zündete sie...

Und mit ein paar schnellen, fachmännischen Schlägen schnitt sie die Äste vom Baum ab, trimmte und kürzte sie.

Sie schaltete die Waffe ab und schob sie geschmeidig in ihren Gürtel. »Jetzt sind Sie dran«, sagte sie und trat zurück.

»Ja«, sagte Luke mechanisch, von Erstaunen erfüllt, während er die Äste aufsammelte. Die Art, wie sie die Waffe geführt hatte... »Sie kennen sich mit Lichtschwertern aus.«

Sie starrte ihn kalt an. »Gut, daß Sie es jetzt wissen. Nur für den Fall, daß Sie auf die Idee kommen sollten, mir meinen Blaster abzunehmen.« Sie sah zum verdämmernden Himmel hinauf. »Los – kümmern Sie sich um den Schlitten. Wir müssen eine Lichtung finden, wo wir die Ballonsonde starten können, und ich will das vor Einbruch der Nacht erledigt haben.«

# 24

»Ich muß mich bei Ihnen entschuldigen«, sagte Karrde, als er Han zum Hauptgebäude führte. »Tut mir leid, daß Sie Ihre Mahlzeit so abrupt unterbrechen mußten. Normalerweise behandeln wir unsere Gäste besser.«

»Kein Problem«, erklärte Han und sah ihn in der zunehmenden Dunkelheit forschend an. Das Licht aus dem Gebäude vor ihnen tauchte Karrdes Gesicht in fahle Helligkeit. »Was war denn überhaupt los?«

»Nichts Besonderes«, versicherte ihm Karrde leichthin. »Einige Leute, mit denen ich in Geschäftsverhandlungen stehe, wollten sich die Basis ansehen.«

»Ah«, sagte Han. »Also arbeiten Sie inzwischen für das Imperium?«

In Karrdes ausdruckslosem Gesicht zuckte ein Muskel. Han erwartete Ausflüchte, doch statt dessen blieb er stehen und drehte sich zu Lando und Ghent um, die hinter ihnen gingen. »Ghent?« fragte er milde.

»Es tut mir leid, Sir«, sagte der Junge mit unglücklich klingender Stimme. »Sie wollten unbedingt sehen, was los war.«

»Ich verstehe.« Karrde richtete die Blicke wieder auf Han; sein Gesicht verriet nicht, welche Gefühle ihn bewegten. »Wahrscheinlich ist es nicht weiter schlimm. Aber besonders klug ist es auch nicht von Ihnen gewesen.«

»Ich bin an Risiken gewöhnt«, eröffnete ihm Han. »Sie haben meine Frage nicht beantwortet.«

Karrde ging weiter. »Wenn ich nicht daran interessiert bin, für die Republik zu arbeiten, dann erst recht nicht für das Imperium. Die Imperialen sind vor ein paar Wochen hier gewesen, um Ysalamiri zu fangen – baumbewohnende Kreaturen wie jene, die am Baum im Großen Saal hängen. Ich habe ihnen geholfen, die Ysalamiri sicher von den Bäumen zu holen.«

»Was haben Sie dafür bekommen?«

»Das Privileg, ihnen bei der Arbeit zusehen zu dürfen«, sagte Karrde. »Auf diese Weise konnte ich herausfinden, wozu sie die Tiere brauchen.«

»Und *wozu* brauchen sie sie?«

Karrde sah Han an. »Informationen kosten Geld, Solo. Um ganz offen zu sein, wir wissen nicht, was sie vorhaben. Aber wir arbeiten daran.«

»Ich verstehe. Aber Sie *kennen* ihren Commander persönlich.«

Karrde lächelte schwach. »Auch das ist eine Information.«

Han wurde es allmählich leid. »Wie Sie wollen. Was kostet der Name dieses Großadmirals?«

»Im Moment ist der Name unverkäuflich«, erklärte er. »Vielleicht reden wir später noch einmal darüber.«

»Danke, aber ich glaube nicht, daß es ein Später geben wird«, knurrte Han und blieb stehen. »Wenn Sie einverstanden sind, verabschieden wir uns jetzt und kehren zu unserem Schiff zurück.«

Karrde drehte sich leicht überrascht zu ihm um. »Sie wollen Ihre Mahlzeit nicht beenden? Sie haben doch kaum etwas gegessen.«

Han sah ihm direkt in die Augen. »Ich mag es nicht, wie eine lahme Ente herumzusitzen, wenn Sturmtruppen in der Nähe sind«, sagte er unverblümt.

Karrdes Gesicht wurde hart. »Im Moment dürften Sie auffallen, wenn Sie nicht wie eine lahme Ente herumsitzen«, entgegnete er kalt. »Der Sternzerstörer hat die Umlaufbahn noch nicht verlassen. Jetzt zu starten, würde bedeuten, das Schicksal herauszufordern.«

»Der *Falke* hat schon oft bewiesen, daß er schneller als jeder Sternzerstörer ist«, entgegnete Han. Aber Karrde hatte recht... und die Tatsache, daß er sie nicht an die Imperialen ausgeliefert hatte, bedeutete wahrscheinlich, daß man ihm zumindest derzeit trauen konnte. Wahrscheinlich.

Andererseits, wenn sie *tatsächlich* blieben... »Aber ich nehme an, es wird uns nicht schaden, wenn wir noch etwas bleiben«, schloß er. »In Ordnung, wir essen zu Ende.«

»Gut«, sagte Karrde. »Es dauert nur ein paar Minuten, alles zurückzuholen.«

»Sie haben alles weggebracht?« fragte Lando.

»Alles, was darauf hindeuten konnte, daß wir Gäste haben«, erklärte Karrde. »Der Großadmiral ist ein sehr scharfer Beobachter, und ich wollte nicht, daß er erfährt, wie viele von meinen Mitarbeitern im Moment hier sind.«

»Nun, während Sie alles vorbereiten«, sagte Han, »werde ich zum Schiff zurückkehren und ein paar Dinge überprüfen.«

Karrde verengte leicht die Augen. »Sie *kommen* doch wieder, oder?«

Han lächelte ihn unschuldig an. »Vertrauen Sie mir.«

Karrde sah ihn noch einen Moment länger an und zuckte dann mit den Schultern. »Sehr gut. Passen Sie auf sich auf. Die einheimischen Raubtiere wagen sich normalerweise nicht bis zur Basis, doch es gibt Ausnahmen.«

»Wir werden vorsichtig sein«, versprach Han. »Komm, Lando.«

Sie gingen den Weg zurück, den sie gekommen waren. »Was willst du auf dem *Falken* eigentlich machen?« fragte Lando leise, als sie die Bäume erreichten.

»Nichts«, murmelte Han. »Ich dachte nur, es wäre eine günstige Gelegenheit, einen Blick in Karrdes Lagerschuppen zu werfen. Vor allem in den, in dem der Gefangene eingesperrt war.«

Sie gingen fünfzig Meter tief in den Wald und schlugen dann einen Bogen um die Basis. Kurz darauf stießen sie auf eine Gruppe kleiner Gebäude.

»Schauen wir uns nach einer Tür mit einem Schloß um«, schlug Lando vor.

»In Ordnung.« Han spähte in die Dunkelheit. »Der Schuppen da – der mit den beiden Türen?«

»Könnte sein«, sagte Lando. »Sehen wir mal nach.«

Die linke Tür hatte tatsächlich ein Schloß. Oder, besser gesagt, sie hatte ein Schloß *gehabt*. »Aufgeschossen«, stellte Lando fest. »Komisch.«

»Vielleicht hatte der Gefangene Freunde«, vermutete Han. Er blickte sich um. Nirgendwo eine Menschenseele. »Gehen wir hinein.«

Sie schoben die Tür zur Seite, traten ein und schlossen die Tür sorgfältig, ehe sie das Licht anmachten. Der Schuppen war halb voll, die meisten Kisten stapelten sich an der rechten Wand. Mit einer Ausnahme...

Han trat einen Schritt vor. »Nun, nun«, brummte er nach einem Blick auf die aufgeschraubte Steckdose und die herausgezogenen Drähte. »Jemand hat hier ganze Arbeit geleistet.«

»Hier drüben auch«, bemerkte Lando hinter ihm. »Schau dir das an.«

Lando kniete neben der Tür und äugte in den Schloßmechanismus. Die halbe Abdeckplatte war weggeblastert worden. »Guter Schuß«, brummte Han.

»Es war nicht nur ein Schuß«, sagte Lando kopfschüttelnd. »Innen ist das Schloß größtenteils intakt.« Er bog die Abdeckplatte zur Seite und stocherte mit dem Finger in der Elektronik. »Sieht aus, als hätte unser mysteriöser Gefangener hier herumgefummelt.«

»Ich frage mich, wie er es geschafft hat, sie abzubekommen.« Han musterte die Abdeckplatte. »Ich schaue mich im anderen Raum um«, erklärte er, trat vor die Tür und drückte auf den Öffner.

Die Tür bewegte sich nicht.

»Oh, oh«, sagte er und versuchte es erneut.

»Warte einen Moment – ich weiß, woran es liegt«, sagte Lando und fummelte hinter der Platte. »Hier ist eine Batterie...«

Abrupt glitt die Tür zur Seite. »Bin gleich wieder da«, versprach Han und ging hinaus.

Der rechte Raum des Schuppens unterschied sich nur wenig vom linken. An einer Stelle wies der Boden Schleifspuren wie von den Rädern eines Astromech-Droiden auf. Kaum hatte er die Spuren näher in Augenschein genommen, öffnete sich hinter ihm wieder die Tür. Han fuhr herum, den Blaster schußbereit in der Hand . . .

»Sie scheinen sich verirrt zu haben«, sagte Karrde ruhig. Seine Blicke huschten durch den Raum. »Und General Calrissian ist offenbar unterwegs verlorengegangen.«

Han senkte den Blaster. »Genau wie Ihr Gefangener?«

Karrde lächelte dünn. »Ich verstehe. Ghent hat offenbar geplaudert. Erstaunlich, nicht wahr, daß so viele hervorragende Hacker alles über Computer und Droiden wissen und dennoch nicht wissen, wann es an der Zeit ist, den Mund zu halten.«

»Ebenso erstaunlich ist es, daß so viele hervorragende Schmuggler nicht wissen, wann es an der Zeit ist, sich aus Schwierigkeiten herauszuhalten«, entgegnete Han. »Welchen Auftrag hat Ihnen Ihr Großadmiral gegeben? Geht es um Sklaverei oder nur um gelegentliche Entführungen?«

Karrdes Augen blitzten. »Ich habe mit Sklaverei nichts zu tun, Solo. Weder mit Sklaverei noch mit Entführungen.«

»Was war das dann hier? Ein Zufall?«

»Ich habe ihn nicht gebeten, in mein Leben zu treten«, erklärte Karrde. »Ich wollte ihn auch nicht hier haben.«

Han schnaubte. »Wie rührend. Was hat er getan? Ist er vom Himmel gefallen?«

»Um offen zu sein, so ähnlich ist es tatsächlich gewesen«, sagte Karrde steif.

»Oh, klar, Grund genug, jemand einzusperren«, meinte Han sarkastisch. »Wer war es?«

»Diese Information ist unverkäuflich.«

»Vielleicht müssen wir sie gar nicht kaufen«, sagte Lando hinter ihm.

Karrde drehte sich um. »Ah«, sagte er, als Lando an ihm vorbei in den Raum trat. »Da sind Sie ja. Haben Sie die andere Hälfte des Schuppens durchsucht?«

»Ja, wir verlieren keine Zeit«, versicherte Han. »Was hast du gefunden, Lando?«

»Das hier.« Lando hielt einen winzigen roten Zylinder hoch, an dessen beiden Enden je zwei Drähte heraustraten. »Eine Mikrelbatterie. Unser Gefangener hat mit ihr die Tür geöffnet, nachdem jemand ihre Stromversorgung unterbrochen hat.« Er zeigte sie Han. »Der Name des Herstellers ist klein, aber lesbar. Erkennst du ihn?«

Han kniff die Augen zusammen. Die Schrift war fremd, wirkte aber vage vertraut. »Ich habe ihn schon einmal gesehen, aber ich weiß nicht mehr, wo.«

»Während des Krieges«, informierte ihn Lando, ohne die Blicke von Karrde zu wenden. »Es ist das Warenzeichen der Sibha Habadeet.«

Han starrte fröstelnd den winzigen Zylinder an. Die Sibha Habadeet hatten zu den wichtigsten Lieferanten der Allianz für Mikrelbatterien gehört. Und ihre Spezialität... »Ist das eine bioelektronische Batterie?«

»Genau«, bestätigte Lando grimmig. »Genau die Sorte, die man, sagen wir, für eine künstliche Hand verwenden würde.«

Langsam hob Han den Blaster und richtete ihn auf Karrdes Magengegend. »Das da hinten sind Schleifspuren von den Rädern eines Astromech-Droiden«, sagte er zu Lando. »Zweifellos die einer R2-Einheit.« Er hob die Brauen. »Sie können sich ruhig an der Unterhaltung beteiligen, Karrde.«

Karrde seufzte. Sein Gesichtsausdruck war eine Mischung aus Ärger und Resignation. »Was wollen Sie denn hören – daß Luke Skywalker der Gefangene war? In Ordnung – so war es.«

Han preßte die Lippen zusammen. Und er und Lando waren die ganze Zeit hier gewesen, ohne etwas zu ahnen... »Wo ist er jetzt?« fragte er.

»Ich dachte, Ghent hätte es Ihnen erzählt«, sagte Karrde düster.

»Er ist mit einem meiner Blitzjäger geflohen.« Seine Mundwinkel zuckten. »Und dabei abgestürzt.«

»Er ist *was?*«

»Ihm geht es gut«, versicherte Karrde. »Oder zumindest ging es ihm noch vor ein paar Stunden gut. Die Sturmtruppen haben die Absturzstelle untersucht, aber beide Wracks waren leer.« Seine Augen verengten sich für einen Moment. »Ich hoffe, dies bedeutet, daß sie zusammenarbeiten.«

»Sie scheinen sich dessen nicht ganz sicher zu sein«, stellte Han fest.

Die Augen verengten sich weiter. »Mara Jade hat ihn verfolgt. Sie hat eine bestimmte – nun, warum Wortklaubereien betreiben? Um offen zu sein, sie will ihn umbringen.«

Han warf Lando einen bestürzten Blick zu. »Warum?«

Karrde schüttelte den Kopf. »Ich weiß es nicht.«

Für einen Moment war es still im Raum. »Wie ist er hierhergekommen?« fragte Lando.

»Wie ich schon sagte, es war reiner Zufall«, erwiderte Karrde. »Nein – ich nehme das zurück. Für Mara war es kein Zufall – sie hat uns direkt zu seinem manövrierunfähigen Sternjäger geführt.«

»Wie?«

»Auch das weiß ich nicht.« Er fixierte Han mit hartem Blick. »Und ehe Sie danach fragen, wir hatten nichts mit der Beschädigung seines Schiffes zu tun. Bei der Flucht vor einem imperialen Sternzerstörer sind ihm beide Hyperantriebsmotivatoren durchgebrannt. Hätten wir ihn nicht gefunden, wäre er jetzt bereits tot.«

»Statt dessen irrt er im Wald umher, zusammen mit jemand, der ihn umbringen will«, fluchte Han. »Ja, Sie sind ein wahrer Held.«

Der harte Blick wurde noch härter. »Die Imperialen wollen Skywalker haben, Solo. Sie würden alles dafür tun. Wenn Sie genau überlegen, werden Sie feststellen, daß ich ihn *nicht* an sie ausgeliefert habe.«

»Weil er vorher entkommen ist.«

»Er entkam, weil er in diesem Schuppen war«, widersprach Karrde. »Und er war in diesem Schuppen, weil ich nicht wollte, daß die Imperialen bei ihrem überraschenden Besuch über ihn stolpern.«

Er schwieg einen Moment. »Sie werden außerdem bemerkt haben«, fügte er ruhig hinzu, »daß ich *Sie* ebenfalls nicht ausgeliefert habe.«

Langsam senkte Han den Blaster. Alles, was unter Gewaltandrohung gesagt wurde, war von vornherein suspekt; doch die Tatsache, daß Karrde sie tatsächlich nicht an die Imperialen verraten hatte, war ein Argument, das eindeutig für ihn sprach.

Oder besser gesagt: daß er sie noch nicht verraten hatte. Das konnte sich jederzeit ändern. »Ich will Lukes X-Flügler sehen«, verlangte er.

»Gewiß.« Karrde nickte. »Aber ich würde empfehlen, erst morgen früh hinzugehen. Wir haben ihn tiefer in den Wald geschafft als Ihr Schiff; und in der Dunkelheit wimmelt es dort von Raubtieren.«

Han zögerte und nickte dann. Wenn Karrde irgend etwas im Schilde führte, dann hatte er das Computerlogbuch des X-Flüglers bestimmt längst gelöscht oder geändert. »In Ordnung. Und was unternehmen wir wegen Luke?«

Karrde schüttelte mit geistesabwesendem Blick den Kopf. »In der Nacht können wir nichts für ihn tun. Nicht, während die Vornskrs den Wald unsicher machen und der Großadmiral in der Umlaufbahn lauert. Morgen... Wir werden darüber reden und versuchen, einen Plan zu schmieden.« Sein Blick wurde wieder klar, und plötzlich spielte ein leicht ironisches Lächeln um seine Lippen. »Das Essen müßte inzwischen serviert sein. Wenn Sie mir bitte folgen wollen...?«

Die dämmrige holografische Kunstgalerie hatte sich erneut verändert; diesmal war sie eine Sammlung von verblüffend ähnlichen Flammenwerken, die zu pulsieren und ihre Form zu wechseln schienen, als Pellaeon vorsichtig an den Podesten vorbeiging. Er betrachtete sie und fragte sich, woher sie stammten.

»Haben Sie sie gefunden, Captain?« fragte Thrawn Pellaeon, als er den doppelten Displayring erreichte.

Er straffte sich. »Ich fürchte nein, Sir. Wir hatten gehofft, daß wir bei Einbruch der Dunkelheit bessere Resultate durch den Einsatz der Infrarotsensoren erzielen. Aber sie scheinen die Baumwipfel nicht durchdringen zu können.«

Thrawn nickte. »Was ist mit der Impulssendung, die wir kurz vor Sonnenuntergang aufgefangen haben?«

»Wir konnten feststellen, daß sie ihren Ursprung in der Nähe der Absturzstelle hatte«, erklärte Pellaeon. »Doch sie war zu kurz für eine genaue Peilung. Der Kode ist uns völlig unbekannt – die Dechiffrierabteilung meint, daß es sich um eine Art Doppelkodierung handeln könnte. Sie arbeiten daran.«

»Ich nehme an, sie haben alle bekannten Kodes der Rebellion ausprobiert?«

»Ja, Sir, wie Sie befohlen hatten.«

Thrawn nickte nachdenklich. »Wir scheinen in einer Sackgasse zu stecken, Captain. Zumindest solange sie sich im Wald befinden. Haben Sie errechnen können, wo sie herauskommen werden?«

»Im Grunde gibt es nur eine Möglichkeit«, sagte Pellaeon, während er sich fragte, warum der Großadmiral einen solchen Wirbel um diese Angelegenheit machte. »Eine Stadt namens Hyllyard City, die am Rand des Waldes und direkt auf ihrem Weg liegt. Sie ist das einzige Bevölkerungszentrum im Umkreis von mehr als hundert Kilometern. Da sie nur ein Überlebenspack dabei haben, müssen sie dorthin.«

»Ausgezeichnet«, sagte Thrawn. »Ich möchte, daß Sie dort drei

Schwadronen Sturmtruppen postieren. Sie sollen sofort aufbrechen.«

Pellaeon blinzelte. »Sturmtruppen, Sir?«

»Sturmtruppen«, wiederholte Thrawn und richtete die Blicke auf eine der Flammenskulpturen. »Sowie ein halbes Geschwader Scoutflieger und drei leichte gepanzerte Fahrzeuge.«

»Jawohl, Sir«, sagte Pellaeon gehorsam. In der letzten Zeit gab es bei den Sturmtruppen empfindliche Engpässe. Sie für eine völlig unwichtige Auseinandersetzung zwischen Schmugglern zu verschwenden...

»Sehen Sie, Karrde hat uns belogen«, fuhr Thrawn fort, als würde er Pellaeons Gedanken lesen. »Was auch immer dieses kleine Drama heute nachmittag zu bedeuten hatte, es ging dabei nicht um die Verfolgung eines gewöhnlichen Diebes. Ich würde gern wissen, worum es wirklich ging.«

»Ich... fürchte, ich kann Ihnen nicht folgen, Sir.«

»Es ist ganz einfach, Captain«, sagte Thrawn in jenem Tonfall, der er immer zu benutzen schien, wenn er etwas Offensichtliches erklärte. »Der Pilot des Verfolgerjägers hat sich während der Verfolgung nicht gemeldet. Karrdes Basis hat auch keine Verbindung mit ihm aufgenommen. Wir wissen das – wir haben keinen Funkverkehr feststellen können. Keine Berichte; keine Hilfeersuchen; nichts, nur absolute Funkstille.« Er sah Pellaeon an. »Ihre Vermutung, Captain?«

»Was immer es auch war«, sagte Pellaeon langsam, »sie wollten nicht, daß wir es erfahren. Davon abgesehen...« Er schüttelte den Kopf. »Ich weiß es nicht, Sir. Es könnte alle möglichen Dinge geben, die sie vor Außenstehenden geheimhalten wollen. Immerhin sind sie *Schmuggler.*

»Zugegeben.« Thrawns Augen schienen zu glitzern. »Aber nun bedenken Sie die zusätzliche Tatsache, daß sich Karrde geweigert hat, bei der Suche nach Skywalker mitzumachen... und die Tatsache, daß er an diesem Nachmittag meinte, die Suche wäre vorüber.« Er hob eine Braue. »Was sagt Ihnen *das*, Captain?«

Pellaeons Kinnlade fiel nach unten. »Sie meinen... *Skywalker* war in diesem Blitzjäger?«

»Eine interessante Spekulation, nicht wahr?« stimmte Thrawn zu. »Wenngleich unwahrscheinlich, wie ich eingestehen muß. Aber wahrscheinlich genug, um ihr weiter nachzugehen.«

»Jawohl, Sir.« Pellaeon warf einen Blick auf das Chrono und rechnete geschwind. »Aber wenn wir noch ein oder zwei Tage länger hierbleiben, werden wir den Angriff auf Sluis Van verschieben müssen.«

»Wir verschieben den Angriff auf Sluis Van nicht«, widersprach Thrawn heftig. »Dort beginnt unser Endsieg über die Rebellion, und ich werde einen derart komplexen und weitreichenden Plan nicht ändern.« Er wies auf die Flammenskulpturen. »Die sluisische Kunst verrät, daß diese Rasse einem zweihundertjährigen Lebenszyklus unterworfen ist, und ich will sie an ihrem Tiefpunkt schlagen. Sobald die Truppen und das Material abgesetzt sind, brechen wir zu unserem Rendezvous mit der *Gnadenlos* und dem Tarnfeldtest auf. Wenn sich Skywalker tatsächlich auf Myrkr befindet, sollten drei Schwadronen Sturmtruppen genügen, um mit ihm fertig zu werden.«

Seine Augen bohrten sich in Pellaeons Gesicht. »Und mit Karrde«, fügte er leise hinzu, »sollte er sich als Verräter erweisen.«


Die letzten dunkelblauen Flecken in den kleinen Lücken des Blätterdachs waren verblaßt und hatten tiefer Finsternis Platz gemacht. Mara drehte die Lampe des Überlebenspacks herunter, stellte es ab und sank erleichtert neben einem mächtigen Baumstumpf zu Boden. Ihr rechter Knöchel, den sie sich beim Absturz verstaucht hatte, begann wieder zu schmerzen, und es tat gut, sich ausruhen zu können.

Skywalker hatte sich bereits ein paar Meter weiter auf der anderen Seite der Lampe hingelegt; sein Kopf ruhte auf seiner zusammengerollten Montur, sein treuer Droide stand an seiner Seite. Sie fragte sich, ob er ihre Verstauchung bemerkt hatte, verdrängte dann aber den Gedanken als irrelevant. Sie hatte schon schlimmere Verletzungen erlitten, ohne sich von ihnen behindern zu lassen.

»Erinnert mich an Endor«, sagte Skywalker leise, als Mara ihren Lichtstab und ihren Blaster griffbereit in den Schoß legte. »In der Nacht scheint jeder Wald lebendig zu werden.«

»Oh, und ob er lebendig ist«, knurrte Mara. »Viele der einheimischen Tiere sind Nachtwesen. Die Vornskr eingeschlossen.«

»Merkwürdig«, murmelte er. »Karrdes zahme Vornskr waren auch am Nachmittag munter.«

Sie sah zu ihm hinüber, leicht überrascht, daß er es bemerkt hatte. »Selbst in der Wildnis sind sie gelegentlich auch am Tag aktiv. Ich nenne sie Nachtwesen, weil sie hauptsächlich nachts jagen.«

Skywalker dachte einen Moment darüber nach. »Vielleicht sollten wir dann nachts marschieren«, schlug er vor. »Sie werden uns ohnehin jagen – zumindest sind wir dann wach und bereit, wenn sie auf Beutefang gehen.«

Mara schüttelte den Kopf. »Das würde mehr schaden als nutzen. Wir müssen das Terrain vor uns erkennen können, um nicht in eine Sackgasse zu geraten. Außerdem ist dieser Wald von kleinen Lichtungen übersät.«

»Wo ein Lichtstab von einem orbitalen Schiff aus deutlich zu sehen ist«, vermutete er. »Ja. Sie scheinen eine Menge über diesen Planeten zu wissen.«

»Um das zu sehen, ist mehr als nur ein aufmerksamer Pilot nötig, der den Wald überfliegt«, grollte sie. Aber er hatte recht, sagte sie sich, als sie sich gegen den Baumstumpf lehnte. *Lerne deine Umgebung kennen,* war die erste Regel, die man ihr eingebleut hatte... und sofort nach ihrer Aufnahme in Karrdes Organisation hatte sie genau das getan. Sie hatte die Luftaufnahmen des Waldes und seiner Umgebung studiert; hatte sowohl bei Tag als auch bei Nacht lange Wanderungen unternommen, um sich mit den Geräuschen und Gerüchen vertraut zu machen; hatte mehrere Vornskr und andere Raubtiere aufgespürt und erlegt, um herauszufinden, wie man sie am schnellsten töten konnte; hatte sogar einen von Karrdes Mitarbeitern dazu gebracht, eine Unzahl einheimischer Gewächse auf ihre Eßbarkeit hin zu untersuchen. Sie kannte die Siedler, die außerhalb des Waldes lebten, die lokale Politik, und sie hatte an einem geheimen Ort, zu dem sie jederzeit Zugang hatte, einen Teil ihres Geldes versteckt.

Mehr als jeder andere in Karrdes Organisation war sie in der Lage, außerhalb der Basis zu überleben. Warum also versuchte sie so verzweifelt, ins Hauptquartier zurückzukehren?

Es war nicht wegen Karrde – soviel stand fest. Alles, was er für sie getan hatte – ihren Job, ihre Stellung, ihre Beförderung –, hatte sie ihm mehr als genug mit harter Arbeit und treuen Diensten zurückgezahlt. Welche Geschichte er heute nachmittag auch immer erfunden hatte, um Thrawn den Zwischenfall mit den Blitzjägern zu erklären, sie würde nur dazu dienen, seinen Hals zu retten, nicht ihren; und wenn er sah, daß der Großadmiral sie ihm nicht abkaufte, so stand es ihm frei, noch in dieser Nacht mit seinen Leuten Myrkr zu verlassen und sich in einem der anderen Unterschlupfe zu verstecken, die er überall in der Galaxis angelegt hatte.

Nur daß er es nicht tun würde. Er würde bleiben, Suchtrupp auf Suchtrupp losschicken und darauf warten, daß Mara aus dem Wald kam. Selbst wenn sie nie wieder auftauchte.

Selbst wenn er damit Thrawns Geduld überstrapazierte.

Mara biß die Zähne zusammen, vor ihrem geistigen Auge das Bild eines Verhördroiden, der Karrde gegen die Wand einer Zelle preßte. Denn sie kannte Thrawn – kannte sowohl die Hartnäckigkeit des Großadmirals als auch die Grenzen seiner Geduld. Er würde warten und beobachten, oder warten und beobachten lassen, und Karrdes Geschichte in allen Einzelheiten überprüfen.

Und wenn weder sie noch Skywalker je aus dem Wald wieder auftauchten, würde er mit Sicherheit zu der falschen Schlußfolgerung gelangen. Und dann würde er Karrde einem imperialen Verhör unterziehen und schließlich herausfinden, wer der entflohene Gefangene gewesen war.

Und dann würde er Karrde hinrichten lassen.

Der Droide drehte sich um ein paar Grad und gab ein leises, warnendes Trillern von sich. »Ich glaube, Erzwo hat etwas entdeckt«, sagte Skywalker und richtete sich halb auf.

»Was Sie nicht sagen«, brummte Mara. Sie griff nach ihrem Lichtstab, richtete ihn auf den sich nähernden Schatten, den sie längst bemerkt hatte, und schaltete ihn ein.

Ein Vornskr stand im Lichtkegel, die klauenbewehrten Vorderpfoten in den Boden gegraben, den Peitschenschwanz erhoben und langsam hin und her bewegend. Er ignorierte das Licht und pirschte sich vorsichtig an Skywalker heran.

Mara gab ihm noch zwei Schritte und schoß ihm dann in den Kopf.

Das Tier brach zusammen, zuckte noch einmal mit dem Schwanz und rührte sich nicht mehr. Mara suchte die Umgebung mit dem Lichtstab ab und schaltete ihn wieder aus. »Wirklich großartig, daß Ihr Droide bei uns ist«, sagte sie sarkastisch in die relative Dunkelheit.

»Nun, *ich* hätte ohne ihn die Gefahr nicht bemerkt«, gab Skywalker verärgert zurück. »Danke.«

»Vergessen Sie's«, knurrte sie.

Eine kurze Pause folgte. »Gehören Karrdes zahme Vornskr einer anderen Spezies an?« fragte Skywalker. »Oder hat man ihnen nur die Schwänze entfernt?«

Mara sah durch die Dunkelheit zu ihm hinüber, gegen ihren Willen beeindruckt. Die meisten Männer, die in den Rachen eines Vornskrs blickten, hätten auf ein derartiges Detail nicht geachtet. »Das letztere«, erklärte sie. »Die Vornskr benutzen diese Schwänze als Peitsche – ein Schlag ist schmerzhaft, und außerdem enthalten sie ein schwaches Gift. Karrde wollte ursprünglich nicht, daß seine Leute dauernd mit Peitschenstriemen herumlaufen; später haben wir herausgefunden, daß die Tiere auch den Großteil ihrer Raubtierinstinkte verlieren, wenn man ihnen den Schwanz entfernt.«

»Sie haben einen wirklich zahmen Eindruck gemacht«, sagte er. »Fast freundlich.«

Nur daß sie Skywalker gegenüber nicht freundlich gewesen waren, wie sie sich erinnerte. Und der Vornskr hier hatte sie völlig ignoriert und war sofort auf ihn losgegangen. Ein Zufall? »Das sind sie auch«, sagte sie laut. »Er hat sich schon überlegt, ob man sie nicht als Wachtiere verkaufen kann. Aber er ist nie dazu gekommen, den Markt zu sondieren.«

»Nun, Sie können ihm sagen, daß ich sie jederzeit empfehlen werde«, meinte Skywalker trocken. »Wer wie ich schon einmal einem Vornskr gegenübergestanden hat, der kann bestätigen, daß sie jeden Einbrecher sofort in die Flucht schlagen.«

Ihre Lippen zuckten. »Gewöhnen Sie sich daran«, riet sie ihm. »Es ist noch ein weiter Weg bis zum Waldrand.«

»Ich weiß.« Skywalker legte sich wieder hin. »Glücklicherweise scheinen Sie eine hervorragende Schützin zu sein.«

Er schwieg. Machte sich zum Einschlafen bereit... und nahm wahrscheinlich an, daß sie es auch tun würde.

*Von wegen*, dachte sie spöttisch. Sie griff in ihre Tasche und zog das Röhrchen mit den Stimpillen aus dem Überlebenspack heraus. Wenn man sie zu oft nahm, konnten sie in kürzester Zeit die Gesundheit ruinieren, aber fünf Meter neben einem Feind einzuschlafen würde sie noch viel schneller ruinieren.

Sie verharrte, das Röhrchen in der Hand, und sah Skywalker forschend an. Betrachtete seine geschlossenen Augen und sein ruhiges, friedliches Gesicht. Was ihr seltsam vorkam, denn wenn jemand Grund hatte, sich Sorgen zu machen, dann er. Durch einen Planeten voller Ysalamiri aller vielgepriesenen Jedi-Kräfte beraubt, im Wald einer Welt gefangen, deren Name und deren Position er nicht einmal kannte, von ihr, den Imperialen und den Vornskr mit dem Tode bedroht – eigentlich sollte er vor Furcht zittern.

Vielleicht war es nur eine Maske; vielleicht hoffte er, daß ihre Wachsamkeit nachließ. Unter umgekehrten Umständen hätte sie es zweifellos getan.

Aber vielleicht steckte in ihm mehr, als man auf den ersten Blick sah. Vielleicht war er mehr als nur ein bekannter Name, eine politische Position und ein Haufen Jedi-Tricks.

Sie preßte die Lippen zusammen und fuhr mit den Fingern über das Lichtschwert, das an ihrem Gürtel hing. Ja, natürlich war er mehr. Was immer am Ende auch geschehen war – an jenem schrecklichen, verwirrenden, lebenszerstörenden Ende –, nicht seine Jedi-Tricks hatten ihn gerettet. Sondern etwas anderes. Etwas, das sie mit Sicherheit herausfinden würde, ehe sein Ende kam.

Sie nahm eine Stimpille aus dem Röhrchen und schluckte sie, von neuer Entschlossenheit erfüllt. Nein, die Vornskr würden Luke Skywalker nicht kriegen. Wenn die Zeit kam, würde sie ihn eigenhändig töten. Es war ihr Recht, ihr Privileg und ihre Pflicht.

Sie nahm eine bequemere Stellung ein und begann mit ihrer Nachtwache.


Die nächtlichen Laute des Waldes wehten aus der Ferne heran, vermischt mit den gedämpften Lauten der Zivilisation aus dem Gebäude in seinem Rücken. Karrde nippte an seiner Tasse, spähte in die Dunkelheit und fühlte sich müder als je zuvor.

Binnen eines einzigen Tages war sein Leben auf den Kopf gestellt worden.

Drang an seiner Seite hob den Kopf und wandte sich nach rechts. »Besuch?« fragte ihn Karrde und blickte in dieselbe Richtung. Eine schattenhafte Gestalt, im Sternenlicht kaum zu erkennen, näherte sich.

»Karrde?« rief Aves leise.

»Hier drüben«, sagte Karrde. »Nehmen Sie sich einen Stuhl und setzen Sie sich zu mir.«

»Es geht schon«, meinte Aves, als er zu ihm trat und sich im Schneidersitz auf dem Boden niederließ. »Ich muß gleich wieder in die Zentrale zurück.«

»Die mysteriöse Botschaft?«

»Ja. Was in aller Welt hat sich Mara dabei gedacht?«

»Ich weiß es nicht«, gestand Karrde. »Irgend etwas Kluges vermutlich.«

»Wahrscheinlich«, meinte Aves. »Ich hoffe nur, wir sind klug genug, um sie zu entschlüsseln.«

Karrde nickte. »Sind Solo und Calrissian gut untergebracht?«

»Sie sind zu ihrem Schiff zurückgekehrt«, sagte Aves finster. »Ich fürchte, sie trauen uns nicht.«

»Unter den gegebenen Umständen kann man ihnen das nicht verübeln.« Karrde streichelte Drangs Kopf. »Vielleicht können wir sie überzeugen, daß wir auf ihrer Seite sind, wenn wir ihnen morgen Skywalkers Computerlogbuch zeigen.«

»Tja. Sind wir das denn?«

Karrde schürzte die Lippen. »Wir haben jetzt keine andere Wahl mehr, Aves. Sie sind unsere Gäste.«

Aves schnaubte. »Das wird den Großadmiral gar nicht freuen.«

Karrde zuckte mit den Schultern. »Sie sind unsere Gäste«, wiederholte er.

Er spürte, wie Aves in der Dunkelheit ebenfalls mit den Schultern zuckte. Sie beide kannten die Pflichten und Anforderungen der Gastfreundschaft. Im Gegensatz zu Mara, die von ihm verlangt hatte, den *Millennium Falken* wegzuschicken.

Er wünschte nur, er hätte auf sie gehört. Er wünschte es sogar sehr.

»Ich möchte, daß Sie für morgen früh einen Suchtrupp zusammenstellen«, sagte er zu Aves. »Wahrscheinlich wird es sinnlos sein, aber wir müssen es versuchen.«

»Richtig. Was ist mit den Imperialen?«

Karrde verzog das Gesicht. »Ich bezweifle, daß sie weitersuchen werden. Dieses Schiff, das vor einer Stunde den Sternzerstörer verlassen hat, sah mir verdammt nach einer Angriffsfähre aus. Ich vermute, daß sie in Hyllyard City auf Mara und Skywalker warten werden.«

»Klingt einleuchtend«, sagte Aves. »Was ist, wenn wir sie nicht zuerst finden?«

»Wir müssen sie dann vermutlich aus den Händen der Sturmtruppen befreien. Können Sie für diese Operation ein Team zusammenstellen?«

Aves schnaufte. »Kein Problem. Ich habe ein paar Gespräche geführt, und ich kann Ihnen verraten, daß die Stimmung in der Basis am Kochen ist. Mal ganz von dieser Sache mit dem Helden der Rebellion abgesehen – ein Haufen unserer Leute rechnen es Skywalker hoch an, daß er sie von Jabba dem Hutten befreit hat.«

»Ich weiß«, sagte Karrde grimmig. »Und diese Begeisterung könnte zu einem Problem werden. Denn wenn wir Skywalker nicht aus den Händen der Imperialen befreien können... nun, wir dürfen dann nicht zulassen, daß er am Leben bleibt.«

Der Schatten an seiner Seite schwieg lange Zeit. »Ich verstehe«, sagte Aves sehr leise. »Aber wenn man Thrawns Mißtrauen bedenkt, wird es wahrscheinlich keinen Unterschied machen.«

»Mißtrauen ist besser als ein eindeutiger Beweis«, erinnerte ihn

Karrde. »Und wenn wir sie im Wald aufspüren, ist es wahrscheinlich das Beste, was wir tun können.«

Aves schüttelte den Kopf. »Es gefällt mir nicht.«

»Mir auch nicht. Aber wir müssen auf alle Eventualitäten vorbereitet sein.«

»Verstehe.« Aves schwieg erneut für einen Moment. Dann, mit einem unterdrückten Seufzer, stand er auf. »Ich werde mal nachsehen, ob Ghent mit Maras Botschaft weitergekommen ist.«

»Und anschließend legen Sie sich besser aufs Ohr«, wies ihn Karrde an. »Morgen haben wir einen anstrengenden Tag vor uns.«

»Richtig. Gute Nacht.«

Aves ging, und wieder erfüllten die gedämpften Laute des Waldes die Nachtluft. Laute, die den Wesen, die sie erzeugten, viel bedeuteten, für ihn aber ohne Belang waren.

Sinnlose Laute...

Müde schüttelte er den Kopf. Was hatte Mara ihm mit dieser geheimnisvollen Botschaft sagen wollen? War es etwas Einfaches — etwas, das er oder ein anderer ohne viel Mühe entziffern sollte?

Oder hatte die junge Dame, die so perfekt Sabacc spielte, sich am Ende doch selbst überlistet?

In der Ferne gab ein Vornskr sein charakteristisches schnurrendes Gackern von sich. Neben seinem Stuhl hob Drang den Kopf. »Freunde von dir?« fragte Karrde milde, während ein anderer Vornskr dem Ruf des ersten antwortete. Einst, vor ihrer Zähmung, waren Sturm und Drang genauso wild gewesen.

Genau wie Mara, als er sie damals aufgenommen hatte. Er fragte sich, ob sie sich überhaupt zähmen ließ.

Fragte sich, ob sie all seine Probleme lösen würde, indem sie Skywalker rechtzeitig tötete.

Das schnurrende Gackern erklang erneut, näher diesmal. »Komm, Drang«, sagte er zu dem Vornskr und stand auf. »Zeit hineinzugehen.«

An der Tür blieb er noch einmal stehen und warf einen letzten Blick zum Wald hinüber, und er spürte, wie ihn Melancholie und leise Furcht übermannten. Nein, der Großadmiral würde gar nicht erfreut sein. Überhaupt nicht erfreut.

Und Karrde wußte, daß sein Leben hier so oder so zu Ende war.

# 25

Der Raum war still und dunkel, und die fernen nächtlichen Laute von Rwookrrorro wurden vom kühlen Nachtwind durch das Maschendrahtfenster getragen. Leia starrte die Vorhänge an, umklammerte den Blaster mit schweißnasser Hand und fragte sich, was sie geweckt hatte.

Eine Zeitlang blieb sie mit klopfendem Herzen liegen. Aber da war nichts. Keine Geräusche, keine Bewegung, keine Gefahr, die ihre begrenzten Jedi-Sinne entdecken konnten. Nur das unheimliche Gefühl, daß sie nicht mehr sicher war.

Sie holte tief Luft und atmete so leise wie möglich aus, während sie weiter horchte. Es war nicht die Schuld ihrer Gastgeber oder zumindest nichts, für das sie ihnen die Schuld geben konnte. Die Führer der Stadt waren in den ersten Tagen unglaublich wachsam gewesen und hatten ihr über ein Dutzend Wookie-Leibwächter zur Verfügung gestellt, während weitere Freiwillige die Stadt durchkämmt und nach dem Fremden gesucht hatten. Die Aktion war mit einer Schnelligkeit, Effizienz und Gründlichkeit durchgeführt worden, die Leia selten in den höheren Rängen der Rebellen-Allianz erlebt hatte.

Aber als die Tage vergingen, ohne daß man auf den Fremden gestoßen war, hatte die Wachsamkeit nachgelassen. Als auch aus anderen Städten Kashyyyks negative Meldungen eintrafen, hatte sich die Zahl der Fahnder auf eine Handvoll und die der Dutzend Leibwächter auf drei verringert.

Und jetzt waren selbst diese drei fort und führten wieder ihr normales Leben. Nur noch Chewbacca, Ralrra und Salporin wachten über sie.

Es war eine klassische Strategie. Wie sie da allein in der Dunkelheit lag, fiel es ihr im nachhinein leicht, dies zu erkennen. Fühlende Wesen, ob es nun Menschen oder Wookies waren, konnten einfach nicht über längere Zeit hinweg wachsam sein, wenn sich der Feind nicht zeigte. Es war eine Tendenz, gegen die sie in der Allianz schwer zu kämpfen gehabt hatte.

Wie auch gegen die viel zu oft tödlich endende Trägheit, die einen Menschen dazu brachte, zulange an einem Ort zu bleiben.

Sie blinzelte, und Erinnerungen an die Beinahe-Katastrophe auf der Eiswelt von Hoth suchten sie heim. Sie wußte, daß sie Rwookrrorro schon vor Tagen mit Chewbacca hätte verlassen sollen. Wahrscheinlich sogar Kashyyyk, was das betraf. Sie fühlte sich hier zu sicher, zu geborgen – sie bemerkte längst nicht mehr alles, was um sie herum vor sich ging, sondern sah nur einen Teil und füllte den Rest mit ihrer Erinnerung. Es war jene Art psychologische Schwäche, die sich ein gerissener Feind leicht zunutze machen konnte, indem er sich ihrem normalen Tagesablauf anpaßte.

Es war an der Zeit, von der Routine abzuweichen.

Sie warf einen Blick auf das Chrono neben ihrem Bett und rechnete kurz. Noch etwa eine Stunde bis zum Morgengrauen. Draußen parkte ein Repulsorschlitten; wenn sie jetzt mit Chewbacca aufbrach, sollten sie kurz nach Sonnenaufgang mit der *Glücksdame* im Weltraum sein. Sie setzte sich auf, legte den Blaster auf den Nachttisch und griff nach ihrem Kommunikator.

Und eine sehnige Hand griff aus der Dunkelheit nach ihrem Arm.

Ihr blieb keine Zeit zum Nachdenken; aber in der ersten halben Sekunde war es auch nicht notwendig. Selbst als sie innerlich erstarrte, geschockt von der Plötzlichkeit des Angriffs, reagierten ihre alten Selbstverteidigungsreflexe. Sie wich zurück, rollte auf die Seite, zog das rechte Bein an und trat mit aller Kraft zu.

Ihr Fuß traf etwas Unnachgiebiges – vermutlich einen Körperpanzer. Sie griff mit der freien Hand nach hinten, bekam einen Zipfel ihres Kissens zu fassen und schleuderte es gegen die schattenhaften Umrisse seines Kopfes.

Unter dem Kissen lag ihr Lichtschwert.

Es war zweifelhaft, ob er den Hieb überhaupt kommen sah. Er war immer noch damit beschäftigt, sich von dem Kissen zu befreien, als das Lichtschwert zündete und den Raum erhellte. Sie erhaschte einen kurzen Blick auf große schwarze Augen und hervorstehende Kiefer, bevor ihn die gleißende Klinge förmlich in zwei Teile spaltete. Ihr Arm war plötzlich wieder frei. Sie schaltete das Lichtschwert ab, rollte aus dem Bett, war auf den Beinen und zündete das Lichtschwert erneut, als sie sich umsah...

Und ein mörderischer Schlag traf ihr Handgelenk und schleuderte das Lichtschwert quer durchs Zimmer. Im Flug erlosch es, und es wurde wieder finster.

Augenblicklich nahm sie ihre Kampfstellung ein, aber sie wußte im selben Moment, daß es nur eine sinnlose Geste war. Der erste Fremde war wahrscheinlich durch die augenscheinliche Hilflosigkeit seines Opfers eingelullt worden; der zweite hatte offenbar seine Lektion gelernt. Sie hatte die Drehung zum Angreifer noch nicht vollendet, als er erneut ihr Handgelenk packte und ihr den Arm auf den Rücken drehte. Eine andere Hand hielt ihr den Mund zu und preßte ihren Hinterkopf gegen sein Gesicht. Ein Bein legte sich um ihre Knie und verhinderte, daß sie ihn treten konnte. Sie versuchte es trotzdem, bekam zumindest ein Bein frei, während sie gleichzeitig mit der freien Hand nach seinen Augen stieß. Sein heißer Atem blies ihr ins Genick, und sie spürte die Schärfe seiner Nadelzähne. Abrupt versteifte sich der Körper des Fremden...

Und von einem Moment zum anderen war sie frei.

Sie wirbelte herum, kämpfte um ihr Gleichgewicht und fragte sich, welches Spiel er jetzt mit ihr trieb. Sie blickte sich wild in der Dunkelheit um, suchte nach der Waffe, die er nun zweifellos auf sie richten würde...

Aber es war keine Waffe auf sie gerichtet. Der Fremde stand einfach da, mit dem Rücken zur Tür, die leeren Hände nach hinten gerichtet, wie um einen Sturz abzufedern, mit dem er jeden Moment zu rechnen schien. *»Mal'ary'ush«,* zischte er mit leiser, ernster Stimme. Leia wich einen Schritt zurück und fragte sich, ob sie es vor dem nächsten Angriff bis zum Fenster schaffen konnte.

Es gab keinen Angriff. Die Tür hinter dem Fremden flog auf, und Chewbacca stürzte mit durchdringendem Gebrüll in das Zimmer.

Der Angreifer drehte sich nicht um. Er rührte nicht einmal einen Muskel, als der Wookie ihn ansprang und mit seinen gewaltigen Händen nach seinem Hals griff...

»Töte ihn nicht!« stieß Leia hervor.

Die Worte verblüfften Chewbacca wahrscheinlich ebensosehr wie sie. Aber die Reflexe des Wookies funktionierten. Statt den Hals des Fremden zu umklammern, versetzte er ihm einen mächtigen Schlag gegen den Kopf.

Der Schlag schleuderte den Fremden halb durch das Zimmer und gegen die Wand. Er glitt nach unten und blieb reglos liegen.

»Komm«, sagte Leia und griff über das Bett nach ihrem Lichtschwert. »Vielleicht gibt es noch mehr von ihnen.«

[Es gibt keine mehrr,] grollte eine Wookie-Stimme, und als sie aufblickte, sah sie Ralrra am Türrahmen lehnen. [Die anderen drei sind erledigt.]

»Bis du sicher?« fragte Leia und trat einen Schritt auf ihn zu. Er lehnte noch immer am Türrahmen...

Er *stützte* sich mehr, als daß er lehnte, erkannte sie unvermittelt. »Du bist verletzt!« entfuhr es ihr. Sie schaltete das Licht ein und untersuchte ihn hastig. Es gab keine sichtbaren Verletzungen. »Blaster?«

[Schockwaffen], korrigierte er. [Eine lautlose Waffe, aberr sie haben zu tief fürr uns Wookies gezielt. Ich bin nurr etwas schwach. Chewbacca ist es, derr verwundet ist.]

Erschrocken sah Leia zu Chewbacca hinüber... und zum erstenmal bemerkte sie das Blut an seiner pelzigen Brust. »Chewie!« keuchte sie und lief zu ihm.

Er wehrte sie mit einem ungeduldigen Knurren ab. [Err hat recht], stimmte Ralrra zu. [Wirr müssen dich von hierr fortschaffen, ehe es zu einem zweiten Angriff kommt.]

Irgendwo draußen gellte das alarmierte Geheul eines Wookies. »Es wird keinen zweiten Angriff geben«, sagte sie zu Ralrra. »Sie sind entdeckt worden – in ein paar Minuten wird es vor diesem Haus von Wookies nur so wimmeln.«

[Nicht vorr diesem Haus], grollte Ralrra mit grimmig klingender Stimme. [Vierr Häuser weiterr ist ein Feuerr ausgebrochen.]

Leia starrte ihn fröstelnd an. »Ein Ablenkungsmanöver«, murmelte sie. »Sie haben das Haus in Brand gesteckt, um von ihrem Angriff abzulenken.«

Chewbacca knurrte zustimmend. [Wirr müssen von hierr verschwinden], wiederholte Ralrra und richtete sich vorsichtig auf.

Leia sah an ihm vorbei in den dunklen Flur, von plötzlicher Angst erfüllt. *Drei* Wookies waren bei ihr im Haus gewesen. »Wo ist Salporin?« fragte sie.

Ralrra zögerte lange genug, daß ihr Verdacht zur schrecklichen Gewißheit wurde. [Err hat den Angriff nicht überlebt], sagte der Wookie so leise, daß sie ihn kaum verstehen konnte.

Leia schluckte hart. »Es tut mir leid«, sagte sie, obwohl die Worte schmerzhaft banal und bedeutungslos in ihren Ohren klangen.

[Uns auch. Aberr jetzt ist nicht der richtige Zeitpunkt zum Trauern.]

Leia nickte, blinzelte die Tränen fort und drehte sich zum Fenster. Im Lauf der jahrelangen Kämpfe hatte sie viele Freunde und Gefährten verloren, und sie wußte, daß Ralrra recht hatte. Doch all die Logik des Universums konnte es ihr nicht leichter machen.

Draußen waren keine Fremden zu erkennen. Aber sie waren da – soviel stand fest. Die Gruppen, mit denen sie und Han bisher zu tun gehabt hatten, waren wesentlich größer gewesen, und es gab keinen Grund zu der Annahme, daß es bei der hier anders war. Bei ihrer Flucht mußten sie mit einem Hinterhalt rechnen.

Schlimmer noch, sobald das lärmende Treiben am brennenden Haus erst richtig begann, konnten die Fremden einen zweiten Angriff wagen und hoffen, dabei nicht aufzufallen.

Sie sah zum brennenden Haus hinüber und fühlte sich plötzlich schuldig. Entschlossen verdrängte sie die Gefühle. Im Moment konnte sie nichts für die Bewohner des Hauses tun. »Die Fremden scheinen mich lebend zu wollen«, sagte sie, als sie sich wieder zu Chewbacca und Ralrra umdrehte. »Wenn wir den Schlitten in die Luft bekommen, werden sie vermutlich nicht wagen, auf uns zu schießen.«

[Traust du dem Schlitten?] fragte Ralrra spitz.

Leia stutzte und kniff verärgert die Lippen zusammen. Nein, natürlich traute sie dem Schlitten nicht – zweifellos hatten ihn die Fremden beschädigt, um jede Fluchtmöglichkeit im Ansatz zu vereiteln. Beschädigt oder, schlimmer noch, so manipuliert, daß er sie direkt in ihre Arme trug.

Sie konnte nicht bleiben; sie konnte nicht seitwärts ausweichen; sie konnte nicht nach oben. Was ihr nur eine Richtung ließ.

»Ich brauche ein Seil«, sagte sie, während sie nach ihrer Kleidung griff und sich anzog. »Eins, das stark genug ist, um mein Gewicht zu tragen. Soviel ihr bekommen könnt.«

Sie reagierten schnell. Ein rascher Blickwechsel... [Das kann nicht dein Ernst sein], sagte Ralrra. [Selbst fürr einen Wookie wäre die Gefahrr zu groß. Fürr einen Menschen wäre es Selbstmord.]

»Da bin ich anderer Meinung.« Leia schüttelte den Kopf und schlüpfte in ihre Stiefel. »Als wir uns die Unterseite der Stadt angesehen haben, habe ich bemerkt, wie verwachsen die Äste sind. Ich sollte mich auf ihnen bewegen können.«

[Allein schaffst du es nie bis zurr Landeplattform], wandte Ralrra ein. [Wirr kommen mit dirr.]

»Du bist nicht einmal in der Verfassung, über die Straße zu gehen«, sagte Leia offen. Sie nahm ihren Blaster, schob ihn ins Holster und ging zur Tür. »Ebensowenig wie Chewbacca. Geh mir bitte aus dem Weg.«

Ralrra rührte sich nicht. [Du kannst uns nicht täuschen, Leiaorganasolo. Du glaubst, daß die Feinde dirr folgen und uns in Ruhe lassen werden, wenn wirr hierr bleiben.]

Leia schnitt eine Grimasse. Soviel zur stillen, noblen Selbstaufopferung. »Es besteht zumindest die Chance«, beharrte sie. »Die Fremden wollen mich. Und sie wollen mich lebend.«

[Wirr haben keine Zeit zum Streiten], sagte Ralrra. [Wirr werden zusammenbleiben. Hierr oder unterr derr Stadt.]

Leia holte tief Luft. Es gefiel ihr nicht, aber es war klar, daß sie es ihnen nicht ausreden konnte. »In Ordnung, ihr habt gewonnen«, seufzte sie. Der Fremde, den Chewbacca niedergeschlagen hatte, war noch immer bewußtlos, und für einen Moment überlegte sie, ob sie ihn fesseln sollte oder nicht. Doch sie mußten sich beeilen. »Holt mir das Seil und laßt uns von hier verschwinden.«

Und in ihrem Hinterkopf meldete sich eine leise Stimme und erinnerte sie daran, daß die Fremden auch dann das Haus angreifen konnten, wenn sie allein ging. Und daß sie es vermutlich vorzogen, keine Zeugen zu hinterlassen.

Das glatte, weiche Material, aus dem der ›Boden‹ von Rwookrrorro bestand, war weniger als einen Meter dick. Leia hatte keine Probleme, es mit ihrem Lichtschwert zu durchdringen, und ein rechteckiger Block stürzte zwischen den verfilzten Ästen in die dunkle Tiefe.

[Ich gehe zuerst], sagte Ralrra und verschwand durch das Loch, ehe jemand Einwände erheben konnte. Er bewegte sich noch immer etwas schwerfällig, aber zumindest schien er wieder klar denken zu können.

Leia blickte auf, als Chewbacca dicht zu ihr trat und ihr Ralrras Schärpe um die Schulter legte. »Das ist deine letzte Chance, deine Meinung zu ändern«, warnte sie ihn.

Seine Antwort war kurz und bündig. Als Ralrras leises [Alles klar!] an ihr Ohr drang, waren sie bereit.

Fest an Chewbaccas Oberkörper gebunden, verschwand Leia mit dem Wookie durch das Loch.

Leia hatte erwartet, daß es unangenehm werden würde, nicht aber mit der Angst gerechnet. Die Wookies bewegten sich nicht auf den Ästen, sondern hingen sich mit ihren klauenbewehrten Gliedern unter die Äste.

Und dann rasten sie los.

Das Gesicht gegen Chewbaccas haarige Brust gepreßt, biß Leia die Zähne zusammen und unterdrückte nur mühsam ein Stöhnen, während sie wild hin und her geschaukelt wurde. Es war wie die Höhenangst, die sie im Fahrstuhl verspürt hatte, doch tausendfach stärker. Hier gab es nicht einmal eine relativ dicke Ranke zwischen ihr und dem Abgrund – nur Wookie-Klauen und das dünne Seil, mit dem sie an Chewbacca festgebunden war. Sie wollte etwas sagen – sie bitten, anzuhalten und ihr Ende des Seiles an etwas Solidem zu befestigen –, doch sie hatte Angst, auch nur einen Laut von sich zu geben und so Chewbaccas Konzentration zu stören. Ihre Atemzüge klangen in ihren Ohren wie das Tosen eines Wasserfalls, und sie spürte, wie die warme Feuchtigkeit seines Blutes den dünnen Stoff ihrer Kleidung durchtränkte. Wie schwer war er verwundet? Sie klammerte sich fester an ihn, hörte das Hämmern seines Herzens und wagte nicht, ihn danach zu fragen.

Abrupt verharrten sie.

Sie öffnete die Augen. »Was ist los?« fragte sie mit zitternder Stimme.

[Derr Feind hat uns gefunden], knurrte Ralrra leise dicht neben ihrem Ohr.

Leia straffte sich, drehte so weit wie möglich den Kopf und spähte in die graue Dunkelheit hinter ihnen. Da war es – ein kleiner, bewegungsloser Flecken dunkleren Schwarzes vor dem helleren Hintergrund. Eine Art Repulsorgleiter, der außerhalb der Reichweite der Blitzwerfer blieb. »Ich schätze, es ist kein Rettungsfahrzeug von euch Wookies, oder?« murmelte sie.

Chewbacca machte sie mit einem Knurren darauf aufmerksam, daß der Gleiter ohne Licht flog. [Aberr err kommt nicht näherr], stellte Ralrra fest.

»Sie wollen mich lebend«, sagte Leia. Sie blickte sich um und suchte in dem Abgrund unter ihnen und den verwachsenen Ästen über ihnen nach einer Eingebung.

Und fand sie. »Ich brauche den Rest des Seiles«, sagte sie zu Ralrra und sah wieder zu dem Gleiter hinüber. »Alles.«

Sie riß sich zusammen, drehte sich halb in ihrem improvisierten Tragegurt, nahm das Seil und band ein Ende an einen der dünneren Äste. Chewbacca knurrte zweifelnd. »Nein, ich weiß, was ich tue«, versicherte sie ihm. »Keine Bange. Ich habe einen Plan. Okay, weiter.«

Sie eilten weiter, noch schneller diesmal... und während sie gegen Chewbacca geschleudert wurde, erkannte Leia mit leiser Überraschung, daß sie zwar noch immer Furcht hatte, die Todesangst aber von ihr gewichen war. Vielleicht, weil sie aktiv in das Geschehen eingegriffen hatte und ihr Schicksal nun nicht mehr allein in den Händen der Wookies oder der grauhäutigen Fremden oder der Schwerkraft lag. *Sie* hatte jetzt zumindest teilweise die Kontrolle über das Geschehen.

Sie kletterten weiter. Leia rollte das Seil aus, und der dunkle Gleiter folgte ihnen in sicherem Abstand. Sie behielt ihn ständig im Auge, denn sie wußte, daß alles von ihrer rechtzeitigen Reaktion abhing. Noch ein kleines Stück...

Noch etwa drei Meter Seil waren übrig. Hastig knotete sie eine feste Schlinge und spähte zu ihren Verfolgern zurück. »Bereithalten«, sagte sie zu Chewbacca. »Jetzt... *stop.*«

Chewbacca blieb stehen. Leia zündete unter dem Rücken des Wookies ihr Lichtschwert, schob es in die Schlinge und ließ es los.

Und wie ein gleißender Blitz flog es in einer weitausholenden Pendelbewegung durch die Nacht, erreichte den tiefsten Punkt und stieg wieder in die Höhe – und durchbohrte die Unterseite des Gleiters.

In einer spektakulären Entladung zerstörte das Lichtschwert das Repulsoraggregat. Einen Augenblick später stürzte der Gleiter wie ein Stein in die Tiefe, von Flammen umspielt. Er verschwand in den Nebelschwaden des Abgrunds, und für einen Moment waren noch die Flammen zu sehen, bis auch sie erloschen. Nur noch das Lichtschwert pendelte in der Dunkelheit.

Leia atmete zischend aus. »Laß uns das Lichtschwert holen«, sagte sie zu Chewbacca. »Dann schneiden wir uns den Weg durch den Boden der Stadt. Ich glaube nicht, daß noch mehr Fremde übrig sind.«

[Und dann direkt zu deinem Schiff?] fragte Ralrra, als sie zu dem Ast kletterten, an den sie das Seil gebunden hatte.

Leia zögerte, dachte wieder an den Fremden in ihrem Zimmer. Wie er dagestanden und sie mit einem rätselhaften Gesichtsausdruck angestarrt hatte, so verblüfft oder verzaubert oder entsetzt, daß er nicht einmal Chewbaccas Eindringen bemerkt hatte... »Zurück zum Schiff«, antwortete sie. »Aber nicht direkt.«

Der Fremde saß reglos auf einer niedrigen Bank im winzigen Verhörraum der Polizei. Ein Verband um seinen Kopf war das einzige äußerliche Zeichen, das noch an Chewbaccas Schlag erinnerte. Seine Hände ruhten in seinem Schoß, die Finger waren verschränkt. Man hatte ihm seine Kleidung und seine Ausrüstung abgenommen und ihm ein weites Wookie-Gewand zum Überziehen gegeben. Bei jedem anderen von seiner Größe hätte es vielleicht komisch ausgesehen. Aber nicht bei ihm. Weder die Robe noch seine Reglosigkeit konnten die Aura des Todes verbergen, die ihn wie eine zweite Haut umhüllte. Er war – und würde es wahrscheinlich immer sein – Angehöriger einer gefährlichen und hartnäckigen Gruppe ausgebildeter Mordmaschinen.

Und er hatte ausdrücklich darum gebeten, mit Leia zu sprechen. Persönlich.

Chewbacca knurrte einen letzten Einwand. »Mir gefällt es auch nicht«, gestand Leia, während sie den Monitor betrachtete und Mut zu fassen versuchte. »Aber er hat im Haus plötzlich seinen Angriff eingestellt. Ich möchte wissen – ich *muß* wissen –, was das alles zu bedeuten hat.«

Kurz erinnerte sie sich wieder an ihr Gespräch mit Luke am Vorabend der Schlacht um Endor. Seine feste Überzeugung, daß er Darth Vader gegenübertreten mußte, gleichgültig, wieviel Angst sie um ihn hatte. Diese Entscheidung, die ihn fast getötet hätte... und die ihnen am Ende zum Sieg verholfen hatte.

Aber Luke hatte tief in Vaders Seele noch einen Funken Gutes gespürt. Spürte sie dies auch in diesem nichtmenschlichen Killer? Oder wurde sie nur von morbider Neugier getrieben?

Oder vielleicht von Mitleid?

»Du kannst von hier aus alles sehen und hören«, sagte sie zu

Chewbacca. Sie gab ihm ihren Blaster und ging zur Tür. Das Licht-schwert ließ sie an ihrem Gürtel, obwohl sie nicht wußte, ob es ihr in diesem winzigen Raum von Nutzen sein würde. »Komm nur herein, wenn es Schwierigkeiten gibt.« Sie holte tief Luft, entrie-gelte die Tür und drückte auf den Öffner.

Der Fremde blickte auf, als die Tür zu Seite glitt, und Leia schien es, daß er sich straffte, als sie eintrat. Die Tür schloß sich hinter ihr, und für einen langen Moment sahen sie sich nur an. »Ich bin Leia Organa Solo«, sagte sie schließlich. »Du wolltest mich sprechen?«

Sein Blick ruhte weiter auf ihr. Dann erhob er sich langsam und streckte eine Hand aus. »Deine Hand«, sagte er mit ernster, fremd-artig akzentuierter Stimme. »Darf ich sie haben?«

Leia trat einen Schritt vor und reichte ihm ihre Hand, sich plötz-lich bewußt, daß sie sich ihm damit unwiderruflich auslieferte. Wenn er wollte, konnte er sie packen und ihr das Genick brechen, bevor ihr irgend jemand zu Hilfe eilen konnte.

Er packte sie nicht. Er beugte sich nach vorn, ergriff vorsichtig ihre Hand, hob sie zu seiner Schnauze und drückte sie gegen zwei große Nasenlöcher, die halb unter Haarbüscheln verborgen waren.

Und roch daran.

Er roch wieder daran und wieder, sog den Geruch in langen, tie-fen Zügen ein. Leia betrachtete die Nüstern, registrierte zum er-stenmal ihre Größe und die weiche Geschmeidigkeit der Hautfal-ten, in denen sie lagen. Wie die eines witternden Tieres, erkannte sie. Eine Erinnerung blitzte in ihr auf: wie er sie im Haus umklam-mert und diese Nüstern gegen ihren Nacken gepreßt hatte.

Und nun hatte er sie sofort losgelassen...

Langsam, fast zärtlich, richtete sich der Fremde auf. »Also ist es wahr«, erklärte er und ließ ihre Hand los. Diese riesigen Augen starrten sie an, schwammen in Gefühlen, die sie mit ihren Jedi-Sinnen zwar erahnen, aber nicht identifizieren konnte. »Es war kein Irrtum.«

Abrupt fiel er auf die Knie. »Ich bitte um Vergebung, Leia Organa Solo, für meine Untaten«, sagte er, das Gesicht gegen den Boden gepreßt, die Arme ausgebreitet wie bei ihrer ersten Begegnung im Haus. »Unsere Befehle haben dich nicht identifiziert. Man hat uns nur deinen Namen genannt.«

»Ich verstehe«, sagte sie und wünschte, sie würde es tatsächlich. »Aber jetzt weißt du, wer ich bin?«

Der Fremde hielt das Gesicht noch immer gegen den Boden gepreßt. »Du bist die *Mal'ary'ush*«, sagte er. »Die Tochter und Erbin des Lord Darth Vader. Er war unser Herr.«

Leia sah ihn mit offenem Mund an und kämpfte um ihre Beherrschung. »Euer Herr?« wiederholte sie vorsichtig.

»Er kam zu uns in unserer dunkelsten Stunde«, erwiderte der Fremde ehrfürchtig. »Er erlöste uns vom Übel und gab uns neue Hoffnung.«

»Ich verstehe«, brachte sie hervor. Die Situation erschien ihr immer unwirklicher... aber eins stand fest – der Fremde, der vor ihr auf dem Boden lag, hielt sie für seine Herrscherin.

Und sie wußte, wie man sich als Herrscherin verhielt.

»Du darfst dich erheben«, sagte sie in jenem Tonfall, jener Haltung, die am alderaanischen Hof üblich gewesen waren. »Wie lautet dein Name?«

»Unser Herr nannte mich Khabarakh«, antwortete der Fremde, als er aufstand. »In der Sprache der Noghri...« Er gab einen langen, rollenden, verschlungenen Laut von sich, der für Leias Stimmbänder nicht geschaffen war.

»Ich werde dich Khabarakh nennen«, sagte sie. »Ihr seid also Noghri.«

»Ja.« Ein erster Funken Unsicherheit tauchte in den dunklen Augen auf. »Aber du bist die *Mal'ary'ush*«, fügte er halb fragend hinzu.

»Mein Vater hatte viele Geheimnisse«, versicherte sie ihm grimmig. »Ihr habt offenbar dazugehört. Du sagtest, er hat euch Hoffnung gegeben. Erzähl mir, wie.«

»Er kam zu uns«, erwiderte der Noghri. »Nach der gewaltigen Schlacht. Nach der Zerstörung.«

»Welche Schlacht?«

Khabarakhs Augen schienen in die Vergangenheit zu schweifen. »Zwei große Sternenschiffe trafen im Weltraum über unserem Planeten aufeinander«, sagte er mit ernster, leiser Stimme. »Vielleicht waren es mehr als zwei; wir haben es nie erfahren. Sie kämpften den ganzen Tag und den Großteil der Nacht... und als die Schlacht vorbei war, lag unser Land in Trümmern.«

Leia empfand Mitleid für ihn. »Wir haben nichtimperialen Schiffen oder Welten niemals absichtlich Schaden zugefügt«, sagte sie weich. »Was geschehen ist, war ein Unfall.«

Die dunklen Augen sahen sie wieder an. »Der Lord Vader dachte anders darüber. Er glaubte, daß es Absicht war, um die Seelen der Feinde des Imperators mit Furcht und Schrecken zu erfüllen.«

»Dann hat sich der Lord Vader geirrt«, erklärte Leia, ihm fest in die Augen blickend. »Unser Angriff galt dem Imperator, nicht seinen unterjochten Dienern.«

Khabarakh versteifte sich. »Wir waren nicht die Diener des Imperators«, widersprach er. »Wir waren ein einfaches Volk, das in Ruhe sein Leben führen wollte.«

»Ihr dient jetzt dem Imperium«, erinnerte Leia.

»Als Dank für die Hilfe des Imperators«, sagte Khabarakh stolz. »Nur er hat uns geholfen, als wir dringend Hilfe brauchten. In seinem Angedenken dienen wir seinem designierten Erbe – dem Mann, dem uns Lord Vader vor langer Zeit anvertraut hat.«

»Ich finde es schwer zu glauben, daß sich der Imperator wirklich Sorgen um euch gemacht hat«, sagte Leia offen. »Er war nicht diese Art Mensch. Ihm ging es nur darum, euch gegen uns kämpfen zu lassen.«

»Nur er hat uns geholfen«, wiederholte Khabarakh.

»Weil wir nicht wußten, daß ihr Hilfe braucht«, entgegnete Leia.

»Das behauptest du.«

Leia hob die Brauen. »Dann gib mir eine Chance, es zu beweisen. Sag mir, wo deine Welt liegt.«

Khabarakh zuckte zusammen. »Das ist unmöglich. Ihr würdet kommen und uns endgültig vernichten...«

»Khabarakh«, fiel ihm Leia ins Wort. »Wer bin ich?«

Die Hautfalten um die Nüstern des Noghris schienen sich zusammenzuziehen. »Du bist die Lady Vader. Die *Mal'ary'ush.*«

»Hat euch der Lord Vader je belogen?«

»Du hast es behauptet.«

»Ich habe gesagt, daß er sich geirrt hat«, korrigierte ihn Leia. Mit einem plötzlichen Schweißausbruch wurde sie sich bewußt, daß sie sich auf einem hauchdünnen Grat bewegte. Khabarakhs neugewonnenes Vertrauen zu ihr beruhte allein auf der Verehrung der Noghri für Darth Vader. Sie mußte Vaders Worte widerlegen, ohne seinem Ansehen zu schaden. »Selbst der Lord Vader konnte getäuscht werden... und der Imperator war ein Meister der Täuschung.«

»Der Lord Vader diente dem Imperator«, beharrte Khabarakh. »Der Imperator hätte ihn nie belogen.«

Leia biß die Zähen zusammen. Eine Sackgasse. »Ist euer neuer Herr auch ehrlich zu euch?«

Khabarakh zögerte. »Ich weiß es nicht.«

»Doch, du weißt es – du hast selbst gesagt, daß er euch nicht verraten hat, wen ihr gefangennehmen sollt.«

Khabarakh gab ein unterdrücktes Stöhnen von sich. »Ich bin nur ein Soldat, meine Lady. Diese Dinge übersteigen meine Kompetenz und mein Begriffsvermögen. Mein Pflicht ist es, meinen Befehlen zu gehorchen. *Allen* meinen Befehlen.«

Leia runzelte die Stirn. Da war etwas in seinem Tonfall... und abrupt verstand sie. Für ein Kommando, das gefangengenommen worden war und ein Verhör erwartete, konnte sie nur einen letzten Befehl geben. »Aber du weißt etwas, was sonst niemand von deinem Volk weiß«, sagte sie rasch. »Du mußt leben, um dein Volk zu informieren.«

Khabarakh hatte die Arme gehoben, als wollte er in die Hände klatschen. Jetzt erstarrte er, sah sie an. »Der Lord Vader konnte in den Seelen der Noghri lesen«, sagte er leise. »Du bist wahrhaftig seine *Mal'ary'ush.*«

»Dein Volk braucht dich, Khabarakh«, sagte sie. »Genau wie ich. Dein Tod würde nur jenen schaden, denen du helfen willst.«

Langsam senkte er die Hände. »Warum brauchst du mich?«

»Ich brauche dich, um deinem Volk zu helfen«, antwortete sie. »Du mußt mir die Position deiner Welt verraten.«

»Ich kann nicht«, sagte er fest. »Das könnte die endgültige Zerstörung meiner Welt bedeuten. Und meinen Tod, wenn herauskommt, daß ich es war, der diese Information gegeben hat.«

Leia schürzte die Lippen. »Dann bring mich dorthin.«

»Ich kann nicht!«

»Warum nicht?«

»Ich... kann nicht.«

Sie sah ihn durchdringend an. »Ich bin die Tochter – die *Mal'ary'ush* – des Lord Darth Vader«, sagte sie hart. »Nach deinen eigenen Worten war er die Hoffnung eurer Welt. Sind die Dinge besser geworden, seit ihr eurem neuen Führer dient?«

Er zögerte. »Nein. Er hat uns erklärt, daß niemand mehr für uns tun kann.«

»Davon möchte ich mich schon selbst überzeugen«, meinte sie hochmütig. »Oder fürchten sich deine Leute etwa vor einem einzelnen Menschen?«

Khabarakh fuhr zurück. »Du würdest allein kommen? Zu einem Volk, das dich gefangennehmen will?«

Leia schluckte hart. Ein Frösteln lief über ihren Rücken. Nein, das hatte sie nicht gewollt. Aber sie hatte am Anfang auch nicht gewußt, warum sie überhaupt mit Khabarakh reden wollte. Sie konnte nur hoffen, daß die Macht sie richtig leitete. »Ich vertraue der Ehrlichkeit deines Volkes«, sagte sie ruhig. »Ich vertraue darauf, daß man mich anhören wird.«

Sie wandte sich ab und trat zur Tür. »Überlege dir mein Angebot«, bat sie. »Bespreche es mit jenen, deren Rat du schätzt. Dann, wenn du willst, treffe mich in einem Monat im Orbit um die Welt Endor.«

»Du wirst allein kommen?« fragte Khabarakh ungläubig.

Sie drehte sich um und sah ihm direkt in das alptraumhafte Gesicht. »Ich werde allein kommen. Und du?«

Er hielt ihrem Blick stand. »Wenn ich komme«, sagte er, »werde ich allein kommen.«

Sie sah ihn noch einen Moment länger an und nickte dann. »Ich hoffe, wir sehen uns. Lebewohl.«

»Lebewohl... Lady Vader.« Er starrte sie noch immer an, als sich die Tür öffnete und sie hinausging.


Das winzige Schiff schoß hinauf durch die Wolken und verschwand rasch vom Luftkontrollmonitor von Rwookrrorro. An Leias Seite gab Chewbacca ein wütendes Knurren von sich. »Ich kann auch nicht behaupten, daß ich glücklich darüber bin«, gestand sie. »Aber wir können ihnen nicht ewig entkommen. Wenn es auch nur eine winzige Chance gibt, sie dem imperialen Einfluß zu entziehen...« Sie schüttelte den Kopf.

Chewbacca knurrte erneut. »Ich weiß«, sagte sie weich, einen Teil seiner Schmerzen in ihrem eigenen Herzen spürend. »Ich habe Salporin nicht so nahegestanden wie du, aber er war trotzdem mein Freund.«

Der Wookie wandte sich von den Monitoren ab und stampfte

durch den Raum. Leia beobachtete ihn und wünschte, ihm helfen zu können. Doch es gab nichts, was sie tun konnte. Er mußte allein damit fertig werden.

Hinter ihr bewegte sich jemand. [Es wird Zeit], sagte Ralrra. [Die Trauerperiode hat begonnen. Wirr müssen zu den anderen gehen.]

Chewbacca grollte zustimmend und gesellte sich zu ihm. Leia sah Ralrra an... [Diese Periode ist den Wookies vorbehalten], brummte er. [Späterr wirst du dich uns anschließen können.]

»Ich verstehe.« Leia nickte. »Wenn ihr mich braucht, ich bin auf der Landeplattform und mache die *Glücksdame* startklar.«

[Hältst du es wirklich fürr sicherr, jetzt aufzubrechen?] fragte Ralrra zweifelnd.

»Ja«, sagte Leia. Und selbst wenn es nicht so wäre, fügte sie im stillen hinzu, sie hatte keine andere Wahl. Sie kannte jetzt den Namen des Volkes – Noghri – und es war lebenswichtig, daß sie nach Coruscant zurückkehrte und in den Archiven nach weiteren Informationen suchte.

[Gut. Die Trauerperiode beginnt in zwei Stunden.]

Leia nickte und kämpfte gegen die Tränen an. »Ich werde dasein«, versprach sie.

Und sie fragte sich, ob dieser Krieg wirklich jemals enden würde.


# 26


Die Lianen spannten sich zwischen einem halben Dutzend Bäume und sahen wie das Netz einer verrückt gewordenen Riesenspinne aus. Mara befingerte Skywalkers Lichtschwert und musterte das

Gewirr, suchte nach der schnellsten Möglichkeit, sich einen Weg durch das Dickicht zu bahnen.

Aus den Augenwinkeln sah sie, wie Skywalker unruhig wurde. »Nur keine Panik«, sagte sie. »Es dauert nur eine Minute.«

»Sie brauchen nicht behutsam vorzugehen«, meinte er. »Die Energiequelle des Lichtschwerts ist unerschöpflich.«

»Ja, aber der Wald ist nicht unerschöpflich«, erwiderte Mara. »Haben Sie eine Vorstellung davon, wie weit man das Summen eines Lichtschwerts in diesem Wald hören kann?«

»Nein.«

»Ich auch nicht. Und dabei möchte ich es auch belassen.«

Sie nahm den Blaster in die linke Hand, zündete das Lichtschwert mit der rechten und machte drei schnelle Streiche. Als sie die Waffe abschaltete, fiel das Lianengewirr zu Boden. »War doch nicht schwer, oder?« sagte sie, während sie sich zu Skywalker umdrehte und das Lichtschwert in ihren Gürtel steckte. Sie wandte sich wieder ab...

Das warnende Trillern des Droiden erfolgte einen Sekundenbruchteil vor dem plötzlichen Rascheln der Blätter. Sie wirbelte herum und wechselte den Blaster in die rechte Hand, als sich drei Bäume weiter der Vornskr von einem Ast auf Skywalker stürzte.

Selbst nach dem zweitägigen Marsch waren Skywalkers Reflexe der Situation gewachsen. Er ließ die Griffe des Schlittens los und warf sich zu Boden. Vier Klauen und ein Peitschenschwanz schlugen nach ihm, als das Raubtier über ihn hinwegflog. Mara wartete, bis es gelandet war, und als es sich zu seiner vermeintlichen Beute umdrehte, erschoß sie es.

Skywalker kam wieder auf die Beine und sah sich mißtrauisch um. »Ich wünschte, Sie würden Ihre Meinung ändern und mir mein Lichtschwert zurückgeben«, bemerkte er, als er sich wieder nach den Griffen des Schlittens bückte. »Es muß Ihnen doch allmählich langweilig werden, für mich die Vornskr zu erschießen.«

»Wieso, haben Sie Angst, daß ich demnächst danebenschieße?«
gab sie zurück. Sie versetzte dem Vornskr einen Fußtritt. Er war tot.

»Sie sind eine hervorragende Schützin«, erklärte er, während er
den Schlitten zu der Öffnung im Lianengewirr zog. »Aber Sie haben schon seit zwei Nächten nicht mehr geschlafen. Früher oder
später wird sich das bemerkbar machen.«

»Kümmern Sie sich lieber um Ihre eigenen Angelegenheiten«,
fauchte sie. »Los, vorwärts – wir müssen eine Lichtung finden, um
die Ballonsonde aufsteigen zu lassen.«

Skywalker marschierte weiter, während der auf dem Schlitten
festgezurrte Droide leise vor sich hin piepte. Mara bildete das
Schlußlicht und achtete darauf, daß der Schlitten keine zu deutliche Spur hinterließ. Sie fluchte lautlos.

Das wirklich Irritierende war, daß Skywalker recht hatte. Als sie
soeben den Blaster von einer Hand in die andere gewechselt hatte
– eine Technik, die sie seit Jahren perfekt beherrschte –, wäre es
fast schiefgegangen. Ihr Herz hämmerte jetzt ständig, auch wenn
sie sich ausruhte. Und es gab Zeiten, in denen ihre Gedanken ab-
schweiften, statt sich auf ihre Aufgabe zu konzentrieren.

Vor langer Zeit hatte sie einmal sechs Tage ohne Schlaf ausge-
halten. Jetzt, nach zwei Tagen, stand sie kurz vor dem Zusammenbruch.

Sie biß die Zähne zusammen und fluchte wieder. Wenn er darauf spekulierte, daß sie zusammenbrach, würde er eine herbe Enttäuschung erleben. Sie würde durchhalten, und wenn nur aus
Stolz.

Skywalker stolperte, als er unebenen Boden erreichte. Der
rechte Griff des Schlittens entglitt seiner Hand, so daß der Droide
fast herunterfiel und eine Serie protestierender elektronischer Geräusche von sich gab. »Wer wird hier müde?« knurrte Mara, als er
sich nach dem Griff bückte. »Das ist das dritte Mal in einer
Stunde.«

»Es liegt an meiner Hand«, entgegnete er gelassen. »Sie ist ganz taub.«

»Sicher«, meinte sie. Vor ihnen war zwischen den Baumwipfeln ein schmaler Streifen blauen Himmels zu sehen. »Das ist unsere Lichtung«, sagte sie. »Schaffen Sie den Droiden dorthin.«

Skywalker gehorchte und setzte sich dann an einen der Bäume am Rand der kleinen Lichtung. Mara pumpte die Ballonsonde auf und ließ sie an ihrem Antennenkabel aufsteigen, das sie an den Droiden anschloß. »Alles klar«, sagte sie mit einem Seitenblick zu Skywalker.

Er war eingeschlafen.

Mara schnaubte verächtlich. *Jedi* dachte sie, als sie sich zum Droiden umdrehte. »Los, fangen wir an«, verlangte sie und ließ sich vorsichtig auf dem Boden nieder. Ihr verstauchter Knöchel schien wieder in Ordnung zu sein, aber sie wollte ihn nicht zu sehr belasten.

Der Droide piepte fragend und drehte seinen Rumpf, um einen kurzen Blick auf Skywalker zu werfen. »Ich sagte, fangen wir an«, wiederholte sie barsch.

Der Droide piepte erneut, resignierend diesmal. Die Kontrolldiode des Kommunikators leuchtete auf, als er den Computer des fernen X-Flüglers anfunkte, und leuchtete wieder auf, als der Computer antwortete.

Abrupt begann der Droide aufgeregt zu trillern. »Was?« fragte Mara. Sie griff nach ihrem Blaster und sah sich um. Nichts. »Was ist? Hast du endlich Kontakt bekommen?«

Der Droide piepte bestätigend und drehte den Rumpf erneut zu Skywalker. »Ist schon in Ordnung«, knurrte Mara. »Komm – wenn es etwas Wichtiges ist, kannst du es ihm später vorspielen.«

Vorausgesetzt – doch das behielt sie für sich –, die Botschaft enthielt nichts, das es ihr ratsam erscheinen ließ, den Wald allein zu verlassen. Wenn doch...

Der Droide beugte sich leicht nach vorn, und ein holografisches Bild entstand in der Luft.

Aber nicht das Bild Karrdes, wie sie erwartet hatte, sondern das eines goldhäutigen Protokolldroiden. »Guten Tag, Master Luke«, sagte der Protokolldroide mit einer irritierend weiblich klingenden Stimme. »Ich soll Ihnen Grüße von Captain Karrde übermitteln – und Ihnen natürlich auch, Mistress Mara«, fügte er nach einer kaum merklichen Pause hinzu. »Er und Captain Solo sind sehr froh darüber, daß Sie beide den Absturz heil überstanden haben.«

*Captain Solo?* Mara starrte wie betäubt die Holografie an. Was, beim Imperium, hatte sich Karrde dabei gedacht – hatte er Solo und Calrissian tatsächlich von Skywalker *erzählt?*

»Ich bin sicher, daß du diese Botschaft entschlüsseln kannst, Erzwo«, fuhr der Protokolldroide fort. »Captain Karrde war der Ansicht, daß ich die Botschaft sprechen sollte, um noch ein wenig mehr Verwirrung in die Doppelkodierung zu bringen. Er hat erfahren, daß imperiale Sturmtruppen in Hyllyard City auf Sie warten.«

Mara biß die Zähne zusammen und warf einen Blick zu ihrem schlafenden Gefangenen. Thrawn hatte sich also nicht täuschen lassen. Er wußte, daß Skywalker hier war, und er wollte sie beide haben.

Mühsam rang sie die aufsteigende Panik nieder. Nein. Thrawn *wußte* es nicht – zumindest nicht sicher. Er vermutete es nur. Wäre er sich sicher gewesen, hätte es jetzt in der Basis niemand mehr gegeben, der diese Botschaft hätte ausstrahlen können.

»Captain Karrde hat den Imperialen erzählt, daß ein ehemaliger Mitarbeiter wertvolle Ware gestohlen hat und damit geflohen ist und von einem anderen Mitarbeiter namens Jade verfolgt wurde. Er ist mit Captain Solo dabei, einen Plan zu entwickeln, Sie vor den Sturmtruppen zu finden. Außerdem schlägt er vor, daß Sie die Rollen tauschen und Master Luke sich als Jade ausgibt; die Imperialen wissen nicht, ob der angebliche Dieb ein Mann oder eine Frau ist. Ich fürchte, das ist im Moment alles – die Dauer dieser Sendung wurde von Captain Karrde auf eine Minute Echtzeit begrenzt, um eine Peilung zu verhindern. Er wünscht Ihnen viel Glück. Paß gut auf Master Luke auf, Erzwo... und auch auf dich.«

Das Holobild verschwand. Mara schaltete den Kommunikator ab und zog den Ballon wieder ein.

»Zumindest wissen wir jetzt mehr«, murmelte Skywalker.

Sie sah ihn scharf an. Seine Augen waren noch immer geschlossen. »Ich *wußte,* daß Sie nur so tun, als würden Sie schlafen«, fauchte sie nicht ganz wahrheitsgemäß.

»Sie täuschen sich«, gab er müde zurück.

Sie schnaubte. »Egal. Jedenfalls wenden wir uns jetzt nach Norden, umgehen Hyllyard und betreten die Stadt von der Ebene her.« Sie warf einen Blick auf ihr Chrono und sah dann nach oben. In den letzten Minuten waren dunkle Wolken aufgezogen und hatten den ganzen Himmel bedeckt. Keine Regenwolken, entschied sie, aber sie sperrten das Tageslicht aus. »Wir brechen besser erst morgen auf«, sagte sie. Ihr Knöchel schmerzte, als sie aufstand. »Wenn Sie weiter... ach, was soll's.« Er war bereits wieder eingeschlafen.

Was bedeutete, daß sie allein das Lager aufschlagen mußte. Entsetzlich. »Bleib, wo du bist«, knurrte sie den Droiden an. Sie drehte sich zum Überlebenspack um...

Der elektronische Schrei des Droiden ließ sie wieder herumwirbeln. Sie griff nach ihrem Blaster, suchte nach der Gefahr...

Und dann landete ein schweres Gewicht auf ihren Schultern und ihrem Rücken, schickte heiße Schmerzwellen durch ihren Körper und warf sie mit dem Gesicht zu Boden. Ihr letzter Gedanke war, bevor die Dunkelheit über ihr zusammenschlug, daß sie Skywalker hätte töten sollen, als sie noch die Chance dazu gehabt hatte.

Erzwos Alarmruf ließ Luke aus seinem Schlaf hochschrecken. Er riß die Augen auf, als sich ein Wirbel aus Muskeln und Klauen auf Mara stürzte.

Er sprang auf, plötzlich hellwach. Der Vornskr stand über Mara, die Vorderpfoten auf ihren Schultern, den Kopf leicht zur Seite gedreht, im Begriff, seine Fänge in ihr Genick zu graben. Mara lag reglos da, mit dem Hinterkopf zu Luke – ob nun tot oder nur bewußtlos, konnte er nicht sehen. Erzwo, der viel zu weit von ihr entfernt war, um ihr rechtzeitig zu Hilfe eilen zu können, rollte trotzdem, so schnell ihn seine Räder trugen, auf sie zu, den kleinen elektrischen Schweißbrenner kampfbereit ausgefahren.

Luke holte tief Luft und brüllte.

Es war kein normaler Schrei, sondern ein markerschütterndes, durchdringendes, unmenschliches Heulen, das die gesamte Lichtung erfüllte und von den fernen Bergen widerhallte. Es war der schreckliche Ruf eines Kraytdrachen, jener Ruf, mit dem Ben Kenobi in all den Jahren die Sandleute von Tatooine vertrieben hatte.

Der Vornskr ließ sich davon nicht einschüchtern. Aber er war sichtlich irritiert und hatte seine Beute vorübergehend vergessen. Er kam halb von Mara herunter, drehte sich, duckte sich, starrte Luke an.

Für einen langen Moment trafen sich die Blicke des Menschen und des Tieres. Wenn er es lange genug ablenken konnte, bis Erzwo ihn mit dem Schweißbrenner erwischte...

Und dann rührte sich Mara. Luke brüllte erneut. Und wieder reagierte der Vornskr darauf.

Und mit einem erstickten Kampfschrei rollte sich Mara herum und packte den Vornskr an der Kehle.

Es war die einzige Chance, die Luke bekommen konnte; und ihm blieb nicht viel Zeit. Luke stieß sich vom Baum ab und sprang den Vornskr von der Seite an.

Er erreichte nie sein Ziel. Als er sich auf den Zusammenprall vorbereitete, traf ihn der Peitschenschwanz des Vornskr an der Schulter und im Gesicht und schleuderte ihn zu Boden.

Einen Moment später war er wieder auf den Beinen, spürte kaum den brennenden Striemen, der sich über Wange und Stirn zog. Der Vornskr zischte, als er sich auf ihn stürzte und mit seinen rasiermesserscharfen Klauen nach ihm schlug. Erzwo erreichte das Schlachtfeld und traf den Vornskr mit dem Lichtbogen seines Schweißbrenners am linken Vorderlauf; fast beiläufig hieb der Vornskr nach dem Schweißgerät und zerschmetterte es. Gleichzeitig sauste der Schwanz durch die Luft und hob den Droiden halb von den Rädern. Wieder und wieder schlug er mit dem Schwanz zu.

Luke biß die Zähne zusammen und suchte verzweifelt nach einem Ausweg. Mit seinem Ablenkungsmanöver konnte er die Katastrophe lediglich hinauszögern; aber sobald er in seinen Anstrengungen nachließ, war Mara so gut wie tot. Der Vornskr würde ihr entweder mit den Klauen die Arme abreißen oder ihr einfach die Kehle durchbeißen. Ohne Schweißbrenner war Erzwo hilflos; und wenn der Vornskr weiter mit dem Schwanz auf ihn einschlug…

Der Schwanz. »Erzwo!« schrie Luke. »Greif nach dem Schwanz, wenn er dich beim nächsten Mal trifft.«

Erzwo piepte bestätigend und fuhr seinen Greifarm aus. Luke beobachtete ihn aus den Augenwinkeln, während er weiter versuchte, den Vornskr abzulenken. Der Schwanz sauste durch die Luft, und mit einem triumphierenden Trällern bekam Erzwo ihn zu fassen.

Ein Trällern, das sich in ein Quietschen verwandelte. Wieder fast beiläufig befreite der Vornskr seinen Schwanz und riß dabei den Greifarm ab.

Aber für einige Herzschläge war er beschäftigt, und mehr Zeit brauchte Luke nicht. Er duckte sich unter den Schwanz, streckte die Hand nach Mara aus und riß ihr das Lichtschwert vom Gürtel.

Der Peitschenschwanz zuckte auf ihn zu, aber Luke wich rechtzeitig zurück. Er zündete das Lichtschwert und schlug zu, traf die Schnauze des Vornskr.

Das Raubtier heulte auf, scheute vor dieser bizarren Kreatur zurück, die ihn gebissen hatte. Luke schlug noch einmal zu und noch einmal, um ihn aus Maras Nähe zu vertreiben und Gelegenheit für den tödlichen Streich zu bekommen.

Abrupt, in einer einzigen fließenden Bewegung, fuhr der Vornskr herum und sprang Luke an. Ebenfalls in einer einzigen fließenden Bewegung spaltete ihn Luke in zwei Teile.

»Wurde auch Zeit«, krächzte eine heisere Stimme zu seinen Füßen. Er sah nach unten, wo Mara den Kadaver des Vornskr von ihrer Brust schob und sich auf einem Ellbogen aufstützte. »Warum haben Sie überhaupt so lange gewartet?«

»Um Ihnen nicht aus Versehen die Hände abzuhacken«, sagte Luke keuchend. Er reichte ihr die Hand.

Sie wehrte ihn ab, rollte sich mühsam herum, richtete sich auf und hielt plötzlich ihren Blaster in der Hand.

»Lassen Sie das Lichtschwert fallen, und treten Sie zurück«, keuchte sie.

Luke seufzte kopfschüttelnd. »Ich glaube es einfach nicht«, meinte er, als er das Lichtschwert abschaltete und es auf den Boden warf. Der Adrenalinstoß ließ allmählich nach, und er spürte jetzt den brennenden Schmerz im Gesicht und in seiner Schulter. »Haben Sie nicht bemerkt, daß wir Ihnen soeben das Leben gerettet haben?«

»Ich habe es bemerkt. Danke.« Sie hielt den Blaster weiter auf ihn gerichtet und bückte sich nach seinem Lichtschwert. »Ich schätze, das ist die Belohnung dafür, daß ich Sie nicht schon vor zwei Tagen erschossen habe. Gehen Sie dort hinüber und setzen Sie sich.«

Luke warf einen Blick zu Erzwo, der leise vor sich hin stöhnte.

»Haben Sie etwas dagegen, daß ich mich zuerst um Erzwo kümmere?«

Mara sah den Droiden an und kniff die Lippen zu einem Strich zusammen. »Sicher, machen Sie schon.« Sie wich zurück, griff nach dem Überlebenspack und humpelte zu einem der Bäume am Rand der Lichtung.

Erzwos Zustand war nicht so schlimm, wie Luke befürchtet hatte. Das Schweißgerät und der Greifarm waren sauber abgetrennt, das war alles. Tröstend sprach er auf den Droiden ein.

»Nun?« fragte Mara. Sie lehnte sich mit dem Rücken an den Baum und strich mit bebender Hand Salbe auf die Klauenspuren an ihren Armen.

»Er ist in Ordnung«, erklärte Luke, als er zu seinem Baumstumpf ging und sich setzte. »Er hat schon Schlimmeres durchgemacht.«

»Das freut mich zu hören«, sagte sie säuerlich. Sie sah ihn prüfend an. »Er hat Sie schlimm erwischt, was?«

Vorsichtig betastete Luke die Striemen an Wange und Stirn. »Wird schon wieder werden.«

Sie schnaubte. »Sicher«, knurrte sie sarkastisch, während sie weiter ihre Wunden behandelte. »Ich habe ganz vergessen, daß Sie ein Held sind.«

Für einen langen Moment sah Luke sie an und versuchte erneut, diese merkwürdige Frau zu verstehen. Selbst aus der Entfernung bemerkte er das Zittern ihrer Hände, als sie die Salbe auftrug; vielleicht lag es am Schock, vielleicht aber auch an ihrer Erschöpfung. Ganz bestimmt aber an ihrer Furcht – sie war nur um Haaresbreite einem blutigen Tod entronnen, und sie wäre eine Närrin, wenn sie das nicht erkennen würde.

Und dennoch, ganz gleich, welche Gefühle sie beherrschen mochten, sie war entschlossen, sie nicht zu zeigen. Als hätte sie Angst vor ihrer eigenen Schwäche...

Abrupt, als würde sie seine Blicke spüren, sah Mara auf. »Ich habe mich bereits bedankt«, grollte sie. »Was wollen Sie noch – einen Orden?«

Luke schüttelte den Kopf. »Ich will nur wissen, was Ihnen zugestoßen ist.«

Für einen Moment leuchtete wieder der alte Haß in ihren grünen Augen auf. Aber nur für einen Moment. Der Angriff des Vornskr nach zwei Tagen anstrengenden Fußmarsches und ohne Schlaf hatte ihre Emotionen erschöpft. Der Zorn wich aus ihren Augen und hinterließ nur kalte Müdigkeit. »*Sie* sind mir zugestoßen«, sagte sie bitter. »Sie kamen von einem sechstklassigen Bauernhof auf einem zehntklassigen Planeten und haben mein Leben zerstört.«

»Wie?«

Verachtung huschte über ihr Gesicht. »Sie haben nicht die leiseste Ahnung, wer ich bin, stimmt's?«

Luke schüttelte den Kopf. »Ich würde mich bestimmt an Sie erinnern, wenn wir uns begegnet wären.«

»O ja«, sagte sie gallig. »Der große, allmächtige Jedi. Er sieht alles, hört alles, weiß alles, versteht alles. Nein, begegnet sind wir uns nicht direkt; aber ich war da, und Sie hätten mich bemerken können, hätten Sie sich die Mühe gemacht. Ich war Tänzerin im Palast von Jabba dem Hutten an dem Tag, als Sie kamen, um Solo zu befreien.«

Das war es also. Sie hatte für Jabba gearbeitet; und als er Jabba getötet hatte, hatte er gleichzeitig ihr Leben zerstört ...

Luke runzelte die Stirn. Nein. Ihre schlanke Figur, ihre Geschmeidigkeit und Anmut – Eigenschaften, die zweifellos zu einer professionellen Tänzerin gehörten. Aber ihre Fähigkeiten als Pilotin, ihre Schießkünste, ihr perfekter Umgang mit dem Lichtschwert gehörten nicht dazu.

Mara wartete geduldig auf seine Antwort. »Sie waren nicht nur eine Tänzerin«, erklärte er. »Das war bloß Ihre Tarnung.«

Ihre Lippen zuckten. »Sehr gut. Ein weiterer Beweis für die berühmte Menschenkenntnis der Jedi. Machen Sie ruhig weiter. Was habe ich wirklich dort getan?«

Luke zögerte. Es gab viele Möglichkeiten: Kopfjägerin, Schmugglerin, Jabbas Leibwächterin, Spionin einer konkurrierenden kriminellen Organisation...

Nein. Ihr perfekter Umgang mit dem Lichtschwert... und plötzlich fügte sich das Puzzle zusammen. »Sie haben auf mich gewartet«, sagte er. »Vader wußte, daß ich versuchen würde, Han zu befreien, und er hat Sie geschickt, um mich gefangenzunehmen.«

»Vader?« Sie spuckte den Namen geradezu aus. »Daß ich nicht lache. Vader war ein Narr und ein halber Verräter. Mein Meister hat mich zu Jabba geschickt, um Sie zu töten, nicht um Sie zu rekrutieren.«

Luke starrte sie an, und ein eisiger Schauer lief ihm über den Rücken. Es war unmöglich... aber während er ihr gequältes Gesicht betrachtete, wußte er mit plötzlicher Sicherheit, daß es stimmte. »Und Ihr Meister«, sagte er ruhig, »war der Imperator.«

»Ja«, zischte sie wie eine Schlange. »Und Sie haben ihn umgebracht.«

Luke schluckte hart. Bis auf das Hämmern seines Herzens war es totenstill. Er hatte den Imperator nicht umgebracht – Vader hatte es getan –, aber Mara schien dies nicht zu kümmern. »Sie irren sich trotzdem«, sagte er. »Er hat tatsächlich versucht, mich zu rekrutieren.«

»Nur weil ich versagt habe«, stieß sie hervor. »Und nur weil Vader dabei war. Meinen Sie etwa, er hätte nicht gewußt, daß Vader Ihnen angeboten hat, ihn gemeinsam zu stürzen?«

Unwillkürlich spreizte Luke die Finger seiner künstlichen Hand. Ja, Vader hatte bei ihrem Duell in der Wolkenstadt in der Tat ein solches Bündnis vorgeschlagen. »Ich glaube nicht, daß es ein ehrliches Angebot war«, murmelte er.

»Der Imperator schon«, sagte Mara gepreßt. »Er wußte es. Und was er wußte, wußte auch ich.«

Ihre Augen füllten sich mit Schmerz. »Ich war seine rechte Hand«, sagte sie mit bebender Stimme. »So nannte man mich am Hof – die rechte Hand des Imperators. Ich habe ihm überall in der Galaxis gedient, Aufträge für ihn ausgeführt, die die imperiale Flotte und die Sturmtruppen nicht erledigen konnten. Verstehen Sie, das war mein einziges großes Talent – an jedem Ort des Imperiums konnte ich seinen Ruf hören und ihm auf dem gleichen Weg antworten. Ich habe Verräter entlarvt, seine Feinde ausgeschaltet, ihm geholfen, die Kontrolle über die Bürokratie aufrechtzuerhalten. Ich genoß Ansehen und Macht und Respekt.«

Langsam kehrten ihre Augen wieder in die Gegenwart zurück. »Und Sie haben mir alles genommen. Schon allein dafür verdienen Sie den Tod.«

»Was ist schiefgegangen?« fragte Luke.

Ihre Lippen bebten. »Jabba verbot mir, an der Hinrichtung teilzunehmen. Das war alles – banal und einfach. Ich bettelte, schmeichelte, feilschte – ich konnte seine Meinung nicht ändern.«

»Nein«, sagte Luke ernst. »Jabba war immun gegen die bewußtseinskontrollierenden Aspekte der Macht.«

Aber *wenn* sie auf der Segelbarke gewesen wäre…

Luke schauderte und sah vor seinem geistigen Auge wieder jene schreckenerregende Vision in der dunklen Höhle von Dagobah. Die geheimnisvolle, nur schemenhafte erkennbare Frau auf dem Oberdeck der Segelbarke, wie sie ihn auslachte, das Lichtschwert in der Hand.

Das erste Mal, vor langen Jahren, hatte ihm die Höhle eine mögliche Zukunft gezeigt. Beim zweiten Mal, wußte er jetzt, war es eine mögliche Vergangenheit gewesen. »Sie hätten Erfolg gehabt«, sagte er leise.

Mara sah ihn scharf an. »Ich habe nicht um Ihr Verständnis oder

Ihr Mitleid gebeten«, fauchte sie. »Sie wollten es wissen. Gut; jetzt wissen Sie es.«

Er ließ sie eine Weile in Ruhe ihre Wunden behandeln. »Warum sind Sie dann hier?« fragte er. »Warum sind Sie nicht im Imperium?«

»Welches Imperium?« entgegnete sie. »Es zerfällt – Sie wissen das so gut wie ich.«

»Aber während es noch existiert...«

Sie brachte ihn mit einem zornigen Blick zum Schweigen. »An wen sollte ich mich wenden?« fragte sie. »Sie kannten mich nicht – niemand kannte mich. Zumindest nicht als rechte Hand des Imperators. Ich war ein Schatten und habe im Verborgenen gearbeitet. Es gibt keine Aufzeichnungen über meine Aktivitäten. Die wenigen, die über mich informiert waren, hielten mich für eine Konkubine, die zum Vergnügen des Imperators im Palast lebte.«

Ihre Blicke glitten wieder in die Vergangenheit. »Nach der Schlacht um Endor gab es keinen Ort, zu dem ich gehen konnte«, sagte sie bitter. »Ich hatte keine Kontakte, keine Freunde – ich hatte nicht einmal mehr eine Identität. Ich war auf mich allein gestellt.«

»Und deshalb haben Sie sich mit Karrde zusammengetan.«

»Später. Die ersten viereinhalb Jahre habe ich mich in den Randbereichen der Galaxis herumgetrieben und jede Arbeit angenommen, die mir angeboten wurde.« Ihre Augen waren starr auf ihn gerichtet, und in ihnen leuchtete ein Widerschein des alten Hasses. »Ich habe hart arbeiten müssen, um zu dem zu werden, was ich bin, Skywalker. Sie werden es nicht zerstören. Diesmal nicht.«

»Ich will Ihr Leben nicht zerstören«, erklärte Luke sanft. »Ich will nichts weiter als in die Neue Republik zurückkehren.«

»Und ich will, daß das alte Imperium wiederaufersteht«, gab sie zurück. »Wir bekommen nicht immer das, was wir wollen, nicht wahr?«

348

Luke schüttelte den Kopf. »Nein.«

Für einen Moment funkelte sie ihn an. Dann, abrupt, griff sie nach einer Tube Salbe und warf sie ihm zu. »Hier – kümmern Sie sich um Ihre Striemen. Und schlafen Sie etwas. Wir haben morgen einen anstrengenden Tag vor uns.«

# 27

Der schrottreife Frachter der A-Klasse driftete an der Steuerbordseite der *Schimäre* vorbei: ein riesiger raumtauglicher Kasten mit einem Hyperantrieb, dessen ramponierter Rumpf trübe im Scheinwerferlicht des Sternzerstörers leuchtete. Thrawn saß im Kommandostand, studierte die Sensoren und nickte. »Es sieht gut aus, Captain«, sagte er zu Pellaeon. »Genau wie es sein sollte. Sie können mit dem Test fortfahren.«

»Nur noch ein paar Minuten, Sir«, erwiderte Pellaeon, während er die Anzeigen an seiner Konsole kontrollierte. »Die Techniker haben immer noch Probleme mit der Stabilisierung des Tarnfelds.«

Er hielt den Atem an, erwartete eine verbale Explosion. Der noch nicht erprobte Tarnschildgenerator und der speziell modifizierte Frachter, auf dem er eingebaut war, hatten eine ungeheure Summe Geldes gekostet – Geld, das das Imperium eigentlich nicht übrig hatte. Daß es jetzt Probleme mit der Technik gab, ausgerechnet vor der entscheidenden Operation gegen Sluis Van...

Aber der Großadmiral nickte nur. »Wir haben Zeit«, sagte er ruhig. »Irgendwelche Nachrichten von Myrkr?«

»Der letzte reguläre Bericht traf vor zwei Stunden ein«, antwortete Pellaeon. «Noch immer negativ.«

Thrawn nickte erneut. »Und die letzte Meldung von Sluis Van?«

»Ah...« Pellaeon sah in der entsprechenden Datei nach. »Insgesamt hundertzwölf Kriegsschiffe. Fünfundsechzig davon als Frachter genutzt, die anderen dienen als Begleitschutz.«

»Fünfundsechzig«, wiederholte Thrawn mit offensichtlicher Befriedigung. »Ausgezeichnet. Wir können sie uns also aussuchen.«

Pellaeon bewegte sich unbehaglich. »Jawohl, Sir.«

Thrawn wandte sich vom Frachter ab und sah Pellaeon an. »Ist irgend etwas, Captain?«

Pellaeon wies auf das Schiff. »Mir gefällt es nicht, das Schiff ohne Funkverbindung ins Feindesland zu schicken.«

»Wir haben keine andere Wahl«, erinnerte ihn Thrawn trocken. »Es liegt an der Funktionsweise des Tarnschilds – nichts dringt hinaus, nichts dringt hinein.« Er hob eine Braue. »Natürlich vorausgesetzt, daß es überhaupt funktioniert«, fügte er spitz hinzu.

»Jawohl, Sir. Aber...«

»Was aber, Captain?«

Pellaeon straffte sich. »Mir scheint, Admiral, daß wir bei dieser Operation C'baoths Hilfe brauchen könnten.«

Thrawns Augen wurden hart. »C'baoth?«

»Jawohl, Sir. Er könnte uns die Kommunikation mit...«

»Wir brauchen keine Kommunikation«, unterbrach Thrawn. »Es genügt, wenn der Zeitplan eingehalten wird.«

»Ich muß widersprechen, Admiral. Unter normalen Umständen würde die Einhaltung des Zeitplans zum Erfolg führen. Aber wir wissen nicht, wie lange es dauern wird, von der Sluis-Raumkontrolle die Freigabe zu bekommen.«

»Im Gegenteil«, erwiderte Thrawn kühl. »Ich habe die Sluissi sehr sorgfältig studiert. Ich kann genau errechnen, wie lange es dauern wird, bis sie den Frachter freigeben.«

Pellaeon biß die Zähne zusammen. »Wenn in der Raumkontrolle nur Sluissi sitzen würden – vielleicht. Aber jetzt, seit die Rebellion soviel Nachschub durch das Sluis-Van-System schleust, werden sie wahrscheinlich ihre eigenen Leute einsetzen.«

»Es spielt keine Rolle«, erklärte Thrawn. »Die Sluissi werden das Kommando haben. *Ihr* Zeitplan wird den Lauf der Ereignisse bestimmen.«

Pellaeon verbarg seine Enttäuschung. »Jawohl, Sir«, murmelte er.

Thrawn musterte ihn. »Es geht hier nicht um Tollkühnheit, Captain. Oder um den Beweis, daß die imperiale Flotte ohne C'baoth auskommen kann. Es geht einfach darum, daß wir es uns nicht leisten können, C'baoth zu oft einzusetzen.«

»Weil wir dann von ihm abhängig werden«, brummte Pellaeon. »Als wären wir alle Kyborgimplantate in einem Schlachtcomputer.«

Thrawn lächelte. »Das stört Sie immer noch, nicht wahr? Unwichtig. Er ist ein Teil davon, aber nur ein sehr kleiner Teil. Ich möchte einfach nicht, daß Master C'baoth zuviel Geschmack an dieser Art Macht bekommt.«

Pellaeon sah ihn irritiert an. »Er sagte doch, er will keine Macht.«

»Dann lügt er«, gab Thrawn kühl zurück. »Alle Menschen wollen Macht. Und je mehr sie haben, desto mehr wollen sie.«

Pellaeon dachte darüber nach. »Aber wenn er eine Gefahr für uns darstellt...« Er verstummte, wurde sich plötzlich der Gegenwart der anderen Offiziere und Besatzungsmitglieder bewußt.

Der Großadmiral war von solchen Bedenken frei. »Warum ihn nicht loswerden?« beendete er die Frage. »Das ist ganz einfach. Weil wir bald seinen Machtdurst stillen können... und sobald wir das getan haben, wird er ebensowenig eine Gefahr darstellen wie jedes andere Werkzeug.«

»Leia Organa Solo und ihre Zwillinge?«

»Genau«, erwiderte Thrawn mit glitzernden Augen. »Sobald C'baoth sie in den Händen hat, werden diese kleinen Ausflüge mit der Flotte für ihn nicht mehr als störende Intermezzi sein, die ihn von den *wirklich* wichtigen Dingen abhalten.«

Pellaeon wich den brennenden Blicken aus. Die Theorie wirkte überzeugend; aber die Praxis... »Das setzt natürlich voraus, daß die Noghri sie aufspüren.«

»Das werden sie«, versicherte Thrawn überzeugt. »Irgendwann werden ihr und ihren Bewachern die Tricks ausgehen. Ganz gewiß früher, als uns die Noghri ausgehen.«

Das Display vor Pellaeon leuchtete auf. »Sie sind fertig, Sir«, meldete er.

Thrawn wandte sich wieder dem Frachter zu. »Also los, Captain.«

Pellaeon holte tief Luft und schaltete den Kommunikator ein: »Tarnschild: *aktivieren*.«

Und jenseits der Sichtluke...

...blieb der rostzerfressene Frachter, wo er war.

Thrawn starrte den Frachter an. Blickte auf seine Kommandodisplays, wieder zurück zum Frachter... und drehte sich dann zu Pellaeon um, ein zufriedenes Lächeln auf dem Gesicht. »Ausgezeichnet, Captain. Genau das habe ich erwartet. Ich gratuliere Ihnen und Ihren Technikern.«

»Danke«, sagte Pellaeon und entspannte sich. »Ich nehme an, wir haben grünes Licht?«

Das Lächeln des Großadmirals veränderte sich nicht, aber sein Gesicht wurde härter. »Sie haben grünes Licht«, bestätigte er grimmig. »Alarmieren Sie die Flotte; fertigmachen zum Rendezvousmanöver. Die Werften von Sluis Van gehören uns.«

Wedge Antilles sah ungläubig vom Datenblock auf. »Sie scherzen wohl«, sagte er zu dem Kurier. »*Begleitschutz?*«

Der andere schenkte ihm einen unschuldigen Blick. »Was ist los?« fragte er. »Ihr seid doch X-Flügler-Piloten – ständig im Begleitschutzeinsatz.«

»Wir geben *Personen* Begleitschutz«, konterte Wedge. »Wir sind doch nicht für irgendwelche Frachter zuständig.«

Der unschuldige Blick des Kuriers verwandelte sich in kaum verhüllten Überdruß, und Wedge hatte plötzlich den Eindruck, daß er derartige Gespräche in der letzten Zeit sehr oft geführt hatte. »Hören Sie, Commander, ich bin nicht dafür verantwortlich«, knurrte er. »Es ist der übliche Fregattenbegleitschutz – was macht es schon für einen Unterschied, ob die Fregatte nun Passagiere oder einen beschädigten Reaktor an Bord hat?«

Wedge sah wieder den Datenblock an. Es war eine Frage des Berufsstolzes, das war der Unterschied. »Sluis Van ist für X-Flügler ganz schön weit weg«, sagte er statt dessen.

»Ja, aber Sie werden an Bord der Fregatte bleiben, bis Sie das System erreicht haben«, entgegnete der Kurier und griff über den Schreibtisch hinweg nach der Bildlauftaste des Datenblocks.

Wedge las den Rest des Marschbefehls. Sie sollten bei den Werften bleiben, warten, bis der Rest des Konvois eingetroffen war, und ihn dann nach Bpfassh begleiten. »Wir werden eine ganze Weile von Coruscant wegbleiben«, stellte er fest.

»Ich an Ihrer Stelle würde das als einen Vorteil ansehen, Commander«, sagte der Kurier mit gesenkter Stimme. »Hier braut sich irgend etwas zusammen. Ich schätze, Rat Fey'lya und seine Leute werden bald zuschlagen.«

Wedge fröstelte. »Sie meinen doch nicht etwa... einen *Staatsstreich?*«

Der Kurier zuckte zusammen. »*Nein,* natürlich nicht. Wie kommen Sie nur darauf, daß Fey'lya...?«

Er brach ab, Mißtrauen in den Augen. »Oh, ich verstehe. Sie gehören zu Ackbars Leuten, wie? Ihnen müßte doch klar sein, Commander, daß Ackbar jeden Kontakt zu den Streitkräften der Allianz verloren hat. Der einzige im Rat, der sich wirklich um unser Wohlergehen sorgt, ist Fey'lya.« Er deutete auf den Datenblock. »Da sehen Sie's doch. Dieser ganze Unsinn kommt aus Ackbars Büro.«

»Tja, andererseits gibt es dort draußen immer noch das Imperium«, murmelte Wedge. Voller Unbehagen wurde ihm klar, daß ihn die verbale Attacke des Kuriers auf Ackbar in die Enge getrieben hatte. Er fragte sich, ob der andere dies absichtlich getan hatte... oder ob er zu der wachsenden Anhängerschaft Fey'lyas in den Streitkräften gehörte.

So gesehen, war es keine schlechte Idee, Coruscant für eine Weile zu verlassen. Zumindest würde er sich dann nicht mehr mit diesen verrückten politischen Intrigen herumschlagen müssen. »Wann brechen wir auf?«

»Sobald Sie Ihre Leute zusammengetrommelt haben und an Bord sind«, antwortete der Kurier. »Ihre Jäger werden bereits verladen.«

»Gut.« Wedge wandte sich von Schreibtisch ab und steuerte den zum Bereitschaftsraum führenden Korridor an. Ja, ein kleiner Ausflug nach Sluis Van und Bpfassh würde ihm guttun. Ihm eine Atempause geben, in der er darüber nachdenken konnte, was aus dieser Neuen Republik werden würde, für die er soviel riskiert hatte.

Und wenn die Imperialen sie unterwegs angriffen... nun, *das* zumindest war eine Gefahr, gegen die er sich wehren konnte.

## 28

Kurz vor Mittag hörten sie die ersten leisen Geräusche in der Ferne des Waldes. Eine Stunde später schließlich waren sie nah genug, daß Luke sie identifizieren konnte.

Düsenräder.

»Sind Sie sicher, daß es sich um Militärmodelle handelt?« murmelte Mara, als das Dröhnen an- und abschwoll, ehe es sich wieder in der Ferne verlor.

»Ich bin mir sicher«, entgegnete Luke grimmig. »Auf Endor habe ich eins von diesen Rädern fast gegen einen Baum gesetzt.«

Sie erwiderte nichts, und einen Moment lang fragte sich Luke, ob es eine gute Idee gewesen war, Endor zu erwähnen. Aber ein Blick in Maras Gesicht zerstreute seine Befürchtung. Sie war nicht wütend, sondern horchte angestrengt. »Klingt, als würden sie nach Süden fliegen«, sagte sie nach einer Weile. »Im Norden ist alles still.«

Luke lauschte. »Stimmt«, bestätigte er. »Ich frage mich nur... Erzwo, kannst du eine Audiokarte erstellen?«

Ein zustimmendes Piepen ertönte. Kurz darauf fuhr der Droide den Holoprojektor aus, und einige Zentimeter über dem laubbedeckten Boden erschien eine zweifarbige Karte.

»Ich hatte recht«, sagte Mara zufrieden. »Ein paar Räder befinden sich direkt vor uns, der Rest bewegt sich nach Süden. Im Norden ist alles frei.«

»Was bedeutet, daß wir uns nach Norden wenden müssen«, erklärte Luke.

Mara sah ihn irritiert an. »Wie kommen Sie darauf?«

»Nun, sie wissen, daß wir nach Hyllyard City marschieren«, sagte er. »Also konzentrieren sie ihre Suche auf die Richtung, aus der wir kommen.«

Mara lächelte dünn. »Diese Jedi-Naivität ist einfach rührend«, meinte sie. »Nur weil wir sie nicht hören können, heißt das noch lange nicht, daß sie auch nicht da sind.«

Luke betrachtete die holografische Karte. »Nun, natürlich *könnten* sie irgendwo vor uns auf uns lauern«, gab er zu. »Aber was hätten sie davon?«

»Kommen Sie, Skywalker – das ist der älteste taktische Trick der Welt. Wenn der Gesuchte den Belagerungsring nicht durchbrechen kann, versteckt er sich und wartet auf eine bessere Gelegenheit. Um das zu verhindern, täuscht man ihm eine Lücke im Ring vor.« Sie kniete nieder und fuhr mit dem Finger durch die ›stille‹ Sektion der Karte. »In diesem Fall haben sie noch einen zusätzlichen Vorteil: wenn wir uns nach Norden wenden, um den Düsenrädern auszuweichen, wissen sie mit Bestimmtheit, daß wir etwas zu verbergen haben.«

Luke schnitt eine Grimasse. »Sie brauchen gewiß keinen zusätzlichen Beweis.«

Mara zuckte mit den Schultern und richtete sich auf. »Einige Offiziere sind korrekter als andere. Die Frage ist, was machen wir jetzt?«

Luke studierte wieder die Karte. Nach Maras Berechnung waren sie nur noch vier oder fünf Kilometer vom Waldrand entfernt – etwa zwei Stunden Fußmarsch. Wenn die Imperialen bereits alles für die Jagd vorbereitet hatten...

»Wahrscheinlich werden sie versuchen, uns einzukreisen«, sagte er bedächtig.

»Wenn sie es nicht schon getan haben«, erklärte Mara. »Es spielt keine Rolle, ob wir sie hören oder nicht – sie wissen nicht genau, wie schnell wir uns bewegen, also werden sie einen großen Ring bilden. Wahrscheinlich setzen sie Kampfwagen der Chariot-Klasse oder Hoverscouts und ein paar Rotten Düsenräder ein. Das ist die Standardtaktik der Sturmtruppen.«

Luke schürzte die Lippen. Aber was die Imperialen *nicht* wußten, war die Tatsache, daß ihre Opfer genau über ihre Vorgehensweise informiert waren. »Wie brechen wir also durch?« fragte er.

Mara stieß zischend die Luft aus. »Überhaupt nicht«, sagte sie gepreßt. »Wir haben nicht die richtige Ausrüstung, um es zu schaffen.«

Irgendwo vor ihnen erklang wieder das leise Dröhnen, schwoll an und ab und verklang in der Ferne. »In diesem Fall«, sagte Luke, »können wir einfach geradeaus weitergehen. Uns ihnen zeigen, bevor sie uns entdecken.«

Mara schnaubte. »Und so tun, als wären wir harmlose Touristen, die nichts zu verbergen haben?«

»Haben Sie eine bessere Idee?«

Sie funkelte ihn an. Aber es war mehr ein Reflex als richtiger Zorn. »Eigentlich nicht«, gab sie schließlich zu. »Vielleicht sollten wir zusätzlich die Rollen tauschen, wie Karrde empfohlen hat.«

Luke zuckte mit den Schultern. »Wir werden uns auf jeden Fall nicht den Weg freischießen können«, sagte er. »Und uns einfach davonzuschleichen, halte ich für unmöglich. Bleibt also nur noch ein Bluff, und je besser der Bluff ist, desto größer sind unsere Erfolgschancen.«

Maras Lippen zuckten. »Das denke ich auch.« Nach einem kurzen Zögern entfernte sie die Energiezelle aus dem Blaster und reichte ihm die Waffe zusammen mit dem Ärmelholster.

Luke nahm beides entgegen. »Vielleicht prüfen Sie nach, ob er geladen ist«, sagte er sanft. »Ich würde es tun.«

»Hören Sie, Skywalker, wenn Sie sich einbilden, daß ich Ihnen eine geladene Waffe geben…«

»Und wenn uns ein Vornskr vor den Imperialen aufspürt«, unterbrach er gelassen, »werden Sie kaum Zeit finden, ihn wieder zu laden.«

»Vielleicht ist mir das egal«, fauchte sie.

Luke nickte. »Vielleicht.«

Sie funkelte ihn wieder an, aber auch diesmal mangelte es ihr an Überzeugungskraft. Mit zusammengebissenen Zähnen drückte sie ihm die Energiezelle in die Hand. »Danke«, sagte Luke, lud den Blaster und befestigte ihn an seinem linken Unterarm. »Gut. Erzwo?«

Der Droide verstand. An seinem Rumpf öffnete sich eine Klappe, die von außen nicht sichtbar war, und enthüllte einen langen, tiefen Hohlraum. Luke drehte sich zu Mara um und streckte die Hand aus.

Sie starrte seine offene Hand an, dann den Hohlraum. »Das also war Ihr Trick«, bemerkte sie säuerlich, als sie das Lichtschwert aus ihrem Gürtel zog und es ihm reichte. »Ich habe mich schon die ganze Zeit gefragt, wie Sie es geschafft haben, dieses Ding in Jabbas Palast zu schmuggeln.«

Luke schob das Lichtschwert in den Hohlraum, und Erzwo schloß die Klappe. »Ich sage Bescheid, wenn ich es brauche«, informierte er den Droiden.

»Machen Sie sich bloß keine falschen Hoffnungen«, warnte Mara. »Der Ysalamiri-Effekt reicht mehrere Kilometer über den Waldrand hinaus – Ihre Jedi-Tricks werden in Hyllyard City nicht funktionieren.«

»Ich verstehe«, sagte Luke. »Ich schätze, wir können jetzt aufbrechen.«

»Noch nicht ganz«, sagte Mara. »Da ist immer noch Ihr Gesicht.«

Luke hob eine Augenbraue. »Ich fürchte, selbst mit Erzwos Hilfe läßt es sich nicht verstecken.«

»Komisch. Ich hatte etwas ganz anderes im Sinn.« Mara sah sich um und ging dann zu einem seltsam aussehenden Gebüsch hinüber. Sie zog den Ärmel ihrer Bluse nach unten, bedeckte damit ihre Hand und riß vorsichtig ein paar von den Blättern ab. »Krempeln Sie Ihren Ärmel hoch und strecken Sie Ihren Arm aus«, befahl sie, als sie zu ihm zurückkehrte.

Er gehorchte, und sie strich sachte mit der Spitze eines Blattes über seinen Unterarm.

»Was hat das alles überhaupt... *aah!*« Lukes Satz ging in einer Schmerzexplosion unter, die durch seinen Unterarm sengte.

»Perfekt«, sagte Mara mit grimmiger Befriedigung. »Eine allergische Reaktion. Oh, beruhigen Sie sich – in ein paar Sekunden hört der Schmerz auf.«

»Oh, danke«, keuchte Luke. Der Schmerz ließ in der Tat bereits nach. »Gut. Was soll das – mm! – Ganze eigentlich?«

»Es wird noch eine Weile brennen«, erklärte sie. »Aber das ist nicht weiter schlimm. Was denken Sie?«

Luke biß die Zähne zusammen. Das Brennen war unangenehm – aber sie hatte recht. Wo das Blatt seine Haut berührt hatte, verfärbte sie sich schwarz und bildete winzige Pusteln. »Sieht scheußlich aus«, stellte er fest.

»Sicher«, sagte sie. »Wollen Sie das übernehmen, oder soll ich es für Sie tun?«

Luke knirschte mit den Zähnen. Es würde *bestimmt* nicht angenehm sein. »Ich mach' das schon.«

Es war wirklich nicht angenehm; aber als er sein Kinn mit den Blättern berührt hatte, ließ der Schmerz an seiner Stirn bereits nach. »Ich hoffe nur, daß meine Augen nichts abbekommen haben«, stieß er zwischen zusammengebissenen Zähnen hervor. Er warf die Blätter in den Wald und kämpfte gegen den Drang an, die Fingernägel ins Gesicht zu graben. »Es wäre ganz praktisch, wenn ich auch noch den Rest des Nachmittags etwas sehen könnte.«

»Es ist schon nichts passiert«, beruhigte ihn Mara nach einem prüfenden Blick. »Aber Ihr Gesicht sieht ganz schön grausig aus. Jedenfalls haben Sie keine Ähnlichkeit mehr mit sich selbst.«

»Freut mich zu hören.« Luke atmete tief ein und machte die Anti-Schmerz-Übungen der Jedi. Ohne die Macht waren sie nicht besonders wirksam, schienen aber ein wenig zu helfen. »Wie lange werde ich so aussehen?«

»Die Verfärbung wird in ein paar Stunden zurückgehen. Aber wieder normal sind Sie frühestens morgen.«

»Das dürfte reichen. Sind Sie fertig?«

»So fertig, wie man nur sein kann.« Sie kehrte Erzwo den Rücken zu, nahm die Griffe des Schlittens und marschierte los. »Kommen Sie.«

Trotz Maras verstauchtem Knöchel und Lukes schmerzendem Gesicht kamen sie schnell voran. Zu Lukes Erleichterung ließ das Brennen nach etwa einer halben Stunde nach und hinterließ nur ein taubes Gefühl.

Maras Knöchel war allerdings eine andere Sache, und während er hinter ihr und Erzwo hertrottete, sah er deutlich, welche Schmerzen sie hatte. Daß sie auch noch Erzwos Schlitten zog, machte es auch nicht besser, und zweimal schlug er ihr vor, sie abzulösen. Aber sie weigerte sich. Es war ihre einzige Chance, die Imperialen zu täuschen, und beide wußten es.

Außerdem war sie viel zu stolz, um auf sein Angebot einzugehen.

Sie hatten etwa einen weiteren Kilometer zurückgelegt, vom fernen An- und Abschwellen des Düsenradlärms begleitet, als sie plötzlich vor ihnen auftauchten.

So schnell, daß Luke keine Zeit für eine Reaktion blieb, schossen Düsenradscouts in leuchtend weißer Panzerung aus dem Dickicht auf sie zu und kamen abrupt zum Halt. Was bedeutete, daß sie in unmittelbarer Nähe auf sie gewartet hatten.

Was bedeutete, daß man sie zumindest in den letzten Minuten unter ständiger Beobachtung gehabt hatte. Der Rollentausch mit Mara, dachte Luke, war vermutlich sinnlos gewesen.

»Stehenbleiben!« schrie einer der Scouts überflüssigerweise, während sie vor ihnen in der Luft schwebten, die schwenkbaren Blasterkanonen feuerbereit auf sie gerichtet. »Im Namen des Imperiums, identifizieren Sie sich.«

Zeit für eine Vorstellung. »Mann, was bin ich froh, *euch* zu sehen«, erwiderte Luke so erleichtert, wie es seine tauben Wangen erlaubten. »Habt ihr zufällig eine Transportmöglichkeit? Ich kann mich kaum noch auf den Beinen halten.«

Ein leichtes, kaum merkliches Zögern. »Identifizieren Sie sich«, wiederholte der Scout.

»Mein Name ist Jade«, antwortete Luke. Er deutete auf Mara. »Ich habe hier eine Geschenk für Talon Karrde. Ich schätze, *er* hat Sie nicht geschickt, oder?«

Eine kurze Pause. Entweder berieten die Scouts, oder sie holten neue Instruktionen von ihrer Basis ein. Die Tatsache, daß der Gefangene eine Frau war, schien sie tatsächlich zu verwirren. Ob das genügen würde, war natürlich eine ganz andere Frage.

»Sie kommen mit uns«, befahl der Scout. »Unser Vorgesetzter will mit Ihnen reden. Sie da – die Frau – setzen Sie den Droiden ab, und treten Sie zurück.«

»Kann mir nur recht sein«, sagte Luke, als der zweite Scout sein Düsenrad vor Erzwos Schlitten steuerte. »Aber ich brauche Sie beide als Zeugen, daß Sie meine Gefangene war, bevor Sie auftauchten. Karrde hat sich schon zu oft um die Zahlung der Kopfprämien gedrückt; mich wird er nicht betrügen.«

»Sie sind Kopfjäger?« fragte der Scout mit einem verächtlichen Unterton.

»Ja«, bestätigte Luke mit demonstrativem Stolz. Nicht, daß ihn die Verachtung störte. Er baute sogar darauf. Je überzeugter die Imperialen von seiner Tarnidentität waren, desto besser für ihn.

Aber im stillen fragte er sich, ob dies zu den Tricks gehörte, die ein Jedi einsetzen sollte.

Der zweite Scout war abgestiegen und befestigte die Tragegriffe von Erzwos Schlitten an seinem Düsenrad. Er stieg wieder auf und flog im Schrittempo los. »Ihr beide folgt ihm«, befahl der erste Scout, während er sich mit seinem Rad hinter sie setzte. »Lassen Sie vorher Ihren Blaster fallen, Jade.«

Luke gehorchte, und sie marschierten los. Der erste Scout hob den Blaster auf und folgte ihnen.

Sie brauchten eine weitere Stunde bis zum Waldrand. Die beiden Düsenräder blieben die ganze Zeit bei ihnen; aber unterwegs bekamen sie Gesellschaft. Immer mehr Düsenräder tauchten auf und schlossen sich ihnen an. Als sie sich dem Waldrand näherten, erschienen außerdem Sturmtruppler in voller Kampfmontur und schußbereiten Blastergewehren und umringten die beiden Gefangenen. Die Scouts entfernten sich daraufhin und eskortierten sie in einiger Distanz.

Als schließlich die Bäume hinter ihnen lagen, bestand ihre Begleitung aus nicht weniger als zehn Düsenradscouts und zwanzig Sturmtrupplern. Es war eine eindrucksvolle Zurschaustellung militärischer Macht... und mehr als die Suche selbst bewies dies Luke, wie ernst der geheimnisvolle Oberkommandierende des Imperiums diese Angelegenheit nahm. Selbst auf der Höhe ihrer Macht hatten die Imperialen ihre Sturmtruppen nur sehr sparsam eingesetzt.

Drei weitere Personen warteten auf sie im fünfzig Meter breiten Streifen Niemandsland zwischen dem Wald und den ersten Gebäuden von Hyllyard City: zwei weitere Sturmtruppler und ein hartgesichtiger Mann mit den Rangabzeichen eines Majors an seiner erdbraunen imperialen Uniform. »Wird auch Zeit«, brummte der Major, als Mara und Luke in seine Richtung getrieben wurden. »Wer sind sie?«

»Der Mann behauptete, daß er Jade heißt«, meldete einer der Sturmtruppler mit jener ausdruckslosen Stimme, die allen gemeinsam zu sein schien. »Kopfjäger; arbeitet für Karrde. Die Frau ist seine Gefangene.«

»*War* seine Gefangene«, korrigierte der Major mit einem Blick zu Mara. »Wie heißen Sie, Diebin?«

»Senni Kiffu«, sagte Mara. »Und ich bin keine Diebin. Talon Karrde schuldet mir viel Geld. Ich habe mir nur genommen, was mir gehörte.«

Der Major sah Luke an, und Luke zuckte mit den Schultern. »Das ist nicht mein Problem. Karrde hat mir gesagt, ich soll sie zurückbringen, und ich bringe sie zurück.«

»Und ihre Beute.« Er musterte Erzwo, der noch immer auf dem Schlitten festgebunden war, den der Düsenradscout hinter sich herzog. »Machen Sie den Droiden los«, befahl er dem Scout. »Der Boden hier ist eben genug, und ich will, daß Sie weiter Patrouille fliegen. Stellen Sie ihn zu den Gefangenen. Und legen Sie ihnen Handschellen an – sie werden hier kaum über irgendwelche Baumwurzeln stolpern.«

»Einen Moment«, wehrte Luke ab, als einer der Sturmtruppler auf ihn zu trat. »Ich etwa auch?«

Der Major hob leicht die Augenbrauen. »Irgendwelche Probleme, Kopfjäger?« fragte er drohend.

»Ja, ich habe ein Problem«, fauchte Luke. »*Sie* ist hier der Gefangene, nicht ich.«

»Im Moment sind Sie beide Gefangene«, entgegnete der andere. »Also halten Sie den Mund.« Er betrachtete Lukes Gesicht. »Was, beim Imperium, ist eigentlich mit Ihnen passiert?«

»Ich bin in einen Busch gefallen, als ich hinter ihr her war«, knurrte er, während der Sturmtruppler ihm Handschellen anlegte. »Eine Zeitlang hat's höllisch weh getan.«

Der Major lächelte dünn. »Wie ungeschickt von Ihnen«, sagte er trocken. »Aber zum Glück haben wir im HQ einen Arzt. Er wird die Schwellung behandeln.« Er sah Luke durchdringend an und wandte sich dann an den Commander der Sturmtruppen. »Sie haben ihn natürlich entwaffnet.«

Der Sturmtruppler winkte, und der erste der Düsenradscouts übergab dem Major Maras Blaster. »Interessante Waffe«, murmelte der Major und wog sie in den Händen, ehe er sie in seinen Gürtel schob. Von oben drang das gedämpfte Summen eines repulsorbetriebenen Kampfwagens der Chariot-Klasse. »Ah«, sagte der Major mit einem Blick nach oben. »In Ordnung, Commander. Gehen wir.«

Hyllyard City erinnerte Luke in vielerlei Hinsicht an Mos Eisley: kleine Häuser und Bürogebäude, dicht an dicht stehend, säumten schmale Straßen. Sie steuerten eine der breiteren Alleen an, die strahlenförmig vom Zentrum der Stadt ausgingen. Unterwegs bemerkte Luke in ein paar Blocks Entfernung eine freie Fläche. Entweder der städtische Marktplatz oder ein Landefeld.

Sie hatten die Allee fast erreicht, als die Sturmtruppler abrupt und in perfekter Synchronisation ihre Formation änderten. Die eine Hälfte scharte sich enger um Luke und Mara, während die andere ausschwärmte; gleichzeitig kam der ganze Trupp zum Halt. Einen Moment später wurde der Grund für dieses plötzliche Manöver klar: vier verwahrlost aussehende Männer, in deren Mitte sich ein fünfter Mann befand, der die Hände hinter dem Rücken verschränkt hatte, marschierten direkt auf sie zu.

Sie hatten die Allee kaum betreten, als sich ihnen vier Sturmtruppler in den Weg stellten. Es kam zu einem kurzen und unhörbaren Wortwechsel, woraufhin die Fremden mit sichtlichem Widerwillen den Sturmtrupplern ihre Blaster gaben. Von den Imperialen eskortiert, näherten sie sich dem Haupttrupp... und schließlich konnte Luke den Gefangenen erkennen.

Es war Han Solo.

Die Sturmtruppler öffneten ihre Reihen einen Spalt weit, um die Neuankömmlinge durchzulassen. »Was wollen Sie?« fragte der Major, als sie vor ihm stehenblieben.

»Ich bin Chin«, antwortete einer von ihnen. »Wir haben diesen Lumpen im Wald erwischt – vielleicht war er hinter Ihrem Gefangenen her. Wir dachten uns, Sie würden gern ein paar Worte mit ihm wechseln, hm?«

»Außergewöhnlich großzügig von Ihnen«, meinte der Major sarkastisch und bedachte Han mit einem kurzen, prüfenden Blick. »War das allein Ihre Entscheidung?«

Chin straffte sich. »Nur weil ich nicht in einer großen Stadt lebe, heißt das noch lange nicht, daß ich blöd bin«, sagte er beleidigt. »He, glauben Sie etwa, wir wüßten nicht, was es bedeutet, wenn ihr Imperialen auftaucht?«

Der Major sah ihn kühl an. »Ich an Ihrer Stelle würde hoffen, daß wir nicht allzu lange bleiben.« Er drehte sich zu dem Sturmtruppler an seiner Seite um und wies auf Han. »Durchsuchen Sie ihn nach Waffen.«

»Wir haben bereits...«, begann Chin, aber der Major brachte ihn mit einem Blick zum Schweigen.

Die Durchsuchung dauerte nur eine Minute und verlief ergebnislos. »Schaffen Sie ihn zu den beiden anderen«, befahl der Major. »Gut, Chin, Sie und Ihre Freunde können gehen. Wenn sich der Gefangene als wertvoll erweist, bekommen Sie eine Belohnung.«

»Außergewöhnlich großzügig von Ihnen«, sagte Chin höhnisch. »Können wir jetzt unsere Waffen zurückhaben?«

Das Gesicht des Majors wurde hart. »Sie können sie später in unserem HQ abholen«, sagte er. »Im Hyllyard Hotel, direkt am Marktplatz – aber ich bin sicher, daß ein intelligenter Mann wie Sie weiß, wo es ist.«

Einen Moment lang schien Chin aufbrausen zu wollen. Aber ein Blick zu den Sturmtrupplern änderte seine Meinung. Wortlos wandte er sich ab und ging mit seinen Gefährten Richtung Stadt davon.

»Weiter«, befahl der Major, und sie marschierten los.

»Nun«, brummte Han und trat an Lukes Seite, »wieder zusammen, was?«

»Etwas Schöneres kann ich mir gar nicht vorstellen«, murmelte Luke. »Deine Freunde scheinen es verdammt eilig zu haben.«

»Wahrscheinlich wollen sie nicht zu spät zur Party kommen«, erwiderte Han. »Eine kleine Feier aus Anlaß meiner Gefangennahme.«

Luke warf ihm einen Seitenblick zu. »Schade, daß man uns nicht eingeladen hat.«

»Wirklich schade«, stimmte Han mit ausdruckslosem Gesicht zu. »Andererseits – Überraschungen gibt es immer wieder.«

Sie bogen in die Allee und näherten sich dem Stadtzentrum. Über den Köpfen der Sturmtruppler konnte er direkt vor ihnen etwas Graues, Rundes erkennen. Er reckte den Hals und sah, daß es sich dabei um einen freistehenden Triumphbogen auf der anderen Seite des Platzes handelte, den er erst schon bemerkt hatte.

Ein sehr beeindruckender Triumphbogen, vor allem für eine Stadt in diesem abgelegenen Teil der Galaxis. Die obere Hälfte bestand aus zwei verschiedenen Sorten Stein, die Spitze war eine Mischung aus einem Regenschirm und einem Pilz. Die untere Hälfte endete auf beiden Seiten in je zwei meterdicken Säulen. Der gesamte Triumphbogen ragte gut zehn Meter in die Höhe, wobei die Entfernung zwischen den Säulen etwa fünf Meter betrug. Direkt davor lag der Marktplatz, eine fünfzehn Meter durchmessende freie Fläche.

Der perfekte Ort für einen Hinterhalt.

Luke spürte, wie sich sein Magen zusammenzog. Der perfekte Ort für einen Hinterhalt... aber wenn er es erkannte, dann mußten es auch die Sturmtruppler erkennen.

Und so war es auch. Die Vorhut des Trupps hatte den Platz inzwischen erreicht, und als die Sturmtruppler die schmale Straße hinter sich ließen, schwärmten sie aus und hielten ihre Blastergewehre schußbereit. Also rechneten sie mit einem Hinterhalt. Und sie rechneten hier damit.

Luke biß die Zähne zusammen und sah den Triumphbogen an. »Ist Dreipeo hier?« wandte er sich leise an Han.

Er spürte Hans Irritation, aber der andere verwendete keine Zeit mit überflüssigen Fragen. »Ja, er ist bei Lando.«

Luke nickte und blickte nach unten. Erzwo rollte neben ihm über die holprige Straße und bemühte sich, nicht umzukippen. Luke holte tief Luft und trat zur Seite...

Und mit einem quietschenden Schrei stürzte Erzwo über Lukes ausgestrecktes Bein und fiel krachend um.

Einen Moment später kniete Luke neben ihm und versuchte, den kleinen Droiden mit den gefesselten Händen aufzurichten. Er spürte, wie ihm die ersten Sturmtruppler zu Hilfe eilten, aber für diesen einen Moment war niemand nah genug, um seine Worte zu hören. »Erzwo, ruf Dreipeo«, zischte er in das Mikrofon des Droiden. »Sag ihm, er soll mit dem Angriff warten, bis wir unter dem Triumphbogen sind.«

Der Droide gab ein lautes, bestätigendes Trillern von sich, das Luke fast das Trommelfell zerriß. In seinen Ohren klingelte es noch immer, als ihn grobe Hände hochrissen. Er drehte sich um...

Und sah den Major vor sich stehen, mit Mißtrauen in den Augen. »Was war das?« fragte der andere.

»Er ist gestürzt«, sagte Luke. »Ich glaube, er...«

»Ich meinte dieses Geräusch«, fiel ihm der Major barsch ins Wort. »Was hat er gesagt?«

»Wahrscheinlich wollte er mir sagen, daß ich ihn aufheben soll«, gab Luke zurück. »Woher soll *ich* wissen, was er gesagt hat?«

Für einen langen Moment funkelte ihn der Major an. »Weiter, Commander«, sagte er schließlich zu dem Sturmtruppler an seiner Seite. »Größte Wachsamkeit für alle.«

Er wandte sich ab, und sie marschierten weiter. »Ich hoffe«, murmelte Han, »du weißt, was du tust.«

Luke atmete tief durch. »Das hoffe ich auch.«

In wenigen Sekunden, wußte er, würden sie es erfahren.

29

»Du liebe Güte! keuchte Dreipeo. »General Calrissian, ich habe...«

»Still, Dreipeo«, befahl Lando, während er vorsichtig aus dem Fenster spähte. Der Trupp marschierte langsam über den Platz. »Haben Sie das gesehen, Aves?«

Aves, der unter der Fensterbank kauerte, schüttelte den Kopf. »Sah aus, als wären Luke und sein Droide gestürzt«, sagte er. »Bin mir aber nicht sicher – es waren zu viele Sturmtruppler im Weg.«

»General Calrissian...«

»Still, Dreipeo.« Lando beobachtete gespannt, wie zwei Sturmtruppler Luke hochrissen und dann Erzwo aufrichteten. »Sie scheinen okay zu sein.«

»Ja.« Aves hob das kleine Funkgerät vom Boden auf. »Also los. Ich hoffe nur, daß alle bereit sind.«

»Und daß Chin und die anderen ihre Blaster nicht zurückbekommen haben«, fügte Lando gepreßt hinzu.

Aves schnaubte. »Nein. Keine Sorge – Sturmtruppler lieben es, die Waffen anderer Leute zu konfiszieren.«

Lando nickte, umklammerte den Griff seines Blasters und wünschte, alles wäre schon vorbei. Die Imperialen setzten ihren Marsch fort. Sobald sie mitten auf dem Platz waren, ohne jede Dekkung...

»General Calrissian, ich *muß* mit Ihnen sprechen«, beharrte Dreipeo. »Ich habe eine Nachricht von Master Luke bekommen.«

Lando starrte ihn an. »Von *Luke?*«

…aber noch während seiner Worte fiel ihm plötzlich das Trillern ein, das Erzwo kurz nach seinem Sturz von sich gegeben hatte. Konnte das etwa…? »Wie lautet sie?«

»Master Luke möchte, daß Sie mit dem Angriff noch etwas warten«, erklärte Dreipeo, sichtlich erleichtert, daß man ihm endlich zuhörte. »Er sagt, daß Sie erst zuschlagen sollen, wenn die Sturmtruppler den Triumphbogen erreicht haben.«

Aves fuhr herum. »Was? Das ist doch verrückt. Sie sind uns drei zu eins überlegen – wenn sie auch noch Deckung haben, werden sie uns in Stücke hacken.«

Lando sah wieder aus dem Fenster und biß die Zähne zusammen. Aves hatte recht – er verstand genug von Kampftaktik, um das zu erkennen. Aber andererseits… »Sie haben sich weit verteilt«, stellte er fest. »Ob nun mit oder ohne Deckung – wir werden es schwer haben. Vor allem mit diesen Düsenrädern in der Nähe.«

Aves schüttelte den Kopf. »Es ist verrückt«, wiederholte er. »Ich werde doch nicht meine Leute verheizen.«

»Luke weiß, was er tut«, beharrte Lando. »Er ist ein Jedi.«

»Im Moment ist er kein Jedi«, schnaubte Aves. »Hat Ihnen Karrde nicht von den Ysalamiri erzählt?«

»Ob er nun über die Jedi-Kräfte verfügt oder nicht, er ist trotzdem ein Jedi«, sagte Lando. Plötzlich bemerkte er, daß er seinen Blaster auf Aves gerichtet hatte. Aber das war schon in Ordnung, denn Aves zielte mit seinem Blaster auch auf ihn. »Jedenfalls riskiert er mehr als alle anderen – Sie können sich immer noch zurückziehen.«

»Oh, sicher«, schnaubte Aves und warf einen Blick aus dem Fenster. Lando stellte fest, daß sich die Imperialen jetzt der Mitte des Platzes näherten, und die Sturmtruppler waren mißtrauischer und wachsamer als je zuvor. »Wenn wir einen von ihnen am Leben lassen, werden sie die Stadt abriegeln. Und was ist mit dem Chariot dort oben?«

»Was soll damit sein?« entgegnete Lando. »Sie haben mir immer noch nicht verraten, wie Sie ihn ausschalten wollen.«

»Jedenfalls haben wir kein Interesse daran, daß er landet«, erwiderte Aves. »Und genau das wird geschehen, wenn wir die Sturmtruppler den Bogen erreichen lassen. Der Chariot wird direkt zwischen ihnen und uns niedergehen. Mit dem Triumphbogen haben sie dann genug Deckung, um uns in aller Ruhe zu erledigen.« Er schüttelte den Kopf und gestikulierte mit dem Sender. »So oder so ist es jetzt zu spät, um die anderen über eine Änderung des Plans zu informieren.«

»Sie brauchen sie nicht zu informieren«, erklärte Lando. Er spürte, wie ihm der Schweiß ausbrach. Luke verließ sich auf sie. »Sie werden erst losschlagen, wenn Sie die präparierten Waffen zünden.«

Aves schüttelte erneut den Kopf. »Es ist zu riskant.« Er drehte sich zum Fenster um und hob den Sender.

Und das war der Punkt, erkannte Lando, wo man sich entscheiden mußte. Entscheiden, wem oder was man vertraute. Taktik und abstrakter Logik... oder einem Menschen. Er senkte den Blaster und drückte Aves die Mündung ins Gesicht. »Wir warten«, sagte er ruhig.

Aves rührte sich nicht; aber plötzlich war etwas in seiner Haltung, das Lando an ein lauerndes Raubtier erinnerte. »Das werde ich Ihnen nie vergessen, Calrissian«, sagte er eisig.

»Das sollen Sie auch nicht«, entgegnete Lando. Er blickte zu dem Sturmtruppler hinüber... und hoffte, daß Luke wirklich wußte, was er tat.

Die Vorhut hatte den Triumphbogen bereits passiert, und der Haupttrupp war nur noch ein paar Schritte von ihm entfernt, als vier Sturmtruppler plötzlich in die Luft flogen.

Und das auf spektakuläre Art und Weise. Die gleichzeitig erfolgenden Detonationsblitze aus weißgelbem Feuer tauchten den Platz in nahezu schmerzhafte Helligkeit; der vierfache Donnerschlag warf Luke fast zu Boden.

In seinen Ohren klingelte es immer noch, als hinter ihm das Blasterfeuer eröffnet wurde.

Die Sturmtruppler waren gut. Es kam zu keiner Panik; niemand erstarrte vor Verblüffung oder Unschlüssigkeit. Bevor sie das Blasterfeuer eröffneten, hatten sie bereits ihre Gefechtspositionen eingenommen: jene, die bereits am Triumphbogen waren, duckten sich in die Deckung der Steinsäulen, während die anderen zu ihnen rannten. Über dem Lärm der Blaster konnte er das lauter werdende Heulen der Düsenräder hören, die auf Höchstgeschwindigkeit beschleunigten; der Chariot-Kampfwagen drehte sich in der Luft und suchte nach den unsichtbaren Angreifern.

Und dann packte ihn an beiden Armen je eine gepanzerte Hand und zerrte ihn Richtung Triumphbogen. Ein paar Sekunden später stieß man ihn in die schmale Lücke zwischen den beiden Säulen, die die Nordseite des Bogens stützten. Mara war bereits dort; eine Sekunde später schleppten zwei Sturmtruppler Han heran. Vier der Imperialen schirmten sie ab und benutzten die Säulen als Deckung, während sie das Feuer erwiderten. Luke richtete sich halb auf und sah sich um.

Mitten im Schußfeld, winzig und hilflos im tödlichen horizontalen Netz der Blasterstrahlen wirkend, rollte Erzwo, so schnell ihn seine Räder trugen, auf sie zu.

»Ich fürchte, wir stecken in Schwierigkeiten«, raunte ihm Han ins Ohr. »Von Lando und den anderen ganz zu schweigen.«

»Es ist noch nicht vorbei«, erwiderte Luke grimmig. »Bleib in meiner Nähe. Wie wäre es mit einem kleinen Ablenkungsmanöver?«

»Kein Problem«, meinte Han; und zu Lukes Überraschung schüttelte er plötzlich seine Handschellen ab. »Ein guter Trick, was?« brummte er, zog einen verborgenen Metallstreifen aus der Innenseite der offenen Handschellen und hantierte an Lukes Fesseln. »Ich hoffe, es… ah.« Der Druck um Lukes Handgelenk war plötzlich verschwunden; die Handschellen öffneten sich und fielen zu Boden. »Bist du bereit für das Ablenkungsmanöver?« fragte Han und nahm das lose Ende seiner Kette in die freie Hand.

»Einen Moment«, sagte Luke und blickte auf. Die meisten Düsenräder hatten sich unter den Triumphbogen zurückgezogen, und wie sie da unter der Steinwölbung schwebten, die Laserkanonen auf die umliegenden Häuser gerichtet, erinnerten sie an fremdartige Riesenvögel, die vor einem Sturm Zuflucht suchten. Vor ihnen und knapp unterhalb ihres Schußfelds sank der Chariot zu Boden. Wenn er erst einmal gelandet war…

Eine Hand umklammerte Lukes Arm, Fingernägel bohrten sich schmerzhaft in seine Haut. »Was immer Sie vorhaben, *tun* Sie es«, zischte Mara. »Wenn der Chariot gelandet ist, werden wir sie nie aus ihrer Deckung treiben können.«

»Ich weiß«, sagte Luke. »Genau darauf zähle ich.«

Der Chariot setzte direkt vor dem Triumphbogen sanft auf dem Boden auf und blockierte das Schußfeld der Angreifer. Am Fenster kauernd, fluchte Aves wild. »Soviel zu Ihrem Jedi«, stieß er hervor. »Haben Sie noch irgendeine andere großartige Idee, Calrissian?«

Lando schluckte hart. »Wir müssen ihm…«

Er kam nicht dazu, seinen Satz zu beenden. Ein Blasterstrahl spannte sich vom Bogen bis zum Fensterrahmen, und plötzlich loderte Schmerz in Landos Oberarm. Der Schock ließ ihn zurückstolpern; im nächsten Moment zerstörte ein weiterer Schuß den Rahmen, so daß sich Holzsplitter und Mauerbrocken wie Schrapnellsplitter in seine Brust und seinen Arm bohrten.

Er stürzte zu Boden, landete hart genug, um Sterne zu sehen. Blinzelnd biß er die Zähne zusammen, blickte auf...

Und sah Aves, wie er sich über ihn beugte.

Lando starrte in das Gesicht des anderen. *Ich werde Ihnen das nie vergessen,* hatte Aves noch vor drei Minuten gesagt. Und nach seinem Gesichtsausdruck zu urteilen, wollte er nun seine Drohung wahr machen. »Er wird es schaffen«, flüsterte Lando trotz der Schmerzen. »Er wird.«

Aber er wußte, daß Aves nicht zuhörte... und tief im Innern konnte Lando es ihm nicht verübeln. Lando Calrissian, der professionelle Spieler, hatte sein letztes Spiel gewagt. Und verloren.

Und er mußte die Spielschuld – die letzte in einer langen Reihe derartiger Schulden – jetzt bezahlen.


Der Chariot setzte direkt vor dem Triumphbogen sanft auf dem Boden auf, und Luke machte sich bereit. »Okay, Han«, murmelte er. »Los.«

Han nickte, sprang auf und stürzte sich auf die vier Sturmtruppler, die sie bewachten. Mit einem heiseren Schrei schmetterte er dem ersten Bewacher die Kette gegen das Helmvisier, schlang sie dann dem zweiten um den Hals und zerrte ihn aus der Deckung der Säulen. Die beiden anderen reagierten sofort, griffen ihn an und gingen mit ihm zu Boden.

Und im nächsten Moment war Luke frei.

Er stand auf und spähte um die Säule. Erzwo war immer noch mitten im Niemandsland und beeilte sich, die Deckung zu erreichen, ehe ihn ein verirrter Schuß traf. Er trillerte flehend, als er Luke entdeckte...

»Erzwo – *jetzt!*« brüllte Luke, streckte die Hand aus und blickte zum südlichen Ende des Triumphbogen hinüber. Die Sturmtruppler waren zwischen den Steinsäulen und dem gelandeten Chariot gefangen. Wenn es nicht funktionierte, hatte Han recht gehabt: dann waren Lando und die anderen so gut wie tot. Er biß die Zähne zusammen, hoffend, daß sein Gegenangriff nicht zu spät kommen würde, und drehte sich wieder zu Erzwo um...

Als sein Lichtschwert durch die Luft sauste und direkt in seine ausgestreckte Hand fiel.

Die Bewacher hatten Han abgeschüttelt und kamen wieder auf die Beine, während Han zwischen ihnen kniete. Luke mähte sie mit einem einzigen Streich nieder, die leuchtend grüne Klinge des Lichtschwerts durchschnitt mühelos ihre hellen Sturmtruppenpanzer. »Versteckt euch hinter mir!« rief er Han und Mara zu. Er trat in die Lücke zwischen die beiden nördlichen Säulen und konzentrierte sich auf die Imperialen, die sich zwischen ihm und den südlichen Säulen drängten. Sie registrierten plötzlich die unerwartete Gefahr, die ihnen von ihrer Flanke drohte, und ein paar rissen bereits ihre Blaster herum.

Mit der Macht wäre es kein Problem gewesen, ihnen standzuhalten und ihre Blasterschüsse mit dem Lichtschwert abzuwehren. Aber Mara hatte recht gehabt; der Ysalamiri-Effekt machte sich auch außerhalb des Waldes bemerkbar, und die Macht schlief noch immer.

Doch er hatte ohnehin nicht vorgehabt, gegen die Sturmtruppler zu kämpfen. Er hob das Lichtschwert und schlug zu...

Spaltete eine der Steinsäulen in der Mitte.

Ein lautes Knirschen ertönte. Ein zweiter Hieb spaltete die zweite Säule...

Und der Kampflärm wurde abrupt vom schrecklichen Knirschen des sich verschiebenden Steins übertönt, als die beiden gespaltenen Säulen auseinanderbrachen.

Luke wirbelte herum, nahm nur am Rande wahr, wie Han und

Mara unter dem Bogen hervor und in Sicherheit stolperten. Die Helmvisiere verbargen die Gesichter der Sturmtruppen, aber das Entsetzen im Antlitz des Majors sprach für sich. Über ihm knackte es warnend im Steinbogen; Luke kniff die Lippen zusammen, zündete das Lichtschwert und schleuderte es gegen die anderen Säulen. Es durchbohrte die erste und streifte die zweite...

Und krachend brach die ganze Konstruktion zusammen.

Luke, der am Rand stand, sprang im allerletzten Moment zurück. Die Sturmtruppler, die in der Mitte kauerten, schafften es nicht.

# 30

Karrde spazierte um den Trümmerhaufen zu der Stelle, wo die eingedrückte Nase des Chariot-Kampfwagens hervorsah, und schüttelte ungläubig den Kopf. »Ein einzelner Mann«, murmelte er.

»Nun, *wir* haben auch einiges dazu getan«, erinnerte ihn Aves. Aber sein Sarkasmus konnte kaum den Respekt verbergen, den er für Lukes Leistung empfand.

»Und auch noch ohne die Macht«, sagte Karrde.

Er spürte, wie Aves unbehaglich mit den Schultern zuckte. »Das hat auch Mara gesagt. Aber natürlich könnte Skywalker in dieser Hinsicht auch gelogen haben.«

»Unwahrscheinlich.« Aus den Augenwinkeln bemerkte er eine Bewegung, und als er den Kopf drehte, sah er, wie Solo und Skywalker einen sichtlich erschütterten Lando Calrissian zu einem der Blitzjäger führten, die auf dem Platz standen. »Hat wohl einen Schuß abbekommen, was?«

Aves grunzte. »Fast hätte ihn einer von meinen erwischt«, sagte er. »Ich dachte, er hätte uns verraten – und wollte ihn nicht entkommen lassen.«

»Im nachhinein sind wir alle klüger.« Karrde blickte zum Himmel hinauf. Er fragte sich, wie lange es dauern würde, bis die Imperialen auf den Zwischenfall reagierten.

Aves folgte seinem Blick. »Mit ein bißchen Glück sollte es uns gelingen, die beiden anderen Chariots auszuschalten, ehe sie den Angriff melden können. Ich glaube nicht, daß die Imperialen vorher Zeit gefunden haben, das Hauptquartier zu informieren.«

Karrde schüttelte den Kopf und spürte, wie Trauer in ihm aufstieg. Erst jetzt wurde ihm klar, wie sehr er diesen Ort liebgewonnen hatte – seine Basis, den Wald, den ganzen Planeten Myrkr. Jetzt blieb ihm keine andere Wahl, als ihn zu verlassen. »Nein«, wandte er sich an Aves. »Wir haben keine Möglichkeit, den Zwischenfall zu vertuschen. Nicht vor einem Mann wie Thrawn.«

»Sie haben wahrscheinlich recht«, sagte Aves. »Soll ich zur Basis zurückkehren und die Evakuierung vorbereiten?«

»Ja. Und nehmen Sie Mara mit. Sorgen Sie dafür, daß sie beschäftigt ist – weit weg vom *Millennium Falken* und Skywalkers X-Flügler.«

Er fühlte Aves' Blicke auf sich ruhen. Aber wenn der andere verwundert war, so behielt er seine Verwunderung für sich. »Gut. Wir sehen uns später.«

Er entfernte sich eilends. Der Blitzjäger mit Calrissian an Bord startete soeben und flog Richtung *Falke* davon. Solo und Skywalker näherten sich dem zweiten Blitzjäger; nach kurzem Zögern ging Karrde ihnen entgegen.

Sie erreichten den Jäger gleichzeitig, und für einen Moment sahen sie sich über den Bug hinweg an. »Karrde«, sagte Solo schließlich. »Ich schulde Ihnen etwas.«

Karrde nickte. »Haben Sie immer noch vor, die *Ätherstraße* für mich loszueisen?«

»Ich habe es versprochen«, erwiderte Solo. »Wo soll ich sie abliefern?«

»Lassen Sie sie ruhig auf Abregado. Jemand wird sie schon abholen.« Er wandte sich an Skywalker. »Ein interessanter kleiner Trick«, kommentierte er und nickte in Richtung Trümmerhaufen. »Unorthodox, um es vorsichtig auszudrücken.«

Skywalker zuckte mit den Schultern. »Es hat funktioniert«, sagte er schlicht.

»In der Tat«, stimmte Karrde zu. »Das hat wahrscheinlich einer Reihe von meinen Leuten das Leben gerettet.«

Skywalker sah ihm offen ins Gesicht. »Bedeutet das, daß Sie Ihre Entscheidung getroffen haben?«

Karrde schenkte ihm ein dünnes Lächeln. »Ich schätze, ich habe keine Wahl mehr.« Er sah wieder Solo an. »Ich vermute, Sie wollen sofort aufbrechen?«

»Sobald wir Lukes X-Jäger angekoppelt haben«, erwiderte Solo. »Lando geht es einigermaßen, aber er braucht eine bessere medizinische Behandlung, als wir sie ihm auf dem *Falken* bieten können.«

»Es hätte auch schlimmer ausgehen können«, meinte Karrde.

Solo bedachte ihn mit einem wissenden Blick. »*Viel* schlimmer«, bestätigte er mit harter Stimme.

»Auch in anderer Hinsicht«, erinnerte ihn Karrde in scharfem Tonfall. Schließlich hätte er die drei Männer ohne weiteres an die Imperialen ausliefern können.

Und Solo wußte es. »Ja«, gab er zu. »Nun... machen Sie's gut.«

Karrde verfolgte, wie sie den Blitzjäger bestiegen. »Noch etwas«, sagte er, als sie sich anschnallten. »Wir müssen von hier verschwinden, ehe die Imperialen bemerken, was vorgefallen ist. Das bedeutet, daß wir eine Menge Fracht verladen müssen. Sie haben nicht zufällig einen überflüssigen Frachter oder ein umgebautes Kriegsschiff, das Sie uns zur Verfügung stellen könnten?«

Solo warf ihm einen seltsamen Blick zu. »Wir haben nicht einmal für den Eigenbedarf der Neuen Republik genug Frachtkapazität«, sagte er. »Ich dachte, ich hätte Ihnen das klargemacht.«

»Nun, vielleicht leihweise«, beharrte Karrde. »Ein umgebauter Mon-Calamari-Sternkreuzer würde schon genügen.«

»Davon bin ich überzeugt«, gab Solo sarkastisch zurück. »Ich werde sehen, was ich für Sie tun kann.«

Die Kanzelhaube schloß sich. Karrde trat zurück, und vom Heulen der Repulsoraggregate begleitet, stieg der Blitzjäger in die Luft und schoß Richtung Wald davon.

Karrde blickte ihm nach und fragte sich, ob seine Bitte nicht zu spät gekommen war. Aber vielleicht auch nicht. Solo war der Typ, der seine Ehrenschulden beglich – wahrscheinlich hatte er das im Lauf der Zeit von seinem Wookie-Freund gelernt. Wenn er einen überzähligen Sternkreuzer auftrieb, würde er ihn ihnen zur Verfügung stellen.

Und sobald er hier war, würde es kein Problem sein, ihn verschwinden zu lassen. Vielleicht würde ein solches Geschenk Großadmiral Thrawns Zorn über den heutigen Zwischenfall ein wenig dämpfen.

Vielleicht aber auch nicht.

Karrde sah zu den Ruinen des zusammengebrochenen Triumphbogens hinüber, und er fröstelte. Nein, ein Kriegsschiff würde ihnen nicht helfen. Nicht in dieser Sache. Thrawn hatte zuviel verloren, um einfach darüber hinwegzugehen... er würde Blut sehen wollen.

Und vielleicht zum erstenmal in seinem Leben spürte Karrde Angst.

In der Ferne verschwand der Blitzjäger im Grünen des Waldes. Karrde drehte sich um und betrachtete ein letztes Mal Hyllyard City. Er wußte, daß er die Stadt so oder so niemals wiedersehen würde.

Luke brachte Lando in einer der Kojen des *Falken* unter, während Han und ein paar von Karrdes Leuten ein Schleppkabel am X-Flügler anbrachten. Die medizinische Ausrüstung des *Falken* war primitiv, doch zumindest konnte man mit ihr eine Blasterwunde säubern und verbinden. Die eigentliche Behandlung mußte warten, bis sie ihn in einen Bactatank legen konnten, aber im Moment ging es ihm relativ gut. Luke ließ Erzwo und Dreipeo bei ihm zurück – trotz seiner Proteste, daß er keine Hilfe brauchte und außerdem genug von Dreipeo hatte – und begab sich ins Cockpit, als das Schiff abhob.

»Irgendwelche Probleme mit dem Schleppkabel?« fragte er und ließ sich auf dem Kopilotensitz nieder.

»Bis jetzt noch nicht«, erklärte Han. Er beugte sich nach vorn und sah sich um, als der *Falke* die Bäume unter sich ließ. »Das zusätzliche Gewicht ist auch kein Problem. Es dürfte alles gut gehen.«

»Schön. Erwartest du Besuch?«

»Man kann nie wissen«, meinte Han. Er bedachte den Himmel mit einem letzten prüfenden Blick, lehnte sich dann zurück und fuhr die Repulsoraggregate hoch. »Karrde sagte, daß sich noch immer ein paar Chariots und Düsenräder in der Nähe herumtreiben. Vielleicht ziehen einige ein Selbstmordunternehmen einer Begegnung mit dem Großadmiral vor.«

Luke starrte ihn an. »Großadmiral?« fragte er.

Hans Lippen zuckten. »Ja. Er scheint im Moment das Imperium zu führen.«

Luke fröstelte. »Ich dachte, wir hätten alle Großadmirale aus dem Verkehr gezogen.«

»Dachte ich auch. Wir müssen einen übersehen haben.«

Und abrupt, mitten in Hans letztem Wort, spürte Luke, wie die Klarheit und die Stärke in ihn zurückkehrten. Als wäre er aus einem tiefen Schlaf erwacht oder aus einem finsteren Raum in helles Licht getreten, als würde er das Universum plötzlich verstehen.

Die Macht war wieder mit ihm.

Er atmete tief ein und las die Anzeige des Höhenmessers. Etwas mehr als zwölf Kilometer. Karrde hatte recht gehabt – diese Ysalamiri verstärkten den Effekt gegenseitig. »Einen Namen hast du nicht?« murmelte er.

»Karrde wollte ihn mir nicht verraten«, sagte Han mit einem neugierigen Seitenblick zu Luke. »Vielleicht können wir ihn gegen diesen Sternkreuzer eintauschen, den er haben will. Alles in Ordnung mit dir?«

»Mir geht es gut«, versicherte Luke. »Es ist nur – als wäre ich blind gewesen und könnte plötzlich wieder sehen.«

Han schnaubte. »Ja, ich weiß, wie das ist«, meinte er trocken.

»Das dachte ich mir schon.« Luke sah ihn an. »Ich hatte bisher noch keine Gelegenheit, es dir zu sagen... aber danke, daß du mich gesucht hast.«

Han winkte ab. »Keine Ursache. Und *ich* hatte bisher auch noch keine Gelegenheit, es dir zu sagen, aber...« Er warf ihm wieder einen Blick zu. »...du siehst aus, als hätte man dich durch die Mangel gedreht.«

»Meine wundervolle Maske«, erklärte Luke und betastete behutsam sein Gesicht. »Mara hat mir versichert, daß in ein paar Stunden alles wieder normal ist.«

»Ja – Mara«, knurrte Han. »Ihr beide scheint euch ja prächtig verstanden zu haben.«

Luke schnitt eine Grimasse. »Darauf würde ich keine Wetten eingehen«, sagte er. »Wir hatten nur einen gemeinsamen Feind, mehr nicht. Zuerst den Wald, dann die Imperialen.«

Er spürte, daß Han eine Frage auf der Zunge lag. »Sie wollte mich töten«, beantwortete er sie, bevor Han sie stellen konnte.

»Irgendeine Vorstellung, warum?«

Luke öffnete den Mund... und schloß ihn zu seiner eigenen Überraschung wieder. Es gab keinen bestimmten Grund, warum er

Han nicht von Maras Vergangenheit erzählen wollte – gewiß keinen Grund, der ihm bewußt war. Und dennoch spürte er starken Widerstand dagegen. »Es war etwas Persönliches«, sagte er schließlich.

Han starrte ihn verblüfft an. »Etwas *Persönliches?* Wie persönlich kann Mordlust eigentlich sein?«

»Es war keine Mordlust«, widersprach Luke. »Es war etwas – nun, *Persönliches.*«

Han starrte ihn noch einen Moment länger an und wandte sich dann wieder den Kontrollen zu. »Oh«, sagte er.

Der *Falke* hatte inzwischen die Atmosphäre verlassen und den freien Weltraum erreicht. Von hier oben, dachte Luke, sah der Wald richtig friedlich aus. »Ich weiß nicht einmal, wie dieser Planet heißt«, bemerkte er.

»Myrkr«, antwortete Han. »Und *ich* habe es erst heute morgen erfahren. Ich denke, Karrde muß sich schon vor dem Kampf entschlossen haben, den Planeten aufzugeben – als ich mit Lando eintraf, waren die Sicherheitsvorkehrungen wesentlich strenger.«

Ein paar Minuten später leuchtete am Kontrollpult eine Diode auf; der *Falke* war weit genug von Myrkrs Gravitationsfeld entfernt, um den Hyperantrieb zu aktivieren. »Gut«, sagte Han. »Der Kurs ist bereits programmiert; laß uns von hier verschwinden.« Er griff nach dem Haupthebel und legte ihn um; der Himmel verwandelte sich in Lichtstreifen, und sie waren unterwegs.

»Wohin fliegen wir?« fragte Luke, als die Lichtstreifen in das vertraute Grau des Hyperraums übergingen. »Nach Coruscant?«

»Vorher machen wir einen kleinen Abstecher«, erwiderte Han. »Ich will bei den Werften von Sluis Van vorbeischauen, um Lando und deinen X-Flügler wieder in Ordnung zu bringen.«

Luke warf ihm einen Seitenblick zu. »Und um vielleicht einen Sternkreuzer für Karrde aufzutreiben?«

»Vielleicht«, sagte Han zurückhaltend. »Ich meine, Ackbar hat bereits eine Menge umgebauter Kriegsschiffe in den Sluis-Sektor verlegt. Warum sollten wir uns nicht eins davon für ein paar Tage ausleihen?«

»Von mir aus«, meinte Luke seufzend. Plötzlich genoß er es, einfach dazusitzen und nichts zu tun. »Ich schätze, Coruscant kann noch ein paar weitere Tage ohne uns auskommen.«

»Das hoffe ich«, sagte Han grimmig. »Aber etwas braut sich auf Coruscant zusammen. Wenn es nicht schon passiert ist.«

»Dann sollten wir nicht nach Sluis Van fliegen«, schlug Luke vor. »Lando hat Schmerzen, aber er schwebt nicht in Lebensgefahr.«

Han schüttelte den Kopf. »Nein. Ich will ihn behandeln lassen – und du, Alter, brauchst auch etwas Ruhe«, fügte er hinzu. »Ich wollte dir nur klarmachen, daß uns auf Coruscant einiges erwartet. Also genieße Sluis Van, solange du noch kannst. Wahrscheinlich werden wir für die nächste Zeit keine Ruhe mehr finden.«

In der Finsternis des tiefen Raums, ein Dreitausendstel Lichtjahr von den Sluis-Van-Werften entfernt, sammelte sich die Flotte zur Schlacht.

»Die *Judikator* ist soeben eingetroffen, Captain«, wandte sich der Kommunikationsoffizier an Pellaeon. »Sie ist gefechtsbereit und bittet um neue Befehle.«

»Informieren Sie Captain Brandei, daß die alten Befehle weiterhin gültig sind«, erwiderte Pellaeon. Er stand an der Steuerbordsichtluke und betrachtete die Schatten, die sich um die *Schimäre* versammelt hatten und nur anhand ihrer Positionslichter zu identifizieren waren. Es war eine beeindruckende Streitmacht, fast wie in den alten Tagen: fünf imperiale Sternzerstörer, zwölf Angriffskreuzer, einundzwanzig alte Lichtkreuzer der *Carrack*-Klasse, und in den Hangars standen dreißig Geschwader TIE-Jäger bereit.

Und inmitten dieser schrecklichen Streitmacht, wie ein bizarrer Scherz, trieb der alte Frachter der A-Klasse.

Der Schlüssel zu dieser ganzen Operation.

»Status, Captain?« erklang hinter ihm Thrawns leise Stimme. Pellaeon drehte sich zu dem Großadmiral um. »Alle Schiffe sind bereit, Sir«, meldete er. »Der Tarnschild des Frachters ist überprüft und funktionsfähig; alle TIE-Jäger sind bemannt und startklar. Ich glaube, wir können zuschlagen.«

Thrawn ließ die glühenden Augen über die Kontrolldioden wandern. »Ausgezeichnet«, murmelte er. »Nachrichten von Myrkr?«

Die Frage warf Pellaeon aus dem Gleichgewicht – er hatte seit Tagen nicht mehr an Myrkr gedacht. »Ich weiß es nicht, Admiral«, gestand er und sah über Thrawns Schulter zum Kommunikationsoffizier hinüber. »Lieutenant – wie lautet der letzte Bericht der Einsatzgruppe Myrkr?«

Der andere rief bereits die entsprechende Aufzeichnung ab. »Es war eine Routinemeldung«, sagte er. »Sie traf vor... vierzehn Stunden und zehn Minuten ein.«

Thrawn drehte sich zu ihm um. »Vierzehn Stunden?« wiederholte er kalt. »Ich hatte ihnen Anweisung gegeben, sich alle zwölf Stunden zu melden.«

»Jawohl, Admiral«, sagte der Kommunikationsoffizier nervös. »Ich habe diesen Befehl gespeichert. Sie müssen...« Er sah Pellaeon hilfesuchend an.

*Sie müssen es vergessen haben,* war Pellaeons erste, hoffnungsvolle Reaktion. Aber er behielt sie für sich. Sturmtruppler vergaßen derartige Dinge nicht. Niemals. »Vielleicht haben sie Probleme mit dem Sender«, schlug er zögernd vor.

Für eine Handvoll Herzschläge stand Thrawn einfach da und schwieg. »Nein«, sagte er schließlich. »Man hat sie ausgeschaltet. Skywalker war tatsächlich auf Myrkr.«

Pellaeon zögerte, schüttelte den Kopf. »Ich glaube es einfach nicht, Sir«, sagte er. »Skywalker hätte sie niemals alle ausschalten können. Nicht, während die Ysalamiri die Macht blockieren.«

Thrawn richtete die glühenden Augen wieder auf Pellaeon. »Dem stimme ich zu«, sagte er kühl. »Offensichtlich hat er Hilfe gehabt.«

Pellaeon zwang sich, dem Blick standzuhalten. »Karrde?«

»Wer sonst?« entgegnete Thrawn. »Soviel zu seinen Neutralitätsbeteuerungen.«

Pellaeon musterte das Statuspult. »Vielleicht sollten wir ein Schiff hinschicken. Wir könnten ohne weiteres einen Angriffskreuzer entbehren; vielleicht sogar den *Sturmfalken*.«

Thrawn atmete tief ein und stieß die Luft langsam aus. »Nein«, sagte er ruhig. »Die Operation gegen Sluis Van ist im Moment unsere Hauptaufgabe – und manche Schlachten sind schon durch das Fehlen eines einzigen Schiffes verloren worden. Wir werden uns später um Karrde und seinen Verrat kümmern.«

Er wandte sich wieder an den Kommunikationsoffizier. »Signalisieren Sie dem Frachter«, befahl er. »Sie sollen den Tarnschild aktivieren.«

»Jawohl, Sir.«

Pellaeon blickte durch die Sichtluke. Der von den Scheinwerfern der *Schimäre* beleuchtete Frachter sah harmlos aus. »Tarnschild aktiviert, Admiral«, meldete der Kommoffizier.

Thrawn nickte. »Weitermachen.«

»Jawohl, Sir.« Träge glitt der Frachter an der *Schimäre* vorbei, orientierte sich an der fernen Sonne des Sluis-Van-Systems und machte, von einem Flackern begleitet, den Sprung in die Lichtgeschwindigkeit.

»Zeitkontrolle«, befahl Thrawn.

»Zeitkontrolle läuft«, erwiderte einer der Offiziere.

Thrawn sah Pellaeon an. »Ist mein Flaggschiff bereit, Captain?« fragte er formell.

»Die *Schimäre* wartet auf Ihre Befehle, Admiral«, antwortete Pellaeon ebenso formell.

»Gut. Wir folgen dem Frachter in genau sechs Stunden und zwanzig Minuten. Ich verlange von allen Schiffen eine letzte Bereitschaftsmeldung... und ich will, daß Sie sie noch einmal daran erinnern, daß es uns nur darum geht, die Verteidigungseinrichtungen des Systems zu zerstören. Heldentaten und Risiken sind nicht erwünscht. Sorgen Sie dafür, daß es jeder versteht, Captain. Wir sind hier, um Schiffe zu erbeuten, und nicht, um welche zu verlieren.«

»Jawohl, Sir.« Pellaeon ging zu seinem Kommandostand...

»Und, Captain...«

»Ja, Admiral?«

Ein dünnes Lächeln huschte über Thrawns Gesicht. »Erinnern Sie sie auch daran«, fügte er leise hinzu, »daß unser Endsieg über die Rebellion hier beginnt.«

# 31

Captain Afyon von der Eskortfregatte *Larkhess* schüttelte in kaum verhüllter Verachtung den Kopf und sah aus den Tiefen seines Pilotensitzes zu Wedge auf. »Ihr X-Flügler-Asse«, knurrte er, »seid wirklich tolle Kerle.«

Wedge zuckte mit den Schultern und bemühte sich, den beleidigenden Unterton zu ignorieren. Es war nicht einfach; aber in den vergangenen Tagen hatte er sich fast daran gewöhnt. Afyon litt seit dem Abflug von Coruscant unter einem planetenschweren Komplex, den er unterwegs ständig genährt hatte.

Und ein Blick durch die Sichtluke auf das Gewirr der Schiffe, die die orbitalen Docks von Sluis Van umlagerten, machte deutlich, warum er so reagierte. »Nun ja, schließlich ist es nicht unsere Schuld«, erinnerte er den Captain.

Der andere schnaubte. »Ja. Großes Opfer. Tagelang lungert ihr wie Luxustramper in meinem Schiff herum, flitzt dann für zwei Stunden nach draußen, während ich mich mit Frachtern auf Kollisionskurs und völlig unzureichenden Anlegeplätzen herumschlagen muß. Und dann kommt ihr mit euren Supermaschinen wieder zurück und lungert weiter herum. Klingt in meinen Ohren nicht so, als würdet ihr euch euer Geld verdienen.«

Wedge biß die Zähne zusammen und rührte konzentriert in seinem Tee. Schließlich war es nicht ratsam, einem ranghöheren Offizier zu widersprechen – nicht einmal einem ranghöheren Offizier, der seine besten Tage längst hinter sich hatte. Wahrscheinlich zum erstenmal, seit er das Kommando über das Sondergeschwader übernommen hatte, bedauerte er es, alle Beförderungen abgelehnt zu haben. Ein höherer Rang hätte ihm zumindest das Recht gegeben, ebenso scharf zu reagieren.

Er nippte an seiner Tasse und blickte wieder durch die Sichtluke. Nein, dachte er – er bereute es überhaupt nicht, bei seinen X-Flüglern geblieben zu sein. Vermutlich wäre es ihm sonst wie Afyon ergangen, der versuchte, ein 920-Mann-Schiff mit gerade fünfzehn Männern zu steuern, und Fracht mit einem Schiff zu transportieren, das für den Krieg konstruiert war.

Und der sich, ob es ihm gefiel oder nicht, mit X-Flügler-Pilotenassen herumschlagen mußte, die auf seiner Brücke Tee schlürften und selbstgerecht verkündeten, daß sie nur das taten, was man ihnen befohlen hatte.

Er versteckte sein Lächeln hinter der Tasse. Ja, an Afyons Stelle hätte er wahrscheinlich auch Gift und Galle gespuckt. Vielleicht sollte er weitermachen und den anderen zu einem Streit provozieren, damit er Dampf ablassen konnte. Wenn die Sluis-Raumkontrolle ihren Zeitplan einhielt, würde die *Larkhess* in etwa einer

Stunde das System verlassen und nach Bpfassh weiterfliegen können. Es wäre bestimmt nicht verkehrt, wenn Afyon zu diesem Zeitpunkt einen klaren Kopf hatte.

Wedge nippte erneut an der Tasse und blickte wieder durch die Sichtluke. Ein paar umgerüstete Passagierschiffe, begleitet von vier corellianischen Korvetten, machten sich soeben zum Abflug bereit. Hinter ihnen, im matten Licht der Raumbojen kaum zu erkennen, entdeckte er einen der eiförmigen Transporter, die er oft während des Krieges eskortiert hatte, gefolgt von zwei B-Flüglern.

Und seitlich von ihnen, parallel zu ihrem Anflugvektor, näherte sich ein Frachter der A-Klasse der Flugschneise zu den Docks.

Ohne jede Eskorte.

Wedge verfolgte, wie er näher kam, und sein Lächeln verblaßte, als seine alten Kampfinstinkte erwachten. Er drehte sich mit seinem Sitz und nahm an seiner Konsole rasch einen Sensorcheck vor.

Er sah harmlos aus. Ein alter Frachter, vermutlich ein Veteran der corellianischen Bauserie Aktion IV, dessen zernarbter Rumpf die Spuren langjähriger Einsätze oder eines spektakulären, aber erfolglosen Piratenangriffs aufwies. Seine Lagerräume waren leer, und er war unbewaffnet, wenn man den Sensoren der *Larkhess* glauben konnte.

Ein leerer Frachter. Wie lange, fragte er sich unbehaglich, hatte er keinen leeren Frachter mehr gesehen?

»Probleme?«

Wedge drehte sich leicht überrascht zum Captain um. Sein frustrierter Zorn war verrauscht und hatte Wachsamkeit und Kampfbereitschaft Platz gemacht. Wedge ging der Gedanke durch den Kopf, daß Afyon vielleicht doch noch nicht seine besten Tage hinter sich hatte. »Dieser Frachter«, sagte er, während er die Tasse an den Rand der Konsole stellte und nach einer freien Funkfrequenz suchte. »Irgend etwas stimmt nicht mit ihm.«

Der Captain spähte durch die Sichtluke und las dann die Ergebnisse des Sensorchecks ab. »Ich kann nichts Ungewöhnliches erkennen«, meinte er.

»Ich auch nicht«, mußte Wedge zugeben. »Es ist nur... verdammt.«

»Was ist?«

»Ich bekomme keine Verbindung«, erwiderte Wedge. »Alle Frequenzen sind besetzt.«

»Lassen Sie mich mal.« Afyon beugte sich über seine eigene Konsole. Der Frachter änderte jetzt den Kurs und bewegte sich dabei so langsam, als wäre er vollbeladen.

»Alles klar«, sagte Afyon mit einem grimmigen Seitenblick zu Wedge. »Ich habe mich in ihren Bordcomputer eingeschlichen. Ein kleiner Trick, den man als X-Flügler-Pilot nicht lernt. Mal sehen... Frachter *Nartissteu,* Herkunftsplanet Nellac Kram. Piraten haben sie angegriffen und ihr Haupttriebwerk beschädigt; sie mußten ihre Ladung zurücklassen, um zu entkommen. Die Sluis-Raumkontrolle hat sie für eine der Reparaturwerften vorgemerkt.«

»Ich dachte, die Reparaturkapazitäten sind erschöpft«, sagte Wedge irritiert.

Afyon zuckte mit den Schultern. »Theoretisch ja. In der Praxis... nun, man muß die Sluissi nur zu nehmen wissen, dann findet man immer einen Ausweg.«

Wedge nickte widerwillig. Es klang alles so *verdammt* überzeugend. Und ein leeres, beschädigtes Schiff konnte wohl kaum eine Gefahr darstellen. Und der Frachter *war* leer – die Sensoren der *Larkhess* bestätigten es.

Aber seine Unruhe wollte nicht weichen.

Abrupt nahm er den Kommunikator vom Gürtel. »Sondergeschwader, hier ist der Geschwaderführer!« rief er. »Alle Piloten auf ihre Plätze.«

Er erhielt die Bestätigungen und fühlte dann Afyons Blicke auf sich ruhen. »Sie glauben immer noch, daß es Schwierigkeiten geben wird?« fragte der andere ruhig.

Wedge schnitt eine Grimasse und sah ein letztes Mal durch die Sichtluke zum Frachter hinüber. »Wahrscheinlich nicht. Aber es kann nicht schaden, auf alles vorbereitet zu sein. Außerdem kann ich nicht zulassen, daß meine Piloten den ganzen Tag herumlungern und Tee trinken.« Er wandte sich ab und verließ im Laufschritt die Brücke.

Die anderen elf Piloten des Sondergeschwaders saßen bereits in ihren X-Flüglern, als er den Hangar der *Larkhess* erreichte. Drei Minuten später starteten sie.

Der Frachter war kaum vorwärts gekommen, stellte Wedge fest, als sie die *Larkhess* umflogen und eine lockere Patrouillenformation einnahmen. Merkwürdigerweise hatte er sich statt dessen um ein erhebliches Stück seitwärts bewegt und näherte sich jetzt zwei calamarischen Sternkreuzern, die ein paar Kilometer weiter in der Umlaufbahn kreisten. »Ausschwärmen«, befahl Wedge seinen Piloten und änderte den Kurs. »Sehen wir uns die Sache mal aus der Nähe an.«

Die anderen bestätigten. Wedge warf einen Blick auf den Navigationsmonitor, verringerte ein wenig die Geschwindigkeit, sah wieder auf...

Und einen Herzschlag später begann die Katastrophe.

Der Frachter explodierte. Von einem Moment zum anderen, ohne Vorwarnung, flog er auseinander.

Automatisch aktivierte Wedge den Kommunikator. »Notfall!« brüllte er. »Schiffsexplosion am Orbitdock V-475. Wir brauchen ein Rettungsteam.«

Für einen Moment, während draußen die ersten Trümmer eines sich auflösenden Frachthangars vorbeiflogen, sah er dort, wo das Schiff gewesen war, nur die Leere... aber noch während seine Augen und sein Gehirn die seltsame Tatsache registrierten, daß er zwar *in* den zerberstenden Frachthangar, aber nicht in die Bereiche *dahinter* blicken konnte...

War der Hangar nicht mehr leer.

Einer der X-Flügler-Piloten keuchte. Wo die Sensoren der *Larkhess* nur Leere festgestellt hatten, war plötzlich eine dichte Masse unbekannter Objekte. Eine Masse, die sich abrupt auflöste und wie ein riesiger Hornissenschwarm aus den Hangartrümmern herausschwirrte.

Eine Masse, die sich in Sekunden in unzählige TIE-Jäger verwandelte.

»Hochziehen!« brüllte Wedge in den Kommunikator und riß seinen X-Flügler nach oben, um dem tödlichen Schwarm zu entkommen. »Hochziehen und neu formieren; Angriffspositionen einnehmen.«

Und während die anderen X-Flügler reagierten, wurde ihm mit zunehmender Angst klar, daß sich Captain Afyon geirrt hatte. Das Sondergeschwader würde sich heute sein Geld verdienen.

Die Schlacht um Sluis Van hatte begonnen.

Sie hatten die äußeren Verteidigungsringe passiert und die bürokratischen Formalitäten erledigt, die die Sluis-Van-Raumkontrolle in diesen Tagen für nötig hielt, und Han fädelte sich gerade in die zugeteilte Flugschneise ein, als der Notruf eintraf. »Luke!« rief er den Cockpitgang hinunter. »Eine Schiffsexplosion. Ich fliege hin.« Er studierte die Karte der Orbitdocks, fand V-475 und änderte geringfügig den Kurs des Schiffes...

Und sprang hoch, als ein Laserblitz den *Falken* von hinten traf.

Als der zweite Schuß am Cockpit vorbeisengte, brüllten die Maschinen bereits unter der Last eines gewagten Ausweichmanövers. Über dem Lärm hörte er Lukes verwirrten Schrei; und als der dritte Laserblitz sie verfehlte, fand er endlich Zeit, die Hecksensoren zu kontrollieren.

Er wünschte fast, er hätte es nicht getan. Direkt hinter ihnen, die Geschütze bereits auf die orbitalen Kampfstationen um Sluis Van gerichtet, befand sich ein imperialer Sternzerstörer.

Er fluchte gepreßt und holte das Letzte aus den Maschinen heraus. Luke stolperte durch den Gang und ließ sich in den Kopilotensitz fallen. »Was ist los?« fragte er.

»Wir sind in einen Angriff der Imperialen geraten«, knurrte Han, die Instrumente überfliegend. »Hinter uns ist ein Sternzerstörer – ein zweiter nähert sich von Steuerbord – sieht aus, als hätten sie noch andere Schiffe dabei.«

»Sie haben sich ins System eingeschlichen«, stellte Luke mit gletscherhafter Ruhe fest. Er hatte keine Ähnlichkeit mehr mit dem verschüchterten Jungen, den Han vor Jahren auf Tatooine vor dem Feuer eines Sternzerstörers gerettet hatte. »Fünf Sternzerstörer und über zwanzig kleinere Schiffe.«

Han grunzte. »Zumindest wissen wir jetzt, warum sie Bpfassh und die anderen Planeten angegriffen haben. Sie wollten, daß wir hier unsere Schiffe zusammenziehen, damit sich ein Angriff für sie auch lohnt.«

Er hatte die Worte kaum ausgesprochen, als eine Meldung über die Notfrequenz hereinkam. »Notfall! Imperiale TIE-Jäger im Bereich der Orbitdocks. Alle Schiffe auf Gefechtspositionen.«

Luke fuhr auf. »Das klang wie Wedge«, sagte er und aktivierte den Sender. »Wedge? Bist du das?«

»Luke?« antwortete der andere. »Wir sind in Schwierigkeiten – mindestens vierzig TIE-Jäger und fünfzig stumpfkegelige Objekte, die ich noch nie zuvor gesehen...«

Ein Kreischen vom Ätherruder seines X-Flüglers ließ ihn kurz verstummen. »Ich hoffe, ihr habt ein paar Jäger mitgebracht«, sagte er. »Wir stehen hier ziemlich unter Druck.«

Luke sah Han an. »Ich fürchte, hier sind nur Han und ich und der *Falke.* Aber wir sind unterwegs.«

»Dann beeilt euch.«

Luke schaltete den Kommunikator ab. »Gibt es irgendeine Möglichkeit für mich, in meinen X-Flügler zu kommen?« fragte er.

»Kostet zuviel Zeit.« Han schüttelte den Kopf. »Wir müssen ihn zurücklassen und mit dem *Falken* kämpfen.«

Luke nickte und sprang auf. »Ich sorge dafür, daß Lando und die Droiden sich anschnallen, und gehe dann in den Gefechtsstand.«

»Nimm den oberen!« rief Han ihm nach. Die oberen Deflektorschilde waren im Moment stärker und würden Luke mehr Schutz bieten.

Sofern es überhaupt einen Schutz gegen vierzig TIE-Jäger und fünfzig fliegende Kegelstümpfe gab.

Er runzelte die Stirn, als ihm plötzlich ein seltsamer Gedanke kam. Aber nein. Es konnte sich dabei unmöglich um Landos gestohlene Minenmaulwürfe handeln. Selbst ein Großadmiral konnte nicht so verrückt sein und sie in einer Schlacht einsetzen.

Er verstärkte den Bugdeflektor, holte tief Luft und beschleunigte.

»An alle Schiffe – angreifen!« rief Pellaeon. »Voller Einsatz; bestätigen Sie Position und Status.«

Er erhielt die Bestätigungen und wandte sich an Thrawn. »Alle Schiffe haben mit dem Angriff begonnen, Sir«, sagte er.

Aber der Großadmiral schien ihn nicht zu hören. Er stand an der Sichtluke, die Arme auf dem Rücken verschränkt, und blickte zu den Schiffen der Neuen Republik hinüber, die sich zum Gegenangriff formierten. »Admiral?« fragte Pellaeon vorsichtig.

»Das waren sie, Captain«, sagte Thrawn mit ausdrucksloser Stimme. »Dieses Schiff direkt vor uns. Das war der *Millennium Falke.* Und er hatte einen X-Flügler im Schlepptau.«

Pellaeon sah den anderen irritiert an. Selbst der Feuerschweif eines Antriebs war im Laserblitzgewitter der Schlacht kaum zu erkennen, von der Form eines Schiffes, das sich längst außerhalb der Reichweite der Geschütze befand und sich immer schneller entfernte, ganz zu schweigen. Unmöglich, eine einzelne Einheit zu identifizieren... »Jawohl, Sir«, sagte er in neutralem Tonfall. »Der Commander des Tarnfeldschiffs meldet einen erfolgreichen Durchbruch; die Kommandosektion des Frachters zieht sich inzwischen zurück. Es gibt einigen Widerstand von den Schiffen des Begleitschutzes und einem Geschwader X-Flügler, aber im großen und ganzen ist die Gegenwehr unkoordiniert und schwach.«

Thrawn atmete tief durch und wandte sich von der Sichtluke ab. »Das wird sich ändern«, versicherte er Pellaeon. »Sorgen Sie dafür, daß unsere Streitkräfte zusammenbleiben und nicht zuviel Zeit mit der Auswahl der Ziele verschwenden. Und die Minenmaulwürfe sollen sich auf die calamarischen Sternkreuzer konzentrieren – sie haben wahrscheinlich die meisten Truppen an Bord.« Die roten Augen glitzerten. »Und informieren Sie den Commander, daß sich der *Millennium Falke* auf dem Weg zu ihm befindet.«

»Jawohl, Sir«, sagte Pellaeon. Er sah wieder durch die Sichtluke zu dem fernen, fliehenden Schiff hinüber. Einen X-Flügler, im Schlepptau...? »Sie glauben doch nicht... Skywalker?«

Thrawns Gesicht wurde hart. »Wir werden es bald erfahren«, sagte er ruhig. »Und wenn es stimmt, wird uns Talon Karrde eine Menge zu erklären haben. *Eine Menge.*«

»Aufpassen, Nummer Fünf«, warnte Wedge, als hinter ihm ein Laserstrahl aufblitzte und die Tragfläche eines der vor ihm fliegenden Jäger streifte. »Wir werden verfolgt.«

»Schon bemerkt«, antwortete der andere. »Zangenbewegung?«

»Auf meinen Befehl«, bestätigte Wedge, als der nächste Laserblitz an ihm vorbeizuckte. Direkt vor ihnen versuchte ein calamarischer Sternkreuzer verzweifelt, dem Schlachtfeld zu entrinnen.

Er bot ihnen perfekte Deckung für das Manöver. Er tauchte mit der Nummer Fünf unter dem Kreuzer hinweg...

»*Jetzt.*« Er warf das Ätherruder herum und zog den X-Flügler scharf nach rechts. Nummer Fünf brach nach links aus. Der verfolgende TIE-Jäger zögerte einen Sekundenbruchteil zu lange, als sich seine Ziele teilten; und als er sich an Wedges Fersen heften wollte, erwischte ihn Nummer Fünf.

»Guter Schuß«, lobte Wedge. Er sah sich rasch um. Die TIE-Jäger schienen überall zu sein, aber zumindest im Moment war keiner nah genug, um eine Gefahr darzustellen.

Fünf bemerkte es ebenfalls. »Sie scheinen uns eine Atempause zu gönnen, Geschwaderführer«, kommentierte er.

»Das wird sich rasch ändern«, wiegelte Wedge ab. Er glitt tiefer unter den Sternkreuzer, den sie als Deckung benutzt hatten, und nahm in einer spiralförmigen Flugbahn Kurs auf das Hauptkampfgebiet.

Er tauchte soeben unter dem Sternkreuzer auf, als er das kleine stumpfkegelförmige Objekt am Schiffsrumpf entdeckte.

Er verdrehte den Kopf, um es besser sehen zu können, als er vorbeischoß. Es war eines der Objekte, die mit den TIE-Jägern aufgetaucht waren; wie angeklebt hing es an der Brückenkuppel des Sternkreuzers.

Eine Schlacht war im Gang, eine Schlacht, in der seine Männer kämpften und vielleicht auch starben. Aber irgend etwas sagte Wedge, daß diese Sache wichtig war. »Warten Sie einen Moment«, befahl er Nummer Fünf. »Ich will mir das mal ansehen.«

Er hatte bereits den Bug des Sternkreuzers erreicht. Er schlug einen Bogen, kehrte in einer spiralförmigen Flugbahn zurück...

Und plötzlich erstrahlte die Kanzel im Licht eines Laserblitzes, und sein X-Flügler bockte wie ein wildes Tier.

Der Sternkreuzer hatte auf ihn geschossen.

Er hörte, wie Nummer Fünf ihm irgend etwas zubrüllte. »Bleiben Sie weg«, stieß Wedge hervor, während er die Instrumente kontrollierte. »Ich bin getroffen worden, doch die Schäden halten sich in Grenzen.«

»Die haben auf Sie geschossen!«

»Ja, ich weiß«, knurrte Wedge. Er versuchte ein Ausweichmanöver. Glücklicherweise hatte seine R2-Einheit die Maschinen wieder unter Kontrolle. Außerdem schien der Sternkreuzer keinen weiteren Angriff auf seinen X-Flügler zu planen.

Aber warum hatte er überhaupt auf ihn geschossen?

Doch nicht etwa, weil…?

Sein eigener R2 war zu sehr mit der Behebung der Schäden beschäftigt, um sich um andere Dinge kümmern zu können. »Nummer Fünf, ich brauche einen Sensorcheck!« rief er. »Wo sind die anderen Kegelobjekte?«

»Einen Moment, ich überprüfe das«, antwortete der Pilot. »Die Auswertung läuft… Ich kann nicht mehr als fünfzehn von ihnen entdecken. Das nächste ist zehn Kilometer entfernt – Position Eins-Eins-Acht-Punkt-Vier.«

Wedge spürte, wie sich sein Magen verkrampfte. Fünfzehn von den fünfzig, die zusammen mit den TIE-Jägern im Frachter gewesen waren. Was war aus den übrigen geworden? »Schauen wir uns mal um«, sagte er und beschleunigte.

Der nächste Kegel näherte sich einer Eskortfregatte vom Typ der *Larkhess* und wurde von vier TIE-Jägern begleitet. Nicht, daß ihm große Gefahr drohte – wenn die Fregatte so spärlich bemannt war wie die *Larkhess,* hatte sie keine Chancen, den Angriff abzuwehren. »Vielleicht können wir sie erledigen, bevor sie uns bemerken«, sagte er zu Nummer Fünf.

Abrupt drehten alle vier TIE-Jäger bei und stürzten sich auf sie. Soviel zum Überraschungseffekt. »Nehmen Sie die beiden rechten, Nummer Fünf; ich kümmere mich um die anderen.«

»Verstanden.«

Wedge wartete bis zur letzten Sekunde, ehe er das Feuer auf das erste seiner Ziele eröffnete und die Maschine sofort hochriß, um eine Kollision mit dem zweiten Jäger zu vermeiden. Er raste an ihm vorbei, und sein X-Flügler erbebte unter einem weiteren Treffer. Wedge flog ein Ausweichmanöver und sah, daß der TIE-Jäger die Verfolgung aufnahm...

Und irgend etwas schoß an ihm vorbei, Laserfeuer spuckend, das den TIE-Jäger in einer spektakulären Explosion zerbersten ließ. Wedge beendete sein Manöver, und im selben Moment detonierte auch der letzte Jäger.

»Alles klar, Wedge«, drang eine vertraute Stimme an sein Ohr. »Irgendwelche Probleme?«

»Alles in Ordnung, Luke«, versicherte Wedge. »Danke.«

»He – dort drüben«, mischte sich Hans Stimme ein. »Bei der Fregatte. Es ist tatsächlich einer von Landos Minenmaulwürfen.«

»Ich sehe ihn«, sagte Luke. »Was treibt er da?«

»Eins von den Dingern hat sich weiter hinten an diesen Sternkreuzer gehängt«, berichtete Wedge und nahm Kurs auf die Fregatte. »Sieht aus, als hätte dieses Ding das gleiche vor. Ich weiß nicht, warum.«

»Egal, wir müssen es verhindern«, sagte Han.

»Einverstanden.«

Es würde ein knappes Rennen werden, erkannte Wedge; aber rasch wurde klar, daß der Minenmaulwurf das Rennen gewann. Er drehte bereits seine Unterseite der Fregatte zu und traf Anstalten, an ihr anzudocken.

Und kurz bevor sich die Lücke zwischen ihnen schloß, flammte gleißend helles Licht auf.

»Was war *das*? fragte Luke.

»Ich weiß es nicht«, gestand Wedge blinzelnd. »Für Laserfeuer war es zu hell.«

»Es war ein Plasmastrahl«, grunzte Han, als der *Falke* zum X-

Flügler aufschloß. »Direkt auf die Notschleuse der Brücke gerichtet. Deshalb haben sie die Minenmaulwürfe geraubt. Sie brennen sich mit ihrer Hilfe durch die Schiffshüllen...«

Er brach ab; und plötzlich fluchte er. »Luke – wir haben uns geirrt. Sie sind nicht hier, um die Flotte zu vernichten. Sie sind hier, um sie zu *stehlen!*«

Für einen langen Herzschlag starrte Luke die Fregatte an... und dann, wie ein Puzzle, das sich von allein zusammenfügte, erkannte er das Muster. Die Minenmaulwürfe, die schlecht bemannten und schlecht bewaffneten Schiffe, die die Neue Republik für den Frachtdienst hatte einsetzen müssen, die imperiale Flotte, die keinen Versuch zu machen schien, tiefer in das System vorzudringen...

Und ein Sternkreuzer der Neuen Republik, an dessen Rumpf ein Minenmaulwurf klebte, und der soeben auf Wedges X-Flügler gefeuert hatte.

Er überprüfte rasch den umliegenden Weltraum. Langsam, von den kämpfenden Sternjägern behindert, zogen sich zahlreiche Kriegsschiffe aus dem System zurück. »Wir müssen sie aufhalten«, stieß er hervor.

»Gute Idee«, stimmte Han zu. »Aber wie?«

»Gibt es irgendeine Möglichkeit, sie zu entern?« fragte er. »Lando sagte, daß die Minenmaulwürfe normalerweise nur zwei Mann Besatzung haben – mehr als vier oder fünf Sturmtruppler passen wahrscheinlich nicht hinein.«

»Wenn man bedenkt, wie die Kriegsschiffe im Moment bemannt sind, dürften vier Sturmtruppler vollauf genügen«, bemerkte Wedge.

»Ja, aber ich könnte sie überwältigen«, sagte Luke.

»Auf allen fünfzig Schiffen?« fragte Han. »Außerdem, wenn sie die Notschleuse sprengen, schließen sich überall im Schiff die Schotten. Du wirst eine Ewigkeit bis zur Brücke brauchen.«

Luke biß die Zähne zusammen; aber Han hatte recht. »Dann müssen wir sie lahmlegen«, erklärte er. »Ihre Maschinen oder Kontrollsysteme zerstören. Wenn sie die Sternzerstörer erreichen, werden wir sie nie wiedersehen.«

»Oh, wir werden sie schon wiedersehen«, grollte Han. »Beim nächsten Angriff der Imperialen. Du hast recht – unsere einzige Chance ist es, soviel wie möglich von ihnen lahmzulegen. Allerdings werden wir alle fünfzig niemals schaffen.«

»Alle fünfzig müssen wir auch nicht aufhalten, zumindest nicht im Moment«, warf Wedge ein. »Zwölf Minenmaulwürfe haben ihr Ziel noch nicht erreicht.«

»Gut – erledigen wir sie zuerst«, sagte Han. »Sind sie in der Ortung?«

»Ich füttere gerade euren Computer mit den Daten.«

»Okay... okay, also los.« Der *Falke* drehte bei und schlug einen neuen Kurs ein. »Luke, nimm Verbindung mit der Sluis-Raumkontrolle auf und sage ihnen, was passiert ist«, fügte er hinzu. »Sie sollen dafür sorgen, daß kein Schiff den Orbitdockbereich verläßt.«

»Verstanden.« Luke aktivierte den Kommunikator; plötzlich spürte er eine leichte Veränderung im Cockpit des *Falken*. »Han? Ist mit dir alles in Ordnung?«

»Wie? Sicher. Warum?«

»Ich weiß nicht. Du scheinst dich verändert zu haben.«

»Mir kam gerade ein flüchtiger Gedanke«, erklärte Han. »Aber er ist schon wieder weg. Los, kümmere dich um die Raumkontrolle und klemm dich wieder hinter die Geschütze.«

Als sie den Minenmaulwurf erreichten, hatte Luke längst mit der Sluis-Raumkontrolle gesprochen. »Sie danken uns für die Information«, berichtete Luke den anderen, »aber im Moment können sie uns nicht helfen.«

»Dachte ich mir schon«, knurrte Han. »Okay, er wird von zwei

TIE-Jägern begleitet. Wedge, Sie und Nummer Fünf schalten sie aus, während ich mich mit Luke um den Minenmaulwurf kümmere.«

»Verstanden«, bestätigte Wedge. Die beiden X-Flügler rasten an Lukes Kanzel vorbei und nahmen eine Abfangformation ein, als die TIE-Jäger sich trennten und zum Gegenangriff ansetzten.

»Luke, schieß ihn in Stücke«, verlangte Han. »Mal sehen, wieviel Imperiale an Bord sind.«

»Verstanden«, sagte Luke. Der Minenmaulwurf kam in Sicht. Er zielte und feuerte.

Der Kegelstumpf leuchtete auf, als sich ein kleiner Teil seiner Metallhülle in glühende Gase verwandelte. Der Rest blieb jedoch unversehrt, und Luke wollte eben zum zweiten Schuß ansetzen, als sich die Schleuse an der Spitze abrupt öffnete.

Und eine monströse, robotähnliche Gestalt die Öffnung verließ.

»Was...?«

»Ein Raumtruppler«, keuchte Han. »Ein Sturmtruppler in einem Null-G-Panzer.«

Er riß den *Falken* herum und entfernte sich vom Raumtruppler, aber nicht schnell genug – aus seinem Tornister schoß eine Protuberanz und schlug donnernd unter Lukes Kanzel im *Falken* ein. Han drehte das Schiff, blockierte Lukes Sichtfeld, und ein weiterer Schlag erschütterte das Schiff.

Und dann glitten sie davon – glitten mit quälender Langsamkeit davon. Luke schluckte hart und fragte sich, welche Schäden die beiden Treffer wohl angerichtet hatten.

»Han, Luke – seid ihr in Ordnung?« fragte Wedge besorgt.

»Im Moment, ja«, erwiderte Han. »Habt ihr die TIE-Jäger erwischt?«

»Ja. Aber der Minenmaulwurf setzt seinen Flug fort.«

»Dann zerstört ihn«, sagte Han. »Setzt alles ein und macht ihn fertig. Aber paßt auf diesen Raumtruppler auf – er setzt Miniaturprotonentorpedos ein. Ich versuche, ihn wegzulocken; allerdings weiß ich nicht, ob er darauf reinfällt.«

»Nein«, informierte ihn Wedge grimmig. »Er klebt noch immer an der Spitze des Maulwurfs. Sie nehmen Kurs auf ein Passagierschiff – sieht aus, als würden sie's auch schaffen.«

Han fluchte. »Wahrscheinlich sind noch ein paar reguläre Sturmtruppler an Bord. Okay, ich schätze, sie wollen es auf die harte Tour haben. Halt dich fest, Luke – wir werden sie rammen.«

»Wir werden *was?*«

Lukes letztes Wort ging im Brüllen der Maschinen unter. Han flog auf den Maulwurf zu und an ihm vorbei und riß den *Falken* herum. Der Maulwurf und der Raumtruppler kamen wieder in Lukes Blickfeld...

Wedge hatte sich geirrt. Der Raumtruppler klebte nicht an dem beschädigten Minenmaulwurf, sondern entfernte sich rasch von ihm. An seinem Tornister leuchteten wieder die Zwillingsprotuberanzen auf, und ein paar Sekunden später schüttelte sich der *Falke* unter den Einschlägen der Protonentorpedos. »Fertigmachen!« rief Han.

Luke straffte sich und wagte nicht daran zu denken, was passieren würde, wenn ein Torpedo seine Kanzel traf – und er versuchte auch nicht darüber nachzudenken, ob es Han gelingen konnte, den Raumtruppler zu rammen, ohne sich in das Passagierschiff zu bohren, das direkt hinter ihm war. Trotz der Protonenexplosionen gewann der *Falke* an Geschwindigkeit...

Und ohne Vorwarnung tauchte das Schiff unter dem Schußfeld des Raumtrupplers hinweg. »Wedge: *los!*«

Ein X-Flügler raste heran und eröffnete das Feuer aus seiner Laserkanone.

Und der Minenmaulwurf verwandelte sich in glühenden Staub.

»Guter Schuß«, lobte Han mit grimmiger Befriedigung, als er haarscharf am Passagierschiff vorbeiflog und dabei fast die Schüssel des Hauptsensors einbüßte. »Zur Hölle mit dir, Imperialer – genieße die Schlacht.«

Zu spät begriff Luke. »Er hat unseren Funkverkehr abgehört«, stellte er fest. »Du wolltest ihn nur dazu bringen, daß er sich vom Maulwurf entfernt.«

»Du hast's erfaßt«, bestätigte Han. »Ich dachte mir, daß er uns abhört – das ist eine richtige Gewohnheit von den Imperialen...«

Er verstummte. »Was ist?« fragte Luke.

»Ich weiß es nicht«, erwiderte Han bedächtig. »Irgend etwas irritiert mich, aber ich komme einfach nicht dahinter. Egal. Unser Raumtruppler dort draußen hat genug mit sich zu tun – holen wir uns den nächsten Minenmaulwurf.«

Es war, dachte Pellaeon, als wären sie nur hier, um den Feind zu beschäftigen. Die Sluissi und ihre Alliierten von der Neuen Republik lieferten ihnen einen erbitterten Kampf.

An seinem Statuspult leuchtete eine Sektion des Deflektorschilds der *Schimäre* rot auf. »Mehr Energie auf den Steuerbordschild«, befahl er nach einem kurzen Blick in die entsprechende Richtung. Dort befanden sich ein halbes Dutzend Kriegsschiffe, die alle wie besessen feuerten, unterstützt von einer etwas weiter entfernten Kampfstation. Wenn ihre Sensoren registrierten, daß die Steuerbordschilde der *Schimäre* überlastet waren...

»Steuerbordturbolaser: konzentriertes Feuer auf die Angriffsfregatte auf Position Dreißig-Zwei-Punkt-Vierzig«, befahl Thrawn gelassen. »Schwerpunkt auf die Steuerbordseite des Schiffes.«

Die Kanoniere der *Schimäre* reagierten sofort. Vier Laserstrahlen trafen die Angriffsfregatte, die abzudrehen versuchte; doch in der Drehung verdampfte ihre gesamte Steuerbordseite, und die dort installierten Waffen, die permanent gefeuert hatten, verstummten.

»Ausgezeichnet«, sagte Thrawn. »Steuerbordtraktorstrahler:

holen Sie das Schiff heran. Sorgen Sie dafür, daß es zwischen den überlasteten Schilden und dem Feind bleibt. Und sorgen Sie außerdem dafür, daß es uns weiter die Steuerbordseite zudreht; die Waffen der Backbordseite sind immer noch funktionsfähig.«

Gegen ihren Willen trieb die Angriffsfregatte heran. Pellaeon beobachtete sie einen Moment und wandte seine Aufmerksamkeit dann wieder der Schlacht zu. Er hatte keine Zweifel, daß die Traktorstrahlcrew ihr Geschäft verstand; in der letzten Zeit hatte sich ihre Effizienz und Kompetenz bemerkenswert verbessert. »TIE-Geschwader Vier, kümmern Sie sich um diese Rotte B-Flügler«, befahl er. »Backbordionenkanone: halten Sie den Druck auf das Kommandozentrum aufrecht.« Er sah zu Thrawn hinüber. »Irgendwelche Anweisungen, Admiral?«

Thrawn schüttelte den Kopf. »Nein, die Schlacht scheint wie geplant zu verlaufen.« Er richtete seine glühenden Augen auf Pellaeon. »Etwas Neues vom Commander?«

Pellaeon überprüfte das entsprechende Display. »Die TIE-Jäger lenken noch immer die Eskortschiffe ab«, berichtete er. »Dreiundvierzig Minenmaulwürfe haben ihre Zielschiffe erreicht. Davon sind neununddreißig übernommen und auf dem Weg zu uns. Vier kämpfen noch gegen Widerstand, gehen aber von einem schnellen Sieg aus.«

»Und die anderen acht?«

»Sind vernichtet worden«, erwiderte Pellaeon. »Die beiden mit einem Raumtruppler an Bord eingeschlossen. Einer der Raumtruppler meldet sich nicht mehr und wurde wahrscheinlich zusammen mit seinem Maulwurf vernichtet; der andere ist einsatzbereit. Der Commander hat ihm befohlen, sich weiter am Angriff auf die Eskortschiffe zu beteiligen.«

»Abgelehnt«, sagte Thrawn. »Ich kenne das Selbstvertrauen der Sturmtruppen, aber für eine Raumschlacht sind die Raumtruppenpanzer nicht konstruiert. Weisen Sie den Commander an, ihm einen TIE-Jäger zu schicken. Und informieren Sie ihn, daß er seine Flanken zurückziehen soll.«

Pellaeon runzelte die Stirn. »Sie meinen *jetzt*, Sir?«

»Natürlich, jetzt.« Thrawn nickte in Richtung Sichtluke. »Das erste unser neuen Schiffe wird in etwa fünfzehn Minuten eintreffen. Sobald sie alle hier sind, verläßt die Flotte das System.«

»Aber...«

»Die Rebellenstreitkräfte im System stellen keine Bedrohung für uns dar«, sagte Thrawn zufrieden. »Die entführten Schiffe sind auf dem Weg. Ob nun mit oder ohne TIE-Jägerschutz – die Rebellen können sie nicht aufhalten.«


Han steuerte den *Falken* so dicht wie möglich an den Antrieb der Fregatte heran und spürte die leichten Erschütterungen, als Luke wiederholt das Vierlingsgeschütz abfeuerte. »Was Neues?« fragte er, als sie auf der anderen Seite der Fregatte wieder auftauchten.

»Sieht nicht so aus«, meinte Luke. »Die Kühlsysteme sind zu stark gepanzert.«

Han unterdrückte einen Fluch. Sie waren dem Zentrum der Schlacht schon gefährlich nahe und kamen ihm mit jeder Sekunde näher. »Das führt zu nichts. Es muß doch *irgendeine* Möglichkeit geben, ein Kriegsschiff anzuschalten.«

»Deshalb haben wir diese Schiffe ja gebaut«, mischte sich Wedge ein. »Aber Sie haben recht – es funktioniert nicht.«

Han schürzte die Lippen. »Erzwo – hörst du mich?« rief er.

Durch den Cockpitgang drang das leise Piepen des Droiden. »Schau dir noch mal die Pläne an«, befahl Han. »Vielleicht gibt es eine andere schwache Stelle.«

Erzwo piepte bestätigend. Aber es war kein optimistisches Piepen. »Er wird nichts finden, Han«, sprach Luke Hans geheime Befürchtung aus. »Ich glaube nicht, daß wir noch eine Chance haben. Ich werde aussteigen und es mit meinem Lichtschwert versuchen.«

»Das ist Wahnsinn – und du weißt es«, grollte Han. »Ohne Druckanzug – und wenn die Kühlflüssigkeit austritt, falls du Erfolg hast...«

»Könnte es nicht einer der Droiden versuchen?« schlug Wedge vor.

»Von denen schafft es keiner«, wehrte Luke ab. »Erzwo hat nicht die manipulativen Fähigkeiten, und Dreipeo würde ich keine Waffe in die Hand geben. Vor allem nicht bei unseren Beschleunigungsmanövern.«

»Was wir brauchen, ist ein ferngesteuerter Greifarm«, sagte Han. »Etwas, das Luke von innen heraus steuern könnte, während...«

Er brach ab. Plötzlich wußte er, was ihn die ganze Zeit, seit Beginn dieser verrückten Schlacht, beschäftigt hatte. »Lando!« rief er ins Interkom. »*Lando!* Herauf mit dir!«

»Ich habe ihn angeschnallt«, erinnerte ihn Luke.

»Nun, dann schnall ihn los und schaff ihn herauf«, fauchte Han. »*Sofort.*«

Luke verschwendete keine Zeit mit Fragen. »Verstanden«, sagte er.

»Was ist los?« fragte Wedge gespannt.

Han knirschte mit den Zähnen. »Wir waren auf Nkllon, als die Imperialen Lando diese Minenmaulwürfe geraubt haben«, erklärte er. »Unser Funkverkehr wurde dabei von ihnen gestört.«

»Okay. Und?«

»Warum haben sie den Funkverkehr gestört?« fragte Han. »Um zu verhindern, daß wir um Hilfe rufen? Wen hätten wir rufen sollen? Aber *hier* stören sie uns nicht.«

»Ich gebe auf«, meinte Wedge ungeduldig. »Warum?«

»Weil sie es mußten. Weil...«

»Weil die meisten Minenmaulwürfe auf Nkllon per Funk ferngesteuert wurden«, erklang hinter ihnen eine erschöpfte Stimme.

Han drehte sich um und sah, wie Lando vorsichtig das Cockpit betrat; er bewegte sich langsam, aber entschlossen. Luke war direkt hinter ihm und hielt ihn am Arm fest. »Du hast alles mitgehört?« fragte Han.

»Alles Wichtige auf jeden Fall«, sagte Lando und sank auf den Kopilotensitz. »Ich könnte mich ohrfeigen, daß ich nicht schon längst selbst darauf gekommen bin.«

»Ich auch. Kennst du die Steuerkodes?«

»Die meisten«, antwortete Lando. »Welchen brauchst du?«

»Wir haben keine Zeit für komplizierte Manöver.« Han nickte in Richtung Fregatte, die nun unter ihnen lag. »Die Minenmaulwürfe kleben immer noch an den Schiffen. Setz sie in Betrieb.«

Lando starrte ihn verdutzt an. »In *Betrieb* setzen?« wiederholte er.

»Du hast's erfaßt«, bestätigte Han. »Alle befinden sich in unmittelbarer Nähe der Brücke oder der Kontrollzentrale – wenn sie sich durch genug Instrumente und Schaltkreise bohren, müßten die Schiffe zum Stillstand kommen.«

Lando stieß lautstark die Luft aus und zuckte widerwillig mit den Schultern. »Du bist der Boß«, sagte er und hantierte an der Tastatur des Kommunikators. »Ich hoffe nur, du weißt, was du tust. Fertig?«

Han straffte sich. »Tu's.«

Lando gab einen Kode ein... und die Fregatte unter ihnen schüttelte sich.

Zunächst kaum merklich. Aber während die Sekunden verstrichen, wurde es immer klarer, daß dort unten irgend etwas nicht stimmte. Der Hauptantrieb dröhnte auf und erstarb, die Generatoren sprangen an und versagten. Die Ätherruder bewegten sich unkontrolliert, und das Schiff änderte ruckartig den Kurs und kam abrupt zum Halt.

Und plötzlich, auf der anderen Seite des Schiffes, gegenüber der Notschleuse, wo der Minenmaulwurf angedockt hatte, bis er verschwunden war, kam es zu einem gleißenden Energieausbruch.

»Er hat sich durchgebrannt!« keuchte Lando, und sein Ton verriet, daß er nicht wußte, ob er es bereuen oder stolz darauf sein sollte. Ein TIE-Jäger, womöglich durch einen Hilferuf der Sturmtruppler im Innern alarmiert, flog direkt in den superheißen Plasmastrahl und explodierte.

»Es funktioniert«, rief Wedge ehrfürchtig. »Seht – es funktioniert.«

Han wandte den Blick von der Fregatte ab. Überall im Umkreis der Orbitdocks drehten die Schiffe bei, die eben noch Richtung Tiefraum unterwegs gewesen waren, und schüttelten sich wie metallene Tiere im Todeskampf.

Und bei allen loderten Flammenzungen aus den Seiten.

Lange Zeit saß Thrawn schweigend da, die Augen auf sein Statuspult gerichtet, die Schlacht, die überall um sie herum tobte, völlig ignorierend. Pellaeon hielt den Atem an und wartete auf die unausweichliche Explosion verletzten Stolzes, die dieser unerwarteten Wendung folgen mußte. Und fragte sich, welche Form diese Explosion annehmen würde.

Abrupt blickte der Großadmiral zur Sichtluke auf. »Sind alle TIE-Jäger zu unseren Schiffen zurückgekehrt, Captain?« fragte er ruhig.

»Jawohl, Sir«, bestätigte Pellaeon.

Thrawn nickte. »Dann soll die Flotte mit dem Rückzug beginnen.«

»Ah... Rückzug?« fragte Pellaeon verwirrt. Diesen Befehl hatte er nicht erwartet.

Thrawn sah ihn mit einem dünnen Lächeln an. »Wahrscheinlich haben Sie erwartet, daß ich einen Großangriff befehlen werde«, sagte er. »Daß ich versuchen werde, unsere Niederlage durch einen Ausbruch falschen und nutzlosen Heldentums wiedergutzumachen?«

»Natürlich nicht«, protestierte Pellaeon.

Doch er wußte genau, daß der andere die Wahrheit kannte. Thrawns Lächeln blieb, wirkte plötzlich aber sehr kalt. »Wir sind nicht besiegt worden, Captain«, sagte er gelassen, »sondern haben lediglich einen kleinen Rückschlag erlitten. Uns gehört Wayland, und uns gehören die Schätze in der Schatzkammer des Imperiums. Sluis Van war nur das Vorspiel unseres Feldzugs, nicht der Feldzug selbst. Solange der Berg Tantiss uns gehört, solange ist unser Endsieg gesichert.«

Er sah mit einem nachdenklichen Gesichtsausdruck aus der Sichtluke. »Wir haben diese Schlacht verloren, Captain. Das ist aber auch alles. Ich werde weder Schiffe noch Männer bei dem Versuch verschwenden, zu ändern, was sich nicht mehr ändern läßt. Es wird noch viele Gelegenheiten geben, die Schiffe zu bekommen, die wir brauchen. Führen Sie Ihre Befehle aus.«

»Jawohl, Admiral«, sagte Pellaeon und drehte sich erleichtert zu seinem Statuspult um. Es würde also keine Explosion geben... und mit einem leichten Schuldgefühl erkannte er, daß er es eigentlich hätte wissen müssen. Thrawn war nicht nur ein Soldat wie so viele andere Männer, unter denen Pellaeon gedient hatte. Er war ein richtiger Krieger, der das Endziel und nicht nur seinen eigenen Ruhm im Auge hatte.

Pellaeon warf einen letzten Blick durch die Sichtluke und gab den Befehl zum Rückzug. Und wieder fragte er sich, wie die Schlacht um Endor ausgegangen wäre, wenn Thrawn das Kommando gehabt hätte.

## 32

Nach dem Abzug der imperialen Flotte dauerte es eine Weile, bis die Schlacht offiziell beendet war. Aber ohne die Sternzerstörer bestand am Ausgang kein Zweifel.

Die regulären Sturmtruppen waren das geringste Problem. Die meisten waren bereits tot, den Minenmaulwürfen zum Opfer gefallen, die die Schotten ihrer gestohlenen Schiffe zerstört und sie dem Vakuum ausgesetzt hatten, und der Rest wurde ohne große Mühe überwältigt. Die acht letzten Raumtruppler, deren Null-G-Panzer es ihnen erlaubt hatten, selbst nach der Lahmlegung ihrer Schiffe weiterzukämpfen, waren eine ganz andere Sache. Sie ignorierten alle Aufforderungen, sich zu ergeben, und fielen über die Werften her, um vor ihrem unausweichlichen Tod soviel Zerstörung wie möglich anzurichten. Sechs wurden aufgespürt und eliminiert; die beiden anderen begingen Selbstmord, wobei es einem gelang, eine Korvette mit in den Untergang zu reißen.

Am Ende der Schlacht waren die Werften und Orbitdocks in Aufruhr... und viele Großkampfschiffe schwer beschädigt.

»Nicht gerade ein strahlender Sieg«, knurrte Captain Afyon, als er durch eine drucksichere Sichtluke die verwüstete Brücke der *Larkhess* betrachtete. »Wird ein paar Monate dauern, die Schaltkreise zu erneuern.«

»Wäre es Ihnen lieber gewesen, wenn die Imperialen mit dem Schiff entkommen wären?« fragte Han hinter ihm, obwohl auch seine Gefühle gemischt waren. Ja, es hatte funktioniert... aber zu welchem Preis?

»Keineswegs«, entgegnete Afyon ruhig. »Sie haben getan, was Sie tun mußten... und das würde ich auch sagen, wenn es nicht um meinen Kopf gegangen wäre. Aber ich weiß, wie die anderen reagieren werden: daß es nicht gerade die optimale Lösung war, all diese Schiffe zu zerstören, um sie zu retten.«

Han warf Luke einen Blick zu. »Sie klingen wie Rat Fey'lya«, beschuldigte er Afyon.

Der andere nickte. »Genau.«

»Nun, glücklicherweise hat Fey'lya nur eine Stimme«, warf Luke ein.

»Ja, aber eine laute«, meinte Han säuerlich.

»Und eine, auf die eine Menge Leute hören werden«, fügte Wedge hinzu. »Wichtige Militärs eingeschlossen.«

»Er wird bestimmt einen Weg finden, aus diesem Zwischenfall politisches Kapital zu schlagen«, knurrte Afyon. »Warten Sie nur ab.«

Han wurde durch das Summen des Wandinterkoms an einer Erwiderung gehindert. Afyon ging auf Empfang. »Hier Afyon«, sagte er.

»Funkzentrale Sluis-Raumkontrolle«, meldete sich eine Stimme. »Wir haben ein Gespräch von Coruscant für Captain Solo. Ist er bei Ihnen?«

»Ich bin hier!« rief Han und trat vor das Mikrofon. »Verbinden Sie mich.«

Eine kurze Pause folgte; und dann erklang eine vertraute und schmerzlich vermißte Stimme. »Han? Hier ist Leia.«

»Leia!« stieß Han hervor. Ein erleichtertes und wahrscheinlich albern wirkendes Lächeln verklärte sein Gesicht. Doch eine Sekunde später... »Moment mal. Was treibst du auf Coruscant?«

»Ich glaube, ich habe unsere anderen Probleme gelöst«, sagte sie. Erst jetzt bemerkte er, wie nervös und erschöpft ihre Stimme klang. »Zumindest vorübergehend.«

Han warf Luke einen irritierten Blick zu. »Du *glaubst?*«

»Das ist jetzt nicht weiter wichtig«, erklärte sie. »Wichtig ist, daß du sofort hierher zurückkommst.«

In Hans Magengegend entstand ein kalter Klumpen. Wenn Leia so aufgebracht war... »Was ist los?«

Er hörte, wie sie tief Luft holte. »Admiral Ackbar ist verhaftet und seines Amtes enthoben worden. Man wirft ihm Hochverrat vor.«

Abrupt wurde es totenstill im Raum. Han sah Luke an, dann Afyon, dann Wedge. Doch niemand sagte etwas. »Ich komme so schnell wie möglich«, wandte er sich an Leia. »Luke ist auch hier – soll ich ihn mitbringen?«

»Wenn es irgendwie möglich ist, ja«, antwortete sie. »Ackbar wird alle Freunde brauchen, die er kriegen kann.«

»Okay«, sagte Han. »Wenn es etwas Neues gibt, kannst du mich auf dem *Falken* erreichen. Wir gehen sofort an Bord.«

»Bis bald. Ich liebe dich, Han.«

»Ich dich auch.«

Er unterbrach die Verbindung und drehte sich um. »Nun«, brummte er, ohne jemand direkt anzusprechen, »der Tanz beginnt. Kommst du mit, Luke?«

Luke sah Wedge an. »Ist mein X-Flügler inzwischen repariert worden?«

»Noch nicht«, erwiderte Wedge kopfschüttelnd. »Aber er steht ganz oben auf der Liste. In zwei Stunden dürfte er startklar sein. Auch wenn ich dann die Motivatoren aus meinem eigenen Schiff ausbauen muß.«

Luke nickte und wandte sich wieder an Han. »Ich fliege mit meinem Jäger nach Coruscant«, sagte er. »Ich muß nur noch vorher Erzwo vom *Falken* holen.«

»Gut. Gehen wir.«

»Viel Glück!« rief ihnen Afyon leise nach.

Oh, ja, dachte Han, als er durch den Korridor zu der Schleuse eilte, wo der *Falke* angedockt hatte; der Tanz hatte in der Tat begonnen. Wenn Fey'lya und seine Fraktion zu hart und zu schnell reagierten – und wie er Fey'lya kannte, würde er ganz bestimmt zu hart und zu schnell reagieren...

»Wir stehen vielleicht am Rand eines Bürgerkriegs«, beantwortete Luke seine unausgesprochene Frage.

»Nun ja, wir werden es auf keinen Fall zulassen«, sagte Han überzeugter, als er war. »Wir haben diesen Krieg nicht geführt, um tatenlos zuzusehen, wie ein krankhaft ehrgeiziger Bothan alles zerstört, was wir erreicht haben.«

»Wie sollen wir ihn aufhalten?«

Han schnitt eine Grimasse. »Uns wird schon etwas einfallen.«

*Wird fortgesetzt...*

# V – die Außerirdischen

Allen Wold
Die Gedankensklaven
23716

Jayne Tannehill
Die Oregon-Invasion
23717

Somtow Sucharitkul
Symphonie des Schreckens
23718

Weinstein/Crispin
Kampf um New York
23711

Proctor
Rote Wolken über Chicago
23713

Weinstein
Der Weg zum Sieg
23714

Sullivan
Angriff auf London
23715

# GOLDMANN